文春文庫

宇喜多秀家

備前物語

津本 陽

文藝春秋

目次

宇喜多秀家

備前物語

乱　雲

闇のなかで、蚊が唸っていた。

日暮れまえから風が落ち、舞良戸《まいらど》をあけたままの座敷の隅に置いた燭台のちいさな焰が、ゆらめくこともなく、おぼろな光を溜めている。

畳を敷きつめた座敷には、大小の母衣蚊帳《ほろがや》が並べて置かれ、老人と小童《こわっぱ》がそのなかに寝そべっていた。

小童がいう。

「祖父《じい》さま、もっとおもしろい話を教えてつかあされ」

老人が蚊帳のなかで団扇《うちわ》をつかいながら、語って聞かせる。

「いまから四十年ほど昔には、備前浦上から、長船《おさふね》勝光やら、宗光という刀鍛冶が、諸国を渡り歩いたものじゃ。千種《ちぐさ》の鉄を馬二十疋に積んで、刀鍛冶が六十人、人足が四十人、総勢百人ほどで出かけて、刀を所望されりゃ、そこでこしらえて商いをしよったんよ。その頃は、ほうぼうで盗っ人が出ようたけえ、危ない目にあうことは、めずらしゅうなかった。摂津へ出向いたとき、百人も頭数が揃うとるけえ、気遣いはなかろうと思うておったら、村の住人らが総がかりで掛かってきようた。およそ五、六百人もきたんで、鍛冶師らは手向かいもできず、身ぐるみはがれてしもうたんじゃ。他国へ出歩くときは、ひとりで金目の物を持たずにゆくか、何百人が集まってゆくかせにゃいけんのじゃが」

老人は咳払いをして、低い声で単調な節まわしの歌を唄いはじめる。

〽編笠は茶屋に忘れた
扇子は町で落いた
買うて参らしょう
今度の三次《みよし》町で
町にないのやら、扇子を買うて見えぬのう
夏は過ぎゆく
扇子は戻し参らしょう

小童は、祖父の歌声を息をひそめ、聞いていた。
天文三年（一五三四）六月晦日の戌《いぬ》の五つ（午後八時）頃であった。祖父は備前守護代、浦上宗景《むねかげ》の家老、宇喜多《うきた》和泉守能家《よしいえ》である。小童は六歳になる孫の八郎であった。

能家は五十年間にわたり、浦上家の護将として浦上宗助、村宗の二代に仕え、諸国に転戦して戦功をかさね、武勇のほまれが高かった。

いまは老衰して砥石城《といし》（岡山県邑久町豊原）にひきこもり、入道して常玖《じようきゆう》と号していた。砥石城は、砥石山という小山の尾根に設けられた山城で、総延長は二町半に及んでいる。宇喜多家の当主興家《おきいえ》は、山麓の居館にいた。

宇喜多氏は、本姓が三宅氏といわれる。天日鉾命《あめのひぼこのみこと》の末裔とされ、児島、備中連島《つらじま》などに住み、子孫をふやした。

南朝の忠臣として歴史に名をとどめた児島高徳も、児島三宅氏の血統をひいている。

宇喜多氏は、児島から備前邑久郡に移住して、土豪として勢力をたくわえてきた。岡山市の史家、三宅正乗氏の著書『備前宇喜多氏の一族』によれば、宇喜多氏の名が最初にあらわれた史料は、文明元年（一四六九）五月十六日付の『備前西大寺文書』であるという。

宇喜多五郎左衛門入道、沙弥《しやみ》宝昌という人物が、金岡東庄の成光寺に名主職《みようしゆしき》を寄進したという内容が記載されているが、名主職は田の支配権であり、宇喜多氏が土豪であったことを裏付けている。五郎左衛門入道は、宇喜多能家の曾祖父であるといわれるが、あきらかではない。

つづいて文明二年五月二十二日付の、宇喜多修理進宗家が署名した下知状が、おなじく『備前西大寺文書』に記載されている。宗家は、能家の祖父である。

能家の父、久家は、『西大寺文書』に明応四年（一四九五）七月二十五日付で、寄進状を残している。

宇喜多氏は邑久郡を所領として、備前守護代浦上氏に仕えてきた。能家は有能な武将である久家に、幼い時分から文武の道を授けられた。

能家は平左衛門と呼ばれた少年の頃から天稟《てんぴん》をあらわし、ただ者ではないといわれた。彼は親に従順で、命じることに背かない。あるとき、彼は久家にいった。

「今日、蜘蛛の巣に雀がかかって落ちてござります」

久家は息子のいうことを信じなかった。

「さようのことがあるとも思えん。たとえあったことじゃとて、大ものをいうたがように聞こえる話は、いわんほうがええぞ」

能家はいい返さず、面目なさそうにうつむいていた。

そのとき、庭前の蜘蛛の巣に雀がかかって落ちたので、久家は息子を叱ったことを恥じた。

このように素直な能家が、いったん戦場へ出ると、鬼神のはたらきをあらわす。浦上氏の部将たちは能家にたずねた。

「御辺《ごへん》（あなた）は、いかにしてかように武名をしばしばあらわしなさるかや」

能家は答えた。

「とりわけ人と替ることもないがのう。陣場《じんば》で敵にかかるときは、すこし人に先立ってかかり、引きとるときは、人にすこし遅れるばかりじゃが」

能家は、戦場へ出陣する前に身震いをする癖があった。浦上氏の属将がたずねた。

「御辺は武功の名が高えお人じゃが、陣場へ出向くときに、なんで身震いしなさるんじゃ」

能家はほほえむ。

「これは気怯れしたように見られようが、儂《わし》はいつでも身震いしよるんよ。ぼっけえ戦《いくさ》でも、細《こま》い戦でも、陣場へ出りゃいつ死ぬるか分からんけえの。それで家を出るとき死ぬる覚悟をきめるけえ、いつでも身震いするんじゃ」

能家は主家浦上氏を支え、強敵と戦い生死のはざまを幾度もくぐりぬけてきた。

浦上氏は足利幕府が延元三年（一三三八）に創始されてのち、播磨、備前、美作《みまさか》の守護職となった赤松氏の守護代として勢力をたくわえてきた。

応仁の乱ののち、文明十五年に備前で地侍松田元成が叛乱をおこした。播磨では守護代浦上則宗が叛き、守護職赤松政則を国外へ一時追放した。

明応五年（一四九六）、赤松政則が病死して、息子の義村が家督を継いだ。

当時、備前、美作では、守護代浦上氏の勢力が、主家の赤松氏を下風に見くだすようになっていた。

五年前の延徳三年伊勢新九郎長氏（北条早雲）が、足利氏の分家である堀越公方を殺し、相模の領地を奪いとってのち、全国に下剋上の機運が急速にひろがっていた。

幕府の官僚組織は名目だけのものとなり、各地では、自らの腕力によって領地を奪い取りつつ、台頭してくる戦国大名がひしめきあい、激しい生存闘争をくりひろげていた。

応仁の乱の前後、浦上氏の当主であった浦上則宗は、守護赤松氏を凌ぐ権勢をふるうようになった。

鎌倉時代、播磨国揖西郡浦上庄地頭であった浦上氏は、多くの地侍衆の支持をうけている。

応仁の乱以降は、浦上則宗の弟基景が、備前守護代として、東備前一帯を掌握した。則宗の甥宗助は、叔父基景とならび備前守護代となった。基景は福岡城、宗助は三石城を居城《いじろ》とした。

守護職は地方長官で、守護代は副長官であるが、混乱する世相のうちでは、守護職の立場が弱まっていた。

地侍たちは、かつて日本全土を荘園制度によって支配していた朝廷、公家、寺社の三つの支配階級の下ではたらく管理人であったが、下剋上の時代にはいって、自らの腕力により、領地を奪いとり、独立領主となった。

彼らは自らを護ってくれる実力のある主人を求めた。

成人すると父久家のあとを継ぎ、宇喜多能家は、三石城主浦上宗助に仕えた。

明応六年三月、宗助は西備前の伊福郷富山城を攻めた。伊福郷は土豪松田元勝が支配していた。

元勝は守護代の兵が侵入したと知ると、ただちに精兵五百人を率い、浦上勢を後方の笹ケ瀬から攻めた。

富山城の士卒は元勝に呼応し、城門を開き出撃してきた。浦上勢は挟み討ちにあい、龍の口山に逃れた。

松田勢が龍の口山を包囲し、宗助の退路を断ったので、浦上勢は兵粮を食いつくし進退きわまった。

このとき三石城にいた宇喜多能家は、宗助を救出するため、松田勢に夜討ちをしかけ、重囲を破って山上の浦上勢と合流し、無事に三石城へ帰還した。

追いすがる松田勢を散々に蹴散らし、主君を救った能家の智略のはたらきは、播磨、備前、美作の三国に知れ渡った。

その後、浦上宗助が没し、子村宗があとを継いだが、同族の間で紛糾がおこり分裂の危険にさらされた。能家は終始村宗に就いて家中を統率し、浦上氏の危機を救った。

以来、大永三年（一五二三）まで二十六年間、能家は浦上家の謀将として戦場を馳駆し、備前、美作、西播磨から守護職赤松氏の勢力を一掃した。

また但馬の大勢力山名氏が、播磨に侵入したときは、巧みに戦い撃退した。

能家が剃髪して居城の砥石城にひきこもったのは、大永三年春、守護職赤松氏が浦上の同族浦上村国とともに三石城を襲ってきたとき、これを撃退する激戦のうちに、次男の四郎を失ったためである。

嫡男の興家《おきいえ》は将器ではなかった。柔弱、臆病で、能家の後嗣としてふさわしい力量をそなえていない。彼にひきかえ、次男の四郎は、父の才をうけつぎ機略縦横、豪胆な青年武将としての頭角あらわしつつあった。

能家は、かねて側近の家来たちに内心を洩らしていた。

「儂は四郎にあとを嗣がせるんじゃ。四郎なら宇喜多の屋台骨を支えることが、できるじゃろう」

能家が愛していた四郎は、備前へ乱入した赤松勢を撃退し、播磨まで押しいった。

能家は、陣頭に馬を躍らせ全軍を指揮して戦う四郎が血気にはやり、ともすれば敵中へ深入りしようとするのを、押しとどめた。

「敵は誘いの隙を見せるけえ、三分押して七分引かにゃいけん。埋伏の人数にやられようぞ」

四郎は、父にひきとめられつつも勇戦し、深入りして伏兵に討たれたのである。

能家は四郎が討死を遂げると、悲憤して敵中に突撃し、縦横に撃ちやぶった。その頃、浦上村宗と同盟していた幕府管領（執権）の細川高国が、能家《よしいえ》の武勇を褒め、賞賜として名釜《めいふ》と呼ぶ乗馬を与えた。

だが能家は、四郎を失った衝撃から立ち直れなかったため、入道して風月を友とする歳月を送るようになった。

千町田と呼ばれる備前の穀倉、豊原庄を眼下に見渡す砥石城で、しずかな明け暮れを送るようになって、十一年が過ぎていた。

能家の主君、浦上村宗は武運おおいにふるっていたが、享禄四年（一五三一）六月、細川高国に従い、阿波の三好元長と戦ううち、摂津野里（大阪市西淀川区野里）から中津川（旧淀川）の附近で落命した。

浦上勢とともに細川高国のもとではたらいていた、備前守護職赤松政村が三好方へ寝返ったため、浦上勢は大混乱に陥った。政村は父義村を大永元年八月、村宗に弑逆《しぎやく》されていたので、その遺恨をはらそうとしたのである。

中津川の水面は浦上勢の屍体で覆われ、細川勢二万人の中核であった精鋭が、ほとんど潰滅した。

村宗の重臣、島村弾正は赤松勢の謀叛を憤り、敵の武者と組みあったまま野里川へ入水した。

こののち中津川から武者の顔に似た甲羅を持つ蟹がとれるようになり、島村蟹と呼ばれた。

村宗が戦死すると、嫡子政宗があとを継いで播磨室津城に入り、次男宗景は備前和気郡天神山城（佐伯町）を居城とし、ともに備前守護代となった。

弾正の子息、島村豊後守盛実は、砥石城の西南にある高取山城主であった。

高取山は砥石山と十町（千九十メートル）ほどの距離にある。ふたつの山の間は谷でへだてられているが、かさなりあうように近く見える。

島村豊後守は、ひそかに野心を抱くようになった。

——常玖は、昔はうちの親父殿と肩をならべて、手柄をたてたものじゃが、親父殿が斬死をしようたあとも、豊原庄の田をひとりじめにして、懐ぐあいがええ。それにひきかえて儂は、親戚などからなにかと合力《ごうりょく》を頼まれ、持ち金が減って苦労しようらにゃいけん。常玖の息子の興家は、あの通りの性垂れじゃけえ、老いぼれさえ片づけりゃ、豊原庄はわが手に入るんじゃ。これはひとつ、親玉に相談を持ちかけにゃなんらんぞ——

豊後守は、ひそかに主君の宗景に謀議をもちかけた。

守護代浦上宗景はまだ年若く、亡父村宗を扶けた功臣の能家が、何事をするにも目ざわりであった。

島村豊後守は、能家を殺害して砥石山城を奪い、豊原庄を分け取りしようと宗景にすすめた。

宗景は父村宗の没後、弟の富田松山城主、国秀と結び、兄政宗と対立した。国秀は享禄五年（一五三二）、政宗の攻撃をうけ降伏し、宗景は独力で備前の支配権を保っている。

彼は重臣の宇喜多能家から、しばしば政宗との和解をすすめられた。

「北からは尼子、西からは毛利が押しだしてきよりますけえ、ご兄弟が力をあわせられにゃいけん時勢でござりますらあ。どうぞ、播磨のご惣領さまと、手を結んでつかあされ」

宗景は、能家の諫言をいれなかった。

彼は兄の下風に立つのをいさぎよしとしない。諸国の幕府守護職はあいついで衰滅し、地侍の勢力を糾合した戦国大名が頭をもたげつつある、下剋上の時代であった。

宗景は東備前から東美作に及ぶ領地の支配権をかためたのち、さらに兄政宗の領地である備前和気郡から播磨へ侵攻しようと、野心を抱いていた。

彼は能家を討とうという、島村豊後守のすすめに同意した。能家を亡きものにすれば、無能な嫡子興家は他国へ逃亡するであろう。宗景は豊後守に聞いた。

「常玖をやるには、口実がいるじゃろうが。あれが先々代さまの頃から、浦上のためにようはたらいた手柄の数々を、国侍の衆は皆知っておるぞ。その常玖を、さほどのわけものうて儂が成敗させたとなりゃ、外聞が悪かろう」

豊後守は答える。

「殿、天下の大名は主人を殺し、親きょうだいを仕物《しもの》（謀殺）にかけても、わが領分をふやそうと、沸きかえる湯のように、あいせめぎおうておりますらあ。権臣をひねりつぶすのに、何の口実がいりましょうや。増上慢となり、主人をないがしろにしようたためじゃと、それがしが触れ歩いてやれば、それで済むことでござりますらあ」

「さようか。しかし常玖を殺したのち、砥石城へお前を入れりゃあ、いかにも世間の聞こえが悪かろう」

「それがしは入りませぬ。城へは大和守を入れてやりゃ、よかろうと存じますらあ」

「それは妙案じゃ」

大和守とは、宗景に仕える重臣の浮田国定である。国定は能家の異腹の弟であった。能家を誅殺したのち、国定を砥石城主とすれば、国衆の批難を免れることができる。能家の支配地豊原庄の実権を豊後守に握らせれば、宗景のふところはおおいにうるおう。彼は豊後守に命じた。

「成敗するのは、老いぼれひとりでよかろう。家中どうしじゃ。なるべく人は損じるでなあぞ」

天文三年六月晦日の戌の五つ（午後八時）、能家が孫の八郎に昔話を語って聞かせていた刻限、砥石山の麓に数十人の軍兵が集まっていた。

筋兜に腹巻、籠手《こて》、臑当《すねあ》てをつけた大兵の侍は、島村豊後守であった。

「ええか、追手の門はしまっておるけえ、空濠からあがって、塀を乗り越えよ。門番は二人じゃけえ、引っくくって転がしておきゃよかろう。興家の屋形にゃ、別手の二十人ほどがいって追っ払うぞ。城のうちに宿直《とのい》しておる人数は、たかだか五、六人じゃ。常玖も昔は抜け目のねえ奴じゃったが、いまじゃ俗気が落ちてしもうて、腑甲斐もねえことよ。始末するにゃ、手がかからいでええがのう。成敗するのは常玖ひとりじゃ。ほかの者は殺すでなあぞ。あとで恨まれるけのう」

武装した男たちは、槍、長巻、大太刀、半弓をたずさえていた。彼らは身軽に空濠を渡り、土塀を乗りこえる。

追手門の内の門番二人は、掻巻《かいま》き布団を頭からかぶり、寝こんでいた。辺りは地虫の声がするばかりで、静まりかえっている。

「こりゃ、起きれ」

ガンドウ提灯の細くするどい光芒を顔にあてられ、目をこすりつつ起きようとした門番は、腕を逆にとられ、押し伏せられておどろく。

「なにをしよるんじゃ。おどれらは盗っ人かや。儂らは金目のものは持っとりゃせんけえ、こらえてくれい。いためつけても儲けにゃならんぞな」

「おのしらに、何をくれというとらん。ここで括られて、寝とりゃええんじゃ。痛めはせんけえ」

豊後守たちは門番に猿ぐつわを噛ませ、縛りあげると土間に転がす。

「さあ、本丸へ登って、おいぼれを始末せにゃ」

男たちは坂道を駈け登っていった。

能家は、本丸主殿の座敷で八郎と語りあっていた。

「お前は賢い子じゃ。叔父貴の四郎が小《ち》んまいときと、よう似とらあ。四郎も利発で、気が勝っておったけえ、何事もひとに遅れをとらなんだ。お前も大きゅうなって、叔父貴のようになれよ」

「うん、八郎は大人になりゃ、祖父《じい》さまのあとを継いで、強い国衆になるよ」

「儂は足がわるいけえ、お前に太刀打ちの技も馬乗りの技も、教せてやれんが残念じゃ。まあ、武者遣いの兵法ぐらいは、ぼちぼちに教せえてやるがのう。もう睡かろう、寝んさい」

八郎は母衣蚊帳のうちで、寝息をたてはじめた。能家は団扇をつかいながら、過ぎてきた年月の記憶を思いうかべる。

能家が血気さかんな頃は、自分よりも強大な勢力を持つ者が、うらやましくてならなかった。

主人の浦上村宗を押したて、守護職赤松氏を備前、播磨、美作から放逐し、山陽道に覇をとなえる。さらに上方へ押しのぼって、幕府管領細川高国を擁し、天下兵馬の権をも手中にしてやろうと夢をふくらませた時期もあった。

若者にとって、半年、一年は長い。そのあいだに仕遂げねばならない目標は数多く、焦るばかりであった。

野戦に出ると、生きて帰れるか否かは運任せである。数千人の家来に護られた総大将といえども、いつ横あいから斬りこんできた敵の伏兵に、首をとられるかも知れない。

だが、能家は屍山血河の大激戦のさなかに身を置いていても、自分だけは死なないという確信が心中でゆらぐことがなかった。矢玉に身をさらしてかすり疵《きず》もうけない強運が、なお自信を裏づけた。

顔を半分削られ、眼球が牡蠣《かき》のようにぶらさがった屍体、体の至るところに花がひらいたように刀創が口をあけ、血が流れ出てしまったので、子供の背丈ほどに縮んだ屍体など、凄惨な光景にも慣れ、ひたすら領土拡張を心がけた頃は、時の過ぎるのがきわめて緩慢であった。

だが、能家の野心は、次男の四郎義家が戦死したとき、消え失せた。

――こりゃいけん。四郎が死んでしもうたら、宇喜多の家もおしまいじゃが。人の運というものは、生まるる前から決まっておるというが、そうかも知れんぞ。儂もこのさき、いくらあがいたとて、底の抜けた笊《ざる》で水を汲むようなものじゃ。ええ年しようて、刀を槍をふりまわすのにも飽いた。隠居せにゃいけまあ――

能家が法体《ほったい》となり、浮世の転変をよそに見て十一年の月日を送るうち、世の動きが以前よりもあきらかに見えてきた。世人の道義心は年を追ってすたれ、弱肉強食の露骨なあらそいがくりかえされるばかりである。

豊原庄の美田を支配している宇喜多家が、主君宗景に滅されないとはかぎらない。

――浦上の家は、儂のはたらきがあっていままで持ちこたえてきたんじゃけえ、当主が儂を殺しはすまあが。儂が死んだのちは危ういものじゃ。興家は女子《おなご》ばっかり好きようて、性垂れじゃといわれとるけえな――

能家は前途を思うと、暗澹とした気分になった。

彼はかねて目をかけてやっていた、備前福岡の市（岡山県長船町）の豪商、阿部善定に頼んでいた。

――こげな乱世じゃけえ、儂が死んだのち、息子や孫が苦労しよるかも分からん。そのときゃ、お前が面倒を見てやってくれんか。これは儂の遺言と思うてくれい――

能家は戦場で多くの肉親、知己を失ってきた。

――先に行きようた者は、どこへいったんかのう。あの世とやらがあるというが、見てきた者はおらなあ。さて、わが身が年寄って、あの世へいく日が近うなりゃ、死ぬのはおそろしゅうはないが、なにやら淋しゅうてならぬ――

彼は戦場で深手を負った者が臨終のとき、一瞬に顔色が蒼ざめ、体内から目に見えない何かが空中へ飛び去ってゆくような気配をあらわすのを、しばしば感じたことがあった。

五体は朽ちはてても、魂は存在するように思うが、年老いて死が近づいてくると、そのような想像も、頼れるものではなかった。

――なまんだぶを唱えりゃ、お浄土へお詣りできるということじゃけえ、先祖やら先立ったつれあいの位牌に手をあわせ、お名号《みょうごう》を唱えておるが、お浄土とはどんなものかのう。先にいきようた者らが、待ってくれておるんじゃろうか――

能家は、蚊の唸りだけが聞こえる寂寞のなかで、体にまつわりつく暑気を団扇で払いつつ、間もなく出向く彼岸について、とりとめもない考えをつないでいた。

彼は突然、木枕にのせた頭をもたげた。

――虫が啼《な》いとらんぞ。誰ぞきようたか――

能家は母衣蚊帳をあげ、身を起こし、戸外の様子をうかがう。

彼は戸をあけたままの縁先の闇に、うごめくものがあるのを感じとった。能家は足をわずらい、立居が不自由であるが、すばやい動作で枕もとの佩刀《はいとう》をとり、抜きはなち、左手で寝ている八郎を揺すりおこす。

「八郎、起きれ。夜討ちの者がきおったぞ。宿直部屋《とのい》へ走れ」

庭のなかに黒影があらわれ、かすれ声で喚いた。

「こりゃ常玖。往生際が悪いぞ。儂は隣の豊後じゃが。今夜はおのれの命を貰いうけにきたんじゃ。小童《こわつぱ》は宿直の者といっしょに逃げりゃええんぞ。手向かえば斬りすてるけえの、早う去《い》なせえや。おのしの首は儂が貰うけえ」

能家は左手で抱えていた八郎を放した。

「お前は宿直の衆といっしょに逃げよ。父者《てじゃ》と母者《ははじゃ》は、麓の屋敷におるじゃろう。祖父《じい》はこれから、高取山の豊後めに首を打たれてやるけえ、いつかはきっと宇喜多の家を再興せにゃ、いけんぞ」

「いやじゃ、祖父さまはなんで豊後に殺されるんじゃ」

能家は庭に立つ島村豊後に呼びかける。

「こりゃ豊後、おのしはなんで儂を討ちとるんじゃと、孫が聞いとるが、返事せえ」

「ご宗家に対し、む、謀叛をはかりおったのよ」

能家はあざ笑った。

「嘘をつきゃ、いいづろうて舌がもつれようが。八郎を逃してくれるなら、討たれてやらあ」

彼は大声で呼ぶ。

「これ、甚十、孫平、弥太、早うさっさと出てこい。若を守りして逃げよ。この砥石の城も、今夜で主が変わるんじゃ。早う若を連れていけ」

「いやじゃ、儂は祖父さまをここに残して去《い》なんぞ。いっしょに死ぬるんじゃ」

八郎は地だんだを踏んだが、島村豊後の配下に槍をつきつけられた宿直の家来たちがあらわれ、彼を抱きすくめた。

「若、じたばたすりゃ危ねえけ、いっしょに去なにゃいけませなあ」

「いやじゃ、放せ。脇差を持ってこい」

八郎は力のかぎりにあばれ、泣き喚く。

家来たちは彼の手足をおさえこみ、庭に下りた。能家は声をふりしぼって叫ぶ。

「八郎よ、かならず家を再興するんじゃ。忘れるでなあぞ」

八郎の声が遠ざかると、能家は刀を捨てた。

「儂ゃこれから首の血脈《ちみゃく》を切って死ぬけえ、首をとれ。豊後、よう聞いておけよ。儂ゃかならずおのしに祟ってやるけえのう」

「いらんことを吐《ぬ》かさずに、早う死ね」

能家は鎧通しをとりあげ、しばらく瞑目していたが、やがて「えいっ」と気合をかけ、頸動脈を断ち切った。

血の棒が音をたて噴きあげ、能家は前へ倒れ伏す。

「やっぱり浦上の大黒柱であっただけに、見事な最期じゃ。早うとどめを刺してやれ」

島村豊後は、家来に命じた。

八郎は泣きながら、父母、郎党数人とともに間道を伝い海辺へ出た。

「早う逃げにゃ、危ねえぞ。舟を探してこい」

興家は郎党を走らせた。

やがて漁師がともなわれてきた。

「これをやるけえ、鞆《とも》の浦（福山市鞆町）まで運んでくれい」

興家が銭袋を与えると、漁師は承知した。

「沖へ出りゃ、犬島の海賊がきよりますけえ、岸伝いにいきますらあ」

興家は瀬戸内交易の中心である備後の鞆の浦へ幾度か遊びに出向いたことがあり、縁者もいた。

漁舟が渚を離れると、興家は安堵の吐息をついた。

「父上はご無念のご最期を遂げなされたが、われらは何事ものうてよかった。また時がめぐってくりゃ、家を再興する機もあるけえ、しばらくは鞆で暮らそう。儂は砥石のような物騒な土地は、まえから嫌うとったんよ」

鞆の浦はにぎやかな港であった。

波止際《はとぎわ》には、多くの物資を貯蔵する土蔵を幾棟もつらねた問丸《といまる》（問屋）が、軒をつらねている。

半裸の人足たちが、碇泊している便船から枝船で陸揚げする荷を、土蔵に運び入れるため、蟻のように海辺に列をつくり、往来していた。

八郎は鞆の浦で暮らすようになってから、乳母のたいとともに、毎日港へ出て、めずらしい風物を飽きずにながめた。

汗のにおいを放ち、土埃にまみれた素足で歩く人足たちは、喉がかわくと一杯一銭の枇《び》杷葉湯《わはとう》を、道端の茶売りから買って飲む。

八郎はうす甘い味のついた枇杷葉湯を飲みたがったが、乳母のたいは許さなかった。

「あのような、むさい茶売りから買うた茶をのめば、疫《えやみ》にかかりますらあ。やめなされや。欲しけりゃ、お屋形へ戻ってからさしあげまするがや」

港には、小山のように荷を積みあげ、舷の真下まで海中に沈めた大船が、碇泊していた。たいは教えた。

「あれは豊前国門司からきた、和泉丸という船でござりますらあ。二千五百石積みじゃけえ、ぼっけえ大きうござりましょうが。こっちの船は、周防国富田の弥増丸で、千二百石積みじゃ」

「ふうん」

八郎は和泉丸の、山のような荷の天辺に座っている水夫《かこ》が、はたちを過ぎたような年頃に見えるのに、青洟《あおばな》を垂らしているのをふしぎに思う。

港の人家は、遠目に眺めると重なりあって見えるほど、密集していた。摺鉢《すりばち》の内側のような斜面に、へばりついている。

町なかには、さまざまの振り売り商人《あきんど》がゆきかっていた。椀売りの女は、道端に漆塗りの食器を置きならべ、手をたたき客を呼んでいる。

土器《かわらけ》売りは、天秤棒の前後に土器を入れた竹籠を吊るし、腰で調子をとり、担《にな》って歩く。薬売りの男、香売りの女は、客がくると、ちいさな天秤で商品の目方を計って売る。

塩売り、麹《こうじ》売り、蛤《はまぐり》売り、魚売り、炭、薪《まき》を売る男女もいる。男はちいさな烏帽子をかぶり、腰に塗りのはげた脇差をさしており、女は単衣《ひとえ》に頭巾をつけている。

彼らは暑気を避けるため、風通しのよい日蔭をえらび、店をひろげていた。

八郎は、腰の曲がった老人が通りすぎてゆくのを見ると、悲哀の思いが胸中にひろがる。

――祖父さまは、亡くなられたのじゃ。もうこの世では逢えぬ――

八郎の目に涙が湧きあがった。

八郎は、能家と母衣蚊帳をならべて寝た最後の夜の情景を、あざやかに思いだせる。

――儂は祖父さまに頼まれたんじゃ。砥石の城をかならず取り戻せとな。あのときの祖父さまの声を忘れちゃいけんぞ。高取山の豊後めの素首を打ちおとして、祖父さまの墓に供えにゃいけんのじゃ――

利発な八郎は、祖父のいたましい叫び声を耳朶《じだ》によみがえらせる。

能家の遺骸が、砥石城の峰つづきの大賀島の山に葬られたという噂が、備前から伝えられてきたのは、鞆の浦に移り住んで間もない頃であった。

八郎は父母とともに、鞆の浦で半年を過ごした。

天文四年の早春、瀬戸内の海に雪がちらついていた昼さがり、鞆の浦山手の寺院に仮住まいをしていた宇喜多興家のもとへ、絹小袖に四幅袴《よのばかま》をつけた、贅沢な身なりの商人が、五、六人の従者を連れておとずれた。彼は備前福岡の市の豪商、阿部善定であった。

善定は興家に会うと、縁板に額をすりつけ挨拶をした。

「これはお殿さま。おひさしぶりにござりますがや。鞆へお渡りなされているとは、つい先日まで知らざりしゆえ、とんと伺候もいたさず、ご無礼の段、平にお赦し下されませい。ご先代さまには無実の罪をこうむりなされ、守護代さまの討手によってご成敗なされしとのこと、ほんにお悔みの申しあげようもござりませなあ。お殿さまがご一家お揃いで鞆へお移りなされておるとはなあ。

手前はご先代さまから、もし宇喜多家に変事のおこった際は、お殿さまはじめご一統に合力せよと仰せつけられてござります。こののちは、この善定を男衆同様に思《おぼ》し召され、何事なりてもお下知下されい」

興家は上座で脇息にもたれたまま、いった。

「そのほうは、遠路をいとわずわれらを見舞うてくれし志のほど、重畳なるに、こののち合力してくれるのか。千万ありがたきことよ」

彼は阿部善定の城館のような豪壮な屋敷に、幾度か招かれたことがあった。

鞆の浦での暮らしむきは、ゆたかであった。興家が砥石城から持ちだした金銀は、まだ充分に残っている。

だが、港の住人たちは、興家が備前随一の国衆《くにしゅう》宇喜多家の当主であるとは知らず、彼を崇めようとはしない。

「善定よ、儂ゃ備前へ帰りたいのじゃが、連れて去《い》んでくれるかや」

善定は承諾した。

「そんなことなら、たやすうございますらあ。福岡へお連れいたしますけえ、お宿をひきはろうて下されませ」

数日後、八郎は鞆の港から便船で備前へむかった。富豪の善定は、海岸を伝ってゆくたかだか二、三十石積みの枝船に乗るのを嫌がった。

「枝船は汚いし、揺れますけえ、廻船に乗れば、ようございますらあ」

およそ三十里ほどの船旅であるが、善定は千八百石積みの寺丸という大船に乗った。

堺へむかう寺丸の艫屋《ともや》形《かた》は、貴紳富豪の用いる客室である。

「若さま、この船は大海へ出てもあんまり揺れませせぬけえ、船酔いの気遣いはありませなあ。長飴《ながき》か砂糖瓜でも持たせせましょうぞ」

磨きこんだ艫屋形の広間で、円座にあぐらをかいた善定は、手をたたいて船頭を呼び、命じる。

「長飴と砂糖瓜を、山盛り持ってきてくれい」

船頭は根来《ねごろ》塗りの盆に、菓子を山盛りにして持ってきた。

「殿さま、奥方さまにはお口汚しでござりますが、この船の炊夫《かしき》がこしらえた膳部を、さしあげとう存じます」

「そんな気遣いはいらんのじゃ。お前に備前へ連れ帰ってもらうだけで、ありがたいのじゃが」

興家は遠慮しつつも、蒔絵の懸盤《かけばん》に並べられた魚鳥の焼き物、鮓《すし》、雉《きじ》汁などを見ると、相好を崩し、初献、二献、三献と酒をすすめられるうち、うわずった声音で陽気な笑い声をあげた。

八郎は乳母とともに艫屋形の外へ出て、船客たちの様子を見物する。風は冷たいが晴天で、胴の間から梯子段を降り、上棚《うわだな》と呼ばれる船室をのぞくと、人いきれで暖かった。

上棚の薄縁《うすべり》には、逞しい若者たちが十四、五人ほど寝転んでいた。彼らは酔っており赤黒い顔を八郎のほうへむけ、笑ってみせる。ひとりが聞いた。

「坊んよ、どこから乗ったんじゃ」

「鞆」

「ほう、どこへいくんかの」

「備前」

「備前のどこへいくんなら」

「福岡じゃ」

「それなら目と鼻の先じゃのう。近場へこげな大船でゆくんか。坊んは有財長者《うざいちょうじゃ》の御曹司じゃなあ」

「お前さまは、どこからおいでじゃ」

「儂らはのう、大明から戻ってきたんじゃ。倭寇さまよ」

髭面のひとりが太い声で唄いはじめた。

〽十七、八は二度候か
　枯木に花が咲き候かよの

八郎は逞しい若者たちの、放恣《ほうし》な眼差しにひき寄せられた。

「倭寇というたら、海賊じゃろうが」

若者たちは、おもしろそうに八郎を見た。

ひとりが答える。

「海賊のはたらきもせんことはないが、相手しだいよ。仲良うしとうてもできぬ悪党がおるときは、太刀を引き抜いてあばれまわり、討って取るんじゃ」

八郎は若者の額から頰へかけ、ななめに薄紅い刀創が走っているのを見る。

「その太刀で、悪党を斬ったんか」

「おう、そうじゃ」

「それを見せてくんさいや」

若者は一瞬ためらったが、うなずく。

「この太刀は、堺湊へ戻ってのちに、研師《とぎし》へ出すんじゃが。柄を巻いとる晒《さらし》が、血で濡れたんで取り替えたが、鞘のなかには死人のにおいが籠もっておるぞ。これを見よ」

若者は、刃渡り二尺七、八寸ほどの大業物を引き抜いた。

氷のように磨ぎすました刀身は、沼の水面《みなも》のように深々とした光をたたえている。

「ほれ、ここに刃こぼれがあろうが。人の骨を切りゃ、こげな刃こぼれができるんじゃ」

若者の指さす辺りが毛筋ほど欠けていた。八郎の胸がなぜか高鳴ってきた。

「坊んも大きゅうなったら、刀使うんか」

「そうじゃ、きっと使う」

八郎は若者を睨みすえた。

「こりゃ、ええ面魂じゃな。よかろう、強え男になれ。坊んにこれをやらあ。大明の小刀《さすが》じゃ」

八郎は革袋に納められた、刃渡り三寸ほどの小刀を、見知らぬ相手から貰った。

彼は船上に戻り、櫺子《れんじ》格子のあいだから、しだいに見えてきた備前の山なみを眺めつつ、胸にくりかえした。

――儂や祖父さまの仇を、きっと討つんじゃ。いまは小《ち》んまいが、あと十年もすりゃ大きゅうならあ。島村豊後め、おどれが首はきっと取って見せるわい――

阿部善定は興家らを伴い、備前児島の沖で便船を下りて、枝船に乗りかえた。

「さあ、これから東大川（吉井川）を四里半ほどのぼりゃ、福岡でござりますらあ。海もさほど荒れることものうて、ええ船旅でござりましたなあ」

善定は機嫌よく興家親子にいった。

彼は備前の名族宇喜多興家を保護して、わが地位をたかめようと考えていた。善定は福岡で肩をならべる者のない豪商であったが、武士ではない。武家社会と百姓、町人の地下《じげ》人《にん》社会は、まったく異質な文化圏をかたちづくっていた。善定は、わが娘二人を興家の側室として、宇喜多家との血の交流をはかろうと考えていた。

福岡は西国街道に沿う、繁華な町であった。現在の町名にも東小路、西小路、市場小路、上小路、下小路、後小路、茶屋市場などの名称がのこっていることでもうかがえるように、産物の集散地として栄えていた。

阿部善定は富裕な商人で、金貸しをしていた。彼は浦上、宇喜多などの備前の大勢力に、軍資金を融通する。時に、武器、具足などを他国で調達し、地侍、大名に売って、大利を得ていた。

宇喜多興家は、妻と八郎をともない、広大な阿部の屋敷で養われるようになったが、福岡に近い砥石城を奪還したいと考えもしなかった。

「島村豊後は、八つ裂きにしても足りんほど憎い奴じゃが、いまの儂じゃ手をつけられなあ。まあしばらく時節を待たにゃ、しかたがなかろう」

興家は善定に養われるうちに、遊惰な暮らしに慣れた。

福岡の市は、堺、博多とならぶ商業都市であった。現在の福岡市をひらいたのは、備前福岡から九州へ出向いた商人たちであったという。

阿部善定は、武器、兵具のほかに、材木、米、塩、油、紺灰、薬種、海産物、織物、生糸、銅器、陶器など、数多い商品を扱っていた。興家は妻子と同居しつつも、善定の娘とねんごろになり、子を妊らせた。

八郎は乳母のたいに、祖父能家の武勇につき、聞かされて育った。

たいはいった。

「常玖《じようきゆう》さまのお若え時分は、いまの旦那とはちごうて、そりゃあえらい武者振りじゃった。三石へ人数を出して戦をするときゃ、まんずこの福岡に皆の衆が勢揃いして、押し寄せよるんじゃ。合戦のときにゃ、常玖さまが一番に敵の首級《しるし》を、おあげなさるんよ。浦上の衆が松田勢を攻めて、かえって山のうえへ追いあげられたときは、常玖さまのおはたらきで生きて帰れたんよ。常玖さまはそのとき、甲に矢を三筋も射立てられ、内兜に槍を突き入れられ、血だらけになられたが、一歩も引かず松田勢を追い退けなさったんじゃ」

「ふーん、祖父さまは、そがいに強かったんか」

「そりゃ強かったとも。犬島の海賊どももも、常玖さまのお馬標《うまじるし》を立てた船を見ようたら、手を出せなんだんじゃ」

「犬島には、いまでも海賊がいよるんか」

「児島の日比と犬島にゃ、昔から悪党が住みついておるんよ。それでこの家の主人が大船に乗りたがるんじゃが」

「海賊も、祖父さまに敵わなんだか。儂も強うならにゃいけんのう」

八郎は頬に血の色をのぼせた。


宇喜多興家は、阿部善定の屋敷で六年間を送ったが、天文九年に病没した。彼は善定の娘とのあいだに、二人の男児をもうけていた。

法名は露月光珍居士、遺体は教意山妙興寺（長船町）に葬られた。興家の妻は、天神山城の奥向きに勤めることとなり、十二歳の八郎は笠加村（邑久町下笠加）の大楽院という尼寺に預けることとした。

大楽院の庵主は八郎の伯母である。

八郎は七、八歳までは利発であったが、十歳をこえる年頃からしだいに愚か者になってきた。

「こりゃ、いけんなあ。この子はどうにも物覚えも悪いし、身のこなしも遅うてならん。

近所の子供らにも笑われるほどじゃ。父者《ててじゃ》があのように、役にも立たんお人だったんじゃけえ、この子を育てて宇喜多の家を再興しようと思うたが、見込みなさそうじゃ」

母は落胆していたが、姉に養育を頼んだ。

「八郎は、大きゅうなるにつれ、頭が悪うなってきたが、私はこの子が浦上さまに召使うてもらえるよう、天神山城へ奉公に出かけにゃあいけん。姉さまは、どうか八郎がちょっとでも賢うなるよう、学問を教せえてやってつかあさい」

姉は不運な妹をあわれむ。

「お前は天神山城へいったのちは、ご当主の奥方に宇喜多の再興をお願いすりゃええが。常玖殿をあのようにむごい目にあわせ、砥石山城をお取りあげなされた宗景さまも、胸のうちじゃ、後悔しておられよう。八郎には読み書きを教えといてやるけえ、そうしんさい」

姉妹はうなずき合う。

二人は、傍に他人がいるときは本心を口には出さなかった。

八郎が成長するにつれ、うつけ者と近所の者にも嘲られるようになったのは、母と乳母がひそかに愚かなふりをするよう、八郎にすすめたためである。

母はいった。

「お前の父者は、あのように酒と女子《おなご》に溺れていなさるが、お前は常玖さまのご無念をはらすため、どうあっても宇喜多の家を再興せにゃいけん。そのためには、お前が利発な子じゃと世間に聞こえてはよくないんじゃが。利発なら、先々になって島村豊後守を討ち、祖父さまの仇を討ちよるかも知れまいが。ほんじゃけえ、浦上の殿さまは宇喜多の家を再興してくれんじゃろう。お前が阿呆なら、まあ小さな屋敷のひとつも呉れよろう。しばらくは阿呆のまねをしておらにゃならんのじゃ」

八郎は大楽院で暮らすようになると、以前にもまして愚鈍をよそおうようになった。

八郎は大楽院で三年を過ごし、十五歳になった。元服するにふさわしい年頃である。

近所の百姓たちは、八郎が鼻を垂らし、近所の悪童たちにからかわれているのを見て、あざわらった。

「あれを見りゃ、親でもねえ儂らでも哀れでならんぞ。あれが九年前まで豊原庄を領分にしておった、常玖さまの孫じゃけえ、世のなかも変わったものじゃのう。親父の興家もうつけ者で、女子が好きなばっかりの男じゃったが、宇喜多の家も二代つづいて阿呆が出りゃ、もう出る幕はねえのう」

その頃、八郎の母は天神山城で浦上宗景の奥向きに仕えていた。

彼女は奥方とはいくらかの血縁があり、八郎によって宇喜多家の再興を果したいと、かねて懇願していた。

宗景の奥方は情にほだされ、主人にすすめた。

「宇喜多常玖が、島村に討たれてから、もう九年が経ちます。孫の八郎という者が、ちとうつけなれども、笠加村の尼寺に預けられて、十五になっておるとか。常玖も罪あって討たれたのではなし、島村が豊原庄を取りあげとうてのことにござりましょうが。八郎に元服させて、どこぞの小《ち》んまい城に入れてやりゃ、常玖への手向けにもなるというものじゃと、存じまするがなあ」

「そうか、常玖の孫が大きゅうなりようたか。観阿弥に相談してみるかのう」

宇喜多家の悲運を憐れむ気が動いた浦上宗景は、島村観阿弥を呼び、たずねた。

「近頃、興家の後家が奥向きに仕えておって、世倅《よせがれ》めに宇喜多の再興を許してもらいたいと、願い出ておるんじゃが、おのしの考えはどうじゃ」

観阿弥は、常玖の菩提をとむらってやるのも、功徳を積むことになろうと考えた。

「手前も、年を取ってきよりましたけえ、あの世へいって常玖に会うたら、ちとよろこぶようなみやげもやりたいと存じますらあ。ほんじゃけえ、世倅に腐れ城のひとつもやって、家を立てさせるのもようござりまする」

「そうか、ほんならそうするか」

「そやつは評判のうつけ者ということでござりますけえ、お役にも立つような代物ではないじゃろうとは、思いまするがなあ」

浦上宗景は、八郎を天神山城へ召し寄せることにした。

八郎が大楽院を出て、和気郡の天神山城へ出仕したのは、天文十二年八月であった。

彼は宗景に奉公するようになると、うつけ者といわれるようなふるまいはなかったが、諸事にひかえめであった。

浦上宗景は、八郎を小姓として召使ううち、気にいった。世間の評判ではうつけ者と聞いていたが、細かいところに思慮のゆきとどく、落ちついた少年である。

宗景は奥方にいった。

「八郎という童《わっぱ》は、なかなかよく気ばたらきのできる者じゃなあ。祖父《じい》や父《てて》に似て、男前もええし、捨てた者じゃねえぞ」

「やはり、常玖の孫じゃけ、芯からの阿呆でもねえんでしょう」

奥方もよろこび、八郎の母にいう。

「八郎は、よう仕えてくれると殿さまもおよろこびじゃ。いまにどこぞのお城をも任せてくれるように、なりよるか分からんよ」

その年の十二月になって、播磨の置塩《おきしお》城にいた備前守護職赤松晴政が兵を出し、東備前へ乱入し、浦上幕下の属将が守る小城をいくつか攻め落とした。宗景は怒った。

「晴政めが、小積なり。さっそくに人数を押し出し、踏みつぶせ」

宗景は百々《どど》田《た》豊前、日笠源太らを先手《さきて》として赤松勢を攻め、播州へ敵を押し戻し、赤松方の塁二カ所を陥れた。

このとき宗景に従い、戦場へ出た八郎が、冑首ひとつを得る大手柄をたてた。初陣で冑首を取るのは、めったにできることではなかった。

合戦になれば、荒くれ男たちが手柄をたてようと、血眼になって敵の首級を取ろうとするが、たやすく得られるものではない。敵味方が入り乱れる白兵戦の最中には、わが首を取られまいとするのが、精いっぱいのはたらきである。

敵は前からくるばかりではない。横あいからも、後ろからも押し寄せてくる。敵の首級をあげようと取っ組みあいをやっているうちに、他の敵に刺されて死ぬことは、めずらしくなかった。

芋の子を洗うような乱戦のさなかに、わが命を保てれば運がいいとされる。敵の雑兵ひとりを討ちとっても、手柄であった。

冑首といえば、将校の首である。それをひとつ取って、捻り首帳という軍功書に記載してもらえれば、生涯生計《たつき》の道に窮することがなかった。

いま仕えている主君が滅亡しても、捻り首帳の写しを持ってゆけば、どこの大名でもよろこんで召し抱えてくれる。

それほど、冑首を取るのは困難であった。だが、八郎は初陣でそのような難事を仕遂げたのである。

浦上勢の将士は、おどろかざるをえなかった。

「うつけ者の八郎が大手柄をたておったぞ」

「あやつは、ただ者じゃねえぞ。祖父の血をうけておるんじゃ」

彼らの八郎における眼差しが変化した。

翌天文十三年、八郎は元服して宇喜多三郎左衛門直家と名乗り、まもなく邑久郡乙子《おとご》城（岡山市乙子）を預けられた。知行は三百貫である。

乙子城は、長く住む者もいなかった廃城であった。東大川（吉井川）河口左岸にある岩山のうえに、崩れかけた石垣をめぐらす砦跡が残っていた。

かつて東大川河口を守る重要な拠点であった乙子城が、廃墟となったのは、沖合いの犬島に住む海賊の害を、しばしばこうむったためである。

当時、備前児島郡は、讃岐細川家の勢力圏に属していた。また、上道郡は、備前金川城に拠《よ》る松田の勢力に制圧されている。このため乙子附近はしばしば両者の侵略をうけ、浦上の軍兵が駐屯していない。

犬島の海賊たちは、そのような情勢に乗じ、乙子へ船を乗りつけ、住民の財産を掠奪した。

宗景はかねてから、乙子城の防備を手厚くして、敵が侵攻しないよう、軍兵を置こうと望んでいたが、侍大将たちはいずれも尻ごみをした。

「儂らは、乙子へいくのだけは、ご免をこうむりとうござります。あそこは敵には近え土地で、この天神山からは遠うござりますけえ、攻められたときは、後巻《うしろま》き（救援）のご加勢もいただけず、とても守りにくい所ですらあ」

乙子城の所領は三百貫という。石高に直せば三千三百石であるが、実収はその半ばにも及ばなかった。

乙子へ出向き、城とは名目だけの砦に住み、荒地を耕す辛苦をかさねるうちに、海賊に寝首を搔かれる骨折り損は、誰もが避けたがるところである。

家来衆が誰も望まない任地を、元服したばかりの直家が希望した。

「それがしは、まだ年は若うござりまするが、乙子の辺りはよく知っとりますけえ、城を守りとうござりますらあ」

「お前が乙子城に入るのかや」

「へえ、足軽三十人ほどをお貸し下さりゃ、なんとかやりますけえ」

宗景は直家の願いをいれた。

「あそこを守ってくれりゃあ、儂はありがたいが、命が幾つあっても足りねえところだ。覚悟はついておるんか」

「へえ、なんとかなりますらあ」

侍大将たちは、直家を憐んだ。

「あやつは、初陣で冑首をあげるほどのしたたか者じゃが、なんというても年が若えから、危ねえことを恐れんのじゃなあ。かわいそうじゃが、乙子へいきようたら、半年もたたぬうちに、犬島の海賊どもに寝首を搔き取られようぞ」

直家は三十人の足軽を率い、乙子城に入った。海にのぞむ岩山の頂上に石垣が残っていたが、砦は焼きはらわれ、焦げた柱、梁《はり》などが転がっているばかりである。

南の海上を見渡すと、児島、犬島の辺りに筵帆《むしろぼ》をかかげた船舶が往来していた。眼下の東大川の河口には、狼火《のろし》台がある。海賊が上陸してきたときに、附近の住民に危急を知らせるために設けられている。

「これは、えらいところじゃなあ」

直家は家来たちとともに、山頂に仮小屋を設け、そこで夜を明かすことにした。

麓にも屋形を建てたが、海賊の夜討ちを防げるほどの外濠、鹿柴《ろくさい》を設けるまでは、気を許して眠れない。

「犬島の海賊は、二百人ほどもおるじゃろう。儂らの小勢じゃ、とても太刀打ちできん。人数をふやす算段をせにゃ、いけん」

直家は遠近に住む、宇喜多家の旧臣に使いを走らせ、加勢を求めた。

宇喜多家代々に仕えてきた譜代衆のうち、主立った者は、浦上、島村などの家来になっていたが、新規奉公せず帰農している者も多かった。

富川平右衛門、長船又三郎、岡平内は、能家の麾下《きか》ではたらいた精兵《せいびょう》であったが、誘いを受けると具足櫃《ぐそくびつ》を担ぎ、槍をひっさげて駆けつけてきた。

直家はよろこんで迎えた。

「ここは砥石とは違うて、荒れ地じゃが。三百貫というても、とてもそれだけの実入りはなあぞ。そのうえ、犬島から悪党が狙うておる物騒なところじゃ。お前らはこがあなところでも奉公してくれるかや」

平右衛門らは答える。

「若さまが初陣でお手柄をたてなされたのは、備前のうちじゃあ、知らぬ者もねえことですらあ。この乙子に城を構えられ、あとは若さまの器量しだいで、ご盛運の道を切りひらいていきなさりゃあ、ようござりますが。儂らは宇喜多のお家とは、切っても切れん縁につながっておりますけえ、若さまと一蓮托生で、火水のなかでも切り抜けてゆく覚悟じゃ。命はお預けいたしますらあ」

三人は、直家の手許に金銭が乏しいのを知っていて、申し出た。

「雨露を凌ぐ小屋さえ建てて下さりゃあ、儂らは百姓仕事にゃ慣れておりますけえ、荒地を耕して食い扶持を稼ぎ出しますらあ」

彼らは宇喜多の旧臣を呼び集め、しだいに人数をふやした。

いずれも直家の将来に希望を托し、窮乏を堪え忍ぶ覚悟をしている。

直家が乙子にきて二カ月ほどのあいだに、集まってきた旧臣の数は七十人ほどになっていた。

直家が乙子城に入ってのち、漁師の乗る小舟がしばしば麓の磯に碇《いかり》をおろし、釣り糸を垂れた。

藺笠《いがさ》の縁を深く垂れ、眼の部分だけを切り抜いているので、顔立ちは分からない。

直家は山頂から彼らを見かけるとあざ笑い、ある日、大声で呼びかけた。

「こりゃ、お前らは智恵がねーぞ。いまは潮がとまっとるじゃねーか。こがいな潮時に何の魚を釣りょんなら。早う犬島へ去《い》んで親玉に注進せえ。乙子にゃ大勢の人数が待ち構えておるけえ、手強《てごわ》かろうとなあ。早う去なにゃあ、矢を見舞うてやるぞ」

漁師をよそおっていた海賊たちは、直家に正体を見やぶられ、あわてて舟を操り逃げ去った。

直家は海辺に昼夜の見張りを置き、犬島海賊の急襲にそなえていた。

「はじめのうちは、取る物もなかろうと思うておったじゃろうが、山のうえにも山下《さんげ》にも屋形ができたけえ、兵具、兵粮の蓄えもできたと見て、そろそろ押しかけてこようぞ。まずは備えをせにゃ、いけん」

直家は家来たちに命じ、海賊たちが船を着けるであろう海辺に、捨て石を置かせ、逆茂《さかも》木《ぎ》を立てさせた。

「土居《どい》も、つくらにゃいけんぞ」

土居は波打ち際から近過ぎず、遠くもない六、七間はなれた場所に、砂を盛りあげこしらえる。

土居の長さは、五、六間で、高さは立って胸の辺りに達するほどがよい。

「ひとつの土居に付くのは、五、六人じゃ。違い土居にして、幾つもつくれ」
五、六人の足軽が身を隠せるほどの土居を、たがいちがいにいくつもこしらえ、攻めてくる敵に矢を射掛けるのである。

「崖の下には井楼《せいろう》を立て、すべての土居に指図する役の者があがっとりゃ、敵の動きは眼下に見渡せらあ」

海賊たちが押し寄せてきたとき、総勢のなかばほどが船を下りるときを狙い、矢を射かけねばならない。

彼らのすべてが上陸してくるときに防戦をはじめては、好機を逸する。

「海の浅えところにゃ捨て石、逆茂木があるけえ、足の立たねえところで下りよらあ。そのときゃ浮き足というて、泳ぐように歩きょんじゃ。浅場へきて、ようやく立ち足になるんじゃが、浮き足のときに矢を射かけてやりゃあ、敵は防ぎようがねえんじゃ」

直家は、押し寄せてくる海賊が大勢で、上陸を防げないときは、いったん上陸させ、脇道から伏兵を放ち、彼らの船をすべて奪い取って、退路をふさぐ方法をも考えていた。

山桜が遠近にはなびらを飾りはじめた頃であった。朝から濃霧がたちこめ、四、五間先は見分けられなかった。

「今朝は気をつけにゃあ、おえんぞ。見通しが悪いけえ。盗っ人どもはどこから忍んできょおるか分からんけえのう」

波打ち際の澄んだ海中に、小魚が群れ泳いでいるのが見えるが、船影はまったく霧に塗りつぶされ、ときどき漁舟が墨絵のように形をにじませ、あらわれては消えるばかりである。

「東の浜からあがって、陸《おか》から忍んでくるかも知れんぞ。犬島の奴輩《やつばら》は、三十挺立ての船できょおるけえ、百人ぐらいは頭数をそろえよるんぞ」

霧のなかで、鷗、鴉、鳶がまばらな啼き声をあげている。

「鳥が近間《ちかま》で啼かんようになったときゃあ、用心せえよ」

直家は乙子城の麓の屋形に、家来たちを集めていた。

城の周囲には物見の兵を伏せている。彼らは地面に耳をつけ、物音を聞く。そうすれば、一町先を移動する敵の動きを察知できる。

直家は弓を手に、床几へ腰かけていた。彼は、傍にひかえる富川平右衛門、長船又三郎、岡平内らに命じた。

「この日和を狙うて押し寄せてくる奴輩を相手にするときゃあ、三人ずつ組ませて進退させにゃあ、おえんぞ。どこから仕懸けてくるかは分からんけえ、三人ひと組で斬りまくるしかなかろう」

陽が昇り、霧の奥が明るくなったとき、乙子城東方の小川の畔《ほとり》に出ていた物見が、駆け戻ってきた。

「大勢の足音が聞こえますらあ」

北方の山際で見張っていた物見も、注進に戻った。

「四、五十人の足音が、こっちへやってくるようでござりますが」

直家は七十人の家来に命じた。

「皆、屋形の柵を背にして控えておれや。東と北の敵が、眼のまえへあらわれたとき、矢を射てから三人ひと組でかかれ。一気に突き抜くんぞ」

迫ってくるのは、海賊であろうか。あるいは讃岐の細川、金川城の松田の手の者かも知れない。

「一気に敵を突き崩したのちは、柵のうちへ駆けこめ。屋形へたてこもりゃあ、百や二百の敵は何でもねえけえ。それでも支えきれんときゃあ、山へあがるんじゃ」

直家たちは物音をひそめ、身がまえていた。

やがて、野道に足音が近づいてきた。弓に矢をつがえて待つうちに、人影があらわれてきた。

靄《もや》のなかからあらわれたのは、胴着の縄帯に大脇差をたばさみ、十文字槍、長巻、やがらもがらを担いだ乱髪の男たちであった。やがらもがらとは、鉄釘を植えつけた棍棒である。犬島の海賊とひと目で分かった。

十人ほどが姿を見せたとき、直家の足軽たちが弓につがえていた矢を放った。

数人が将棋倒しに道端へ転がる。

「それ、ひとりも逃がすな」

直家が喚き、家来たちが三人ひと組で刀槍をひらめかせ、襲いかかった。

濡れ手拭いをはたくような音がして、海賊たちの首が飛ぶ。新手《あらて》の敵が、地を踏みとどろかせ、あらわれてきた。

家来たちは矢を放っては斬りこみ、駆け戻ってくる。三人ずつ、敵中に長くとどまらず、すばやく進退して海賊の群れを蹴散らす。

屋形の柵のうちで、押し寄せてくる海賊の人数をはかっていた直家は、百に足りない小勢と見て、自ら薙刀をとり、斬って出た。

彼の周囲は富川、長船、岡らが固める。直家は面頬《めんぼお》のうちで眼を光らせ、怒号をはなち海賊の頭分《かしら》らしい大男が、十文字槍をふりまわす前に立ちふさがった。

「おどれは、地獄へ送ってやらあ」

直家が薙刀を袈裟がけにふるい、突きだしてくる槍の柄とともに、大男の額を打ち割った。

敵は宙に血を虹のようにふりまき、地面に身をたたきつけた。直家は、つぎの敵に飛びかかり、胴を横に払う。海賊の体が二つ折れになり、噴水のように臓物をまき散らせ、最期の絶叫をひびかせる。

宇喜多勢はふるいたった。

「若さまのはたらきを見よ。儂らもぐずついちゃおれんぞ」

しだいに靄がはれてきた。

海賊たちは波打ち際を、しぶきを蹴立て逃げ走る。直家たちは追いすがり、恐怖に駆られる敵を容赦なく倒した。

「あやつどもは、この近所に船を置いとるんぞ。あんまり深追いすな。船の傍にゃ別手の人数を埋伏しとるけえ、油断できんわい」

直家は兵をまとめ、乙子城へ戻った。

頭上から陽がさしてきて、靄が急速に消えてゆく。

井楼に登った見張りの兵が叫んだ。

「あそこに船が三艘見えますらあ。犬島へ去《い》にょおる盗っ人どもじゃ」

海上を三艘の軍船が、百足《むかで》の脚のように櫓を動かし、犬島のほうへ去ってゆく。

「あやつらは、しばらくはきよらんじゃろう」

直家は小手をかざし、船影を見送った。

直家は、犬島の海賊たちが怖るべき敵であることを知っている。彼らは来島、能島、因島に本拠を置き、瀬戸内を支配してきた三島村上氏の三島流をうけついだ、歴戦の海賊であった。

彼らは、船を乗りまわす海域の潮流の変化、天候の推移をくわしく知っている。海賊にとって、海は棲みかである。

靄のなかで、海賊たちは宇喜多勢に追いたてられつつも、同士討ちをしなかった。相手の顔を見分けられない霧のなかでも、みじかい合言葉をかけあい、味方を識別した。

彼らには、厳しい掟《おきて》があった。

「合印《あいじるし》を用いず、合言葉を忘るる者は、味方たりとも打ち捨てたるべきこと」

味方の標識を身につけず、合言葉を忘れた者は、容赦なく斬りすてるのである。

諸国の湊に船を碇泊させているときは、敵の間者が潜入してくることがあったが、合言葉を変えて、不審な者を摘発する。

彼らは伊賀、甲賀の忍者を用いることもあったが、重要な用件にはたずさわらせなかった。忍者は金しだいで、いつ敵方に寝返るか知れないためである。

直家は、つぎに犬島海賊が押し寄せてくるとき、どのような戦法をとるかを推測した。彼は、濃霧の日に海賊を撃退したとき、敵の三人を捕らえていた。いずれも負傷して、逃げ遅れたのである。

直家は彼らを手厚くもてなしてやった。

「儂はお前らを殺しゃせんぞ。去《い》にたけりゃ、去なしてやらあ。お前らの頭《かしら》に、ようういとけや。儂らはいつでも相手してやるとのう。ここの人数はお前らが思うておるより、大勢おるんじゃ。狼火《のろし》をあげりゃ、後巻きの人数はいくらでもくるけえ、こんどくるときゃ大勢でこい」

捕虜たちは傷が癒えてのち、小船を与えられ去っていった。

直家は、海賊たちが再度攻め寄せてくるときは、大挙して全力をふるい、勝敗を決めようとするだろうと見ていた。

彼は富川、長船、岡らの主立った家来たちと作戦を練った。

「こんどあやつらは、夜討ちをしかけてくるに違いなかろう。そのときゃ、城と屋形に二、三十人を置いて守らせ、儂は残りの人数で、あやつらが乗ってきた船を攻めてやろうと思うんじゃが」

直家がいうと、富川たちは賛成した。

「それは、ようございますらあ」

富川は水軍の戦法に詳しかったので、意見を述べる。

「海賊どもの船へ夜討ちをするには、よき潮時を見すまさねばなりませぬ」

富川はいった。

「犬島の奴輩は、海辺へ船を着けて間もないうちは、辺りに目を配り、用心して見張りを立てておりますらあ。しかし守りを固めてしまえば、夜討ちはなかろうと油断いたしますけえ、そのときに攻めかけるのがようございます。能島の海賊らは、敵の船に夜討ちをしかけるとき、まず犬を入れて様子を見届けますらあ」

「ほう、犬を船に入れるのか。それは何故じゃ」

「敵が用心しておりゃ、犬が足音もなく入りょうても、じきに気づいて、どこからきたかたしかめまするが、油断して酒をくろうておるか、寝込んどるかしとりゃ、なかなか気がつかんものでございますらあ」

「そうか、犬を入れても気がつかんようなら夜討ちをされても、あわてるばかりじゃろう。よし、その手をつかうか」

「海賊の船ともなれば、夜中でも見張り役がおるものでございます。船のまわりには、篝《かがり》筏《いかだ》を浮かべて、怪しい者が近よりゃ見分けられるようにしておりますらあ。それでも船の中じゃ、見張り役が寝込んでおることもあるものでござります」

篝筏というのは、船のまわりに浮かべて篝火を焚く、一尺五寸四角の筏である。板には綱をつけて舷に一端を結びつけて流れ去らないようにしている。

「よし今夜から見張り役を倍にふやせ。犬島の奴輩が、攻めてこんようになりゃ、こっちから押し寄せていってやらぁ。松田の領分へ乱入して劫掠《ごうりゃく》してやるのもおもしろかろうぞ」

直家は、三百貫とは名ばかりの痩地を所領として、大勢の家来を養うため、自ら鍬《くわ》をとり田畑を耕す日常を送っている。

直家は犬島の海賊と戦い、彼らを降参させ、その財貨を奪ってやろうと考えていた。

五月雨《さみだれ》が降ってはやむ季節になった。西風のつよく吹く夕方、彼は乙子城の本丸から犬島を眺めていた。

「こがいな荒吹《あらぶ》く日でも、海賊は出てくるかのう」

直家が白馬の走る海面を眺めつついうと、富川が答えた。

「あやつらは、この辺りの海はおのれが庭じゃと思うとりますけえ、風が吹こうが雨が降ろうが、渡ってきょおりまする。油断はなりませんでぇ」

陽が西の海に落ちていってのち、直家は具足を着け、馬上槍を担ぎ、富川ら数人の供を連れ、海辺の見回りに出た。

夜光虫の輝く海面に、銀のふちどりをした波が立つ。風はつよく、空中に口笛のような音をのこし、吹き過ぎていった。

直家たちは、ちいさな岬を横切り、人の気配のない入江を見おろす坂道を下りかけて、足をとめた。

「あれは何じゃ」

波打ち際で、蛍火《ほたるび》のような火光が二つ、またたいている。

富川がいった。

「あれは、海賊どもが合図に使う、二つ火ですらあ。雨火縄の火を燃やしてござります」

雨火縄とは、竹を細く裂き、紐のように撚《よ》ってこしらえた竹火縄を、鉄のあくで幾度も染めたもので、雨中でも火が消えない。

直家主従は道端にしゃがみ、様子をうかがう。眼をこらして眺めると、浜辺に人影がふたつ立ち、沖へむかい二つ火を振っている。

「沖から船がきょおるんか」

「そのようですでえ」

富川が声をあげた。

「あそこに見える黒いものは、船じゃろうが」

直家は富川の指さすほうを眺める。

兵船らしい黒影が三艘、波頭を乗りこえ海岸に漕ぎ寄せてくる。

「大きな船じゃ。あれなら、一艘に四、五十人は乗っとろう」

「いえ、もっと乗っておりますでぇ」

「やっぱり、今夜は夜討ちを仕懸けにきおったか」

直家は俊足の長船に命じた。

「おのしはすぐに乙子へ戻り、皆に支度させい。城と屋形を三十人で守らせ、余った人数はすぐにここへ連れてこい。ぐずついてりゃ、海賊どもが攻めてきょおるけえ、早うせにゃ勝負でけんぞ」

「合点じゃ」

長船は乙子のほうへ駆け戻っていった。

兵船は舳《へさき》と艫《とも》、両舷に篝火を焚いていた。高い柱に吊るした鉄籠のなかで、薪が火の粉を散らし燃えさかっている。

三艘の兵船は舳を陸岸にむけ、横列になり、碇をおろした。舳からしぶきをあげて、数人が海に飛びこみ、浜辺へあがった。

彼らは、もやい綱を体に結びつけており、足を踏ん張ってそれを引き、まっすぐに張ると砂のなかへ打ちこんだ杭にくくりつけた。

兵船の位置がさだまると、船中から蝗《いなご》のように海賊たちがあらわれ、浅瀬を渡って浜辺へあがった。武器を濡らすまいとして、頭上に捧げる彼らを見て、直家は気をはやらせた。

「いま、矢を射かけりゃ、大勢討ちとめられるんじゃが。これだけの人数じゃ、仕懸けようがねえが」

彼の動悸は、早まってきた。

直家は、顔のまわりにたかる蚊を払いつつ、様子をうかがう。

闇に慣れた眼でうかがうと、敵の人数はおよそ百五、六十人であった。

「かなりの数で押しかけてきおったが、城と屋形に三十人でたてこもっておれば、二刻(四時間)や三刻(六時間)では落とせまい。まず船を乗っ取ってから、あやつらのうしろへ攻めかかり、はさみ討ちにしてやりゃあ、根こそぎ退治できようぞ」

直家主従が、崖際の疎林のなかで息を殺しひそんでいると、三間(約五・四メートル)ほど離れた道に、ひたひたと足音が迫ってきた。

「きたぞ。あやつらじゃ」

海賊たちは乙子の方向へむかってゆく。

直家は、計略の通りに事がはこぶであろうかと、不安になった。乙子から呼び寄せた家来たちが、途中で海賊の群れと行きあうことなく、やり過ごせるであろうかと懸念したのである。

彼は富川らにいう。

「もしやり損じたときは、宇喜多の家は、滅亡するぞ」

主従が声もなく風音を聞くうち、闇のなかに金具の触れあう響きがした。

「おう、味方がきたか」

身をおこすと、長船の声が聞こえた。

「若さま、ただいま戻ってござります」

長船は、四十人の城兵を引き連れていた。

「犬島の奴輩と行き逢わなんだか」

「道端のくさむらに隠れたんで、あやつどもは気づかぬままに、乙子へ向こうてござります」

「よし、われらは海賊の船を乗っ取るぞ」

直家たちは坂道を駆け下り、浜辺へ出た。

砂浜には篝火が焚かれ、風にゆらぐ焔のまわりに、人影が五つ見えた。

「あやつらが油断するのを待っておる暇はねえぞ。矢で射殺せ」

弓矢を持つ足軽が十五、六人、砂浜を小走りに篝火のほうへ近寄り、矢を放つ。

張り番をする海賊たちは、叫び声をあげることもなく倒れた。

直家は浜辺に立ち、家来たちに命じた。

「お前らは三手に分かれ、船を分捕れ。手早くやらにゃあいけんぞ」

直家たちが海に入り、兵船の舷へとりつきよじ登ると、留守居の海賊たちがようやく気づいた。

「おどれらは、手向かいすな。死にとうなけりゃあ、おとなしゅうせえ」

直家と足軽衆が船中へ飛びこむと、海賊たちは意外に脆《もろ》かった。

「手向かいはせんけえ、命は助けてくれんさい」

彼らは武器を投げすて、直家を拝んだ。

兵船には、一艘に五人ずつ留守居がいた。彼らは油断していたわけではなかったが、風浪の響きで物音が聞こえなかった。海辺で見張りをする味方が倒されたのを知らなかったのは、うかつであった。彼らは乙子城を守る十六歳の直家が、これほど迅速な攻撃をしかけてくるとは、思いもしなかった。

直家は捕虜を縛りあげ、下棚《しもだな》（船底）へ転がし、三艘の船に五人ずつ家来を伏せた。いずれも弓衆である。

「船のなかには弓矢がようけ置いとらあ。わが矢を使うてしもうたら、海賊どもの矢を使え」

弓衆の男たちは、篝火の燃える船上から去ってゆく直家たちを見送る。

砂浜の篝火の傍には、一人を置く。

直家は彼らに告げた。

「儂らは、これから乙子へいって、海賊どもをここまで追うてくるけえ、そのときゃあ、船に寄ってくる者は、片っ端から射倒せ」

直家は、二十余人の家来を連れ、乙子へ走った。

乙子城が見えてきた。屋形の近所に点在する百姓家が燃えあがり、火光で辺りは昼のように明るい。

百四、五十人の海賊たちは、屋形へさかんに火矢を射かけている。夜空に紅の尾を曳く火矢を、雨のようにそそぎかけるが、泥を分厚く塗った屋形の屋根や壁に命中しても、火災をおこせない。

直家の家来たちは、鹿柴の内側に掻楯《かいだて》をつらね、火光を背に柵際へ寄る敵を矢を無駄にすることなく射倒している。

山頂の城には、五、六人の精兵がたてこもり、急坂を登ってくる海賊を的確に射落とす。

「なかなかに、巧者な応対をしとらあ。それ、ときの声をあげてやれ。そのあとは、三人ひと組で押しよせるのじゃ」

直家らは、大気を震わすときの声をあげ、矢を射る。

海賊どもは、突然うしろからあらわれた新手に背後をつかれ、うろたえる。

直家は、家来たちに叫ばせた。

「儂らは天神山からきた後巻き三百人じゃ。海賊どもは皆殺しじゃ」

前後から矢を射込まれた敵は、浮き足立った。頭《かしら》らしい人影が、下知した。

「こりゃいけんぞ。城の奴輩の計略に乗ったか。引きあげじゃ。出直してこようぞ」

海賊たちは、楯を担ぎ、槍を杖にして退却してゆく。

直家は、城中の家来たちに呼びかける。

「早う出てこい。いっしょにあやつらを追い討ちするんじゃ。この機に一人でも討ち倒さにゃあいけん」

屋形の柵門がひらき、守兵たちが走り出てきた。

直家は五十余人の総勢のうち、十人を屋形と城の留守居に置き、逃げる敵を追う。海賊の人数は味方に倍するが、直家たちの奇襲をうけ、陣形を乱したので、反撃の態勢をととのえられない。

直家たちは宙を飛ぶように走り、兵船の碇泊している浜辺に迫った。

「あれを見い。やっとるぞ」

直家は海上を指さす。

篝火を燃やす三艘の兵船から、十六人の宇喜多勢が射かける矢をうけた海賊たちは、水際で右往左往していた。

彼らは兵船の人影をめがけ、さかんに矢を射かけるが、舷に立てつらねた掻楯のかげにいる直家の家来たちは、巧みに身を隠して防ぎ矢をするので、多くの海賊が矢を受けた。

直家は引き連れてきた同勢に命じた。

「まだ斬りこむんは早いけえ、しばらく矢戦をせえ」

闇中で弓弦《ゆづる》が鳴り、軍兵たちのかけ声がひびく。

海賊たちは横手から矢を射かけられ、度を失った。

「こりゃ、いけん。もう支えられんぞ。船を取り返すまでに、皆やられようぞ。散れ、散れ。ここにおりゃあ、皆殺しにされらあ」

彼らは、槍を担ぎ四方へ逃げ走る。

直家らは、すかさず彼らのあとを追った。

ふだんは残忍な所業に慣れた鬼のような海賊たちも、追ってくる城兵の足音を聞くと、魔物に襲いかかられるような恐怖に駆られ、悲鳴をあげ、息をきらせて逃げるばかりである。

直家は敵に追いすがり、槍を横薙ぎに振って倒し、家来にいった。

「それ、こやつの首をとれ」

彼は、足をもつれさせてよろめき逃げるあらたな敵を、背中から突く。槍先に胸板をつらぬかれた相手は、空《くう》をつかみ倒れる。すばやく槍を手もとに引いた直家は、つぎの敵を求めて走った。

半刻《はんとき》ほどの戦いで、宇喜多勢は海賊五十余人を倒し、十余人を生け捕りにした。

「海賊の船は、乙子の浜へまわせ。生け捕りにした奴輩は、弓を引けんように肱の筋を切って追い放せ」

宇喜多勢は兵船に乗りこみ、櫓を操って磯伝いに乙子へ戻った。

翌朝、直家は戦勝の祝宴をひらいた。

「皆、ようはたらいてくれたけえ、犬島の盗っ人どもを退治できた。三艘の船の材木は、城と屋形の建て増しに使えるぞ。ろくな食物もねえが、酒を腹いっぱい飲んでくれえ」

犬島海賊に大打撃を与えた直家の声威はあがった。直家をほめたたえる評判を聞き、彼のもとへ復帰する旧臣があいついだ。

「宇喜多の若殿は、ただ者じゃあねえのう。はじめは足軽三十人を連れて乙子城へ入りょったが、いまは人数がふえて二百人を越えとるんぞ」

「それだけの大世帯を食わすとは、えれえもんじゃのう。とても三百貫じゃ、やっていけまいが」

「そりゃあ知らんが、近頃じゃ児島の細川、上道郡の松田の領分にも乱入して、食いものを取ってきょおるけえ、たいしたもんよ。いまに松田を斬り従えよるか分からんぞ」

直家の家来は、世間の評判の通り、ふえつづけていた。

「これだけ人数がふえりゃあ、食い扶持に難儀するが、減らすわけにゃいかん。もっとふやしたいほどじゃ。このの ち宇喜多の名をあげるにゃ、人数が多けりゃ多いほどええんよ。食いものが足らにゃあ、しかたねえ。近郷へ出かけて、夜盗、辻斬りをして稼がにゃあ。切り取り強盗は武士の習いじゃ。なんでもやって食いつなげば、先は明るかろうぞ」

近郷の諸村に、宇喜多の家来が出没し、荒らしまわるようになると、世人に怖れられた。

「宇喜多の侍たちは、腹をすかせりゃあなにをしでかすか分からん。夜もうかうかと寝とられんぞ」

百姓たちは村落のまわりに柵をつらね、夜廻りをおこない警戒をするが、宇喜多勢は隙をついて兵粮をかすめ取る。

直家は食に窮すると、失食ということをはじめた。彼は家来たちに相談した。

「いまのように、兵粮を食いつくしておりゃあ、いざ出陣というときに、戦《いくさ》に出られりゃせんぞ。ほんじゃけえ、ひと月のうちに三日とか五日とか日をきめて、その日は食を断ち、食わなんだ分の米を集めて城に納めるんじゃ。これを失食というんじゃ」

家来たちはおどろく。

「月に五日も飯を食わなんだら、死にますらあ。そりゃあ無理というもんでございますが」

直家は、声をはげましていう。

「なにを考えとるんじゃ。五日はわが米を食わずに、強盗稼ぎをしょうりゃあええんじゃ。ちと才覚をはたらかさんかい」

直家主従は、いろいろ考えをめぐらし軍備をととのえる。

食い扶持がすくなければ他郷へ出かけ、腕力にものをいわせ奪い取ってくる。そのうち、宇喜多家は近隣の地侍たちにも怖れられるようになった。

彼らの傍若無人のふるまいを、押さえる者がいなくなっていた。

砥石攻め

天文十三年（一五四四）十一月、浦上宗景の属将である作州英田郡妙見村（美作町明見）三星城主、後藤勝基からの急使が、天神山城（佐伯町）に駆けいり、注進した。

「尼子国久が出雲より兵を出し、近日作州へ発向の由にござりますれば、急ぎご加勢を願い奉りまする」

浦上宗景はただちに麾下《きか》諸将に陣触れをまわし、作州へ出勢の支度をととのえる。

城中に騒がしく武者が出入りしているところへ、播州へ派遣していた忍者が戻り、注進した。

「お殿さまが作州へご出陣ある由、播州へ聞こえ、守護職赤松晴政が留守をうかがい、自ら天神山を乗っ取らんとうちむから謀《はかりごと》を、たてたるようにござりまする」

浦上宗景は迷った。

「これは、作州へ後詰《ごづめ》すりゃ危ねえぞ。まずは人数を集めて播州との国境を固めにゃあいけん」

宗景は、自ら出陣せず城を固め、百々田《どどた》豊前に足軽衆の指揮をとらせ、三石城を守らせることにした。

尼子国久は、浦上勢が出勢してこないと知ると、大挙して作州へ乱入し、たちまち高田（勝山町）、篠葺《ささぶき》（久世町三崎）、伊王山の三城を攻め落とし、五百余人を斬りすてた。

浦上の属将小瀬、今村、竹内、江原、大河原、草刈、市、玉串、芦田、牧、三浦、福田ら地侍衆は、尼子勢の鋭鋒を支えかね降伏した。

三星城の後藤勝基のみ孤軍奮闘して、ついに尼子に降らなかった。播磨の赤松勢は備前へ攻め入ろうとしたが、三石城にたてこもった百々田豊前がよく戦い、撃退したので事なきを得た。

乙子城の宇喜多直家は、ただならない情勢を注目していた。

「こりゃあ、なにがどうなりょおるか分からんぞ。北と東から仕懸けてきょおたが、毛利に尻押しされておる備中勢も、そのうち備前をうかがうかも知れん。ほうぼうが乱れてくりゃあ、儂《わし》のような小《ち》んまい身代の者が頭をあげる隙をつかめるんじゃ」

直家主従は刀槍を磨き、矢竹を削って戦支度を急いだ。

やがて、直家が待っていた機会がめぐってきた。

早春の一日、天神山城から馬を駆って急使が到着した。

「お殿さまには直家殿に火急のご相談あるにつき、ただちに天神山へお渡り召されい」

直家は数人の供を連れ、浦上宗景のもとへ駆けつけた。

宗景は、直家を書院へ召し寄せ、密談を交わした。

宗景は直家に秘事をうちあけた。

「砥石の大和守が、備中の三村家親と内通して、儂に謀叛をくわだてておる様子じゃ。大和守は三村と組んで伊福の松田元勝を挟み討ちにして、そのあと一気に儂を攻めるつもりでおるんじゃ。儂は間者を入れて調べさせたんじゃが、たくらみはまことのようでのう。そこで、そのほうを呼んだわけじゃ」

砥石城主浮田大和守国定は、直家の祖父能家《よしいえ》の異母弟であった。

国定は兄に似て武勇にすぐれており、彼が叛けば、備前地侍衆の勢力均衡はたちまち破綻し、混乱しかねない。

直家はいった。

「それがしは殿のお指図のままに、身を捨ててはたらきますけえ、何なりとも仰せつけてつかあさい」

宗景はうなずく。

「直家、よくぞ申した。儂はそのほうに大和守を討たせ、砥石城を戻してやりたいと思うとるんじゃ。大和守はおよそ三百ほどの人数を揃えておる。そのほうは、乙子を守ってからのち、ようはたらいた。いまじゃ乙子の宇喜多は、誰でも遠慮しようが。ほんじゃけえ、砥石を攻めて、皆をおどろかせるようなはたらきをすりゃあ、領地は望むがままにふやしてやろう」

直家は首をかしげた。

「砥石を攻めるには、軍兵の数が足りませんのう。たかだか百二、三十の人数でござりますけえ、どうにもならんですらあ」

「ほうか、人数なら加勢してやってもええぞ。そのほうが出世の機縁となることじゃ。力を貸してやろう」

「それがしが砥石を攻め取ったるときは、城を下されまするかのう。あれは祖父《じい》の城でござりましたけえ、欲しゅうてなりませぬ」

「あい分かった。そのほうにつかわしてもええぞ」

直家は乙子城へ帰り、さっそく戦支度をはじめた。

彼は富川、長船、岡のほかに、近藤常左衛門、星賀十郎、花房亦七郎ら豪の者を家来に加えていた。直家は家来たちにいう。

「砥石城を落とせば、昔の宇喜多に戻れるんじゃ。いままで食うものも惜しんで力を養うてきたんは、この時のためじゃ。皆、儂に命を預けてはたらいてくれい」

西風が砂埃をまきあげていた夜、直家は天神山城から派遣された援軍百五十人の到着を待って、砥石城へ押し寄せた。

だが、浮田大和守はいちはやく直家の行動を偵知して、待ちかまえていた。

宇喜多勢は、大和守の先手と城下で遭遇し、白兵戦を展開した。浮田勢はもろくも退却する。直家が先頭に出て追いかけると、伏兵が左右から襲いかかってきた。

直家のまわりに、富川、長船ら家来たちが集まり、襲いかかってくる敵を防いだ。直家の身近にいた若武者が、顔を射られた。骨の砕ける音がひびき、眼の下に鏃《やじり》を突きたてられた武者は、声もあげずあおのけに倒れ、身をふるわせ絶命する。

近藤、星賀、花房らの精兵《せいびょう》は、槍をふるい、薙刀をまわして、前後から斬りかけてくる敵と渡りあう。

直家は、退き貝を吹かせた。小、小、小、小と響きわたる法螺貝を聞いた宇喜多勢は、いっせいに乙子城へ引きあげていった。

「討死は幾人じゃ。手負いは連れ戻ったか」

砥石攻めは、直家にとって最初の試練であった。

浮田大和守の軍勢は、犬島の海賊とはちがい、野戦の経験をかさねている。直家が浮田勢の待ち伏せにあい、深入りせず退却したのは、損害をすくなくするためであった。

乙子で窮乏の生活をかさね、ようやく貯えた戦力を砥石攻めで消耗したくはない。

「慌てりゃあ、何事もうもう運ばん。日をかけて攻めりゃあ、また風向きも変わってこう。そのうちにうもう運ぶこともできるじゃろう」

緒戦の損害はすくなかった。討死した者が三人、深手を負ったのは七人である。

直家は家来たちに命じた。

「今夜は手傷を負うた者の手当てをしてやって、寝よ。砥石は、そのうちに攻め落としちゃるけえのう」

死者は矢をうけた者ばかりであった。太刀疵《きず》をうけた者は、おおかたが浅手にとどまった。槍で突かれた者も、傷は軽かった。

「今日は小ぜりあいじゃけえ、まあこれほどで済んだが、有無の一戦をやるときゃあ、こんな軽いことじゃ済まんぞ」

直家は屋形の柵内に篝火《かがりび》を焚かせ、敵勢の逆襲を警戒した。

浮田勢は、翌朝押し寄せてきた。

「やっぱりうせおったか。弓衆は横手へまわり、射倒せ」

直家は、五十余人の弓衆を寄せ手の右手にまわらせ、矢を射かけさせる。横矢は防ぎにくい。

弓衆は乙子城から峰続きの岩山を伝い、浮田勢の右手に出ると、矢を放ちはじめる。屋形を攻め落とそうと喊声をあげ、火矢を射込んでいた浮田勢は、たちまち後退しはじめた。

「あやつどもは逃ぎょおるぞ。追い討ちをかけよ」

宇喜多勢が柵を出て追いはじめると、浮田の軍兵たちは二手に分かれ、逃げてゆく。

そののち三年間、直家は浮田大和守と小競りあいをつづけた。直家は夜討ちをしかけ、砥石城を陥れようとしたが、大和守は宇喜多勢の動向を事前に察知して、備えをかためる。大和守は防戦するばかりでなく、風雨の夜をえらび、幾度か乙子城に奇襲をしかけてきた。

直家は砥石攻めの攻防をくりかえすうち、小豪族から大名といわれる身分に成りあがるのが、いかにむずかしいことであるかを知った。彼は家来たちにいう。

「心魂をかたむけてはたらく敵を打ち倒すには、正面より仕懸けるよりも奇策を用いるんがええ。しかし、名のある侍どもは奇策の仕懸けようを知っとるんじゃ。こっちが相手の裏をかいてやろうと思うても、相手もおなじことを考えよるんよ。ほんじゃけえ、よっぽど人の思いつかん妙手をつかうか、運気のめぐってくるのを待たにゃあ仕方ねえ。儂は大和守と合戦取りあいを重ねて、ようようその理《ことわり》が分かったんじゃ。何事にも無理をやりゃあいけんのじゃ。儂ゃとりわけて人にすぐれておるわけでもなく、家来の数は大和守の半ばほどじゃが。無理をすりゃあ、かえってわが墓穴を掘ることになろう。気長に風向きを待たにゃあいけん。海賊を相手にするようなわけには参らんわい」

直家は大和守を油断させる方針をとった。幾度か砥石城を攻めては逃げ帰る。大和守は直家を侮るようになった。

「八郎は祖父《じい》の血をうけたとも思えん、うつけ者じゃが。そのうちに儂が乙子へ押しかけて、細首を捻じ切ってやろうぞ」

天文十七年の歳末、直家は天神山城へ出向き、浦上宗景とひそかに相談した。

「近頃は、砥石の者どもの気が弛んでござります。夜廻りもなおざりにして、宿直《とのい》の者どもは夜明かしせねばならぬに、宵のうちより寝入っておりまする」

直家は砥石城へ忍びの者を潜入させ、城内の様子を探らせている。

「そうか、夜討ちを仕懸けりゃあ、うまくいくかも知れんのう。人数を出すか」

「それがしに、三百人の足軽衆を貸してつかあさい。そうすりゃあ、一晩で大和守を城から追い出しちゃります」

宗景は加勢を承知した。

「年がかわって、正月の祝儀をする時分を見はからい、夜討ちをいたしまする」

直家は、大和守の放つ間者に察知されないよう、ひそかに戦支度をととのえる。

天文十八年正月、北風が吹きすさび粉雪の舞い散る夜、砥石城では新年の賀宴がひらかれていた。

直家は手兵とともに間道を伝い、城下へ迫った。

浮田大和守は砥石山上の本丸にいて、祝儀の酒に酔っていた。備中三村氏の使者が訪れている。三村家親は、毛利の大勢力を後楯として備前侵略をくわだてていた。

大和守はまもなく、三村の先手として天神山城へ攻めかけようと、戦支度を急いでいた。

浦上宗景を打ち倒し、備前、美作を制圧すれば、亡兄能家をはるかにこえる大領主になれる。

彼は油断していた。まさか正月早々に、直家が宗景の援軍をたのみ、攻め寄せてくるとは思っていなかった。

山下《さんげ》の居館のほうから、叫喚する声が聞こえてきたとき、大和守は家来たちが酒に酔い、たわむれているのであろうと思った。

宿直の者が広間へ駆けこんできて、息をきらせ注進したので、大和守の酔いは一瞬にさめた。

「乙子と天神山の人数が、乱入してござります」

虚をつかれたと、大和守は歯を剝き、長押《なげし》の薙刀《なぎなた》をとる。

「ここで死なば、犬死にぞ。備中へ落ちのびよ」

彼は近習数十人とともに、間道を伝い城外へ逃れようとしたが、砥石山の麓で待ち伏せていた直家の家老、岡平内に前途をさえぎられた。

「大和守はいずれへ参るぞ。そのまま逃がしゃあせんわい」

岡平内は手兵とともに斬りかかる。剛力で知られた大和守は、薙刀を水車のように舞わせ、挑む平内を寄せつけない。

だが、飛んできた矢が彼の額をつらぬき、動きがとまった。大和守はよろめきつつなおも薙刀を振るおうとしたが、力つきて倒れ伏した。

直家は浮田の敗兵を追い、捕虜とした者は斬らず、わが家来とした。大和守の麾下で勇将として知られた、十八歳の若武者馬場次郎職家《もといえ》を、足軽三十人の長にとりたてた。宇喜多家の士卒は一挙にふえ、三百余人となった。声威があがれば、人は自然に集まってくる。

直家は砥石城を陥れたが、祖父の地を賞賜として受けなかった。砥石山に間近い高取山の城主である、宿敵島村観阿弥を警戒したためである。彼は宗景に言上した。

「砥石の城は、高取山城とならび、お家の東方の護りをいたすものでございますけえ、両城ともに観阿弥殿がお預かりなされてよかろうと存じまする」

宗景は、直家に賞賜として上道郡竹原の奈良部を与えた。

直家は奈良部の新庄山城に入り、乙子城は異母弟忠家に与えられた。宇喜多一族の勢力は、しだいに増大していった。

新庄山城主となった直家は、児島日比の海賊頭領である四宮隠岐守の仲介で、犬島海賊の日本佐奈介と和解した。

隠岐守は海賊であるが、軍兵三千人を擁する大勢力であった。直家が日比の隠岐守の屋形をおとずれたのは、天文十八年九月であった。

隠岐守は晴れわたった秋空のもと、波のしわばみもなく鏡のようになめらかな海を見渡す書院で、直家、佐奈介と酒肴の膳をかこんだ。

大兵肥満《だいひよう》の隠岐守は、内心を隠さずに語った。

「儂ゃあこののち、下津井の吉田右衛門を征伐してから、児島一円をわがものにしようと思うとる。讃岐の香西も合力《ごうりよく》するというとる。お前らも攻めたり攻められたりしておらんと、おたがいに力をあわせて、ほうぼうの国衆《くにしゆう》を攻めにゃあいけん。そうすりゃあ自然に領地も銭も集まってくらあ。能のある者が集まりゃあ、もっと大けな仕事ができきゅう。そうすりゃあ、儂もいっしょにはたらいてやるけえ」

直家は、顔にいくつもの向こう疵のある佐奈介と酒をくみかわす。

直家はいう。

「佐奈介殿は海のうえを行き来きするけえ、遠方のこともよう分かろうが。儂に智恵を貸してくれりゃあ、応分の分け前を出すぞ。おたがいに栄えるのが、いちばん望むところじゃろう。隠岐殿の仰せの通りにやっていこうや」

佐奈介は、二十一歳の直家より十歳ほど年上であり、本心ではなにを考えているか推量できかねる男であったが、利害にさとい。

「儂ゃあ、はたらきに応じた分け前をくれりゃあ、いくらでも合力しようぞ。直家殿と手を組めば、儂の名もあがるじゃろう。いつまでも犬島だけにいとうねえからのう。能島、来島、因島の村上やら能美島の乃美らと肩をならべるほどになれりゃあええがと、かねがね思うとんよ」

直家は応じる。

「儂が佐奈介殿と組みゃあ、怖え相手はねえ。まあ長え月日のうちには、いっしょにええ夢も見れようぞ」

直家は佐奈介と手を組むことになったが、彼は情勢しだいでは四国の細川、金川の松田と通じあい、直家に襲いかかってくるかも知れない危険な敵であった。

奈良部に帰った直家は、新領地の経営をおこない、部下を養う。

浦上宗景の出陣に際しては、まっさきに陣触れに応じ、勇敢なはたらきをあらわし、主君の信頼を得た。直家は、常に非常に備え、気を弛ませることのない日々を送った。

天文二十年（一五五一）、直家は浦上宗景の命により、上道郡沼（岡山市沼）亀山城主、中山備中守信正の娘を妻にむかえた。

沼亀山城は、周囲を沼にかこまれた難攻不落の要害であった。城山の形を遠望すれば、亀が座っているように見える。

備中守は四隣の沃野を支配し、その領地の豊かさは、邑久郡の千町田に匹敵するといわれた。

宗景麾下の諸侍は、ひそかに噂しあった。

「殿が直家を備中守の婿になされたのは、よっぽどあやつが気に入っておるからじゃろう」

「うむ、備中守は浦上の家中でもならぶ者がおらぬほど、内福で、大勢の家来をやしのうとるけえ、戦にも強い。直家も、戦は巧者じゃろう。年は若えのに、浮田大和守を油断させて討ちとった手際は、なかなかのもんじゃ。あやつが備中と組んだら、先がおそろしかろう」

直家は家中の陰口をよそに、宗景に忠勤をつくす年月を送った。

直家は、妻とのあいだに双児の娘をもうけた。彼は合戦に出陣しないときは、附近の山で狩倉をする。

野兎、猪、鹿などを射留めると、舅の備中守を招き、酒宴をもよおす。無事の日々をかさね、夫婦の仲はむつまじく、備中守は直家をわが息子のようにかわいがった。

直家は備中守を後楯として、浦上家中でしだいに重きをなすようになった。砥石城、高取山城を預かる島村観阿弥は、直家に警戒の眼をむけていた。

「八郎は、昔から油断のならぬところがあったが、いまもなにを考えとんかのう。腹中の読めんところのある奴じゃ。備中守の婿となって年月をかさね、動きをひそめてはおるが、気を緩めてはおらぬ。おのれがのしあがらにゃあいけんときは、どがいなことをしょうても、頭をあげよろう」

おだやかな日々が過ぎ、新庄山城に入って十年が過ぎた。

永禄二年（一五五九）の早春、宗景の使者が新庄山城をおとずれた。

「何事じゃろうかのう。またどこぞへ出馬なされるのかも知れぬが」

直家は天神山城へ出向いた。

浦上宗景は直家が伺候すると、人払いをした。

「内密の儀じゃ。近う寄れ」

直家は宗景の前に、にじり寄った。

「そのほうには、難儀な話があるんじゃ。これを見んさい。観阿弥が松田らと語らい謀叛いたすのじゃ」

　宗景は、直家の前に島村観阿弥がしたためた密書をひろげて見せた。

　直家は宿敵島村観阿弥を討ち、わが勢力を伸張すべき好機がきたと胸を高鳴らせたが、顔色にあらわさず密書を読みくだし、宗景に告げた。

「観阿弥はそれがしが祖父の仇でござりますけえ、お下知を頂戴すりゃあさっそく砥石と高取を攻め、あやつを討ちとってご覧に入れますする」

　宗景は直家の眼中をたしかめるように見た。

「観阿弥をただちに討て。ただ、そのほうには、いまひとつ難儀な用を申しつけねばならんのじゃが」

　宗景は、言いかけて口ごもる。

「何なりとも仰せつけ下されい。ご斟酌はご無用になされませ」

　宗景はしばらくためらったのち、打ちあけた。

「実を申せば、そのほうが舅の中山備中もまた、観阿弥と同心いたし、謀叛をたくらんでおるんよ」

　直家は動転した。

　備中守は、彼を実の子のようにいつくしみ、信頼していた。舅を殺すには忍びないと直家は思い惑った。妻との間柄も円満で、双子の娘は新庄山城での明け暮れに華やぎをそえてくれている。

円満な家族の絆は、舅を殺せばたちまち断ち切られてしまう。

――舅殿に加担して、屋形（宗景）に叛くか――

直家は幾度か呼吸するあいだに、情勢を判断した。

備中守と観阿弥が宗景に叛意を察知されたことは、不運であった。直家が備中守討伐を辞退すれば、宗景は他の属将に亀山城を攻めよと命じるであろう。

備中守たちは、金川の松田の軍勢が応援に駆けつけてくるまでに、浦上勢の攻撃を支えきれない。直家が備中守に加勢しても、共倒れになるばかりである。

浦上宗景が全兵力を動員すれば、万余の大軍が砥石山、高取山、亀山の三城に殺到する。

――舅殿と観阿弥には勝ち目はなかろう。共倒れになりゃあ、宇喜多家再興は夢となるばかりじゃ。それよりも生き残らにゃあいけん。屋形がここまで打ち明けるのは、儂をよっぽど気に入っておるんじゃけえ、手柄をたてりゃあ三つの城を儂にくれるじゃろう――

直家は宗景に言上した。

「それがしとて人の情もござりますれば、舅を討つははばかりある儀にて、ご免をこうむりたしと存じまする。されども、何事もお屋形さまの御為なれば、これもまた討ち取らざるを得ませぬ。ただ備中守亡きのちは縁者を立て、中山の後嗣といたさねばならず、その領地はわれらに頂戴いたしとう存じまする」

宗景は直家に答えた。

「その儀は、そのほうが願いにそうようにいたしてやるけえ、中山、島村が誅伐は任せるぞ。過ちなく謀《はかりごと》をめぐらし、人数を出さず、世間の騒ぎにならぬよう、仕物（謀殺）にかけい」

「かならず、仰せの通りにいたしまする」

直家は新庄山城へ帰り、思案をめぐらした。十年間、睦まじく暮らしてきた妻を見れば決心は揺らいだが、彼は自分にいい聞かせた。

――情を殺して、舅殿を仕物にかけにゃあ、わが身の破滅じゃ。何事も堪え忍ばにゃあ仕方がねえ――

彼はそののち、舅の備中守のもとへ、前にもまして足繁く通った。

彼は亀山城の東、丘陵の麓の茶園畑というところに、ちいさな茶屋を建てた。

「ここで狩倉の獲物を料理して、舅殿をもてなせば、ええのう」

直家は狩倉で得た鳥獣を料理して、備中守を招き、ふるまった。

茶屋での酒宴がかさなると、備中守はよろこんでいった。

「ここへ招かれりゃあ、儂はこころよう酔える。しかし、城からここへくるのに、いつでも沼の縁を遠回りせにゃあならん。遠道を歩くのはおえんけえ、沼から茶園畑まで仮橋をかきょうかのう」

直家はよろこぶふりをして応じる。

「そりゃあええ考えですらあ。橋はそれがしがかけまする」

備中守は、茶園畑へ、遠回りをせずにゆけるようになった。

直家は酒宴の座で、よろこぶ舅を見ると胸が痛んだが、謀を中断することはできない。

冬になる頃には、備中守は直家が狩倉に出るのを促すようになった。

直家は天神山城へ宗景をたずね、ひそかに言上した。

「もはや近日のうちに、備中守を討ちとりますらあ。仕物にかけたときは、狼火《のろし》をあげて合図をいたしますけえ、ただちに観阿弥のところへお使者をつかわしてつかあさい」

「それは、何故じゃ」

「中山備中謀叛これあるにつき、直家に下命して成敗をさせた。ついてはそのほうは急ぎ沼の城へ参り、直家に合力して守りをかためよと、殿より仰せつけられよ。さすれば観阿弥は沼へ参りまするゆえ、それがしはあやつを討ち取りますらあ」

「うむ、よき謀じゃのう」

宗景は同意した。

永禄三年二月、梅花が満開の時候であった。直家は数十人の家来をともない、沼村の辺りへ狩倉に出向いた。

その日は獲物がとりわけ多かった。

「鴨が仰山とれたけえ、芹といっしょに焼けばうまかろう」

直家は、亀山城の周辺の沼地に下りたつ鳥を射落とし、茶園畑の茶屋へ運んだ。

台所役は脂ののった鴨を焼き、雑炊をこしらえる。直家は、陽が傾くにつれ口数がすくなくなり、考えこむ様子であった。

彼に従う富川平右衛門、長船又三郎らは、主人を励ます。

「旦那さまをあのようにおいつくしみなされる、舅御のお命を縮めるのは、お嫌でございましょう。しかし、宇喜多の家が栄えるか、すたれるかの境目にさしかかっとりますけえ、ここは何事にもへこたれず、一気に押し切って下されませい」

直家はうなずくばかりである。

いま恩愛の情にひかれ備中守を討たずにおけば、浦上宗景の誅伐をうけ、わが身はもとより妻子もともに滅ぼされる。

直家は西方の峰にかかろうとする落日を眺め、嘆息した。

「浮世のことは、おのれの望むようには参らんもんじゃのう」

彼は気をとりなおし、家来を沼城へつかわし、備中守を誘った。

「料理もできる頃おいでござりまする。湯風呂も沸かし、諸白酒《もろはくざけ》の樽も支度しとりますけえ、どうぞお渡り下されませ」

「さようか、今宵も馳走してくれるんか。婿と酒をくみかわすほどの楽しみは、ほかにゃあねえんじゃ」

備中守はよろこび、小袖に胴服をかさね、仮橋を急ぎ足に渡ってきた。屈強な家来十数人が、あとを追ってくる。

直家は茶屋の外で出迎えた。

「今日は舅殿をおもてなしいたすにちょうどよき、児島の煉酒《ねりざけ》がとどいてござりますけえ、ごゆるりとなされませ」

「それはええのう。肴は何じゃ」

「鴨の焼物、あぶる小鳥、鮓《すし》、鯉汁、鯛の子のしおから、刺身なんぞでござりますらあ」

「なんとのう、腹の虫がおどろきょうる」

備中守は湯風呂をつかい、広間に出て脇息にもたれる。家来たちも左右に居流れた。

直家は備中守と酒杯をかわしつつ、なごやかに世間話をする。

「近頃は、北の尼子、東の赤松、西の三村、南の細川と、国境を接する手ごわき者どもが鳴りをひそめておりますけえ、まずは安泰な日送りができますらあ。犬島の海賊も、おとなしゅうそれがしの申すことを、聞くようになりました」

「ほう、そうか。そりゃあなによりじゃ。まあ、いつまでも安泰ではいられまいがのう」

備中守は、早くも眼もとを朱に染めていた。

備中守は、婿を信頼していた。彼は酔いにまかせ、不用意な口をきく。

「儂はそなたが、いまのように二つの城だけでのうて、四つも五つもの城を持ってほしいと思うとる。いまのように守護代ばかりを奉《たてまつ》りょうても、おえりゃあせんで。力のある者は、相応の絵を書かにゃあいけんのじゃ」

「そげえなことができる時は、くるでしょうかのう」

「くる、くる。間なしにくるけえ、儂に任しときんさい。今夜は夜も更けたけえ、うちの城へ泊まりゃあええが。沼の城へ泊まりんさい。飲みあかそうで」

直家は承知した。

「それはようござりますらあ。たまには舅殿のお屋形へ泊めていただくのも、ええですらあ。お伴いたしまするでえ。今宵はことのほかに酔うて、新庄山まで戻るのが辛うござりましたけえ、泊めて頂きまする。供の者は皆帰しますらあ」

富川、長船ら近臣は、狩倉にともなってきた軍兵を伴い帰るふりをして、闇にまぎれ亀山城の附近にひそみ、直家の合図を待った。

直家は酔ったふりをして、仮橋を渡るとき、幾度も足を踏みはずしかけた。

備中守は、城中宿直の侍どもにいう。

「今宵は直家と夜明かしにて話をいたすほどに、おのしどもは遠侍《とおさぶらい》へ引きとりて休息いたすがよい」

侍たちは、備中守の座所から退いていった。備中守、直家の傍に侍るのは女房衆二、三人ばかりである。

備中守は、酩酊して直家に真意を洩らす。

「儂はいつまでも浦上の幕下についとりゃあせんで。そげえなことをいつまでもしとりゃあ、おえんばあじゃ。いつかは宗景をひっくりかえして、備前を一手に納めてやらあ。そのときにゃあ、そなたは儂の片腕じゃ」

「かしこまってござりまする。舅殿の手足となって、身を粉にしてはたらきますらあ」

「秘事を、よそで洩らすなよ」

「何事があっても、洩らしはいたしませんけえ、お気遣いはいらんことですらあ」

「そうか、儂もかわいい婿じゃけえ、ここまで明かすんじゃ」

直家は心変わりしようとする衝動を、懸命にこらえた。

ここで情に流されたなら、企みのすべては水泡と消える。

——心を鬼にして、やらにゃあいけん。舅殿を殺したとて、一年も経てば心の痛みは消えてしまおう——

彼は自分にいい聞かせた。

直家は、どれほど杯をかさねても酔わなかった。しだいに脳中が冴えわたってくる。

備中守はしたたかに酔い、直家と話しつつ居睡りをして、よだれを垂らす。直家は脇息にもたれる舅を抱きおこした。

「もはやおくたびれなされたか。これにてお休みなされませ」

「うむ、また明日も酒盛りをやろうぞ」

直家は備中守の肩を支え、寝所へともに入ると、臥しどに身を横たえようとする舅の背中へ抜き打ちの一刀を浴びせた。

備中守は斬られつつ腰の脇差を抜こうとしたが、蹴倒された。直家は舅の喉元にとどめを刺す。備中守は噴きだす血をわが顔に浴びつつ、手足を震わせ息絶えた。

直家は脇差で首級《しるし》を押し切りにして取ると、用意していた首袋に入れ、力帯につけて式台へ出た。女房たちは腰を抜かして声をたてることもできない。

直家は城門をひらき、家来たちを呼ぶ。

「しでかしたぞ。早うこい」

富川、長船ら数十人の家来たちが、刀槍を手に駆けこんできた。

「曲輪《くるわ》のうちにおる者は小人数じゃ。斬りすてよ」

直家の下知に従い、宇喜多の軍兵は亀山城内をあらため、宿直の侍たちをひとりも逃がさず、追いつめて殺戮した。

城中の物音が静まると、直家は富川平右衛門に命じた。

「狼火をあげよ」

蒼白の流星花火が、蛇のようにうねりつつ夜空へ昇った。

天神山城で亀山城の方角を眺め、直家の狼火を待っていた浦上宗景は、ただちに使番に命じた。

「宇喜多の合図があったけえ、すぐに砥石へ走れ。ぬかるなよ」

「合点でござりますらあ」

母衣《ほろ》武者は馬腹を蹴って、砥石城へむかった。

島村観阿弥は寝ていたが、宿直の侍に起こされた。

「天神山より、お屋形のお書付けが届いてござりまするぞ」

観阿弥ははね起きた。

謀叛のくわだてが露顕したかと、胸をとどろかせ書状を読み下す。

「中山備中儀、悪謀露顕いたせしにより、宇喜多三郎左（直家）に今宵討ち果たさせ候。つきてはそのほう儀、ありあう人数を連れ、ただちに沼の城へ至って三郎左に合力いたすべし」

観阿弥は胆をひやしたが、わが身に危難の及ぶことはないと、安堵した。

このうえは、一時も早く亀山城へ駆けつけ、直家に協力して宗景に忠勤をはげまねばならない。彼は数人の家来を率い、砥石城を出た。

島村観阿弥が亀山城に到着すると、城門は閉ざされ、辺りは静まりかえっていた。

「これはどうしょうたんなら。三郎左はきておらんのか。面妖じゃ、油断はならんぞ」

彼は槍を構え、家来たちと辺りを見まわすが、星明かりの下で動くものはなかった。

観阿弥は声をあげて呼ぶ。

「観阿弥がただいま到着したぞ。三郎左はいずれにおる」

三度くりかえして呼ぶと、ようやく門扉がきしみながら開いた。

「砥石から参った観阿弥じゃ。三郎左に会わせてくれえ」

門前の濃い闇のなかから、声が聞こえた。

「われらが主《あるじ》は、本丸にてお待ちいたしておりますらあ。観阿弥殿には、どうぞお入りなされませ」

観阿弥は、入門を拒んだ。

「お屋形よりの下知によって、供の者と駆けつけたが、この様子では中山備中が成敗は何事もなく済んだようじゃのう。儂ゃこれにていったん砥石へ戻り、人数を引き連れ出直してくるけえ、三郎左にそういうておいてくれえ」

彼は身に迫る殺気を感じとり、馬に乗って立ち去ろうとした。

そのとき、沼の畔からおびただしい人影があらわれた。観阿弥は刀槍が鈍い光芒を放つのを見て、馬腹を蹴った。

「謀《はか》られたぞ。逃げい」

主従が一団となって逃げようとしたが、武器を手にした人影が行く手をさえぎった。

「おどれらが、やられてたまるか」

観阿弥は槍を小脇に抱え、敵中へ突進したが、唸りをたてて飛んできた矢が、彼の喉に突き立った。

馬上に棒立ちになった観阿弥は、まっさかさまに転げ落ちる。

宇喜多の軍兵が飛びかかり、押さえつけて首級《しるし》を取った。濃い血のにおいが闇中にひろがった。

「殿、観阿弥を討ちとってござりまするぞ」

叫び声に応じ、城門から松明を手にした直家があらわれた。

「祖父《じい》の仇めが、思い知ったか」

直家は、観阿弥の屍体を睨みつけた。

彼は家来たちに命じた。

「観阿弥のあとを追うてくる砥石の者どもは、この辺りで待ち伏せ、斬って捨てい。儂は砥石を攻めにむかうけえ」

直家は新庄山城から駆けつけた三百余の兵を率い、砥石城を急襲した。

島村の家来たちは、夜中に呼び起こされ、渋い眼をこすりつつ戦支度をしていたが、宇喜多勢が乱入するとうろたえ騒ぐばかりで、おおかたが戦うこともなく降伏した。

浦上宗景は直家の手柄を賞して亀山城と、中山、島村の所領の大半を彼に与えた。宗景は直家の胆略をおそれ、過分の褒美を与えざるをえなかった。

直家の妻は新庄山城で自害した。父が夫に殺されたと知って、動転したためである。

――許してくれい。ほかに撰ぶ道はなかったんじゃ。舅殿に加担すれば、儂も滅亡するよりほかはなかったんよ――

直家は妻をねんごろに葬り、亀山城に移った。彼は新庄山城を家来に守らせ、砥石城に異母弟春家を、乙子城に末弟忠家を入れた。

直家は四城を擁し、数千人の兵力を動かす、宗景麾下筆頭の武将となった。

彼は富川、長船、岡ら重臣と相談した。

「儂はいまではその気になりゃあ、お屋形を攻めても負けりゃあせんぞ。しかし、それをするにはまだ早かろう。まず龍の口を攻めることじゃ」

富川平右衛門が応じた。

「そりゃあ、ええお考えですらあ。ただ殿が動くには、お屋形のお許しを頂かにゃあいけんと思いますがのう。お屋形に疑われりゃあ、何事もやりづろうなりますらあ」

直家は平右衛門の意見をいれ、天神山城へ出向き、宗景にすすめた。

「そろそろ龍の口をお攻めになられりゃあ、よかろうと存じますらあ。備中守、観阿弥を征伐して、内の固めがととのうたれば、いまは打って出る時でござります」

備前上道郡龍の口城は、現在の岡山市祇園龍の口山にあった。

城主は穝所《さいしょ》治部元常である。元常は金川城に拠《よ》る強豪、松田元勝の属将であった。

直家は弟の忠家を大将として、侍大将長船又三郎、延原土佐らを従わせ、二千の兵を出し龍の口城を攻撃させた。

穝所元常は城を出て、竹田河原の北方で宇喜多勢を迎え撃った。穝所勢は五、六百の小勢であったが、地の利をこころえている。

宇喜多勢の先手、長船、延原勢は狭い畷《なわて》道にさしかかったところを、埋伏していた穝所勢に急襲され、脆くも崩れ、潰走した。

それは宇喜多勢の計略であった。

穝所元常は、たちまち足なみを乱した敵勢を追撃し、勝ち誇って深入りした。

「敵の旗本勢を突き崩し、大将を討ってとれ」

穝所勢が忠家本陣へ殺到する横あいから、いったん逃げた長船、延原勢が横槍を入れた。

彼我の戦力の差が歴然とあらわれ、穝所勢は散り散りになって敗走する。

宇喜多勢は深追いせず、ひとまず引きあげようとした。

宇喜多勢が退いていく途中、赤坂郡和田（山陽町和田）の城主和田伊織が手兵を率い、龍の口城の後巻き（救援）に駆けつけてきた。

伊織は十九歳、穝所元常と男色の交わりがあったので、竹田河原に旗幟《きし》をつらね攻めかかった。

宇喜多勢は和田勢をあしらいつつ後退する。日が暮れてきたので、和田勢も退いていった。

その後、宇喜多勢は幾度も龍の口城を攻めたが、大軍をこぞって決戦をする機が容易につかめない。

龍の口城は、北西は屏風をつらねたような険しい崖にのぞんでいる。山下《さんげ》には西大川（旭川）が流れており、南方は深い谷間である。東方だけは山続きになっているが、難攻不落の要害であった。

その上、城に攻めかけると、かならず和田伊織が穝所の後巻きにあらわれる。

直家は忠家と幕僚たちを呼び集め、軍議をひらいた。彼はいう。

「龍の口城の辺りは節所（要害）じゃけえ、大勢で攻めてもどうにもならんぞ。計略を遣わにゃあいけまあ」

長船又三郎が意見を述べた。

「あの城は力攻めにしようとて、人数を損なうばかりで、攻め取るのはむずかしゅうござりますらあ。殿の仰せのように、謀をもって取らにゃあいけんと考えまする」

「ほう、いかようの考えじゃ」

「元常は武略にすぐれておりまするが、衆道にふけっておるゆえ、龍の口城へ眉目《みめ》よく、機転のきく若侍をえらんでお入れなさりゃあ、よかろうと存じます。そうすりゃあ、元常を討ちとらせるはたやすいことにござりましょうが」

直家は、又三郎にいった。

「そりゃあ、ええ謀じゃ」

彼は岡平内をひそかに呼び、命じた。

「おのしの息子の清三郎は、儂の小姓をつとめ、役に立つ者じゃ。容色もことのほか優れておるが、そこで折りいっておのしに頼みがあるんじゃ」

「何事なりとも、仰せつけてつかあされ」

「龍の口城の主、穝所元常は、衆道にふけっておるそうじゃ。あやつは軍略に長じ、攻めたとてなかなか降参いたさぬが、清三郎を城に入れ、近づけてやりゃあ、元常はたやすく誘いにのってくるぞ。そこを仕物にかけるんじゃ。ただ疑われては松田に成敗されるけえ、元も子ものうなる」

平内は承知した。

「これは殿と、儂ら親子だけの秘事にしとかにゃあ、よそへ聞こえまするで、決して素振りにもお見せなさらぬよう、お気をつけてつかあされ」

亀山城の木立をゆるがして蟬が鳴きしきる夏がきた。

宇喜多家中で椿事がおこった。直家の小姓岡清三郎が城中で艶書を落とし、朋輩に拾われたのである。

書状を読むと、清三郎の相手は男であると分かった。彼は家中の風紀を乱した廉《かど》によって、牢に押しこめられた。

直家は怒っていう。

「清三郎を牢問い（拷問）にかけ、相手の名を白状させたのちに、成敗しなければならぬ」

家中の侍たちは日頃清三郎の浮薄な噂がまったく立ったこともないのに、ふしぎなこともあるものだと、首をかしげあった。

家老たちは直家をなだめた。

「あの艶書は、清三郎の筆跡であるように見えまするが、当人が書いたのではなかろうと思いまするがなあ。いま一度、清三郎に糺問なされたらいかがでござりますかのう」

直家は怒った。

「年寄役のお前らが、そがいなことをいうとるけえ、不心得者があらわれるんじゃ。気を緩めるのも、ほどほどにせえ」

数日後、直家は岡平内に命じた。

「今宵のうちに清三郎を牢屋から抜けさせて、何とかして龍の口の城へ入れるんじゃ。ええか、抜かるなよ」

平内は夜陰に乗じ、牢番に当身《あてみ》をくわせ、気絶している隙に清三郎を牢から出して逃がした。

平内は清三郎を、龍の口城の川向かい、牧石ケ原に草庵をむすんでいる遠縁の僧のもとに預けた。機を得て城へ奉公させるためである。

盛夏の暑熱もうすらぎ、赤とんぼが野末に眼につくようになった頃、稲所元常は川狩りに竹田河原へ出た。

清三郎は、この機に元常に近づこうと、僧に借りた一節切《ひとよぎり》（尺八）を吹きつつ、川原の藪蔭の辺りを歩いた。

元常も一節切の名手であったので、聞き耳をたてた。

「あれはなかなかの巧者じゃあねえか。誰が吹いておるんか、見て参れ」

家来が音色の主をたしかめ、元常に言上した。

「年のほどは十五、六の、美しき若衆が一節切を吹いておりますでえ」

元常は数人の家来を連れ、若衆を見ようと出向いた。

川向こうの岸に船をつけ、音色にひかれ藪蔭へゆくと、白地の帷子《かたびら》をつけ両刀を帯びた少年が、無心に一節切を吹いていた。

「これは、稀なる美形じゃ」

元常はおどろく。

衆道を好む糯所元常は、清三郎の傍へ歩み寄ろうとした。

清三郎はおどろいたふりをして、草庵へ戻りかける。元常は呼びとめた。

「御辺《ごへん》（あなた）は、いかなる身上《しんじよう》のお人かのう。この辺りにあるべきようなる若衆ではなかろう。それに一節切の調べが、耳についてはなれんのじゃ。まずは待ってくれぬか。儂は龍の口の城主じゃが」

清三郎は地面にひざまずき、手をついて答えた。

「あなたさまは、治部公にておわしまするか。それがしは、先頃まで宇喜多秀家に仕えし岡清三郎と申す者にて讒言《ざんげん》されて無実の罪をこうむり、成敗をこうむるところを、逃れしものにござりまする。家中の年寄衆がそれがしを不愍《ふびん》に思われ、ひそかに逃して下されしゆえ、危うき命は助かれども寄る辺もなく、ようやくこの草庵に身を隠しおりまする。近きうちに、遠国へ参ろうと存じおりしに、治部公のお目にとまりしはわが運の尽きたるところにござりましょう。もとより御敵の宇喜多家中より参りしそれがしなれば、ご不審ありて当然にて、いかようにもおはからい下されませ」

清三郎が涙ぐみ、肩を落とすさまは哀れであった。

元常は考える。

――かようの美童を、ここに捨て置けば、いかなる難儀にあうやも知れんぞ。それに、余人がこの者を男色のなぐさみといたさば、残念じゃ。儂が城に連れ帰り、情をかけてやりゃあええ――

元常は供衆のうち、剣術師匠の加藤十蔵を招いた。

「こがいな尤物《ゆうぶつ》をここに捨て置くのはもったいないことじゃけえ、城へ連れて帰るぞ。宇喜多の家来であったとはいうが、危ない企みなどするような年ではないけいのう。気遣いはいらん」

十蔵は諫《いさ》めた。

「幼き年頃と申せども、宇喜多が家来なりし者なれば、油断はならぬと勘考つかまつりまするで、よろしくご了簡なさらにゃあいけんと存じまする」

だが元常は、聞きいれなかった。

「もし何ぞ野心を持っておるなら、それと分かったときに手にかけりゃあよかろうが。怖がるような相手じゃあねえ。あの者をこっちの家来とすりゃあ、かえって宇喜多を攻める手引きをさせられようが」

十蔵は、いい返すこともできず口をつぐんだ。

元常は清三郎に告げた。

「儂はそのほうをかくまってやろうぞ。龍の口へくりゃあええが」

清三郎は元常に答えた。

「あなたさまがお情けのほどは身に余り、ありがたく存じますれば、お城へお供つかまつりまする。されどもいままで世話を受けし庵主にこの由を語り聞かせ、暇乞いをいたして参りとうござりまする」

元常は清三郎に若党をつけてやり、草庵に置いた身のまわりの品々を引きあげさせた。

元常は帰城して、さっそく清三郎と男色に及ぼうとしたが、さすがに用心した。

「あれは何と申しても、宇喜多の家来であった者じゃけえ、すぐに気を許すわけにもゆかん。間者を亀山城下へ入れて、様子を探らせよう」

元常の命をうけた間者が、亀山城下へ出向き、城に出入りの商人たちにそれとなく聞いてみると、清三郎の語った通りの経緯が、噂として家中にひろまっていることが分かった。

元常は安心した。

「清三郎は、やっぱり嘘はついとらんぞ。正直者じゃが。儂がかわいがってやらにゃあ、いけん」

元常は清三郎に毎夜酒の酌をさせ、酔っては臥しどをともにした。

老臣たちは、元常の身辺を懸念した。

「清三郎は色小姓じゃというても、宇喜多に仕える岡平内の息子じゃ。油断はできんでえ。殿は近頃、清三郎ばかりを相手にして、ほかの小姓に伽《とぎ》をさせなさらんが、危なかろう。和田の城へ使いをやって、伊織さまに意見をしていただこう」

老臣たちは和田伊織に元常を説得するよう頼んだ。

伊織は衆道の相手が、美童に心を移したと知ると、嫉妬を燃えあがらせ、龍の口城をおとずれ、元常に会った。

「治部殿、これはいったいどがいなことじゃ。浮気もほどほどにせえや。宇喜多の者と知っても手をつけにゃあ気が納まらんほどの色狂いか」

元常は、そらうそぶいた。

「おう、儂ゃ色狂いじゃ。お前も年を食うて、大分骨組みがごつうなったけえ、色香は劣りょんぞ。儂に意見しょうしても無駄じゃけえ、去《い》ねえ」

「なんじゃと。おどれはいつのまにそこまで呆けよったか。改心せんのなら、これでもくらえ」

伊織は拳をかため、元常の頭を力まかせに殴った。

「なにをするんじゃ」

元常は怒って伊織の胸倉をつかむ。

二人は組みあい、書院のうちを転げまわる。老臣たちが引きわけると、伊織は眼を血走らせ罵った。

「儂ゃ二度と龍の口へ足を向けんけえのう。色子に刺されて死にゃあええが」

清三郎は、父平内が亀山城下で養っていた年老いた女乞食を母といつわり、龍の口城へ呼び寄せ孝養をつくした。

龍の口城の重臣たちも、その様子を見てしだいに疑念をやわらげる。

元常は清三郎を身近にひき寄せ、酒宴の座にも他の者を呼び寄せることがなかった。清三郎は元常の厚情をうけ、身命をなげうっても主人につくす真心を捧げる様子であった。

平穏な月日が過ぎた。永禄四年六月なかばの暑熱きびしい昼下がり、元常は龍の口城北方の川にのぞむ櫓に昇り、涼風に暑さをしのいでいた。

断崖の下を流れる川から絶えず爽やかな風が吹きあげてくる。元常は酒杯を干すうち、睡気をさそわれ、清三郎の膝を枕に眠りこんだ。

清三郎は辺りを見まわす。蟬の音が城山の鬱蒼とした樹林をゆるがせ、啼きしきっているばかりで、辺りに人影はない。

——待っていたときがきたぞ。いまじゃ——

清三郎は自分を信じ、油断している元常を殺すのをあわれに思うが、ためらう余裕はなかった。

彼は傍に置かれている元常の脇差を抜きはらい、満身の力をこめ胸もとを刺す。

心の臓をつらぬかれた元常は、いったんはね起きたが、顔色がたちまち蒼ざめ、朽木のように倒れた。

清三郎は元常の首をうちおとし、わが袴をぬいでそれを包み、断崖のつづら折れの小道を下り、川辺へ出た。

そこには元常が船遊びに使う小舟があった。清三郎は舟を引き寄せ、首級を投げ入れ、乗ろうとした。

そのとき、元常の小姓早川左門が駆けつけてきた。左門は所用があって櫓へ昇ったところ、辺りは血の海で、首のない元常の屍骸が転がっていたので、櫓の外へ大声で叫んだ。

「清三郎が、殿を斬りようたぞ」

彼は二、三度叫んだが、あらわれる者もいないので、外へ走り出た。

崖際をのぞいてみると、清三郎が坂道を下ってゆくのが見えたので、あとを追いかけ、河原へ出る。

「こりゃ待て、清三郎。殿の仇め」

左門は刀を抜き、浅瀬へ駆けこむ。

清三郎は舟に乗り、水棹《みさお》を押そうとしてふりかえり、左門を見ると刀を抜き、左の横鬢《よこびん》から肩先へ斬りさげ、二の太刀で眉間に打ちこみ、倒した。

清三郎は城兵にあとを追われたが、無事に逃げのびて亀山城へ戻った。彼は父平内にともなわれ、宇喜多直家に元常の首級を献じた。

直家は元常の首級を実検した。両脇に立つ近習に弓弦《ゆづる》を数回引かせ、刀の柄に手をかけ、顔を右へむけ、左方への流し目で実検ののち、清三郎を膝もとへ召し寄せ、手柄を褒めたたえた。

「そのほうはまだ年も若いけえ、こげえな謀をやらせりゃ重荷じゃ。ほんじゃけえ、ついには殺されるんじゃあなかろうかと案じておったんじゃ。それをよくもやり遂げたのう。大手柄じゃが」

清三郎は翌日元服して、直家の命により剛介と名乗ることとなった。

龍の口城では、元常が討ちとられたので家中が騒擾《そうじょう》して、大混乱となった。家老の山口与市が主立った侍衆を集め、軍評定《いくさひょうじょう》をひらいた。

与市はいう。

「殿のご生害は、いまさら悔やんだとて詮もなきことじゃ。この仇討ちをするのは、儂らのつとめじゃろう。亀山城へ押し寄せて、有無の一戦をやらにゃあいけんぞ」

諸侍のなかばは、亀山城の直家を討つ意見に応じたが、危ぶむ者も多かった。

「宇喜多の兵は、強えけいのう。攻めていきょうて勝てりゃあええが、追いまくられて皆殺しの目にあいかねなあ。それより、お城の守りを固めておるほうがええぞ。和田の伊織さまをお迎えして大将となし、たてこもろう」

籠城に意見がまとまり、赤坂郡和田城へ急使がおもむいたが、和田伊織はためらった。

「治部が殺されりゃあ、宇喜多が攻めてくるのは必定じゃ。わが城を守らんで、龍の口を守るわけにもいかんけいのう。儂ゃこの城におるぞ」

元常の家来たちは、やむなく山口与市を首将として、龍の口城の防備をおこなう。

ひと月も経たないうちに、宇喜多勢が押し寄せてきた。直家は風の吹きつのる夜、龍の口城の山麓に火を放った。

城兵たちは城を出て戦う気力もなく、右往左往するばかりで、火焰のなかを四方へ落ちのびていった。

山口与市は切腹し、城兵の抵抗を制圧した宇喜多勢が曲輪うちへ乱入して、城内を焼きはらい、一夜のうちに占領した。

宇喜多勢は、つづいて和田城へ襲いかかった。和田伊織は猛攻に堪えかね、城を捨て、金川城の松田氏のもとへ落ちのびていった。

直家は龍の口、和田の二城を収め、その勢力はさらに強大となった。浦上宗景は、わが実力が直家に劣ることを自覚せざるをえなかったが、直家は倣るそぶりがまったくない。ひたすら宗景に忠勤をつくした。

龍の口落城の頃、金川城の当主松田元賢は、尼子氏の衰運にともない、いきおいを失ってきていた。

戦　機

永禄五年（一五六二）、松田元賢は天神山城の浦上宗景のもとへ出仕し、その麾下《きか》に加わった。

元賢が宗景に帰服したのは、宇喜多直家のすすめに従ったものである。元賢は尼子氏が安芸の毛利に圧迫され、敗色が日に増してあきらかになりつつある折柄、前途の不安をつよめていた。

直家は、元賢に主君宗景との同盟をうながした。

「御辺《ごへん》（あなた）は備前の西のほうじゃ、図抜けて大きな領地を持っていなさるが、尼子が毛利に出雲まで攻めこまれておるような雲行きじゃ、ぐあいが悪かろうと存ずる。備中成羽《なりわ》の鶴首の三村が、毛利に尻を押されて出てこようが。近頃じゃあ、備中猿掛、高梁と、しだいに手をひろげてきたけえ、いずれは備前や美作《みまさか》にも乱入してこよう。そのときゃ、儂らとおたがいに合力《ごうりょく》しおうて防がにゃあいけんですらあ。御辺さえその気になって下さりゃあ、儂らはよろこんで手を組みまするがのう」

松田元賢は小田郡星田郷に本拠をかまえる三村家親が毛利の後援を得て、しだいに勢力を東へのばしてくる情勢のもと、浦上宗景と同盟して生きのびねばならないと判断した。

「直家殿は、浦上の屋台骨を背負うておられるお方じゃ。儂も御辺に誘われるなら、嫌とはいえん。よろこんで仰せに従おう」

松田元賢は宗景に帰服して、浦上勢の先鋒となった。

宗景は同盟の絆《きずな》をつよめるため、元賢に命じた。

「元賢殿は、まだご内室がないそうじゃが、三郎左衛門（直家）の娘を嫁にもろうてやってくれんか」

直家が亡妻とのあいだにもうけた双子の娘は、数え年十一歳となっていた。

元賢は承知した。

「われらには過ぎたるお方にござりますれば、よろこんでおうけいたしまする」

直家と元賢の間柄は、舅と婿になっていっそう緊密となった。

直家は宗景と相談して、いまひとりの娘を美作三星城主の後藤摂津守勝基に嫁がせることとした。

直家の勢力は増大するばかりであった。後藤勝基もまた、尼子の衰運の影響をうけ、毛利の先兵である三村家親の侵略の脅威にさらされていた。

直家は、元賢、勝基をはげました。

「三村がどれほど毛利の合力をうけてきょうたとて、浦上がおるけえ気遣いはねえぞ。いっしょに戦こうたら、三村は備前へ入ってこれん。そのうち、こっちから備中へ押し入っちゃるけえ、見とりんさい」

備中の三村家親は、永禄五年までは毛利元就の麾下にいて、伯耆、出雲に転戦していた。彼の領地は、留守の間に松田氏に侵略されることがしばしばであった。

家親は尼子氏が衰え、出雲冨田《とだ》城を残すのみになると、毛利元就に願い出た。

「それがしはしばらく備中へ帰り、領分を治めとうござりまする。これまで松田の人数が入りこみょうて、乱妨をはたらきましたけえ、征伐してやらにゃあおえんと思うとりまするが」

元就は承知した。

「そのほうが申し条は、もっともじゃ。望みに任せてやるけえ、去《い》ぬるがええぞ」

家親が領国の小田郡へ帰ってみると、ただならない情勢であった。

留守居の家老は彼に報告した。

「松田左近将監（元賢）は、宇喜多と和睦し、浦上に就いて備中へはたらこうといたしおりますけえ、こなたより備前へ乱入して、荒らしてやらにゃあおえません」

「あい分かった。そうしてちゃあ」

永禄六年になって、三村家親は備前へ乱入した。

その後、三村と宇喜多の衝突があったが、永禄八年五月になって、三村勢は大挙して美作に出陣し、後藤勝基の三星城を攻めた。

直家は侍大将馬場次郎四郎に足軽勢を預け、応援にさしむけた。三村勢が城壁に肉薄すると、城中から人数を繰り出し、果敢な白兵戦を展開する。

五月二十四日、次郎四郎が三星城の前を流れる川で沐浴していた。連日の暑熱つづきで、次郎四郎はここちよく涼をとっていたが、三村の士卒が押し寄せてきたので水浴びをやめた。

「体を冷やす暇もねえぞ。ちとゆっくりさせてくれえや」

次郎四郎は不満をもらしつつ具足をつけ、追手門から出て敵を迎え撃った。

味方の人が先に出て、敵と槍をあわせた。敵方の槍仕の両脇に、弓を持つものが二人いて、矢をつがえようとしていた。

次郎四郎は、弓を持つ敵に槍先を向け、突きかけた。敵は、次郎四郎があまりに間近から突いていったので、矢を放つことができず、刀を抜いて応戦した。

次郎四郎の槍のいきおいがあまりに強かったので、二人の弓衆は背をむけ逃げ去った。

次郎四郎は槍を構え、突進する。彼は槍を持つ二人の敵と戦ううち、突きかけてくる二本の槍をつかんで放さなかったので、敵は槍を捨てた。

二人の敵は馬場次郎四郎の剛力にかなわず、槍を捨て逃げようとした。敵の一人がつまずいて倒れたので、次郎四郎はたちまち組み伏せ、首級《しるし》を取った。

新手《あらて》の敵数人があらわれ、次郎四郎に斬りかかる。

「こやつらは、小積にも儂に仕懸けるんか。命を大事と心得ぬ奴輩《やつばら》じゃ」

次郎四郎は佩刀《はいとう》を抜きはらい、斬りまくった。敵は彼のはげしい刀勢に押され、逃げ帰った。

次郎四郎の武者振りは敵味方のあいだに聞こえ、浦上宗景は彼に感状を送った。

三村家親は三星城を攻めあぐみ、十一月に兵を引き、突然美作に乱入して高田城を攻めた。高田城は姫新線中国勝山駅の北側、標高三百二十二メートルの如意山に本丸、標高二百六十一メートルの勝山に出丸を置いていた。

高田城初代城主三浦貞宗は、関東三浦氏の後裔といわれ、室町期以降、美作の真庭、大庭の二郡を領地としていたが、天文十七年（一五四八）の秋、第十代の当主貞久が病没したのち、尼子勢の急襲をうけ、落城した。

第十一代の三浦貞勝は落ちのびたが、永禄二年三月、尼子の衰運に乗じ、浦上宗景の応援をうけ、高田城を奪い返した。

三浦貞勝は三村勢の急襲をうけ、一カ月にわたり抗戦をつづけたが、兵粮、矢玉が尽きかけたとき、重臣のひとりが三村に内通し、敵勢を城中へ誘いいれた。

貞勝は妻子をともない、城を落ちのびる。途中で妻子を逃がし、自らは近習十一人とともに山中へ入ろうとして、三村勢に発見された。

貞勝主従は血路をひらき、逃れようとしたが、重囲に陥った。貞勝は負傷し、力尽きて井原村蓬《よもぎ》（新見市）の薬師堂で自害した。二十八歳であったという。

貞勝の妻お福は二十歳、桃寿丸という息子を連れて逃れ、旭川を下り備前津高郡の下土井村（加茂川町下土井）の土井氏を頼った。

土井氏は虎倉《こぐら》城（御津町虎倉）城主、伊賀久隆の属将で、母は三浦氏の出身であった。

お福はまれに見る艶冶《えんや》な容姿をそなえていた。宇喜多直家の妹を妻としている伊賀久隆は、永禄九年の春、お福を亀山城へともない、直家にひきあわせた。

直家はお福を見て、心をゆさぶられた。

――これほどの美形には、いままで逢うたことがねえ――

お福は亀山城で、直家の身辺に仕えるようになった。

備中の三村家親は、その後も備前、美作へ押し寄せる動きをあらわしていた。

宇喜多直家は、三村家親を仕物（謀殺）にかけようと考えをめぐらし、富川、長船、岡らの重臣と相談して、美作に近い津高郡加茂に住む、遠藤又次郎、喜三郎という兄弟を亀山城へ召し寄せた。

遠藤兄弟は、かつて備中川上郡成羽に長く住んだことがあり、鶴首城主の三村家親を見知っていた。また三村家中に知人もいる。

兄弟はともに鉄砲の巧者で、美作の地理に詳しかった。直家は彼らが伺候すると、さっそく用件を告げた。

「そのほうどもを呼んだのは、三村家親を仕物にかけてもらいたいためじゃ。あやつの陣所へ忍び入って、謀《はかりごと》によって殺してくれりゃあ、褒美はいくらでも出すがのう。なんとか合力してくれんか。そのほうどもは、鳥や獣を鉄砲で撃って暮らしておるというが、家親を撃ちとめてくれりゃあ、ありがたいんじゃが」

遠藤又次郎が、返答した。

「宇喜多の殿がお呼びじゃと聞いて、いかなる大事かと思うて参じましたが、やっぱりぼっけえお話でござりまするなあ。三村は大名でござるゆえ、身辺の人数も多うござれば、儂らの力で討ちとるのは、なかなか難儀じゃろうと存じますらあ。しかし、われらをえらんでお頼り下されたのは、侍の面目このうえもねえことじゃ。それゆえ、身命をなげうって、大博打をしかけてみますらあ。ほんじゃけえ、事がうまくはかどらずに、敵に討ちとられ、落命したときは、あとに残した女房子供の面倒を、よう見てやってつかあされ」

「あい分かった。そのことならうけあおうぞ。そのほうどもは危地に入って功をなしとげてくれ」

遠藤兄弟は、三村家親の命を狙い、諸方を忍び歩く。

そのうち家親は軍勢を率い、備前へ乱入し、松田元賢のたてこもる金川城に迫ってきた。

家親は、弓削荘糘村（久米南町下糘）の興善寺に本陣を置いた。遠藤兄弟はよろこんだ。

「興善寺なら本堂から客殿、台所まで勝手が分かっておるけえ、好都合じゃ。二つ玉筒で撃ち殺してやろうぞ」

遠藤又次郎は、三村家親を狙撃するため、直家から二連短筒を借りてきていた。

永禄九年二月五日の夜、兄弟は物蔭を伝い、興善寺へ忍び入った。寺には篝火《かがりび》が焚かれ、警固の侍が十数人いたが、酒を飲み雑談して、気を許している様子である。

本堂の縁の下へもぐりこむと、大勢の声が聞こえ、軍評定《いくさひょうじょう》の最中であった。家親の声もする。

又次郎は喜三郎に辺りを見張らせ、本堂の縁にあがり、障子紙を唾でしめらせ穴をあけ、堂内をのぞいた。

仏壇の前に燭台がいくつも置き並べられ、ほの明かりのなかに三村家親の横顔が見えた。家親は主立った家来を集め、さかんに戦法を論じている。

又次郎は懐から二連短筒をとりだし、障子の破れめから家親を狙撃しようとしたが、持ってきた輪火縄の火がいつの間にか消えていた。

喜三郎がいったん寺の外へ出て、火打石を打って火縄に点火してくる。又次郎が短筒に火縄をはさみ、障子の穴からのぞくと、家親は仏壇にもたれ、居睡りをしていた。まわりに家来の姿はない。軍評定のあいだに酒を飲み、大酔した家親は、いびきをかいて熟睡している様子である。

又次郎は膝台の構えで充分に狙いをさだめ、家親の頭を撃った。二発の鉛玉は、家親の頭蓋を吹きとばし、血しぶきがあがった。

「やったでえ。あれを見い」

「ほんに、家親は首から上がねえでえ」

突然鳴り渡った銃声におどろいた士卒が、駆け集まってくる。

「いまの音は何じゃ。鉄砲じゃあねえか」

「敵があらわりょうたか。煙硝のにおいじゃが」

又次郎兄弟は、大勢の人影が騒ぎたてるなか、闇中を忍んで興善寺の外へ出る。

本堂から叫ぶ声が聞こえてきた。

「やあ、ここに殿が倒れとるで」

「首から上がねえでえ。えれえ血が飛んどる」

「曲者がきたんじゃ。追え、追え」

寺内に千余人の軍兵が集まり、本堂の附近を、松明《たいまつ》をかざしあらためてまわる。

又次郎兄弟は、闇中からその様子を眺めていた。三村の軍兵たちは辺りを駆けまわるが、くさむらにひそむ兄弟には気づかない。

彼らは、路上を行き来するが、くさむらに足をむけない。どこに敵がひそんでいるか分からないからである。

又次郎たちは、一刻（二時間）ほど動かずにいた。人の動きがあわただしかった興善寺の内外も静まり、本堂に灯火が見えるが人声もまばらである。

又次郎は喜三郎にいう。

「儂ゃあ、さっき撃った鉄砲を、そのまま本堂の縁に置き忘れてきたんじゃが、このまま帰りゃあ臆病者といわれかねんけえ、取りにいってくるでえ」

喜三郎はとめた。

「兄さん、そりゃあ危ねえでえ。命と鉄砲を引きかえにするつもりか」

又次郎は喜三郎のとめるのも聞かず、興善寺へ戻った。さいわい辺りに人影もなく、縁にあがってみると、二連短筒は又次郎の置いた場所にあったので、よろこんで持ち帰る。

又次郎と喜三郎は亀山城に戻り、家親狙撃の様子を直家にくわしく言上した。

「そうか、家親の頭が吹き飛んだか」

「さようにござりますらあ。しかと見届けよりましたけえ、紀伊守（家親）は二発の鉛玉をくろうて成仏したに違いござらぬ」

「危うき敵中に入りこんでの、大胆不敵のふるまいはあっぱれ至極じゃ。そのほうどもには追って賞賜をつかわすほどに、まずはゆるりと休息いたせ」

直家はおおいによろこび、さっそく忍びの者を作州へつかわし、家親射殺の実否をたしかめさせた。

だが忍者は戻って注進した。

「三村の軍勢は、常とかわらぬ態で、兵粮などつかい、今日は備前へ討ち入ると申し、陣立てをいたしおりまするが」

「ほう、家親が死んだとの噂は聞かぬか」

「さようのことは、まったく耳にはいりませなんだ」

「そうか、そりゃ面妖じゃのう」

直家は、ふたたび別の忍者を興善寺へつかわし、様子をうかがわせた。

忍者は帰ってきた。

「どうじゃ、三村の人数は備前へ入りょうたか」

「いや、そうではありませなんだ。三村の者どもは備前へむかう途中、にわかに向きを変え、備中へ帰陣いたしてござります」

直家は眼をかがやかせた。

「あやつらは、成羽へ戻ったか」

「さようにござりますらあ。三村の年寄衆の三村孫兵衛が、諸侍の浮き足立つのをおさえるため、家親が死んだのを隠して戻ったようですらあ」

数日後、三村家親が興善寺で暗殺されたとの噂が、亀山城下まで伝わってきたので、直家は安堵し又次郎、喜三郎兄弟を召し出し、褒美を与えた。

「そのほうどもが武功のほどは、世に隠れもなし。兄弟ともに儂が家来となるがよい。又次郎に千石、喜三郎に五百石をつかわそう」

遠藤兄弟は、望外の出世をよろこぶばかりであった。

備中成羽の鶴首城では、三村家親の葬儀がおこなわれた。

忌中も過ぎると、家老たちが集まり弔い合戦の相談をはじめた。

三村五郎兵衛がいった。

「殿にはこのたび、宇喜多がためにお命を失われ、われらは無念骨髄に徹しておる。このうえは、日を置かず弔い合戦をやらにゃあおえんでえ」

三村五郎兵衛は死を決して、弔い合戦にのぞむ覚悟をきめていた。

「このままおめおめと日を過ごせば、当家の恥辱はいうに及ばぬ。一日も早う人数を繰りだし、殿の仇の宇喜多を討ちとって、その首を墓前に捧げにゃあおえんのじゃ。もし、われらが武運尽きて戦《いくさ》に負け、討死すりゃあ、殿に追腹切ったと思えばええが」

五郎兵衛の一族、三村親成が意見を述べた。

「五郎兵衛がいうところは一理あるでえ。しかしこのときに、腹立ちに任せて戦こうたら、味方の人数を損じて利を得ることはなかろう。宇喜多はわれらが仕懸けてゆくのを待っとるけいのう。宇喜多を勝たせりゃ、調子に乗らせて手のつけようものうなろう。それよりはしばらく時を待って、殿の御子元親、実親のお二人が成長なさるのを待ち、大将といただいて一戦を遂げてこそ、忠義じゃが」

三村の一族郎党は、このとき宇喜多に攻めかけても討死するばかりであろうと危ぶみ、親成の意見に賛同した。

「親成殿が謀こそ、もっともじゃのう」

五郎兵衛は衆議に同意しなかった。

「皆の衆は、親成が深慮をうけいれ、家中一統が存命して若君を守り奉り、忠義をつくせば、当家は危うきこともなかろう。さればこの五郎兵衛は深謀遠慮のない愚か者じゃけえ、命をながらえたところで、若君を扶《たす》け奉る才覚も持ちあわせとらん。ほんじゃけえ、儂ひとりで宇喜多へ斬りこみ弔い合戦をして、討死して殿の御恩に酬いることにするでえ」

五郎兵衛が立ちあがると、一族郎党五十余人がともに座を立った。

五郎兵衛の決意に感動した侍衆六、七人がそれぞれ郎党を連れ、行動をともにすることとなった。

総勢百人にも足りなかったが、五郎兵衛らは鶴首城下の禅寺に入り、禅僧に末期の一喝をうけ、法名を過去帳に記し焼香して出陣した。永禄九年四月なかばであった。

五郎兵衛は備前国境に着くと、亀山城へ軍使を送り、主君三村家親の弔い合戦にまかり出たと知らせ、上道郡へ乱入した。

総勢を二手に分け、一手は五郎兵衛が率い、釣の渡しから南へむかう。いま一手は矢津越えから亀山城へ迫った。

直家は弟忠家、富川、長船、岡らに三千余人の兵を預け、迎え撃った。宇喜多勢は三手に分かれ、一手は南からくる敵にむかい、一手は矢津越えから迫ってくる敵に対する。いま一手は遊軍となった。

三村五郎兵衛は五十余人の手兵とともに、弓鉄砲を放つと同時に喊声をあげ突撃した。

千人の宇喜多勢は必死の攻撃をうけ、いったんは崩れたが、四方から包囲して襲いかかった。

三村五郎兵衛は四方八方を斬ってまわり、力尽きて討死を遂げた。矢津越えから攻め寄せた三村勢も、多勢の宇喜多の軍兵に取り巻かれ、ことごとく討死し倒れた。

宇喜多勢は戦死者四十七人、手負い百余人の損害を受けた。馬場次郎四郎はこのとき重介と改名していたが、敵二人を倒し武功をあげ、直家から感状をうけた。

直家は永禄九年のうちに、作州鷹巣城を攻めた。侍大将花房助兵衛は城にたてこもる尼子の将、江見次郎を降伏させ、ついで備中日幡城主を扶け、毛利勢を駆逐し、強大な勢力となった。

天神山城の浦上宗景は、ここに至ってわが身に危険がせまったと判断した。下剋上の世情であれば、直家がいつ叛いて彼を討ち滅ぼすか知れない。

――このまま放っときゃあ、儂は三郎左（直家）に殺されるに違いなかろう。いまのうちにあやつを潰さにゃ、おえん――

宗景はそれまで敵対していた安芸の毛利氏と同盟をむすび、直家を倒すよりほかはなかった。

彼は毛利輝元へ使者をつかわし、直家打倒のため協力を頼んだ。

「方今《ほうこん》、われらが家来宇喜多直家逆威をふるいおり候えば、これを誅罰いたさんとす。援兵を頼みいり候」

備中成羽の三村家も、使者を毛利へつかわし、出兵を促した。

「当家は先君家親の仇を報ずるため、宇喜多を攻めたしと存じおりますれば、なにとぞご合力を頼み奉りまする。備前を斬り従えなば、国を進上申しあげまする」

直家は窮地に陥った。

浦上、三村に加うるに毛利の大軍によって攻めたてられたときは、勝機は得られないと見てよい。

彼は使者を安芸安国寺の竺雲《じくうん》恵心の弟子で、毛利家の外交僧である恵瓊《えけい》に頼み、小早川隆景に同盟を求めた。

「浦上、三村を捨て、それがしに加勢を賜わり候わば、備前半国を進め参らすべし」

毛利家では元就が老衰して病床についており、吉川元春、小早川隆景が家中の実権を握っている。

兄弟は出雲の尼子攻めの陣中で相談した。

「こののち、上方へ押しのぼろうとすりゃあ、宇喜多を味方につけておいたほうがよかろう」

「うむ、備前を味方につけりゃあ、はたらきやすかろうぞ」

「やっぱり浦上、三村は衰運じゃけえ、手を組まんほうがよかろう。宇喜多はなんというても、日の出のいきおいじゃけえのう」

毛利家は、浦上、三村との同盟を断念し、直家と協力しあうことにきめた。

宇喜多直家は、浦上宗景が敵となったのちは、かたときも気をゆるめず、四囲の動静をうかがう月日を送った。

備前の諸侍は、精兵五千を率いる武威さかんな直家に従うべきであろうかと、動揺していた。彼らは、直家が浦上宗景と三村氏の腹背からの攻撃を、いかにして凌ぐかと注目する。

三村氏は、家親の次男元親、三男元範と、四男実親らが相談して備中の諸将を誘い、城々に兵をあつめた。

備前の岡山城主金光与次郎（宗高）、船山城主須々木豊前、中島城主中島大炊介は三村氏に従っていたので、それぞれ兵を催し、宇喜多勢に対抗する。

直家は守勢に立たざるをえなくなった。三村元親らは備中の国中の侍を動員し、二万と称する大軍で家親の仇を報じようとする形勢である。

直家は備中勢の乱入にそなえ、上道郡沢田村の明禅寺山（岡山市沢田）に城砦を築き、守備兵を置いた。明禅寺山は、備中から亀山城へ押し寄せてくる、三村勢に対抗する前哨陣地である。

標高百九メートルの小山の頂上にある古寺跡に、城を築いたので、西備前の平野を一望のもとに眺めわたすことができる。

三村氏は、直家が明禅寺山に砦を置いたことを知ると、ただちに兵を出した。どれほどの人数が城にたてこもっているかを、うかがうためである。

三村勢数百人が押し寄せると、明禅寺城内から宇喜多勢があらわれ、応戦した。強豪として知られた馬場重介が先頭に立ち、槍を構え押し出してくる。

重介は麓の大溝を飛び越えようとして、向かいの崖を踏み崩し、うつ伏せに転んだ。三村の軍兵が突こうとしたが、重介は猛然と起きあがり、刀を抜いて槍を払い、敵を斬り伏せた。

重介は猛進して、いまひとりの敵を討ちとり、首級を二つ提げて城に戻った。三村勢はそのまま引き揚げていった。

直家は重介の手柄を褒めるとともに、いましめた。

「備中の奴輩は、瀬踏みをしにきおったんじゃ。間なしに押しかけてくるに違いねえぞ。雨風の激しい夜は、用心せにゃいけんのじゃ」

直家の予測は的中した。

三村勢は永禄十年の春、備前に侵入し、御野郡を迂回して押し寄せてきた。彼らは風雨の夜に夜討ちを仕懸け、城兵は不意をつかれ、防戦のいとまもなく散々に斬りたてられた。数十人が討死を遂げ、城は奪われた。

三村勢は、根矢与七郎、薬師寺弥七郎に百五十余人の軍兵を預け、明禅寺城を守らせた。直家は重臣の富川、長船、岡らを集め、相談した。

「明禅寺を取られりゃ、喉に匕首《あいくち》をつきつけられたようなものじゃが。どうすりゃよかろう」

　富川らはすすめた。

「岡山城の金光与次郎、中島城の中島大炊介らは、こなたの城に近く、備中には遠うござりますらあ。船山城の須々木もおなじことじゃろう。心のうちじゃ危なかろうと思うておるけえ、誘えば変心はたやすかろうと存じまする。まずは、この三人を味方につけにゃいけんと勘考いたしまする」

「うむ、その手を打つか」

　直家は三城に密使をつかわし、内通を誘った。

　金光、中島、須々木の三将は、三村と宇喜多の決戦がはじまれば、宇喜多勢の猛攻を受けることになるのを恐れていたので、内通の誘いに応じた。

「三郎左と手を組んだとて、いつ裏をかかれるか分かったものでなかろうが、仕方ねぇぞ。戦になりゃ、儂らの城がまっさきに落とされるけえ、生きながらえようと思えば、宇喜多に就かにゃなるまい」

　直家は三将を同意させると、明禅寺城の守将、根矢、薬師寺に密使をつかわし、降参をすすめた。

「当方に、岡山、中島、船山が味方となり加勢いたすこととあいなった。ついては、御辺がたの守る城は敵中なれば、いつまでも守り難かろう。いまにして降参いたさば、所領をあてがうべし。さもなくば人数を出し、その城を乗り崩すほどに、早々に返答いたすがよい」

根矢、薬師寺の二将は動揺したが、直家に降伏する決心はつかなかった。

「船山、中島、岡山の味方が宇喜多に就くというのは、直家の偽りにちがいなかろう」

「うむ、儂らは妻子を成羽に人質に置いておるけえ、見殺しにはできなあ。直家に内通すりゃ、死に別れるけのう。しかし、われらの人数は無勢じゃけえ、直家が大軍で押してくりゃ、防ぐ手もなかろう。早う成羽へ頼んで後詰《ごづめ》の人数を出してもらわにゃ、おえんなあ」

根矢、薬師寺は、三村勢の増派を鶴首城へ要請した。

直家はこの情勢を見て、謀をめぐらす。

「いま明禅寺を攻めりゃ、備中から後詰が押しかけてくるじゃろう。なんとか策をめぐらして、三村を備前へおびきだし、叩くのがよかろう」

彼は敵を詭計にかけようと考えこんだ。

直家は岡山城主金光与次郎のもとへ使者をつかわし、依頼した。

「近いうちに明禅寺を攻むるゆえ、備中勢がかならず後詰の人数を送ってくるであろう。その機に有無の一戦をして、三村を討ちとるゆえ、貴殿よりも誘い出せ」

金光与次郎は、三村元親の妹婿、石川久智へ使者を走らせ、直家出陣を通報した。

「近きうちに直家は出陣いたし、明禅寺城を攻むべしとの聞こえあり。そのとき三村殿には早々に出陣召され、城中としめしあわせて宇喜多の者どもを挟み討ちにいたさば、ご勝利疑いなしと存ずる。この由を三村殿にお知らせあれ」

石川久智は成羽鶴首城へ走り、与次郎の急報を伝えた。

明禅寺城の守将、根矢、薬師寺も同様の注進をもたらす。

三村一族は協議し、決戦の支度にとりかかった。元親は激語した。

「直家は不倶戴天の敵じゃ。このたび明禅寺に攻めかくるとは、さいわいなることぞ。天の与うる機を逃さず、大軍をもって駆けむかい、一挙に直家を討ちとらにゃいけん。そのいきおいに乗って浦上をも攻め亡ぼし、備前をわが手に納めるんぞ。ちょうどこの節、毛利は出雲へ戦に出ておるけえ、宇喜多に加勢をする気遣いもねえぞ。よき時節到来というべきじゃが」

三村氏は、備中諸侍を総動員した。

総大将は三村元親、従う部将は妹婿の石川久智、植木秀長、実兄の穂田《ほいだ》元祐らであった。

三村勢は、猿掛城主穂田元祐が先手の七千余人を率い、金光与次郎の案内で、富山城の南方を迂回し、春日社の辺りで旭川を渡った。さらに瓶井山の麓を伝い、明禅寺山へ迫ってゆく。

幸山城（山手村・清音村）主石川久智の率いる中軍五千人は、上伊福村から岡山城北の浅瀬を渡り、原尾島から宍甘鼻《ししかいばな》へむかう。

元親の率いる本隊八千人は、津島御野村から釣の渡しへむかい、亀山城へ攻めかけようとした。

宇喜多の物見は、亀山城へ駆け戻り、直家に注進した。

「備中勢らしき者どもが、雲霞のように辛川、首部村の辺りより押しよせて参りまする」

つづいて戻った、物見が告げた。

「敵は川下春日の宮の前を過ぎ、明禅寺城に取りかける様体《ようだい》に見えまする」

直家は兜をかぶり、馬に乗って士卒に命じた。

「ただいま明禅寺城を取らにゃあ、三村の虜《とりこ》となろうぞ。はや攻め落として備中の者どもを斬り崩せ」

直家は明禅寺城を陥落させれば、二万の備中勢が押し寄せてきても、勝利を得られようと判断した。死中に活を得るための、自ら招いた戦機であった。

直家は備中勢来襲を知らせる竹法螺、早鐘が鳴りひびくなか、田畑を馬蹄で踏みにじり、馬煙を立て明禅寺山へ駆けむかった。

備中勢が到着するまえに明禅寺城を奪取しなければ四倍の敵を撃破できず、亀山城は支えることが不可能である。

直家は雨のように飛んでくる矢玉を怖れることなく、全軍の先頭に立った。五千の宇喜多勢はふるいたち、無我夢中で坂を駆け登り、怒濤のように押し寄せ、鹿柴《ろくさい》を乗りこえ柵門を引き倒す。

二本の樹木のあいだに張った縄に巨石を引っかけ、大勢の軍兵がかけ声をかけて引く。

樹木が折れんばかりにたわむと、軍兵たちは手をはなす。

樹木がはねかえるいきおいで、縄にかけた巨石は唸りをたてて宙を飛び、城壁を打ち砕き城兵を殺傷する。

城兵は必死に防戦するが、息つく間もなく押し寄せてくる宇喜多勢の猛攻を防ぎかね、たちまち三の木戸まで占領された。

「こりゃいけん。逃げにゃ、皆殺しにされようぞ」

城兵たちは尾根伝いに後ろの山へ逃げ走った。

宇喜多勢は明禅寺城を焼きはらい、富川、花房、岡らの諸将が旗本勢を指揮し、守備をかためた。

庄元祐の率いる三村の先鋒七千人は、明禅寺山にあがった火煙を眺め、救援のため急行した。西大川（旭川）を渡り、国富村へさしかかると、明禅寺城から退却してくる味方の兵が右往左往している。

三村勢は明禅寺城の味方と呼応し、宇喜多勢を攻撃するつもりであったが、すでに城が落ちたと知って、進撃の足取りが鈍った。

国富村の山手にひそんでいた宇喜多勢は、その様子を見て、押し貝を吹き鳴らし、喊声をあげ斜面を駆け下り、三村勢に襲いかかった。

宇喜多勢に倍する兵力を擁する元祐は、声をふりしぼって下知する。

「引くな、引くな。まんまるに固まり槍衾《やりぶすま》をこしらえ、持ちこたえよ。敵は小勢じゃ、うろたえるな」

だが宇喜多勢に先制攻撃をしかけられた三村勢は、うろたえ騒ぎ陣形を崩す。

富川、花房、長船、岡の宇喜多旗本勢は敵中へ駆け入り、鉄砲を乱射し、槍、薙刀をつられ斬りまくった。

三村勢は討ちとられる者の数も知れない大敗北となった。元祐は乱軍のなかで白刃をふるい、必死のはたらきを見せたが、宇喜多勢の銃撃に怯えた三村の軍兵はついに潰走した。

元祐は宇喜多忠家が、朱の四半に児の字を記した馬標《うまじるし》を立てているのを見て、突撃したが、三十余人を討ちとられ、なだれをうって敗退した。

直家は敵の返り血を浴び、つつじのいろどりもあざやかな山野に、餓狼のように敵を求めた。

三村勢先手七千人を、さほどの損害もうけることなく粉砕した宇喜多勢は、士気がおおいにふるった。彼らはどのような大敵に対しても、撃破しうる自信を得た。

三村勢中軍五千を率いる石川久智は、上伊福村から原尾島西方にさしかかったが、明禅寺城の火焔を眺め、総隊を停止させ情況をうかがううち、元祐麾下の先手が散り散りに退却してきた。

勇猛をもって知られた元祐が、七千の人数で仕懸け、敗北したとは信じられない。久智は家老の中島加賀にいった。

「先手が追い散らされ、かねての謀計はおおいにくいちごうたぞ。このままわれらが直家の備えに仕懸けたとて、とても勝てんじゃろう。上の手にまわりこんだ元親の備えと一手になって、戦うほかはなかろうが」

中島加賀も、予想をくつがえす宇喜多勢の戦力に、動揺していたので、後退をすすめた。

「それがしが存ずるところは、敵の近づかぬうちに川のあなたへ退き、西の岸へ備えを立て、直家らが川を渡ろうとするときを狙い、討つにござりまする。ほかには手もなかろうと思いまするあ」

他の家老たちは、中島加賀の意見に同意せず、それぞれ軍略を申し述べた。

中軍が停止しているうちに、宇喜多勢三千がはやばやとあらわれ、原尾島の村内で合戦がはじまった。

宇喜多勢は三方から鉄砲を撃ちかけ、突撃した。機先を制せられた三村勢は四分五裂となり、中島加賀以下多くの侍が討死を遂げ、竹田村のあたりまで退却してようやく態勢をもちなおした。

「敵は小人数じゃ。追うてくる奴輩を取り囲んで討ってとれ」

追撃した宇喜多勢は、強力な反撃をうけ損害が続出して兵を収め、三村の中軍と睨みあう。

三村元親の率いる本陣勢八千余人は、巳の四つ（午前十時）に釣の渡しをこえ、中島大炊の案内で北方の山麓を伝い四御神《しのごぜ》村を通過しているとき、明禅寺城の火の手を見た。

三村の本陣勢は、先手、中軍が宇喜多勢に大敗したと知って、おおいに動揺した。後陣の士卒は早くも崩れ、引き返してゆく。

四御神村には小川が多く、人馬が溝川に落ちて隊伍を乱し、見苦しい有様であった。三村元親の旗本勢は備えを乱さず、後陣の脱落するのを見捨てて南へむかった。

「あれを見よ。あそこに直家の馬標が見えるぞ。押しかけて、小癪なあやつを討ってとれ」

元親は、明禅寺山の西方小丸山に密集した直家本陣勢に決戦を挑もうとした。

直家は、士卒に下知した。

「三村の総大将があらわれようた。あやつを討ってとれば、今日の戦は大勝ちじゃが」

直家は山を下り、高屋村に明石飛驒守、岡剛介の二隊を置き、待ちかまえた。

三村元親は、父家親の復讐をなしとげようと、全軍の先頭に立ち、槍をふるって襲いかかってきた。

明石、岡は懸命に応戦したが、数をたのむ三村勢に蹂躙され、元親は近習衆とともに直家本陣へ宙を飛んで殺到してきた。

「狂い猪《じし》には手を出しちゃおえんぞ。まんまるになって支えよ」

直家の下知により、宇喜多勢は円陣をつくり、折り敷いて槍を突きだす。

このとき、国富村で三村勢の先手を潰走させた富川、長船、浮田、延原ら諸将の率いる三千余人が、三村元親旗本勢の横あいから、ときの声をあげ攻めかかった。

三村勢はたちまち備えを乱し、敗走する。

元親は怒号した。

「敵にうしろを見せるな。踏みとどまって斬りあえ。腰のなえ奴どもが」

元親本陣勢は、地形を知りつくした宇喜多勢に翻弄された。

横あいから鉄砲を撃ちかけられ、死傷者が続出しうろたえるところへ、槍先をそろえ突撃されては、応戦の手段もなかった。

「おのれ、小癪なかけひきをしくさって」

三村の士卒は歯ぎしりしつつ、後退せざるをえない。

三村元親は槍を突き折り、佩刀を抜いて敵中へ駆けいろうとしたが、家来がくつわをはなさず、釣の渡しへ退却させた。

「ご合戦は今日に限ったわけじゃござりませんけえ、御身を全うなされ、また出直されりゃよかろうと存じまするが」

元親は譜代の家来たちに扶けられつつ、備中へ引き返していった。

この日の合戦で、備中勢の戦死者は数えることができないほどであった。直家の捨て身の作戦は成功し、四倍の敵を撃破する大戦果をあげたのである。

宇喜多勢が寡兵で大敵を倒したのは、五千の人数を五段に分け、密集隊形で休む間もなく新手を入れかえて攻める、繰り引きの戦法を用いたためであった。

三村勢は大兵力をたのみ、進退が遅くまとまらなかったため、機先を制せられ、終始圧倒され甚大な損害をうけた。

宇喜多勝利の報をうけた西備前の地侍たちは、先をあらそい亀山城へ出向き帰服した。岡山城主金光与次郎が出仕すると、直家は機嫌よく迎えた。

「そのほう、このたびわれらに尽力いたし功あれば、こののちも岡山の城を守るべし」

つづいて船山城主須々木豊前の嫡子四郎兵衛が参向し、戦勝の嘉儀を申しのべた。

直家は四郎兵衛を引見しなかった。

「豊前めはかねてわれらに内通しておきながら、元親が下知をうけ金川松田の押さえに兵を出せし痴《し》れ者じゃ。三村衆の主立ちし者の首のひとつも持って参らず、いまさら降参するとは、表裏卑怯もはなはだしい奴じゃ。平右衛門を呼べ」

富川平右衛門が伺候すると、直家はいった。

「豊前は隠居させ、捨て扶持をやって蟄居《ちっきょ》させよ。四郎兵衛には、ちと知行をやって家来にしてやらあ。船山と釣の城は打ち砕け」

中島大炊介は、三村元親の道案内をして釣の渡しを越えたが、備中衆敗軍ののち、石川久智の軍勢が逃走するのを追撃し、首ひとつを取って亀山城に持参、降服した。

直家は毛利家へ戦勝を知らせる使者をつかわし、今後の方針を申し述べた。

「このたび備中の者どもを討ち平らげしなれば、いよいよ御手に従いはたらき申すべし」

毛利家との同盟をかためておかねば、ふたたび備中勢の反攻をうけかねない。

毛利家は、つぎのような内容の返書を送ってきた。

「三村は阿波の三好をたのむなれば、当家とはいよいよ手切れとあいなり、近々出勢して討つべし。そのとき貴殿も備中へ発向召されよ」

直家はおおいによろこんだ。

「毛利を敵にまわす気遣いはいらぬようになったぞ。さっそくに備中へ乱入して手当たりしだいに攻め取らにゃ、いけん」

直家はただちに備中へ兵を出した。

富川平右衛門の率いる一隊は、明禅寺合戦ののちただちに撫川の郷芝場城（岡山市）を攻めた。

芝場城は小城であるが堅固な要害で、前に川、沼をひかえ、近くに庭瀬、日畑の二城があり、いずれも宇喜多に属していない。

平右衛門は芝場城の柵門の前に井楼《せいろう》を組みあげ、そのうえから鉄砲をつるべ撃ちに発射した。城兵たちは寄せ手に応戦しようと塀、櫓に登れば狙撃され、死傷の数をふやすばかりであった。

直家は平右衛門が攻めあぐむと見ると、花房助兵衛に命じた。

「平右衛門に早う引き揚げてくるよう、申しつけて参れ」

直家は主君浦上宗景をはるかにうわまわる実力をそなえ、事を急がなかった。

助兵衛は平右衛門の陣所に着くと、ただちに告げた。

「殿には、はやばやと城を乗っ取れとの仰せじゃ。儂が先手となって斬りこもうでえ」

豪勇の名のたかい助兵衛は、手兵を引き連れ、鹿柴《ろくさい》をうちこわし、塀を越えて城内へ乱入する。

平右衛門の兵があとにつづき、城兵たちと白兵戦をくりひろげ、ついに追いはらった。

平右衛門たちは、城に火をかけて戻った。

直家は、下剋上の世であったが、さしあたって主君浦上宗景との衝突は避けねばならない。

このため、西備前から備中、美作へ進攻の方針をとった。永禄十年八月中旬、直家は弟の忠家に九千の大兵を預け、備中佐井田城（北房町中津井）を攻撃させた。

城主の植木秀長は、近隣の猿掛城主穂田《ほいだ》実親とともに、三村元親の後巻き（後援）をうけて防戦につとめたが、士気あがらず、降参した。宇喜多勢は佐井田城に入り、近郷を焼きはらう。

附近の地侍たちは直家の声威を怖れ、先をあらそって帰服した。

直家はこの頃、ひそかに尼子勝久と通じていた。義久は永禄九年、毛利氏に出雲富田城を攻め落とされ、領国を失い安芸に幽閉され、勝久は京都に流寓していたが、家門再興をくわだて、家老山中鹿之介が吉川某を中国へつかわし、味方を募った。

吉川は亀山城をおとずれ、直家に頼んだ。

「御辺が尼子に一味なされなば、家門再興ののちには、備中一国を渡すべし」

直家は山中鹿之介の書状を披見し、吉川某の詳しい説明を聞いて、重臣を集め相談した。

「どうじゃ。儂は尼子と手を組むがよしと思案いたしょうるが、ほかに意向もあろうかのう」

直家は家臣と相談して、尼子勝久が挙兵のときは、通謀して毛利氏に背くことに決め、山中鹿之介の使者に協力を誓ったが、その事実を秘していた。

天神山城の浦上宗景は、宇喜多と尼子の密約を聞きつけ、永禄十一年の年初に毛利家へそれを告げた。

「宇喜多直家は、尼子の誘いに応じ候なり。表裏ただならぬ直家を誅戮なされるならば、御先手をつかまつる」

宗景は毛利と手を結び、直家討滅をはかった。

直家は、侍女として亀山城に仕えるお福と臥しどをともにする仲になっていた。お福は直家の子を妊っている。

彼は盛運の時期を迎えていたが、前途にはさまざまの困難がわだかまっていた。浦上宗景が毛利一族と同盟して戦いを仕懸けてくれば、直家は存亡の危機に立たされる。合戦に勝てば敵の身代がすべてわがものとなり、敗北すれば命まで取られる。

直家はお福のたおやかな体を抱いているときも、今後の経略について考えをめぐらしてやまない。寸時も気を許せない情勢であった。

彼は金川（御津町金川）の松田元輝を討滅して、西備前に勢力を伸ばそうと考えていた。永禄五年、直家は浦上宗景のすすめにより、元輝の長男元賢に長女を嫁がせた。また、松田の属将である虎倉城主伊賀久隆には、妹を嫁がせた。さらに、弟春家の妻として松田元輝の娘を迎えた。

宇喜多氏と松田氏は、親族の縁をかさねている。だが直家は元輝の油断を見すまし、金川城を襲おうと、形勢をうかがっていた。

松田氏は西備前で最も声威をふるう土豪であった。ふるくから金川の臥龍山に居城を構えていた。

標高二百二十二メートルの臥龍山頂に本丸を置く金川城は、旭川と宇甘川の合流点にある要害である。

松田氏の遠祖は、相模国足柄郡松田村を領地としていた。備前国御野郡へ移住したのは、鎌倉幕府の命により、伊福郷の地頭となったためである。

松田氏は南北朝のはじめは備前守護職であったが、その後台頭した赤松氏に守護職の座を譲り、守護代となった。

赤松氏の勢力が衰退し、浦上氏が勃興すると、備前の制覇をあらそって戦うが勝敗は定まらず、備前を東西に二分して併立することになった。

直家は名門の松田氏を滅ぼし、その領地を併呑する機をうかがっていた。松田元輝は日蓮宗の熱心な信者で、戦国乱世に生きる武将としては、攻撃本能に欠ける人物であった。

元輝は、わが領内の寺々を日蓮宗に改めさせ、従わなかった金山観音寺、吉備津宮などを焼きはらい、金川城の二の丸、三の丸に日蓮宗の道場を建立した。

このため、家中の侍衆、領内の百姓のなかには元輝の措置を憤って、他郷へ退散してゆく者が多かった。

直家は金川城下の内情を探索し、元輝を討滅する好機であると思ったが、松田の家老、横井土佐、宇垣市郎兵衛らが家中を統制しているので、つけいる隙がなかった。

横井土佐は医術にくわしく、領民の病む者を療治して、仁愛の聞こえが高かった。宇垣市郎兵衛とその弟与右衛門は、謀臣である。直家は彼らを抹殺せねばならない。

梅雨も近づいた頃、直家は亀山城から金川城へ出向き、元輝に会った。

「それがしが今日推参いたせしは、鹿狩りを所望いたしての事でござるのじゃ。ともに狩《かり》倉《くら》をいたそうではないか」

元輝は誘いに応じ、長男元賢とともに鹿狩りに出向いた。

大勢の勢子《せこ》を繰りだし、狩りをおこなっているとき、宇垣与右衛門が流れ矢をうけて死んだ。誰が射た矢であるか分からなかったが、元輝は詮議をしなかった。宇喜多家の家来が誤射した疑いがあったが、調べあげれば、直家との好誼をそこなうおそれがある。

宇垣市郎兵衛は、弟が直家に謀殺されたと察知して、主君元輝に進言しようとしたが、わが身辺に直家の放った刺客の手がのびているのを知って、遁走して三村元親を頼った。元輝を頼るに足りないと判断したためである。

七月になって、直家は津高郡虎倉城主、伊賀久隆を招いた。

久隆は義兄を信頼していたが、直家に会い、思いがけない相談をもちかけられ、おどろいた。直家はいった。

「松田左近将監は、われらを討たんとひそかにはかっておるそうじゃ。儂は、やられるよりまえにあやつを討ち果たそうと思いよんじゃが、そなたはなんと心得るかのう」

久隆は、直家が親戚の松田氏をあえて討伐する意を、うちあけてくれたことをよろこんだ。彼は内心を告げた。

「松田とは、当方も不和になっとりますけえ、お味方つかまつりますらあ。近辺の侍衆も、日蓮宗に凝るばかりの左近将監を嫌うとりますけえ、あやつを討ちとるのは、むずかしゅうなかろうと存じまする。それがしは先手を承りますけえ、いつなりとも仰せつけてつかあさい」

「さようか、そなたが合力してくれるんなら、事ははかどろう」

直家はおおいによろこんだ。

直家は伊賀久隆と松田元輝討滅の謀をめぐらし、合戦の合図を打ちあわせた。松田攻めの日は、七月五日と定めた。

その日、直家は百騎の侍を従え、赤坂郡矢原村（御津町矢原）に出向き、陣を敷いた。

伊賀久隆は日没後、金川城内の道林寺丸へ軍勢を忍びこませた。蚊を払いながら城内の林間へ入った伊賀勢は、直家と約束した刻限がくると、いっせいにときの声をあげた。

金川城主の松田元輝は、たまたま他所へ出向いていたので、家老の横井又七郎は城兵に命じた。

「いま、ときの声が曲輪《くるわ》うちで聞こえたが、ただごとじゃあなかろう。さっそくに諸門をかため、殿のお帰りを待たにゃあおえん」

直家はその日、元輝が城を留守にすることを偵知していた。

彼は城内でときの声があがったのを聞くと、家来たちに下知した。

「城の大手へ押し寄せ、門を打ち破れ」

宇喜多勢が大手門へ殺到すると、伊賀久隆は道林寺丸から本丸へ、さかんに鉄砲を撃ちかけた。

元輝は、出先で急報をうけ、一刻半（三時間）のちに金川城へ駆け戻り、敵が立ちまわっていない搦手《からめて》口から本丸に入った。

横井又七郎は主人が戻ったので力を得て、弓鉄砲を放ち、押し寄せてくる敵を防いだ。

元輝は道林寺丸から攻めかけてくる敵が、伊賀久隆の軍兵であると知って、憤った。

「三郎左（直家）は、おのれが舅でさえ仕物にかける表裏者《ひょうりもの》じゃが、左衛門（久隆）がなにゆえ儂に背きよるんじゃ。その理《ことわり》が分からんぞ」

元輝は、家来たちの思いがけない無謀な行動をみた。彼は本丸の櫓に登り、道林寺丸を占領している敵に呼びかけた。

「こりゃ、そこな狼藉者どもめが、ここをいずこと心得ておるんじゃ。おのしらは伊賀の手の者に違いねえか」

伊賀勢のうちから、返答が聞こえた。

「さようでござりますらあ」

元輝は罵った。

「左衛門はどこにおるんじゃ。伊賀の衆が、なんでこの城を攻めにゃあおえのじゃ」

伊賀勢の声が沈黙すると、元輝はなお激しくいいつのった。

「お前らは、儂の家来筋じゃろうが。なんで儂にさからうんじゃ」

伊賀勢の鉄砲足軽が、夜空を背にした元輝の姿を狙い、鉄砲を放った。

轟然と鳴りわたった銃声が、辺りにこだました。元輝は胸を撃ち抜かれ、櫓からまっさかさまに転げ落ちた。

元輝が戦死したのち、元賢が士卒を下知して懸命に防戦した。松田の家老たちは矢玉を受けて討死を遂げたが、宇喜多勢が城中に入り、伊賀勢と合流して本丸を攻めたてても、容易に押し入ることができない。

六日になっても本丸は落ちなかった。七日の明け方、直家の娘婿元賢は近臣をともない城を捨てた。もはや矢玉も尽き、本丸を支えがたいと判断したためである。

夜があけると城兵たちは動揺した。

「若さまがいなさらんぞ」

「こりゃ、どうにもならん。落ちのびるほかに手だてもなかろう」

松田勢の逃亡者があいつぎ、本丸を守る人数は減ってゆく。

伊賀久隆は直家とともに、本丸の門を打ち砕き乱入して、踏みとどまった城兵たちを鏖《おう》殺《さつ》(皆殺し)した。

松田元賢は備中へ逃れようとして、山伝いに下田村(御津町下田)まで落ちのびた。人の気配もない杣道《そまみち》をたどってゆくうち、先導する家来が、雑草に隠して路上に張られていた鳴子縄に足をかけた。

鳴子が乾いた音をたて、元賢主従が立ちすくむうち、具足に身をかためた軍兵が、槍薙刀を手にあらわれ、前後を塞いだ。

錆《さび》の浮いた面頬《めんぽお》をつけた軍兵が、問いかけてきた。

「おどれらは、松田の落人じゃろうが。そこにおる鹿角の前立をつけた冑をかむっておるのは、孫次郎(元賢)殿か」

元賢の家来が、とっさにいいぬけようとした。

「儂らは宇喜多の者じゃけえ、敵と誤るなよ」

伊賀の軍兵がすかさず聞く。

「宇喜多の衆なら、合言葉を知っとりんさろうが。早ういうてみんさい」

元賢たちがいいよどむのを見た伊賀勢は、斬りかかってきた。

「こやつらは、やっぱり松田じゃ。皆殺しにして首実検を願わにゃいけん」

元賢は佩刀を抜きはらい、伊賀勢のなかへ斬りこんだ。

「雑兵どもが推参なり。片っ端から首を斬り飛ばしてやるけえ、覚悟せえ」

元賢は前後左右の敵と刃をまじえ、必死に切りむすぶうち、槍先を胴にうけ、無念の最期を遂げた。

元賢の妻は、直家の情け知らずのおこないを目の当りにして絶望し、自害した。直家はその注進を受けると、瞑目合掌した。

「成仏してくれえ。こうせにゃあ、儂がやられるんじゃ。仕方もなかったんじゃ。情のない父と恨んでおるじゃろうが、どうぞこらえてつかあさい」

永禄十二年になって、浦上宗景は伊部（備前市）に城を築き、部将日笠源太に守らせた。宗景は毛利、宇喜多直家は尼子に属していたので、双方から兵を出し、足軽勢をはたらかせての白兵戦を幾度もくりかえしていた。

直家は花房助兵衛に命じ、伊部城を急襲させ攻め落として兵を入れ、守らせた。宗景は、片上の富田松山城（備前市）に重臣浦上景行を置き、伊部城を攻めさせた。

亀山城から強豪馬場重介が伊部城にきたとき、戸田松城から敵が押し寄せてきた。重介は葛坂で敵勢と槍を交え、撃退した。

四月になって、小早川隆景の弟毛利元清が、一万余の軍勢を率い備中へ乱入し、宇喜多方の城を攻めた。

三村元親が先手に加わり、毛利勢は佐井田城を取りかこんだ。城内には、植木孫左衛門らの指揮する宇喜多勢がたてこもり、堅塁に拠り必死の防戦をする。

毛利勢は猛攻をつづけたが、損害が続出した。毛利元清は、作戦を変更した。

「我責《がぜ》めをしようたとて、死人、手負いがふえるばかりじゃ。こりゃあ、兵粮攻めにせにゃ、おえなあ」

毛利勢は攻撃をやめ、城の四方を遠巻きにして、城方が飢えるのを待った。

城中では兵粮の貯えが乏しかったので、密使を走らせ、直家に救援を求めた。直家はただちに陣触れを発し、一万人の兵を集め、佐井田へむかった。

「佐井田を捨てりゃあ、味方になっとる方々の城が、儂を頼るのをやめて毛利につこう。ほんじゃけえ、なんとしても佐井田の後巻きをしてやらにゃあ、いけんのじゃ」

宇喜多勢は、佐井田城の東一里の辺りに本陣を置き、毛利勢に戦いを仕懸けた。毛利勢は、熊谷信直、桂元隆の指揮する別動隊を、宇喜多勢の後方に迂回させ、突入させた。

腹背に敵をうけた宇喜多勢は、散々に打ちやぶられ、百三十余人が討たれる甚大な被害をこうむった。直家は拙攻をいましめ、敵と対峙《たいじ》して、つけいる隙をうかがう。

戦況が一進一退するうち、宇喜多の勇将花房助兵衛が、足軽勢を率い毛利勢に突撃した。助兵衛が槍をふるい、立ちふさがる敵を薙ぎ倒し、返り血を浴びて獅子奮迅のいきおいで荒れ狂うと、毛利の軍兵たちは浮き足立った。

毛利の侍大将穂田与四郎が、助兵衛を見て一騎討ちを挑んだ。

「助兵衛か、よくぞうせおったぞ。儂がおどれの素っ首を捻ってやらあ」

花房助兵衛は野獣のような喚き声をあげ、槍をふるって穂田与四郎と戦う。助兵衛は敵に対するとき、わが身の危険は念頭になかった。ひたすら眼前の相手を突き伏せ、斬り倒そうと、もって生まれた攻撃性をあらわすばかりである。

助兵衛の膂力《りよりよく》は抜群で、甲冑武者を片手で放り投げることができる。打ち物をとっての応酬の感覚も鋭敏で、攻めたてているかと思うと突然退き、誘いの隙をあらわせば、敵はかならず手のうちに乗せられる。

穂田与四郎は毛利家で知らぬ者のない猛者であったが、助兵衛にくらべると手練の冴えに劣るところがあった。

助兵衛と死力をつくして突きあい、籠手《こて》を突きやぶられ、腕に怪我をするとたちまち隙を見せ、脇腹へふかく槍先を突き立てられた。思わず膝をつくところを、助兵衛は蹴倒し、股へ力まかせに突きこむ。

与四郎は最期の絶叫をあげ、全身を震わせ息絶えた。毛利勢は鬼神のような助兵衛のはたらきに怯え、返り血をかぶった彼が突進すると、総崩れになった。

佐井田城中から激戦の様子を眺めていた城兵たちはふるいたち、城門をひらいて敵中へ斬りこむ。

「兵粮は二、三日分を余すばかりじゃ。たてこもっておったとて、どうせ死ぬんじゃけえ、皆斬って出え」

直家は城兵が突撃するのを見て、全軍を叱咤した。

「毛利の旗色は悪《あ》しゅう見えるぞ。者ども、ここを押さえにゃあならんのじゃ」

宇喜多勢は天地をゆるがす喊声をあげ、突撃する。

毛利の全軍は直家らの猛攻を支えかね、総退却となり、土煙をあげ逃げまどう。三村元親は乱軍のなかで深手を負い、家来に支えられ、かろうじて退却していった。

毛利元清は潰走する味方を押しとどめた。

「返せ、返せ。返さん者は帰城ののちに成敗いたすぞ。腰の弱え奴ばかりじゃ。宇喜多ごときにやられて何とするんぞ」

元清は敗兵千二、三百人を呼び戻し、備えを立て、宇喜多勢を迎え撃つ。

その様子を見た直家は、すばやく追撃をやめた。

「戦はこれにて手仕舞いするぞ。深追いしょうては怪我をするけえ、引きあげえい」

宇喜多勢は勝ち誇って凱陣した。

その日、宇喜多勢が討ちとった毛利勢の首級は、六百八十余に及んだ。

直家は、備中の味方の諸城に兵をふやし、防備をきびしくさせ、亀山城に帰った。毛利勢は、無念の敗北の痛みをこらえ、安芸へ帰陣していった。

不惑の齢を迎えた直家は、権謀をたくましくしていた。彼が調略にすぐれ、利害の判断によっては舅、婿はもとより、妻、娘まで犠牲としてかえりみない、冷酷な行いをするのは、宇喜多の家門を乱世に埋没させないためであった。

直家の先祖たちも、肉親の情を捨て、家門存続に全力を傾けてきた。

直家は亀山城にいるとき、舅中山備中守と亡き妻、娘の位牌に香華をたむけた。

「こんな世のなかじゃけえ、生きるためには何事も仕方なかったんじゃ」

彼は位牌に語りかける。

直家の記憶には、天文三年六月晦日の夜半、島村豊後守の襲撃をうけ死に追いやられた、祖父能家《よしいえ》の無残な最期のさまが、あきらかに残っていた。

祖父が残していった無念の思いは、直家にうけつがれた。彼が敵を倒すために手段をえらばないのは、幼い脳裡に弱肉強食の凄惨な実態が、刻みこまれたためであった。

直家は、尼子勝久を扶け、毛利の勢力を備中から駆逐し、美作を所領に加えるのを、当面の目標としていた。浦上宗景はもはや眼中にない。宗景はいつでも叩き潰せる弱小な存在に、なりさがっていた。

永禄十二年夏、尼子勝久は山中鹿之介以下の遺臣を糾合《きゅうごう》し、出雲へ入国し、千酌《ちくみ》半島の新山城に入った。

かつて尼子方であった美作の三浦一族、牧、玉串、市、芦田らの土豪たちは、決起して三浦の旧城である高田城を攻めた。

高田城にたてこもった毛利勢は、本国からの後巻きの五百余人を得て、守りをかためた。

三浦、芦田、玉串らは亀山城に急使を走らせ、応援を求めた。直家は協力を約束した。

「高田の城は、なんとしても落とさにゃあいけん。又右衛門、剛介らに四、五千人を預け、後巻きにいかせえや」

宇喜多勢四千数百人が、三浦一党に加勢のため駆けつけた。

彼らは高田城東南の篠葺城《ささぶき》（久世町三崎）に着陣し、攻囲をはじめた。三浦党五百余人が先手となって城へ押し寄せたが、要害に拠る毛利勢は、矢玉を雨のように放って防戦し、つけいる隙がない。

直家は調略の手段を考える。

「城のうちにゃ、もとは尼子の家来であった者が大勢おるじゃろうが。その者どもを誘って内通させりゃあええんじゃ」

寄せ手から放った忍者が城中へ潜入し、戻ってきて告げた。

「城のうちにゃあ、尼子の家来じゃったという者が、幾人もおりますでえ」

高田城中の尼子家旧臣、熊野弥七郎、佐伯四郎次郎が寄せ手に内通し、兵粮蔵に火をかけ、手兵を率い城中から脱走した。佐伯は途中で毛利勢に見咎められ、殺された。

城中ではこのような騒動がおこったので、内応者の詮議をきびしくおこなう。

十月五日の夜、玉串、牧ら千余人が、熊野弥七郎の案内で勝山へ登り、山中へ火を放った。城兵が消火に大童《おおわらわ》となる隙をついて押し寄せた玉串らは、城将の乃美修理、村間源左衛門、香川宗右衛門らを討ちとって引き揚げた。

その夜、三浦党の侍大将たちは、直家本陣に参向し、翌日に敵と決戦をまじえる軍議をおこなう。直家はいった。

「大手の門外へ、まず小勢で攻めかけるんじゃ。敵はこのところ負け戦つづきで焦っとる。ほんじゃけえ、門をひらいて攻めてくるに違いねえ。誘いの人数はあわてたふりをして逃げ戻る。敵が押しだしてくりゃあ、しめたもんじゃ。こっちの仕懸けた罠に、落ちる」

翌朝、宇喜多勢三千余人が三手にわかれ、城外の三カ所に埋伏した。

三手への連絡は、久瀬山から合図の旗を振ることにした。三浦衆の玉串監物、牧清冬らが小勢で城下へ押し寄せた。

ところが、城中の毛利勢も同様の作戦をたてていた。彼らは五百余人の城兵を城下の林間にひそませ、寄せ手が攻めてくるとき横槍を入れさせようとした。

玉串、牧らが大手門のほうへ向かってゆくと、近所の百姓が知らせた。

「この先の林のなかに、毛利の人数が伏せてござります」

城下の住民は旧主尼子の徳を慕っていた。

玉串らは敵に忍び寄ると、不意に鉄砲を撃ち、槍先をつらね突きかけた。毛利の伏兵は思いがけない急襲に、応戦の余裕もなくなだれをうって退却する。

玉串、牧の手兵は喊声をあげ、宙を飛ぶように追撃した。城中からそのさまを見た毛利勢は、怒声をあげた。

「なんじゃ、敵は小人数ではねえか。よし、一気に押しだせ」

城中から千五、六百の人数があらわれ、玉串、牧の三百人ほどの小部隊に襲いかかる。

玉串らはうろたえ騒ぐふりをして、逃げ走る。城兵は案の定、深追いをしてきた。城から離れ、坂ひとつをこえたとき、宇喜多の物見が久瀬山の頂上で旗を振った。

三手に分かれた宇喜多の伏兵は、戦鼓を打ち鳴らし、ときの声をあげ、城兵の正面、左右から怒濤のように押し寄せた。

高田城から押し出した軍兵は、ひとたまりもなく陣形を乱した。

宇喜多の伏兵の数は多く、城兵を押し包むように左右から迫り、刀槍をふるう。城方の武将香川勝雄は、逃げ走る味方に大声で告げた。

「このまま引き取るなら、残らず討ちとられようぞ。儂がここで踏みとどまり、討死してやるけえ、そのあいだに皆引き取れ」

香川勝雄は郎党十数人とともに、追撃してくる宇喜多勢に立ちむかった。

彼らは地響きをたて迫ってきた敵勢に、呑みこまれるように姿を消す。香川について、門田継久、銭櫃佐介も踏みとどまり、死力を尽くして戦ったが、八方から槍をつけられ、五体裂けちぎれ討死を遂げた。

城の柵際へ逃げ帰った城兵は、わずかであった。

「それ、いまじゃ。一気に城へなだれこめ」

宇喜多勢は土煙をあげ、柵際へ押し寄せてくる。

高田城に残り、柵門を守っていた香川光景、宗像三郎左衛門、原田又右衛門ら二十余人が柵外へ出て戦ったが、宇喜多勢に取り囲まれ、大半が討ちとられた。

残兵が柵門のなかへ逃げこむと、宇喜多勢は柵木二十本ほどを引き抜き、柵内へ乱入した。

香川光景の次男春継らが奮戦して、ようやく敵を柵内から退却させた。春継が宗像三郎左衛門と二人でひとむらの枯れ薄《すすき》のかげに腰を下ろし、休んでいると、三浦党の玉串監物が槍をふるい突きかけてきた。

香川春継は槍の名手として名高い玉串監物の、するどい槍先を受け流すうち、草摺《くさずり》を突き抜いて腰を刺した。

玉串は深手に堪らず膝を折ってうつ伏せに倒れる。香川春継はすばやくその背をおさえ首級を掻きとった。

監物の郎党二人も宗像三郎左衛門らに討ちとられた。宇喜多勢は戦い疲れて退いていった。高田城は落城寸前の危機を逃れた。

玉串と香川が槍をあわせた場所は、香川の槍場と呼ばれ、その後一町四方ほどの旧跡が保存されることとなった。

宇喜多勢の長船、岡、富川らはひきつづき高田城を攻め、作州の毛利勢力を制圧しつつ、情勢の変化を待った。

亀山城の直家は、いまでは一万以上の軍勢を動員しうる大勢力である。彼は家老の富川に命じた。

「なにも気を逸《はや》らせいでもええんじゃ。ゆっくりやりゃあよかろうが。年がかわりゃあ、見通しも変わってくるじゃろう」

直家は女子を出産したお福の方と、なごやかに歳末を過ごした。

元亀元年（一五七〇）正月、宇喜多直家の予想の通り、備中の情勢が激動しはじめた。出雲から尼子方の秋上綱平が二千余騎を率い、備中へ攻めいった。

尼子勝久は直家に、秋上への協力を要請してきた。

「備中へ押し入って、毛利につながる奴輩を退治してやらにゃあいけん」

直家は三千余人を率い、秋上綱平と合流し備中幸山城を包囲した。

直家は間者を放ち、城中の様子を探索させた。間者は戻って注進した。

「城の人数は、おおかたが毛利の先手となって、出雲へ出向いておりますけえ、五百人ほどがおるだけですらあ」

直家は富川、長船、岡らに命じた。

「山下《さんげ》の所々へ火を付けてやりゃあ、城の者どもは、儂らが大勢で押しかけてきょうたと思うて、戦をやる気も失せはてるじゃろう」

宇喜多勢は、幸山城の周囲の山野に火を放つ。城兵たちは天を焦がす火焔を眺め、震えあがった。

「こりゃ、いけんぞ。あの煙を見い。あっちでもこっちでも燃えてとろうが。敵はよほどの人数で押しかけてきょうたんじゃ。早う降参せにゃあ、えらい目にあわされるでえ」

城主石川久貞は、戦うことなく降った。

「ちと脅しただけで、埒《らち》が明いたのう」

直家はいきおいに乗って、秋上綱平とともに石賀氏のたてこもる石蟹城（新見市石蟹）、安達氏の甲籠城（新見市唐松）をも攻め落とした。

直家は、降伏した城兵たちを先手にたて、呰部（北房町呰部）に攻めかける。

「矢面には、降参した者どもを向かわせろ。われらの人数は、高見の見物をしとりゃあええんじゃ」

城中に呰部久之丞という弓衆がいて、強弓をよく引き、一矢で二人、三人の寄せ手を射殺したので、死傷者が続出したが屈せず、尼子、宇喜多勢は城中へ乱入し、ついに陥落させた。

さらに上房郡中津井の佐井田城を包囲する。城主は植木秀長の息子の秀資である。佐井田城も、尼子、宇喜多の猛攻を支えられず、降伏した。

直家と秋上綱平は充分な戦果をあげ、凱陣していった。

「今度の戦では何の苦もなく勝てたが、このままでは済まんぞ。毛利の人数がきっと捲き返してくるけえ、油断してはおれんのじゃ」

直家は、どのような事態にも対処できるよう、戦備をととのえる。備中諸城主は、面従腹背であり、信用しては寝首を掻かれることになる。

宇喜多直家、秋上綱平らが備中での作戦を終えてのち、尼子方に属した植木秀資、津々加賀守らが三千五百人ほどの兵を催し、鴨方（鴨方町小坂東）の杉山城のほか、二、三カ所の城を攻め落とした。

その情勢を知った毛利元清が、八千余人の大兵を率い、三村元親を先手として攻撃してきたので、植木らは出雲へ逃れた。

直家は、毛利勢の備中における行動を見守りつつ、静観していた。

この頃、御野郡岡山の城主、金光与次郎（宗高）は直家に帰服していたが、叛意ありとの風聞がひろまった。

金光の家来に、後藤某という者がいた。直家は後藤と日頃から親しみ、しばしば亀山城へ招き、碁の相手をさせていた。

金光与次郎は、後藤にとりわけ罪がなかったが、直家と親密にしているのが気にいらず、いいがかりをつけ手討ちにした。

直家は激怒した。

「与次郎は、先年の明禅寺合戦では、儂に味方をしたが、内々には叛きたかった痴れ者よ。ほんじゃけえ、後藤が儂と昵懇《じっこん》じゃというて憎み、殺してしもうたんじゃ。あやつをこのまま捨て置けば、他の侍どもに示しがつかん。ここへ呼び寄せい」

金光与次郎は呼び寄せられた。元亀元年盛夏の昼さがりであった。

直家は与次郎を書院の前庭に座らせ、縁先に出て叱咤した。

「おのしゃあ、後藤に何の科《とが》もなきままに、ようも手討ちに致しようたのう。そげえなことをやるのは、儂への面あてじゃろうが。おのしの横道《おうどう》の仕打ちは許せんけえ、ここで腹を切れえ」

与次郎は、直家がそこまできびしい処断をすると思っていなかったので、顔色を失い、手をついて頼んだ。

「殿の仰せのごとく、後藤を手討ちにしたのは、それがしが悪うござった。このちは何事もお下知に従うて動きまするけえ、今度のことはなにとぞお許しなされてつかあさい」

与次郎はひたすら詫び、窮地を逃れようとした。

抗弁すれば斬り殺されかねない緊迫した気配に、与次郎は身を震わせ、烈日のもとで滝のように冷汗を流し、地面に額をすりつける。

直家は声高に告げた。

「なんと謝ろうと、もう遅い。おのしも城を持つほどの者なら、悪びれずに腹を掻っさばけ。ぐずついておりゃあ、打ち首にしてやるでえ」

与次郎は絶望して、日盛りの庭が闇に包まれているかのように、視野を暗くかげらせた。首を打たれては侍の恥辱である。

与次郎はいったん岡山城へ戻り、身辺の始末をつけたあとで切腹したいと懇願したが、直家は許さなかった。

「おぬしのような表裏者を帰したら、儂に叛くのは目に見えてとる。岡山には帰さん、いますぐ腹を切れ」

与次郎は、やむなく切腹に応じた。

直家は与次郎に命じた。

「おどれが死んだのちは、子供に所領を継がせてやるけえ、家来たちに城を異議なく明け渡せと、一筆書き残しておけ」

与次郎はいわれるがままに、遺書を記してのち、腹を切った。

直家は、与次郎の汗にまみれた最期を見届けたのち、富川平右衛門に命じた。

「これより岡山へ出向き、城を受けとって参れ」

平右衛門は、六十人の士卒を率い岡山城へ出向こうとしたが、与力の侍のうちに、危ぶむ者がいた。

「もし金光の家来どもが背いたなら、六十人ほどでは、どうにもなりまんせなあ。岡山城のまわりにゃあ、毛利方の者もおりますけえ、危ないと思いまするがなあ」

馬場重介が、直家に申し出た。

「なるほど岡山は危うき場所にござりますれば、それがしも与力六十人を連れて、平右衛門殿と同道して参りまする」

「そうか、そのほうがいってくれるなら、このうえのことはなかろう」

直家は同意して、富川、馬場に城の受け取りを任せた。

富川らは岡山城へ出向き、与次郎の一族郎党を集め、その遺書を見せた。富川平右衛門が彼らに告げる。

「このたびそのほうどもが主与次郎には、行跡よからざることがありしゆえ、われらが殿より切腹を仰せつけられた。与次郎はこの書付けを残して死んだが、そのほうどもがおとなしゅう城を明け渡せば、倅文右衛門殿に所領相続をさしゆるすとのことじゃ。われらの指図に従わば、文右衛門殿をはじめ、そのほうどもの所領は安泰じゃが、いうことを聞かぬときは、取り潰されることも覚悟いたしておけ」

与次郎の一族郎党は、富川、馬場の指図に服従するほかはなかった。

富川、馬場は、百二十人の部下とともに岡山城に在番し、支配の実権を握った。

天神山城の浦上宗景は、しだいに衰運にむかっていた。備前では宇喜多のいきおいに押され、播州では赤松、別所と戦い、合戦の絶えることがない。

宗景は尼子と手を結んだ直家に対抗するため、京都で天下政権をうちたてた織田信長に帰服し、その威を後楯にしようとした。

元亀二年春、宗景は上洛して信長に謁見した。信長は宗景を歓待して、播磨、備前、美作を所領として与える朱印状を下した。

宗景はおおいによろこび、意気揚々と天神山城へ帰ったが、彼には三国を統治する実力はなく、直家にいつ追い落とされるかも知れない、危険な状況にかわりはなかった。

その頃、児島郡の海沿いの地域の領主たちは、四国の細川氏らの勢力に通じていた。西のほうは備中の三村氏、あるいは毛利に従い、あるいは宇喜多に従う。

元亀二年正月、三村元親が備中から児島郡へ乱入し、浦上宗景の属城である常山城と鼻高山城（倉敷市）を陥れた。

宗景はかねて同盟していた、阿波三好氏の篠原長房に助勢を頼んだ。長房は海路児島に到着し、高畠城（玉野市上山坂）へ押し寄せる。

直家はこのとき、毛利に対抗するため宗景と和睦し、ともに備中への反攻をはじめた。児島郡の情勢は緊迫するばかりであった。五月になって、讃岐の国衆で管領細川家の部将である香西駿河入道宗心が、海を渡って押し寄せた。

宗心は篠原長房と協力して児島郡を手中にするため、通生《かよお》（倉敷市塩生《しおうす》）の本太城を攻めた。

城将吉田右衛門尉は、三百余人の城兵を率い、城外に出て戦う。宗心は伏兵を用い、吉田らの退路を断ち、包囲したので、吉田勢の大半は城内へ退くこともできず、討死を遂げた。

吉田右衛門尉は、乱軍のなかで討ちとられた。宗心はいきおいこんで、家来たちに下知した。

「城の者どもが、逃れてゆくのを追うて、付け入りに攻めこめ」

香西勢は日没が近く、辺りが暮れなずんできたのをかまわず、城際へ押し寄せた。だが、夜になり雨が降りはじめたので、方角さえ見分けられなくなってきた。本太城は三方が海にのぞむ数十丈の絶壁である。

東方だけが山の尾根につづいているが、そこに濠をめぐらし、塀、矢倉を構えているので、城兵はわずかであるが、容易に攻めかけることができない。

雨足がつよまり、霧が湧いてくると前後も見分けられなくなった。

「こりゃ、どうにもならんぞ。どこに敵がおるのか、分からんぞ」

四国勢は濃霧のなかで、うろたえるばかりであった。

地形をそらんじている城兵は、霧のなかを駆けめぐり、香西勢を討ち倒す。宗心も討とられ、士卒は右往左往しつつ下津井へ退却していった。


宗景は、毛利攻略のため豊後の大友義鎮《よししげ》と協力していた。児島郡の争奪戦には、伊予能島の水軍村上武吉が、篠原長房、浦上宗景、宇喜多直家に力を貸した。

彼は讃岐の塩飽島に渡り、篠原、大友、浦上のために附近の制海権を掌握した。毛利氏は大友との対戦に主力をむけていたので、備中、備前へ攻撃をしかける余力はない。

備中では、毛利方の国衆勢力の大半が、九州の大友氏との合戦に駆りだされたので、尼子勢がその隙をついて美作から侵攻した。

元亀二年二月、直家は尼子式部、大賀駿河守と協力して、六千余人の兵を動かし、浅口郡鴨方の杉山城を攻めた。

杉山城主、細川下野守通董は、備中守護職十代の主である。尼子式部は通董に降伏をすすめる書状を送った。

「貴殿はかねて尼子家の幕下におられた。いま当家に属し、忠節をつくされ、武勇をもって備後国を斬り従えられよ」

細川通董は、永正年間（一五〇四〜二一）に尼子に圧迫され、備中の支配権を失ったのち、永禄元年に毛利元就の属将となり、杉山城に入ったのである。

通董は、尼子式部の誘降に応じなかった。

「われらは毛利殿の浅からぬご懇情にあずかってござれば、いまさら盟約をたがえ、お味方にはなりがたし。ことに備中の侍大将衆は九州へ出陣いたせしときにて、それがしのほか三、四人に備中一円を預け置かれしなれば、節をまげるわけには参らぬ」

通董は、尼子の使者を斬りすて、抗戦の意をあきらかにしたのち、侍百五十騎、雑兵二千余人を従え、必死の決戦を挑んだ。

「身のほども知らぬ広言をほざきおって、このうえは踏みつぶすばかりじゃ」

尼子、宇喜多勢七千余人が、城外へ出撃した細川勢を包囲する。細川勢は果敢な反撃をおこない、津々加賀守、福井孫左衛門らを討ちとったのち、ついに力を使いはたし、山手西郡村の幸山城へ逃げいった。

尼子勢は備中の侍衆を幕下に引きいれ、酒津城（倉敷市酒津）を襲った。城主高橋玄蕃は九州へ出陣していたので、弟の高橋右馬允、庄九郎らが三十騎ほどでたてこもったが、防戦できるはずもなく、細川通董と同様に幸山城を頼った。

尼子、宇喜多勢は一万余人に人数をふやし、幸山城へ押し寄せた。城主石川左衛門尉は九州へ出陣していたので、留守居の城代禰屋七郎兵衛が指揮して、懸命の防戦をする。

城兵は浅原峠と城下で尼子、宇喜多の大軍を迎撃し、三日のあいだに七度戦い、矢玉が尽きた。

禰屋七郎兵衛は三カ所に手疵を負い、尼子方へ降伏を申し出た。

四月になった。つつじのいろどりが陽に映える新緑の山野を埋めた尼子、宇喜多勢が、加陽郡刑部《おしかべ》郷の経山城（総社市黒尾）に攻め寄せた。

経山城は、天文年間（一五三二〜五五）に大内義隆が築いたという、吉備の山岳につらなる要害であった。

城主は中島大炊介元行であった。尼子式部は、まず誘降をこころみた。

「当城は尼子の幕下にあった。いまは毛利に属しているが、われらとは旧縁がある。このたび尼子に随身いたされるならば、備中はもとより備前までも、斬り取られて然るべし」

中島大炊介は、城中で軍評定をひらき、尼子、宇喜多に従うべきか否かを協議した。

麾下の侍たちはいった。

「いま尼子、宇喜多と戦うたところで、われらはとても勝てませなあ。ほんじゃけえ、まずは尼子に随うて、時を待つよりほかはなかろう。さように尼子へご返答しなされや」

中島大炊介は、誘降に応じるつもりがなかった。

「先祖の二階堂為憲よりわれらまで、忠孝を一途に心がけ、道にたがうことはなかったぞ。勝負は大将の時の運によることじゃろうが。いま尼子の大軍を怖れて降参すりゃあ、末代までの恥をさらすことになる。死んだとて道を守って戦をせにゃあ、いけんのじゃ。儂と枕をならべて死ぬ覚悟のでけとる者は、籠城してくれえ。命をながらえ、身をたて世渡りをしたい者は、いますぐ立ちのきゃあええが」

諸侍は、大炊介の言葉に従った。大炊介は、尼子式部の使者につぎのような返書を托した。

「仰せの趣きは承った。当城は大内義隆、毛利元就に従い、年を重ねて参ったが、毛利の家老どもは近頃驕慢にて、不礼のふるまい多く、かねがね口惜しく存じおりししだいなれば、尼子殿の御幕下へ馳せ参じ、忠勤を励みたし。このたび当城へのお取り懸けをご延引下さらば、人質をさしだし、御先陣をあいつとめ忠節をつくすべし」

尼子式部は大炊介の申し出をうけいれ、兵を引いた。

大炊介はしばらく危急を逃れ、九州の小早川隆景へ急使を送り、援軍を求めるいっぽう、城郭の補強を昼夜兼行でおこなう。

経山城は、三方が屏風を立てたような絶壁で、本丸に至る道は険しく、曲がりくねっている。道の途中に大木を横たえ、弓衆を伏兵として置いた。

また城下にも伏兵を忍ばせ、法螺貝を合図に敵に横槍を入れさせる手筈をととのえる。

経山の山腹には紙旗数百を立てつらね、藁人形を木影に並べた。

城の外曲輪の雑木林はすべて伐採したので、敵の動静をひと目に見渡せるようになった。

経山城の西方、小寺村には敵の攻撃にそなえ、南北三町、東西四町にわたり、二重の濠を掘り、水をたたえた。

「急がにゃ、尼子の奴輩に気づかれようぞ。死にとうなけりゃあ、気張らにゃあいけんでえ」

二の曲輪にも空濠をめぐらし、三方の矢倉門道には、落とし穴を掘り、味方が陥らないよう目印を置く。

城内へ入る橋は引きおとし、外の路上には、茨、枳殻《きこく》などを撒きちらす。堀のうちには乱杭を立て並べた。

城兵たちには合言葉を定め、普請の雑踏にまぎれ、尼子、宇喜多の物見、間者が立ちいらないよう、厳重に警戒する。

中島大炊介は、一族の老幼婦女子をすべて城内へ入れた。籠城しているのは軍兵だけではない。数千の百姓たちが呼び集められていた。

大炊介は、備中の親戚縁者に密使を走らせ、応援を求めた。

「尼子、宇喜多に対し、防戦を遂げ候あいだ、急ぎ後巻きあれ」

四月十八日、ひと通りの補強普請ができあがると、大炊介は開戦を決意した。

「今日は吉日じゃけえ、門塀のうえへ旗を立てえ」

城兵は二引両《ふたびきりよう》の赤旗を押し立て、同じ紋の赤幕を張りめぐらした。

尼子式部は、物見の兵から注進をうけた。

「経山城には赤の旗幟が立てつらねられ、ときの声が聞こえますする」

「なにごとじゃ。まさかわれらに刃向かうつもりでもあるまいが」

間者に命じ、情況を探らせると、中島勢が城にたてこもったと分かった。尼子式部は瞞されたと知って、ただちに全軍に下知した。

「大炊介は当家にそむき、国中の侍どもを誘うて城にたてこもったぞ。討ちとってこらしめえ」

尼子、宇喜多勢は一万余人を二手に分けて南門へ押し寄せ、ときの声をあげ押し入ろうとしたが、城内は森閑としたままである。

「城の内には人がおらんのか。一気に乗りつぶせ」

寄せ手が門際に殺到し、押しあいつつ塀を乗り越えようとしたとき、大炊介が城兵に命じた。

「時分はよかろう。突いて出よ」

城内から五十余頭の馬が、狂ったように駆け出てきた。尻尾に松明を結びつけられているので、矢玉のなかを疾走し、寄せ手の軍兵を馬蹄にかける。

そのうしろから、百七十騎の侍が二千三百余人の百姓を従え、土埃を捲きあげ、押し太鼓の音もすさまじく突撃してきた。

寄せ手は胆を奪われ、総崩れとなった。彼らは落とし穴にかかり、這いあがろうともがくところを討ちとられた。

尼子勢に協力している宇喜多の将兵は、敵のさかんな戦意を警戒した。

「これは我責めをすりゃ、人数を失うばかりじゃ。尼子の先手についちゃあいけんぞ。用心せい」

尼子勢は兵力をたのみ、強引な攻撃をくりかえす。

中島大炊介の与力、清水備後守は千百余人の兵を率い、城を忍び出て、総社宮から尼子勢の背後に迂回した。

神社の鬱蒼と茂った林中から、敵の様子をうかがっていた清水備後守は、采配を振るった。

「それ、いまじゃ。横槍を入れい」

城兵たちが喊声とともに突撃する。尼子勢は思いがけない方向から押し寄せてきた敵に、防ぎ矢をする余裕もなく、浮き足立った。

「おどれらは、地獄へうせえ」

城兵たちは刀槍、薙刀、棍棒を力のかぎりふりまわし、荒れ狂う。

尼子勢は百二十余人を討ちとられ、三輪山刑部村へ退却した。清水の士卒も四十人ほどが討死を遂げた。

尼子勢の攻撃は頓挫した。中島大炊介の母は鎖帷子《くさりかたびら》に身をかため、太刀、薙刀を持ち、女中数十人とともに、昼夜をとわず城中を見廻った。

夜になれば城兵たちに飯と酒をくばり、士気をふるいたたせる。大炊介は侍たちにいった。

「敵に取り巻かれ、なすこともなく日を送りゃあ、智勇が足らんといわれても仕方なかろう。雨風の強い晩に夜討ちをしかけてみたいんじゃが、私に命を預けてくれんか」

「殿の仰せに、否やは申しませんけえ、やりますらあ」

大炊介は侍五十騎ずつを二手に分け、雨をともなった南風の吹き荒れる夜、総社大明神の馬場へ出向かせた。

彼らは白晒の袖印をつけ、合言葉をさだめ、刑部村の敵陣へ忍び寄った。

「風がつよいけえ、ちと音を立てようが気遣いはねえぞ。木戸を引きやぶれ」

彼らは風雨の音にまぎれて尼子勢の陣所の木戸を打ちこわした。

大炊介は百数十人の足軽を率い、尼子の陣小屋に火を放った。油をかけ、松明の火を移すと、小屋はたちまち燃えあがった。

「火事じゃ。起きて消せ」

哨兵たちがおどろいて叫ぶが、火は四方にひろがってゆく。

尼子勢は闇中で具足を探し、馬を曳こうと焦るうち、火焔を背に魔物のように跳梁する城兵たちに切り倒され、屍の山を築いた。尼子方は不意討ちになすすべもなく、城兵に三百七十六の首級を与えた。

岡山城

備中へ攻めいった尼子勢は、いったん佐井田城へ入ったが、出雲の尼子勝久が毛利勢に押され、戦勢がふるわないため帰国していった。

夏が過ぎた頃、佐井田城には浦上宗景の家来岡本秀広、宇喜多直家の家来河口左馬丞、原二郎九郎がそれぞれの兵を率い、協同してたてこもっていた。

河口、原は間者を出して、毛利方の動静を探らせている。八月も末になった頃、間者が注進してきた。

「成羽《なりわ》の三村がしきりに人数を集めておりまする。兵粮、小荷駄を運ぶ牛馬が、街道筋に行列をつくっておりまするけえ、どうやら戦支度《いくさじたく》をはじめたと思うて、山下《さんげ》の村を探って見たのでござりますらあ」

　河口左馬丞は、眼を光らせた。

「ほう、なんぞつかんだか」

「村のはずれの竹藪で、百姓らが竹を伐りだしておるのを見て、声をかけたのでござります」

　秋陽の照りわたる山裾で、百姓たちは汗を流しつつ、鉈《なた》で竹を伐採していた。

　間者は彼らに声をかけた。

「えろう豪勢に、はたらきょんじゃなあ」

　百姓のひとりが手拭いで顔に流れる汗をぬぐいつつ、答えた。

「しかたないんじゃ。お城の夫役《ぶやく》じゃけえの」

「竹を伐りようて、何をするんじゃ。垣でもこしらえるんか」

「竹把《ちくは》をこしらえるんじゃ」

「儂ゃ、そげえなもんは知らんのう。何じゃ、そりゃあ」

　間者は、竹把が銃弾を防ぐ竹束であると知っているが、わざと聞いた。

　百姓はいった。

「鉄砲玉よけの竹把じゃが。間なしにお城から大勢で、中津井の佐井田城へ押しかけるんじゃ」

　話しあっていると、眼つきのするどい百姓が傍へ寄ってきた。

「こりゃ、お前はどこの村の者じゃ。見たことのねえ面《つら》じゃが」

「儂は通りかかった者よ」

「そげえな返答があるか。どこの村からきたんじゃ。お前は怪しい奴じゃ、こっちへこい」

肝煎り役らしい百姓が、腕を捻じあげようとしたので、間者は足払いをかけた。

相手はあおむけに倒れ、頭をしたたかに地面に打ちつけ、動かなくなった。

「こやつは、何をしょんじゃ」

仲間の百姓たちが駆け寄ってきたので、間者は韋駄天走りで逃げ去り、佐井田城へ戻ったのである。

間者の注進をうけた岡本、河口、原は、浦上宗景、宇喜多直家のもとへ使者を走らせ、援軍を求めた。

城にたてこもっている人数は、三千人に満たない。九月朔日、三村元親と兄の猿掛城主穂田《ほいだ》元祐が、毛利元清の先手として押し寄せてきた。

岡本、河口、原は、城壁から敵陣を見下ろす。秋雨がしきりに降り、朝夕は冷えこむなかで総勢八千の毛利勢が野陣を張っている。

「八千ぐらいの人数じゃ、この佐井田の城は取り囲めぬぞ」

「そうじゃ、あっちこっちに、椀のなかへ飯がへばりつきょうるように野陣を張りょうるが、間がひらいとるけえ、どこからでも攻められるでえ。後巻きの人数が着きゃあ、こっちから討って出てやろうでぇ」

浦上、宇喜多勢は強気であった。翌日、援軍七千人が入城した。

「これで気遣いはなかろう。味方は大勢となったけえ、明日にも押し出してやらにゃあいけんのう」

九月三日、野末に旗差物をつらね、毛利勢があらわれた。

「ほう、来たでぇ。これでひと当てするか」

敵の人数は一万二、三千人ほどであろうが、合戦をすれば負けないと河口らは見ている。本丸から山麓へ駆け下り、狭い谷間のような窪地へ敵を引きこみ、左右から攻めたてれば、撃破できよう。

「新手《あらて》、新手と入れかえる繰り引きの戦法で、早攻めをして引き揚げるんじゃ」

九月四日の早朝、浦上、宇喜多勢は城門をひらき、喊声をあげ毛利勢へ襲いかかった。

毛利勢は城兵が押し出してくると予期していなかったので、狼狽した。

「小積な奴輩《やつばら》め、首を打たれに出てきたんか。ひとりも逃がさず討ってとれぇ」

毛利、三村、穂田の物頭たちは、なだれをうって攻めこんでくる城兵に、味方を立ちむかわせようと叱咤する。

毛利勢はすばやく陣形をととのえ、浦上、宇喜多勢と入り乱れて戦う。敵は前ばかりでなく、横にも後ろにもあらわれる。

槍、長刀、太刀をとっての殺戮の場に身を置けば、気力の勝負となる。乱戦になると、運のいい者だけが生き残れる。

大勢の家来に身辺を護られる大将でも、いつ討死を遂げるか分からない。猿掛城主穂田元祐は、二千余人の軍勢を指揮して奮戦していたが、流弾に顔を撃ち抜かれ即死した。

毛利元清の武将長井越前守は、宇喜多勢の豪の者、片山与一兵衛と槍をあわせた。与一兵衛は、牛皮を張った具足の胴がいちめんにささくれだつほど、越前守の槍を受けたが、ついに彼を突き伏せた。


毛利勢は浦上、宇喜多の反撃をうけ、ついに敗退した。

だが、情勢は楽観をゆるさない。出雲の尼子勢は毛利の攻勢を支えきれず、尼子勝久、山中鹿之介らは国外へ逃れた。

毛利元就は六月十四日に病死したが、あとを継いだ孫の輝元は、叔父の吉川元春、小早川隆景の輔佐をうけ、備中から浦上、宇喜多勢力を一掃しようと、あらたな作戦をはじめようとしていた。

隆景らは、四国の篠原長房ら三好氏が宇喜多と呼応し、児島に襲来するのを阻止しなければならない。能島の村上武吉が児島附近の海上を制圧しているあいだは、篠原らの攻撃をくいとめられなかった。

隆景は乃美宗勝に命じて、水軍を出動させ、能島周辺を押さえさせた。

隆景、元春らは、佐井田城攻めで敗退し、三村元親の兄、元祐を失った痛手をつぐなわねばならないと、大挙して備中へ乱入する機をうかがっていた。

元亀三年（一五七二）七月、伊予の河野を攻めていた豊後の大友義鎮が、兵を引き揚げた。河野と同盟をむすんでいる毛利は、大友勢がいつ鉾先を安芸へむけてくるかも知れないと憂慮していたが、情勢は一転した。

吉川元春、小早川隆景らは、輝元に備中出陣をすすめた。

「いまこそ、備中の三村を扶けて、宇喜多らを追い退けるときじゃ。当家の人数をこぞって、攻めこまにゃいけんぞ」

毛利輝元は七月二十六日、隆景に先手を命じ、大軍を催し備中に入り、小田郡笠岡（笠岡市）に着陣した。

吉川元春は八月八日に、輝元のあとを追い出陣した。

山野にはさわやかな秋風が吹き、海は碧瑠璃《へきるり》の色をふかめている。笠岡に毛利勢が野陣を張ると、湊のうちには軍船が舳《へさき》をつらね、幟《のぼり》、吹貫《ふきぬき》をひるがえし眩しく、金具に陽をはじく。

直家は間者を放って、毛利勢の動静を探らせる。間者は帰って注進した。

「このたびは、とてもえらいことですらあ。毛利の陣小屋は笠岡一帯に炊《かし》きの煙をあげようて、にわかに都があらわれたようでござりまする。川にゃ饐《す》えた飯が山のように捨てられ、近所の者がそれを洗うて食ようるのを見れば、兵粮も余るほどに支度しておるにちがいなかろうと存じまする。秣《まぐさ》も道端に積みあげておりまするけえ、腰をすえて仕懸けてくるじゃろうと見えますらあ」

「人数はどれほどじゃ。一万ほどか」

「とてもそれほどではございませぬ」

直家は顔色を失った。


毛利輝元は、八月の末まで行動をおこさなかった。

直家は毛利の総攻めがはじまれば、支えられないと予測していた。毛利の兵力は、宇喜多、浦上の三倍はあると見なければならない。毛利勢が怒濤の進撃をはじめれば、備中はたちまち席捲され、備前も危うくなる。

直家は毛利の反攻に先立ち、京都へ使者を送り、第十五代将軍足利義昭に、毛利との講和斡旋を懇請していた。

義昭は安芸安国寺、備後鞆《とも》の安国寺両寺の住持を兼任する臨済禅僧恵瓊《えけい》を使者として、毛利輝元、小早川隆景のもとへ内書をつかわした。

恵瓊は、安芸守護武田信重の遺子である。天文十年（一五四一）、武田氏滅亡ののち、安国寺竺雲《じくうん》恵心の弟子となった。

義昭の内書は、毛利が浦上、宇喜多と和睦し、義昭の兄、十三代将軍義輝を弑した阿波三好氏を征討せよという内容であったが、輝元、隆景らはそれを無視した。

九月になって、毛利勢は攻撃をはじめた。直家の放った間者は、さまざまの情報をもたらしてくる。

「いま、毛利の人数は、備中のほうぼうの城を攻めとりまするが、因幡鳥取城の武田高信に、美作から備前へ取りかけよとすすめよりまする」

「ほう、備前と播磨の境を攻めよるんか」

「さようですらあ。美作苫田《とまた》郡の高山城（加茂町）からも、草刈景継が備前へ押し入る手筈を決めとりまするけえ、浦上の領分は荒らされますじゃろう」

海上では小早川水軍の勢力が、備中、備前の沿岸を制圧し、能島の村上武吉の動きを封じている。

直家は富川平右衛門、長船又三郎、岡平内以下の重臣を集め、対策を練ったが、兵力の差はいかんともしがたい。直家は毛利氏に和睦を求めるよりほかに、生きのびる道はないと判断した。

「いまは意地を立てて、毛利にさかろうときではなかろう。公方《くぼう》にかさねて頼んで、和談のはからいをしてもらわにゃあいけん」

家老たちも異存を述べなかった。彼らは直家の鋭敏な情勢判断を信頼している。

「いままで年月をかけて、苦労して備中へ押し入ったが、いったんはそれをすべて毛利へ返さにゃあ、和談はととのわんじゃろう、しかたもなかろう。逼塞《ひつそく》したとて、またやり返しゃあええんじゃけえ」

直家は浦上宗景に相談した。

「公方へ急使をたてて、仲裁してもらおうと思うんじゃが。儂らが取った備中の領分は、皆返さにゃあゆくまいが」

「それがよかろう」

宗景は美作から武田高信が来襲するのを怖れていた。

宗景と直家は、ふたたび急使を将軍義昭のもとへ送り、毛利との和議斡旋を懇願した。

義昭はただちに内書を毛利家へ送った。毛利輝元は、将軍の二度にわたる要望を、聞きいれないわけにはゆかず、吉川元春、小早川隆景のほか、福原貞俊、口羽《くちば》通良《みちよし》、熊谷信直、桂元延ら家老を招集した。

「公方様の再々のおすすめを受けぬわけにゃあいくまい。織田がどれほどのものか、まだよう分からんが、去年の九月にゃあ比叡へあがった浅井、朝倉の軍勢を伽藍とともに焼き討ちして追っ払い、武田をも押さえて上洛させぬほどじゃ。ここは天下の形勢を観望して、公方様のお指図に従うたほうがええじゃろう」

元春は積極攻勢を主張する。

「織田なんぞは、まだ海のものとも山のものとも分からんではねえか。そのうちに、本願寺と武田、浅井、朝倉に潰されらあ。それより、一気に備中から備前を平均《へいぎん》すりゃ、播州までも領分に入れられようぞ」

隆景は反対した。

「日頃（元就）さまは、余分な慾を出すのが身の破滅につながると、仰せられたんじゃけえ、浦上、宇喜多といったん和睦して、備中の城を皆、こなたへ渡させりゃええんじゃ。もし、宇喜多らがとやかくいいおったなら、人数を繰りだし平均してやりゃよかろう」

家老たちは隆景の意見に賛成した。

九月十二日、輝元は宗景、直家のもとへ講和の条件を提示した。毛利の要求は、直家の予測通り、備中のすべての城を明け渡せというものであった。

宗景は即座に毛利の条件を受けいれようとした。

「鳥取の武田は、美作苫田郡の西屋(奥津町西屋)まで押し寄せとるんじゃ。ぐずついとりゃあ、押し寄せてくる。いったんは、無理難題を聞いても和談せにゃあ、命がねえぞ」

直家は応じた。

「備中から引き退いたとて、またいずれは押して出りゃあええ。和談を決めることにしょうでえ」

足利義昭は信長に擁立され、永禄十一年(一五六八)十月、将軍となったが、その後信長の圧迫をうけ、越前朝倉義景にたのみ彼の追討をはかった。

その後、反信長勢力は拡大し、北近江の浅井長政、本願寺顕如、武田信玄も戦線に加わった。

天正元年(一五七三)正月、将軍義昭が自ら信長追討の兵を挙げるとの噂が、諸国にひろまった。義昭は三方ケ原合戦で徳川家康に大勝した武田信玄が、健康をそこない征途の途中で宿陣していることを知らず、まもなく上洛すると思いこんでいた。

信長は、義昭が内書を濫発して、諸国大名を味方にひきいれようと画策しているのを知っていた。

義昭は、三好義継、和田惟政を主力として畿内に兵を集め、信長追討をおこなう計画をすすめた。三好義継とその家老松永久秀は、兄義輝を弑逆《しぎやく》した仇であったが、義昭は信長を倒すためには、かつての仇敵とも手を組んだ。

信長は阿波の三好勢力を抑えるため、土佐の長宗我部元親が隣国を切り従え、猛威をふるうのを黙認した。

元親は阿波、讃岐へ進攻しようとしたが、三好らが宇喜多を味方につければ勝ち目はないと判断し、天正元年正月、直家のもとへ使者をつかわし、協力を求めた。

「近々に阿波、讃岐へ乱入いたし、あいはたらくべく候。そのとき三好、香川より加勢を乞うとも許容これなきように願い奉る。こののちはたがいに申しあわせ、四国を平均つかまつるべし」

直家は家老、重臣を集めて相談した。

「四国の長宗我部と合力して、四国まで手を広げりゃあ、毛利に勝てるほどの身代にもなれるじゃろう」

富川、長船、岡ら家老たちは賛成した。

「この手が通じねばあの手と、いろいろ勘考せにゃあおえません。長宗我部と組めば、毛利を潰せる機をつかめますじゃろう」

直家は、長宗我部と同盟をむすぶことにした。

直家は春になって、富川たちに告げた。

「年々に諸方へ手を広げ、亀山の城下には徒士《かち》衆、足軽まで大勢が住みついておるけえ、どうにも狭うてならんぞ。城の内も曲輪《くるわ》の外も、隙間もないほどに屋敷を割りつけ、狭うてならん。いつまでもここにおるわけにゃあゆくまい」

富川たちは応じる。

「仰せの通りでござりまする。他家の話し声やら、屁《へ》をこきょうる音までが聞こえるほどの有様では、息をひそめておらにゃあいけませんでえ。早う岡山へ移りとうござりまするが」

「それじゃ、岡山の城は山下《さんげ》がことのほかに広々としていようが。城の東を流れる大川は海に通じて、物を運送する利便はこのうえもない。あそこへ移れば、こののち繁昌する土地にちがいなかろう。一日も早う移りたいが、いままで金光がいた城は、構えも狭うて家中の侍どもの屋敷の数も、すくないものじゃ。移り住むまえには城をひろくおしひろげ、曲輪をも造り増すために縄張りを仕直さにゃあいけんぞ」

富川たちは同意した。

宇喜多直家は、岡平内に命じた。

「そのほうが奉行をして、門、塀、櫓、柵などを普請してくれい」

「承知してござりまする」

直家は備中進出の方針がいったんは挫折したが、ふたたび領内をかため、戦力を養おうと、元気をとりもどしていた。

「人には躓つまずいて転びよるときもあるんじゃ。そげえなときは、下をむいて塞ぎこんでおってはいけん。兵を養うて、また頭をあげりゃあええんじゃ」

直家の側室お福は、前年正月に男児を産んでいた。

「ええ子宝を産んでくれたのう。儂にとってははじめての男の子じゃが。名は儂の幼名とおなじ、八郎とつけようぞ」

嫡子を得た直家は、よろこびに胸をふくらませ、再起の気力を湧きあがらせる。

「いずれ毛利なんぞは、引きずり倒してやるけえのう。お福がこがいなええ嫡男を産んでくれたんじゃ。気張らにゃあいけん」

直家はお福を溺愛していた。

彼女のかがやくような肌は、八郎を産んでのち、艶やかなうるおいを帯び、牡丹の花を思わせる風情である。

直家は、他の側室を遠ざけ、お福だけを身辺に侍らせる。

「儂はお福の、花の盛りをひとりで楽しめるんじゃ。こげえな果報者はおらんじゃろう」

彼は岡山城へ居を移し、備中経略の拠点とするつもりであった。

春風が浮塵をまきあげるなか、大勢の人足が修羅車《すらぐるま》で巨材を曳き、石を運ぶ。数千人が騒がしく立ちはたらく普請場には、露店が並び、物売りの声がにぎやかに空にひびく。

岡山城下は、金光氏が在城のあいだは、町屋もまばらで、百姓相手の小規模な市が立つとき、人の出入りがいくらかにぎわうだけのいなかであった。

普請奉行の岡平内は、直家の指示に従い、金光氏のいた城はすべて打ち毀し、西の曲輪として、東手の高台に本丸を造営する。

城山の麓の寺社は他所へ移し、城下から大川へ通じる水路をひらく。また西国街道宍甘《ししかい》鼻《ばな》から東南へ新西国街道をつけた。

秋になって、直家は亀山城から岡山城へ移った。

「沼(亀山)の城は要害じゃが、湿けた所であった。岡山はええぞ。なんというても広々としとるけえのう。海も近いし陽当たりもええ。蚊が多うて狭い沼とはお別れじゃ」

家中の侍たちも、亀山城下をひきはらい、岡山へ移った。


天正二年の春も末になって、毛利輝元、小早川隆景が備中へ出陣してきた。輝元は備中竹の庄に本陣を置き、藤沢村福山城に詰めていた宇喜多の駐屯軍を追い落とした。

宇喜多の残存勢力を一掃した毛利勢は、備前の虎倉《こぐら》城の近辺まで乱入し、附近を焼きはらう。

虎倉城主伊賀久隆は、虎倉城にたてこもり、毛利勢の襲来にそなえていた。遠近に野火がひろがり、毛利の人馬が旗差物をひるがえし、土煙をあげ駆けまわっている。

四月十三日、毛利家馬廻衆の児玉元兼、粟屋与十郎、神田宗四郎らが数千の兵を率い、藤沢村を出て近在を襲ったが、宇喜多勢は一人も姿をあらわさない。

備前津高郡上加茂まできてみたが、敵はなおあらわれず、夜があけてきた。

「ここまでくれば、虎倉の城を攻め落とすか」

毛利勢は虎倉へ押し寄せた。

伊賀久隆は、毛利勢の動静を偵知して、城に近い山腹に弓、鉄砲足軽三百人ほどを埋伏させていた。

「物音をたてるなよ。敵は大勢じゃ。気づかれりゃ、こっちが追いまくられようぞ」

城兵たちは夜明けまえから、声をひそめ、樹間に身を隠していた。

くらがりに、輪火縄の光が蛍火のように見えかくれしていた。やがて遠近で鶏鳴が聞こえてきた。

「やあ、あれを見い。差物、幟が薄《すすき》のようにならんできたでねえか」

毛利勢の人馬が地響きをたて、暁の微光のなかに浮かびあがってきた。

毛利の武将、粟屋与十郎、太田垣某らが攻めてくるのを、城兵たちは充分に引き寄せた。

「それいまじゃ、撃て」

銃声が明けがたの静寂を裂いて、ひびき渡った。

毛利の騎馬武者が十数騎、狙い撃たれて馬上からまっさかさまに落ちる。先手の徒武者《かち》たちも浮き足だち、隊伍を乱した。

「あれを見い、毛利の奴輩が逃げ足を見せたぞ。いまじゃ、突きかかれ」

伊賀勢は城門を八の字に押し開き、喊声をあげ、寄せ手に襲いかかった。

毛利勢は総崩れとなり、われがちに逃げだす。

粟屋与十郎は馬首をめぐらす味方を呼びとめる。

「返せ、返せ。腑甲斐ねえことをやるな。逃げる者は斬って捨てようぞ」

懸命に味方をひきとめるうち、伊賀の家人片山与七郎が鉄砲で狙撃した。片山は与十郎にとびかかり、首級をあげた。

毛利方の部将太田垣某も、討死を遂げた。二人の大将があいついで首級をとられたので、毛利勢は態勢をたてなおす余裕もないままに、潰走する。

敵の追撃をうけるとき、円陣をつくり、槍先を外側へ突きだす槍衾《やりぶすま》の隊形をとらなければ、損害はとめどなくふえるものである。

だが、指揮官がいなくなったので、毛利の士卒はたがいに押しあい、こけつ転びつわれがちに逃げようとして、城兵の馬蹄に蹂躙され、死屍累々となった。

児玉与七郎、名護屋与十郎、井上源右衛門、中島瀬兵衛、小寺兵衛ら、毛利勢の名のある侍たちは、上加茂のうすい谷で踏みとどまり戦った。

「虎倉のいなか武者に追いまくられて、このまま去《い》ねるか。返せ、返せ。毛利の名折れじゃ」

彼らは刀槍をふるい、死闘をくりひろげたが、いきおいに乗った城兵の猛攻に押され、すべて首を取られた。

粟屋孫次郎という侍は、味方の神田宗四郎が四ヵ所に深手を負い、動けなくなっているのを見て、わが馬に乗せ、引き揚げていった。

児玉小次郎元兼という毛利方の剛の者は、追ってくる敵を突き払いつつ退却してゆく。彼は具足のはずれに多く疵《きず》を負い、血にまみれたが、痛手に屈せず小高い丘に馬を乗りあげ、大音声で味方に呼びかける。

「返せ、返せ。このまま逃げるような無様なふるまいができるか」

毛利勢の剛勇の士として知られた熊谷玄蕃、岡宗左衛門らが殿《しんがり》をつとめながら引きあげてくる。

井上七郎兵衛という弓の名人が、無駄矢もなく敵の騎馬武者たちを射落としつつ退いてきた。彼らは皆、児玉元兼のもとに合流した。

人数はしだいにふえ、百人ほどになったので、児玉元兼は円陣をつくらせ、備中へむかう坂道を下りていった。

虎倉城兵は、なお追撃の手をゆるめない。児玉らの一隊のうちから三沢摂津守、野尻蔵人らが出て後支えをしたので、毛利勢は無事にひきとることができた。

城兵も深追いをやめ城へ戻ろうとしたが、土井某という侍の乗馬がにわかに駆けだし、馬首を返そうとしても、足がとまらず、ついに毛利勢のなかへただ一騎で駆けいってしまった。

毛利勢のなかに土井を見知っている者がいて、彼を発見した。

「あやつは虎倉の者じゃ。討ってとれ」

土井はたちまち毛利勢に押し包まれ、四方から槍玉にあげられて首をとられた。土井を見知っていた者は、かつて伊賀久隆の家人であった河原六郎左衛門であった。

河原六郎左衛門は、落ち度があって伊賀家中から追放され、毛利家へ仕えたので、今度の出陣には道案内に選ばれた。

彼は毛利勢の思いがけない敗北をわが恥辱と思い、殿軍に伍して戦ったが、土井を討ちとりようやく面目をほどこした。

敗北した毛利勢のうちにいた高名な剛勇の士、山県三郎兵衛は、虎倉城兵のすさまじい反撃に立ちむかおうとしつつも、雪崩のように引いてくる味方に押され、福山まで後退した。

三郎兵衛は町のはずれで馬に水を飲ませようとして、小川の岸辺で立ちどまった。後から土煙をたて、退いてきた一隊の士卒のなかから、かすれた叫び声が聞こえた。

「粟屋殿が、中間川で鉄砲に当たったぞ」

毛利の部将、粟屋与十郎は三郎兵衛の朋友であった。

三郎兵衛が大声で聞いた。

「粟屋が撃たれたとな。それはまことか」

馬上の侍が彼を見て、うなずいた。

「これは山県殿か。粟屋殿は討たれてござる」

三郎兵衛は、とっさに討死の覚悟をきめ、従者たちに告げた。

「儂は、与十郎とはかねがねいいかわしておったんじゃ。死するときは一緒とのう。それをおめおめと、己れひとりが引き退いて面目もなきことじゃが。黄泉《よみ》でめぐりおうたときは、申しわけの仕様もねえ。いまより虎倉の城下へただ一騎で立ち戻り、斬りまわって死ぬけえ、おのしらにゃあ今日をかぎりに暇をくれてやるぞ。さらばじゃ」

三郎兵衛が馬腹を蹴って戦場へ戻ってゆくのを、従者たちは追いかける。

「生死をともにしてこそ主従でござりますらあ。儂らを残して、ひとりで死ににゆくのは、つれないことじゃ。後を追いますらあ」

山県主従は虎倉城下へ駆けいった。

伊賀勢は、まさか敵が十人足らずの小人数で押し寄せてきたとは思えず、けげんな眼差しをむける。

三郎兵衛は馬上に背を伸ばし、大音声で名乗りをあげた。

「それがしは毛利家中にて武辺の名を知られし、山県三郎兵衛なり。このたび思う子細あって討死いたさんと、ここへ返して参った。われと思わん衆は、お出会い候え」

城兵たちはどよめいた。

「あれが聞こえし山県か。首をとって手柄をたてにゃ、いけんぞ」

三郎兵衛は、最期のはたらきをあらわし、伊賀勢十人ほどを討ちとり、力つきて首級を与えた。

この日、毛利勢の戦死者は百三十余人に達した。

伊賀方の戦死者は、乗馬に駆け出され毛利勢のなかへ入って討たれた土井某ただひとりであった。

伊賀久隆は大勝の知らせが届くと、岡山城へ急使を走らせ、戦捷を報じた。直家はおおいによろこんだ。

「毛利の人数をあまた討ちとり、追いしりぞけしは大手柄じゃ。こんどまた押し寄せてきたときゃ、こなたよりも加勢をつかわすぞ」

毛利輝元は軍評定《いくさひょうじょう》をひらき、攻撃の方針について検討した結果、あらたに城を築き、備前を押さえる足がためをすることとなった。

毛利勢は虎倉の敗北を憤り、堤棚奥宿という伊賀の支城を攻めた。伊賀の家人河田源左衛門が五十人の足軽を率い、奥宿の砦を守っていたが、不意に毛利の部将穂田元清の一隊が押し寄せてきたので、懸命に支えた。

だが、山深いところでまさか敵が攻めてくることもあるまいと、兵粮矢玉を貯えていなかったので、たちまち苦戦になった。

「本城へ加勢を頼まにゃあ、このうえ攻められては保たんぞ」

源左衛門は虎倉城へ急使を走らせたが、伊賀久隆は兵を動かさなかった。

「毛利は奥宿を取り抱えりゃ、こっちが後巻きの人数を出すじゃろうと、見ておるんじゃ。

後巻きを出しゃあ、人数の減ったこなたを取り抱えようとの、算段をしょうるんじゃ」

穂田勢は、砦に我責《がぜ》めをしかける。源左衛門の同僚河田七郎は討ちとられた。源左衛門は深手を負い、砦の東方にある滝の辺りのくさむらに、身を隠した。

毛利の軍兵は、砦から落ちのびる宇喜多の兵を追ううち、源左衛門を発見して二人が駆け寄ってきた。

源左衛門は疵口《きずぐち》から血をしたたらせつつ、言った。

「儂ゃ深手を負うとるけえ、もう動けんのじゃ。お前らに首をやらあ。取りにこい」

二人の兵が近づくと、源左衛門は最後の力をふりしぼり、脇差、刀を投げ出す。

「神妙にせえや。苦しまぬように息の根をとめてやるけえのう」

源左衛門は息も絶え絶えであったが、毛利の軍兵たちに襟がみをつかまれ引きおこされると、いきなり立ち上がり、左右の脇に二人を抱きしめ、そのまま滝壺へ逆落としに飛び込み、ふたたび浮き上がることがなかった。

毛利勢は虎倉城下の一戦に惨敗を喫してのち、加茂川西岸の勝山に砦を築き、桂源右衛門尉らに守らせた。

輝元は五月五日にいったん備中松山城へ陣を引いたのち、小早川隆景に全軍の指揮を委ね、安芸吉田へ帰還していった。

隆景は、なんとしても虎倉城を陥れねばならないと、策略を練った。

当時将軍足利義昭は、織田信長追討の戦に敗北し、備後鞆《とも》に住んでいた。

義昭が信長を討とうとしたのは、信長に将軍の権限をさまざまに制限されたのを、怒ったためである。

彼は信玄が上洛すれば、信長を討滅するのはたやすいと考えていたが、信玄は天正元年四月、征旅の途中で病死した。

信長は将軍義昭が、兄義輝を弑した悪逆の徒、三好義継、松永久秀と手をむすび、阿波の三好三人衆を味方にひきいれたと聞き、義昭の動向を見逃せなくなった。

本願寺顕如の率いる幾百万人とも知れない一向一揆が、「欣求浄土、厭離穢土」の旗のもと、義昭に加勢すれば、畿内諸大名がのこらず浮き足だち、義昭になびく情勢がおこらないとは限らない。

信長は義昭が挙兵すると、六月に二条城を攻めた。義昭は宇治槙島城へ逃れたが、織田勢にとりまかれるとたちまち降伏し、追放された。

義昭は、河内若江城にいったんおちつき、三好一族と相談のうえ、中国の毛利を頼ることとなった。

途中、大坂へ立ち寄ると、浄土真宗十一代門主顕如光佐が使者をつかわし、協力を誓った。

「当家は近年、織田と戦いをかさねていたが、将軍家に楯つくつもりはありません。信長が法門を滅ぼそうとするかぎり、一揆勢を動員して戦います。信長謀叛のため西国へ落ちのびられるのは、まことにいたましい。こののちはお味方となり、忠誠をつくします」

義昭は顕如の申し出をよろこんでうけた。彼は大坂に数日滞在ののち、木津川河口から便船で西へむかう。

彼は尼崎、西宮、兵庫の浦を過ぎ、須磨の浦で帆待ちをするあいだに、安徳帝の内裏趾、一の谷城趾、敦盛の塚を見物した。

義昭は第十五代将軍の座にいるままに、信長に京都から追放されたわが身と故事をひきくらべ、哀れを催す。

備前国牛窓に着いたとき、にわかに風雨が荒れ、御座船が座礁した。義昭はつぎの一首を詠じた。

「言語道断舟路の旅は
　牛窓の月の夜塩に袖濡るるとは」

義昭は備中水島に着き、さらに笠岡を経て、備後鞆の浦へ到着した。

義昭は侍臣の柳沢監物、上野中務を使者として、三原城主小早川隆景のもとへつかわして、今後のことを頼むと申し伝えさせた。

隆景はさっそく、米三千石、大鷹五羽、駿馬十頭を献上し、義昭に謁見した。義昭は隆景にむかい、両手をつき平伏した。

小早川隆景は、日本じゅうのすべての武士の主人である征夷大将軍が、彼の前にひれ伏したのを見て感動の涙を催した。

彼は言上した。

「昨日までお頼りなされた織田信長が、今日討手となり、尼子の残党を公方さまの討手として下向させたと聞き及んでおりまする。公方さまが当家をお味方と思し召され、この地にご下向遊ばされしは、当家のこのうえもなき面目にて、代々の御恩を報じるはこのときと存じ奉りまする。少輔太郎（輝元）は若年なれども、それがしが父陸奥守（元就）より家督を預けられておりますれば、急ぎ吉田へ申し聞かせ、鞆にて安らかにお過ごし遊ばされるよう、おはからい申しあげまする」

隆景は鞆城を急ぎ修築し、義昭を移徙《わたまし》させた。

鞆城の番衆は、吉見大蔵大夫、杉次郎左衛門、杉原播磨守、中島大炊介ら歴々の部将たちが交替でつとめ、軍兵五百人が城門の警固にあたった。

海上には村上弾正、笠岡掃部が瀬戸内海賊衆を率い、備中国水島から笠岡の沖にかけて番船の舳をつらね、義昭の警固にあたる。

中国、四国の諸大名は、義昭が鞆城に入ったと聞いておどろく。

「鞆へおわせられたのは、まことの公方さまかや」

「まことじゃと聞いたがのう」

「それならさっそく出仕して、忠義を尽くさにゃあいけんなあ」

彼らにとって、京都の二条屋敷にいた将軍義昭は、神々しいまでの武門の棟梁であった。

将軍などとは名目上の権威ばかりで、何の実力もそなえていないと軽んじている大名も、義昭の内書を受け、何事かを命ぜられると、それを家門の名誉として嬉々として従う。先祖代々、公方といえば主人であると考え、尊崇してきた存在である。

鞆城に参向し、義昭に謁見して下命に従う中国、四国の武士の数は、増加するばかりであった。

京都の信長のもとへ、そのような情報がもたらされた。

「公方は備後の鞆にて、毛利に養われ、一帯の大小名どもが、先をあらそって伺候し、諸役を申しつけられ、よろこび従っておりまする」

信長は事態を重視して、中国、四国の主な大小名に密使をつかわす。

備中国上房郡松山城主の三村元親のもとにも、信長の密使が到着し、つぎの宛行状《あてがいじょう》を与えた。

「このたび公方に背き、われらに同心いたし、毛利が公方を押したて上洛いたすを防ぐならば、備中、備前両国をあてがうべし」

元親はおおいによろこび、一族郎党を集め、信長の書状を披露した。

「こんどの織田の誘いは、千載一遇の機というべきものじゃ。宇喜多は公方から合力を求められ、応じたと聞いとる。直家は毛利と手を組み、織田、尼子と手切れになった。儂は直家めに親父殿と兄者を討たれたけえ、あやつは二代の怨敵じゃあ。恨みは深けんじゃ。儂は信長から一味の誓紙を貰うたからには、公方を攻め、宇喜多を討ち滅ぼして恨みをはらさにゃあ、いけんのじゃ」

元親の家老である備中国川上郡成羽城主の三村孫兵衛親成が、反対した。

「まだ、さようの戦をしかけるときではなかろうと、存じまするがなあ。織田信長という人は、梢から梢へと伝い走る猿猴のように、めまぐるしく策略を用いると聞いておりますけえ、油断はなりませんでえ。虎狼のように悪謀ただならずといわれる信長に従うて、三村一党ことごとく不義の逆臣となるのは本意ないことでござりまする。信長のような人に頼みをかけても、何の益もないのは分かっておりましょうが」

元親は怒った。

「おどれは儂のいうことを聞けんのか。二代の恨みをはらす、願ってもなき好機を見逃せというのは、なにゆえじゃ。わが命を惜しみょうるんか」

親成は元親を諫《いさ》めた。

「儂ゃ殿に命を預けとりますけえ、いつなりとも死ぬ覚悟はできておりまする。ただ、織田信長に操られ、たった一枚の書きつけをあてに、毛利と宇喜多に戦をしかけりゃあ、潰れるしかなかろうと存じまするのじゃ。まだ時が早かろうと思うて、殿のお言葉にさからようるんですらあ」

「うるさいことを聞きとうはねえ。さっさとわが城へ去《い》ねえ」

親成は、評定《ひょうじょう》の座から追いたてられ、成羽城へ戻った。

元親の重臣のなかに、親成を讒言《ざんげん》する者がいた。

「あやつは、まえから毛利方の中島大炊介と仲がようござりますけえ、かねて毛利と通じておったのかも、分かりませんなあ。いまのうちに、始末しとかにゃあいけんと勘考つかまつりまするが」

元親の亡父家親の代から信任をうけ、家中で重きをなした親成は、諸事に思慮がふかかった。

元親は、ふだんであれば親成の意見を聞きいれるのだが、父と兄の仇を討とうと気をはやらせているので、讒言を信じた。

「そうか、あやつは日頃よりなにかとひねこびれた口をきくさって、裏じゃあ、毛利に尾をふりょうたか。そげえな奴は軍陣の血祭りにしてやりゃあええんじゃ」

三村元親は親成に討手をさしむけ、殺そうとした。

親成は天正二年十月七日の夜、息子の孫太郎とともに、親交のある中島大炊介の居城《いじろ》へ逃れた。

親成は大炊介に事情を語った。

「儂の旦那は、織田から合力を誘われ、阿波の三好に加勢をさせて、毛利を討つ手だてをしょうるんじゃ。儂が諫めたんじゃが、聞きいれんでのう。かえって儂を討ち果たすというんじゃけえ、もう三村家中にはおれん。それで逃げてきたんじゃ」

「そりゃただごとじゃねえ、さっそく公方さまへご注進せにゃあいけん」

中島大炊介は、鞆の義昭のもとへ参向し、三村元親の謀叛を注進した。

将軍義昭はおおいにおどろいて、大炊介に命じた。

「ただちに毛利、宇喜多にはかって、三村元親を誅戮《ちゅうりく》いたせ」

毛利家では、当主輝元と吉川元春が三村攻めに乗り気ではなかった。

「三村などは、いつでも片づけられる弱敵じゃ。なにもいますぐに押しかけることもなかろう」

だが、小早川隆景は間を置かず三村誅伐にとりかかるべきだと主張し、宇喜多直家とうちあわせ、山陰道、山陽道、四国、西海道の大小名に、陣触れを発した。

「諸国軍勢は、十一月十日までに備中国笠岡浦へ到着いたせ」

陣触れは、将軍御内書の写しに隆景の回文をそえておこなわれた。

三村元親は松山城に一族を集めて命じた。

「公方の命によって、毛利、小早川が数万の人数を催し、備中へ攻め入るとのことじゃ。味方を急ぎ呼び集め、戦支度をいたさねばならぬ」

元親は近郷の百姓を呼び集め、松山城の外曲輪に石を積みあげ芝を埋め、塀をめぐらしたうえに櫓を建てる。塀には鉄砲狭間を切り、城内の樹木には莚《むしろ》を張りめぐらし、矢玉を防ぐ仕掛けをする。

領内の二十一ヵ所の支城も、本城と同様に防備をかためる。

三村家中で、毛利に通じているとの噂のあった、備中国幸山城主石川源左衛門も、一族千七百余人を従え、松山城へ入城した。

幸山城は五十騎の侍と百姓勢七百余人に預けた。三村勢は大敵を迎え撃つ支度をととのえ、待ちかまえる。

三村元親は、浦上宗景と同盟していた。宗景は織田信長の誘いに乗り、宇喜多直家を打倒する機を狙っていた。

だが、小早川隆景のすばやい対応に気を呑まれ、動きをあらわせなかった。

浦上宗景は、時流の変化を見誤った。彼は織田信長の軍事政権の実力を、足利義昭に抗しがたいものであると軽視した。

「信長は京都に出てからまだ六年じゃ。このさきどうなるか、見通しなんぞつけられるもんか。鞆の津へおわせられた公方さまは、いったんは追い払われなさったが、諸国大名に信長追討の号令をお出しなさりゃあ、またいきおいを盛り返しなされるのは、目前じゃ。阿波の三好と組んで気張りゃあ、毛利も宇喜多もたちまち奈落の底へ落ちこむは必定じゃが」

宗景がこのような判断を下したのは、かつては家臣であった宇喜多直家が、権謀のかぎりをつくし、徐々に勢力をつちかい、いまでは彼を眼下に見くだすようになってきたためであった。

だが、元来小心者である宗景は、小早川隆景が直家と協力し、破竹のいきおいで三村領の支城を攻め落としてゆくとの情報を得ると、萎縮していたずらに時を過ごした。

小早川隆景は笠岡に本陣を置き、麾下《きか》の周防、長門、安芸、備後、備中、備前、美作、因幡、伯耆、出雲、隠岐の八万余人と称する大軍を、南備中の一帯に集結させ、野陣を張らせた。

隆景は三村攻めの火蓋を切る直前、福原出羽守、熊谷豊前、天野五郎右衛門、中島大炊介ら諸将を本陣に呼び集め、軍評定をおこなった。

軍議の座には、三村元親の家老であった三村孫兵衛親成も列座していた。隆景が全軍を幾手にも分けて、三村の諸城を攻める方針をとろうとしたとき、中島大炊介が申し出た。

「端城《はじろ》の数は多くとも捨ておかれ、松山城を攻め落とされなばよかろうと存じまする。松山を落とさば、端城は戦うことなくお味方いたすであろうと、勘考つかまつりまする」

隆景は、大炊介の意見がおそらくは三村親成から内情を聞いてのことであろうと察したが、採らなかった。

「こなたより利刃をもって立ちむかわば、敵もまた利刃をふるい雌雄を決しようとするものじゃろう。そげえな、乾坤一擲の勝負は危ういけえ、ゆっくりと攻めるんがええんじゃ。雨の滴なんぞは何の力もねえ弱えもんじゃと思うじゃろうが、長年のあいだにゃあ軒下の石に穴をあけるほどのはたらきをするんじゃ」

隆景は、三村元親には上方と四国から加勢がくるであろうと推測し、四国の三好に対する用心を怠らず、慎重に攻めかけることとした。

十二月二十三日、毛利の部将宍戸備前守が中島大炊介を先手として、倉敷と笠岡のあいだの猿掛城へ押し寄せた。

猿掛城にたてこもっていた三村兵部は、数万の毛利勢を見て戦意を失い、城を捨て、松山城へ逃げこんだ。

宍戸勢は、猿掛城を一矢も放たず奪いとったので、こんどは三村孫兵衛を先手として松山城の北方にある、斎田城を攻めた。

斎田城主三村左京も、千人に足らない手勢を率い、たてこもっていたが、毛利勢に二万を超える人数で取り巻かれると、戦うことなく城を捨て、松山城へ逃げこんだ。

宍戸勢は、こんどは松山城西南の国吉城を包囲する。城主三村左馬允は、弓、鉄砲を雲霞の寄せ手へ撃ちこむ。宍戸勢は、あざ笑った。

「三度めに取り抱えようた城で、はじめて筒音を聞けたぞ。まばらな音は、いかにも頼りなげじゃが、手向こうとは見あげた性根じゃ」

三村左馬允は一応の反撃をおこなったが、心中では浮き足だっていた。

「毛利はなんでこがいな大軍で儂の城を攻めるんじゃ。明日になって我責めをしかけられりゃあ、儂らはひとりも残らず殺されるでえ」

宍戸勢は、弾丸を防ぐ竹杷《ちくは》、高所から曲輪うちを狙撃する銃手を乗せた大井楼《せいろう》を持ちだしてきた。

三村左馬允は顔色を失った。

「今夜のうちに逃げにゃあ、退《の》き道がのうなるぞ」

日没後、彼もまた城を捨て、松山城へ逃げ入った。

三日間に三城を手中にした宍戸勢は、ついで国吉城の東に領家川をへだてる鶴首城を取り巻いた。

城主三村政親は、戦場往来をかさね、軍功の数多い豪強の侍であった。城兵はわずか三百余人であるが、政親は山野を埋める宍戸勢を迎え、怖れる色もなく下知した。

「これだけ大勢で押してきたけえ、外れる弾丸がのうてええが。珍客に馳走をしてやらにゃあいけん。それ、矢玉を惜しまず撃ちまくれ」

宍戸勢がときの声をあげ押し寄せると、城兵はそれぞれの持ち場から弓、鉄砲を雨のように放った。

一刻（二時間）ほど、寄せ手は猛攻をつづけた。そのうちに城兵が怯えて逃げだすであろうと予想していたためである。

だが、三城を陥れたときとは状況がちがう。城兵の戦意は旺盛で、寄せ手の戦死、手負いの数がふえるばかりである。

宍戸備前守は、配下の侍大将たちと協議した。

「この城は、一時に落とすのは無理のようじゃ。攻め口を決め、竹把をつらね、井楼を揚げて仕懸けにゃ、なお人数を減らすことになるでえ」

宍戸勢は、陣形を立てなおし続攻することにした。

十二月二十七日卯の刻（午前六時）、三村政親は、宮野蔵大夫、丹下与兵衛ら三百余人の軍兵を三手に分け、突然柵門をひらき、敵将宍戸備前守の陣所へ襲いかかった。

不意の襲撃におどろく宍戸の旗本勢は、いったんはうろたえたが、迅速に立ちなおった。

宍戸勢のうちから、大兵《だいひょう》の侍が名乗りをあげ、丹下与兵衛に一騎討ちを挑んだ。

「それがしは宍戸の郎党横山角阿弥なり。丹下殿にお相手つかまつる」

丹下は大音に応じた。

「おう、御辺の名は聞いたことがあるぞ。では、参ろう」

双方が馬を下り、槍をとって烈しく突きあう。与兵衛は槍のつかいかたに癖があり、上槍から相手の槍先を打ちおとし、そのまま突く。

払われると槍を車《しゃ》にまわし、相手の冑を殴りつけ、重心を失いよろめくところを首の血筋を狙い、さらに横に払う。

与兵衛のつづけさまの攻めに、横山角阿弥はたじろいだが、体勢を崩すことなく与兵衛の槍をはねとばし、胸倉をつかんだ。

五人力といわれる与兵衛は、角阿弥の腕を捻じあげ組み伏せ、腹這いにさせると背にまたがった。

角阿弥は首をとられる寸前に、身をよじって与兵衛の脇腹を鎧通しで突き刺した。与兵衛は呻き声をあげると、角阿弥の手から鎧通しを奪い、首筋を掻き切る。

双方が同時に息絶え、宍戸の郎党三上平内が与兵衛の首級をとり、引きさがった。

丹下与兵衛の朋友宮野蔵大夫が槍を構え敵中に駆けこみ、荒れ狂ったが、毛利の侍大将中島大炊介が矢を二本射て、蔵大夫の両股をつらぬいた。

蔵大夫が身動きもできず立ちすくむところへ、大炊介の郎党近藤新九郎が斬りかかって、たやすく首を取った。

双方入りみだれ、血しぶきをあげての白兵戦が半刻（一時間）ほどつづき、城兵は、毛利の大軍に取り巻かれ、百七十人ほどが討ちとられた。

三村政親は、生き残った百三十余人の兵を引きつれ、城に引きとる。毛利方も二百余人が首をとられた。小人数の城兵の戦いぶりは、すさまじかった。

翌二十八日、寄せ手は城の三方に井楼を立て、そのうえに百匁玉筒を揚げ、城内へ撃ちこんだ。

櫓、陣小屋が崩れ、城門の扉が割れて吹き飛ぶ。まっ赤に焼いた焼け玉を撃ちこむと、諸所に火事がおこった。

「もうこれまでじゃ。松山へつぼめ」

三村政親は部下たちとともに、松山城へ落ちのびていった。

天正三年正月五日、毛利勢は楪城（新見市上市）を取り巻いた。

附近の要害五カ所にたてこもっていた三村勢は、地響きをたて押し寄せてくる毛利勢を見て怖れ、松山城へ退却し、楪城は孤立した。

城主の三村元範は元親の弟で、剛勇の名が中国路に聞こえている。

彼は櫓に登り、山野を埋める毛利勢を見渡し、気おくれする様子もなく士卒に下知した。

「この城は名城じゃけえ、二万ぐらいの人数で取り抱えられるもんではねえぞ。兵粮、水に不足はなし、ひと月も支えてやりゃあよかろう。攻めあぐんで引き揚げようでえ」

毛利勢を率いる宍戸備前守と中島大炊介が相談をする。

「城にたてこもる人数は、たかだか千ほどじゃろう。攻め取るにさほどの手間はかかるまいが、宮内少輔（元範）は豪の者じゃけえ、手強く戦いよろうが」

「そうじゃなあ、調略をやらにゃあいけまいのう」

中島大炊介が密使を城中へ忍びこませ、元範の譜代の郎党富屋大炊介、曾禰大蔵、八田主馬らに謀叛をすすめてみた。

おそらく誘いに応じることはなかろうと思っていたが、富屋らは意外にも謀叛をするという。

「この城には侍どものほかに、百姓どもが大勢おりまする。その女房子供も巻き添えにして死なすんは、いかにも不愍《ふびん》でなりませぬ。いま籠城しておる諸人の命をすべて助け、われらの知行する領地を旧にかわらず安堵して下さりゃあ、主《あるじ》の宮内少輔に腹を切らせまする」

大炊介が返答をした。

「申し出ずる望みは、すべてかなえてつかわそう」

富屋らはその夜、闇にまぎれて毛利勢を、曲輪うちへ引きいれた。

不意の襲撃をうけた元範は、郎党七十騎ほどとともに山頂の本丸から槍先をそろえてあらわれ、坂道の途中で毛利勢を迎え撃ち、血戦を挑む。

敵味方が数多く討死を遂げ、城兵の姿はたちまちまばらとなった。元範は槍をふるい荒れ狂っていたが、身辺の家来が伊勢掃部入道ほか八騎となってしまったので、彼らとともに石指山（新見市高尾）へ登り、洞穴にとじこもった。

険しい坂をよじ登ってくる毛利勢の前に、人影が立ちはだかった。

「儂は宮内少輔さまが郎党三村左助じゃ。この矢を受けてみい」

毛利勢の先頭に立った太田源八という侍が、尖り矢に太股を貫かれた。

太田源八は矢を受けても屈せず、三村左助と斬りあい、刺しちがえて死んだ。

洞穴の外に姿をあらわした伊勢掃部入道が、大声で毛利勢を叱咤した。

「われらが主はここにはおらんのじゃ。はや石蟹口（新見市石蟹）から中津井（北房町中津井）へ落ちのびなされたぞ。儂が命のある限りゃあ、ここから先へ一歩も通さんけえ、かかってこい」

伊勢入道は狭い山道で大太刀をふりまわし、最期のはたらきをあらわす。

中島大炊介の郎党国府三郎兵衛、安原彦左衛門が入道に斬りかかり、たちまち倒した。

すでに落ちのびたはずの元範は、洞穴に隠れていたが、伊勢入道が血煙あげ斬り倒されるのを見て、外に出てきた。

「儂はここにおるんじゃ。寄れや、寄れや」

元範は薙刀の達者で知られている。彼は大薙刀をふるい、宍戸の郎党二人を一瞬に斬りすてた。毛利勢は彼のいきおいに押され、十間（十八・二メートル）ほども引きさがった。

元範は土煙をたて、襲いかかる。彼は薙刀を横に払い、臑《すね》を狙ってさらに二人を打ち倒す。鏡のような刃をきらめかせ、足を踏みかえ薙刀を左右にふるう元範は、喉の玉掛け骨に矢を受け、うつ伏せに倒れた。

宍戸の家来東郷平内が、駆け寄って元範の首級をとった。

元範の首は、ただちに彼の弟である上田孫次郎実親の居城、鬼《き》ノ身《み》城（総社市山田）へ送られた。実親が兄の首を見れば、恐怖して戦うことなく降伏するであろうとの策略であった。

だが実親は激怒した。

「兄者はよき侍で、親に孝養をはげんだ者じゃ。毛利に攻められ死んだからには、是非にも弔い合戦をやらにゃいけんぞ」

彼は城下の華光寺の門前で兄の首をうけとると、毛利の使者を追い返し、葬礼をおこない戦意をかためた。

正月十六日、毛利の諸大将は、鬼ノ身城を取り巻き、陣所をつらねる。小早川隆景は、下原郷伊世部山城（夕部山城＝総社市下原）に入った。毛利元清は木村山城（総社市八代）に入る。

毛利勢はまず、鬼ノ身城の支城箕腰山砦を攻めると、城兵は本城へ逃げこんだ。わずかな兵力で、応戦のすべもなかったためである。

十七日、毛利の先手は秦村の荒平山城（総社市秦）を包囲した。城主川西左右衛門之秀は、三村元親、中島大炊介の双方と血縁がある。大炊介は城中へ軍使を送り、三村元親と離れ、将軍に勤仕するよう誘おうとしたが、毛利勢の軍兵たちが山麓に火をかけてしまった。強風に煽られた火焔は、山頂へひろがってゆく。

川西之秀は山頂の城から寄せ手にむかい、石、巨材を落しかける。石を落とされると、遮蔽物がなければ麓から登ってゆく寄せ手は、甚大な損害を受ける。

之秀は本丸附近の斜面の樹木を、すべて伐採していたので、毛利勢は岩角に打ちあたり、はねかえって宙を飛んでくる巨岩、材木に打たれ逃げまどい、たちまち数百人の死傷者が出た。

之秀は家来に下知した。

「いまじゃ、追い崩せ」

曲輪の東西の門がひらかれ、城兵が槍先をそろえ突撃した。

毛利勢はわれがちに逃げ、川へ追いこまれ、数も知れないほど討ちとられた。小早川隆景は中島大炊介に命じた。

「荒平山は小城だが、侮ってはいけん。そのほうがいま一度調略をしかけて見てはくれんかのう」

大炊介は自ら荒平山城へ出向き、之秀にかけあった。

「なんとか毛利方に加勢してはくれんかのう。本領は安堵するけえ」

之秀は思案のあげく、返答した。

「儂は幾代にもわたっての三村の親戚じゃけえ、いまさら毛利に味方するわけにはいかんのじゃ。しかし、籠城の人数を巻きぞえにしてまで、わが意地を立てることもなかろう。城内の者をすべて助命してくれるなら、四国へ退いてもええぞ」

隆景は之秀の要望をうけいれた。

之秀は、彼を慕う郷民たちに見送られ、備前児島から四国へ渡り、讃岐の親戚のもとへ退いていった。

荒平山城を開城させた毛利勢は、中島大炊介らを案内者として鬼ノ身城へ押し寄せた。険しい山頂にある城からは、荒平山城と同様に石をはね落とし、巨材を伐採して落としてきた。

寄せ手の死人、手負いはふえるばかりで、怯えて城際に近寄る者もいなくなった。城兵は小勢であったが、険しい山肌を自由自在に駆けめぐり、前後左右に出没して寄せ手を悩ます。

毛利勢は苦戦に陥り、小早川隆景はふたたび大炊介に命じた。

「この城も、調略いたせ」

大炊介は、味方のうちで城将上田実親の祖父、近江守とかねて懇意であった結城越後守に命じた。

「なんとか、近江守をこなたへ寝返らせてはくれんか」

越後守は近江守に会い、小早川隆景の内意を伝えた。

「毛利へ味方されるならば、本領安堵のうえ、倍の知行地を加恩いたす」

上田近江守は、中島大炊介へ密使を送り、返答をした。

「それがしはもとより毛利家に遺恨を抱いてはおりませぬが、家督を譲りし隠居ゆえ、心ならずも敵対いたすこととあいなった。さればわが一類をはじめ、籠城の者どもを助命して下さるなら、孫の実親に腹を切らさせましょう」

小早川隆景は、近江守の希望をうけいれた。

「そのほうが望みに任せよう」

上田実親は、祖父近江守の近臣明石与次郎らが、外曲輪の柵門際から甲の丸へ後退するのを見て、味方の士卒が戦意を失ったのを知った。

「儂がどれほど、戦おうと思うても、もはや制止はできんじゃろう。明石と同様に引き退く者がしだいにふえてくるまえに、儂が腹を切って、籠城の人数を助けてやらにゃあいけん」

彼は隆景のもとへ軍使を送り、降伏を申しいれた。

「それがしが切腹いたさば、籠城の者どもを助命下されようか。それならば、それがしが検使を申しうけ、切腹いたす」

隆景は実親の申し出を、即座にうけいれた。

「実親こそは殊勝の勇士なり。ほかに望むところあらば、申し越させよ」

八十歳の齢《よわい》をかさねてなお命を惜しみ、若い孫に切腹させようとする近江守の見苦しいふるまいにくらべ、実親は勇者にふさわしい態度を崩さなかった。

隆景の使者は、再度実親のもとに至り、彼の望みをうけいれる旨を告げた。実親は使者にいった。

「籠城の者どもを助命下されるとのこと、なによりのご懇情じゃ。儂はこれより母者《ははじゃ》と三村元親殿へ、最期の暇乞いの書状をしたため、送ることにするぞ。そうしておかねば、松山城から加勢をしてつけられた人数が儂を見捨てたように、元親殿が思われよう。儂は正月二十九日の辰の刻（午前八時）に切腹するけえ、検使を送ってくれえ」

小早川隆景は、当日の早朝に検使として永井右衛門大夫、野美四郎をつかわした。

実親は切腹の座につくと、検使にむかっていった。

「このたびのことは、毛利家に別心あってしたわけではねえぞ。宇喜多和泉守（直家）に対し、ふかき鬱憤ありしゆえ、織田信長が回状にまかせ、細川真之、三好左京大夫ら四国衆の助力をもって本意を遂げようとしたまでじゃが。われらは天の助けを受けられず、かようの仕儀にはあいなった。儂の思うところを、隆景殿に伝えてくれい」

上田実親は検使に挨拶をしたのち、西方の空を望み、念仏をたからかに唱えた。

「これにて思い残すこともなし。右京亮、介錯いたせ」

実親が懐をくつろげ、鎧通しを手にすると、郎党荒木右京亮が刀を抜きはらい、後ろに立つ。

実親は左下腹を左手でしばらく揉んだのち、えいっと気合をかけ刃先を突き立て、右へ引く。右京亮の刀身がひらめき、実親の首は前へ飛んだ。

右京亮は実親の体にとりつき、号泣した。彼はその場で髻《もとどり》を切り、修験者となった。実親は武勇にすぐれた若者であったが、二十歳を一期として世を去った。毛利の将士も、彼の死を悼んだ。

毛利勢の攻勢は、なおつづいた。三月五日、美袋《みなぎ》山城（総社市美袋）が、三万余人の毛利勢に取り巻かれた。中島大炊介は、城将三村民部少輔のもとへ使者を送り、降伏をすすめた。

「この城は二百にも足らぬ小人数で、われらを迎え撃とうとしている。そのお心掛けは、称揚すべきであるが、このうえはわれらに同心召され、先手に加わられよ。それが叶わぬなれば、四国へ落ちのびられるのがよい」

民部少輔は城を出て、讃岐へ送られた。

三月七日、毛利勢は成羽へむかい、広瀬（高梁市広瀬）にさしかかった。そのとき不意に三村勢が砦から襲いかかり、毛利方の数人が討ちとられた。

毛利勢は鉄砲を撃ちかけ、小人数の三村勢は松山城へ逃げこむ。松山城からは、新手の軍勢があらわれ、毛利勢と激しく戦った。

鶏足山の頂上に陣を置いていた三村勢七百余人が山を下り、毛利の足軽勢千余人と死闘をつづけているとき、八幡山に陣を置いていた宍戸勢が、後方から迂回して押し寄せ、頼久寺裏手の秋葉山に登り、眼下の三村勢に弓、鉄砲で攻めかけた。

三村勢は挟撃されても屈せず、毛利勢数百人を倒し、撃退した。

「小敵に侮られてたまるか。仕返しをしてやらにゃあ、いけん」

中島大炊介らは、五百余人の毛利勢を率い、戦い疲れた城兵が松山城へ引き揚げるところを狙い、横手から襲った。

横槍を入れられた三村勢は、たちまち崩れた。三村元親の重臣、石川久式麾下の士卒二百三十人が討ちとられた。

城中から味方の敗北を見た新手の軍兵が毛利勢に突入する。毛利勢は六百三十の首級を三村勢に授けた。

三村勢は必死の奮闘をつづけたが、毛利の大軍にかなうすべはなかった。

松山城にたてこもっていた三村勢は、午の刻（正午）頃にすべて出撃し、夕方まで毛利勢と激戦をくりかえしたが、ついに力尽きて大半が討ちとられ、生き残った者は散り散りに逃げ去った。

わずかに城に踏みとどまった三村勢は、曲輪に火を放ち、かたわらの山頂に登って戦闘をつづける。

毛利の数万の大軍が押し寄せても、城兵は山谷に出没し、奇襲をくりかえす。毛利勢の損害はふえるばかりであった。

中島大炊介は三百余人の兵を率い、山中の獣道を辿って山頂に近づき、城兵の様子をうかがう。

やがて、城兵五、六十人が山の斜面を猿のように駆け下りてきて、毛利勢を追い散らす。彼らが山頂へ戻ろうとしたとき、大炊介は退路をさえぎった。

山麓から宍戸備前守、杉原播磨守、浦兵部少輔らの毛利諸隊が攻めのぼり、城兵を包囲する。だが小人数の城兵は死にもの狂いの反撃をくりかえし、毛利勢を山麓へ追い落とし、旌旗《せいき》、差物、陣幕などを奪い、松山城へひきあげた。

三村元親は、家来たちに命じた。

「おぬしどもはようはたらいてくれたが、まだ気を許しちゃあいけんぞ。戦が勝ちと定まるまでは、夜も帯を解いてはならぬ」

小早川隆景は、中島大炊介を呼び、相談する。

「三村元親は成敗せにゃあいけんが、親戚、譜代の家来どもは無事に城を立ち退かせてやると、申しつかわそうと思うんじゃが」

大炊介は、同意した。

「いまは三村の一類ことごとくが、城を枕に討死の覚悟をきめておりますらあ。しかし城を立ち退かせてやると申しつかわされたなら、その覚悟も揺らぐであろうと存じまする。そうすりゃあ、元親ばかりがあとに残されるかも知れませんのう」

「さっそくに、使いをやってみるか」

大炊介は、刑部（総社市刑部）の中島家菩提寺である報恩寺の住職、清水法師を呼び、松山城へ軍使としてつかわし、隆景の意向を伝えさせることにした。

城中から雲霞の毛利勢を見下ろし、妻子とともに死を迎えるときを待っていた三村の親戚、譜代の重臣たちは、隆景の意中を知ると、死中に活を得たことをよろこぶ。

「ここまではたらきゃあ、お屋形（元親）さまへの忠義も尽くしたことになろう。このうえわが身を滅ぼし、妻子を道連れとするまでのこともねえ。大炊介に頼んで毛利に内通しようではねえか」

毛利勢は、松山城から夜ごとに襲ってくる城兵の攻撃をうけ、損害をふやした。六月までに三村勢が城門に柵をむすんで梟《さら》した毛利の士卒の首級は、三千百十六に及んだ。腐爛した首級は鳥につつかれ、蝿がまっくろにたかり、息もつまるようなにおいを放っている。

だが、数万の大兵力を擁する小早川隆景は、動揺する様子をあらわさなかった。

松山城内では、譜代の家来たちがたがいに萎縮しがちな気分を、ふるいおこそうと、言葉を交わしていた。

「君命に背くわけにはいけんのじゃ。忠義を励むよりほかはなかろう。兵粮も塩も来年の春までは保つじゃろうから、そのうちにはなんとかなろうぞ」

彼らは、家族とともに滅亡する日がしだいに近づいてくるのを、待っているよりほかはなかった。

そのうちに、先代家親の頃から寵臣として重用されていた竹井宗左衛門、河原六郎右衛門が、小早川隆景からの調略をうけいれ、毛利方へ寝返るという噂が城内にひろまった。

三村元親はそれを耳にして、疑いをかけた。

「あやつらは譜代の者どもなるに、いまになって主の儂を見捨てよるんか。それなら先に成敗してやらにゃいけんが」

竹井と河原は毛利方へ奔ろうと相談していたが、秘密が先に洩れたので、家老の石川久式にとりなしを頼んだ。

「儂らは、まったく別心など持っとりゃせんのに、身に覚えのないことをいふらされて、迷惑いたしおります。ついては、殿に誓紙を奉りとうござります。なにとぞおとりなしをなされて下され」

石川久式は、二人の嘆願を本心であると信じ、井山宝福寺（総社市井尻野）の僧をともない、持ち場である松山城本丸後方の天神丸砦を出て、元親に竹井らの願いを伝えることにした。

久式は六月二十日の朝、本丸へ出向いた。

久式と入れ違いに、竹井と河原は、下僕に野菜を持たせ、天神丸砦をおとずれる。門番は久式の留守中であるため開門を拒んだが、長期の籠城で不足している野菜のみやげを見せられ柵内へ入れた。

竹井らはいう。

「儂らは野菜を届けたら、じきに帰るけえ、門をあけときんさい」

門番らはいわれるままに門扉をひらいたままにしていたが、突然武装した味方の侍大将大月源内、小林又三郎が部下数十人を率い、押し入ってきた。つづいて土居、工藤、田中、蜂谷ら譜代衆数百人がなだれこんできて、天神丸砦を占領した。

竹井らは石川久式の妻子を人質にとった。久式は天神丸砦が自分の持ち口であり、妻子の身のうえも気づかわしいので、具足をつけ駆けつけようとした。

三村元親は、久式をひきとめた。

「ただいま諸勢を呼び集め、謀叛の奴輩を打ちひしぐけえ、しばらく待ちんさい」

大松山を守る三村左馬允、佐内丸を守る三村兵部丞、三本松を守る日名助左衛門、徳重六郎左衛門、河上孫九郎らは、いずれもわが命を塵芥とも思わず、元親に申し述べた。

「持ち口に違いあって、われらが粉骨のはたらきをお目にかけられぬが残念でございますらあ」

元親は彼らの決意を聞き、頼もしく思った。だが、古老の家来たちはささやく。

「天神丸で斬り勝って敵を討ちとっても、今日終わるべき命が三日延びるだけじゃ。魚梁《やな》庭《ば》の後ろに隆景卿の旗が見えるぞ。天神丸の謀叛人たちに合力すりゃあ、命が助かろう」

身命を助かりたい者は、皆もっともであると同意した。

彼らは人質を毛利方の三村孫兵衛のもとへ差しだし、三村元親に敵対して、手切れの矢を本丸へ射込んだ。

吉良常陸は謀叛に加担せず、妻子をともない本丸に入った。彼の行動を見た敵味方の士卒は、そのいさぎよい決断に感動した。

仁義を知らず、武夫の道にそむいた者は、楽々尾、杉、諏訪、南江、升原、佐藤、神崎、山本、布施、林、渡部、山川、神原など、元親譜代の家来たちで、浅ましいふるまいであると憎まない者はなかった。

元親、久式は諸勢の合図を待っていたが、頼りがたい郎党どもは、かえって本丸へ攻めかけてくる形勢である。

元親はいった。

「譜代の奴輩が寝返りゃあ、敵は競いあって押し寄せるにちがいなかろう。本丸の侍どもはなおざりにしておるが、いま城を守っておる者どもが討たれりゃあ、この城も危うかろう」

松山城本丸の南面にある馬酔木《あせび》砦の守将新山玄蕃助がいった。

「かねての約定で、かくの如くになったときは、相畑（松山城本丸と馬酔木の中間地点）で屍をさらすべしと相談いたしてござる。明日にもなれば、敵方はいよいよ人数をふやすにちがいねえぞ。われらが武辺をあらわす時節が到来したのじゃ。死ぬんがおそろしゅうねえ者は、これからひと働きしようでえ」

田中藤兵衛という侍大将が元親に申し出た。

「さようの談議は、無事のときにやるもんでござりましょうが。今日の合戦の下知は、それがしにお任せ下されい」

元親は機嫌をそこねた。

元親は田中藤兵衛の申し出をしりぞけ、自ら三百余人を率い、久式とともに障子ケ滝へ押し出した。

障子ケ滝は、松山城本丸と馬酔木砦との間の谷間である。元親の郎党三村与七郎、梶尾織部、田井又十郎、上田加介らが、相畑に布陣していた謀叛人たちの木戸、逆茂木《さかもぎ》を引きやぶり、陣小屋に火をはなち、叫びつつ斬りこんでゆく。

「主に叛いた罰は、たちどころにあらわれるぞ。思い知れえ」

謀叛人たちは天神丸砦へ逃げこみ、危うい命を助かった。

日が暮れかける頃、松山城から五、六十人の譜代衆が脱走した。落城を目前にして、命を惜しみ、毛利に投降する者がふえるばかりであった。

毛利勢の中島大炊介がひそかに使者を城内に入れ、元親の郎党たちに降伏をすすめていたのである。

大炊介の誘いに乗り、これまで元親とともに討死を覚悟していた腹心の勇士たちが、人質をともない続々と敵に降った。

小早川隆景は、三村元親を我責めにすれば窮鼠の反撃をうけると見て、できるかぎり調略をおこなおうとした。

「松山城本丸は、急に挫いてやるなら人数を多く損ずるぞ。これまで屈せずはたらいてきた元親の郎党どもは、主人と枕を並べて死ぬるつもりじゃろう。方便を使うてそやつらをなだめ、味方につけえ」

城内本丸に最後まで踏みとどまったのは、石川久式、三村右京亮、井山雄西堂、日名助左衛門、吉良常陸、梶尾織部ら侍五十余人であった。

彼らは小座敷に集まり、誓約の金打《きんちょう》をして申しあわせた。

「われらは今生《こんじょう》のことは申すに及ばず、死出の山路、三途の川まで殿のお供をいたそうでえ」

元親とともに死のうとする家来たちのなかに、甫一検校がいた。彼は京都に住んでいたが、元親が籠城していると聞き、京都から下ってきたのである。

元親は最後の供を望む検校に命じた。

「そのほうは眼も不自由なるに、よくいままで儂に従うてくれたのう。いまはともに死ぬべき理《ことわり》はないんじゃ。是非にも下城して、京都へ戻らにゃあいけんぞ」

元親は下城を拒む検校に数人の下僕をつけ、城から出してやった。

下僕たちは城の麓へむかう途中、検校の衣類財宝を奪うため、刀を抜き襲いかかった。

検校は乱刃を浴び、息絶えた。

検校とともに山を下った牢人中村善右衛門が、怒って下僕たちに斬りかかり、その頭領日名源次郎を斬殺した。

三村元親は最期のときが近づいたので、本丸に一族郎党を呼び集めた。

「まもなくおたがいに暇乞いをせにゃあならんけえ、酒樽を皆空けえ。残して死んじゃ、おえんぞ」

盛夏であるが、山城の夜気は冷えてきた。主従は酒のにおいにむらがる蚊を追いつつ、杯を干した。

中島大炊介の攻め口から馬酔木砦へ、さかんに火矢が射かけられていたが、そのうちに湯殿の板屋根が燃えあがった。分厚く泥を塗っていたが、連日の暑熱でひびわれ欠け落ちたところに命中したのである。

火の手はひろがり、櫓に飛び火したので火焔は天に冲し、山麓は二、三里の遠方まで昼のように明るくなった。

元親はしたたかに酩酊したのち、家来たちに告げた。

「儂ゃあ、そろそろ腹をせにゃあいけん。敵が近づきゃあ、忙しいけいのう」

石川久式は、元親にすすめた。

「ひとまずここを落ちなされえ。天神山城（佐伯町）、高田城（勝山町）のいずれに参られても、ようござりますが。落ちつく先は近所にあるけえ、道はなんとでもひらけますらあ。織田信長卿のご契約、豊後より大友のお約束の誓紙もありまする。四国より細川真之、三好左京大夫も数万騎をあい従え、近日渡海あることとなれば、短気は禁物でござりますぞ」

元親は、久式の忠言を笑って聞き流す。

「今夜にこの城より落ちのびりゃあ、明日に日本国の主となったところで、清和源氏の名を汚し、先祖の名を恥ずかしめることにかわりはねえぞ。信長の約定、大友、細川、三好らが加勢するかどうかは、分からぬ。神が当家を見捨てたんじゃ。御辺らの諫めは、もう聞けんのじゃ」

六月二十一日、元親とともに本丸に残っているのは、石川久式、井山雄西堂ら郎党三十余人のみであった。

家来たちは元親の切腹に同意しなかった。

「切腹なされて、いさぎよき最期を日本国の隅々まで知られたとて、屍となりゃあ鬱憤の散じようもありませんでえ。捲土重来の日を待って、いったんは落ちのびて下されえ」

元親は久式にすすめた。

「御辺こそはひとまず阿波、讃岐へ忍びゆき、四国、因幡、丹後の味方を呼び集め、毛利を討ち滅ぼしてつかあさい。儂ゃあ草葉のかげでよろこぶほどにのう」

久式はいう。

「私は元親さまとともに死ぬつもりでござりますけえ、三村、石川の両家はこれにて断絶ですらあ」

諸侍は元親にすすめた。

「備中で名だたる両家を滅亡させるのは、いかにも残念至極にござります。ご一家衆ともどもにお立ちのきなされてつかあされ」

元親、久式は、すすめられて妻子、一門三十余人を城から出し、麓へ忍び下らせた。升弥助、児阿弥ら郎党は、大手門外の敵にむかいさかんに鉄砲を撃ちかけていたが、元親、久式の妻子らが落ちのびたのち、元親に従い、阿部山（高梁市稲荷山）へ逃れた。

毛利勢は、銃声の聞こえなくなった城内が空虚になったのに気づき、押し入って諸門に警固の兵を置く。組頭たちは部下に命じた。

「落ち人はひとりも逃がすんじゃあねえぞ。ひっ捕えて注進せえ」

元親は阿部山の林中で、進退きわまったのを知った。

城を出るとき、兵粮、水を持参したが、わずか一、二食分である。山中を辿るうちには、飢え死するであろう。

元親は満山をゆるがす蟬の声のなかで、弥助にむかっていう。

「これまで命を惜しまず仕えてくれた国侍どもでさえ、いまは裏切りおって敵の先手についとらあ。他国者のお前ひとりがいままで付き添うてくれたのは、殊勝のかぎりじゃ」

弥助は律義者であった。

「手前は他国者でござりますが、御先代家親さまからかわいがっていただき、ご恩は忘れておりませぬ。最期まで殿のお供をいたします。どうぞお具足を拝領させて下されえ。それを着込み、松山城の大手門へ登り、恐れながら元親と名乗って切腹つかまつりまする。

手前の顔は毛利勢に知られておりませぬゆえ、しばらくは殿であろうかと思うて、諸街道の警固もゆるむであろうと存じまする。その隙に、中津井口を高田城のほうへ落ちのび召されませ」

元親はいった。

「昔、漢の高祖の城を楚の項羽が攻めたとき、高祖の家来の紀信という者が敵をだまし、主人を誅殺して城を立ちのいたというが、お前の諫言は紀信にくらべ過ぎたものじゃなあ。しかし、いまは進退きわまった。あとわずかの命じゃろう。お前はこれから松山城へ戻り、元親が切腹するけえ、立ちあえと敵の大将にいうてくれんか。儂の母者には形見の品々をさしあげ、後生の弔いをしてくれるよう、頼んでくれ」

弥助は拒んだ。

「主人を生害させんがために、敵を迎えにゆくのは、武士の義にそむきまする」

元親はかさねて頼んだ。

「そんなことはないけえ、儂のいうことを聞いてくれ。そうでなけりゃ、これまでの忠義は無駄になるぞ」

弥助は涙を流し、承知した。

「仕方もござりませぬ。仰せの通りにいたしましょう。それではこれでお暇を申し上げまする」

弥助は元親の形見の品々を背負い、泣きながら山を下った。

彼は元親の母をたずね、形見を手渡す。

「そなたは、よく元親に仕えてくれた。これより生国へ立ち帰り、ながく存命してくりゃれ」

元親の母がいうと、弥助は拳で涙をぬぐい、ひとりごとのようにいった。

「儂は殿がご生害の前に、死にとうござります」

彼はそのまま落ちのびようとせず、毛利勢のむらがる松山城大手門の前に出て、雲霞の敵兵にむかい大音声で名乗りをあげた。

「われらは三村の近習、升弥助なり。ただいま斬死につかまつる」

弥助は刀を抜きはらい、毛利の侍河村新助と渡り合い、斬り倒す。

弥助はなおも荒れ狂い、数人に手疵を負わせたが、四方から槍をつけられ、絶命した。

三村元親は弥助が去ったのち、毛利勢の検使を待っていたが、いっこうにあらわれないので、阿部山を出て、隣の山へ登ってみると、松山城が眼下に見えた。

「やはり城の本丸で腹を切らにゃあいけなんだ。こげえな所まで逃げてきょうて、今生の後悔、後生の障りをこしらえてしもうた。このままじゃ、おえなあ。麓へ下りて一刻も早う腹を切らにゃあいけん」

元親は山を下り、松連寺（高梁市上谷町）の前へ出て、村の住人と出会い、命じた。

「元親がここにいて切腹するけえ、検使をよこせと芸州の陣所へ知らせてくれえ」

百姓の注進をうけた小早川隆景は、さっそく児玉長門守、粟屋惣右衛門に検使、桂民部大輔、天野五郎右衛門に警護を命じた。
元親は松連寺で検使を迎えた。彼は検使にむかっていう。
「亡父への孝養のため、宇喜多和泉守（直家）を討ちとるべしと存ずるところに、濁世とはいいながら、天道に恵まれぬ仕儀となってござる。人の勢いさかんなるときは、天が道を曲げて退くというが、まことじゃったといま思いあたった次第じゃ。いらぬこととは思うが、隆景殿へ書状を書き残そう」
元親は、いまに至るまでの、宇喜多直家との抗争の経緯をこまかく書き記したのち、さらに一筆をとり、辞世の歌を数首したためた。
元親の辞世は、つぎの五首であった。
「大庭加賀守殿は輝元公へ歌道師範なれば」
残し置く言の葉の陰迄も
あわれをかけて君を問うべき
「細川兵部大夫へ一通を捧ぐ」
ひとたびは都の月と思いしに
わが待つ夏の雲にかくるる
「竹田法印は親類なれば」
言の葉の伝えのみ聞きていたずらに
この世の夢よ逢わでさめぬる

「老母へは自筆」

思い知るは行き帰るべき道もなし

本のまことをそのままにして

「辞世」

人という名を借るほどや末の露

消えてぞ帰るもとの雫《しずく》に

元親が切腹したのは、六月二十二日であった。敵味方は、ともに彼の死を惜しんだ。

石川久式と妻子は城を逃れ出たのち、備前天神山城へ間道を伝い向かおうとしたが、途中で賀茂虎倉城主伊賀左衛門の部下に見咎められ、捕らえられ、毛利本陣へ引き渡された。

嫡子勝法師と親族十余人は、中島大炊介に預けられた。大炊介は小早川隆景に勝法師を出家させ、助命してもらいたいと頼んだ。

隆景が諸将を集め、意見を聞いているうちに、勝法師が番人の侍につぎのようなことをいった。

「久隆（伊賀左衛門）がわれらをご本陣へ送るのに、お歴々の衆が迎えにおいでなされたんじゃが、途中で当方の家来どもに行き会うたが、馬に乗ったまんまですれちごうていきょうた。君臣の礼というものを、わきまえん奴らよのう。儂ゃあ家来に背かれた主人じゃけえ、そげえなことをいうても、わが恥を上塗りするだけじゃが、毛利の歴々衆に礼を欠くとは、うつけ者じゃ。ほんに、おえんのう」

番人の侍は、勝法師の言葉を聞きおどろき、その器量を知って畏怖した。

伊賀左衛門は勝法師らを捕らえ、毛利本陣へ送るとき、つぎのような歌を与えた。

夢の世にまぼろしの身の生れきて

露に宿借る宵の稲妻

勝法師はその歌を読み下すなり、落涙していった。

「儂らは毛利本陣へいきゃあ、殺されるにきまっとるんじゃ。脇差を取られなんだら、腹を切ったんじゃが、残念じゃ」

小早川隆景は、勝法師の器量を知って、生かしておくわけにはゆかないと判断した。

「これほどの者を生かせておきゃあ、のちの戦の因になろうぞ」

勝法師は井山谷（総社市井尻野）で殺された。隆景は三村、石川の一族をすべて引き捕らえ、井山で殺し、おなじ塚に埋葬した。三村の一族は根絶やしとなり、滅亡した。

毛利氏は備中を版図に納めた。松山城には、天野五郎右衛門、桂民部大輔が城代として入った。

小田郡猿掛城は毛利元清の居城となり、石田の要害も修復する。手の庄の国吉城は吉川駿河守に与えられ、今田山城守が城番となった。

備前との国境の諸城には加勢の人数を配置し、不要な城々は破却した。

七月四日、小早川隆景は成羽を出立し、備前国児島へ押し寄せた。毛利勢の備中経略のとき、戦闘に直接参加していなかった宇喜多勢が先陣となった。

宇喜多勢を率いているのは、家老の富川平右衛門である。隆景は郡村（岡山市郡）の八幡山城へ入城した。

平右衛門は彦崎、迫川《はざかわ》へ陣を置く。

児島の常山城は、毛利、宇喜多の大軍に遠巻きにされた。麦飯山《むぎい》（玉野市八浜町）にも、毛利勢が入った。

常山城主上野備前守隆式《たかのり》は、栂尾《とがのお》丸に軍勢を呼び集め、告げた。

「年来、毛利家には深い遺恨があったゆえ、儂が三村元親、石川久式らにすすめ、毛利に手向かわせたが、討ち果たされしもうたんは、返すがえすも残念じゃ。この城の人数は二百に足らんのじゃけえ、幾万とも知れぬ大軍に攻められりゃあ、おえんのじゃ。それで牛臥丸を捨て、沼を前にしたこの栂尾丸で最期の一戦を遂げ、切腹しようと思うとるんよ」

毛利方からは軍使がきて、すすめた。

「上野殿には小人数にてなすべきようもなかろうほどに、阿波、讃岐へ渡海召されるがよい」

隆式の家来たちは、毛利の勧告に従うべきであるといった。

だが隆式は応じなかった。

「阿波や讃岐の味方は、頼みにはならん。そのほうどもは降参せい。儂と一族の者は、敵が許さんじゃろうから、毛利の人数を引きうけて、ここで討死するぞ。四国の細川掃部頭

(真之)には、累年交わりをかさねておるに、いまだに加勢がこんのじゃ。儂はここで腹ぁ切るより道がないんよ」

家来たちのうちから、毛利勢に降参する者、船で退散してゆく者があいついだ。

七月六日、毛利勢は牛臥丸まで押し寄せ、ときの声をあげた。隆式は動かず、戦おうとしない。

「儂は明日の辰の刻(午前八時)には腹を切って、名を後代にとどめるんじゃ」

毛利勢は静まりかえった常山城内の様子をしばらくうかがった。

毛利勢はしばらくためらっていたが、やがて逆茂木を引き抜き、城内へ乱入した。

「備前守(隆式)は、儂らに油断をさせておいて、海へ逃げる算段をしょうるんじゃ。そうなりゃあ、攻め口の油断になるけえ、一気に押し崩せえ」

隆式は激昂した。

「儂に腹を切らさんつもりかあ。押し入る者は容赦あせんぞ」

城兵は鉄砲の玉を惜しまず撃ちはなし、毛利勢がひるむと、隆式の弟高橋小七郎、飽浦三郎ら数十人が突き進む。毛利勢は沼地に追いこまれ、多数が討ちとられた。

城兵は桐尾丸へ引き返し、敵が接近すると防ぎ矢を射つつ、たがいに暇乞いの杯を交わした。

七日の朝、隆式は毛利勢の陣所へむかい、高声で呼びかけた。

「われら一類は、ただいま切腹いたし名を後代に残すゆえ、検使をつかわされよ」

隆式の継母は五十七歳であったが、その声を聞いて、死を急いだ。

「いま隆式殿が切腹のていたらくを見れば、目がくらんで自害はおぼつかなかろう。先に参りまするほどに、ご免下され」

彼女は刀を縁側の柱に紐でくくりつけ、走りかかって首をつらぬく。

血をほとばしらせ、苦悶する母を見た隆式は、傍に走り寄り、「五逆の罪は恐れ多し」といいつつその首を打ちおとした。

嫡子源五郎隆秀がいった。

「私は父上のご介錯をいたしとうござりますが、若輩なれば自害の首尾おぼつかなしと思し召されておられりゃあ、さきにご無礼いたしますらあ」

隆式は、脇差を抜いた隆秀にむかっていった。

「このたびは、諸方の味方と合図がととのい、お前と力をあわせ掛かれりゃあよかったが、合図がととのわなんだけえ、一家滅亡となったんは、仕方ねえことであった」

隆秀は、前に立った隆式を押し退け、腹を十文字に切った。

隆式は隆秀の介錯をしてやったのち、八歳になる次男の脇腹に刀を突き刺して殺した。

隆式は十六歳の妹にすすめた。

「お前は落ちのびよ。ここで死ぬることはねえぞ」

妹は兄のすすめを聞かず、母と同様に柱に縛りつけた刀に身をつらぬき、自害した。

隆式の内室は、三村家親の娘であった。彼女は具足をつけたうえに経帷子《きようかたびら》を羽織り、二尺七寸の国平の太刀を腰に差し、鉢巻きをして夫の傍にひかえていた。

上野隆式は、いよいよ最期のときがきたと思い、「太刀を持て」と家来に命じた。

内室の鶴は三十三歳であったが、男勝りの激しい気性の持ち主で、そのまま自害するつもりはなかった。

彼女は二尺七寸の太刀を抜きはなち、押し寄せる毛利勢にむかい、叫んだ。

「この太刀は三村家に伝わる重代の宝なれば、父家親と思いて肌身はなさじと存じて参りしが、妾《わらわ》が死後には隆景卿へ献上つかまつるなれば、供仏施僧のために使われよ」

鶴は数人の侍女とともに敵中に斬りこむ。彼女は毛利の侍木美十郎左衛門を斬り伏せ、本太五郎兵衛、三宅勘介に手疵を負わせ、浦兵部宗勝の備えを追い崩したのち城に戻った。

鶴は毛利勢の見守るなか、隆式と並んで座敷に座り、高声に唱えた。

「南無西方教主の如来、今日三途の苦を離れし者ども、ならびに元親、久式、元範、実親と、同じ蓮台に迎え給え。南無阿弥陀仏」

彼女は念仏を誦じ終えると、隆式とむかいあい、気合とともに刺しちがえた。

鶴の介錯をした舎弟小七郎は、自ら腹を切って果てた。惨たらしい一族破滅の有様を見た寄せ手の士卒は、息を呑んで静まりかえっていた。

毛利輝元、小早川隆景は、軍功のあった諸大将に厚く礼物を与え、帰国を許した。

隆景と毛利元清は、備中高松城、幸山城、経山城、猿掛城へ立ち寄り、備前国境の支配を清水長左衛門尉（宗治）、中島大炊介に命じた。

将軍足利義昭は、宇喜多直家、同左京亮（忠家）、与太郎（基家）、伊賀左衛門、清水長左衛門、中島大炊介、三村越前、笠岡掃部、村上弾正、同八郎右衛門を鞆の浦城に召し寄せられ、褒詞を与えた。

「このたび、三村一類の逆心を企てしところに、おのおの粉骨をもって追罰せしめ、感悦浅からず」

直家以下の侍たちは皆、将軍に対面し、感動をあらわし色代《しきだい》（挨拶）をした。

義昭はいう。

「将たる者は敵国を治め、肉を分け、地を裂いて賞功をおこない、軍政を敷かねばならないが、儂は信長に追われ西海に蟄居する身なれば、士卒の功を謝しがたし」

謁見した群臣は義昭に忠誠を誓った。義昭は諸侍を歓待した。

「今日はさいわい、白日青天の秋日和なれば、猿楽能を催すゆえ、戦陣の労をいやすがよい」

義昭は北の丸の桟敷へ移り、功名の武士を招いた。

将軍の左手には毛利輝元、吉川元春、河野通直、吉見広頼、福原貞俊。右手には小早川隆景、毛利元清、宍戸隆家、宇喜多直家、同春家、与太郎基家、伊賀左衛門、清水宗治、中島大炊介、笠岡掃部、村上弾正、小田孫兵衛、禰屋七郎兵衛、三村越前ら、軍功をたてた侍大将らが、すべて太刀を佩いて座に就いた。

式三番が舞台で演ぜられると、直家は傍の春家にささやく。

「こげえな都ぶりははじめて目にするんじゃが、なんと晴れがましいもんじゃのう」

「まあ、討ち滅ぼされた三村の一統は、哀れなもんじゃった。兄者、儂らは何としても宇喜多の血統を伝えにゃあいけんのう」

「うむ、いまは毛利を上座に座らせておるが、そのうちにゃあ下手に控えさせるようにしてやらあ」

式三番が終わってのち、諸将に食籠《じきろう》と名酒佳肴のほか、さまざまの珍菓が与えられた。大小名は祝儀の金銀を木の枝にくくりつけ、舞台に積みかさねた。彼らは晴れがましい祝宴にのぞみ、浮き立つ思いである。

七番の能興行が終わり、饗応がさまざまおこなわれた。義昭は宍戸備前守を召し寄せ、仰せ渡した。

「今度、備前備中にての忠戦は、比類なきものであった。鬼ノ身に在城するとのことだが、地侍どもと相談して、敵方を鎮めてくれ」

宍戸は義昭から、鹿毛の馬を拝領した。

義昭はさらに清水宗治を召し寄せ、賞詞を与えた。

「そのほうは累年忠節をつくし、今度は備前、備中の海岸に於て、信長、細川真之、三好の軍勢の渡海をおさえる大功をなしとげた。こののちは高松城領地と、石川久式の旧領を与えよう。いよいよ忠勤をはげむがよい」

義昭は清水についで中島大炊介を呼んだ。

「そのほうの年来の軍忠を嘉賞し、侍大将十余人を配下に加えよう。国中のすべての仕置は、清水宗治と相談してとりおこない、そのうえで取りきめ難いことがあれば、毛利元清らに相談するがよい。刑部郷の経山城には、そのほうの弟九右衛門を置き、不意の変事があれば協力して対処せよ。幸山城代として、毛利家の国司壱岐守を任命しているが、そのほうも加番をあいつとめ、備前、備中国境の諸式、公事《くじ》などを取りおこなうようにせよ」

禰屋七郎兵衛には、つぎの下命があった。

「服部郷八幡山城に嫡男与七郎、弟孫市郎を残し置き、不意の事あるときは加勢せよ。そのほうには冠山城と領地をつかわすゆえ、宇喜多直家とともに国境を警固せよ」

中島大炊介は、賀陽郡刑部郷経山城領とともに、幸山城の警備を命ぜられ、知行二千貫の加増をうけた。

彼は庄兵部、植木下総の支配地を拝領し、侍大将数人、与力数十人を配下に付けられた。大炊介は、わが武運の隆盛をよろこぶいっぽう、敗死した三村、石川、上野、上田ら大小名の無残な最期を思い、追悼の思いをあらたにする。

彼の支配地の百姓たちは、敗北した三村らの残党を多数かくまっていた。大炊介の部下がそれを知って注進すると、咎めなかった。

「勝敗は時の運よ。戦は終わったんじゃけえ、逃げ隠れしとる者を詮議して、罪に落とすまでのことはないんじゃ。百姓どもには、情け深いはからいを褒めてやれ。儂ゃ牢人した者まで引っ捕らえる気はないけえのう」

彼は三村に加担して、討死を遂げた侍たちが、のちの弔いをうけているかを調べた。

「今度の戦で亡くなった者は、一家根絶やしとなってしもうて、弔うてくれる人もおらんようじゃが、儂は三村との旧縁をおもうたら、放ってはおけんのじゃ。いっぺん供養してやらにゃあいけんのう」

大炊介は、天正四年七月十日から十六日までのあいだ、井山宝福寺で雄西堂を導師として、法華経千部の供養をおこなった。

宝福寺には、備中をはじめ近国の人々が続々と参詣し、回向をたむけた。大炊介は、読経の声のなかで、澄んだ鉦《かね》の音を聞きつつ瞑目し、三村元親をはじめ他界した侍たちに胸中で語りかける。

——濁世とはいえ、むごい死にかたをしょうたけえ、現世に恨みを残していなさるじゃろうが、すべては終わったんじゃ。修羅の苦患《くげん》を逃れて極楽へいってくれい。儂もいずれは彼岸へいくけえ、そのときに詫びをいおうぞ——

戦国の世では、栄達と破滅はわずかな進路の差によっておとずれるものであった。

——どうせ露の命よ——

大炊介は、冥土の道を歩んでゆく三村元親の姿を想像し、涙をおさえかねた。

天正四年七月、毛利の船団九百艘が大坂の浄土真宗石山本願寺へ兵粮を入れるため、淡路岩屋に集結した。

本願寺第十一代法主、顕如光佐は、天正三年十一月二十日に、吉川元春に出兵を頼んでいた。

「本願寺は将軍義昭を通じ、越後の上杉謙信と連絡している。この際、毛利氏の出兵が遅れると手筈が狂うので、早急に発向してもらいたい」

毛利輝元は、ついに本願寺救援に乗りだしたのである。

宇喜多直家は、岡山城で毛利氏の動きに呼応して、播磨へ押し寄せる態勢をととのえていた。

彼は天正五年九月に、主家浦上氏を滅亡させ、備前国中の支配者となり、強大な実力を毛利氏にさえはばかられるようになった。

浦上宗景は三村氏滅亡の前、毛利と同盟を結んだ宇喜多の威勢をはばかり、嫡子松之丞宗次の妻に、直家の娘を迎えていた。そうすれば、直家が主君であるうえに姻戚となった宗景を、攻めることがないであろうと考えたためである。

だが直家は、宗景が思っているような、単純な性格ではない。天正元年の頃から、宗景を攻める名分をひそかにもうけていた。

宗景はかつて兄政宗のあとを継ぎ、浦上本家の当主として播磨室津城にいた甥の忠宗を暗殺し、所領を奪った。

忠宗を殺したのは、浦上の家臣江見河原源五郎であった。源五郎は宗景に恩賞を餌に誘われ、主君を殺し、その首級を持って天神山城へ逃げ込んだのである。

殺された忠宗の妻は、播州姫路城にいる黒田官兵衛孝高（如水）の娘であった。官兵衛は忠宗の遺子久松丸を、播磨置塩で養育していた。

直家は天正元年に、久松丸を岡山城へ迎えようと考え、家来の中村七郎右衛門を播州へつかわした。

中村は官兵衛に会い、直家の意を伝えた。

「美作守宗景殿は、宇喜多の主人ながら、甥御の三郎九郎忠宗殿を殺害いたし、所領を横領する極悪の所業をあえてした者にござりまする。官兵衛殿が外孫の久松丸君を奉じ、宗景殿を誅戮されるご心算あらば、いつなりとも先陣をあいつとめまする」

官兵衛は謀将である。直家の心中をすみやかに読みとったが、久松丸の今後を考えると、彼を後楯とするのに異存はない。

中村は誘った。

「久松丸さまは当家の主筋なれば、ご家来衆ともども、岡山の城へお移徙《わたまし》願いたしとの直家が存念にござります」

官兵衛は誘いに応じた。

直家はただちに岡山から大船三艘を置塩にむかわせ、久松丸と家来たちを岡山城中へ迎えた。直家は浦上宗家の遺子を奉じ、分家の宗景を誅戮する名分を得た。

宗景はこのような事情を知らなかった。

三村攻めが終わった天正五年の夏、宗景の嫡男宗次が、岡山城へ直家の機嫌伺いにおとずれた。

直家は婿の来訪をおおいによろこび、歓迎の酒宴をひらいた。

松之丞は舅直家にもてなされ、手厚いみやげを与えられて、よろこんで天神山城へ帰り、宗景に告げた。

「直家には機嫌よくわれらを迎え、謀叛の形勢はまったくござりませぬ」

宗景は安堵した。

「さようか。直家も婿はかわいがるのじゃのう。こののちも、たまには訪ねてやりゃあえが。あやつも、娘の縁で儂に背くことはなかろう」

宗景は松之丞と盃を交わした。

夜が更けてのち、松之丞は寝所へひきとった。

一刻（二時間）ほどを経て、寝ていた宗景は小姓に揺りおこされた。

「いま頃、何事じゃ」

「若殿がただごとならず、お苦しみなされておられまする」

「なに、松之丞がいかがあいなった」

宗景ははね起きて廊下を走った。

松之丞の寝所には、妻をはじめ近臣、医師が詰めかけていた。

「松之丞、何とした」

宗景が枕頭に座ったが、松之丞の意識はないようであった。

顔から胸にかけて赤黒い斑点があらわれ、枕もとの金盥《かなだらい》に、吐血が溜まっている。宗景は金気臭い血のにおいを嗅ぎ、身を震わせていう。

「おのれ直家め、謀りおったな。わが婿を仕物(謀殺)にかけるとは、人非人じゃ」

松之丞は、まもなく息をひきとった。二十九歳の最期であった。

直家は松之丞を毒害してのち、ただちに天神山城攻略の支度にとりかかった。わが娘の安否を探るすべもなかったが、一時も早く出陣しなければならない。

天正五年九月、直家は久松丸を奉じ、岡山城を出陣した。宇喜多勢は、吉井川をへだて、天神山城とむかいあう父井村に布陣し、播州浦上宗家の軍勢と称し攻めかけた。天神山城は険しい山頂にあり、力攻めをしかけても死傷の数をふやすばかりであった。

「これは調略をせにゃあ、かたがつかんぞ」

直家は、宗景の家来明石飛騨守と語らい、延原直景、岡本龍晴、橋本四郎左衛門らの重臣を内応させた。

明石らは西風の吹き荒れる夜、天神山城に火を放った。

「火事じゃ。火を消さにゃあ大事になるぞ」

直家に内通する侍たちは、消火をするふりをして、付け火をしてまわる。

城中が大火事となり、燃えあがるなか、浦上宗景の家来太田原与三衛門らが必死の防戦をおこなったが、彼らの下知に従う士卒はわずか百五十余人であった。

落城は目前と見られたとき、近習たちが本丸へ駆け戻り、宗景にすすめた。

「直家ごときに首級《しるし》をお授けなされてはなりませなあ。いったんは片上の松山へお落ちなされませ」

天神山城の支城である、片上の富田松山城（備前市東片上）には、一族の浦上景行がたてこもっている。

宗景は数人の家来たちとともに、炎上する天神山城をあとに杣道《そまみち》伝いに吉井川の河原へ出る。

近習が川船を見つけ、宗景を乗せて富田松山城へ入った。まもなく宇喜多勢が押し寄せてきた。

小規模な城郭を守るのは、二百余人の浦上景行の手兵にすぎない。万を数える雲霞の宇喜多勢を、半日ほど支えた景行は力つき、城内に乱入してきた敵と戦い、乱刃を浴びて倒れた。

宗景は景行が懸命の防戦をするうちに、漁舟で海上へ逃れ、塩飽《しわく》島へ落ちのびた。

「こののちは京都へ出て、信長殿に合力を頼み、直家を追い落とすより方途はなかろう」

宗景は海路播磨に渡り、揚芝山という要害に仮陣所を設ける。

宗景は東播磨最大の強豪、三木城の別所長治を頼り、京都へ出て信長に謁見し、家来の宇喜多氏に城領を奪われたことを告げた。信長は宗景を中国侵略の尖兵に用いようと思いつき、彼を歓待した。

「よからあず。荒木村重が人数を備前へ繰りだし、天神山を奪いかえしてやらあず」

信長は兵を出し、天神山城を攻めようとしたが、労多く功すくない山岳戦に、本格的に乗りだすつもりはない。浦上宗景は味方としたところで頼りがたい、柔弱魯鈍な人物であった。

信長は、内心では宗景を見限っていた。彼は荒木村重に命じた。

「そのほう、備前和気の天神山の城を攻めよ。宇喜多の兵が籠もりおると聞くが、なかなかの要害なる様子だわ。宗景を天神山へ戻せしとて、なにほどの役に立つ者と思えぬゆえ、城を取ったるのちはそのほうが在番して、宇喜多攻めの足がかりとせい。なお、攻めて当手の死人手負いが多きようならば、ただちに引き揚げい。損を承知で取らねばならぬほどの城でもなからあず」

信長の下命をうけた荒木村重は、兵を率い天神山城を包囲し、一カ月ほどのあいだ宇喜多勢と交戦したが、利あらずと見て早々に撤退した。

宗景はその後、播磨御着城（姫路市）の小寺政職、三木城の別所長治ら、東播磨の強豪たちのもとに寄食し、旧領回復の機をうかがったが、ついに奪回の日はこなかった。

宇喜多直家は、浦上宗景を追放したのち、天神山城を廃した。備前一国を納めた直家にとって、天神山城は軍事に利用する価値のないものであった。

直家は毛利勢と呼応し、播州へ攻め入るため、兵を募り、兵粮弾薬をたくわえる。毛利輝元が本願寺顕如に協力し、織田信長の勢力を播州、畿内から駆逐することに、直家は異存がなかった。彼は播州をわが版図に入れる機をうかがっていた。

天正四年五月、毛利輝元は、信長に粮道をたたれた大坂石山本願寺の救援をはじめた。兵粮船六百余艘に米麦を満載し、軍船三百余艘に警固させ、淡路岩屋に集結させる。船団を指揮するのは、児玉内蔵大夫就英、村上少輔元吉、乃美兵部丞宗勝、来島刑部らである。

毛利水軍の動向は、織田信長のもとへ注進されていた。信長は、紀伊安宅《あたぎ》氏の分流で、淡路洲本、由良の城主である安宅信康に、つぎの書状を送った。

「中国より大坂へ、船手を以て兵粮等を入れ置くべきの旨、風聞に候。

事実に於ては、当国の関船《せきぶね》（戦艦）を出し、追い落とさるれば、もっとも以て粉骨たるべく候。

なお三好山城守申すべく候也。謹言。

五月二十三日　　　　　　　朱印

安宅甚五郎殿　　　　　　　」

安宅信康は、このとき信長に積極的な協力の態度をあらわさなかった。彼は織田方であるが、うかつに動けば強力な毛利水軍に戦いを挑まれるおそれがあったためである。

淡路岩屋の湊にはいり、機をうかがっていた毛利船団九百艘は、七月十二日に行動を開始した。

大船団は大坂の沖を南下し、和泉貝塚で雑賀鉄砲衆を乗船させ、十三日午後に木津川河口に接近した。

織田水軍は三百艘ほどが木津川口で待機していた。主力の大安宅船十艘が横列となり、たがいのあいだを太綱でつないでいる。

船上にはおびただしい数の鉄砲が備えつけられている。主将真鍋主馬兵衛は、瀬戸内海の真鍋島から和泉に移住した海賊であるが、その指揮下の諸将は、海戦の経験に乏しい者ばかりである。

大安宅船の前面には、矢玉を防ぐ楯をつらねた小型の兵船三百艘が展開していた。乗り組んでいる足軽たちは、おおかたが琵琶湖、淀川で舟を操っていた水夫《かこ》たちであった。

毛利の大船団は、織田水軍の注目をうけつつ風上へ出て日没を待ち、夜半に襲撃を敢行した。

海戦の勝敗は、潮の流れによって決するとされていた。

木津川河口に配置されている織田水軍は、進退の自由を欠いている。毛利の船団は潮流に乗って沖合から押し寄せた。

兵船には篝火《かがりび》を焚き、押し太鼓を打ち鳴らし、法螺貝を吹いて河口に迫る毛利水軍の威容は、戦端をひらくまえから織田方を圧倒した。

織田水軍主将の真鍋主馬兵衛は、能島、来島、因島を根拠地とする村上氏、能美島の能美氏が、瀬戸内を支配する実力をそなえた強大な海上勢力であることを知っている。

彼らには、日本随一の火力集団といわれる紀伊雑賀鉄砲衆が、協力していた。雑賀鉄砲衆は火矢、火鞠、焙烙《ほうらく》火矢などの火器を用い、海戦に際し恐るべき威力を発揮した。

真鍋主馬兵衛は、闇中を押し寄せてくる敵の船団のなかで、突然火柱を噴きあげた十数艘の兵船を見て、顔色を失った。

味方の兵船から、いっせいに歓声があがった。

「あれを見よ。あやつらは合戦のまえに火を洩らしおったぞ」

主馬兵衛は叱咤した。

「あれが何かを、知らぬとは情けねえかぎりじゃなあ。あれはのう、火船《かせん》というて、油をかけた薪を山のように積んで、こなたの大安宅にぶっつけてくるんぞ。あれにもたれかかられりゃあ、突き放せんのじゃが。ともに焼けるしかねえんじゃ」

火船は海上を真昼のように照らしつつ流れ寄ってきて、織田水軍の兵船に衝突した。舷の高い大安宅船の船上では、水夫たちが十文字槍、鉤棒などをふるい、火船を突きのけようとしたが、潮に押される火船は、燃えさかり、火の粉を雨のように降らす。

木の裂ける音がひびき渡り、火船の矢倉が傾き、大安宅の船上になだれ落ちた。

「こりゃ、たまらんぞ。熱うて息もできんわい。逃げにゃ、焼け死ぬぞ」

水夫、足軽たちは身に迫る火焔の熱気に追われ、海中へ身を躍らす。船中の煙硝樽に火がつき、大爆発がおこった。火船のうしろから、四十挺櫓で漕ぐ高速の小早船《こばやぶね》があらわれ、織田の兵船のなかへ焙烙火矢を投げこむ。無数の鉛玉に爆薬を装塡した焙烙火矢が爆発する。織田の士卒は将棋倒しになぎ倒される。

夜が明けるまでに、織田水軍は全滅した。真鍋主馬兵衛、沼野伝内以下の諸将は、ほとんど戦死を遂げ、二千余人が討ちとられた。

毛利勢は、三万俵の粮米を本願寺へ搬入した。信長は深刻な衝撃をうけた。織田政権の前途をおびやかすほどの、大敗北であった。


毛利勢のうちで、もっともめざましいはたらきをあらわしたのは、海戦の経験のない中島大炊介であった。

彼は兵粮船五十艘の警固にあたり、小早船で敵船に先制攻撃をしかけ、焙烙火矢を投じたのち、敵将小畑鹿目介以下五十一人を討ちとった。

毛利勢が淡路岩屋湊へ引きあげてまもなく、将軍足利義昭は褒美として、太刀一振りを大炊介に与え、毛利輝元は彼に加増を与えた。

木津川口の織田水軍が壊滅すると、沖合に待機していた六百艘の兵粮船が川に漕ぎいれた。石山本願寺へむかう毛利の船団は、両岸に布陣する織田の家老、佐久間信盛の軍勢に、鉄砲を撃ちかけられた。

そのとき一人の鎧武者が軍船の舳に立ちはだかり、大音声で名乗った。

「これなるは、紀伊根来の大将岩室清祐なり。鉄砲千挺を召し連れ、将軍のお味方つかまつる」

根来鉄砲衆は、法螺貝を吹き鳴らし、続々と河原に下り立ち、三備えの陣を敷くと、百雷の落ちるような轟音で空中を引き裂き、猛烈な銃砲撃を佐久間勢に加えた。

佐久間勢は陣所を支えきれず、天王寺の方向へ潰走した。

岩室清祐が、鉄砲衆を木津川両岸に配置したので、兵粮船は無事に石山本山へ三万俵の米を入れることができた。

本願寺にたてこもっていた数万の僧俗男女は、歓喜して毛利勢を迎えた。

当時、紀州の雑賀衆、根来衆を味方につければ、かならず合戦に勝利を得るといわれていたが、岩室清祐の指揮する鉄砲衆の威力は、世評を裏切らないものであった。

天正五年二月九日、信長は紀州雑賀衆征伐のため岐阜から上洛した。

十一日までに、信長嫡男秋田城介信忠、次男北畠中将信雄《のぶかつ》、三男神戸三七信孝が、あとを追い上洛した。

十三日、信長は近江、伊勢、五畿内、越前、若狭、丹後、丹波、播磨の軍勢六万余人を率い、紀州へむかった。

信長は元亀元年（一五七〇）九月以来、本願寺を攻撃しているが、堅塁をぬくことができない。数千挺の鉄砲を備えた雑賀衆が、本願寺勢の先手に出て、すさまじい火力で織田勢の鋭鋒を挫くためであった。

雑賀衆を討伐しなければ、毛利輝元が本願寺と呼応して播磨へ攻め入ってくる。

信長は、近いうちに輝元が大軍を率い安芸を進発して、播磨室津に着陣するという情報を得ていた。

雑賀門徒を討ち亡ぼさねば、織田天下政権の基盤がゆらぐのである。

宇喜多直家は一万余人の兵を備前と播磨の国境に集め、畿内の情勢を見守っていた。

「石山本山には三万俵の兵粮が入ったけえ、織田がいかに天下の兵をこぞって攻めたてようとも、こゆるぎもせんじゃろう。石山のまわりは大川、沼地が取り囲んどるけえ、攻め口は天王寺口ばかりよ。織田もいよいよ危ねえことになったもんじゃが。毛利は淡路岩屋と明石に陣を進めておるが、なんというても瀬戸内の船手が総がかりで出張っておるけえ、海は押さえられてもしかたがなかろう。いま信長は紀州の雑賀衆を攻めに出向いたというが、合戦に勝って紀州を平均《へいぎん》すればよし、仕損じりゃあすべてはおしまいだ。毛利が織田にかわり、公方を押したて上洛することになろう。そうなりゃあ、儂らは遅れてはならんぞ。播州一国をわが手で切り従えるぐらいのことをせにゃあ、おえんぞ」

直家は家老、属将たちと軍議を練った。

彼は毛利と同盟して播州に勢力を延ばし、さらにつぎの発展にむけ策謀をめぐらす。わが命のあるかぎり、領土の拡張をはかるのみである。

直家の脳中には、祖父の無残な最後の姿が鮮明に残っている。彼は祖父にかわって、宇喜多氏を大発展させねばならない。

――浮世には善もなけりゃあ悪もねえぞ。力の強え者が弱え者を討ち亡ぼして、わが領分をふやしていきょうても、誰も悪人とはいわんのじゃ。弱え者は正しいことをしとっても、悪者にされらあ。ほんじゃけえ、戦にゃあ負けるわけにいかんのじゃ——

考えて見れば、合戦は大博打であった。勝つか負けるか、いずれにしても確率五十パーセントの博打である。

勝てば相手の財産がすべてわが手に入る。負ければ何もかも失い、わが命まで奪われる。戦国武将は、大博打うちである。

戦いに勝つために、もっとも必要なことは情報の収集であった。敵の内情を探り、その戦力を把握してはじめて勝機をつかむことができる。

直家は多数の細作（間者）を駆使して、四方の情況を探らせていた。

「織田が紀州へ出向いて、どれほどのはたらきを見せるか探らにゃあいけん」

直家は十数人の細作を紀州表へつかわし、戦況を探らせていた。

世間では六万余の大軍を率いる織田信長が、紀の川河口のわずか七万石の猫の額のような領土を死守する雑賀衆を征伐するのに、二、三日もあれば充分であろうと噂をしていた。

だが、意外にも戦況はいっこうに変化を見せなかった。八千の雑賀鉄砲衆の火力のまえに、織田勢はなすすべもない有様であった。

信長は二月十八日、佐野（泉佐野市）に本陣をすすめたが、その後五日間、織田軍団は和泉の山野に野陣を張り、動きを停めていた。

直家は、海路をとって迅速に情報を伝える細作たちの注進を聞き、首をかしげる。

「京都から和泉までは、二十五、六里の道程じゃ。何事も神速を尊ぶ信長が、京都を出てから十日も経つのに、なんで和泉辺りで足をとめにゃあいけんのじゃ。西からは毛利、北からは上杉が畿内に狙いをつけておるというに、悠長なことじゃのう。やっぱり雑賀衆の鉄砲が怖えんか。おえんのう」

雑賀荘を攻めるには、その東端を流れる小雑賀川の浅瀬を渡ってゆくしかなかった。

信長は、六万の大軍で攻めかけても、容易に勝利を得られないと見ていた。雑賀衆は三千挺とも四千挺ともいわれる鉄砲を装備していた。

雑賀荘の北側には紀の川が流れ、西と南は海である。雑賀衆は、織田方が小雑賀川を渡ってくるときを狙い、銃砲撃を加えようと待ちかまえている。

織田勢は、山手と浜手にわかれ、攻撃を開始した。山手は佐久間信盛、羽柴秀吉、荒木村重、堀久太郎ら三万余人が、根来風吹峠を越え、紀州へ入って雑賀荘へむかう。

浜手は滝川一益、惟任《これとう》（明智）光秀、惟住《これずみ》（丹羽）長秀、長岡兵部大輔（細川藤孝）、筒井順慶ら三万余人が、谷《たん》の輪口（大阪府岬町淡輪《たんのわ》）から紀州に入り、紀の川北岸の中野城を攻めることとなった。

中野城は二十八日に落城したが、織田勢は雑賀荘にはまだ一歩も侵入していない。

織田勢は干潮時に小雑賀川を渡り、突撃をくりかえしたが、そのたびに猛烈な銃砲射撃の的となり、おびただしい死傷者を出した。

三月一日の大潮の朝、寄せ手の三万人は、干あがった小雑賀川を押し渡り、総攻めをしかけた。

だが戦況は膠着状態となった。

京都では、織田勢敗北の噂が立った。雑賀攻めがあまりに長引いたためである。京都所司代村井貞勝は、京都の人心を鎮めるため、御所の築地塀修築を町衆におこなわせた。労働を強制するのではなく、修築の場所に多くの舞台を設け、飾りたてる。はなやかな衣裳をつけた稚児、若衆が、笛、太鼓ではやしたて、老若が舞い踊りつつはたらくのである。

信長は三月十五日になって、ようやく雑賀衆を降参させた。降参というが、内実は和睦であった。三月二十一日、織田勢は紀州を撤退した。

宇喜多直家は、三月二十日、万余の軍勢を率い、備前から播磨へ乱入した。

宇喜多勢は片上、三石を経て、続々と播州へ入った。直家の部将花房助兵衛は先手となり、防戦する赤松勢を撃破した。

直家は佐用、赤穂の二郡をたちまち占領し、宇根山城と、上月城に、岡平内らを置く。さらに東上しようとしたが、揖保郡龍野城主、赤松広秀が頑強に抵抗した。

四月二十三日、吉川元春、小早川隆景ら毛利勢が、播州室津に着陣した。総勢五千余の毛利勢は、英賀《あが》城に拠っていた、黒田官兵衛孝高の急襲をうけ、攻撃の機先を挫かれた。

信長は羽柴秀吉、荒木村重を佐用郡に出動させ、さらに惟任光秀、滝川一益、惟住長秀を播磨、織田信忠、北畠信雄を加古川へ着陣させた。

毛利勢は織田諸軍の対応を見て戦意を失い、兵を引いた。直家は佐用郡の上月城、福原城、利神《りかん》城に守兵を置き、岡山城へ凱陣した。

「このちしばらくは、美作を攻めにゃあいけん。美作にゃあ、浦上の家来筋がまだ残っとるけえのう」

直家は美作征伐の作戦を実行することにした。

だが秋になって播磨の情勢は急迫してきた。十月十九日、織田の部将羽柴秀吉が、尼子勝久、山中鹿之介以下の尼子衆二百三十人を案内役として、堀尾茂助、木村常陸介、浅野弥兵衛長政、蜂須賀小六、竹中半兵衛、前野将右衛門ら五千六百余人を率い、播磨出陣のため近江長浜城を出立したのである。

羽柴勢は、十月二十三日に播州国境に到着した。秀吉の与力として、摂津伊丹城主荒木村重が八百人の兵を率い参陣した。

三木城主別所長治、小寺政職、黒田官兵衛らが秀吉を出迎え、秀吉は官兵衛の居城、姫路城に入った。

播磨のうち、佐用郡、宍粟《しそう》郡、揖西郡、揖東郡、赤穂郡の地侍は、秀吉の誘いに応じなかった。

羽柴勢は、宇喜多の属城である福原城と上月城を攻めた。先手の尼子衆と黒田官兵衛が、十一月二十七日から七日間の攻撃によって、二城を陥れた。

宇喜多直家は長船又三郎、岡剛介の二将に三千の兵を預け、羽柴勢攻撃にむかわせたが、敗北した。

直家は怒った。

「官兵衛に攻められて破れたか。官兵衛は福岡の市《いち》の牢人の息子じゃろうが。そげえな奴に打ち負かされたか」

長船、岡は善戦して、羽柴勢の部将宮田喜八郎を討ちとったが、力尽きて敗退したのである。

直家は八千余騎を率い、岡山城を出陣した。途中で細作の注進をうけ、姫路城に秀吉が入っていることを知り、まず姫路城の支城である別府(加古川市)の阿閉城に攻めかけた。

阿閉城には黒田官兵衛が、五百人の兵とともにたてこもっていた。彼は部下にいった。

「この要害は小さいけえ、敵は侮りようて我責《がぜ》めに攻めかかるに違いなかろう。儂らはいくら押しかけられても、静まりかえっておらにゃいけん。敵を間近へ引きつけておいて、鉄砲を撃ちだせば、敵はおどろこう。その乱れをついて太鼓を打って斬りだせばええんじゃ」

謀将の官兵衛は、宇喜多勢の動きを察知し、怖れることなく戦支度をととのえる。

宇喜多勢は阿閉城を見て、軽んじた。

「こげえな小城ひとつぐらいは、半刻(一時間)のうちに落とせようぞ。ひと揉みに揉みつぶせ」

宇喜多勢は法螺貝、押し太鼓の音とともに押し寄せ、石垣下に取りついた。

黒田の士卒は弓鉄砲を放ち、寄せ手は死傷の数をふやした。官兵衛はすかさず下知した。

「宇喜多の奴輩《やつばら》は浮き足立ったぞ。木戸をひらいて打ちかかれ」

黒田の足軽三百人ほどが太鼓を打ち、寄せ手に襲いかかる。

寄せ手の先陣は脆くも崩れ、われがちに逃げるところを追い討ちにされて大勢が討死を遂げた。

逃げ遅れた宇喜多の侍大将、梶原平三兵衛、明石左近らは降伏して黒田の捕虜となった。

直家は黒田官兵衛の応戦を見て、兵を引いた。

「官兵衛は、なかなか油断のねえ奴じゃ。我責めにすりゃあ、人数を損ずるばかりじゃけえ、いったん引き揚げえい」

直家はただちに方向を変え、佐用郡上月城を攻めた。

上月城には羽柴勢がいたが、小勢であったので攻められると潰走した。直家は侍大将の真壁彦九郎に上月城を守らせ、岡山城へ帰陣した。

まもなく、尼子勝久が二千余人の兵を率い、上月城に押し寄せた。勝久は京都で信長を頼り、惟任光秀の麾下《きか》にいたが、秀吉の播州出陣に加わったのである。

上月城を守っていた真壁彦九郎は、元来臆病者であった。彼は阿閉城で黒田官兵衛の猛攻を受けたので、小勢の尼子勢を怖れ、敵に取り巻かれないうちに上月城を捨て、岡山へ逃げ帰った。

真壁の弟次郎四郎は、兄が敵と一戦を交えることなく逃げ帰ったのを残念に思い、直家に申し出た。

「これより上月城を取り返しに参りますけえ、人数をお預け下され」

直家は、真壁次郎四郎に三千余人の兵を預け、上月城を攻めさせることにした。

次郎四郎は、臆病な兄の恥をすすぐため、死を決した。彼は妻子に暇乞いをした。

「上月の城を落とすまでは帰らんつもりじゃけえの。帰るときゃあ、首のねえ骸《むくろ》になっとるかも知れんけえ、暇乞いをしとかにゃいけまあ。儂がおらんようになっても、皆仲良う家を守ってくれいや」

彼は馬標《うまじるし》に日蓮宗のはね題目をつけ、天正六年正月末に岡山を出陣した。

真壁勢は上月城から六十余町はなれた在所に陣を置き、馬の鞍をおろし、軍兵はすべて具足をはずして休んだ。

山中鹿之介は物見を出して、真壁勢の様子を探らせた。彼らが野陣を張っていると知ると、夜討ちをはかった。

鹿之介は精兵八百人に合印をつけさせ、合言葉を定め、城を出た。彼はほかに部下の加藤彦四郎に三百人を預け、上月城下に待機させ、さらに城下から五町離れた路傍に、神崎三郎左衛門の指揮する五百人を置き、命じた。

「われらが夜討ちを仕損じたときは、入れかわって真壁の人数を討ってくれい」

鹿之介は闇中を進み、敵陣に達した。

真壁勢は篝火を焚き、哨兵を立てているが陣中は寝静まり、森閑としていた。

雪催いの北風が吹く極寒の深夜に、士卒は手足を縮め、楯板で夜露を凌ぎ、寝入っている。

鹿之介は、陣中の諸所に火をかけたのち、ときの声をあげ、斬りこんだ。真壁の軍兵は不意をうたれ、刀槍を手にする余裕もなくはだしで逃げ散るが、追い討ちされて屍の山を築いた。

真壁次郎四郎はうろたえる味方を呼びとめ、なんとしても敵と一戦を交えようと声をからし下知をしていたが、城方の徒《かち》武者に斬りかかられた。

豪の者として知られた次郎四郎は、床几から立ちあがり、抜き打ちに斬った。敵は真向から斬られ、一太刀で即死した。

つづいて安達治兵衛という鹿之介の郎党が斬りかけた。次郎四郎はふたたび真向から斬りおろしたが、治兵衛は飛びのいて空を打たせ、両膝を横薙ぎにした。

次郎四郎は踏みこたえられず、うつ伏せに倒れ、治兵衛に首をとられた。治兵衛は数度の合戦に軍功をたてた豪勇の士であった。

その夜、真壁は主立った侍数十人を討ちとられ、岡山へ敗走した。

直家は敗報を聞き、怒った。

「真壁が兄弟は、二度負けようたか。なんと腑甲斐ねえ奴輩じゃ。このうえは、儂が攻めてやるけえ、手並みを見ておれよ」

直家は上月城の尼子勢を一挙に撃滅するため、麾下の諸将に陣触れを発した。

山中鹿之介は、岡山城下へ忍びの者を派遣し、様子を探らせる。忍びたちは上月城へ戻り、注進した。

「城下には日毎に人馬が集まり、小荷駄の行列がこなたへむかい続いておりまする」

「五、六千の人数では納まらぬ様体か」

「さよう、万を超えるものと見てござります」

鹿之介は尼子勝久に、退却をすすめた。勝ちめがないと判断したのである。

「当方はわずか二千ほどの人数にて、兵粮、矢玉のたくわえもすくなければ、籠城いたせしとて長く持ちこたえられませぬ。いったん退きしうえにて城を取り戻すが上策であろうと勘考つかまつりまする」

尼子勢は、宇喜多の大兵団が押し寄せてくる前に城を捨て、退いていった。

直家は尼子勢が上月城を捨てたことを知ると、侍大将上月十郎、矢島五郎七に命じた。

「いまのうちに城を取ってこいや。敵が寄せてくりゃあ、後巻きの人数を送っちゃるけえ」

上月、矢島が城を守備することになったが、秀吉はただちに万余の大軍を率い、急襲した。上月たちは寡勢であったが懸命に防戦する。

重囲のなか、数日の死闘のうちに矢島は討死を遂げた。羽柴勢は猛攻をつづけ、ついに城を陥れ、たてこもっていた士卒、百姓をすべて捕らえた。

秀吉は上月十郎に切腹をさせたうえで、降伏した宇喜多勢をのこらず刑戮するよう命じた。

「宇喜多が侍どもは、上総踊りをさせてやらあず」

捕虜たちにはすべて蓑笠を着せ、磔柱に縛りつけ、足もとに枯草を積みあげ、火を放って焼き殺した。処刑がおこなわれた谷間は、磔谷と呼ばれるようになった。

上月城にはふたたび尼子勢が入り、守備をかためた。尼子勝久の家来たちのあいだでは、上月城に入城するまえに、可否の論議がおこなわれた。

侍大将立原源太兵衛は入城すれば、宇喜多、毛利の攻撃に耐えられず、自滅するであろうと予測した。

「上月城は元来堅固ならざる城にて、守ることがむずかしゅうござれば、宇喜多はかならず毛利、小早川の加勢をたのみ、大軍にて攻め寄するにちがいござるまい。しからば、あの城を守りて運をひらくは難事なり。当家は織田家に従い、なみなみのはたらきをいたしておるがよしと存ずる。毛利三家がいかに秀吉と戦うとも、いずれは天下を掌中にいたしおる織田に属するにちがいなし」

立原源太兵衛は、織田の傘下ではたらくうちには、尼子氏も旧領を回復できる。それまで危うい戦いをおこなうべきではないと主張した。

だが、山中鹿之介は、上月城に宇喜多、毛利の大軍を迎えて戦うのは、尼子再興のために手柄をたてる好機であると主張した。

「このたび上月城に籠もりて、宇喜多をはじめ毛利、小早川までを相手に戦うは、武門の誉れというべきでござろう。われらがたてこもれば、秀吉はかならず後巻きをいたさずにはおきませぬ。秀吉が後巻きありてなお危うきときは、信長公が出陣なさるるにちがいなし。そのとき織田の先手に立ちてはたらくこそは、武運のひらけるきっかけと存じまする」

尼子勝久は、鹿之介の意見に同意し、秀吉に申し出て、上月城に入ったのである。

尼子勢は総勢二千三百人であった。宇喜多直家は、事態を重視した。

「尼子を討つのはたやすいが、羽柴が後詰《ごづめ》をするじゃろう。軽々しく攻めてはおえん。これは毛利と織田の力比べになるにちがいねえぞ」

直家は小早川隆景に出兵を要請した。

「尼子の人数が、また上月城に入りこみようてござれば、羽柴が後巻きいたすにちがいなし。われらが先陣をつかまつるなれば、一日も早うご出馬なされたい」

直家は、播州の事態が急迫しているのを知っていた。

彼は忍びを入れ、播磨の地侍たちが秀吉に叛いたのを探知していた。播州随一の強豪である三木城主別所長治が、毛利氏に通じてきた。

別所氏は、東播磨八郡に城郭を構える地侍たちの盟主で、かねて毛利と同盟していたが、秀吉が播磨に進出してのち信長に誘われ、織田勢中国征伐の先導役を引きうけたのであった。

だが、長治は羽柴秀吉との協力をうちきり、ふたたび毛利と結ぶことにした。長治が織田の先兵として中国路に乱入するのを断念したのは、秀吉があまりにも横柄なふるまいをしたためであった。

天正六年二月二十三日、秀吉は播磨加古川城で、国中の地侍を召集し、毛利攻めの軍議をひらいた。

この席で、別所長治の叔父吉親が、秀吉の態度に不快を禁じ得ず、三木城に帰城ののち長治にすすめた。

「われらが織田に従いはたらきて、毛利を討ち滅ぼせしのちには、播磨は秀吉の所領とあいなるにちがいありませぬ。追い使われしのちには毛利と同様、攻め滅ぼされることにあいなりましょう」

別所長治は、織田と宇喜多、毛利の対立する大勢力のあいだに立ち、東播磨八郡の地侍たちとともに進むべき方針を、きめかねていた。彼は織田に就いて毛利を攻め滅ぼしたのち、わが身もまた破滅への道を歩むことになるのではないかと、おそれていた。

長治は吉親から、羽柴秀吉の軍議の座においての言動を聞くと、疑心をつのらせた。

「やはり秀吉は信ずるに足らぬ痴《し》れ者か。それでは儂らは前のように毛利と手を結んで、秀吉を追い帰すかのう」

赤松円心以来の伝統を誇る別所長治は、丹波の波多野一族と親戚であった。

波多野氏、石山本願寺、毛利氏と呼応して織田信長に敵対すれば、敗北するおそれはなかろうと判断した長治は、居城の三木城に籠城し、秀吉と戦う決意をかためた。

「秀吉はわずか一万ほどの人数で、備前、備中へ押し入ると申すが、儂らの力を頼りに動くつもりやろう。織田の分国をあげて同勢を催せば、十四、五万の兵を向けられるなどと大言を吐いておるが、諸方から攻められて手ふさがりのときに、とてもそれほどの人数は繰り出せまい。儂らはまずは要害を固めたうえで、秀吉に敵対しようぞ」

別所長治は安土城の信長のもとへ使者を送り、城普請の許可を求めた。

「われらは毛利攻めの先手として、備前、備中へ押し入りまするが、毛利はことのほかの大国にて、播磨へ押し戻さるるやも知れませぬ。万一のときをおもんぱかり、播磨諸城のつくろい普請をいたしたく、お許しを下されたし」

信長は長治の心得を褒め、ただちに許した。

「別所が心がけこそは、もっとも神妙なり。城普請はただちにおこなうべし」

長治は三木城の塀を高くし、濠をひろげる普請にとりかかるとともに、東播磨の諸将に同心するよう檄を飛ばした。

志方城（加古川市志方町）の櫛橋左京亮、神吉城（加古川市東神吉町）の神吉長則、淡《おう》河《ご》城（神戸市北区淡河町）の淡河弾正忠、高砂城（高砂市）の梶原平三兵衛、野口城（加古川市野口町）の長井四郎左衛門、端谷城（神戸市垂水区）の衣笠豊前守らは人質を三木城へ送り、行動をともにすることを誓った。

羽柴勢を迎えうつほどの城砦を持たない地侍たちは、一族を率い三木城へ参集する。広大な三木城の曲輪《くるわ》うちにたてこもる軍兵は、七千五百人に達した。

宇喜多直家は、このような播磨の情勢を偵知し、富川、長船、岡の三家老以下の重臣たちと、今後の方針を相談し、心中をうちあけた。

「儂は秀吉との戦にゃあ出んことにするぞ。お前たちが毛利の先手に加わって、戦の模様を見ておるがよかろう」

秀吉は、別所長治を数度にわたり説得しようとした。

彼は長治の叔父別所重棟を呼び寄せた。重棟は吉親の弟で、信長と親密な間柄である。

秀吉はいった。

「今度われらが西国へ発向いたせしは、長治の盟約ありしゆえだわ。信長公も、西国にての軍旅の指揮は長治に相談すべしと命ぜられしに、何の恨みありてにわかに異心を抱きしや。そのほうが説いて味方に戻してはくれぬかや」

重棟は長治の翻意を促したが、決心をくつがえすことはできなかった。

「秀吉に従うて毛利を攻めりゃ、つぎはわが身が滅ぶぞ。毛利には多年の縁があるゆえ、このうえ信長に従ういわれはない。戦に負けりゃあ、首になって上洛し、信長に見参するまでよ」

秀吉は三木城攻囲の支度をすすめた。

姫路書写山の本営で軍議をひらいた秀吉は、竹中半兵衛らの献言により、兵粮攻めの長期攻囲の戦法をとることにした。

城攻めをおこなうには、城兵の十倍の兵力が必要である。秀吉は一万余の人数で城外の粮道を断ち、敵を自滅させるよりほかにとるべき手段がなかった。

三月十二日、毛利輝元は別所長治に呼応し、小早川隆景以下の将士二万八千余人を率い、播州へむかった。

児玉内蔵允ら水軍は、大船七百余艘で播州の沿岸を制圧する。吉川元春は二万三千の兵を従え、出雲冨田城を出て、播州をめざす。

毛利勢はまず上月城を包囲した。宇喜多勢は参陣したが、直家は病と称し、岡山城を出なかった。

彼は、今後の状況によっては、毛利を捨て、織田に就かねばなるまいと考えている。

――毛利は何事にも手をうつのが遅いけえ、織田にしてやられようぞ。そうなりゃあ、織田はまず備前へ入りこんでくらあ。儂がいちばん先に討ち滅ぼされるんじゃ。そげえな阿呆な役を引きうけられるか――

直家は、毛利輝元が織田勢と戦い敗北すれば、ただちに織田方に寝返るつもりであった。

毛利勢は、上月城への織田の援軍を遮断するため、中島大炊介に金掘り人足を指揮させ、城の麓を柵木で囲わせたうえで、櫓の下まで坑道を掘らせた。

大炊介は輝元に言上した。

「上方勢の後巻きは、もはや城に入りこめませぬ。城を落とすに日数はいらぬと存じますらあ」

まもなく、三木城を取り囲んでいた秀吉が、上月城救援にあらわれた。

秀吉は高倉山に陣を敷いた。高倉山は現在の南光町、佐用町の境界にある要害の地であったが、上月城とのあいだに熊見川という大川をへだてているので、攻撃の方途がたたない。

毛利勢には紀伊雑賀の鉄砲衆も加わり、南蛮渡来の大筒を放って、上月城の水の手櫓を撃ち崩した。

山中鹿之介は、城中の忍びの者に命じた。

「あの大筒を、夜中に取って参れ」

忍者たちは、深夜に城を出て敵陣に近づく。櫓を破壊し、多数の軍兵を殺傷した大筒の傍には哨兵がいた。忍者たちは担いできた煙硝樽に火をつける。

毛利の哨兵たちは、耳も裂けんばかりの轟音とともに、闇をつらぬく火柱におどろき、うろたえた。

忍者たちは大筒を奪い、城に持ち帰ろうとしたが、百貫匁もある砲身を山へ運びあげることができず、熊見川へ沈め、引きあげた。毛利勢の軍兵たちはそれを知らず、大筒を取りもどすために大勢で川端に出て、上月城から放つ矢にあたり、死傷者がでた。

信長は、毛利輝元出陣の報が秀吉から届くと、長男信忠に出動を命じた。

四月初旬、信忠は尾張、美濃、伊勢、五畿内の兵四万余人を率い、上月城救援にむかった。

信長は五月一日に播州へ出陣して、毛利輝元と雌雄を決するつもりであったが、麾下諸将にひきとめられた。

播磨の戦場は、彼我の軍勢が山岳に拠っており、平地における戦いのようにたやすく決着がつかない。織田政権の総帥が、局地戦にあたっていては、諸国ですすめられている作戦の指揮がとれないというのである。

五月上旬、上月の戦場に到着した織田勢は、大河をへだて戦機をつかめなかった。

信忠以下の織田勢は、果敢な攻勢をとろうとしない。彼らは秀吉に助勢して、手柄をたてさせてやるつもりがなかった。秀吉は、日頃から信長の信任を得ているので、朋輩の諸将は嫉妬心を抱いている。

戦況は進展せず、日をかさねるばかりであった。

宇喜多直家は、家老たちと密議を交わす。

「上月城は危ないようじゃのう。こりゃどうにもいけんぞ。織田に味方するのは、まだ早かったかのう」

直家は織田の大軍が上月城に迫ったとき、播州飾磨に在陣する織田信忠の本陣へ使者をひそかにつかわし、合力《ごうりょく》を申し出ていた。

「われらは向後、お味方いたすべし」

信忠は直家の申しいれをうけいれた。

だが、織田勢の動きははかばかしくなかった。直家内通の噂は、毛利側に聞こえていた。

六月になって梅雨があけると、連日の炎暑であった。織田の軍兵たちは、水利に不便な高倉山の陣所から熊見川の畔へ出て、朝夕水浴びをしては、軍馬の足を冷やしてやる。

宇喜多勢の中村三郎左衛門という侍が、ある朝、河畔の木蔭に伏兵を置き、待ちかまえていた。

六月下旬の朝、高倉山から大勢の軍兵が水浴びに出てきた。陽の昇るまえから、息もつまるような暑さで、河中に身をひたすときの爽涼を楽しむために、危険を冒してくる。

「今朝はことのほか大勢出てきゃあがったぞ。ちいと人数を減らしてやろうでえ」

中村の指揮する足軽衆は、まず鉄砲を撃ちかける。

織田の士卒が将棋倒しに倒れると、中村勢がときの声をあげ、襲いかかった。

織田勢は急を聞いて駆けつけ、小人数の中村勢を取り巻き、鏖殺《おうさつ》しようとした。

「中村がやられるぞ。助けてやらにゃあ」

宇喜多の陣所から、助勢の人数が押し出した。

敵味方の人数がしだいにふえ、織田が二万、毛利が一万余となり、三カ所にわかれ、白兵戦を展開した。

双方の死傷者はおびただしく、互角の戦果であったが、そのあとまもなく秀吉は大軍を引き揚げ、姫路の書写山へ退陣した。上月城の尼子党を見捨てねば損害がふえるばかりで、播州をも押さえ難くなろうとの、信長の下命に従ったのである。

尼子党は上月城から織田勢の退陣を眺め、もはや武運もこれまでと落胆した。尼子勝久は、毛利輝元のもとへ使者をつかわし、降伏を申し出た。

勝久のほか侍大将たちが自害して、士卒を助命してほしいという条件を、輝元は承知した。

直家は岡山城にいて、案に相違した事態の進展におどろく。

「こりゃいけんぞ。織田に味方するいうたが、また毛利と手を結ぶよりほかはなかろう」

直家は兵を率い、上月城落城ののちしばらく滞陣していた小早川隆景、吉川元春に対面し、勝利を祝った。

「このたび織田の人数を追い散らされしは、さすがに御家の威光にて、祝着至極と存じまする。それがしも病の癒えたれば、こののちは出精いたすべき覚悟にござりまする」

毛利の侍大将杉原盛重は、織田に内通していた直家を、この場で討ちとるべきであると主張したが、隆景は盛重を制して直家を無事に帰した。

直家は岡山城に戻ってのち、使者を隆景、元春の陣所へつかわし、今後の協力をかさねて申しいれた。

「いまよりのち、ただちに上方へご出勢候わば、それがしが御先手をつかまつる。いったんご帰国遊ばさるるならば、当方領内ご通行のみぎりは、饗応申すべく心がけております」

直家は家老たちと相談していた。

「上方へ出勢いたすときは、織田、毛利のいずれか勝ちめのあるほうへ、合力してやりゃあよかろう。また国元へ凱陣するとき、この城に立ち寄ることがあれば、元春と隆景をいっしょに討ちとってやりゃあええが」

「それは妙計でござりますのう。あやつどもが隙をあらわしたときは、すかさず手を下して滅ぼしてやらにゃあ、いけませなあ」

熊見川の畔で織田勢を待ち伏せして、武辺の名をあげた宇喜多の部将中村三郎左衛門は、かねて毛利家に通じていた。

彼は直家の謀計を耳にして、元春、隆景にひそかに知らせたのち、作州の居城へ帰っていった。直家の忍者たちは、中村の内通を偵知して注進する。

「三郎左は、殿のことをあれこれと毛利へ訴えておりまするゆえ、こなたの内情はすべて先方に聞こえておると、思うておらにゃあいけませなあ」

「そうか、あやつはそげえなことをしょうるんか。おえんのう。どうすりゃあ」

直家は家老たちに聞く。

富川平右衛門が即座に答えた。

「一時も早う討手をさしむけにゃなりませぬ」

富川は二千の兵を率い、中村三郎左衛門の城を急襲した。

八月二日の夜明けまえ、虫の音が降るような中村の山城に、宇喜多の軍兵が乱入する。

城中には数十人の家来がいるばかりであったので、三郎左衛門は太刀をふるい奮闘したが、数本の槍先に体を貫かれ、息絶えた。

直家が三郎左衛門を誅戮したことは、元春、隆景に聞こえた。

「宇喜多めが密計は、疑いをいれぬところじゃのう。備前を通るのは危なかろう」

毛利勢は八月三日に黒沢山の陣所を引きはらい、帰国することとなった。

隆景は播磨の海辺から兵船に人馬を乗せ、海上を渡って安芸に帰陣する。元春は備前を通行せず、作州を通って帰陣した。

隆景、元春の使者は岡山城におもむき、直家に主人の口上を伝えた。

「このたび芸州より急ぎ帰陣いたすよう申しきたるにつき、残念ながらこのたびはご饗応を受けず、罷《まか》り帰り候。いずれ機を得て立ち寄るべし」

宇喜多直家は岡山城に老臣を集め、意見を聞いた。

「こののちは織田と毛利のいずれに就きゃあええかのう」

富川平右衛門が答える。

「一度や二度の勝敗がいずれにあろうとも、論ずるに足らぬことじゃと存じまする。信長公の威光、秀吉の合戦の形勢、賞罰の分明なるを見れば、天下はかならず織田に帰するじゃろうと存じますらあ。当家の御為には、いささかも早く秀吉に慇懃《いんぎん》を通じ、信長公に就きなさるがようござりましょう」

他の重臣たちも、平右衛門の意見に賛同した。

七月十六日、海賊大名九鬼嘉隆と滝川一益の座乗する装甲船六艘、大安宅船一艘が大坂湾に入り、木津川沖に碇泊して、石山本願寺と毛利水軍との連絡を完全に遮断したとの報が、直家のもとに届いていた。

六艘の装甲船は、世界で最初の鉄甲軍船であった。吃水線上はすべて一分（約三ミリ）の鉄板で装甲している。

船首は箱造りとし、総矢倉は二階造り、鉄砲狭間は三段に設け、そのうえに三層の天守を置く。

六艘に装備した火器は、一貫目玉筒二十一挺、三十匁玉長銃二百八十挺である。船底には多数の切石を漆喰《しっくい》で固めて置き、復元力をつけた。

毛利家の支配する瀬戸内水軍は、村上元吉、粟屋元如、児玉就英ら村上一族の率いる能島、来島、因島衆、乃美一族である。

彼らは数百年のあいだ瀬戸内海を支配してきた海の王者であったが、鉄甲軍船にむかっては戦うすべがなかった。

鉄甲軍船六艘に乗っている兵員は、五千人であった。

ポルトガル、イエズス会巡察師オルガンチーノは、戦船を見物に堺へ出向き、はじめて目にする装甲船に目を見張った。

彼は九州にいるイエズス会司祭ルイス・フロイスに、つぎの書信を送った。

「昨日日本の重要な祭日（盆会）に、信長の船七艘が堺に到着した。それは信長が伊勢で建造した、日本でもっとも大きく、また華麗なもので、王国（ポルトガル）のものに似ている。私は堺にゆき、これを見てきたが、日本においてこのようなものが建造できたことにおどろいた。（中略）船にはそれぞれ大砲三門を装備しているが、それがどこで調達されたものか、分からない。

日本国には、豊後の王（大友宗麟）が鋳造させた数門の小砲のほかに、砲といえるものがない事実を確知しているからである。私は鉄船に乗りこみ、この大砲の装置をくわしく見てきた」

ポルトガルには、鉄甲船がなかった。

岡山城下に、小西弥九郎という男がいた。弥九郎は堺湊の豪商、小西立佐《りゅうさ》の次男で、岡山の呉服商人九郎右衛門の養子となった。のちの小西摂津守行長である。

小西立佐は堺の薬種商人で、鉛と硝石を扱っていた。立佐は鉄砲の弾薬を売買するうちに、諸国の大名と交流をかさね、彼らの動向にくわしかった。

弥九郎が養子となった小西屋の当主九郎右衛門は、かつて直家の父興家が寄食した、備前福岡の市の政商阿部善定の手代であった。

九郎右衛門は源六と呼ばれていた手代の時分から、直家と親密な間柄で岡山城築城ののち、福岡の市から呼び寄せられた御用商人である。

弥九郎が岡山下の町の呉服屋の養子になったのは、秀吉の間者としての役目を果たすためであったといわれる。

秀吉は堺の小西立佐とはかねて昵懇《じっこん》の仲で、弥九郎とも親しかった。弥九郎は九郎右衛門のもとへ婿に入るまえから、秀吉の使者として諸方へ出向き、間者の役目をもつとめていた。

弥九郎は、岡山城へ出入りして、宇喜多家の内情を探り、秀吉に通報している。いっぽうで、直家に織田政権の内情を逐一知らせていた。

直家は、大坂湾に織田の鉄甲船団があらわれ、毛利水軍が制海権を奪われたという情報も、弥九郎を通じて知った。

当時、弥九郎は二重スパイをつとめていた形跡がある。彼は織田家に不利な情報をも直家に伝えていた。戦国大名の盛衰は予測できないので、信長にのみ忠義を尽くしていては、乱世を渡ってゆけないと考えていたのであろう。

直家は、摂津国を一職《いっしき》支配する織田信長麾下の有力大名である荒木村重が、六月に秀吉の副将として、播磨の神吉城を攻略した際、不審のふるまいをしたことを、弥九郎から告げられていた。

神吉城は二十三日間の防戦のすえ、七月十六日に陥落したが、村重は城主神吉長則の伯父藤太夫と旧知の間柄であったので、殺すに忍びず逃がしたのである。

藤太夫は家来とともに三木城へ走り、籠城勢に加わった。織田の部将丹羽長秀、滝川一益が村重の行動を疑った。

「弥助（村重）がふるまいは、なんとしても腑におちぬだで。あやつは別所に合力いたしおるのではねあーか」

村重は長秀らから詰問されると、播磨からにわかに兵を引きあげ、居城の摂津有岡城（伊丹市）へひきこもった。

村重が有岡城に引き揚げたのは、本願寺に内通しているとの疑いをかけられたためであった。

有岡城は、荒木村重が天正二年に攻略した伊丹城を信長から与えられ、大拡張工事を施し、改名したものである。

城の四方には、岸、鵯塚《ひよどりづか》、野々宮、女郎塚、昆陽《こや》口の五つの砦がある。

息子の荒木村次は尼崎城、従兄弟の荒木村正は花隈《はなくま》城（神戸市）、荒木重堅は三田城、中川清秀は茨木城、村重属将高山右近は高槻城に、それぞれ在城している。

村重が毛利、本願寺と通じ謀叛すれば、畿内、播磨の織田勢は甚大な打撃をうける。

直家は織田政権が存亡の危機に直面していると知った。

「信長公も、このままじゃあ、根敷《ねじき》をひっくりかえされるかも知れんぞ。しばらく形勢を観望せにゃあいけん」

直家は村重の向背に注目した。

村重のもとへ、毛利、本願寺からの調略が、さかんにおこなわれていた。村重は、信長が将来、自分のような国人大名を追放し、秀吉らの直臣に摂津を支配させるだろうと推測していた。

いま毛利、本願寺に通じ、足利義昭に臣従すれば、摂津一職支配のわが立場は不動のものになると、彼は考える。

備後の鞆《とも》にいる義昭は、流浪の身の上であるが、室町幕府第十五代将軍の地位に変わりはない。

すべての武士の主人が征夷大将軍であるとする常識が、通用していた時代である。信長を捨て、義昭に従うのは、武士の大義名分に沿う行動であった。

十月十七日、村重は信長に背き、義昭、毛利、本願寺に通じた。

顕如は村重父子に誓書を送った。

「たとえ信長が滅亡し、天下の形勢がいかに変わっても、決して村重を粗略に扱わない。村重の所領に干渉することなく、望みに応じ、摂津はもとより、他国において知行を欲するときは、周旋する」

村重は、父子血判の誓書を本願寺に送り、息女を人質として差し出した。

彼は即日、大坂中島の付城《つけじろ》を破却し、本願寺攻囲の戦線から士卒を立ち退かせた。

信長は、思いがけない村重の離反を知ったが、対応の手だてがなかった。村重が敵となれば、播磨三木城を包囲している秀吉は、後方を遮断され敵中に孤立してしまう。本願寺を五十余の付城で包囲している織田勢は、兵庫から高槻に至るあいだにつらなる、荒木方の城に逆包囲され、兵站を断たれるおそれがある。

信長は寵臣、松井友閑、万見《まみ》仙千代、惟任《これとう》（明智）光秀を有岡城につかわし、謀叛をたくらんだ理由をたずねさせた。できることならば、翻意させたかったのである。

村重は松井友閑らの説得をうけいれた。彼は謀叛したのは、丹羽長秀らの疑いをうけたためであるといい、主君信長には何の遺恨もないので、できることならば麾下に戻りたいと望んだ。

信長は松井らの報告を聞き、愁眉をひらいた。

「まずは祝着至極だで。村重には前と変わりなく出仕させよ」

荒木村重は、母親を人質として安土城へさしだすだけで、ほかに咎めるところはないという、信長の寛大な措置を感泣して受けた。

だが、彼は安土城へ出向かず、人質も送らなかった。すでに毛利輝元と同盟を約し、人質をも送っていたためである。

宇喜多直家は、村重謀叛が動かない事実であると知り、あらたな方策を考える。

「信長も土壇場に追いつめられたのではねえか。このままじゃ、打つ手がなかろう。儂らは毛利について、一気に播磨の秀吉を揉みつぶさにゃならんぞ」

信長は窮地を逃れるため、京都所司代村井貞勝を通じ、朝廷に本願寺との和議を奏請した。村重謀叛ののちは、一刻も早く戦線を縮小しなければならない。

朝廷は庭田大納言重保、勧修寺中納言晴豊を本願寺へつかわし、信長との和議をすすめた。

本願寺は織田の装甲船団に大坂湾を封鎖され、毛利からの糧米輸送がとどこおったため、食糧補給は日毎に窮迫していたが、和議交渉にたやすく応じなかった。

「勅諚はかたじけなききわみにござれども、多年の恩義ある毛利の承引なくば、和談はお受けいたしがたし」

信長は本願寺の要望をうけいれ、ただちに毛利氏との和睦交渉にとりかかった。

直家はそれを聞いて、膝を叩いた。

「信長が毛利との和談を望みよるんか。そりゃ、よっぽど困《こう》じはてておるに違いねえぞ。毛利が織田に仕懸けるのは、いまをおいてなかろうが。すぐに輝元に使いをたて、上方へ攻めのぼるようすすめよ。儂が先手をつとめるけえ、勝利は疑いなしと申せ」

直家の使者が安芸へ走ったが、輝元は織田との戦いをためらった。

「腰の重い輝元めが、またぐずつきおるか。千載一遇の好機じゃというのに、歯がゆきことじゃ。おえんのう」

毛利輝元がただちに上方に攻めのぼる態勢をとれば、荒木村重の立場は強固になり、織田政権が根底からくつがえされたかも知れない。

だが、輝元が決断を下せずにいるあいだに、信長は荒木村重の有力な属将、高山右近を説得して、味方につけようとはかった。

高山右近はキリスト教の洗礼をうけ、ドン・ジュストと号している。右近の父飛騨守もキリシタンで、受洗してダリヨと号した。

信長は、イエズス会のオルガンチーノに右近を説得させようとした。オルガンチーノは、信長が右近を味方にできれば、キリスト教の布教に大きな便宜を供与し、右近が荒木に従い織田政権に敵対するならば、司祭、信徒のすべてを虐殺しかねない意向であることを知った。

信長は右近を早急に帰服させるため、オルガンチーノを監禁する。

さらに司祭ジョアン・フランシスコ、ロレンチ修道士と二人のキリシタンを教会から拘引し、近江野洲《やす》郡永原の侍屋敷に入れた。

京都所司代村井貞勝は、京都南蛮寺を監視する人数をふやした。信長の下命があれば、ただちにキリシタンを成敗するためである。

オルガンチーノは、右近に書状を送り、必死に信長への帰伏をすすめた。

信長は惟任光秀、羽柴秀吉、宮内卿法印を有岡城へつかわし、荒木村重に翻意を促させたが、交渉は不調に終わった。

秀吉も黒田官兵衛を有岡城へ出向かせ、村重説得にあたらせたが、官兵衛は城中に監禁されたまま帰らなかった。

織田の諸軍は、有岡城攻撃のため、京都に集結した。

宇喜多直家は、この好機を逃さず播磨を攻めれば、織田勢をたやすく駆逐して天下の大勢を一変せしめることができようと、毛利輝元を懸命に促す。

荒木と盟約を交わし、ようやく強気になった輝元は、織田装甲船団の封鎖をやぶり、石山本願寺へ米を運ぶため、兵船六百余艘を大坂へむかわせた。

十一月六日、毛利の船団は木津川沖へ迫った。

織田水軍を指揮する九鬼嘉隆は、六艘の鉄船と一艘の大安宅船を木津川河口に置き、小早船数十艘に周囲を固めさせる。

六百艘の毛利の兵船は、夜明けとともにはじまった戦いで、小早船を一掃し、鉄船に迫った。

毛利勢は鉄船の攻撃に、火船を用いた。古船に満載した柴に油をかけ、火を放ち、満潮を利して沖合から流す。

めざす船に衝突した火船は、燃えながら崩れかかり、突きはなすことができない。大安宅船は、たちまち炎上した。

六艘の鉄船が火船に衝突され、黒煙に包まれる有様は、陸上から見ているともはや勝敗が決したかのようであった。

だが、鉄船は燃えあがらなかった。

九鬼嘉隆は鉄船の天守にいて、毛利の安宅船が迫り、舷を接するほどに近づいたとき、すべての火砲を発射させた。

形勢はたちまち逆転した。

毛利水軍は主力の大船を、織田装甲船団の砲撃によりほとんど破壊され、午の刻（正午）までに沖合へ退却していった。

瀬戸内水軍の総力をこぞっての来襲を撃退した織田方の勝利は、海上での長篠合戦というべき、戦局に重大な影響をもたらすものであった。

大坂湾の制海権奪回に失敗した毛利水軍は、勢力下に納めていた摂津の海岸線を放棄し、撤退せざるをえない窮境に追いこまれた。

十一月九日、信長は尾張、美濃の大軍を率い、高槻城の前面に布陣した。信長はふたたびオルガンチーノに、高山右近の説得を命じた。

右近は武士を捨て、「伴天連沙弥《バテレンしゃみ》」として仏門に入ることに決め、俗世の縁を断って高槻城を開城した。

信長はさらに十一月十八日、茨木城を取り囲んだ。守将中川清秀は戦意がなかった。信長のつかわした使者とのあいだに、ひそかに降伏の取りきめがなされていた。

清秀は二十四日の夜、織田勢と砲火を交えることなく開城した。

宇喜多直家は、高槻、茨木両城の開城を知ると、戦機が去ったと判断した。

「信長は、生き返りおったぞ。高山、中川が帰参すれば、摂津の半ばは戻ったのじゃけえ、そのうちに有岡の城も落としようあ。毛利との和談も、いらぬことになろう」

直家のいう通り、信長は勅諚により本願寺、毛利と和睦する方針をただちに撤回した。

毛利輝元あての和議勧告の綸旨《りんし》はすでに発給されており、勅使勧修寺晴豊、庭田重保らが十一月二十六日、安芸に発向する支度をととのえていたが、交渉は延期された。同月二十八日、信長は昆陽野《こやの》へ進み、三万の軍勢で有岡城を包囲した。

秀吉は信長に従い、行動していたが、三木城攻めの陣所へ戻った。

毛利輝元は、摂津有岡城、尼崎城、花隈城へ、それぞれ四、五百人の援軍を送るいっぽう、軍船三百余艘を高砂、明石の海岸に着船させ、海岸に要害を築き、三木城へ兵粮弾薬を補給するルートを確保しようとした。

秀吉は明石の近辺三十余ヵ所に砦を築き、毛利勢の三木城への応援を阻止した。

天正七年二月十一日、毛利の来援を待ちわびていた三木城の別所勢は、独力で羽柴勢に決戦を挑んだ。

夜明けまえ、別所吉親の指揮する二千五百余人が、三木城を出た。つづいて城主長治の弟、別所小八郎治定の率いる七百余人の別動隊があとを追う。

まず吉親の本隊が、平井山の秀吉本陣を正面から襲った。別所勢は死力をふるって戦い、怒濤のように羽柴の陣所へ殺到する。

羽柴勢の諸隊は、平井山に湧きおこる銃砲声、寄せ太鼓の音を聞き、秀吉本陣へ駆けつけた。

別所勢は、羽柴の大軍に包囲されたが、必死の奮闘をつづける。別所小八郎治定は十八歳の若武者であったが、力つきて秀吉の郎党樋口次郎政武に討ちとられた。

別所吉親は本隊を指揮して荒れ狂ったが、兵数にまさる羽柴勢を潰滅させる見込みもなく、おびただしい死傷者を収容して三木城へ戻った。

戦死者は、別所治定以下、名のある侍が三十五人、雑兵が七百八十人に及んだ。この戦闘で羽柴勢も大きな損害を受けたが、籠城勢の戦力もまた消耗し、別所氏の退勢挽回はならなかった。

天正七年三月、毛利輝元は明石魚住浜に至り、三木城への兵粮搬入を指揮した。

兵粮を運ぶ間道は、山中に幾つか通っている。秀吉は懸命に粮道遮断をはかった。三木城への兵粮弾薬の補給路を守る別所方の砦は、羽柴勢の襲撃をうけ、しらみつぶしにつぶされてゆくが、効果は容易にあがらない。地理を知った別所勢は、夜中に決死の輸送をおこなう。

四月になって、信長は丹羽長秀、筒井順慶、織田信忠を秀吉の援軍としてさしむけた。

四月二十六日、織田信忠は飾東郡御着の小寺政職の居城を攻め、陥落させた。三木城への補給路を遮断するための作戦であった。

毛利氏は、三木城への応援を惜しまなかった。三木城が陥落すれば、織田の軍勢は中国路へ押し寄せてくる。輝元は、備前の宇喜多直家が、情勢しだいで織田方へいつ寝返るか分からないと見ている。

「和泉守（直家）は油断ならぬ奴じゃけえ、味方と頼むわけにはいけん。いかなることがあろうとも、三木の城を支えにゃならんのじゃ」

天正七年五月、毛利水軍の児玉就英は兵船二百余艘を率い、明石魚住浜に大量の兵粮を陸揚げした。

秀吉は情勢を探知すると、あらたに多くの砦を築き、三木城と明石とのあいだの通路を遮断し、昼夜のわかちなく見廻りをつづける。

毛利、別所の軍兵は、警戒線を突破するため、羽柴勢と小競りあいを重ねたが、兵粮輸送は困難であった。

「こりゃあ、仕方もなかろう。いったん花隈城へ兵粮を入れろ」

毛利勢は軍船を兵庫へ回航し、積み荷を花隈城へ入れる。

別所勢は花隈城へ山伝いに出向き、兵粮輸送をおこなった。

花隈城には荒木村重の軍勢がたてこもっていた。花隈城と三木城のあいだの中継点として、摂津と播磨の境にある丹生山砦が利用された。

丹生山は摂州随一の険難の地といわれた。山頂の砦は別所の部将高橋平左衛門が守っていた。丹生山頂には明要寺、高男寺、近江寺などの寺院がある。

諸寺の僧侶たちは、積年の恩顧をうけた別所氏のために、危険な兵粮輸送を手伝う。およそ二千人の軍兵、百姓が、花隈から山の尾根伝いに六、七里の道程を、重荷を担いで昼夜をとわず往復する。

だが、隠密の輸送路は、まもなく羽柴側に探知された。秀吉は士卒に厳命した。

「兵粮を運ぶ者は、女子供、雑人、坊主のわかちなく、一人もあまさず撫で斬りといたすべし」

織田の部将池田信輝の子息元助は十六歳であったが、生田の森に在陣し、花隈城から忍び出る者をすべて引っ捕らえる。

信輝の次男三左衛門（輝政）は、花隈城の北方諏訪ケ峰に在陣し、丹生山と花隈城の交通をすべて遮断した。

池田勢は花隈城の西方の険路を辿り、丹生山の麓まで物見に出て、厳重な警戒をおこなううち、別所の軍兵と行きあい、斬りあった。そのとき丹生山の城兵たちは、絶壁から岩石を落とし、池田の人数を多く殺傷した。

秀吉は丹生山砦を攻め落とすべく、下命した。

「丹生山の曲輪うちには、近郷の百姓どもが大勢籠城しておるゆえ、その妻子を搦めとり、砦の柵門の前につないでおけ。そのうえにて、柵内の百姓どもに、砦に火をつけ焼き落とすよう申し聞かせよ。もし焼かねば妻子をそやつどもの面前で、串刺しにするがよからあず」

秀吉は麾下の士卒のうちから、夜討ちに馴れた者三百人をえらび、風雨の夜を待った。

まもなく西風が雨をまじえ吹きつのる夜がきた。三百人の精兵は丹生山砦へ忍び寄り、ときの声をあげた。

砦の軍兵、百姓は、連日の兵粮運搬に疲れはて、寝入っていたが、おどろいてはね起き、闇中で武具を身につけるうち、城中の小屋がいっせいに燃えあがり、麓まで昼間のように照らしだされた。

丹生山砦は陥落したが、城兵たちは抜け道を辿ってすべて兵庫の毛利陣所へ落ちのびていった。

丹生山砦の北口を守る淡河城の淡河定範は、羽柴勢がまもなく襲ってくると知って、城外に落とし穴を掘り、馬止め柵をつくり、逆茂木《さかもぎ》をつらねる。侍五、六十人、足軽三百余人の小勢であったが、戦意はさかんであった。

淡河定範は、附近の百姓たちに命じ、羽柴方を誘い寄せる風聞をたてさせた。

「弾正（定範）は油断しておるぞ。毎日城を留守にして、道普請に精だしておるようじゃ」

羽柴秀長はその噂を聞き、五百余人で押し寄せ、一気に城を攻め落とそうとした。

定範は家来たちに命じた。

「敵を怖れるふりをして、城へ逃げこめ」

淡河勢はいったんは城外で戦う様子を見せ、おもむろに退却する。

「それ、あやつらは城へ逃げこむぞ。あとより押し寄せ、付け入って乗っ取れ」

羽柴勢は先をあらそい、刀槍をふりかざして城際に迫ったが、落とし穴にはまり、車菱を踏み、立ち往生をした。

城内から甲冑をつけない軽装の軍兵が、五十人ほどあらわれ、羽柴勢に襲いかかる。

羽柴秀長は、士卒をはげます。

「それ素肌武者が小人数で出てうせしだわ。馬武者どもにて蹴散らせ」

騎馬武者たちは槍をしごき、馬首をそろえ、徒歩の城兵に立ちむかった。

淡河定範は、かねて用意していた駄馬五、六十頭を城門から追いだし、ときの声をあげた。鞭をくらった駄馬の群れは、狂ったように羽柴勢のなかへ駆け入る。

寄せ手の馬はおどろいて跳ねあがり、主人はたまらず落馬する。彼らは起きあがることもできず、淡河勢の槍先をうけ、死傷者が続出する。

「いまじゃ、押して出よ」

淡河定範は先頭に立ち、郎党五十余人を率い、敵中に突入した。

定範の弟新十郎は主力の軍兵二百人とともに、逃げる敵兵を追いかけ、甚大な損害を与えた。

定範は快勝して城に引き揚げたが、その夜のうちに一族郎党を引き連れ、三木城に入った。秀吉が新手の大軍をさしむけてくるであろうと予測したからである。

毛利輝元は、児玉蔵人、浦兵部らの水軍を明石魚住浜へ再びおもむかせ、海辺に砦を築いて兵粮をたくわえる。山積した兵粮は、数千の軍兵、人足によって搬送するが、そのおおかたは羽柴勢の防衛線を突破できなかった。

吉川元春、小早川隆景も魚住浜に着陣し、兵粮輸送を督励する。だが、前途の見通しは暗い。三木城を取り巻き、昼夜の警戒をつづける羽柴勢が、山中にも鳴子縄を張り、番犬を使っているので、荷を運ぶ者は城下に近づくこともできない。

三木城攻めの様子をうかがっている宇喜多直家は、毛利の力が織田に及ばないことを見きわめた。

「毛利は、総がかりにかかりようても、秀吉を追い払えんのう」

天正七年六月十三日、三木城を包囲する秀吉の平山本陣で、肺をわずらい病を養ってい
た竹中半兵衛重治が、陣没した。享年三十六歳であった。

秀吉はこれまで、大規模な作戦をおこなうとき、半兵衛の鬼謀を頼った。半兵衛の弟久作が安土城から派遣されてきたが、彼には兄のような才能はなかった。

「官兵衛も有岡へ出向いたまま、戻ってこぬに、こののちは相談の相手もねあーか。小一郎（秀長）と小六（蜂須賀）を頼らにゃならぬだわ」

播州経略の副将として、秀吉を扶けた荒木村重は信長にそむき、彼を説得するため有岡城へ出向いた黒田官兵衛は捕らわれたのであろう、戻らなかった。

このままでは播州から退却しなければならない。窮境に陥りかねないと思った秀吉は、岡山城下の小西弥九郎に使者を送り、宇喜多直家の誘降を命じた。

弥九郎は岡山城の直家に、さっそく秀吉の意向を伝えた。

「三木城は、もはやあと半年とは保ちませぬ。毛利の人数が明石魚住浜に砦を築き、小早川隆景、毛利輝元が出張いたし、兵粮を入れんと苦心いたしましたが、中途にてさえぎられ、城内八千の者どもは飢えに苦しんでおりまする。有岡城にたてこもる荒木もまた、高山右近、中川清秀に叛かれしのちは、しだいに押されておりますれば、これも半年とは支

りましょう」

えられませぬ。殿には、いまのうちに信長公に降参なされてはいかがでござりましょうか。毛利に就いて日を過ごさば、三木城が落ちたのち、羽柴勢が岡山に向こうて参るはあきらかと存じまする。さいわい、いま秀吉殿より手前のところへ、お誘いの使者が参っておりますれば、色よきご返答をなされませ。さすれば備前一国はもとより、備中もご領分となりましょう」

直家は、織田と毛利の戦力を比較してみる。有岡城、三木城が陥落すれば、大坂の石山本願寺は孤立無援となる。装甲軍船に惨敗を喫した毛利水軍が、ふたたび大坂湾の制海権を手にする望みはない。

直家は弥九郎の誘いに応じた。

「そうじゃなあ、ここらが思案のしどころじゃろう。毛利はいかにも切れ味が悪いけえ、ぐずついておれば、この岡山城下が焼け野原となりかねんのう。そがあなことにはなりとうないけえ、秀吉に降参するぞ。お前が取りもちしてくれい」

「あい分かってござります。手前が三木へ出向き、秀吉殿に頼んで参りまする」

直家の脳中は冴えわたっていた。彼は宇喜多家存続のためには、織田に就くよりほかに方途がないと決断した。

九月四日、秀吉は安土城へ出向き、信長に謁した。信長は機嫌よく秀吉を迎えた。

「三木の城を抜くめどはつきしかや」

「城内の者どもは兵粮に窮しおりますれば、まずは明春まで保つまいと存じまするに」

信長はその朝、朗報を得ていた。

荒木村重が九月二日の深夜、有岡城を出て尼崎城へ移ったのである。彼は最愛の妾と愛蔵していた茶器を持ち、わずか数人の供を連れているばかりであった。

彼は一族郎党を見捨て、織田勢の攻撃をうけても毛利と連絡をとって、退路を確保しやすい尼崎城へ退いた。

光秀が丹波、丹後を平定し、波多野氏が潰滅したため、有岡城は織田の勢力圏に孤立することになった。

秀吉は言上した。

「かねてより毛利に離反いたし、われらに合力して参りし、宇喜多直家の降参御赦免の筋目を、申しあわせてござりまする。なにとぞ上さまご朱印を下されませ」

信長はきびしい眼差しをむけ、答えなかった。

秀吉は備前の強豪である直家を誘降して、信長が怒るはずもないと考えつつ、言葉をかさねる。

「近頃、前将軍義昭が安芸吉田にて吉川元春、小早川隆景を召し寄せ、しきりに播州出勢の計略をたてておるとの風評もござりまするゆえ、宇喜多を是非にもわれらが手に加えとうござりまする」

信長は顔に朱の色を刷き、高声に罵った。

「猿めが、思いあがりしか。儂の存念をうかがいもせず、私にしめしあわすの条々、曲事《くせごと》だわ。問答無用、早々に三木表へ立ち帰れ」

秀吉は倉皇《そうこう》として御前を退出した。

ぐずついていては、信長に成敗されかねなかったからである。

直家は信長が自分の降伏を拒んだとの通報を、秀吉から受けると嘆息した。

「信長は、よほど用心深い大将じゃなあ。儂をよう見抜いておるぞ。おえんのう。降参するには、ちと毛利を攻めにゃあならんぞ」

直家は主立った家来を城内へ呼び、軍議をひらいた。

「儂は信長に降参したのちに、毛利と手切れしようと思うとったが、信長はそれを許さんのよ。降参するなら、毛利と縁を切れというとるんじゃ」

重臣たちのあいだには、毛利と断交するのを危ぶむ声が多かった。

「このまえのように、毛利に攻められりゃあ、縮むよりほかはないんじゃけえ、もうちっと様子を見たほうがええと存じまするがのう」

直家は、家老たちが毛利との手切れをためらうのは、彼が毛利家へ人質としてさしだしている弟忠家の子、左京詮家の安否を気遣うためであると察して、いった。

「そのほうどもは、芸州に預け置く左京の身上を思うてくれるのであろうが、なんとかして取り戻したいものじゃ。ええ智恵はないものかのう」

家老の岡豊前守が申し出た。

「しからば心きいた侍大将一両人をおつかわしなされ、策を使うて左京さまをお連れ戻しいたす算段をなさりゃあ、ようござりますらあ」

「一両人は、誰々に決めりゃあよかろうぞ」

「浮田織部と中桐与兵衛になされませ」

織部と与兵衛は、いずれも胆略のある侍大将であった。

二人は直家から左京を連れ戻すよう下命をうけると、それぞれ親戚の者二十余人を若党足軽によそおわせ、広島へ出向いた。

彼らの名目は左京の見舞いであるが、毛利家の隙をみて、力ずくで身柄を奪いとってくるつもりである。

直家は、織部と与兵衛を広島へむかわせるとき、彼らが左京を連れ戻ることはあるまいと、予想していた。毛利家が彼らを見逃すはずはない。

左京が織部らとともに、脱出に失敗して殺されたときは、やむをえないと心をきめている。

毛利家では、直家が織田に就くとの情報が、備中高松城の清水宗治から知らされていたので、人質の左京の身辺に番士をふやし、警戒していた。

そこへ浮田織部、中桐与兵衛が多数の従者を連れ、左京の見舞いにおとずれた。輝元、隆景らはたちまちその意中を看破した。

輝元は家来に聞く。

「岡山からの使者は、左京の屋形に出向いておるんか」

「町屋に旅宿を求め、控えておりまする。引っ捕らえて成敗いたしまするか」

輝元は首をふった。

「いや、そうはいたさぬ。左京に儂の口上をいうて聞かせい」

輝元は近臣の井上又右衛門、鵜飼新右衛門を使者として、左京の屋形へつかわした。

左京は拝伏して、使者から輝元の口上を聞く。

「和泉守（直家）儀、秀吉を頼み、信長へ降参いたすの趣、聞こし召し及びたり。それについて、浮田、中桐は左京迎えのため到着いたし候。

和泉守は天下に隠れもなき表裏《ひょうり》の侍、播州在陣のみぎり、秀吉へ内通の聞こえあり。侍は渡り者なれば、信長が威光をもって家を立てらるるはもっともなり」

左京は輝元から成敗を受けるのであろうと観念した。だが、輝元は思いがけないことをいった。

「当家は術策をもてあそぶことなく、正兵を用いて敵を退治するばかりにて、されば左京儀は命を助け、帰国を申しつくるものなり。はなむけとして太刀一振、馬一疋を下しおくゆえ、受けとるがよい」

左京は感激して、涙をおさえつつ返答をする。

「ご高恩のほどありがたく、お礼の申しあげようもありませぬ。御前さまへしかるべきようにお申し伝えのほど、願い奉りまする」

使者両人は、浮田織部、中桐与兵衛を召し出し、ねぎらいの言葉をかけた。

「今度、左京迎えのため、到着苦労に候」

浮田、中桐は輝元よりの懇志として銀百両ずつを与えられ、おそれいった。二人は左京とともに芸州から退散するとき、毛利の軍兵に前途をさえぎられ、斬死を遂げるものと思いこんでいた。

主君直家は、織部と与兵衛、左京が芸州で死ねば、毛利に敵対する口実になると思っている。織部たちは備前を出立するとき、宇喜多家の基盤をかためる捨て石となるつもりであったが、輝元の温情により、生きて帰れると知って狂喜した。

翌朝、二人は左京の供をして芸州を離れた。毛利家の臣、浦兵部、坂新左衛門が、二百騎の侍を引き連れ、左京を見送った。

直家は軍船を宮の浦、鞆の浦、笠岡の島々へ乗りまわさせ、左京が陸岸で難事に遭遇したときは、ただちにどの湊からでも船に乗り移れるよう手配をする。

左京の一行は備中高梁川の畔まで何事もなく辿りついたが、そこで村上弾正、笠岡掃部、小田猿掛の地侍たちが襲ってきた。

見送ってきた浦兵部、坂新左衛門は、彼らの前に立ちふさがり、叱咤した。

「無用の違乱をなすではねえぞ。左京殿は御前さまのお許しを頂戴して帰国いたす。いらざる腕だてをいたさば、その身に災いが及ぼうぞ」

左京の一行は、早島の辺りから軍船に乗り、備前へ帰った。

左京を無事に帰した輝元の評判は、備中、備前の一帯にひろまった。

左京を取り戻した直家は、毛利に対する攻勢を開始した。彼は家老たちに命じた。

「備中に人数を繰りだし、清水宗治の在番いたす高松城を取り抱えよ。また美作高田の城をも押さえにゃおえんぞ」

宇喜多勢は高松城を攻めた。

毛利の士卒が守る美作高田城の西南一里半の日田と、東南二里の宮山には付城《つけじろ》を築き、備中との連絡を遮断した。

荒木村重が尼崎城へ移ってのち、十月十五日に配下の部将中西新八郎が、滝川一益の調略により、織田方に寝返った。

中西は城内の足軽大将四人を味方にひきいれ、十五日朝、有岡城西南の女郎塚砦に滝川勢をひきいれた。鵯塚《ひよどりづか》砦もその日のうちに落ち、城兵は降参を申しでたが、信長は許さなかった。敵方へのみせしめに、すべて撫で斬りにするというのである。

その頃、宇喜多直家のもとへ、降伏をみとめ、本領を安堵するとの信長朱印状がとどいた。同月三十日、直家の甥基家が、伊丹に布陣している織田信忠の本陣を訪れ、礼を申し述べた。

信忠は直家の今後の協力をまつと告げた。

「宇喜多殿には、備中、美作にて頼もしきおはたらきをあらわされ、重畳至極なり。このうえともに、上さまへ忠勤をお尽くしいたされよ」

基家は信忠から引出物を賜わって、備前へ戻った。

直家は基家から、有岡城の運命が旦夕《たんせき》に迫ったと聞くと、自ら姫路へ出向き、秀吉に会い、礼を述べた。

「このたびは上さまへ重ねてお取りなし下され、首尾よく赦免の叶いしは、ひとえに貴公がおかげにて、御恩は終生忘却つかまつりませぬ。こののちは毛利征伐に犬馬の労を嫌わず、めざましきはたらきをあらわす所存にござります」

秀吉は酒宴をひらき、直家をもてなす。

「御辺がわれらの味方となれば、毛利を平らげるはたやすきことだでや。三木の者どもも、先日の平田山の合戦にて大敗いたせしのちは、もはや斬って出るいきおいもなく、城中にて水腹にひもじさをかこちつつ、すくみおるばかりだわ」

平田山の合戦は、九月十日におこなわれた。毛利勢八千余人が、紀伊雑賀鉄砲衆の加勢をうけ、生石中務少輔が大将となり、羽柴の包囲線を強行突破して、三木城へ兵粮を入れようとした。

平田山砦を守る羽柴の侍大将谷大膳は、丑の刻（午前二時）に急襲をうけ、薙刀をふるって戦ったが、多数の敵に取り巻かれ、討死を遂げた。

平井山本陣にいた秀吉は、ただちに諸軍に下知し、平田山へ救援におもむかせた。三木城中から別所吉親が三千余人の兵を率い、押し出て、羽柴勢と激突する。

両軍は激しく戦ったが、別所、毛利勢は羽柴諸軍の猛烈な反撃をうけ、ついに潰走した。この戦いで城方の侍大将十人、郎党五十六人が倒れ、戦力がいちじるしく消耗し、その後は城内からの鉄砲射撃もまばらになった。

十一月になって、有岡城は陥落した。

宇喜多直家は、信長に忠勤をつくすため美作の毛利勢に対する攻勢をつよめた。

彼は花房助兵衛職之、延原弾正に命じた。

「赤坂郡周匝《すさい》城（吉井町周匝）と、飯岡城（柵原町飯岡）を取り抱えよ」

花房、延原勢は二城を陥れ、さらに海田村鷹巣山城（美作町海田）をも席捲し、作州三星城（美作町明見）に襲いかかった。

三星城は、標高二百二十メートルの山城である。城郭の北には滝川、東には梶並川が流れ、天然の要害であった。

城主後藤勝基の妻は、直家の娘であるが、親子の縁をかえりみることもない、すさんだ戦国の世相であった。直家はわが娘が夫とともにたてこもっている三星城を攻めるのをためらわない。

城内には、直家に滅ぼされた浦上宗景の旧臣、後藤河内、小堀備前、奥山源六、下山半内らが、百四十数人の兵とともにかくまわれていた。

後藤勝基は麾下の五百余人を指揮して防戦する。

「直家はわれらが舅なれども、人でなしじゃ。たやすく討たれようか」

浦上の旧臣たちは、宇喜多勢に反撃をしかけようとした。

「宇喜多の奴輩に、辛き目を見せてくれようぞ。伏勢を出せ」

後藤河内らは、城主の厚情に酬いるため、城外へ忍び出て、寄せ手が布陣した倉掛山（美作町林野）と、三星城のあいだの荒木田山中に埋伏して、様子をうかがう。

宇喜多勢が三星城へ押し寄せてゆくと、途中で、伏兵に横槍を入れられた。

花房、延原勢は混乱し、隊伍を乱す。

生還を期していない伏兵は、猛攻をしかけ、寄せ手は多数討ちとられ総崩れとなり湯郷村まで退却した。

花房、延原両将は、岡山城へ使者を送り、援軍の派遣を懇請した。

「三星の者どもは、命を捨ててかかってきよりますけえ、手ごわい相手で、死人手負いが大勢出よりますらあ。なにとぞ助勢をお頼み申しまする」

助兵衛らは退却して、位田島奥山に布陣した。

直家はきびしい戦況を知ると、ただちに宇喜多左京に兵を与え、三星城攻撃にむかわせた。

左京が参陣すると軍議がひらかれ、湯郷村長光寺住職が召し寄せられた。三星城内の事情に詳しい住職は、問われるままに答えた。

「三星城には、安東相馬、難波利介、柳沢太郎兵衛という、賢い侍がおりまする」

安東、難波、柳沢の三人が三星城にいるかぎりは、容易に落城しないという長光寺住職に、花房助兵衛は頼んだ。

「御僧がお力にて、その三人を味方に誘いだしていただけりゃあ、ありがたきことでござりますがなあ。なんとか助けて下さるまいかのう」

住職は依頼に応じ、三星城中に見舞いと称して入り、ひそかに三人に説得を試みた。

「この城も、宇喜多に取り抱えられりゃあ、長保ちはせんじゃろう。御辺がたが器量のほどは、直家公もご存じでいなさるけえ、いまのうちに降参なさるがよかろうと思うがのう。儂が取りもちをするけえ、城を出る算段をなさるがよかろう」

和尚の誘いに応じたのは、安東だけであった。

難波と柳沢は応じない。
四、五日が経つうちに、城中に噂がひろまった。
「安東殿が、寄せ手に寝返るらしいぞ。この城中に敵が隠れていよるんじゃ。いよいよ危ねえことになってきたのう」

風評をひろめたのは、花房助兵衛らであった。

城中は騒がしくなり、侍たちはたがいに疑心を抱きあい、不穏の情勢となった。城将後藤勝基は、直家の娘であるわが妻に告げた。

「とても士卒の合力はなりがたし。これにては籠城も叶うまい。城中の男女の命をすべて助け、儂ひとりが生害して城を明け渡そう」

妻は勝基を諌めた。

「さようのお覚悟は、はなはだよからずと存じまする。まことに益なき生害にございまする。謀叛いたす侍大将を捕らえ、これを殺して城中士卒の不安を押し静め、堅固に籠城いたすに、何の難きことがございましょう。すべては妾にお任せ下されませ」

勝基の妻は、安東が叛心を抱いているのをたしかめ、一夕、安東、難波、柳沢と長光寺の和尚を呼び、広間で料理を出し、もてなした。

そのうち女中が菓子を持って出て、安東に告げた。

「この菓子は、奥さまより下されてございまする」

安東は平伏した。

「これはかたじけなく存じまする」

彼は広間から廊下へ出て、菓子を頂戴した。そのとき勝基の妻が物蔭から出て、太刀をふるい、安東の首を一刀に打ちおとし、噴きだす血を拭ききよめ、屍体を隠した。

翌朝、城兵たちは安東の首が大手門外に梟されているのを見て、おどろいた。宇喜多方に就こうとひそかに望んでいた者も、怖れて思いとどまった。

このため、三星城の士気はふたたびさかんとなった。

宇喜多勢は、三星城を攻めあぐんだ。城兵はいきおいを盛り返し、花房、延原勢は倉敷まで追いしりぞけられた。

直家は、花房助兵衛らに命じた。

「忍びの者を城に入れて、付け火をさせよ。夜中に四、五人入れりゃあ、大火事になろうが」

北風吹きすさぶ宵、三星城へ潜入した忍者たちは、いっせいに諸所へ放火した。曲輪うちの陣小屋、厩、薪部屋などが燃えあがり、炎は四方へひろがる。

「誰が火を洩らしようたか。早う消さにゃあ、おえんぞ」

城兵たちは手桶で水を運び、懸命に消火につとめるが、水利の不便な山城であるため、火焔はいきおいを増すばかりである。

花房助兵衛、延原弾正は士卒を叱咤する。

「それ、いまじゃ。一気に乗っ取れ」

城兵は背後から猛火が迫ったので、進退に窮し、総崩れとなった。

彼らは麓へ下り、落ちのびようとしたが、宇喜多勢に取り巻かれ、おおかたが討ちとられた。

西の丸には火災が及ばなかったので、守兵は乱入してくる寄せ手に矢玉を注ぎ、死闘をつづけた。夜があけてのち、昼過ぎまで奮戦した彼らは、八つ半（午後三時）頃には、力が尽きた。

夜明けまえから息を継ぐ暇もなくはたらいたため、刀槍をふるうこともできなくなり、疲れはてた若武者二十四、五人が、最後の力をふりしぼり敵中に斬りこみ、枕をならべ討死を遂げる。

生き残った者は、敵に首級を与えるのを嫌い、火中に身を投げて死ぬ。宇根太郎兵衛という八十三歳の武者は、具足を脱ぎすて、腹に鎧通しを突きたて、火のなかへ飛びこんだ。

城主の後藤勝基は、三十人ほどの家来を引き連れ、敵の囲みをやぶり、入田原まで逃れたが、追ってくる宇喜多勢と戦い、ことごとく討たれた。

勝基は、ただ一騎で長田村まで落ちのび、延原勢に取り囲まれ、進退に窮し、隠れ坂で自害した。

勝基の首級は、延原弾正が実検したのち、直家のもとへ送った。

直家は三星城を攻めるいっぽう、忍山城（岡山市上高田）に猛攻を加え、陥れた。さらに美作祝山城（津山市吉見）に兵をむける。

「何事も潮時を見切らにゃおえんのじゃ。いきおいのついておるいま、毛利に味方する奴輩を、片っ端から征伐してやれ」

直家は近頃、体調が思わしくなかったが、全軍に下知して、備中、美作の毛利の拠点を潰滅させようとした。

直家は体に腫れ物ができる難病に苦しんでいた。まもなく五十二歳の齢を迎える彼は、病床から家来たちを指図した。

「儂らの後ろにゃ秀吉がついておるけえ、いまのうちに毛利を叩くんじゃ。誰も先のことは分からん。織田と毛利が争うてどっちが勝ってもええんよ。儂らはその隙に領分をふやしゃええんじゃけえ。押しまくらにゃいけん」

祝山城は兵粮が底をつき危機に瀕し、毛利へ後巻きの人数を派遣してもらいたいと、急使を派した。

直家は毛利の動きを読んでいた。輝元は祝山城を奪われると、美作から備中へ直家の勢力が及んでくると見て、反撃してくるであろう。

毛利が宇喜多に数倍する兵力を動かし東進してくれば、いったんは後退することになろうが、押し戻す自信はある。一進一退の対戦をかさねるうちに、織田勢が中国路に乱入してくる。

直家は富川、岡、長船らの老臣たちにいった。

「毛利は図体は大きいが、身ごなしが鈍いけえ、こっちの目方が少々軽うても相撲が取れるんよ。備中や美作で、城を取ったり取られたりしよるうちに、しだいに押してゆきゃええんぞ。海はいけん、毛利の舟手にゃ勝つ手はないけえ、攻められりゃ陸《おか》にあがって静かにしとれ。そのうえ押されはせんけえのう」

宇喜多の水軍は、富川平右衛門が率いていた。

児島常山城主の富川には、毛利水軍に対抗する実力はない。

児島附近の海岸にある田井、胸上、番田などの城は、毛利水軍の勢力下に置かれていた。

直家は、富川平右衛門に命じ、西大川（旭川）河口にあらたに水軍の拠点をつくらせていた。

直家は病床でお福の看護をうけつつ、考えをめぐらす。

――儂はこの齢まで、危ない境を幾度も踏み越えてきたんじゃ。ほんじゃけえ、少々の難儀に見舞われても、こたえんようになってしもうた。三十人や五十人の足軽どもを動かしておった儂が、いまじゃ二万の人数を繰りだすこともできるようになった。昔を思うてみれば、ほんにえらい山坂を超えてきたものよ――

野戦を一度切りぬけ、敵を倒した武将の身中には、以前とはちがった度胸がそなわる。はじめは目もくらむほどの恐怖をおさえ戦場にのぞんでいた者が、二度、三度と回をかさねるごとに、敵を倒すための策略、方便をしだいに心得るようになり、恐怖心が薄らいでくる。直家は毛利という大敵を相手にして、動じない老武者になっていた。

直家は重病の床にあった。全身が膿み崩れ、薬餌の効く様子はあらわれなかった。寝起きも人手を借りなければできないほど、体力が衰えている。

彼の腫れ物は膿血がおびただしく出るので、汚れた衣類は城下の川に流した。川下の額ガ瀬というところで、乞食たちがそれを拾い、洗って幾何かの金銭に替えていた。

直家は、体が衰えても気力はさかんであった。

十二月中旬、毛利輝元が小早川隆景とともに、備中に押し出してきた。播州三木城の別所氏を救援する方途を断たれた輝元らは、織田方に就いた直家と、伯耆羽衣石《うえし》城の南条元継を討たねば、本領の安全を保てなくなる。

元春は、輝元、隆景が備中へ攻め入ると、羽衣石城攻めは侍大将杉原盛重、宍道《しんじ》隆慶に任せ、毛利本隊に合流した。

総勢三万の毛利は十二月二十四日、宇喜多勢のたてこもる忍山城を包囲した。

忍山城には、直家の部将浮田信濃と、岡剛介が約千人の兵とともにたてこもっていた。

毛利勢は忍山城を陥れ、宇喜多勢の猛攻を受けている祝山城の在番、湯原春綱、福田盛雅らを救わねばならない。

忍山城の信濃、岡は必死に防戦する。毛利勢の先鋒吉川経言は、昼夜を分かたず新手を入れかえ攻めたてた。

信濃と岡は、敵を支えきれないと判断した。

「こりゃいけんぞ。こっちが鉄砲を一発燻べりゃ、寄せ手は十発も二十発も撃ち返してきよらあ。手も足も出んような目にあわされて、城を乗っ取られりゃあ、殿に申しわけが立つまい」

「そうじゃ、いまのうちに後巻きを岡山へ頼もう。それしか手はねえぞ」

信濃らは急使を岡山城へ走らせた。

直家は注進を受けると、岡平内、長船又三郎、片山惣兵衛らに命じた。

「お前らは、五千ほどの人数を連れて後巻きにいってやれ。忍山城を落とされりゃあ、美作の味方は崩れるけえのう」

岡山城を出た援軍は、忍山城の東方にある鎌倉山に着陣して、攻撃方向を定めようとした。

　三万の毛利勢に、五千で不用意な攻撃をしかけるのは、きわめて危険である。六倍の人数に対し野戦をおこなえば、敗北して当然である。岡平内らが偵察するうち、毛利先手の吉川経言が、急襲してきた。

　経言は、宇喜多の援軍が態勢をととのえないうちに、機先を制したのである。宇喜多の援軍は浮き足立ち、ひとたまりもなく潰走した。

　忍山城中から、浮田信濃、岡剛介らが討って出た。鎌倉山の援軍と呼応し、毛利勢を打倒するつもりであったが、岡平内らの援兵が脆くも岡山のほうへ退却したので、敵勢は小勢の城兵にむかい、怒濤のように襲いかかってきた。

　強豪の名を知られた岡は、毛利の侍に取り巻かれ、四方から槍をつけられたが、機敏に立ちまわり、野太刀をふるい二人を脳天から斬り落とし、血震いしてつぎの敵にしかけた。

　敵の一人は薙刀で剛介の膝を払った。

「こりゃ、しまった。やられたか」

　剛介は一瞬たじろいだが、はね起きる。彼の足は、臑当《すねあ》てをつけていたので、疵を負わなかった。

　剛介は、正面から迫ってくる敵兵に、傍の屍骸が握っていた槍を取るなり、力まかせに投げつける。

　敵兵二人が串刺しとなり、絶叫とともに倒れた。

「それ、いまじゃ。逃げこめ」

寡勢の城兵は、かろうじて門内に退いた。

たがいの勝利は、容易に決しなかった。

年が明けた天正八年正月下旬、突然城内の陣小屋から火が出た。

浮田信濃と岡剛介は、歯ぎしりをした。

「誰ぞ、内通しおったな。こりゃおえんぞ。城を枕に死ぬまでじゃ」

信濃らは濠、土居を乗りこえてくる毛利勢を相手に死闘をつづける。

岡剛介は数人の手兵とともに敵中を突破して落ちのび、岡山城へ帰ったが、浮田信濃は本丸に追いつめられ、腹を切って火焔のうちに身を投げて死んだ。彼とともに城兵五百三十余人が討ちとられた。

毛利勢は、直家が忍山城の後巻きとして駆けつけてくるであろうと、待ちかまえていたが、ついにあらわれなかった。直家の病状は重篤で、戦場にむかう体力は残っていなかった。彼は、家老たちにいった。

「忍山なら、いつでも取り返せるけえ、いったんは毛利に預けてやりゃええんじゃ。いまに織田の人数が後巻きにくるけえ、あやつらは祝山までは辿りつけなあ」

毛利勢はつづいて直家の弟、宇喜多春家の居城である金川城（御津町金川）を攻めたが、春家が善戦したので、落とせなかった。

天正九年正月、毛利水軍の行動がはじまった。安芸、沼田の諸港湾に碇泊していた軍船が、児島を狙い外海の交通を封鎖した。

鞆の浦、下津井には数百の兵船が集結して、宇喜多勢は近寄ることもできない。毛利水軍を指揮する村上一族は、海岸を制圧して児島郡麦飯《むぎい》山城の味方と連絡し、岡山城へ乱入する機をうかがった。

天正八年正月十五日、羽柴勢の兵粮攻めをうけ、落城が目前に迫った三木城の城主別所長治が、つぎの書状を秀吉のもとへ送った。

「ただいま申し入れ候意趣は、去々年以来敵対のこと、真にその故なきにあらずといえども、いまさら素意を述ぶるにあたわず。

これ然し時節到来、天運のきわまるところ、なんぞ臍《ほぞ》を嚙まんや。いま願うところは、長治、吉親、友之の三人、きたる十七日申の刻(午後四時)、切腹つかまつり候。然るうえは、士卒雑兵ら、町人らは科《とが》なきゆえなにとぞ憐愍《れんびん》をくわえ、一命あい助けられ候。

然らば、われら今生のよろこび、来世のたのしみ、何物かこれに加えん。この旨を述べ披露いたすものなり。恐々謹言。

天正八年正月十五日

従五位下　別所友之

従五位上　別所吉親

従四位下侍従　別所長治
浅野弥兵衛殿　　参る
」

当日、別所長治兄弟は従容として切腹し、妻子一族もともに自害した。長治の叔父吉親だけは自害を拒み、羽柴勢、城方の区別なく切りたて、死にもの狂いのはたらきを見せ、裏山まで駆け抜け、馬上で腹を切った。享年四十一歳であった。

秀吉は三木城を陥れたのち、姫路城に入った。毛利勢は宇喜多直家のもとへ、織田勢が加勢におもむく前に、できるだけ戦況を有利に進展させたいとはかった。

二月二日、毛利輝元は美作月田城（勝山町月田）に兵を進め、寺畑城（久世町）を攻撃した。

寺畑城の本城は大寺畑城、支城は小寺畑城である。本城は直家の娘婿江原兵庫助親次、支城は侍大将芦田太郎が守っている。また篠葺《ささぶき》城が東方一里の距離にあり、宇喜多勢がたてこもっていた。

毛利勢は、まず小寺畑城を取り巻く。城将芦田太郎は寡兵を指揮し城外に出て戦った。毛利勢の侍大将今田玄蕃は深手を負い、朝枝源四郎は討ちとられた。

だが寄せ手は新手を入れかえつつ攻撃のいきおいを弛めず、今田勢は死傷の数をふやし、ついに二月十二日、芦田太郎は重囲を突破して逃れ、大寺畑城に入った。

芦田は江原兵庫助にいう。

「芸州の者どもは、間者を忍びこませるけえ、用心せにゃなりませぬ」

江原は近臣に命じた。

「毛利に内通しよる者がいよるか分からんけえ、昼夜のわかちなく城中を見廻れ。怪しいふるまいをする者がおれば、容赦なくその場で撫で斬りといたせ」

大畑城中には、毛利に通じる者がすでにひそんでいた。楢崎弾正という内通者は、北風の吹き荒れる夜、城中に火をはなった。

楢崎は腹心の足軽たちに命じた。

「もはや子の刻（午前零時）を過ぎておるけえ、城中見廻り番のほかは皆寝ておるじゃろう。人気のない干飯《ほしい》倉、薪部屋、兵具倉などへ火をかけよ」

足軽たちは油桶と草箒を手に、八方へ散った。

彼らは油に浸した草箒で軒下を撫でまわし、火縄の火をつける。火焔はたちまちひろがった。見廻りの兵が火光を見つけ、おどろいて大声で急を告げる。

「火事じゃ、皆起きよ。火を消さにゃいけんぞ」

城中が騒ぎたつなか、楢崎弾正は城外の敵を二の曲輪へ引き入れた。

ときの声をあげ、押し太鼓を打ち鳴らして怒濤のように二の丸へなだれこむ毛利勢を、城兵は防ぎかねた。

「このままじゃ、皆殺しにされようぞ。突いて出よ」

二の曲輪の城兵たちは一団となり、槍先を揃え敵中へ突き入り、血路をひらき、そのまま岡山へ去った。

城内には、岡山城から使者としてきていた富山半右衛門という侍大将がいた。彼は城に残る士卒を励ます。

「城はまだ落ちぬぞ。本丸から二の曲輪の敵を射倒せ。的は目の前じゃけえ、無駄な矢玉は使わずにすむじゃろうが」

城兵は本丸の狭間から、弓鉄砲をさかんに撃ちかけ、敵の攻撃をくいとめる。

毛利勢は死傷者が続出したため、いったん城外へ退いた。二の曲輪から敵中を突破して、岡山へ逃げた軍兵たちは、落城の様子がないのを見て引き返し、三十人ほどが戻ってきた。

また深い霧にまぎれ、毛利勢の中へ忍び入った侍たちもいた。彼らは合戦がはじまると、敵中で斬りまわり、攪乱するのである。

辰の刻（午前八時）を過ぎた頃、ようやく霧がはれた。城兵たちが眼下を見渡すと、土居際まで毛利勢が詰めかけている。

城将江原兵庫助は、部下に命じた。

「芸州のよき侍どもが、間近に居並んでおるけえ、選び討ちに討ってとれ」

城内の軍兵たちは弓鉄砲をとり、目につく毛利の侍大将たちを狙撃した。

毛利勢の松岡安右衛門、児玉市之介、少阿彌などという名のある侍たちが、多数狙い打たれて倒れた。

「いったんは引き揚げよう。仕寄《しより》をつらね、また攻めるんじゃ」

毛利勢は退却していった。

翌朝、毛利勢は前日よりも激しく攻めかける。組み上げ井楼《せいろう》を城際へ押し出し、足軽鉄砲衆がそのうえから曲輪うちの城兵をめがけ、乱射した。

寄せ手は車仕掛けの竹束を押し、矢玉を避けて巌石梯子を土居にたてかけ、城中へ乱入する。

城兵を指揮して必死に戦っていた江原兵庫助は、陽が中天に昇った頃、四方を敵勢にとりまかれ、やむなく下知した。

「このうえは支えられんぞ。篠葺へ逃げよ」

彼は血刀をふるい、毛利の足軽勢を殴りつけ、突き倒し、血路をひらく。

追いすがる敵を尻目に馬を走らせ、東方一里の篠葺城へ、逃げ入った。

篠葺城の宇喜多勢は、押し寄せる毛利勢と戦ったが、矢玉が尽き、潰走して高田川を渡り、宮山城（落合町高屋）へ逃げこむ。

宮山城には、お福の夫であった三浦貞勝の遺臣らがたてこもっており、雲霞の敵勢に抗して懸命に戦い、降参しなかった。

毛利勢は、宇喜多直家の侍大将浮田平右衛門が守る湯山城（湯原町）に攻めかかった。高田川に三千余の筏を浮かべ、鉄砲を乱射するが、城方の反撃はすさまじかった。毛利の部将杉原盛重は、湯山城攻略を断念し、引きあげようとしたところへ城兵に追撃され、本庄土居村（湯原町禾津《いなつ》）まで退却した。

三月になって、毛利輝元は大寺畑城から美作苫田郡へ進攻する態勢をととのえたが、直家が羽柴秀吉の後援を得て、美作に兵を送り、毛利勢を攻めた。

輝元は小早川隆景と相談し、作戦を変更して岡山城を攻略することにした。

「近頃、備前守（直家）は病が重うて寝込んでおるそうじゃ。いま美作を攻めるよりも、岡山へ攻め入って城を取りゃええと思うんじゃが、できるかのう」

隆景は応じた。

「なんとかなりますらあ。一気に勝負をつけりゃ手間がかからず、案外にたやすき始末をつけられるかと存じますするのう」

隆景は、一万五千の兵を率い出陣し、岡山城へ迫った。

直家は病篤く、戦場に出ることはむずかしかったので、弟の忠家が八千ほどの兵力で迎え撃つことになった。

宇喜多勢は矢坂村（岡山市）から一の宮の手前まで、備えを七段に立て、待ちかまえた。本隊から離れ、富川助七郎が一隊を率い、辛川《からかわ》村に隠れて伏兵となった。

毛利勢は伏兵に気づかず、辛川村を通過し、宇喜多の先手に攻めかけた。

宇喜多勢先手の百人ほどは、毛利勢が寄せ貝を吹き鳴らし、ときの声をあげ押し寄せてくると、たちまち陣形を崩し、逃げ走った。

小早川先手の兵は、槍先をつらね後を追う。

「ほんに腰のねえ奴らじゃ。突き崩して功名をあげるのは、いまじゃ」

彼らは手柄を競いあい、宙を飛んで先を急ぎ、辛川村を走り過ぎた。

富川助七郎は、小早川の人馬が土煙をあげ、味方を追う後にあらわれ、鉄砲をつるべ撃ちに発射した。

「うしろに敵がきおったか」

小早川勢がうろたえたとき、宇喜多の本隊が七段にそなえ、押しだしてきた。

彼らは、隆景本陣へ殺到する。隆景は采配を振るって下知した。

「敵は寡勢じゃ、備えを固め、突いて出よ」

小早川勢が態勢をたてなおしかけたとき、間近の山上から宇喜多の伏兵が、さかんに鉄砲を撃ちかけてきた。

宇喜多本隊は、天にとどろくときの声をあげ、四方から襲いかかってくる。

「これは人数が少ないと聞いたが、大勢じゃ。取り包まれりゃ、皆殺しにされようぞ」

一万五千人の大軍がついに総崩れとなり、地響きたてて備中へ潰走していった。

宇喜多勢は追撃して、おびただしい敵の首級をあげたが、深追いせず引き揚げていった。

富川助七郎は十三歳の初陣で、大功をあげた。

小早川隆景は、辛川表の戦いに惨敗を喫したので、児島を攻め取ろうとした。児島常山城を守るのは、富川平右衛門である。

一万余の小早川勢は、常山城の近辺に布陣した。平右衛門麾下の中島左近、広戸与右衛門は、岡山城へ急を知らせた。

「小早川の人数が城のまわりに押し寄せ、野山は旗幟がいっぱい並んでおりまする。一刻も早う、加勢を寄越して下されませい」

直家は、舟手奉行に命じた。

「旭川の川口に、あるかぎりの囲い船（軍船）を出して、常山に加勢してやれ」

総櫓造りの大安宅船から、二十挺櫓の小早船に至るまで、大小の軍船が出動して、旭川の河口に旗差物をひるがえし、毛利の人馬があらわれるのを待った。

だが、富川平右衛門からは、その後なんの注進も届かなかった。直家はいぶかしむ。

「どうなっとるんじゃろう。何事にも遺漏のない平右衛門が、なんにも音沙汰がなねえ。子細を聞いてやらにゃあいけん」

長年月にわたり、苦楽をともにしてきた主従である。直家は、平右衛門が何事か思案しているのであろうと察した。

まもなく、富川平右衛門のもとから急使が到着して、口上を伝えた。

「隆景は大軍を催し、この城を攻めるやに見えまするが、敵の計略を察しまするに、辛川へ岡山攻めの人数を出し、負けたるゆえ、こんどは常山城へ攻めかけるように見せ、岡山より加勢がくれば、その後を断とうとの狙いと存じまする。それゆえ、ご加勢はご無用にござりまする。この城をお見捨てなされてしかるべし。たとえ攻め落とされようとも、すこしもおかまいなさることはありませぬ。ただ岡山ばかりを堅固にお持ちこたえなされませ」

病床の直家は、口上を聞いてうなずく。

「さすがは平右衛門じゃ。敵の計略を深う読みしものよ。さらば川口に囲い船を並べしばかりにて、加勢を常山へ向けてはならんぞ」

隆景は容易に兵を動かさなかった。やはり平右衛門の予測の通りであったのである。日をかさねるうち、播州へつかわしていた小早川家の忍びの者が、戻ってきて注進した。

「直家が秀吉に助けを願うたので、秀吉は児島へ加勢を送るとのことにござります る」

「ほう、加勢はどれほどじゃ」

「浅野弥兵衛長政が、兵船二百艘で押し渡って参るとのことにござりますらあ」

隆景はまもなく常山城攻撃を断念し、粟屋雅楽助に殿《しんがり》軍をつとめさせ、児島から退陣していった。

平右衛門は士卒に下知した。

「大敵なれども、退くときは追い討ちをかけりゃええんじゃ。打って出よ」

常山城から追っ手の兵が繰りだし、多数の毛利勢を討ちとった。

直家はそれまで毛利の進攻をくいとめるばかりであったが、攻勢をとる時機がきたと判断した。

「美作へ押し入って、毛利の人数を追いはらえ」

宇喜多勢二万が、あいついで美作へ進撃し、倭文城に後巻きの人数を送り、久米郡川口（建部町川口）で毛利勢と戦い、垪和《はが》の高城《たかん》を攻める。

毛利輝元は、ついに祝山城救援をおこなえない頽勢に追いこまれた。彼は吉川元春、小早川隆景とともに寺畑城を出て、備中竹ノ荘（賀陽町竹荘）へ本陣を移した。

「しばらくは様子をうかがわにゃいけん。直家は秀吉を後楯にしよったけえ、強気になりよったんじゃ」

輝元がいうと、隆景が応じた。

「さようでござりますらあ。しかし直家は、近頃腫れ物の病じゃと聞いておりまするが」

「命にかかわる病か」

輝元が眼を光らせ、隆景がうなずいた。

天正八年十二月、宇喜多勢は祝山城を陥れた。

毛利輝元は、落城直前の十一月十五日、祝山城将湯原春綱、小早川元政に銀十枚をつかわし、つぎのような内容の激励の書状を送っていた。

「去年以来、祝山城は宇喜多勢が付城を幾つか設け、昼夜のわかちなく戦いを挑み、安芸吉田との連絡もとりがたくなってきた。それにもかかわらず、籠城してこれまで持ちこたえのは、忠義比類なきところである。救援は、元春と相談して早々におこなうから、それまで堅固に守っていてほしい」

だが、春綱、元政は宇喜多の猛攻に堪えきれず、城を明け渡した。

直家は捷報を病床でうけると、つづいて児島の毛利勢駆逐作戦をおこそうとした。

児島は元亀二年以降、大半が毛利の手中にあった。播州の秀吉から、直家のもとへ、児島の制圧を早急にすすめるよう要請がとどいていた。

病床の直家は、弟の忠家に命じた。

「お前はすぐに人数を出して、小串の城を攻めよ」

小串城は、児島の東北端にある。直家の嫡子八郎の後見をつとめる忠家は、小串を攻め、毛利勢を追い払った。

「宇喜多が児島へ出てきようたか。どうやら織田の指しがねで動きよるらしいのう」

毛利輝元は、備中猿掛城主穂田《ほいだ》元清を児島へ渡海させた。

元清は児島西北端の天城に根拠地の砦を置き、天正九年二月十四日に児島へ渡った。

宇喜多忠家は、児島の中央部麦飯山に新城を築いた。だが忠家麾下のうちに、毛利に内通する者がいた。

十八日、毛利勢は麦飯山城を包囲し、激しく攻めた。城内では内通者たちが火を放ったので、忠家はやむなく城外に出て戦う。

だが、兵力において優る毛利勢は、宇喜多勢を一蹴した。

「宇喜多の奴輩は、もう引きようたか。腰がねえのう」

宇喜多勢は意気があがらなかった。二月十四日、直家が岡山城中で没したのである。享年五十三歳であった。悪性の腫瘍が悪化したためであったが、彼の死は深く秘された。

遺骸は岡山城の東の山に埋め、葬儀はおこなわなかった。直家の後嗣八郎は、十歳で家督を継いだ。

家中の政務は、浮田基家がかわってとりおこなった。

直家死去の噂は、自然にひろまっていった。彼の腫れ物は「尻はす」と俗称されるもので、多量の血膿が出た。

血膿に汚れた衣類などは旭川に流されていたが、二月中旬の頃からまったく流れてこなくなった。

「お屋形さまは死んだにちがいねえぞ。何にも捨てよらんようになったけえの」

乞食たちが騒ぎたて、城下の町人たちは異変の噂を口にするようになった。

直家死去ののちも、児島では毛利と宇喜多の軍勢が対峙しており、戦雲は濃くわだかまっていた。

三月下旬になって、作州北条郡坪井村（久米町）の岩屋城主、大河原大和守が、家老茅田備後守に酒宴に招かれ、その座で謀殺された。

毛利の属将である大和守は、茅田に恨まれていた。岩屋城の変事は岡山城へ伝わった。

浮田基家は富川、長船ら諸将に出陣させ茅田備後守を討ちとり、岩屋城を奪わせ、直家の伯母婿浜口某を入れた。

その様子は、すぐに毛利方に伝わった。苫西郡山城村（鏡野町山城）の葛下城を守っていた、毛利の部将中村大炊介は、岩屋城を攻めようと思いたった。

「人数を二手に分け、一手は大手にむかえ」

大炊介は、二百人ほどの士卒を岩屋城の大手口へむかわせる。

岩屋城にいる宇喜多勢は、四、五百人であるが、中村大炊介は策略をもって攻めた。三十二人の精兵をえらび、搦手《からめて》口から押し入らせたのである。

大手口に押し寄せた毛利勢が弓鉄砲を放ち、さかんに喊声をあげ、城兵は懸命に防戦する。そのあいだに搦手口の絶壁を伝い登った別手の精兵が、塀を乗り越え曲輪うちに忍び入り、城内の陣小屋に火を放った。

「怪しい奴輩が、忍び入ったぞ。取りおさえて撫で斬りとせい」

城将浜口らはおどろいて立ちむかうが、別手の精兵は刀槍をふるい猛然と襲いかかってきた。

大手口へ押し寄せていた中村隊の主力は、城中に火焔があがるのを見て、土居にとりつぎ、外曲輪へ乱入する。

城兵はわれがちに逃げ、浜口某は毛利勢に取りかこまれ、戦死した。

荒神山城（津山市）にいた宇喜多の猛将花房助兵衛は、岩屋城を奪った中村を攻めたが、直家病没の直後であったため、中途で兵を引いた。

四月になって、秀吉の使者が岡山城に出向いた。忠家、基家らが、主君直家が病中であると偽り、名代として使者に会った。

秀吉の使者は基家らにたずねた。

「和泉守（直家）殿には近頃ご不快と承っておりまするが、み気色《けしき》はいかがにおわせられますするか。主人秀吉より、見舞いの品を預かって参ってござりまする」

使者は贈り物をさしだす。派手好みの秀吉の見舞いの品々は、うずたかく広間に積まれた。基家は答えた。

「これはご丁重なるご挨拶を頂戴いたし、おそれいってござりまする。われらが主に申し伝え、秀吉公がご懇志をともによろこびあいましょう。本来ならばこの座に出て、御礼を申しあぐべきところにござりまするが、病中にて見苦しき態なれば、ご無礼申しあげまする。御用の趣は、いかがにてござりましょうや」

使者は秀吉の口上を申し出た。

「近年のうちに毛利を征伐するゆえ、その支度として、ご当家にては児島を堅固にお取り抱え召されたい。追い追いには備中をも平均《へいきん》いたしたいとの、当方主人が意向にござりまする」

毛利家の忍びの者が様子を聞きつけ、安芸に帰って注進した。

毛利輝元、吉川元春、小早川隆景は評定《ひょうじょう》をひらき、児島進出の計略をたてた。いちはやく出陣しなければ、宇喜多勢に遅れをとる。

毛利三家は軍議をひらき、穂田元清を総大将とし、有地美作守、古志清左衛門、村上八郎右衛門、植木出雲守、同下総守、同孫左衛門、福井孫六左衛門、津々加賀守らを児島に出陣させた。

穂田らは、八浜の西方四十町ほどのところに陣取り、麦飯山（玉野市八浜町）に城を築いた。

児島常山城の富川平右衛門は、毛利勢の進出を、岡山城へ急報した。

忠家は、十歳の幼主八郎（秀家）の後見人として、ただちに基家に出陣の命を下した。富川平右衛門、岡平内ら諸将が基家に協力して児島へ渡海し、八浜附近に布陣した。基家は八浜二子山城、岡平内は日向山城に拠り、麦飯山城の毛利勢と対峙する。

毛利勢は、村上景広麾下三百艘の軍船により、岡山と児島のあいだの海上交通を封鎖しようとはかった。

両軍の足軽勢は、着陣してのちしばしば小競りあいを重ねてきたが、八月二十二日の朝、宇喜多勢の足軽が馬の秣《まぐさ》を刈るため麦飯山城に近づくと、毛利勢の足軽があらわれ、刀槍をひらめかせ追い払った。

たがいに数人の少人数であったが、宇喜多の陣中から五、六人の若武者が駆けつけ、味方の足軽を助けた。

麦飯山城の櫓から、物見の兵が叫んだ。

「あれを見よ。味方の足軽どもが備前の奴輩に追われておるぞ」

叫び声を聞いた城中の足軽十人ほどが、槍をとって助けに出向く。

城兵を追っていた宇喜多の士卒が、槍争いに負けて逃げ走った。

宇喜多の陣所から、二十人ほどが走り出た。

「味方がやられとるんじゃ。助けてやらにゃあいけん」

こんどは城兵が突き崩された。

双方の足軽衆が人数を繰りだすうち、騎馬侍も馬を躍らせてくる。しだいに大勢となり、数千の軍兵が大崎村柳畑という磯辺で、砂を蹴立てて馳せちがい、銃砲声の鳴りひびく激戦となった。

毛利の侍大将村上八郎右衛門は、軍船に三百人ほどの同勢をのせ、磯辺へ寄せて宇喜多勢に横槍を入れようとした。

その様子を見た毛利勢の古志清左衛門、楢崎十兵衛、有地美作守の諸隊が、宇喜多勢にむかい突撃した。

両軍の士卒は、命を惜しまず狂ったように斬りあう。宇喜多勢の総大将浮田基家は馬に乗り、味方を引きとらせようとしたが、部下は下知を聞かず、猛り狂う。

基家は自軍の強豪として知られた馬場重介を呼び、命じた。

「そのほうはここにとどまり、あとよりくる者を押しとどめよ。儂は先へむかい、なんとしても同勢を引きあげさせるけえのう」

基家は乱戦のなかへ馬を乗りいれ、采配をふるい、毛利勢と入り乱れて退きかねている味方の士卒を呼び集めるうちに、どこからか飛んできた弾丸に胸板を貫かれた。

馬からまっさかさまに落ちた基家のまわりに、毛利勢が喚き叫んで駆け寄ってきた。

基家の乳兄弟が必死に敵を斬りはらい、深手をうけた。

「与太郎（基家）さま、このうえはおあとを追いますらあ」

彼は基家の遺骸に抱きつき、息絶えた。

宇喜多勢は、総大将基家が討死を遂げたので、総崩れとなった。馬場重介は味方をくいとめようとしたが果たせず、馬を失い、徒歩で引き揚げようとした。

「あやつは、名のある侍のようじゃ。討ちとって手柄にしてみせようぞ」

毛利の騎馬武者が三騎、重介を追ってきた。重介は彼らを突きはらい、槍の穂先をうしろにむけ、馬で乗りかけられないようにして、退いてゆく。

その時、富川平右衛門が同勢を率い、戦場に駆けつけてきた。

富川平右衛門は、退却する味方の兵から基家が戦死したと聞かされると、落胆していった。

「大将が討死すりゃあ、儂が生きていたとて仕方もなかろう。敵中へ駆けこんで死ぬるばかりよ」

平右衛門が馬首を返し、追撃してくる毛利勢にむかおうとしたとき、若侍の能勢又五郎が馬のくつわをつかみ、押しとどめた。

「それがしもお供つかまつるが、まずは若き者どもが先駆けをいたしますらあ」

平右衛門が馬を停めたところへ、馬場重介、岸本惣次郎、小森三郎右衛門、粟屋三郎兵衛が集まり、敵と戦う。

近所の丘上にいた国富源右衛門、宍甘太郎兵衛は、平右衛門らの闘う様子を見て駆け下りた。

国富は敵の武者と槍をあわせ、突き倒して首を取った。宍甘太郎兵衛は、見事な具足をつけた武者と槍をあわせ、突きあう。敵は槍を巧みにつかい、勝負がつかなかった。

宍甘の従兄である国富は、その様子を見て、声をかけた。

「太郎兵衛、儂の分は済んだけえ、助けてやるぞ」

国富が槍をとりなおし、走り寄ってゆくと、敵は狼狽して隙を見せ、太郎兵衛は相手の脇腹に槍を突き入れ、ついに倒した。

太郎兵衛がいった。

「源右衛門よ、儂ゃ疲れたけえ、こやつの首を取ってくれや」

馬場重介が太郎兵衛の声を聞き、喚いた。

「こりゃ太郎兵衛、かようの時は食いついても敵の首を取らにゃいけんのぞ。なんということをいいよるんじゃ」

太郎兵衛は力をふるいおこし、敵にまたがり首を取った。

七人の若武者は力をあわせ、襲いかかってくる毛利勢を突き伏せ斬りはらい、獅子奮迅のはたらきを見せたので、味方の兵がしだいに集まってきた。逃げのびた士卒も戻ってきて、毛利勢に逆襲をしかけた。

追撃してきた敵は、若侍たちのするどい槍先を怖れ、引き返そうとしたので、宇喜多勢はあとを追う。

戦勢は急転して毛利勢が逃げ走り、多数が討ちとられた。

合戦ののち、常山城に帰った富川平右衛門が、士卒の手柄をたしかめた。

「いったん総崩れとなったのち、盛りかえしたのは七人の者どもがはたらきのゆえと分かっておるが、なかでも功名をあげしと思う者は名乗り出よ」

馬場重介が、申し出た。

「富川殿に出会うまで、殿《しんがり》をいたせしはそれがしひとりにござる」

馬場重介の発言を、寺尾孫四郎という侍が否定しようとした。

「あの崩れ口にて、重介が殿いたせしを見た覚えはござらぬ」

重介は憤然として、孫四郎にたずねた。

「御辺は、いずれの辺りにいたんじゃ。敵三騎が追うてくるのを突き払うて引きとったが、御辺はその馬の毛色を見覚えてはおらんのか」

孫四郎は答えられず、口ごもった。

重介は口調を荒げ、孫四郎を叱りつけた。

「総崩れになったとき、先を争うて逃げた者は、あとを追うてくる敵の姿を見られんのじゃ。おどれは逃げ足が早かったんじゃろうが」

孫四郎は、大剛の士である重介の一喝をうけ、反撥できなかった。

重介はしばらく憤懣をおさえられない様子であったが、やがて合戦の記憶を思いだしていった。

「儂が踏みとどまって、毛利の奴輩と槍を交えておったときに、儂の槍脇で弓を射ようた者がおったのう。黒糸縅《おどし》の具足を身につけ、朱塗りの筈の弓を持ちようたが、芋の子を洗うような騒動のなかじゃけえ、顔はよう見なんだ。あれは誰じゃったか」

筈とは、弓の両端の弦をかけるところである。

鷹見伝兵衛という侍が、進み出ていった。

「それはそれがしでござりますらあ。ただいままでは証拠もなきことじゃけえ、黙っており申したが、御辺の申さるる通りじゃ」

伝兵衛もまた、恩賞を受けた。

小森三郎右衛門の戦場でのはたらきは、宇喜多側の侍たちがあまり目にとめていなかったので、このとき功名帳に記されなかったが、のちに毛利側から彼の抜粋のはたらきを褒めそやす噂声が伝わってきたので、功を認められ、八浜合戦七本槍のうちに加えられた。七本槍の功名の順番は、一番能勢又五郎、二番国富源右衛門、三番宍甘太郎兵衛、四番馬場重介であった。

馬場重介を追った敵の騎馬武者三騎の名は、のちに判明した。重介の記憶していた通り、青毛の馬に乗ったのは三村孫太郎、つき毛の馬は三村孫兵衛、芦毛の馬は石川左衛門であった。

八浜合戦に敗北した毛利勢は、児島を手中にする計画が頓挫し、芸州へ退陣していった。

宇喜多直家の死は、なお秘匿されていたが、天正十年正月九日になって喪が公表された。

城内に埋葬されていた遺骸は、岡山石関の平福院に改葬された。法名は涼雲院星友大居士である。

お福の方

天正九年（一五八一）末、羽柴秀吉は姫路から安土城に参向し、歳暮の御祝儀として、信長側室おなべの方をはじめ、城中女中衆に豪華をきわめた小袖二百反を献上した。

秀吉は、いまでは織田政権随一の寵臣であった。彼は播州三木城を陥れたのち、因幡へ進攻した。天正九年六月には二万の大兵を率い、鳥取城攻めの作戦を開始し、十月二十五日に落城させた。

彼の計略は巧妙であった。三木城のときと同様に、損害の多い強攻をおこなわず、遠巻きにして兵粮攻めで城方をしだいに弱らせたのである。

秀吉は鳥取攻めのまえ、天正八年秋の新米とりいれの時期に、若狭から米買い船を出させ、因幡六郡の米を残らず買いあげさせた。

相場の二倍から三倍の高値で買いあつめたので、因幡の百姓たちは牛車に米俵を積み、米買い船の前に行列をつくる騒ぎとなった。

そのうち、秀吉が予想しなかったことがおこった。鳥取城から米を売りにきたのである。城内には城付き米という、籠城用の備蓄米があるが、高値につられ、それを売りにきた。秀吉は戦うまえに、敵を罠におとしいれていた。

鳥取城は浜坂砂丘を北にのぞむ、標高二百六十四メートルの久松山の頂上にある、難攻不落の要害である。

秀吉は鳥取に到着すると城下を焼きはらい、総延長四里の柵と堀を設け、鳥取城を包囲した。

城内には備蓄米が二カ月分に足りないほどであったので、城内の軍兵千四百人と百姓二千余人は、飢えに迫られるようになった。

毛利輝元、小早川隆景、吉川元春が、秀吉の包囲陣を潰滅させようと迫ったが、海陸ともに織田勢に撃破された。

鳥取城の城将吉川経家以下の侍たちは、十月二十四、五の両日に自害し、羽柴勢は城内に入り、籠城者を取り調べた。

『信長公記』には、天正九年の歳末に安土に参向した秀吉について、つぎのように記している。

「今度、因幡鳥取、名城といい、大敵といい、一身の覚悟をもって一国平均《へいぎん》に申しつけらるること、武勇の名誉前代未聞の旨、御感状となされ、頂戴。面目の至り申すばかりなし。信長公ご満足なされ、ご褒美として御茶の湯道具十二種の御名物、十二月二十二日御拝領候て、播州へ帰国候なり」

信長は秀吉に但州金山茶湯道具を与え、茶湯の会を持つことを認めた。

天正十年正月二十一日、安土城に逗留していた秀吉は、宇喜多家筆頭家老、岡豊前守元重をともない、信長の御前に伺候した。豊前守は年賀として、黄金千両と吉光の脇差を献上した。

信長は古今の銘刀吉光を献ぜられ、機嫌よく岡元重に告げた。

「そのほう、遠路大儀なり。このたび羽柴筑前が中国路出勢につきて、和泉守（直家）在世のみぎりよりさまざま合力《ごうりょく》いたせし段、神妙至極。家督相続の儀は、先例のごとくいたすべし」

「上さまがかたじけなき御諚をいただき、御礼の言葉もございませぬ」

岡元重は平伏した。

宇喜多直家の所領、備前国、美作国、播州佐用、赤穂、宍粟の三郡と備中の一部を八郎に相続安堵させる旨の朱印状が、ただちに発せられた。

宇喜多の主従は、相続を認められたのでよろこびあった。信長と秀吉の判断しだいでは、宇喜多家は取りつぶされ、その所領は織田の直轄領となることもありうるのである。

相続を許された謝礼の使者として、八郎の名代長船又三郎が、二月上旬に安土城へ伺候した。

また、播州姫路城に戻った秀吉のもとへ、忠家が出向き、礼を述べ、莫大なみやげの品を贈った。

秀吉は四十七歳であるが、小柄な体軀に精気をみなぎらせていた。彼は皺深い顔をゆるめ、笑みをたたえ忠家を迎えた。

――赤髭猿眼の猿面冠者と聞いたが、さほどのぶ男でもねえぞ。なんともいえん愛嬌があるのう――

忠家は威儀をただし、丁重に礼を述べる。

「このたびはわれらが幼主八郎家督について、信長公より御安堵を許されしは、ひとえに筑前さまがお取りはからいによるものと、家来一統はご懇情を拝謝いたすばかりにござりまする。織田家出頭第一のご権勢をそなえられし筑前さまのお力なくば、当家の本領安堵はおぼつかなかりしところにて、御恩はわれら生涯忘却つかまつりませぬ」

秀吉は笑い声をたてた。

「三年まえには、和泉守殿降参赦免の筋目を、われらにて先に立ておき願いでしが、上さまのご不興を買い、あやうくお手討ちをこうむるところなりしだで。あの時分にくらぶれば、この秀吉が上さまへのお覚えも、よほどめでたくなりしだわ」

忠家はすかさず申し出た。

「当主八郎は幼年なれば、秀吉さまには万事の御後見を、頼みいりまする」

「おう、そのことよ」

秀吉は、はしゃいだ口調で応じた。

「儂はこののち、八郎殿をわが子と思うて面倒を見るつもりだがや。儂は子に恵まれぬで、八郎殿をわが猶子（養子）としてもよかろうと存じおるだわ」

忠家は、秀吉の言外の意を察した。

秀吉は宇喜多家をわが傘下に入れ、中国支配の立場をかためようと考えているのである。彼は忠家に命じた。

「八郎殿が成人いたされるまで、傅役《もりやく》は御辺《ごへん》がなされよ。年寄のうち、富川平右衛門、岡元重、長船又右衛門が家中をとりしきるようにいたせ」

忠家は岡山城に帰り、秀吉の意向を重臣たちに伝えた。

「儂らはこののち、織田を後楯にせにゃいけんのじゃけえ、秀吉とは深い縁を結んでおかにゃならんのじゃ」

諸侍は納得した。

「若さまを宇喜多の跡取りにしてくれるなら、ほかの少々のことは目をつむっておらにゃあ仕方なかろう」

安土城の織田信長は、二月十二日から甲斐の武田勝頼征伐に織田信忠麾下《きか》の諸軍をさしむけた。

同月十八日には徳川家康が浜松城を出陣し、駿河口から甲斐へ乱入する。江尻城（清水市）を守る武田親族筆頭の穴山梅雪は、家康の誘降に応じた。

織田、徳川勢は甲斐に乱入した。三月十一日新府城を逃れ天目山（山梨県大和村）麓に辿りついた武田勝頼は、ついに自害滅亡した。

姫路城に在城していた秀吉は、織田勢の甲斐戦勝の報をうけると、播磨、但馬、因幡三万の兵を率い、備中にむかい出陣した。

彼は幕僚たちに進攻の目標をあきらかにした。

「このたび取り抱うる城は、中国路十二カ国の主たる、毛利が東の境をかたむる、備中高松、冠山、加茂、日幡、岩崎、松島、庭瀬の七城だわ」

深緑の目に眩しい山陽道を西へむかう羽柴勢は、美々しい旗差物をつらね備前三石に到着、翌日には備前福岡に進んだ。

商家が軒をつらねる福岡の市でしばらく人馬を憩わせたのち、十九日に沼村に着いた。

宇喜多家では、亀山城の南手の丘に仮屋を建て、花房正成を奉行として秀吉饗応の支度をととのえさせる。

正成は秀吉を村の外で出迎え、仮屋へ案内した。秀吉は信長寵臣としての権勢をひけらかす様子もなく、正成のもてなしをよろこんだ。

「よき日和つづきにて、ちと汗をかきし折柄、涼やかなる風の吹き入る座敷にて、酒肴の馳走とは、心きたることだで。今日はここにてゆるりと休息いたそう」

秀吉は小荷駄から湯桶を取りださせ、ゆっくりと湯浴みをしたのち、髭を剃り、髪油を塗って饗宴の座にのぞむ。

酒杯をかさねた秀吉は、正成にいった。

「明日は中国路に二人となきみめよき女性《にょしょう》に見参いたせるのかや。楽しみにいたしおるだでなん」

岡山城に入った秀吉は、浮田忠家以下の重臣たちに迎えられ、本丸主殿で具足を脱ぎ、湯風呂で道中の塵を落とす。

「八郎殿とお福の方に目見えいたすに、むさき姿ではなるまい。五体を磨きたて、香をたきしめて参るが、武士のたしなみだで」

風呂からあがった秀吉は、紫地に萌黄、白、コバルト、赤の色もあざやかな、南蛮模様を染めだした絹地の小袖をつけ、皮袴に縫箔の肩衣《かたぎぬ》を着て、大広間へ出向いた。

上段の間に、小姓、女中を従えた八郎とお福が待っており、秀吉を見ると色代《しきだい》（挨拶）をした。お福は薄紅小袖のうえに、金銀箔置きのうちかけをかさねていた。

——これは、噂に聞きしよりも勝る尤物《ゆうぶつ》だわ——

秀吉はお福の艶やかな容姿にこぼれるような色香を見て、思わず胸の鼓動をたかめた。

お福は三人の子を持つ三十七歳の、開ききった花であった。秀吉は小柄な体軀には似あわない、戦場往来で鍛えあげた響きのこもった力づよい声音で、声をかける。

「八郎殿は母御に似て、姿のよき若君だわ。兵法を身につけ成人いたさば、世に稀なるすぐれし大将分におなり遊ばすでござろう。儂は先年男子を失いしゆえ、八郎殿がようなる若君を、猶子にいたしたきものよ。儂が子となれば、侍従にも取りたて、大大名となるようにはからおうぞ」

「お懇《ねんご》ろなる思召しのほど、かたじけのう存じまする」

八郎がたしかな口調で礼を述べた。秀吉がかさねていう。

「いかがかな。お福殿。八郎殿に羽柴の家をも嗣いでもらいたきものだで」

「身にあまるお情けにて、もったいなきばかりにござりまする」

秀吉は目を細め、お福の甘やかな声を聞いた。彼は岡山城に三日間滞在した。そのあいだ、お福は毎夜彼と閨《ねや》をともにした。

羽柴勢は宇喜多勢一万を加え、総勢三万で岡山を出陣し、備前児島城、和気荘、西大寺などの敵陣を一蹴して、岡山西方二里の高松城にむかった。

高松城は、城地の比高わずか二間の平城である。足守川に沿う低地であるため、大雨が降ると城外の一帯は冠水して湖のようになる。

城の三方は大沼にかこまれ、一方は深い大堀で、曲輪《くるわ》うちへの通行は細道によるばかりである。城将は毛利譜代の侍大将清水宗治であった。

秀吉は、備前、備中国境の龍王山に本陣を置き、まず支城の宮路山城を攻めた。城将乃美元信は、羽柴、宇喜多の大軍に気を呑まれ、戦意なく戦わず降参した。

羽柴勢の先陣をつとめる宇喜多勢は、ついで冠山城を攻めた。

清水宗治の一族である林三郎左衛門、鳥越左衛門、松田左衛門らがたてこもり、頑強に抵抗した。

忠家は、四月二十五日卯の刻（午前六時）から麾下一万の軍勢に下知した。

「城を守るは、たかだか千ほどの小勢じゃが。総攻めに揉みつぶせ」

宇喜多勢は押し太鼓、法螺貝を鳴らし、総攻めをしかけたが、城中から雨のように撃ち出す矢玉に、いたずらに死傷者をふやすばかりであった。

やむなく攻撃を中止したので、城兵たちも気をゆるめ、しばらく休息していたが、城中の火縄の火が柴に燃え移り、火事がおこった。

初夏の陽が照りわたる、乾燥した大気のなかで、火はたちまち燃えひろがる。

「火事じゃ、出会えっ」

おどろいて消火につとめたが、柴垣に燃えうつった火は、陣小屋の藁屋根に飛び火し、城中残らず焔に包まれる大火となった。

城兵が火に追われ逃げまどううちに、羽柴勢の加藤虎之助が曲輪うちへ一番乗りをして、長槍をふるってはたらく。つづいて美濃辺十郎、山下九蔵が攻めこみ、寄せ手が怒濤のように殺到した。

城兵も支えきれず、重囲を切り抜け高松城へはいった。

宇喜多、羽柴勢は、日差山東南の日幡城を攻めた。城将日幡六郎兵衛は善戦したが、毛利家から派遣された軍監上原元祐が秀吉に内通していた。

元祐は城主六郎兵衛の隙を見て殺害し、城門をひらき、宇喜多、羽柴勢を招き入れた。

冠山城には、花房助兵衛、長船、福田ら侍大将がたてこもる。秀吉は木村隼人介を軍監として城に入れた。

だが小早川勢の侍大将楢崎忠元が、烈しく攻めかけてきた。冠山城は曲輪うちが残らず焼けており、防備が不完全であったので、ついに宇喜多は退却した。

宇喜多、羽柴勢は、つづいて加茂城を攻めた。本丸を守るのは、毛利の部将桂民部である。東の丸には生石中務、西の丸には上山兵庫が在番していた。

東の丸の守将、生石中務は秀吉の調略に応じていた。彼はひそかに城中へ寄せ手を引き入れようと、宇喜多勢と密約を交わしている。

中務はある夜、本丸へ出向いたが、桂民部が夜回りをして門番に小言をいった。

「門の守りが、かようの無沙汰にて何といたす。敵が押し寄せて参らば、たやすく抜かれようぞ」

中務は傍で民部の声を聞き、胸を高鳴らせた。

生石中務は、内通の秘事が露顕したかと思い、急いで東の丸へ戻り、家来たちに命じた。

「急ぎ本丸にむかい鹿柴《ろくさい》をつらね、鉄砲を撃ちかけよ」

本丸の桂民部は、米蔵から俵を出し塀裏に積みあげさせ、弾丸楯として、敵襲にそなえていた。

生石中務は夜になって、東の丸へ宇喜多勢を乗り入らせた。民部は本丸の備えをかためたまま朝を迎え、夜があけてみると、宇喜多の大軍の旗差物が、城中に林立していた。

桂民部は毛利本陣へ急使を走らせ、援兵を求めた。

民部の部下たちは、東の丸にむかい、さかんに弓鉄砲を撃ちこむ。さらに火矢を放って、東の丸の殿舎の藁屋根に射込み、火事をおこさせた。

生石中務の家来たちは、屋根に登って懸命に消火する。本丸の狭間から桂の軍兵が狙撃して、多数の生石勢を撃ち倒す。

「いまじゃ、押しだせ」

桂勢が門をひらき東の丸へ襲いかかれば、東の丸に充満した宇喜多勢も押し出して斬りあう。

桂民部は四百人ほどの軍兵を指揮して、必死の白兵戦をくりひろげた。桂勢の損耗は多かったが、寄せ手の死傷者も多かった。

宇喜多家中の沼木新五郎、楢村五太夫ら、名のある侍が多数討ちとられ、ついに東の丸から城外へ後退した。

桂民部は東の丸を制圧し、加茂城を確保した。

そのあと、宇喜多、羽柴勢はしばらく動きをひそめた。秀吉は浮田忠家、富川助七郎の軍勢を先手に置き、高松城を取り巻く。

諸軍の陣所は、高松城北東の大崎から、東南の立田山、鼓山、吉中村、三手村、板倉村まで長蛇の陣を敷いた。

高松の周囲は、深山が取り巻いている。南手の田畑はゆるやかな丘陵のうえにあり、城の周囲は一帯の低湿地であった。

秀吉は富川助七郎らと、攻城策を協議する。富川、長船ら宇喜多の老将らは、一様にすすめた。

「高松城のまわりは、五月の長雨が降る時候になれば、一帯が湖水のように水が溜りますらあ。東の山手、尾崎の蛙ケ鼻の辺りが、水のはけ口になりまするが、そこを塞げば城を水攻めにできまする」

秀吉は、同意した。

「城を我責《がぜ》めにするよりも、水攻めにするほうがよからあず。本陣を蛙ケ鼻（岡山市高松町）に移せ」

秀吉は五月七日から蛙ケ鼻の低地に、およそ五町の土手を築いた。

秀吉が築いた土手は、五月八日から十二日までのあいだに、総延長三十町（約三千三百メートル）に及んだといわれている。

土俵一俵につき銭百文、米一升を支払うというので、附近の百姓が多数集まり、昼夜兼行の工事をおこなった。

高さ四間、基底部十二間、上部六間という土手を築きあげたのである。

しかし、地元の史家林信男氏は、そのような長大な築堤の必要がなかったと指摘され、昭和六十年五月の梅雨時の大雨の際の写真を見せて下さった。

それを見ると、秀吉が築いたのはせいぜい五町以内であったのであろうと思わざるをえなかった。城の周辺の地形が凹んでいる。

築堤により、水のはけ口を閉ざされると、連日の五月雨《さみだれ》は城の周囲に停滞するばかりで、二百町歩の土地が水没し、大湖水が出現した。

高松城主清水宗治は三千人の城兵と、援軍二千人で、城内にたてこもっている。宗治は城内から押し出すときは、長さ三十五、六間の船橋をこしらえ、外濠を渡り、退くときはそれを撤去した。

秀吉が麾下諸隊に発した布令は、つぎのような内容であった。

「高松城は攻撃せず、足守川をはじめ大小の川をすべてせきとめ、百五十余町をのこらず水浸しとする。おのおのは、申しつけた通りに分担区域を定め、昼夜をいとわず堤普請を競いあうようにせよ。

宇喜多家は総勢で、門前村から下山田村までの普請をせよ。この場所は要所であるので、黒田官兵衛をさしむける。よく相談して仕事を進めねばならない。

城方の攻撃にそなえる戦闘部隊の指揮は、加藤作内がとるようにせよ。松井、本小山の間十二町は、堀尾茂助、生駒甚助、木下備中、桑山修理、戸田半左衛門らが一手となり、手間をできるだけはぶき、普請を迅速に進めよ。

築堤総奉行は、蜂須賀彦右衛門（小六）に申しつける。工事に落ち度のないよう監督をつとめ、日限のうちに完成させるよう、士卒を督励せよ。

浅野弥兵衛は、上方から船手の者どもを召し寄せ、高松城を水上から攻撃するよう、支度をせよ」

城外一帯の人家が水中に没したのち、秀吉は土手のうえに柵を結《ゆ》い、土手下には陣小屋をならべ、夜回りの番兵を終夜巡回させる。堤上には、十町に一ヵ所ずつ、砦を設け、夜は篝火《かがりび》を燃やし、提灯をつけ、城兵が土手を崩すのをはばんだ。

宮路山城、冠山城が羽柴勢の手中に落ちたとき、毛利勢は福山に陣を進めたが、攻撃できなかった。兵力が過少であったためである。

毛利輝元、小早川隆景は四月から福山に着陣していたが、吉川元春が参着したのは五月初旬であった。

秀吉は水攻めを開始すると、本陣を高松城の北方二十町の龍王山から、東南七町の蛙ヶ鼻へ移した。

小早川隆景、吉川元春は、五月二十一日に福山を離れ、高松城に接近した。元春は蛙ヶ鼻西方約二十町の岩崎山、隆景はその後方の日差山に本陣を置く。

毛利輝元は安芸吉田を出て、岩崎山の西方四里の猿掛山（真備町）に陣を進めた。秀吉は毛利勢の総数を五万と見ていたが、実数は一万余人である。

このため、羽柴勢に先制攻撃をしかけることができない。隆景は備中半国と美作に守備の兵力を残している。元春も、伯耆の兵を南条氏と対峙する戦線に配置している。

毛利輝元は、防長の兵力の大半を、九州の大友氏の侵入に備えさせていた。

このような不利な情勢のもとで、清水宗治を救うためには、信長と和睦するしか手段がなかった。

小早川隆景は、毛利家の外交僧安国寺恵瓊《えけい》を秀吉のもとへつかわし、和議を求めさせた。

秀吉の提示した講和の条件は、つぎの二カ条であった。
一、備中、伯耆、美作、備後、出雲の五カ国を割譲する。
一、高松城主清水宗治を自刃させ、人質を差しだす。
輝元、隆景、元春は、領国割譲はやむをえないと考えていた。しかし、忠義をつらぬいている清水宗治を、死なすわけにはゆかない。講和交渉は中断せざるをえなかった。

清水宗治は健闘をつづけていた。二十日頃から、城外に充満した水が土居を越え、曲輪うちへなだれこんだが屈せず、城下の紺屋から集めた紺板で小舟三艘をこしらえ、水上を自在に漕ぎまわり、寄せ手に銃撃を浴びせる。

「小癪なことをするではなあか。弥九郎は囲い船を出し、あの小舟を撃ち沈めよ」

小西行長は大船三艘に井楼《せいろう》を乗せ、舷に楯をならべて漕ぎだし、城内へ銃砲を撃ちこむ。

秀吉は信長に毛利方の動きを、逐一注進していた。信長は毛利を下し、中国を平均する時期が迫ったと推測した。

秀吉は、信長が間もなく大軍を率い、高松城攻めにくるとの通報を、堀秀政から知らされていた。

信長は秀政のほかに明智光秀、細川忠興、池田元助、塩川国満、高山重久、中川清秀らの諸将に陣触れを発していた。

「いまに見ておれ。上さまがご着陣なされりゃ、毛利の奴輩を一気に蹴散らしてやるでや」

秀吉は、信長が毛利を降伏させたのち、四国の長宗我部元親を征伐し、九州に攻め下る計画にとりかかるのを承知している。

毛利輝元も、織田勢が総力をあげ攻め寄せてくれば、防ぐてだてはないので、なんとしても和睦をしたいと望んでいた。このまま推移すれば、甲斐の武田勝頼のように押しつぶされてしまう。

だが、秀吉は高姿勢を崩すことなく、清水宗治の自刃を要求してきた。

輝元、隆景はどうすべきか考えあぐねた末、連名の書状を密使に持たせ、高松城へ泳ぎ渡らせた。

書状の内容は、つぎの通りであった。

「敵のいきおいがつよいうえに、信長が近日高松へ出勢するということである。当方は小勢で援兵の数も限られており、戦えば大敗することがあきらかである。このため、いったん秀吉へ降参し、時節を待て」

清水宗治は、降伏して命をつなぐことをすすめる、輝元、隆景の温情を謝し、ふるいたった。

彼は輝元らに返書を送った。

「大敵を相手に、最後の一人まで戦わば、忠は後代に残り、名は当世に聞こゆるなれば、これこそは本望なり」

秀吉は、信長が高松城へ着陣するのが六月六日頃であるとの報をうけ、夜中も陣中に大篝火を焚き、毛利勢につけいる隙を与えなかった。

だが、思いがけない異変がおこった。

六月三日の夜、不審な旅の男が羽柴勢の物見に捕らえられた。秀吉は信長が着陣の際、敵の刺客に襲われるような椿事を避けるため、西海道をはじめ、すべての脇往還に忍びの者を置いていた。不審な男は取りおさえられ、衣服をあらためられた。

小脇差の鞘から密書があらわれたので、ただちに秀吉のもとへ届けられた。

「なに、密書とな。ここへ持って参れ」

秀吉は寝所から起き出て、燭台の明かりでこまかく畳まれ封印された密書をほぐす。

ひらいてみて、秀吉の表情が変わった。宛名が小早川左衛門佐、文末に惟任《これとう》日向守の署名花押があったためである。

彼は緊張にふるえる手で、書面を読み下した。

細字でしたためられた書状は、容易ならない内容であった。

「急度《きっと》飛檄《ひげき》をもって言上せしめ候。

こんど羽柴筑前守秀吉事、備中国において乱妨をくわだつる条、将軍御旗を出だされ、三家御対陣のよし、まことに御忠烈の至り、永く世に伝うべく候。

然らば、光秀事、近年信長に対し憤りを抱き、遺恨もだしがたく候。今月二日、本能寺において信長父子を誅し、素懐を達し候。

かつは、将軍御本意を遂げらるるの条、生前の大慶これに過ぐべからず候。この間、よろしく御披露にあずかるべきものなり。誠惶誠恐。

六月二日　　　　　　　　　　惟任日向守

小早川左衛門佐殿　　　　　　　　」

秀吉は、信長が光秀に弑されたことを知り、周囲の家来たちが息をのみ、見守るなかで、しばらくのあいだ小童《こわっぱ》のように号泣した。

彼は動転して、なにをなすべきか思いつかなかったが、やがて傍にひかえる蜂須賀小六に命じた。

「七郎左、弥兵衛、小一郎、官兵衛を連れて参れ」

杉原七郎左衛門、浅野弥兵衛、羽柴小一郎（秀長）は、秀吉の縁者である。

五人がくると、秀吉は密書をさしだした。

「これは惟任光秀から小早川の陣所へ送ろうといたせし、密書だわ。上さまは、昨日の朝、光秀に討たれなされた」

　五人は密書の前に額をあつめ、声もなかった。

　やがて彼らはいった。

「この書状が、毛利の手に渡らざりしは御大将のご武運つよきおかげにてござりまする」

「毛利が先に知れれば、われらは攻めたてられ、目もあてられぬていたらくとなるところなりしだでなん」

　秀吉は五人に聞く。

「儂はどうすりゃよかろうか。おのしどもの智恵を借りたきところだわ」

　黒田官兵衛が答えた。

「いまは毛利と和睦召され、一刻も早う上洛いたし、惟任を征伐して上さまのご無念をはらすが、御大将の道にござりまするぞ」

　秀吉は、おおきくうなずく。

「よからあず。おのしが申し条は、儂の思うところと違わぬだわ。曲者は成敗いたし、備前より備中へ通ずる街道をことごとく押さえ、西へむかう飛脚、旅人を一人も通すな。小一郎と官兵衛はここにおれ、弥兵衛らはただちに手配りをいたせ」

　秀吉は官兵衛に命じた。

「いますぐ恵瓊を呼びださねばならず、使者を毛利の陣所へつかわせ」

　安国寺恵瓊は、毛利家の使僧である。吉川元春の陣所にいる恵瓊は、毛利輝元の命により、秀吉のもとへ幾度かおとずれ、講和の交渉をおこなってきた。

黒田官兵衛は、羽柴の陣僧大知坊に自らしたためた書状を持たせ、吉川の陣所へつかわした。

火急の要談があるので、羽柴本陣まで出向いてほしいという官兵衛の書状を見た恵瓊は、一刻（二時間）のちに秀吉のまえに姿をあらわした。

恵瓊は毛利家の外交をおこなう僧侶のうち、もっとも敏腕を知られている。彼は鎌倉期以来、安芸守護職をつとめた武田氏の血をひいている。

安芸武田は甲斐武田と同族で、南北朝以後に家が分かれた。代々安芸銀山城に拠っていたが、天文十年、毛利氏に攻められ滅亡した。

恵瓊は、天正三年（一五七五）、仏智大照国師号をうけた東福寺第二百十三世住持恵心の弟子で、師のあとを継ぎ毛利の使僧となった。

秀吉麾下随一の智恵者である黒田官兵衛は、巧みに和議をもちかける。

「夜中、大儀ながらご来駕を願いしは、日暮れまえに播州三木表より、急使が到来いたせしゆえにござるのじゃ」

「いずれよりのお使者にござりましょうや」

恵瓊がするどい眼差しをむけた。

「御公儀（信長）さまが、はや明石より播州路へ進ませられ、今宵は三木城御宿陣とのことでのう。われらが御大将の高松城を取り抱うるに日数がかかり、埒《らち》あかぬとて、おんみずから、十万の大兵を指図して当表にご着陣とのことよ」

恵瓊は表情を変えなかったが、官兵衛は動揺の気配を読みとる。

「そこで、御辺に相談がござるのじゃ。ご公儀さまは、一両日のうちにも岡山へご着陣なされ、じきじきのご采配で高松城お取り抱えとならば、われらが主《あるじ》は先陣の功を失いまする。また、毛利殿御一統も由緒あるご身代を失うことにあいなろうと存じまする。つまりは、毛利殿もわれらが主も、大損をいたすことになるのでござるよ」

恵瓊は黙然と聞く。

「されば、ご相談いたしたい。手前が主と毛利殿が、ともに災を招くを座視するよりも、明日のうちに双方にて和談をとりむすべば、たがいに利運を招くことになろうと勘考いたすのじゃ」

恵瓊は、官兵衛の真意をうかがおうとして、口数すくなく応じた。

「毛利三家の主人は、清水宗治殿を死なすわけには参らぬと、申してござりまする」

官兵衛は、毛利家が清水宗治を死なすわけにはゆかぬというのは、本音ではないと察している。一族が破滅から救われるためであれば、清水を見捨てるにちがいない。

官兵衛は交渉をはじめた。恵瓊が彼の提案を受けいれなければ、秀吉は光秀追討のため、京都へ兵を返せない。いまは、恵瓊をだませるか否かに、運命を賭けるしかなかった。官兵衛は、重大な秘事をうちあける様子をつくろい、咄々と話しはじめる。

「われらが主も、これまでは西国探題として、破竹のいきおいにて諸国を平均いたし、その功にて播州十六郡五十一万石と、但州八郡十三万五千石の支配を任されておりまする。されどもこれまでに三万の人数と、おびただしき金銀兵粮の費えをかさね、高松城を落とせず、ご公儀ご親征となれば、これまでの手柄の余光も消えはてまする。ご公儀さまは、はたらきのなき家来は、弊履《へいり》のごとくお見捨てなされるのでござるよ。されば、ご公儀御着陣までに、是非にも清水宗治殿のご首級を頂戴いたしたい。いまのうちに戦捷の証拠《しるし》を手にいれとうござるのじゃ。恵瓊殿には、ご合力下されい」

恵瓊は考えこんでいた。

官兵衛は言葉をつづける。

「清水殿のご首級を頂戴いたし、われらが主の面目さえ立ちしならば、毛利殿より受けとるご領地は、ただいま持ちがかりの分ばかりにてようござる」

官兵衛は好餌を提供した。

持ちがかりとは、現在秀吉が占領している地域のことである。

恵瓊が聞いた。

「持ちがかりとは、どれほどにござりましょうや」

「伯耆は矢走《やばせ》川限り、備中は河辺川限りにて、その東方を織田の領分といたすのじゃ」

「因幡、美作両国と、備中、伯耆が半国ずつにてよしと仰せらるるか」

「さようにござる。われらが主はいったん誓約を交わし、天罰起請文《きしょうもん》をおこせしうえは、変改いたせしことはありませぬ。命にかえて守りますれば、毛利殿にはただいまわれらのお頼みをお受けなさらぬときは、ご一統滅亡は疑いなきところにござりまするぞ」

恵瓊は応じた。

「官兵衛殿が仰せられしところを、書きつけにしたためて下され。拙僧はそれを持ち、ただちに高松城に入り、長左衛門（清水宗治）殿にその旨を申し聞かせまする」

毛利の陣営に帰り、輝元、隆景、元春らに事情を説明していては、間に合わないというのである。

秀吉の提示していた領地割譲の範囲から、備後、出雲二国と、備中、伯耆各半国がはずされると聞いた恵瓊は、官兵衛の策略に乗った。

官兵衛の申し出た条件は、六月四日の朝、清水宗治が秀吉本陣の前に船を出し、味方の将兵が見守るまえで切腹することであった。

そうすれば、翌日から急に撤退をはじめても将兵は退却するのではないと知っているので、士気の衰えるおそれがない。

夜が更けてのち、三木城の城代前野将右衛門の使者が本陣に到着し、長岡兵部大輔（細川藤孝）の密書をもたらした。

明智光秀が逆心して、六月二日の明けがた、洛中本能寺の信長を襲い、死なせたとの急報であったが、兵部大輔は髻《もとどり》をはらって信長の死を悼み、嫡男忠興とともに丹波の居城にいて、中立の立場をとるという。その書面を読むと、秀吉は自信を得た。

「長岡殿は光秀とは姻戚で、ともに足利義昭の家来なりし頃からの間柄だがや。その長岡殿も立たぬとあらば、摂津の大名衆も及び腰にちがいなし。光秀に味方いたすか否かは、まずは十日、半月のうちに決まるげなでさ」

半刻（一時間）後、信長近習長谷川宗仁の急使が、雨のなかを泥まみれで到着した。

秀吉は、蜂須賀小六らに西下する旅人の通行を停めさせているが、毛利方へ本能寺の急変が伝わるのは、一両日のうちであろうと考える。

そのあいだに、清水宗治を切腹させねばならない。

安国寺恵瓊は、まもなく秀吉本陣へ戻ってきて、告げた。

「清水長左衛門（長治）には、明日巳の刻限（午前十時）に、秀吉殿御本陣の前に船を漕ぎだし、切腹いたしまする。長左衛門の兄月清と、隆景が目付末近左衛門尉のほか家来四人が同船いたすとの儀にござりまする。今宵、城中にて別宴を張るなれば、なにとぞ酒肴を送られたく、お頼み申す」

六月四日の朝、霧雨の降る曇天のもと、秀吉は新造の小舟に酒肴十荷、上林《かんばやし》極上茶三袋を積み、清水宗治を迎えにゆかせた。検使杉原七郎左衛門も、船を出す。

城中から船に乗って、秀吉本陣のまえにあらわれたのは、清水宗治、兄の月清入道、末近左衛門尉、家来の難波伝兵衛、高市之允、小者の七郎次郎、与十郎であった。

仏門に帰依している月清は、周囲のとめるのもきかず、宗治とともに死ぬと決めた。末近も、毛利家目付としての責任をとり自刃する。難波伝兵衛ら四人は、日頃の宗治の恩情を忘れかね、切腹を願い出て許された。

城中で、宗治自刃のまえに腹を切った家来も、幾人かいた。

宗治は、羽柴勢三万の見守るなかで悠然と謡をうたい、曲舞《くせまい》を舞ったのち腹を切った。

秀吉は本陣に届けられた清水宗治の首級に礼拝した。利をもって誘ってもなびかず、節義をつらぬいた最期を、武士の鑑として尊んだのである。

「この首級は、上さまのご実検を願わねばならぬだわ。ただちにご陣中へお届けいたせ」

生絹《きぎぬ》に包まれた首級は、使番三騎が持ち、早馬で信長本陣へむかった。内実は、姫路城代の三好一路のもとへ送るのである。

秀吉は、安国寺恵瓊が毛利輝元、小早川隆景、吉川元春を説得するのを待った。もし輝元らが和談に応じないときは、湖水の堤を切り、毛利勢の追撃を封じ、姫路へむかうつもりでいる。

恵瓊は四日の午の刻（正午）に秀吉本陣に参向し、口上を述べた。

「毛利家にては、和談をおおかた合点いたしておりますれば、起請文を賜わりとうござりまする」

秀吉はただちに起請文をしたため、恵瓊に渡した。

毛利輝元は、和談に応じた。

両軍は五日の朝に陣所を引きはらうことになった。秀吉は約定をとりかわすと、ただちに諸隊の指揮官を呼び集め、信長が本能寺で明智光秀に討たれたことを告げた。

「われらは一刻も早く立ち帰り、上さまがご無念をはらさねばならぬだわ。さればこれより摂津表へ急ぐばかりだで。軍令に従わぬ者あれば、斬りすてよ」

羽柴勢は迅速な移動をおこなう、電撃作戦に慣れていた。

軍兵たちはほとんど武装せず、身軽な姿で街道を走る。沿道には諸村の男女が炊き出しに出て、握り飯、飲み水、替え草鞋《わらじ》、疵薬《きず》を支度する。夜になれば松明を立てつらね、軍兵たちの足もとを昼間のように照らす。武器は小荷駄、便船で送り、間にあわねば現地で調達した。

武器、兵粮などの陣所で必要とする諸資材は、時価の十倍で買いあげれば、いくらでも集まった。

五日の日没前に、一万余人の宇喜多勢が退陣する。高松城には杉原七郎左衛門が、三千の兵とともにたてこもった。

秀吉は本陣一万七千人を姫路へ急行させた。備中高松から備前辛川《からかわ》宿までは西国街道を辿り、その先は西大川（旭川）に沿い、御野郡三野へ進む左翼隊と、野殿村を通り岡山へむかう右翼隊にわかれた。

山手にむかう左翼隊の先手は蜂須賀小六である。西国街道を岡山へむかう右翼隊の先手は加藤作内、二番手は黒田官兵衛、殿《しんがり》をかためるのは羽柴小一郎であった。

羽柴勢右翼隊は、岡山から国富、関、藤井、沼を通過し吉井川を渡り、長船、八日市、伊部を経て三石に至る。

左翼隊は山手の険路を辿る。全軍一万七千余人は、一昼夜のうちに、備前片上の津（備前市）に到着しなければならない。

高松から片上までの距離は、十二里である。西大川、東大川（吉井川）を渡らねばならないが、いずれも連日の降雨で増水し、堤から溢れ落ちているという。

秀吉は西国街道を東へむかう右翼二番の、黒田官兵衛が率いる旗本本陣勢とともに出立した。

秀吉は細雨に濡れながら馬を歩ませる。街道沿いには、松明、提灯をつらねた百姓の男女が、通過する軍勢に湯漬けをふるまい、兵士の求めに応じて縄、手拭い、草鞋、膏薬、艾《もぐさ》などを渡す。

諸村の年寄衆が人質として捕らえられているので、百姓たちは懸命にはたらく。

秀吉は、お福の白磁のようなたおやかな裸身を宙にえがく。わが運命を賭けた決戦を前途にひかえた秀吉の五体には、精気がみなぎっていた。

――お福に逢うていかねばならぬだわ。岡山で一刻（二時間）は休息できるだで――

秀吉はお福の幻に語りかけつつ、鞍上に揺られていた。野辺の草木が昧爽《まいそう》のほの明かりに浮かび出て、遠近で鶏犬の声が騒がしくなる頃、秀吉は野殿口へ迎えに出た宇喜多八郎と対面した。

――お福よ、待っておれよ。あと半刻（一時間）で、そなたの傍《かたえ》に行き着くでや――

八郎は岡豊前、富川秀安ら家老五人を従え、秀吉を野殿口で出迎える。十一歳の八郎は、秀吉にすすめた。

「曲輪うちにお馬を入れられ、ご休息なされませ」

「うむ、そのことよ。湯漬けを一杯ふるもうてたもれ」

秀吉は馬を下り、宇喜多の家老たちに告げた。

「儂はのん、逆賊の光秀めを征伐にむかうについて、八郎殿を同道いたしたいのだわ。されども輝元が追い討ちをしかけて参るやも知れぬゆえ、岡山の城を守ってもらわねばなるまい。宇喜多の人数は、高松攻めではよくはたらき、われらが武功は、そのほうどもが手柄によるものだで。されば、毛利より差しだせし河辺川より東の領分は、八郎殿に参らせるゆえ、さよう心得よ。儂が首尾よく光秀を征伐いたせしのちは、八郎殿を婿にいたすでなん。待っておれ」

秀吉は家老たちの心をつかみ、協力させるための配慮を口にした。

秀吉は岡山城へ駆けいり、二の丸御殿でお福を見たとき、咲き誇る牡丹の花のような、艶麗な容姿に息を呑んだ。

――ふた月前に、儂が腕《かいな》のうちにした女子がこれほどの美形なりしかや――

お福は、秀吉が陣所で偲んでいた俤《おもかげ》をはるかに超える、まぶしいほどの美しさである。

――儂は陣所にてむさき男ばかりのうちに起き伏しいたして参りしゆえ、ひさびさに目にするお福が、後光のさすように美しく思えるのやも知れぬ――

秀吉は後じさりしたくなるほどの、高貴な気配をただよわす美女の手を荒々しくとった。

「これより、間なしに姫路へ参らねばならぬだわ。暇《いとま》がない。さあ、こなたへ来やれ」

秀吉はお福のしなやかな手を握ると、突然自信がよみがえり、荒々しい欲望を胸のうちに湧きあがらせた。

彼はお福を閨にさそい、小袖をむしりとるように脱がせ、半刻（一時間）余りの忘我の時を過ごした。せわしい交情の時間は、濃い蜜のような味わいであった。

「お福、また参るだで。用向きをなし終えるまで、待っておれよ」

秀吉はお福に別れを告げ、前途を急いだ。彼は伊部浦から早船に乗り、海路播州赤穂岬へむかう。

その頃、秀吉との約定に従い、備中高松表から退陣《のきじん》をはじめかけた毛利の軍勢が、信長横死の急報を受けていた。

紀伊雑賀衆の早船が、吉川元春、小早川隆景の陣所へ密書を届けた。元春の嫡子で勇猛をうたわれた元長は、ただちに追撃することを主張した。

「秀吉がしきりに和議を急ぎしは、なにやら子細あることではなあかと疑うておったが、やっぱりたくらみおったかや。ご三家ご当主方は、秀吉とかたい約定を交わしなされたが、儂ゃなにも約をいたしておらんけえ、これから追い討ちを仕懸け、清水長左衛門に腹を切らせた痴《し》れ者を、退治してやらあ」

元長は部下を呼び集め、洪水を避け、山路をとって羽柴勢のあとを追おうとしたが、元春は息子を叱咤した。

「おどれが五千や六千の人数で、秀吉を討ちとれると思うか。山道をとれば、二人並んでは走れぬゆえ、とても追いつけぬわい。儂が誓紙の血が乾かぬうちに、不義をなすでなあぞ」

隆景も、元春の意見に同調した。

二人は羽柴勢を追ったところで、捕捉するのは無理であると見ていた。いま秀吉と争うより、信義を守るほうが、今後の毛利家の立場から見て、有利であると考えたのである。

六月六日の夕刻、秀吉の乗る廻船は赤穂岬に到着した。彼は迎えに出た三木城代、前野将右衛門に、上方の情勢を詳しく聞いた。

信長は一万三千余人の惟任勢に攻められ、八十余人の近習、徒士《かち》衆がことごとく討死を遂げたのち、本堂地下の煙硝倉に松明を投げ入れ、火焔のうちで最期を遂げた。

嫡男信忠は、二条御所にたてこもり、五百人の手兵とともに奮戦したが、主従残らず討死した。

将右衛門は、畿内諸大名の動静を報じた。

「丹後の長岡兵部（細川藤孝）、与一郎（忠興）御両人には、光秀の誘いに乗らず、合力に及ばずとの心底を、あきらかになされておられまする。有岡の五郎左（丹羽長秀）さま、尼崎の池田紀伊守（恒興）さま、茨木の中川瀬兵衛（清秀）、高槻の高山右近大夫ご両所も、いずれも小身にて、成りゆきを見るばかりにござりまする。領内不穏の形勢につき、一揆のあばれだすのを抑えるに汲々といたしおりまする」

秀吉はせわしく情勢を判断する。長岡兵部以下の大名たちは、光秀を信用していない。光秀は行政官僚として、徴税などの手腕に秀でていたが、野戦の経験は乏しかった。丹波平定のときも、城攻めはおこなったが、敵と戦闘したことはない。城攻めは補給戦であった。

畿内諸大名は、信長を弑した光秀に協力すべきか否か決めかねていた。織田政権を支える部将たちが、信長の仇をうつために京都へ攻めのぼってきたとき、光秀が大兵を指揮して応戦し、彼らを斬り従えうるかといえば、前途を疑わざるをえない。

まっさきに京都へ駆けつけるのは誰であろうかと、長岡兵部らは見守っている。毛利と対陣している秀吉は、容易に退陣できないであろうと、彼らは見ていた。

まず京都へむかってくるのは、北国探題の柴田勝家であろう。光秀が鬼柴田と戦って勝てば、彼の立場は固まる。

秀吉は光秀が、柴田勝家、滝川一益ら、織田の諸将が京都へたやすく帰陣できないよう、それぞれの対峙する敵方に、信長の死を通報しているにちがいないと想像した。

――儂が上さまの仇を討てば、天下（織田政権）の実権をつかめるやも知れぬ――

秀吉は将右衛門に問いをかさねる。

「大坂に在陣の神戸《かんべ》（織田信孝）殿、織田七兵衛尉（津田信澄）殿は、いかがなされたかや」

四国の長宗我部元親討伐勢の総大将である、信長三男の三七信孝と、信長の甥ですぐれた将器である信澄の動きが、気がかりであった。

将右衛門は答えた。

「大坂表の御一門衆ならびに御付将丹羽五郎左殿には、ただただ驚き惑うばかりにて、なんといたすことも思いつかざる様体《ようだい》にござるだわ。神戸（信孝）の殿と五郎左殿は、七兵衛尉（信澄）殿が明智の婿なるゆえ、これを疑うことはなはだしく、同士討ちが今日、明日にもはじまるやも知れざる情勢にござりまするJ
「うむ、ならば大和の筒井は、日頃、光秀と仲よかりしが、いかにいたしおるかや」

「筒井殿は、かねがね耳目に長じたる仁なれば、日向守（光秀）類縁なれども、兵を集めしばかりにて、天下の形勢をうかがい、いまだに日和見いたしおりまする」

「ならば、光秀に加担いたすは何奴どもかのん」

「江州表の、殿のご領地は、はや日向守がおさえし由にござりまする。山本山の阿閉《あつじ》淡路守、おなじく万五郎、京極の面々は同心いたし、近江一円は日向守がおさえ、佐保山に本陣を置き、北陸道を塞ぎおります。さすれば、安土城在番の蒲生殿父子は手薄にて、城を落とさるるやも知れませぬ。かようの形勢にて、順慶が謀叛いたさば容易ならざることとあいなりまする。殿には、一刻も早く摂津尼崎の紀伊守（池田恒興）のもとへおのぼりなさるがよしと、勘考つかまつりまする」

「あい分かった」

秀吉は、ただちに前野将右衛門、蜂須賀小六に一隊を預け、尼崎の池田恒興のもとへ急行させ、協力を要請させることにした。

将右衛門らは、恒興に同心させたのち、摂津の中川清秀、高山右近にも秀吉が畿内に兵を進めることを通報し、協力態勢をととのえさせねばならない。

「大坂表の三七（信孝）殿も、身動きがとれぬかや」

秀吉は、すぐれた将器として知られる信長三男の信孝が、本能寺急変ののち部下の大半に逃げられたため、なすすべもないまま大坂にいるのを知り、ひそかによろこんだ。

――上さまが仇を討つは、儂の役目となりしだわ。大功をたつるときは、今だでや――

秀吉は、信長を倒したのは、光秀と柴田勝家の共謀によるものであるとの流言を、畿内に流させることにした。

そうすれば、京都附近の諸大名は、先を争い彼のもとに結集してくるであろう。

秀吉は、長浜にいるおねの安否、堺へ遊覧に出た家康、伊勢の領地にいる信長次男の織田信雄らの動向が気がかりであったが、畿内の情況は、わが身に有利の方向に動いていると判断した。

明智光秀は、本能寺の焼け跡から信長の遺体が発見されなかったので、不安に駆られ、京都市中の探索をつづけた。

ポルトガル・イエズス会司祭ルイス・フロイスは、明智の軍兵が信長の嫡男信忠以下、家来たちを虐殺したのち、京都市中の捜索をおこなう様子を、本国への書信に記している。

光秀の家来たちは、主君の前に敵の首級を山積みし、屍体を路上に棄て去った。

光秀は六月四日未《ひつじ》の刻（午後二時）に京都を進発し、近江大津から瀬田城にむかい、城主の山岡景隆を帰服させようとした。

だが景隆は光秀になびかず、申《さる》の七つ（午後四時）に明智の軍兵が瀬田に到着すると、城中は空虚で、瀬田の橋は焼き落とされ、火災がおこっていた。

光秀は関東の北条氏、四国の長宗我部氏、越後の上杉氏に、信長の死を急報していた。毛利へ派した急使二人のうち、一人は途中の河川の洪水で遅れ、いま一人は秀吉陣中に捕らえられたが、光秀はそのことを知らない。

安土城下に屋敷を持つ美濃尾張衆は、本能寺の凶報が伝わると、財宝を置き去りにして、妻子眷族とともに逃亡した。

無人となった屋敷には盗賊が押し入り、掠奪して火をかける。安土城留守居の蒲生賢秀は、子息氏郷とともに光秀に誘われたが、拒んだ。

「光秀に安土の城を乗っ取られたくはないが、たてこもるにも兵数すくなきゆえ、如何ともなしがたい。日野に引き退かねばいたしかたもなかろう」

三日の未の刻（午後二時）、賢秀は信長の眷族を守り安土城を退去し、自領の日野へむかった。

賢秀は、城内の金銀財宝をそのまま残しておいた。安土城を焼かなかったのは、信長の遺徳を重んじたためである。

六月五日、光秀は安土城に入り、城内の重宝、金銀珠玉などを部下に分かち与えたのち、秀吉の長浜城を攻め落とし、斎藤利三を入れた。彼は秀吉が、備中高松で毛利勢の攻撃をうけているものと、思っていた。

「大和の筒井殿とあいたずさえ、大坂表の信孝殿、五郎左（丹羽長秀）を討たば、まずは天下の形勢がかたまるであろう」

だが、七日の明けがた、秀吉は姫路城に着いていた。彼は休む間もなく、金蔵奉行、米蔵奉行を召し寄せる。

「城中にたくわえ置く金銀、米はいかほどでや」

銀は七百五十貫、金は八千両であった。米は八万五千石である。

秀吉は高松城攻めで遣いのこした銀子十貫目、金子四千六百両を今後の作戦の兵站と調略の資金にあて、姫路城内にあった米と金銀は、すべての兵士に対し、その日から大晦日までの扶持の五倍分を、分かち与えることでついやした。

秀吉は、姫路城に到着してのち、津田信澄が大坂城千貫櫓で三七信孝、丹羽長秀の兵に襲われ、死んだとの報をうけた。

信澄は信長の弟勘十郎信行の遺子で、光秀の娘を妻とし、近江高島郡大溝城主となった。彼は信長から阿波出陣を命ぜられ、丹羽長秀とともに大坂に着陣し、謀叛を疑われ殺された。

丹羽長秀は、秀吉とは出身がちがう。彼は尾張の有力土豪で、織田譜代の重臣である。三七信孝とともに、二万余の兵を率い大坂にいながら、京都の大変事に際し、敏速な行動をとれず、麾下の兵は四散して七千人足らずに激減していた。信長の指揮を受けねば、はたらけないのである。
秀吉は姫路城から諸方へ細作《さいさく》（間者）を放ち、情報を集めるうち、光秀が近江平定に主
力を傾けていることを知った。
彼は、備中から急行してきて疲れはてた士卒に、彼らが思いもかけないほどの金銀、米
穀を与え、奮起させた。
姫路城には、朗報がとどいた。長浜城から逃れた母なか、妻おねをはじめ一族が安泰で、
山中に隠れているという。
「母者とおねが無事におるならば、儂は疲れも忘れるだで。あとは光秀を征伐するばか
りだわ」
秀吉に先行して、尼崎の池田恒興調略に出向いた蜂須賀小六が、首尾よく恒興を味方に
つけた。
六月八日、姫路城下には高松表から退陣した一万七千人の軍勢が、野陣を張っていた。
彼らは酒肴をくらい、湯を浴び、金銀米穀を与えられ、満足し熟睡《うまい》をむさぼり、疲労を癒
す。
その日、城内で軍議がひらかれたが、出座していた真言宗陣僧が申し出た。
「明日はことのほかお日柄が悪《あ》しゅうござりまする」
秀吉が聞いた。

「いかように悪しきかや」

「出でては二度と帰らざる悪日にござりまする」

「なに、それは望むとも得がたき吉日でや」

陣僧はおどろく。秀吉はおもむろに諭した。

「家来どもが戦《いくさ》に出ずるに、出でては二度と帰らざる覚悟をきめなば、おおいにはたらくべし。主人の儂が合戦に勝ち、光秀を征伐いたさば、この姫路に帰らず、望むところに居《い》城《じろ》を構えらるるでさ。さように思うて見れば、出でて帰らざる明日は、またとなき吉日と申すべきだわ」

陣僧は、おそれいって平伏した。


六月八日の夜四つ（午後十時）に、羽柴勢の全軍が出陣支度を終えた。九日午前零時、八十余人の病者を姫路城に残し、尼崎まで二十里を二日で踏破する強行軍が開始された。

西国街道には百姓の男女が出て、兵粮炊き出し、湯茶接待につとめ、日没後は松明を長蛇のうねるようにつらねる。

尼崎には十一日の明け方に着陣した。秀吉は旗本勢、加藤作内、黒田官兵衛、神戸田半左衛門ら諸隊総数一万二千余人を率い、馬上で尼崎城に着いた。

彼は大坂に滞在している織田信孝、丹羽長秀、有岡城（伊丹市）の池田恒興に、至急の参陣を促した。

羽柴勢はなおも迅速な進撃の速度をゆるめず、十二日に秀吉本陣は富田に移った。

その日、池田恒興が四千余人の軍兵を率い、秀吉本陣へ参着した。つづいて中川清秀二千五百、高山右近二千の部隊が参陣、莫大な兵粮、弾薬をもたらした。

光秀はこのとき、秀吉の行動を把握していない。彼は秀吉が備前高松で毛利勢と対峙しているものと、思いこんでいた。

安土城に本陣を置く光秀は、野戦に慣れた羽柴勢の電撃作戦を、予想もしていなかった。

彼は近江を制圧したのち、美濃にむかおうとしていた。

光秀のもとへ、朝廷の使者吉田兼見が到着したのは、六月七日であった。神祇大副をつとめる兼見は、光秀とかねて親交をかさねている。

彼は正親町天皇の第一皇子誠仁親王からの進物として、緞子《どんす》一巻、自らの贈りものとして大房の鞦《しりがい》一掛を光秀に渡し、勅命を伝えた。

このたびの事変にあたり、禁裏御所の所在地である京都に兵火を及ぼさないよう配慮せよとの内容である。

光秀は八日に坂本城に帰還した。安土城には女婿の明智左馬助秀満（光春）を入れ、守らせた。九日の未の刻（午後二時）、光秀は軍勢をともない上洛した。

「惟任日向（光秀）がやってきおったさかい、迎えに出んといかん」

京都の公家衆が、明智勢を迎えに出向こうとしたが、光秀はことわった。

彼は吉田兼見の屋敷をおとずれ、禁裏へ献上する銀子五百枚を預けた。

「先だっては安土に下向召され、大儀至極。またこのたびは禁中へのお取りなしを、お頼み申す」

光秀は大徳寺、五山に銀子各百枚を喜捨し、兼見にも銀五十枚を与えた。

吉田兼見は銀子五十枚を受け、おおいによろこび、日記にしるした。

「存じ寄らざる仕合せなり」

銀子五十枚は、現代の三千万円に相当する価値がある。

光秀は兼見に夕食の饗応をうけた。相伴衆は連歌師里村紹巴《じょうは》、昌叱、心前ら、かねて光秀と昵懇《じっこん》の人々であった。

食後、光秀は大坂表に在陣したまま動きをひそめている、三七信孝、丹羽長秀を征伐するため、京都を出陣し、下鳥羽へむかった。

途中で大和郡山城の筒井順慶の軍勢と落ちあい、ともに大坂へむかうのである。順慶は六月二日、備中高松へむかう信長に従うため、七千の兵を率い京都へむかおうとしたが、途中で本能寺の変報をうけたため、郡山城へ戻った。

四日には、早くも光秀に協力して近江に兵を出し、五日に引きあげ、大坂攻めの戦支度をすすめていた。

光秀は三女たまの婿である細川忠興と、その父長岡藤孝が、本能寺の変の直後に義絶の書状を明智秀満あてに送ってきたのにおどろき、落胆していた。

正親町天皇は、銀子五百枚献上の御礼として、女房奉書を下された。

「儂は禁裏より、信長のあとを立てる者としての、お扱いを頂いた。いまこそ藤孝父子は儂と合力してはたらくべきであろうに、縁を断つとは何事じゃ」

光秀は六月九日付で、藤孝父子につぎのような内容の書状を送った。

「あなたがた御父子が、信長を弔い髻《もとどり》を切られたのは、余儀ないことである。私もいったんは腹が立ったが、思案してみるともっともだと思う。

しかし、このうえは私に協力してもらいたい。あなたがたにさしあげる国は、内々で摂津と考えており、ご上洛を待っています。ただし、若狭一国をご所望であれば、それもさしあげたい。

私が思いがけない信長弑逆の大事を思いたったのは、婿の忠興などを取りたてようと願ってのことである。他の望みがあってのことではない。

こののち五十日か百日のうちには、近国をすべて平定し堅めるので、そののちは支配を息子の十五郎、婿の与一郎（忠興）などに譲り、自らは政事から身を引くつもりである。

委細はご面談のうえでお話ししましょう」

六月十日、光秀は前途に不安のかげりを覚えつつ下鳥羽を進発し、山崎八幡に近い洞ケ峠に陣を置き、大和の筒井順慶があらわれるのを待った。

大和、和泉、紀伊三カ国の太守を約束された順慶は、かならず協力するはずであった。

光秀は順慶の来着を待つうち、間者を郡山城へつかわし、様子を探らせた。順慶の変心を疑ったためである。

間者は郡山城下へ出向き、戻って光秀に注進した。

「筒井殿には、昨日より城中へ米塩を入れ、籠城支度をはじめておりまする。領内の軍兵はことごとく城に入り、城下の辻々は柵門を結い、ただならぬ形勢にござりまする」

「やはり、さようでありしか」

光秀は、足もとの崩れ落ちるような衝撃をこらえた。彼は斎藤利三ら幕僚たちにいった。

「順慶が心得ちがいをいたしおったようじゃ。敵にまわらば、まず郡山を攻めねばなるまい」

幕僚たちは、光秀が強気をよそおっているのを知っている。

一万五千に足りない兵力の明智勢が郡山城を攻めても、陥れることは不可能であった。

光秀は十日の夜まで洞ケ峠を動かず、順慶を待ったが、彼のもとへ参陣する地侍さえ、ひとりもいない有様である。

その夜、大坂表の探索に出向いていた細作が戻り、光秀の予想もしなかった情報を注進した。

「秀吉がはや西海道を押しのぼり、大坂へ参るとの噂しきりにて、町なかの男女は、いまにも合戦がおこると見て騒ぎたて、山中へ逃れる者どもの行列が、つらなっておりまする」

光秀は、唇を嚙むばかりであった。

「まさか、秀吉がそれほど早う退陣できるわけもなかろうが」

秀吉が畿内へ戻ってくれば、光秀は三日のうちに、彼と決戦しなければならない。筒井順慶、大坂の織田信孝、丹羽長秀、摂津の中川清秀、高山右近らは、秀吉に就いたのであろう。

斎藤利三がいった。

「秀吉の人数は、三万を超えるものと見なければなりませぬ。われらは是が非にても、京都にあやつを入れてはならず、淀の辺りにて一戦つかまつることとあいなりましょう」

秀吉が光秀を圧倒するいきおいを示せば、畿内の地侍たちは先をあらそい、その幕下に参向するにちがいない。

光秀は、伊勢の織田信雄、北陸の柴田勝家らの攻撃にそなえ、明智勢の最強部隊である明智秀満隊を安土城に置いていた。

羽柴勢の半数以下の兵力では、京都を防衛するために、男山八幡、山崎の二カ所を押さえねばならなかった。

男山は北の木津、宇治、桂の三川の合流点があり、南は山嶺をめぐらし、川の対岸の天王山とともに、京都防衛のもっとも重要な拠点であった。

「男山を制する者は京都を制す」と、古来からいわれてきた要衝であるが、一万数千の明智の兵力では、男山を支えられない。

光秀は幕僚たちと軍評定《いくさひょうじょう》をひらき、男山を捨て、山崎で羽柴勢をくいとめる作戦をたてた。

山崎は三つの大川の合流点で、天王山が川岸に迫っており、山城盆地と摂津平野をつなぐ通路にあたっている、きわめて狭隘な土地である。

光秀は信長を討ちとってのち、わずか八日めで危機をむかえることとなった。秀吉の進撃が、あまりにも早すぎたのである。光秀が羽柴勢に追われ、京都を離れたときは、新政権の支配者としての地位を失い、逆賊として滅亡への道を歩むしかない。

六月十一日、光秀は下鳥羽に本陣を移し、淀城（京都市伏見区淀本町）の修築にとりかかった。淀城は三川の合流点に近い川中島にある、難攻不落といわれる堅城である。

翌十二日、羽柴勢先手の足軽隊が山崎にあらわれ、諸所の集落を焼き討ちした。淀城の外曲輪に鹿柴をつらね、土俵を積み、井楼を築く普請をしていた人足たちは、ふるえあがった。

「あれ見いや。もう羽柴の人数が攻めてきよったやないか。あの火の手見てみい。わいらはここで普請仕事なんぞ、してるときやないで。ぐずついておったら、首取られてしまうし。早う逃げよ」

梅雨空のもと、さかんにあがる黒煙のなかで、紅蓮の炎が舌をゆらめかすのを見た彼らは、白刃をひらめかせる明智の軍兵の制止も聞かず、逃げ去った。

光秀は勝龍寺城（長岡京市）に本陣を置き、修築できなかった淀城を左翼の拠点として、軍兵を入れた。

勝龍寺城は、西国街道と、山崎から京都へむかう久我畷《こがなわて》をおさえる、山崎につぐ重要な京都防衛の拠点である。

明智勢は、山崎から下鳥羽へかけて布陣を終えたが、気勢はあがらなかった。光秀が、野戦の天才といわれる秀吉に先手を取られているのは、誰の目にもあきらかであった。

山崎の狭隘な地域を通過する羽柴勢は、長蛇の列となって大部隊の戦闘能力を発揮できない。その弱点をついて攻撃するのは、戦法として効果のないものではない。

だが、秀吉は決戦のはじまるまえに、山崎、天王山に鉄砲隊を派遣し、さかんに発砲して、明智勢の戦意をさらに萎縮させようとした。

六月十二日の夕刻、郡山城へ出向き、筒井順慶の説得にあたっていた光秀の家老蒔田伝五が、帰陣して、報告した。

「順慶は秀吉に起請文を渡し、われらへの裏切りを決してござりまするが、いましばらく羽柴の様子をうかがい、日和見をいたす形勢とあい見えまする。それゆえ、それがしを生きて帰せしにござりましょう。山崎にての取り合いを観望いたし、勝ちたるほうに就くべしとたくらみおるに相違ござりませぬ」

光秀は北国の柴田勝家、伊勢の織田信雄の動きをおさえるため、近江、美濃、伊勢に多数の軍兵を配置していた。

畿内の筒井、長岡、中川、池田、高山ら諸大名は、光秀の組子として備中へ出陣することになっていたので、彼が信長を弑逆すれば、すべて味方に就くと予想していたが、あてがはずれた。

光秀は、信長と疎遠な間柄の公家、町衆、畿内国人たちの応援を期待し、挙兵した。彼を決起させたのは、備後の鞆《とも》にいる足利義昭であった。

だが形勢の変化に従い、彼らは光秀を見捨てようとしていた。

その頃、秀吉は摂津富田の本陣で、軍評定をひらいていた。彼の率いる軍勢はしだいに人数を増し、三万を超えた。

「天王山には、われらが旗本、組下を進めるだわなん。山崎中の手道には、高山、中川両所の人数をむかわするだで。川の手には池田殿がむかわれい」

羽柴勢の一陣は高山右近二千人、二陣中川清秀二千五百人、三陣池田恒興四千人である。四陣は、まもなく大坂表から駆けつけてくるであろう丹羽長秀三千人、五陣三七信孝四千人、六陣秀吉と於次《おつぎ》秀勝の率いる二万人であった。

十三日の夜明けとともに、羽柴勢は山崎へむかった。大坂の織田信孝、丹羽長秀は、巳の刻（午前十時）過ぎに、富田に到着した。

秀吉は信孝、長秀とあいたずさえ、山崎の手前一里の天神馬場へ進出した。前線では敵味方の遭遇戦がはじまっており、しきりに銃声がおこっている。

秀吉は斥候を放ち、光秀が斎藤利三らの先手陣所から五町ほどうしろの、周囲を深田《ふけだ》に囲まれた御坊塚《おんぼうづか》に本陣をすすめたのを知った。

「光秀めは、先手に押し出しては参らぬかや。夜討ちをたくらんでおるやも知れぬ」

秀吉は、全軍に夜戦の支度を命じた。

だが、申の七つ（午後四時）頃、突然明智勢が行動を開始した。右翼をかためる丹羽衆松田太郎左衛門、並河掃部の二千余人の部隊が、ときの声をあげ、天王山にむかい突撃した。

丹羽衆の松田らは、地元の様子に通じているので、忍者に敵情を探らせてみた。

忍者は戻って告げた。

「ご陣所の向かいの中川勢は、二千余りの人数にて、一気に追い払わば天王山が取れまする」

松田、並河らは相談しあい、緒戦の功名をあげることにした。

「天王山を押さえりゃ、えらい手柄や」

「うむ、勝機はまず機先を制するにあり、というさかいな」

二隊が喊声をあげ、法螺を吹き鳴らして、天王山東麓の中川隊の陣所へ押し寄せてゆく。その動きを見た光秀が、五千の本陣勢を率い、御坊塚から急進して松田らのあとを追った。

光秀は半刻（一時間）ほどまえ、松田の使者が二十町ほど前面の中川清秀隊を攻撃したいと告げると、ただちに許した。

光秀は、四万に及ぶという羽柴勢が、山崎の隘路を長い縦列をつくって通過してくるのを待ち、先に攻撃をしかけさせたうえで、一気に撃破しようという、斎藤利三の作戦の手堅さを理解していなかった。

一万三千の兵力で、四万の敵を迎撃するには戦機を慎重にえらばねばならない。敵が押し寄せてきて、まだ布陣が完了せず、旌旗《せいき》の動揺しているときが、合戦をしかける好機であった。

そのときこそ、明智全軍が一致して敵に当たらねばならない。各個に動けば、数にまさる敵にたちまち分断されてしまう。

だが、行政官僚で野戦の経験のない光秀は、判断を誤った。中川隊を追い払い、天王山へ駆け上がり、羽柴勢を側面から襲えば、戦勢は有利となるに違いないと思い込んだのである。

光秀は、布陣している敵に攻撃をしかけるのが、どれほどの損害をともなうことかを知らなかった。

山崎表で敵を待っていた斎藤利三は、思いがけない光秀の行動を見て、敗北を覚悟した。

「いま動けば、秀吉のつけいるところじゃ。ご武運も、もはやこれまでじゃ」

松田、並河両隊につづき、明智本陣勢が中川隊陣所へ押し寄せてゆく。中川隊は銃砲を乱射し、明智勢に甚大な損害を強いたが、支えかねて山頂へ退却する。

羽柴秀長はその様子を見て、黒田官兵衛、神子田《みこだ》正治の二隊二千人を、明智勢の横手から突入させた。

秀吉は乱戦となった状況を見逃さなかった。加藤光泰、池田恒興の二隊を桂川沿いに明智勢陣所の後方へ迂回させたのち、全軍に突撃を命じた。

羽柴勢の人海戦術のまえに、明智勢は必死の応戦を展開した。四方を包囲されているため、新手を入れ替えての繰り引き戦法を用いる余裕もなかった。

二半刻（五時間）のあいだ、明智勢は数において三倍の羽柴勢と、互角に戦った。戦場における死傷者は、明智勢三千余人、羽柴勢三千三百余人であった。

だが、潰走をはじめた明智勢は、久我畷から西岡、淀、鳥羽へ退却する途中、追い討ちをかけられ、ほとんどが倒された。

山崎から醍醐附近までの野辺に、五十人、百人、あるいは二百人、三百人と、首級をとられ朱に染まる明智の軍兵の遺骸が捨てられていた。

京都吉田神社神官、吉田兼見は、日記に当日の午後の模様を記している。

「六月十三日は、終日梅雨の細雨が降っていた。申の刻（午後四時）頃から数刻のあいだ、山崎の辺りで鉄砲の音が鳴りとどろき、やまなかった。合戦があったのであろうと思っていると、はたして、五条口から落ち武者が多数あらわれ、白河一条寺の方向へ落ち延びてゆく。落ち武者たちは土賊に取りかこまれ、具足を奪われる者、討ち取られる者など、散々のていたらくであった」

光秀は山崎の戦場から退却し、勝龍寺城にたてこもっていた。

羽柴勢の重囲のなかで、死闘をつづけていた斎藤利三の行方は、分からなかった。利三とともに武名をうたわれた家老藤田伝五は、子息、弟、郎党四百七十余人を率い、敵中に突撃し討死を遂げていた。

甥の明智兵介、姪婿の隠岐内膳、幕僚土岐兵太夫、溝尾五右衛門、進士作之丞ら、多数が光秀を戦場から逃がすため、身代わりとなって戦死した。

東西、南北がそれぞれ一町前後の平城である勝龍寺城は、幅十間の濠と深田で、羽柴勢の攻撃を支えていた。

夜のうちに、城代三宅藤兵衛が光秀にすすめた。

「一時も早う、坂本へお立ち召されませ。この城は、夜が明けなば揉みつぶされまするゆえ、われらは間なしに打って出で、最期のはたらきをいたしまする」

光秀は子の刻（午前零時）頃、溝尾清兵衛尉ら三十余人を率い、城を忍び出た。主従は羽柴勢の陣所のあいだをくぐり抜け、間道をとり久我畷から伏見へむかった。

大亀谷から桃山北麓を東へむかい、小栗栖から勧修寺《かしゅうじ》、大津へ急ぐ光秀は、十四日の夜明けまえ、竹藪のなかから突き出された土賊の槍に脇腹を刺された。光秀は三町ほど歩んだのち、深手に力つき自刃した。

秀吉は、光秀に加担した叛徒をことごとく平定したのち、六月二十五日、三七信孝とともに清洲城に到着した。

丹羽長秀、池田恒興、柴田勝家もつづいて着いた。信長の弔い合戦に際し、織田信雄が安土城を焼いたため、信長の子女も清洲城に移り住んでいた。

織田家重臣のうち、滝川一益は上州厩橋《うまやばし》（前橋市）で、関東管領と号し、武田旧領の上野と信濃の小県《ちいさがた》、佐久の二郡を支配していたが、信長の死が通報されると、北条氏直が上野へ攻めこんできた。

一益は六月十八日に武蔵と上野の国境で二度対戦し、大勝して氏直を退けたが、十九日の三度めの戦いで、氏直の調略により内応者が出て敗北、本領の伊勢長島に帰城していた。彼はもはや宿老としての発言権をそなえていない。

柴田勝家は、織田政権の長老として、分国大小名に清洲城への参向を命じた。信長の跡目相続人を定め、織田全所領のあらたな配分をおこなうためである。

六月二十七日、談合ははじめられた。座につらなったのは秀吉と柴田、丹羽、池田の四人のほかに、堀秀政、滝川一益である。堀と滝川は談合の内容を聞くことができるが、発言権はない。

信長の遺子、信雄、信孝は、家督をあらそい、互いに一戦をまじえることも辞さない、険悪な間柄であったので、談合の座に出られなかった。

勝家が招集した分国諸大名のうち、清洲に参集した者はわずかであった。秀吉と勝家が対立しているとの噂を聞き、いずれの側に就くのもはばかり、傍観しようとしたためである。

清洲城下には、光秀追討に戦功をたてた、秀吉と丹羽長秀、池田恒興の軍勢が多数宿陣し、野外に旗差物を立てつらね、炊煙をたてている。

羽柴勢のうちには、備前から従ってきた宇喜多の軍兵も、加わっていた。彼らは、ひそかにささやき合った。

「お福さまの殿御は、面構えは見映えがようないが、天下に二人となあ遣り手じゃが。相続と国割りを、おのれの望むがままにやりなさるんぞ。備前の備中のというとるような按配ではないんじゃ。天下の国割りしよるんじゃけえ、大器量者といわにゃなるまい。清水宗治に腹を切らせ、またたくうちに高松城を開城させた手際も、手妻《てづま》遣いのようなものであったが、こんどは天下人になるための大芝居じゃ。八郎さまのお為にも、秀吉公をもっと押し上げにゃならんぞ」

軍兵たちは華麗な才幹をあらわす秀吉を神のように敬っていた。

談合の座で、柴田勝家は秀吉を抑えようとしていった。

「お世嗣ぎは、三七さまこそ然るべしと存じおるだわ。先殿さまがお覚えもめでたかりしは、われらの知るところなれば、いまさら迷うところもなかろうだで」

信長には十二人の男子がいたが、織田姓を名乗るのは、正室生駒御前の生んだ信忠と信雄である。庶子はすべて他家を継がせた。

信孝は信長の三男であるが、実際は信雄より早く生まれた。生母が身分の低い坂氏であったため、そのような扱いを受けたが、信長は魯鈍な信雄に何の期待もかけず、信孝を長男信忠の補佐役として訓育しようとしていた。

四国征伐の大将を信孝に命じたのも、そのような方針によるものであった。

勝家は、北国四カ国百八十万石の領主でありながら、主君信長の弔い合戦に出遅れた負い目を、一挙に挽回したい。

丹羽、池田が秀吉に接近していることは、すでに察知している。秀吉らは、自分を織田政権の最高権力者の地位から追い落とすために、後嗣として信雄を立てようとはかるに違いないと、勝家は読んでいた。

信孝は庶子で、名目上は三男であるが、その器量が信雄をはるかにうわまわっていることは、家中諸侍のすべてが知っていることであった。

信雄は信長の死を六月二日の夕刻に知ったが、弔い合戦の出陣をいたずらに延期し、安土へ押し寄せたのは十一日であった。

彼は安土城にたてこもっていた光秀の女婿、明智秀満（光春）が山崎敗戦の報をうけ、近江坂本へ去ったのち、安土城を何の軍事的理由もなく焼き払い、織田家中の嘲りを集めた。

秀吉は、勝家の主張をあらかじめ読んでいた。彼は信雄を推さなかったが、勝家の予測をこえた意見をたてた。

「勝家殿の仰せらるるは、ごもっとも至極と存ずるだわ。されども、物事には筋目が大事でござるでな。城介（信忠）さまの若君三法師さまがおわすに、三七さまがお世継ぎとならるるは、ちと当たらざるお扱いかと存ずるでなん。三法師さまご幼少なりといえども、勝家殿をはじめ家中一統がこぞってお仕えいたさば、君主として仰ぎ見るに何の不足がござろうや。城介さまがお血筋に若君のおわさるるに、三七さまをお世継ぎに立てるは、筋目の通らぬ儀でござろうや」

丹羽、池田が、秀吉の意見に同調する。

勝家は思いがけない秀吉の主張に、どう反撥すればよいかと迷った。

勝家は秀吉が二歳の三法師を主君に擁立して、政権を切りまわすつもりであると覚ったので、声をたかぶらせ反撥した。

「三法師さまが織田の主として、采配遊ばさるるようになるまでには、こののち十五、六年の月日を待たねばならぬだわ。それまでのうちには、いかなる不心得者がご威光を借り奉り、風波をおこすやも分からぬ。されば、ただいま三七さまをお世継ぎにお立ていたし、三法師さまご成人ののちに、三七さまよりご家督をお譲りなさるるが穏当だで」

長秀がいう。

「いま三七さまと中将（信雄）さまは、合戦に及びかねまじき不仲におわせられるだわ。われらが三七さまをお立ていたさば、いかなる騒動がおこるか、見当もつけかぬるだで」

談合は紛糾したが、結局勝家は自説を通すことができなかった。

信長の復讐をなすべき織田政権筆頭の武将である勝家は、光秀追討の功を秀吉に立てられたことを恥辱としており、談合において強硬な態度をつらぬくことができなかった。

本能寺の変がおこったとき、勝家は佐々成政、佐久間盛政、前田利家の諸隊をあわせ、一万五千の兵力で越中魚津城を攻めていた。

魚津城は信長の死の翌日である六月三日、守兵ことごとく戦死し、陥落した。

魚津城を落とせば、春日山城の上杉景勝討滅は目前であった。だが上杉領三百万石を手中にする好機を、信長横死の報が微塵に打ち砕いた。京都の変報が甲、信、越に伝わったのは七日頃であった。

織田勢は動揺し、戦線を離脱する者があいついだ。『上杉年譜』に、つぎのように記している。

「おのおの前後を分かって上方へ登るもあり、領所に走り帰るもあり。分崩離散して一日一夜のうちに蟻のごとく集まりたる信長勢、いまは一人もとどまらず、ことごとく引き退き、甲州信州越中は大嵐のやむがごとくに静謐す」

勝家は上杉勢の追撃を支えつつ後退し、佐々成政を富山城、前田利家を能登七尾城に置き、ようやく京都へむかったが、途中で光秀滅亡の報をうけた。

退陣の手際は秀吉にくらべ、はなはだ劣っていたといわざるをえない。これを恥じる勝家は、ついに秀吉の意見をいれた。

織田全領土の配分についても、勝家は秀吉に譲らざるをえなかった。配分はつぎのようにおこなわれた。

三法師の蔵入り領は近江坂田郡二万五千石とし、堀秀政が代官として管理をする。信雄は本領南伊勢に尾張を加え八十五万石。信孝は美濃五十八万石を領するのである。

柴田勝家は、本領越前に秀吉旧領の近江長浜六万石を加増され、百十二万石を得た。長浜城は秀吉の本領であった、北国街道の要衝で、軍事、経済において、近江坂本城とともに安土城の両翼とたとえられる、重要拠点である。

本来、加増は戦功に従っておこなわれるもので、勝家には加増をうける資格がない。彼はこの配慮によって、秀吉の主導による領土配分を甘受せざるをえなくなった。

丹羽長秀は若狭に近江高島、滋賀二郡を加えられ、旧領佐和山二十万石は堀秀政が領知することとなった。

池田恒興は本領摂津有岡、池田に大坂、尼崎、兵庫を加える。

秀吉は播磨に加え、山城、河内、丹波三カ国をわがものとして、九十三万石の身代となった。彼は自領のうち丹波一国は、信長の四男である養子秀勝に与え、光秀旧領の近江坂本は丹羽長秀に与えるという、細かい心配りをおこない、勝家の反撥をおさえようとした。

関東から逃げ帰った滝川一益には、北伊勢本領に加え五万石をあてがい、その不満を封じた。秀吉は談合がまとまると、ただちに清洲をはなれ、間道伝いに長浜へ帰った。ぐずついておれば、勝家、一益に殺害される危険があったためである。

政権の継承者になれなかった三七信孝も、清洲からの帰途、岐阜城へ立ち寄るよう誘ったが、秀吉は応じなかった。

彼は鈴鹿峠北方の間道を、わずかな供回りとともに進み、水口《みなくち》から八幡山へ急行して長浜に無事到着した。

七月十三日、秀吉は近江桑原次右衛門に、京都の政務をとりおこなわせることとした。

彼はあらたに領国となった山城、丹波の奉行として、杉原家次、浅野長吉を任命し、指出《さしだ》しを徴集させていた。

指出しとは、領内の寺社領、武士領の作物生産の実状を書類で報告させる検地である。実際に土地を測量するよりも寛大な措置であったが、隠し田を持つ者は、それを指出しに記さず、後日に判明すれば厳罰に処される。百姓から成りあがった秀吉は、地主たちの課税を免れるためのあらゆる手段を、知りぬいていた。

秀吉はその日のうちに便船で淀川を下り、大坂から海路で姫路へおもむいた。片道四十里の道程を急ぐのは、姫路城で彼を待つお福に会うためであった。

姫路城留守居三好一路に、その後の情勢を伝え、備前、備中の動静をたしかめるとの用向きは、口実であった。

秀吉は便船が順風に帆をふくらませ、盛夏の海上を滑るように進むあいだ、もどかしい思いをおさえかねていた。お福と分かちあった、眼のくらむような官能の記憶がよみがえり、胸を高鳴らせる。

――もうじきお福に会える。真綿のような体をかき抱けるのだわ――

秀吉には縁をむすんだ女性をいとおしみ、そのしあわせのために力をつくす優しさがあった。大猿のような五体には、壮年の精気が満ちている。

姫路城に着くと、三好一路がお福の子息桃寿丸と八郎をともない、城外大手で出迎えた。

「おう、そなたらは息災じゃなあ。八郎は大きくなったのん。どれ、重うなったか」

秀吉は幼い八郎を抱きあげる。

彼は本丸大広間に入ると、居流る諸侍にむかって告げた。

「儂は山崎合戦にて逆賊光秀を討ちしのち、ご家督を三法師さまにお継がせ申しあげ、上さまご遺領の国割りをなしとげて参りしだわ。儂が領分は、播磨、山城、河内、丹波の九十三万石だで」

秀吉の言葉に聞きいる諸侍が、どよめいた。秀吉は高笑いを天井にひびかせた。

「これしきのことに、ぞめきおってはならぬだわ。いまだ道中は半途にあるのでや。このち天下が治まるまでには、幾つもの峠を越えねばならぬ。越えられぬときは、破滅いたすばかりだでなん」

彼は袢をすりあわすかすかなひびきをたて、広間を埋めている家来たちにいった。

「儂は上さまを見習うて、手柄を立てし者は際限もなく引きたててやろうだで。儂とともに山坂を越える覚悟をいたしおる者は、このちが大事なりとこころえよ」

家来たちは、額を畳にすりつけ、秀吉を拝した。

秀吉は勝利を祝う酒宴をひらいたが、おちつかなかった。半刻（一時間）ほど上段の間にいたが、やがて座を立ち、二の丸御殿のお福の居間にむかう。

秀吉が小走りに走りだしたので、後に従う小姓たちがその滑稽な姿に忍び笑いを洩らした。秀吉が笑顔で叱った。

「おのしどもは、色女子《いろおなご》がおらぬかや。早う女子の肌に触れたやと、急ぐ心地が分からぬのか」

お福の居間の外には、女中衆が待っていて、小柄な秀吉をつつむように取りかこみ、座敷へ押しこむようにする。

風通しのよい座敷には、素絹の小袖をつけたお福が待っていた。秀吉は走り寄って、傍《はた》目《め》をかまわず彼女を抱きしめた。

秀吉は姫路城に一泊しただけであった。彼は七月十七日には山崎にいて、新城を普請するための縄張りをおこなった。

十九日には京都に戻った。吉田兼見の日記にしるす。

「七月十九日、乙亥、筑州上洛候あいだ、見廻りのため罷《まか》りむかい、饅頭百持参、面会」

まもなく、秀吉のもとへ吉川元春から信国の太刀一腰が贈られてきた。山崎の戦捷祝賀の品である。

つづいて毛利輝元が秀吉の部将蜂須賀家政に、山崎戦捷祝賀として太刀一腰、銀子百枚を贈ってきた。小早川隆景も太刀一腰、馬一頭を家政に贈った。

いずれも、備中高松攻めの講和に家政がはたらいたことへの、謝礼であった。秀吉が姫路城で自らのめざましいはたらきを誇示したため、噂を聞いた輝元らが、ただちに祝意を表したのである。

八月七日、宇喜多八郎は備前和気郡八塔寺に、定め書を発した。

「　定

一、本堂を再興し、仏像造立をせらるべきこと。
一、もっぱら勤行せらるべきこと。
一、座方（使用人）のともがらは、衆徒の下知に背くべからざること。
一、四方一里のうち、山留めのこと。
一、守護使入らざること。
右条々、先規の掟の旨に任し、その沙汰あるべし。もし違犯の族《うから》においては、交名《きようみよう》注進について、罪科に処せらるべきなり。よって下知くだんの如し。
天正拾年八月六日
八郎在判」

岡山城の宇喜多八郎は、秀吉の毛利に対抗する防衛線の中枢を確保していた。因幡鳥取城の宮部継潤、鹿野城の亀井重茲とともに、毛利の東上を阻んでいる。

秀吉は、織田政権の主導権を完全に把握してはいない。柴田勝家と、雌雄を決する戦いをおこない、勝ち残ってはじめて政権を手中にするのである。

九月十一日、柴田勝家の室お市の方が、山城妙心寺で信長の百カ日法要をおこなった。翌十二日、秀吉は養子の羽柴秀勝を喪主とし、信長百カ日法要をおこなう。

秀吉は、まもなく秀勝を喪主として、信長の葬儀をおこなおうとしていた。葬列の人数は数千人になるであろう。大徳寺から蓮台野の火屋（火葬場）までの沿道は、数万人の兵士に警固をさせる。

彼は織田政権内部の、柴田勝家を中心とする反対勢力にも、招待状を送ることにしていた。そうすれば、秀吉に敵意を抱く者と、味方する意志のある者の区別が、世間に知れわたるのである。

秀吉は、山崎宝寺《たからでら》の新城普請を急いでいた。彼は幕僚や味方の大名たちに公言した。

「儂はいずれ、柴田殿と戦をおこさにゃならぬだわ。越前より押し寄する柴田殿と合戦取りあいをいたすとき、儂はこの宝寺城にたてこもるのだで」

秀吉は内心では、宝寺城を勝家との決戦に用いるつもりはなかった。彼は、築城を勝家が咎めだてしてくるのを待っていた。

彼は、勝家の心中の動きをあらかじめ読んでいる。案の定、勝家は十月六日、堀秀政のもとへ使者をつかわし、秀吉が清洲における誓約に違背しているとの詰問状を送ってきた。

その内容は五カ条にわたっていた。

勝家は、清洲で誓いあった事柄が変わってきたため、世上では彼と秀吉とのあいだが不穏であるとの評判が立っているという。

それは、秀吉が領国のうちに勝手に新城を築き、織田政権の敵である北条氏の征伐をおこなおうとしないためである。上さまの遺志を継ぎ、北条氏を討ち滅ぼさねば、まことの軍忠をなし遂げたとはいえないと、勝家は秀吉の身勝手な行動を弾劾した。

勝家はいう。

「私のもとへ、所領配分の口添えを頼みにくる侍は多いが、私はすこしも聞きいれていなない。そのため諸侍たちは私を不人情であるといっているが、不正なたくらみは一切していい。

それにひきかえ、秀吉は中山、高山、筒井、細川らの諸侍を味方にひきいれるため、さまざまに策を弄している。このようなことでは仲間が共食いをする結果となりかねない」

勝家の政権内部における人気は、秀吉のそれをはるかに下まわっていた。

イエズス会司祭ルイス・フロイスの本国への書信に、当時の情勢が明確に記されている。

「信長第三子の三七は、その領国に美濃を加えたが、彼は全国を所有する野心があり、現状に満足していなかった。

羽柴は急に山崎及び八幡という、京都を去る三里のところに、二つの立派な城を築いた。

柴田、三七はこれをおおいに憤り、羽柴にいいつかわした。

最初の約束では皆対等であったのに、その後の羽柴の行動を見れば、天下の絶対君主たらんとするかのようであるのは、なぜか。

すみやかに城を破壊せねば、冬過ぎてのち攻め寄せ、これを破壊しようと。羽柴は答えて、彼らを待ちうけ、各自の腕にかけし帝国が誰の手に入るかを決めようといった。ここにおいて三七は羽柴の敵となった」

秀吉が京都に滞在し、柴田勝家、織田信孝との決戦の準備をすすめているあいだに、中国では毛利の勢力が回復してきた。

九月末、吉川元春の部将で伯耆高野宮城主の山田方宗が、羽柴方の羽衣石《うえし》城主南条元継を追い、城を奪う事件がおこった。

方宗は、高野宮城に近い羽衣石城を奪おうと、かねて狙っていたが、秀吉の留守をさいわいに、謀略によって目的を達しようと思いたった。

方宗は家来の石垣某、野田某らに命じた。

「おのしどもは、南条の家人《けにん》のうちに親類があり、朋友もおるそうじゃ。それならば何とか誘うて南条元継を討ち果たす思案をせい」

石垣らはたずねる。

「いかようなる思案をいたさば、ようござりまするかや」

「さればじゃ、われらは主人山田出雲守に逆心をくわだてしならば、南条殿には高野宮の城に夜討ちをかけられよ。われらが手引きして城の内に引き入れ申すと誘うのじゃ。そうすりゃ、伏勢をはたらかせ、元継を討つのはたやすいことじゃろうが」

石垣、野田らは南条家中の親戚、知友に、山田方宗にいいふくめられた通り、逆心を抱く旨を申し送った。

やがて、南条家中の侍たちが高野宮城下の百姓家へ忍んできて、石垣らに会った。石垣らは彼らを誘う。

「元継殿の御人数を催され、夜中に押し寄せられよ。さすれば、われら三人は高野宮の城に火をかけたるうえ、櫓下へ出合い、山田殿のお人数を城中へ引きいれまする」

南条元継は、家来たちから石垣らのたくらみを聞くと、おおいによろこんだ。

「山田出雲守を討ちとれりゃあ、そのほうどもには望むがままに所領をあてごうてやらあ」

南条の家来と石垣らは打ちあわせ、南条が高野宮城へ夜討ちをしかける日を、天正十年八月二十日ときめた。

山田は南条の兵力が多いので、近隣の土豪杉原元盛に加勢を頼んだ。元盛は重臣の横道某に三百余人の兵を預け、高野宮城へつかわした。

横道は高野宮城へ出向く途中、由良城に立ち寄り、朋友である城主の木梨中務に告げた。

「儂はこれから、山田方宗の加勢に出向き、南条元継を討ちとるんじゃ」

木梨は横道に注意した。

「山田はもと南条が旗本なりし者じゃ。さればおのしが加勢にむかえば、南条と力をあわせ、おのしを討ちとるかも知れんぞ」

横道は不安になり、思案しつつ進んだので、高野宮城に着くのが遅れた。

南条元継の兵は、山田方宗の予想よりも早く出陣してきたので、方宗は伏兵を出すことができなくなった。

横道の率いる援兵三百が、高野宮城に到着したときは夜が更けていた。南条勢は城の濠際まで押し寄せている。

南条勢を誘いだした石垣、野田は、城のうしろにある長屋に火をかけた。闇中に炎があがると南条勢はどよめいた。

「城中の石垣らが、かねての約に従い、火をかけたぞ。それ、一気に乗っ取れ」

南条勢は高野宮の大手門の鹿柴《ろくさい》を打ちこわし、門を破って城中へ乱入しようとしたが、東の櫓へ出て手引きをすると約束していた石垣、野田が姿を見せない。

南条勢の物頭たちは警戒した。

「うかと押し入るでないぞ。石垣らの申せしは、われらを罠にかけようとの方便なりしやも知れぬぞ」

南条勢は大手に踏みとどまり、高声をあげて呼んだ。

「石垣、野田はいずれにおるぞ。早々と出て参れ」

横道某は敵の声を聞いて、石垣と野田が櫓のほうへ出向こうとするのを取り押さえた。

「おのしどもは敵に内応しておるのではないか。怪しき奴じゃ。ここにおれ」

山田方宗は、横道勢に取りおさえられた石垣、野田を本丸へ引き戻したうえで、かねての謀《はかりごと》に従い、城中の女子供たちに一斉に泣き声をたてさせた。

野田はすかさず走り出て、南条勢にむかい叫んだ。

「それがしが、ただいま出雲守（方宗）を討ちとったり。石垣は手負いたれば、この塀には出て参れぬ。はや斬り入られよ」

山田方宗は、敵を城中へ誘い入れ、鏖殺《おうさつ》しようと、待ちかまえていた。

ところが、南条勢の侍大将である野田の兄が、一番乗りに塀に取りついた。野田は兄を死なすわけにはゆかぬと、両手で兄の胸を突き、塀下へ落とした。

兄は弟に突き落とされたと知らず、ふたたび這いあがってきた。野田はまた兄の胸を突く。あおのけに倒れ伏した兄は、三度這いあがってきたが、そのたびに弟に突き落とされた。

南条勢は、野田、石垣が手引きするとのことであったのに、何事であろうかと怪しみ、攻撃を控えた。

その様子を見た山田方宗は、城兵に命じた。

「敵はためらう様子なれば、弓鉄砲で撃ち倒せ」

城中から矢玉が雨のように放たれ、南条勢は総崩れとなった。

山田勢は喊声をあげ、逃げる南条勢のあとを追った。山田利兵衛、鍛冶屋市允、塩谷新允ら七、八人が深入りした。

潰走する南条勢のうち、七、八十人が引き返してきて、小川の畔に柳並木が生い茂った辺りに隠れ、山田利兵衛らを見て逆襲してきた。

利兵衛はとっさに機転をきかせ、大声で叫んだ。

「いざ、敵が返して参ったるぞ。銅将谷の伏兵は出でよ。横道の人数は、敵の後ろを取りきれ」

南条勢は利兵衛の声を聞き、うろたえる。

「敵方に後ろを取りきられては大事なり。ここは引いて味方とひとつになれ」

彼らは槍鉄砲を担ぎ、逃げ走る。

だが、黒の具足をつけた武者一人が踏みとどまって戦う。

山田利兵衛はその侍と槍で突きあい、ついに突き伏せ、息も絶え絶えな相手に聞いた。

「貴殿の名乗りを聞こう。申されよ」

侍は一言答えた。

「左京じゃ」

利兵衛は夢かとよろこぶ。

「さては南条家中の剛の者と知られし、豊岡左京亮か。儂は年来神仏に、豊岡左京を討たせ給うべしと起請いたしおりしに、その念願は成就したか」

利兵衛は急いで首を掻こうとしたが、死力をつくして戦ったので、鎧通しをふるうことができない。

彼は傍にいた塩谷新允に頼んだ。

「この首を掻いてはくれぬか。儂は疲れて手が震えてならぬのじゃ」

新允は、その武者の首を掻き、利兵衛に渡した。

山田勢は南条の士卒の首、三十余級をあげた。山田利兵衛が得た冑首は、主君方宗の実検に入れようと、血を洗い篝火《かがりび》に照らしてみると、豊岡左京亮ではなかった。

「これは豊岡ではないぞ。たしか、末期に左京じゃと申しておったが」

利兵衛が首級をあらためていると、塩谷新允が叫び声をあげた。

「これは儂が兄者、塩谷左京亮ではないか。さきほど利兵衛に頼まれ、首を掻いたが、兄者と知っておりゃあ、わが命に替えても助けたものを。あわれなことをしたものじゃ」

新允は太刀を投げすて、兄の首級に抱きつき、声をしぼって泣き叫んだ。

利兵衛は手をあわせ、新允に詫びた。

「しまったぞ。南条方に貴公の兄者がおりしを忘れておった。弟に兄の首を掻かせたとは、知らぬとはいえ、むごいことをいたしてしもうた」

南条元継は、山田の謀計によって多くの家来を討たれ、憤懣はつのって夜も眠れないほどであった。

「山田めは、もとは儂の家来なりしに、旧主を討とうとはかりおった。あのようなる痴《し》れ者は生かしてはおけぬ。なんとしても首を刎ねてやらにゃあ、気が納まらぬのじゃ」

だが、元継の家来のうちに裏切り者がひそんでいた。

進藤某、秋里某ら十三人が山田方宗のもとへ、ひそかに内通を申し入れた。彼らは方宗に告げた。

「われらは変節をはかりおりまする。機を見て羽衣石の城に火をかけまするゆえ、そのとき追手口より斬りこまれよ。われら十三人は志をひとつにして、裏切りをつかまつりまする」

方宗は彼らと連絡をとり、羽衣石城攻撃のときを待っていた。

九月二十三日、南条と山田の所領境の神社で祭礼が催された。南条の家来たちが大勢で参拝に出向いたが、元継の若党が、人混みのなかで聞き捨てならない噂を聞いた。

「羽柴筑前守秀吉が、京都で戦をしておるうちに、思いがけず討死したそうな」

若党はおどろいて羽衣石城へ駆けもどり、元継に注進した。

「羽柴筑前殿が、京都で討死なされた様子でござりまする」

城中は、湧きかえるような騒動になった。

「羽柴が死ねば、毛利が押し寄せてくるぞ。いまのうちに退散せねばなるまい。ぐずついておれば、皆殺しにされようぞ」

南条元継は自若として下知した。

「静まれ、静まれ。秀吉公が討たれしと誰が申したのじゃ。いずれは根も葉もなき雑説にちがいなかろう」

進藤某らは、城中が騒然となったのを好機と見て、城中に四、五百間ほどの棟をつらねている、雑兵小屋の十三カ所に火を放った。

秋の野分がはげしく吹いている最中であったので、焔はたちまち燃えひろがり、煙が空にひろがった。

高野宮城の山田方宗は、嫡子蔵人とともに三百余人で羽衣石城追手口の柵門を打ちやぶり、乱入する。

進藤ら十三人も、城内でときの声をあげ、斬りまわった。城兵たちは不意をつかれ、うろたえ騒ぐばかりで、火に追われ応戦もできないまま、子をさかさまに背負い、親を肩に引きかけ四方へ落ちのびていった。

南条元継は郎党四、五人を伴い、城を捨て、播州へ走った。

山田方宗は、南条元継が落ちのびてのち、半刻（一時間）ほどたって、搦手《からめて》口から城中へ押し入った。

城兵たちは闇を照らす火焔の煙にとりまかれ、敵味方を見分けることもできない混戦のなか、つぎつぎと討ちとられてゆく。

山田の士卒は、敗走する敵を追撃して、九十余人を討ちとった。山田は南条元継が織田信長から拝領した天下一、鬼鹿毛などという名馬を手に入れ、吉川元春、毛利輝元に献じた。

南条元継は、弟元清とともに因幡から播州姫路城へ逃れた。秀吉がたまたま姫路にきていたので、元継は羽衣石城を奪われた経緯を告げた。

秀吉は元継にいった。

「さような世間の浮説を聞いて、実否を糺すこともなく、城を捨て逃げるとは臆病至極のふるまいだわ。しかし、この秀吉を杖とも柱ともたのむとは不愍《ふびん》なれば、吉川元春に申しつかわし、城を返させてやらあず」

秀吉は、しばらく考えていたのち、言葉をつづけた。

「吉川は調略に長《た》けたる大将だで。羽衣石は名城なれば、力攻めにしても落としがたしと思い、また元継は元来臆病者と見て、そのほうに流言を伝え、追い落とせしにちがいなし。

吉川が謀の賢さにひきかえ、そのほうが臆病さはこのうえもないことよ。いずれも無双と申すべきだで」

秀吉は、十月十一日から京都紫野大徳寺で、信長の一七日《いちしちにち》の法事をとりおこなった。七日間の法事のうち、十五日におこなわれた葬礼は、荘厳をきわめた。

信長の遺骸は焼失していたので、沈香でこしらえた彫像を棺に納めた。

蓮台野の火屋の周囲は、方百二十間の白綾幕で囲まれ、羽柴秀長が警固の大将となり、大徳寺から蓮台野までの道中に、弓、鉄砲、槍を持たせた兵士三万人を整列させた。

秀吉と三七信孝、勝家が、政権をあらそい戦う時がしだいに近づいていた。

十月二十一日、秀吉は姫路城留守衆の小出秀政らに書状を送り、上方の情勢を報じ、丹羽長秀以下味方の諸大名が、まもなくはじまる決戦にそなえ、居城の防備をかためている旨を報じた。

当時、備後の鞆《とも》にいた足利義昭は、信長横死ののち毛利輝元に頼って京都へ帰還しようとはかったが、輝元にはそうするだけの政治力がなかった。

このため義昭は輝元と、羽柴の部将黒田官兵衛、蜂須賀正勝に頼み、ようやく秀吉の許諾を得た。

十一月一日、三七信孝は、毛利輝元と盟約をむすび、誓書を吉川元春に送った。

内容の大意はつぎのようなものであった。

「小早川隆景殿を通じ、同盟の相談をしたところ、いろいろご協力を下さるとのこと、ありがたく存じます。

盟約についての誓書は、お求めに従いさっそくととのえてお送りいたします。今後は盟約を裏切るような行為は毛頭いたさず、表裏《ひょうり》あるふるまいは一切おこないません。

何事も緊密なご連絡をとったうえで相談しあい、双方納得のうえで進めることといたします。上方の様子、諸大名の内情については、使者の口上で申し伝えさせます」

三七信孝、柴田勝家は、中国毛利の強大な勢力を味方につけようと、はかっていた。

毛利輝元らは、今後の情勢の展開しだいで、羽柴、柴田両勢力のどちらにも就けるよう、双方と好誼をむすぶ方針をとっていた。

柴田勝家は、奥州の伊達政宗と同盟の約を交わそうと誘っていた。政宗は十一月のうちに重臣遠藤基信に、勝家と折衝することを命じた。

秀吉は越後の上杉景勝に同盟を誘い、ほぼ成功している。景勝は越前北ノ庄城の勝家が、越中侵略をおこなうのを防ぎかねていたので、秀吉との同盟を望んだ。

四国の長宗我部元親は、信孝が秀吉との戦いをはじめると、呼応して四国で挙兵し、秀吉の勢力を攻撃する支度をととのえている。

諸国の情勢が流動するなか、十一月二日に山崎宝寺城の秀吉のもとへ、前田利家と越前府中龍門寺城主不破勝光、越前大野城主金森長近が、勝家の使者としておとずれた。

能登、越前府中を領地とする前田利家は、信長近習の頃、主君の寵を得ているのをかさに着て、無礼のふるまいをした茶坊主を斬りすて、家中を追放され、日々の糧《かて》にも窮する牢人暮らしをしていたことがあった。

勝家は終始利家を庇護し、織田家に帰参できるようとりはからってやった。このため、利家は大名となってのちも、勝家を「親父様」とあがめていた。

利家は、秀吉とも長年にわたり懇親をかさねてきた。

秀吉は利家の娘、豪をわが養女として貰いうけている。また、利家の側室笠間氏の生んだ娘菊をも養女としていた。

秀吉と利家は、二人の娘の実父、養父の間柄であった。

勝家が利家を秀吉への使者としたのは、相互の親密な間柄を利用して、和睦交渉をはからせようとしたのである。

秀吉と勝家は、いつ合戦をはじめるかも知れない、緊迫した情況に直面していた。

越前では、まもなく雪が降りはじめる。越前の勝家、加賀、能登の佐久間盛政、前田利家らは、国境が馬脚を没する雪にとざされると、翌年の春まで軍勢を動かせない。

冬のあいだに秀吉が近江長浜城にいる勝家の甥柴田勝豊、岐阜の信孝、伊勢長島の滝川一益らを攻撃すれば、勝家が援軍をさしむけることができないまま、彼らは各個撃破される。

勝家が和睦交渉の使者を秀吉のもとへ派遣したのは、決戦を翌年の春まで延ばしたいためであった。

山崎宝寺城をおとずれた前田利家らは、羽柴家奉行の富田一白に和睦を申し出る。

「柴田修理亮殿には、信長公の亡くならせ給いしのち、幾程もなく誹謗とあらそいをおこさば天下の恥辱となるべしとて、和睦ばかりを望んでおられまする」

秀吉は決戦を翌年に延ばしたい、勝家の心中を見抜いている。

彼は利家ら三人と城中で会い、酒宴をひらき、もてなした。勝家の和睦の申し出は、こころよくうけいれた。

「亡き上さまが幕下にて、長老《おとな》たりし修理亮殿がお指図は、何なりと受け奉るだわ」

秀吉は利家に、お豪、お菊の二人の養女の日常について、いろいろと語りかける。

座の雰囲気がうちとけてくると、秀吉は利家たちに言った。

「この辺りも、冬の冷えこみはことのほかきびしいが、北国よりは雪もすくない。二、三日は逗留して旅の疲れを休めてくだれ。修理亮殿もそれがしも、織田の家中にて、御辺がたには迷惑至極のご用向きでござろうよ。お察し申す」

織田政権に属する武将たちが、勝家と秀吉が争うとき、どちらかの側に就いて敵味方に分かれなければならない理由はなかった。

利家たちは、能登、越前に所領があるため、やむをえず勝家に同調しているのである。

秀吉は、彼らの意中を察しているので、勝家との合戦がはじまっても中立を守ればよいと、それとなく告げた。

「御辺がたは、この先、儂と修理亮殿があらそいをおこさば、義理によって兵を出さねばならぬこともあろうが、そのようなときは、高みの見物をすればよいのだわ」

彼はさらに本心を打ちあけた。

「合戦のとき、いったんは修理亮殿に就くとも、はたらくことなく兵を引くならば、われらが手に加えて進ぜよう」

前田利家らは、秀吉が和睦の申し出に応じはしたが、勝家の真意を見抜いていることを知らされた。

秀吉は、利家らが越前に戻り、勝家にどのような報告をしようと、意に介してはいない。彼は、戦えば勝家に必ず勝てる実力をそなえていると、冷静に判断しているのである。

利家たちは、秀吉と勝家が戦い、味方が不利となったときは戦うことなく退陣しようと考える。勝家は織田政権筆頭の武将であったが、信長の指図がなければ、その才を発揮できない。滝川一益も、勝家と同様であった。

秀吉は信長の没後、めざましい戦略家の才能をあらわしてきた。いま勝家が秀吉と戦えば、おそらく勝機をつかめないであろう。

畿内周辺の大名たちは、すべて秀吉に心を寄せていた。秀吉は彼らを利をもって誘い、その威勢は、すでに天下人となったかのようであった。

秀吉は、前田利家らが帰国の前後、早くも大和の筒井順慶に命じ、近江へ兵を出させた。北国街道の要衝である長浜城を、いちはやく制圧するための布石である。

秀吉が、勝家の和睦申し入れを承知したのは空約束であった。

十二月七日、秀吉は丹羽長秀、筒井順慶、長岡藤孝、池田紀伊守、蜂屋伯耆守ら畿内諸

大名の軍勢五万人を動員し、雪に覆われた近江路に出陣し、長浜城を包囲した。

守将の柴田勝豊は、戦意が乏しかった。勝家は勝豊を養子としていたが、実子権六が生まれたのち、彼を冷遇した。

勝豊は、雪の野を埋めてあらわれた羽柴勢を見て、吐き捨てるように言った。

「伯父御は、やはり儂を捨て石となされしかや」

冬期、北国街道が積雪により通行不能となれば、越前との連絡を断たれた勝豊は、羽柴勢の重囲のなか、孤立無援となることは、あらかじめ分かっていた。

「儂が捨て殺しにされるものか」

勝豊は伯父を恨んだ。

秀吉は、勝豊の家老たちを陣所へ呼び寄せ、降伏をすすめた。勝豊には五万の大兵に抵抗するつもりがなかったので、ただちに開城した。

秀吉は大軍を率い、美濃大垣城を囲み、戦うことなく開城させる。美濃の諸城はあいついで誘降に応じ、岐阜城の三七信孝は羽柴勢を迎撃しようとしたが、家来のおおかたが逃散し、十二月二十日、やむなく秀吉の軍門に下った。

美濃を十日足らずのうちに征服した秀吉は、十二月二十六日に山崎宝寺城に凱陣した。

天正十一年元旦、秀吉は夜明け前に起き、祝儀を終え、午後から山崎を出立し、姫路へむかった。

寝る間もないほどの繁忙のさなかに、姫路城をおとずれるのは、お福の方に一時もはやく会いたいためであった。

大坂から早船を仕立て、姫路に到着したのは深夜であった。彼は城内焚火の間でお福と会った。小姓、侍女を遠ざけたのち、しばらく囲炉裏で手をあぶりつつ、お福にいう。

「海上を渡ってきたゆえ、手先がつめたいだがや。そなたを抱くまえに温《ぬく》めにゃあならぬだわ」

彼は節高の両手の指を榾火《ほだび》にかざし、あたためたのち、耳盥《みみだらい》をとり、うがいをする。

「お福よ、早う会いたかったぞ」

秀吉はお福のうちかけを脱がせ、抱き寄せた。

「お福も、おわせられる日を待ちわびておりました」

秀吉はお福を抱き寄せ、頰ずりをして唇を吸う。

お福も秀吉の背にまわす指先に、力をこめる。肌にたきこめた香がにおった。

「髭が痛かろう」

「いいえ、何ともありませぬ」

お福は心のたかぶりをおさえかねたように身を揉み、秀吉の髭面に絹のような頰を押しつけた。

秀吉は吐息をつき、つぶやくようにいった。

「この日頃は、身を削るような思いをかさね、経略をめぐらして参りしゆえ、重い疲れがにかき抱けば、疲れは氷の解けるがように流れ出てゆくようだで」
よどみて去らず、こころよからぬ明け暮れにてありしだわ。されども、そなたを腕《かいな》のうち

お福が耳もとでささやく。
「早う、お湯風呂をおつかいなされませ。お福は閨《ねや》でお待ちいたしまする。今宵は夜の明けるまで、お物語りをいたしましょう」

翌朝、秀吉は巳の四つ（午前十時）頃に起き、近臣に命じた。
「去年の夏以来、安き心もなく過ごせしならば、今日、明日は総勢こぞってゆるやかにあるべし。されば、樽肴を支度いたし、二日つづきの宴席を設けよ。入用の銀子は、惜しむでないぞ」

城中の将士は、昼前から山海の珍味をつらねた酒宴の座につらなり、秀吉盛運の新春をことほぎ、にぎやかに笑い声を湧きたたせ、曲舞《くせまい》を披露する者もいた。

秀吉は疲労をぬぐい去ったすこやかな様子で、休息もとらず、右筆数人を侍らせ、忠功をたてた侍八百六十余人の勤務評定をした。

秀吉は右筆たちに命じた。
「儂が馬廻りとしてはたらきて参りし者どもの、年々の俸禄と衣服、刀剣、秣《まぐさ》の費えを書きだせ」

彼は奉行十人に、八百六十余人の旗本たちへの給与の当否を、監査させた。

秀吉は、奉行たちの報告をうけ、監査の内容について検討する。彼は仕事にとりかかる

とたちまち没頭し、時のたつのを忘れた。

彼は四、五日のあいだ、連日一刻（二時間）ほど眠るだけではたらき、疲労が溜まってくると、七刻（十四時間）ほども熟睡する。めざめると身内に精気が満ちていた。

秀吉がその日の朝食を口にしたのは、日が沈む刻限であった。彼はわずかな酒に酔い、閨に入り、お福の方とともに泥のような睡りをむさぼった。

三日よりのちは、諸侍、播磨国衆、神官僧侶、商人らの賀礼をうけ、彼らを饗応して播磨一円の結束をかためた。

蜂須賀小六、黒田官兵衛は、備中高松城にいて、毛利氏と領地割譲の談判をおこなっていたが、姫路城へ出向き、毛利の動向を詳細に報告した。

「備後の鞆におらるる公方殿に、修理亮（柴田勝家）殿がご加勢を申しいでておりまする」

秀吉は顎を撫でつつ聞く。

「修理亮が公方を誘わば、輝元がついて参るでなん。されども越前と安芸は、あまりに遠く離れておるゆえ、儂を挟み討ちにはできぬだわ」

小六と官兵衛は、低い笑い声をたてる。官兵衛がいった。

「輝元はなにを迷いしか、修理亮の誘いに乗り、公方を奉じて上洛いたさんと思いたち、柴田よりこののちの合力をつくすとの誓詞を求めおる様子にござりまする。されども毛利は諸国の敵をひかえ、上洛は思いもよらざる儀と存じまする」

「修理亮は、間なしに進退に窮すると存ずるゆえに、あがきおるのでや。いずれ、毛利の領分を定めねばなるまいが、いまはまず柴田を挫かねばならぬだわ」

毛利が上洛するためには、備中高松城、岡山城、姫路城に拠り、三段構えの防衛線を敷いている羽柴勢を撃破しなければならない。

秀吉には、毛利の攻撃をはねかえす自信がある。信長の麾下として野戦をかさねてきた秀吉は、敵の戦力を的確にとらえ、今後の転変に対応する策をあらかじめたてていた。

彼は閨のうちで、お福をいつくしむ。

「つぎに参るのは、おそらくは夏であろう。いまのうちにそなたの肌の香を覚えておこうだで」

天正十一年二月上旬、秀吉は羽柴秀長以下七、八カ国、七万五千人といわれる大軍勢を北伊勢に乱入させた。

二月九日、秀吉はつぎの書状を岡山城の宇喜多八郎に送った。お福にわが消息を知らせたいのである。

「近江に出馬するについて、あなたの家来花房又七郎をつかわされ、見舞いのお手紙を頂き、祝着の至りである。江北長浜城については、柴田勝豊の家老たち七人を人質に出させた。

ただちに越前へ攻め入るべきであるが、雪が深いので、どうすることもできない。岐阜の三七信孝は柔順に従っている。こちらのいうがままに動くだろう。滝川一益は不届き至極のふるまいがあるので、北伊勢へ兵を出した。今月のうちに成敗して、凱陣するだろう。安心していてほしい」

二月十三日、柴田勝家は吉川元春に同盟を約する誓書を送った。彼は雪融けを待ち、三月二十日以前に北近江へ出撃すると記している。

十六日、秀吉の軍勢は桑名長島に押し寄せ、ついで亀山城を包囲する。滝川勢は頑強に抵抗した。

柴田勝家は、滝川一益が領内の諸城をつぎつぎと秀吉に陥れられ、本城の長島城も重囲に陥ったことを知ると、二月二十八日から麾下諸軍を近江へむけ、進発させた。

ちょうど雪融けの季節で、北国街道は泥濘となり、小荷駄の移動は困難をきわめた。

勝家は三月九日、北国街道柳ケ瀬に本陣を置き、諸隊を附近に布陣させた。彼は三月四日、備後の鞆にいる足利義昭の老臣真木島昭光につぎの書状を送り、毛利輝元の出兵を促すよう義昭に頼んだ。

「羽柴は伊勢に乱入し、滝川一益の在城する桑名へ攻めかけたので、駆けむかい追い崩し、羽柴勢はもろくも負けた。

このため、羽柴勢に従軍した美濃の地侍衆、江北の堀秀政らは、それぞれ帰国し、世間をはばかっている。

羽柴勢と、去年から秀吉に引き連れられて退くわけにゆかない地侍どもは、伊勢の関の古館《ふるだて》、亀山表へ押し寄せた。北伊勢で敗軍した秀吉は、外聞がわるいので、亀山城を攻めたのである。

城中からは斬って出て、数千人を討ちとり、敵の怪我人は数えきれない。羽柴勢は退却することもできず、苦戦をこらえ対陣している。

拙者も九日に江北へ着陣した。伊勢に出陣している羽柴勢は、ことごとく討ちはたすつもりでいる。秀吉の敗北は目前である」

勝家は、上杉景勝が秀吉の味方となったことが、毛利氏に聞こえていたので、越後の戦況について言及する。

「越後表では佐々成政がはたらいている。すなわち越中を平定して、要害をかためている。荒境川を前にひかえ、上杉方の荒城を攻め落とし、守将の岩船藤左衛門を討ち果たした。荒城をきびしく守り、越後へほしいままに攻めこんでいる。このため北国口は静穏となっている」

毛利氏は、羽柴、柴田の双方に使者をつかわし、実状を探ってみたが、合戦の勝敗がどのように決するか、予想はむずかしい。

毛利の使者である重臣福原式部は、大坂から小早川隆景、吉川元春へ送った書状に、つぎのように記した。

「とかく両方の強弱知れざるあいだ、両方かけ候て、見合いしかるべく候」

隆景、元春は、宗家の輝元に慎重な対応を望んだ。

畿内とその周辺の諸大名は、羽柴方のいきおいが柴田方をはるかにうわまわっていると見ていた。本願寺顕如も、勝家よりも秀吉に近づいているようであった。

だが、勝家は、高野山、伊賀国衆、紀伊雑賀衆、四国長宗我部氏を味方につけようと画策しており、今後の動きは微妙である。

秀吉は三月十一日に佐和山城へ入り、一万三千余人の兵を率い北近江へ出向いた。十七日には木之本へ出向き、賤ケ岳に布陣する。

柴田勝家は、賤ケ岳から二里ほど北方の、柳ケ瀬に近い内中尾山の頂上に本陣を置いた。勝家の率いる軍兵は、三万に足りない。羽柴勢は七万五千人と称しているが、実数は四万余人である。

勝家は賤ケ岳に羽柴勢主力をひきつけておけば、桑名城にたてこもっている滝川一益への攻撃は、ゆるめられるであろうと見ている。羽柴勢と対陣するうちには、高野山、伊賀、雑賀、長宗我部が行動をはじめるであろう。そうなれば、毛利が足利義昭を奉じ、上洛してくる。

勝家は戦機の熟するときを待っていた。彼の戦法は、慎重をきわめていた。秀吉は、柴田勢の布陣の様子を偵察し、さきに攻めかけては、敵に乗ぜられると推測した。

四月五日の夜明けがた、勝家が自ら指揮して、佐禰山という高所の堀秀政の陣所を攻めた。銃撃をまじえ、双方数百人の死傷者を出した。

その後、睨みあうばかりの膠着状態がつづいた。双方の陣中には、情勢しだいで叛きかねない不安定な分子がいた。

四月六日、備後鞆城の足利義昭は、毛利輝元、吉川元春に書状をつかわし、兵を上方に出して足利家再興に力をつくすように命じた。

同日、柴田勝家もまた毛利輝元に書状を送り、出兵を促した。

「羽柴勢が伊勢に攻めこんだので、当方の先手が二月二十八日に江北へ乱入し、羽柴の拠点を焼き討ちしたことは、お聞き及びのことと存じます。

このため羽柴勢は伊勢から退陣して、江北へむかってきています。彼らを討ち果たすため、人数を配置していますが、秀吉は江北に新城三カ所をこしらえ、羽柴秀長、蜂須賀小六らを配置しております。

秀吉は長浜にいて、全軍の指揮にあたっています。拙者は出馬して、敵の要害を攻め落とし、近江に乱入して秀吉をおびきだし、一戦して討ち果たしたいと機をうかがっています。

あなたはこのときにあたり、至急に兵を出され、羽柴を西方から攻撃して下さい。遅れると、戦局に重大な影響をおよぼします。

これまで打ちあわせた通り、領国の士卒すべてを率い、ご上洛下さい」

毛利輝元は、小早川隆景、吉川元春と相談した。

「柴田が公方さまを奉じて、火急の上洛をいたせと申してきようたが、どうすりゃええかのう」

隆景は腕を組み、沈思するばかりである。日頃は強気の元春も、考えに迷うようであった。

やがて隆景がいった。

「人をつかわして上方の様子をうかがうには、どうにも羽柴のいきおいが強いようですらあ。軽々しゅう柴田の口車に乗せられりゃあ、えらい目にあうことになるやも知れませんなあ」

元春も同様の意見であった。

「秀吉は勝家とは人気がちがいますらあ。そうすりゃ、従う人数もちごうてきよるけえのう」

輝元も、勝家に協力して秀吉を打倒すれば、中国全土を版図に納められると思うが、勝家が敗北すれば、自らも滅亡への道を歩まねばならない。

「まだ腰をあげるには早かろう。秀吉に、伊勢、近江の合戦の様子を聞いてみるか」

輝元は、隆景と連名で、秀吉に戦況問いあわせの書状を送った。

秀吉は四月十二日、輝元らに返書をつかわした。

「滝川左近、柴田修理一味は、信雄さまに謀叛したので、滝川成敗のため北伊勢を攻め、峯、亀山の両城は陥落させせました」

輝元は、上方への出兵をおもいとどまることにした。彼が近江へつかわした間者たちが戻ってくると、注進した。

「いまは双方睨みあうばかりでござります。先に仕懸けてやり損ずれば、味方はたちまち敵となりましょう。信長公のもとにて朋輩なりし侍どもは、たがいの気心も手のうちもよく存じおりまするゆえ、かえって仕懸けにくき様体にござりまする」

輝元は、隆景、元春と話しあう。

「どうやら、秀吉に分《ぶ》があるじゃろうがのう」

「うむ、勝家は武辺者じゃが、そのうえの才覚はないようじゃなあ」

「秀吉のほうが、侍どもに好かれておるけえ、自然に味方する者も多くなろう。あやつは、いざというときには金銀の切れ離れもええけのう」

岡山城では、お福が秀吉の勝利を祈念していた。彼女は毎朝、城内の八幡社に詣で、秀吉の武運隆昌を神に頼み、御殿の庭に出ては東方の空を眺め、秀吉の幻に語りかけた。

「なにとぞ、ご無事にてお戻り下されませ。われら母子は、それのみを待ちわびておりまする」

秀吉が討死すれば、宇喜多家は毛利に服属するよりほかに、存続の道はない。お福はみぞおちにこみあげてくる不安を押さえられなかった。

四月十七日、勝家と対峙していた秀吉は、二万余の軍勢を率い、南下して大垣城に入った。

岐阜城の三七信孝は、秀吉との和睦にそむき、勝家に呼応して大垣附近に兵を出し、焼き討ちをおこなっていた。

秀吉は、容易に攻撃の態勢をあらわさない勝家を誘いだすために、木之本の前線から大部隊を後方へ移動させることにしたのである。

伊勢長島城の滝川一益は、信孝と呼応し、羽柴勢の後方を襲おうとしている。秀吉は信孝、一益を撃破するために兵を出し、手薄となった木之本の陣所へ、勝家が攻めかけるのを待っていた。

柴田勢が秀吉の留守に攻めてくれば、大垣に在陣する二万の羽柴勢は、木之本までの北国脇街道十三里を、疾走して戻る。

十三里の道を戻るのに要する時間は、二刻半（五時間）である。当時、武装した兵団の一日あたりの移動距離は、五里とされていた。十三里の道程は、どれほど急行しても、一昼夜はかかる。秀吉はそのような常識をやぶる電撃作戦を敢行しようとしていた。

電撃作戦に慣れた羽柴の軍兵は、具足、武器を身につけず、わが身ばかりで一刻（二時間）に六里を走り抜くことができる。

柴田勝家は、秀吉が中国路でそのような戦いを重ねてきたとは、知らなかった。

秀吉が大垣へ出陣したとの情報は、四月十八日に柴田側に伝わっていた。

勝家の甥佐久間盛政は三十歳、剛勇の名を世上に知られている。

彼は秀吉の留守を狙い、奇襲をしかければ、羽柴勢は狼狽し、防衛線を放棄するであろうと見た。

羽柴の陣所のうち、手薄なところは、余呉湖北岸から東岸へかけての大岩山である。

大岩山は、中川清秀が千数百人の小勢を率い、守っている。附近の岩崎山には高山右近、賤ケ岳には桑山重晴が布陣しているが、いずれも大岩山とのあいだに連絡路を設けていなかった。

柴田側は、賤ケ岳の桑山重晴に内応を呼びかけ、重晴は承知していた。

盛政は十九日朝、勝家本陣へ出向き、大岩山攻撃を進言した。

「岩崎山、大岩山の要害は手薄にて、賤ケ岳の麓より水辺を過ぎて、我責《がぜ》めに押し寄すれば、二カ所をたやすく取れましょう」

勝家は剽悍な盛政が、深入りしないであろうかと思案したが、彼我の膠着状態を打ちやぶり、敵陣の一角を占領すれば、自軍の士気があがるであろうと判断し、申し出を許した。

「構えて深入りするでないぞ。勝負は思いがけない動きをあらわすことが、あるだでなん」

局地戦のつもりで仕懸けたところが、彼我の勝敗をきめる決戦にひろがってゆくことがある。

勝家は思案をしたが、ほかに戦況転換のきっかけもない。秀吉が柴田方の将領に調略をしかけていることは、知っていた。両軍の対峙が長びけば、兵力に劣る柴田方をはなれ、羽柴方に就く者がふえてくるだろうと、勝家は見ていた。

四月二十日、丑の上刻(午前一時)、柴田勢は物音を羽柴方に察知されないよう用心しつつ、陣所を移動した。佐久間盛政の一万足らずの兵が大岩山攻撃にむかうので、その陣所の間隙を埋めるためである。

佐久間盛政隊は、陣取っていた行市山《ぎょういち》の尾根筋を南下し、余呉湖畔に出ると岸沿いに東方へむかった。

大岩山の麓の湖岸では、中川隊の小者たちが、馬を洗っていた。佐久間隊の足軽衆が彼らに襲いかかった。

中川清秀は、畿内の大名であるため、織田政権の尾張譜代衆と気が合わなかった。そのため羽柴方に就いたが、山崎合戦で戦功をたてたにもかかわらず、期待はずれの恩賞を受け、秀吉に対する鬱憤があった。

彼は柴田勢と対陣する際、堀秀政のように第一線に陣を置き、大部隊を任せられるであろうと思っていたが、第二線の大岩山に配置された。

清秀が大岩山砦の防備をなおざりにしていたのは、秀吉に軽んじられたと思い、なげやりな気分でいたためである。

標高二百八十メートル、比高百四十メートルの草山の頂上にある砦は、佐久間盛政の一万に近い人数で攻められると、防禦の手段がなかった。

賤ケ岳の桑山重晴、岩崎山の高山右近と連絡がとれれば、砦をもちこたえることもできようが、独力では半日も保たない。

岩崎山から高山右近の援軍が駆けつけてきたが、砦の周囲は敵勢に取り巻かれ、近寄ることもできない。右近は使者を清秀のもとへ走らせ、退却をすすめた。

「敵は大軍なれば、ひとまず退き、後日に功をあげさせられませい」

だが清秀は退却しなかった。

高山隊は、やむなく木之本へ退いていった。清秀は未の八つ（午後二時）頃、討死を遂げた。

清秀は戦場にのぞむとき、三千余人の兵を率いるのが常であったが、秀吉とのあいだが融和せず、摂津茨木城に家老以下二千人を残したまま、不運な最期を遂げた。

賤ケ岳の桑山重晴は、戦うことなく形勢を観望したのち、いったん木之本へむかい逃げたが、途中で丹羽長秀に会い、はげまされて賤ケ岳に戻った。

佐久間盛政が、大岩山、岩崎山を手中にすると、羽柴方諸砦の守将、北近江の地侍たちのうちから、柴田勝家の麾下に加わる意をあらわしてきた者が多かった。

佐久間盛政は、勝利を得て強気になった。

「羽柴の人数は、寄せ集めなれば弱敵だで。木之本に、羽柴小一郎が一万五千の人数を率いておるが、ひと当ていたさば蹴散らせよう。いまはひとすじに押してゆくべきときだわ」

盛政は勝家の本陣へ急使を走らせ、味方の兵をこぞって木之本へ進撃しようとすすめた。

だが、勝家は盛政にただちに引き揚げ、行市山の陣所へ戻るよう命じた。

北国街道の東側、佐禰山には羽柴方の堀秀政が堅陣を築き、五千の兵とともにひかえていた。勝家はうかつに動くと、後方から攻められると懸念した。

勝家と甥の盛政は意見が対立した。

盛政は勝家本陣勢が進出してくれば、ただちに木之本の羽柴秀長を襲おうと考えていた。佐禰山の堀秀政が追撃してきても、怖るるに足りないと見ている。

このとき、勝家、盛政の意見が、進撃、持久のいずれかに一致しておれば、秀吉は容易に攻めかける隙を見いだせなかったであろう。

勝家は、大岩山から撤退しない盛政のもとへ、使者を六度つかわしたが、盛政は動かなかった。

勝家は、持久戦に持ちこもうとしたが、思いがけない甥の行動によって、敵につけいられる隙ができたことを知った。

「是非もなきことだわ。取りあいにやぶれしときは、腹を切るまでよ」

勝家は自分の作戦に固執し、甥の意見に同調するつもりは毛頭なかった。

運を天にまかせての、命がけの野戦をかさねてきた武将には、わが方針をあくまでもつらぬきたい、勝負師の根性がある。

大垣城に中川清秀討死の報がとどいたのは、二十日の午後であった。秀吉麾下の兵は、美濃攻めのため、揖斐川を渡河できず、ほとんどが大垣城下で宿陣していた。

秀吉は、木之本から二万の軍勢を岐阜へむかわせるまえに、柴田勢が攻勢に出たとき迅速に引き返せるよう、支度をととのえていた。長浜湊には、石田三成が兵粮、弾薬を積んだ兵船数百艘を待機させている。

蜂須賀小六の指揮する部隊は、大垣から木之本までの北国脇街道十三里のあいだに、遊軍として配置されていた。

秀吉は、佐久間盛政が大岩山を占領し、そのままとどまっていると聞くと、佩刀《はいとう》を抜きはらい、鍔際を額にあて、「八幡、勝ったぞ」と大声で叫んだ。

彼はただちに飛脚を走らせ、大垣から木之本に至る脇街道筋の民家に、間口一間についてて米一升ずつを炊き出させ、兵粮とした。

長浜から木之本までの道筋には、松明の支度を命じた。

秀吉は中の七つ（午後四時）に大垣を出発して、五つ半（午後九時）に木之本に到着した。十三里を五時間で通過したのである。

大垣に宿陣していた羽柴勢は、秀吉のあとを追い急行して、夜のあいだに木之本に集結した。

大岩山の佐久間盛政は、羽柴勢がそれほど早く木之本へ戻ってくるとは、予想していなかったが、夜中に北国脇街道に松明の火光が長蛇の列をつくったため、異変を察した。斥候に偵察させると、やはり秀吉が戻っていた。

佐久間盛政は、ただちに大岩山から撤退することにきめ、賤ケ岳の西に布陣していた柴田勝政（勝家の養子、佐久間盛次の子）に命じ、敵の攻撃にそなえさせ、子の刻（午前零時）頃から退却をはじめた。

盛政の部隊は、夜中であるため退却に時間がかかり、羽柴方の追撃をうけた。

盛政は余呉湖の西北、権現坂の高所へむかった。そこは行市山の陣所に峰つづきであったので、彼は後方から追ってくる兵をまとめ、退路を確保する任務についていた柴田勝政隊に合流を命じた。

柴田勝政は三千の兵を率い、盛政隊の退却の援護をしていたが、要請に応じ、退こうとした。

秀吉は、盛政が退却を開始したあと、一刻（二時間）を経て追撃したが、さほどの戦果があげられなかった。

だが、秀吉は柴田勝政隊を潰走させれば、佐久間勢の後方を攪乱できるであろうと推測した。

秀吉は賤ケ岳に至って、柴田勝政の将兵が西北の低地に布陣しているのを見た。勝政の部隊は、やがて退却をはじめた。佐久間盛政隊は、すでに撤退しているので、あとを追うばかりである。

秀吉は、麾下の旗本勢に命じた。

「勝政らを戻すでないぞ。突きやぶれ」

旗本勢は、勝政隊に猛烈な射撃を加えたのち、突撃した。

福島正則、加藤清正、片桐且元ら旗本は、勝政隊へ槍先をそろえ突っこんだ。時刻は朝の四つ（午前十時）であった。勝政隊は、卯の上刻（午前五時）から辰の刻（午前八時）までのあいだに矢玉を撃ちつくしていたので、突撃を防ぐすべがなかった。

このとき、賤ケ岳の七本槍の功名がたてられた。敵中に一番槍を入れたのは、福島正則、脇坂安治、加藤清正、加藤嘉明、平野長泰、片桐且元、糟屋助右衛門尉、桜井佐吉、石河《いしこ》兵助の九人であった。

秀吉は福島正則に三千五百石、他に三千石を与えた。石河兵助は討死を遂げたので、弟に千石を与えた。

七本槍というのは、実際は九人によっておこなわれた功名である。柴田勝政隊は、秀吉旗本隊の追撃をうけつつ、佐久間盛政隊を追いかけた。盛政は勝政隊を援護して、秀吉隊に攻撃を加えた。

このとき、思いがけない椿事がおこった。盛政隊の左後方に布陣していた前田利家隊が、突然退却をはじめ、敦賀の方向へむかいはじめたのである。

佐久間盛政隊は動揺した。羽柴勢はその乱れをついて、猛追した。

佐久間盛政の士卒は、前日からの戦いに疲れきっており、羽柴勢の攻撃を支えかね、密林のなかへ逃げこむ。

彼らは生きのびるため、具足、武器を捨て、衣裳さえ脱ぎすて、木ノ芽峠の左右へわれがちに潰走した。

羽柴方は、秀吉につづいて秀長、堀秀政の諸隊が突撃し、柴田方は陣形を崩し、戦場を離脱していった。

柴田勝家本陣勢の兵数は七千人であったが、佐久間勢の敗北を見て逃走する者があいつぎ、たちまち三千人に減った。

勝家は三千人の兵をもって、四万余の羽柴勢と決戦しようとした。

「われらがともに心をあわせ、十死一生と思いきわめ合戦すれば、勝てぬことはないのだわ。儂に任せよ」

午の刻（正午）頃、羽柴勢は柴田勝家の馬標《うまじるし》をめがけ、われがちに突撃した。勝家旗本勢六百人は槍をつらね反撃し、三度まで敵を追い散らしたが、もはや支えられないと判断した勝家は、越前へむかい退却していった。

柴田勢はついに潰滅した。勝家は越前北ノ庄城に落ちのびたが、羽柴勢に包囲され、四月二十四日、お市の方をはじめ一族とともに自害した。

強敵を倒した秀吉は、四月二十六日と五月十五日の両日に、小早川隆景に書状を送り、勝利を報じた。

隆景は毛氈二十枚を送り、戦勝を祝賀した。五月十五日付の秀吉の書状には、毛利氏に対し、はやくも恫喝の姿勢をあらわしている様子が読みとれる。

その書状は長文であるが、勝家を北ノ庄城へ追いつめ、破滅させた事情を詳しく記している。

文中に、つぎのくだりがある。

「筑前守は近江坂本城に在城し、忠節をつくした者に国郡をつかわし、労に酬いてやった。日頃これというはたらきをあらわさない無精者は、成敗すべきであるが、秀吉は人を斬るのがきらいなので、命を取ることなく、替地をつかわすようにしている」

一年前の、備中高松城攻めのとき、毛利氏は秀吉の眼前に聳える巨峰のような大勢力であったが、いまは秀吉に威嚇されるほどの存在になりさがった。

「七月中は、将兵を休ませるつもりでいるので、毛利家との国境を、そのあいだに定めるつもりでいる。なにかとお心掛けをなされたい。よくよく分別して、この秀吉を怒らせないよう配慮するがいい」

秀吉は柴田勝家を滅亡させたのち、滝川一益の降服を許し、三七信孝が岐阜城から逃れ、尾張知多郡の内海《うつみ》という漁村に隠れていたのを捕らえ、野間の大御堂寺で切腹させた。信孝は享年二十六歳であった。

信孝は切腹するまえに、つぎの辞世をしたためた。

「昔より主《しゅ》をば内海の野間なれば

恨みを見よや羽柴筑前」

秀吉が信孝の降伏を許さず自害させたのは、彼の器量がすぐれており、生かしておけば織田政権の頭領となる可能性が、あったためである。

秀吉は旧主の三男を自害させる名目として、信雄を用いた。信長の次男信雄は愚か者で、将来秀吉に対立して政権を統率するような、器量はなかった。

秀吉は織田政権筆頭の宿老である柴田勝家を、織田信雄の名によって征伐したが、信孝をも同様の名分により処断した。

今後、信雄を推戴して天下一統をはかり、機を見て彼を失脚させれば、秀吉に刃向から者はいない。

秀吉は小早川隆景への書状に、つぎのように記した。

「東国は氏政、北国は景勝まで、筑前覚悟にまかせ候。毛利右馬頭《うめのかみ》殿、秀吉存分しだいに御覚悟なされ候えば、日本の治め、頼朝以来、これにはいかで勝るべく候や。よくよく御意見専要に候」

東国は北条氏政、北国は上杉景勝に至るまで、秀吉の判断しだいで存廃を決することができることとなった。毛利輝元殿も、秀吉に服従すると覚悟をなされたなら、日本の統治は、頼朝以来これにまさることがあろうかと、秀吉は大言を吐いた。

秀吉は、大坂に巨大な新城を築き、わが政権の拠点とする計画を抱いていた。大坂の地は、清洲会議によって池田恒興の所領となっていたが、勝家滅亡ののちは、恒興の意向などは無視すればよかった。

大坂城は、旧石山本願寺である。浄土真宗第十一世顕如は、縦横の水路によって守られた、難攻不落の要害本願寺に、元亀元年（一五七〇）から天正八年までの十年間たてこもり、信長の猛攻を支えた。

本願寺は本丸と千貫矢倉のある二の丸との、二つの曲輪《くるわ》から成っている。本丸を攻めるとき、かならず横手の矢倉から銃砲の猛射が敵に浴びせられる。十数万の兵をもって攻めても本願寺を落とせなかった織田勢のあいだで、つぎのような声がおこった。

「あの矢倉を取りはらえるなら、千貫文を払ってもよい」


五月七日、姫路在城の黒田官兵衛孝高は、安国寺恵瓊に書状を送り、毛利輝元が伊予来島に派遣している兵を、撤退させるよう要求した。内容の大略は、つぎの通りである。

「秀吉公が柴田勝家を亡ぼしたことは、当方よりの通知でご存じでしょう。今後、秀吉公と和談をすすめられるのであれば、来島を占領している毛利の人数を、片時も早く引きとられるべきです。

もし、撤退が遅延したときは、軍船をさしむけ攻めたてようとの仰せであるため、よくご分別なされるべきです。吉川元春、小早川隆景の御両人にこの旨を申しあげられ、お返事を下さい。使者も早急に京都へつかわすよう、お取りはからいください」

官兵衛の書状には、毛利氏を威嚇する姿勢が、あらわになっている。もはや毛利氏は、秀吉が形のうえだけでも柔軟外交をとらねばならないような、相手ではなくなっていた。

天正十年夏、織田信長横死のあと、それまで輝元に背き信長に従っていた来島城主村上通昌は、毛利方の能島城主村上武吉らに攻められ、城を捨て、京都へ奔っていた。

黒田官兵衛の書状にかさねて五月八日、秀吉の臣木下祐久が小早川隆景に、高松講和の実行を督促した。輝元は、天正十年六月四日に、秀吉と取り交わした講和条約の実行を遅らせており、秀吉のもとにさまざまの風聞が伝わっていた。

ポルトガル・イエズス会司祭ルイス・フロイスは、本国へ送った書状につぎのように記している。

「山口の王（毛利輝元）は、今年のはじめ使者を秀吉のもとに送った。秀吉はその使者に、つぎのような内容の書状を与え、持ち帰らせた。

去年、秀吉がいまだ勢いがつよくなかったとき、使者を輝元につかわし、その領地九カ国のうち五カ国を割譲するよう申し入れた。

だが輝元は、秀吉の前途に幾多の困難が待ちかまえているであろうと考え、先約を忘れたようにふるまった。

秀吉の現在の立場がどのようであるかは、輝元の使者が輝元に語るだろう。秀吉は毛利の領国を得たいと渇望しているわけではないが、輝元が約束を実行することを望んでいる。もしこの件について秀吉に満足を与えるならば、羽柴と毛利の好誼はつづくだろう。

もしそうでなければ武器をとり、戦場であいまみえることになり、武運のある者が勝つだろう。

輝元がもしそのつもりであれば、秀吉はただちにその地へおもむき、勝敗を決しよう」

秀吉が池田恒興を大坂から美濃大垣へ転封させ、石山本願寺跡に新城創建をはじめたのは、天正十一年六月であった。

城郭の縄張りは、前野将右衛門、蜂須賀小六がおこなう。相談役は千宗易、長岡藤孝、諸事勘定役は石田三成であった。

城普請は、九月一日からはじまった。ポルトガル・イエズス会司祭ルイス・フロイスの書簡には、つぎのように記されている。

「最初は二、三万人をもって工事をはじめたが、竣工を急いだので、遠方の諸侯に、自らか、またはその子に家来を引率させ、工事に従事するよう命じた。その結果、いまでは工事の男たちが五万人近くにふえた」

普請場では、大石、巨材を曳く、半裸の人足数万人がひしめきあい、かけ声は空にこだまし、彼らのまきあげる砂塵は、陽ざしをかげらせた。

大坂にいる毛利家の外交僧安国寺恵瓊は、毛利輝元のもとへ書状を送り、吉川元春の子経信、小早川隆景の養子元総を至急上坂させ、秀吉に謁見させるようすすめた。

中国の強豪毛利家といえども、秀吉の鼻息をうかがわねば、存続することは危ういと判断したのである。

「一、今朝、大坂より国許へ使僧をつかわし、詳しい事情を申しあげさせます。毛利家よりは羽柴殿へ銀山をお引き渡しされているので、とりわけ急ぐこともありませんが、経信、元総ご両人の上坂は遅れてはなりません。

一、吉川元春様は強気のようですが、いまはよくご分別されることが肝心です。来月になれば、経信様と元総様が室の津か、牛窓あたりで待ち合わされ、五日か六日ごろには出発されるよう、おとりはからい下さい。

私はご両人のお供はできません。秀吉公の御上使が出向いて、ご両人の案内をいたします。

ご両人が大坂へ到着すれば、まず国境の取り決めをすることになります。大変なことですが、私の老母が重病であり、今度のことについてのご案内は、代役を立てることといたします。

一、秀吉公へ進物の馬一疋は、当方からさしあげねばなりません。秀吉公の機嫌がよければ、その日のうちに対面するでしょう。名馬をみつけるのに時間がかかるでしょうから、まず馬代をさしあげ、そのあとで馬を探してさしあげればいいでしょう。

一、総金具の太刀も進物としてさしあげねばなりません。秀吉公が手にとって見ますから、銘刀を吟味しなければなりません」

安国寺恵瓊が、毛利輝元に秀吉への服従の姿勢をあらわすようすすめるのは、美作で毛利の援護をうけた地侍たちが、あらたな支配者となった宇喜多氏に対抗し、反撃していたためである。

信長が本能寺で倒れ、秀吉が備中高松から兵を返し、明智光秀を倒したのちも、毛利勢は美作の諸城に駐屯をつづけ、宇喜多勢との小競り合いをかさねた。

天正十一年六月、毛利勢は宇喜多の部将、芦田左馬允のたてこもる沖構城（鏡野町円宗寺）に攻めかけた。

芦田左馬允は猛攻に堪えかね、いったんは城を放棄したが、七月に荒神山城（津山市）城代の花房助兵衛が取り戻した。

「まえの和談を守らず、攻めかけてくるのは、秀吉公に敵対するつもりか。それならば、こっちもそのつもりでやらにゃあならんぞ」

宇喜多の重臣たちは、毛利との決戦をおこなわねばならないと、覚悟した。

八月八日、秀吉麾下の宮部善祥坊が領国因幡から美作へ、討伐の兵をさしむけたが、毛利の部将草苅重継が因幡口で迎え撃ち、勝利を得た。

草苅勢はいきおいを得た。

「羽柴の奴輩《やつばら》は腰がすわっておらんのう。あげな取り合いをしよるんなら、いくらでも叩きつぶしてやろうで」

草苅勢は南下して、宇喜多方の佐良山城（津山市）と、美作石米山城にむかい、守備にあたっていた宇喜多勢を、八月十八日に攻めた。

佐良山城には宇喜多の部将河橋弥五郎が、五百の兵を率い、たてこもっていたが、草苅勢の阿修羅の奮闘を支えきれず、退却した。

石米山城城下町での合戦にも、宇喜多方は日蓮宗徒十数人が討ちとられ、多くの死傷者を出し、敗北した。

草苅重継は九月一日に、毛利輝元から感状を与えられた。宇喜多勢は篠葺《ささぶき》城の江原兵庫助、荒神山城の花房助兵衛らを主軸として、防衛線をかためていた。

このような情勢を知った秀吉は、激怒して毛利輝元を討伐することも辞さないと、きびしい姿勢をあらわしたのである。

安国寺恵瓊は、切迫した状況を打開するため、九月十六日、毛利家重臣佐世元嘉に書状を送り、秀吉に反抗せず、従うべきであると説いた。

「ご相談は、五日や十日ではまとまりそうにない様子ですが、羽柴方と合戦をひらけば、十に七、八は負けるものと覚悟をなさっておいて下さい」

恵瓊は、輝元にすすめた。

「とにかく早々に国境問題についての、ご一族の意見をまとめねばなりません。ご相談が長びくようであれば、元総、経信殿を大坂へ人質として向かわせねばなりません。

それができなければ、奉行衆を出向かせるべきです。これは、輝元さまがご命令なさらねば、できないことです。

御家のご相談を、隆景、元春ご両人に任せているなどと申されて、この一大事を今日、明日と、碁将棋の勝負ほどに思し召しておられては、たいへんなことになります。

家来どもは殿の御意を待ち、殿は家来どもの申し出るのを待たれ、はや三十日ほども過ぎております。お家のためにならないことですが、いたしかたもありません。

このように申し上げるのは、上方にひいきしてのことではありません。秀吉は、約定を守らず我意を通そうとする者には、弓矢の儀に及ぶことも辞さない武将です。しかし、決して戦を好む者ではなく、得失を考えた上で、やむをえないときに弓矢を取りますが、本心では和睦を望んでいます。

上方の羽柴勢は、戦場のはたらきは敏捷で、兵站のそなえも充分で、作戦も巧妙であります。

毛利麾下の中国衆は人数すくなく、行動は鈍重で、兵站の米銭はわずかしかありません。また、軍勢を動かすときの、人の使い方も拙いものです。このような有様で、羽柴に敵対してはなりません」

九月七日、吉川経信は人質として大坂へおもむいた。

同月二十三日、小早川隆景は美作諸城の守将に要害を破却し、退去することを命じた。

十月十九日、秀吉は毛利輝元側に書状を送り、さきに輝元属将の村上武吉と戦い、敗北して京都に走った伊予来島の村上通昌を帰国させるので、旧領を回復してやるよう命じた。

同月二十五日、小早川隆景は、毛利の属将である備前の冷泉元満に、つぎの書状を送った。

「国境決定のため、羽柴側から蜂須賀正勝らが、安国寺恵瓊らとともに下向するので、諸城諸郷は堅固に守備して、いささかも騒擾《そうじょう》のおこらないよう手配をせよ」

だが、毛利輝元はなお秀吉に服従をいさぎよしとしない姿勢を見せた。

彼は十一月十一日村上武吉に書状を送り、秀吉から指示された、村上通昌の帰国を許さないとの心中を伝え、いったん自分にそむいた通昌を、あくまで受けいれまいとした。

秀吉は大坂で、二ヵ月ほど築城の指図をした。そのあいだに幾度も姫路城へ出向いた。

毛利氏への対策を講ずるためでもあるが、輝元との交渉は蜂須賀小六らに任せておけばよい。毛利一族が武力で対抗するときは、大兵力をこぞって撃滅するのみである。

秀吉は姫路城に着くと、中国路の情勢を小六たちから聞きとるあいだも、気もそぞろの様子を見せた。

杉原七郎左衛門が、小六に耳うちする。

「談合は早う切りあげたほうが、よさそうじゃ。殿は閨《ねや》を急いでおられるだわ」

「あいわかった。殿は情の濃いお人じゃ。いかにせわしいときも、はるばると姫路までお福殿に会いにこられるのには、儂もおどろくばかりだでなん」

秀吉は軍議を終えると、二の丸御殿の寝所へむかう。

「これはお殿さま、ようお越し遊ばされました」

「お湯風呂をお召しなされまするか」

女中たちが、秀吉の小柄な体を抱きかかえんばかりにして、寝所へ招きいれる。

「お福よ、会いたかったぞ」

秀吉が両手を前にさしだし、泳ぐように座敷へ歩みいると、南蛮模様のうちかけの裾をひいたお福の方が、香のにおいをただよわせ、迎えに立った。

秀吉はお福のたおやかな体を抱きしめる。

「そなたの顔を、ひと月ほども見ぬうちには、どれほどなすべき仕事が山積みになってお
ろうと、姫路へ足がむくようになってしまうのだわ。ねむの花を見るがような、優しいお
福の顔に会いとうて、遠路もいとわず駆けつけてこぬわけには参らぬのでや」
秀吉はお福の方の口を吸い、しばらくは動かなかったが、やがて溜め息を吐きだす。
「そなたとこうしておれば、体じゅうの疲れが抜けおちてゆくのが分かるようだで」
夜が更けて、お福と睦みあう閨のうちで、秀吉は大坂城普請の様子を彼女に語って聞か
せた。
「いまは天守の土台を築いておるところだわ。三十余カ国の人数、およそ五万人が、近郷、
遠郷に散じて、陸路、海路、川筋より大石、小石を集めてくるさまは、蟻が蟻塚に餌やら
木屑を集めてくるのに似ておるだがや。諸国の城持ち大名、小名の屋敷も、ことごとく大
坂にこしらえるだわ。儂はのんびり、城のうちに殿舎、茶の湯座敷をいくつもこしらえるつも
りだが、落成すればそなたを大坂へ迎えようぞ。この愛しき者と毎日会えるのだわ」
秀吉はお福の絹のような肌を、撫でさすった。

備前中納言

天正十二年（一五八四）正月、大坂城の御殿、茶の湯座敷三カ所が落成した。秀吉は大坂城御殿で諸国大小名の参賀を受けた。

『武功雑記』に、つぎのように記述されている。

「筑前守（秀吉）様、大坂御新亭にお移りなされ、新城において諸将と改春の御祝賀これあり。

近国はもとより九州、四国、東国の諸将競い競い参賀、筑前様は御来客に新城御殿、御茶席に御案内され、御機嫌ななめならず遊ばされ候。

御殿には至るところ金銀をちりばめ、茶道とも珍宝御掛図の数々、贅沢をつくしたること限りなし。見物の諸将いずれもこれら御覧なされ、筑前様の御分限のほど恐れいらざる者これなく候なり。

しからば先年信長公築き給うところの安土の御城、明智の兵火のために烏有《うゆう》に帰し候より、期年《きねん》ならずしてこれを凌ぐこと数倍なる金城楼閣半歳にして成る。

万事筑前守様御威勢かくの如くに候なり」

正月を過ぎて、織田信雄と秀吉の間柄が、しだいに疎遠になってきていた。秀吉は諸大名、公家に金銀を与え、人気は日毎に増すばかりである。彼は天下の仕置きをおこなう覇者であった。

それにひきかえ、信雄の人気は離散するいっぽうであった。

織田政権は、名目のうえではまだ存在しているが、信雄を天下人と崇める大名はいなかった。秀吉は、三七信孝を尾張国野間の大御堂寺で自害させたのち、信雄を推戴するのをやめた。

生来愚鈍な信雄は、秀吉が自分を利用しているのに気づかず、政権の後継者になると思いこんでいた。

信雄は、秀吉が政権を手中にしてはじめて、自分が平大名の身分にとどめ置かれたことに気づいた。

秀吉が織田の身代をかすめ取るために、自分を名ばかりの主人に担いだことを知った信雄は、秀吉を打倒しようとはかるようになった。

秀吉は大坂城新築、京都妙顕寺の改築などについて、信雄に前もって相談しなかった。信雄は安土城にいたが、現状に満足せず、尾張へ帰りたがった。

彼は天正十二年正月、大坂城へ出仕して新年参賀をするよう、秀吉に要請されたがことわった。信雄を属将として扱おうとしたのを怒ったためである。

彼は三河の徳川家康と手を組み、秀吉と決戦をおこなおうとたくらんだ。

秀吉が大坂城で諸大名の年賀をうけた正月元日、紀州根来衆、雑賀衆が八千余人で岸和田を襲った。

岸和田城を守る中村一氏は応戦してようやく撃退したが、死傷者を多く出した。根来衆、雑賀衆の兵力は、それぞれ七、八千人で、巧みに鉄砲を使い、日本最強の火力を誇っている。

雑賀衆は天正五年二月から三月にかけ、六万の大軍を率いる信長に攻められたが、よく防いだ。信長は戦いが長びくのを懸念して、雑賀衆の降伏を許し、兵を引いたが、実際は対等の和睦であった。

彼らは四国の長宗我部氏と協力して、秀吉に対抗しようとした。岸和田へ攻め寄せたのは、前年末に安土城から伊勢長島城へ戻った織田信雄と呼応するとの黙契があったためである。

根来、雑賀の一揆勢は、正月十六日にも八千余人で出撃し、佐野（泉佐野市）から岸和田へ攻め寄せた。

岸和田城の出城、狐塚城の守将が応戦するうち、岸和田から中村一氏が六千余人を率い駆けつけてきた。

中村勢は、しばらく鉄砲射撃の応酬をつづけていたが、やがて槍衆を先頭に突撃し、根来、雑賀衆を追い退けた。

畿内に緊迫した情勢がつづくなか、大坂にいる安国寺恵瓊《えけい》は、毛利輝元に秀吉の近況を知らせ、国境附近の諸城を早急に羽柴方へ渡すよう、督促の書状を送った。

「虎倉《こぐら》、岩屋そのほか作州衆の進退については、いままでいろいろ申しあげてきましたが、まったく無分別で困ります。

まず虎倉城を羽柴へ引き渡すよう申しあげました。作州の城は、高田城を残すのみで、他の城は至急にお明け渡しされねばなりません。筑州（秀吉）は、正月二十日頃にはかならず備前へ下向すると申しています。これはいささかも虚言ではなく、そのときになって驚き騒がれることのないよう、早く手廻しをしなければなりません。

正月の祝儀をなさるよりも、輝元様をはじめ、元春様、隆景様が揃って、ご相談をなさるべきでしょう。筑州を軽視してはなりません。

信長のもとで自ら弓矢、槍を手にし、城攻めの巧者といわれ、小者になるまえは流浪をしていた者で、いかなる智恵者も敵わないほどの大器です。

日本じゅうをひとりで切りまわすほどの器量ですから、いま敵にまわせばたいへんなことになります。私は心配で夜も眠れません。こののち五日か十日のうちに、境界を定めて下さい」

恵瓊は夜を日に継いで、国境確定を急ぐべきであると、くりかえしていう。

「こののち、筑州とお弓矢を交える事態になってもかまわない、と思し召されるのであれば、申しあげる言葉はありません。

毎度、長いお手紙を差しあげますが、いつものことと思し召されず、ご精を入れられて、ご分別下さい。

筑州は今年の二月に、紀伊雑賀を攻めるとの陣触れを出すという噂もあります。そのうちに、備中を見廻りにおもむき、毛利方の諸城があいかわらず引き渡されていないのを見て、腹を立てれば事態はどのように発展するか分かりません。

お侮りなされては、大失敗をするでしょう。よくよくお考えになるのは、このときです。正月の祝儀は上方風になされて然るべしとは存じますが、肝心なご相談は一日も早くすませて下さい」

恵瓊の指摘する通り、秀吉は自分に反抗する者を、いつでも撃滅しうる実力をたくわえていた。

彼は、信雄を攻める時機の熟するのを待っていた。信雄は、天正十一年の歳末に伊勢長島城に戻った。家老の津川玄蕃、岡田長門守、滝川三郎兵衛が、主君をなだめ、秀吉との対決を回避させようとしたが、事態は緊迫するばかりである。

信雄は家康と提携して秀吉にあたるため、浜松へ密使をつかわし、家康名代の酒井忠次が長島城にきた。信雄は幕僚たちも遠ざけ、忠次と密議をこらした。

信雄の生母生駒御前の兄生駒八右衛門をはじめとする重臣たちは、信雄が秀吉と衝突したときは、主君と運命をともにする覚悟でいた。彼らは、中間小者であった頃の秀吉を知っている。秀吉は少年の頃、八右衛門の屋敷に奉公をしていた。

秀吉に大坂城から大垣城へ移された池田恒興も、二十万石の所領を捨てても、信雄に協力する意志をあらわしていた。

秀吉が大坂に新城を築き、京都に広大な屋形を設け、摂家、公家、権門を金銀で操り、思うがままにふるまっていることを、八右衛門たちは苦々しく思っている。

畿内では、さまざまの流言が飛びかっていた。信雄が外出しているとき、百姓一揆に襲われ命を奪われたとか、三七信孝の遺臣に襲撃され誅殺されたというたぐいの噂である。

そのような流言は、秀吉がひろめているものであろうと、八右衛門たちは察していた。

年末になって、突然大垣城主池田恒興が、信雄のもとへ参向した。

池田恒興は、秀吉と信雄の間柄が険悪になるばかりであるのを憂慮し、両者を安土城で対面させようとした。

正月の賀儀もひと通り終わった十日頃に、秀吉が大坂城を出て安土城へ参向する。長島城にいる信雄は、それまでに安土城へ戻っておくのである。

信雄は形のうえだけでも秀吉が譲歩し、安土へ機嫌伺いに出向くと聞き、対面を承知した。

重臣たちのうち、滝川三郎兵衛が献策した。

「筑前が安土登城の折を狙い、隙をついて仕物（謀殺）にかけるがよしと存じまする。またとなき機を逃してはなりませぬ」

何事にも優柔不断の信雄は顔色を失い、おどろくばかりであったが、三郎兵衛の主張に反対する者はなかった。

秀吉と信雄が対面すれば、一時は衝突の危機を回避できるであろうが、いずれは秀吉から難題をもちかけ、信雄が争わざるをえないようにしむけてくることは、あきらかである。

信雄は、滝川三郎兵衛の策を採ることにきめた。天正十二年正月、信雄は長島城を出て安土へむかった。二千余人の供衆のなかには、土方勘兵衛、森勘解由、生駒右近、飯田半兵衛、不破源六、関甚五兵衛ら、屈強の侍三十余人がいた。彼らは秀吉襲撃の命をうけた刺客であった。

安土城大広間で、信雄と秀吉が会見しているとき、乱入して秀吉の命を奪うのである。

信雄が安土城に到着して二日後、岐阜から信忠の遺児三郎秀信が到着した。秀信につきそってきた池田恒興が、大坂城へ出向き、その旨を知らせた。

秀吉は、長島城中にひそませた細作《さいさく》（間者）から、信雄主従の謀議についての注進をうけていた。

秀吉は信雄との対面の場を、安土城大広間ではなく、馬場先広場に変えるよう、恒興に命じた。

「猿めが気儘なる注文をつけしかや。いつもながらの増上慢のふるまいは、見逃しがたいが、いまは折れあわずばなるまいでや」

信雄は怒ったが、やむをえず秀吉の要請に応じ、土方勘兵衛ら刺客を馬場先広場に潜ませることにした。

正月九日、秀吉は大坂城を出て安土へむかった。供衆は、浅野弥兵衛、蜂須賀彦右衛門（小六）、前野将右衛門ら十一将。旗本は加藤清正、福島市松、片桐助作（且元）、脇坂甚内（安治）ら、百五十人。歩卒二千余人であった。

秀吉は安土城への到着を一日遅らせ、近江野洲川常楽寺で一泊した。

秀吉の使者、浅野弥兵衛らは、安土城の信雄のもとへおもむき、遅参の旨を告げた。

「主人筑前守（秀吉）には腹病にて、休息いたしおりまするゆえ、登城は明日とあいなりまする」

信雄は秀吉との対面を中止しようとしたが、滝川三郎兵衛らになだめられ、怒りをおさえ、翌日を待つことにした。

翌朝巳の四つ（午前十時）、秀吉は安土城大手門を三町ほどはなれた、町屋口で馬を停めた。

馬場先の会見の場には、三郎秀信と信雄が待っていたが、秀吉は動かない。彼はふたたび使者浅野弥兵衛を信雄のもとへつかわし、申し入れさせた。

「主人筑前守には、あらぬ噂を耳にいたしおりまするゆえ、用心のため、中将さまよりご警固のお人数を大手門までおつかわし下されたしとのことにござりまする」

信雄は、秀吉に秘事をさとられたかとうろたえたが、大手門まで警固をせよというのは、もっけのさいわいであった。

秀吉は、半刻（一時間）ほど寒風のなかで待っていた。やがて滝川三郎兵衛が、六十四人の侍を引き連れ、町屋口へ迎えにきた。

秀吉はにこやかに挨拶をして、大手門の前に進む。門内へ入れるのは、秀吉と幕僚五人である。

滝川は、秀吉が城内へ入ったとたん、討ちとろうと思っていた。だが、秀吉の馬廻り衆加藤清正、福島市松以下の荒武者百六十余人が、槍を手に、大手門を固める番衆の制止を聞かず、押し入った。

「これは卒爾なり。これより内にご家来衆は入られてはなりませぬ」

番衆たちは声を荒げていうが、清正らの前に立ちふさがる勇気はなかった。

岡田、津川、浅井の三家老は、声を呑むばかりであった。小心な信雄は、秀吉の様子を聞くと、謀計を覚られたと思い、城中に逃げこむ。

津川玄蕃は、やむなく秀吉に告げた。

「主人はにわかの所労なれば、臥せっておりまする。よって、よろしく申すべしとのことにござりまする」

秀吉はただちに法螺貝を吹かせ、二千人に近い士卒をすべて馬場先に乱入させた。

馬場の隅で、秀吉に襲いかかる機をうかがっていた土方勘兵衛らは、身動きもできず立ちすくんだ。秀吉は悠々と坂本城へ帰っていった。

正月晦日から二月初旬にかけて、信雄は三河岡崎へ出向き、家康に合力を頼んだ。甲斐、信濃、三河、遠江、駿河五ヵ国の太守である家康は、同盟を約した。

家康の所領は、遠江二十七万石、三河三十四万石、駿河、甲斐、信濃七十七万石である。一万石につき動員兵力二百五十人の計算では、総所領百三十八万石で三万四千五百人である。

信雄の所領は尾張、伊賀、伊勢百七万石で、動員兵力は二万六千七百五十人である。

秀吉の所領とその支配下に置く地域は、大和、河内、和泉、摂津、志摩、近江、美濃、若狭、越前、加賀、能登、丹波、丹後、但馬、因幡、播磨、備前など、六百三十万石であった。動員兵力は、十五万七千五百人に達する。

信雄は、優勢な羽柴勢と対抗するために、家康に頼るほかはなかった。信雄は二十七歳、家康は四十三歳である。

秀吉は、信雄の侍大将佐久間正勝が北伊勢の峯城に入り、防備をかためたと聞くと、ただちに麾下《きか》諸大名に陣触れを発し、三月十日、大坂城を出陣し、翌日に近江坂本城に入った。

秀吉は、蒲生氏郷、長谷川秀一、堀秀政、山崎片家、加藤光泰、浅野長吉ら一万余人を、北伊勢峯城攻めにむかわせた。

佐久間正勝は、城外の小川原尾という村落に布陣し、羽柴勢を待ちうけた。羽柴勢は五千の佐久間勢を三方から攻撃する。

白兵戦になると、兵力の差はしだいにあらわれてくる。佐久間勢は甚大な損害をうけ、正勝はわずかな残兵を率い、かろうじて長島城に戻ったが、池田恒興が羽柴方に寝返り、犬山城を一気に攻め落としたとの悲報を知らされた。

恒興は秀吉から莫大な餌を与えられた。羽柴に協力すれば、三河、尾張、美濃を与えるというのである。

家康はうろたえることなく、信雄をはげます。

「池田ごときは恐るるに足らず。されども筑前は良将なれば、先手を取らねばならぬだわ」

織田、徳川勢三万は、三月十六日に清洲を出陣し、犬山城に迫った。

池田勢は犬山城を出て、小牧へ出陣していたが、家康、信雄の総勢が、犬山街道を北進してくると聞くと、犬山城へ退陣《のきじん》した。家康とただちに衝突するのを避け、その作戦を読もうとしたのである。

家康は、鬼武蔵といわれた池田恒興の女婿森長可《ながよし》が、三千の兵を率い、犬山城から三十町ほどはなれた羽黒村八幡社に布陣しているのに、着目した。家康は、信長とともに本能寺で死んだ森蘭丸の兄である長可を合戦に誘いだそうと考える。

三月十七日の夜明けまえ、家康の部将酒井忠次ら七千余人は、森長可の陣所附近に火を放った。

森長可は二十七歳である。彼の父可成は元亀元年（一五七〇）九月、信長の部将として近江西坂本で浅井、朝倉勢と戦い、討死を遂げた。

弟の蘭丸、坊丸、力丸は、いずれも本能寺の変で信長とともに死んだ。長可は歴戦の猛者である。

徳川勢の挑戦をうけると、すさまじい反撃の火蓋を切った。

徳川勢先手の三千余人は、森勢に切りたてられ敗走する。森勢はあとを追い、たちまち徳川勢の罠にかかった。伏兵に退路を断たれたのである。

森勢は敵の重囲に陥り、主立った武者二百余人の首級をあげられた。森勢の戦死者は士卒あわせて五百六十余人、徳川勢の戦死者は七十余人であった。

家康は、森勢の敗北を知った猛将池田恒興が、決戦をしかけてくるものと見て待ち構えたが、恒興は犬山城から出撃しなかった。

家康は清洲城を防衛するため、小牧城を増強しなければならないと見て、昼夜兼行で築塁をはじめた。

家康の命をうけた榊原康政は、三月十八日から二十二日までの四日間で、小牧城外曲輪《そとぐるわ》に空濠を縦横に掘り、鹿柴《ろくさい》をつらねた。

秀吉は三月二十一日、大坂城を進発して岐阜へむかった。総勢は十五隊、十二万余人の大軍である。

羽柴勢は東山道をとって美濃に入り、二十七日、岐阜城に到着した。家康は二十八日に本営を小牧山に進めた。二十九日には、信雄が小牧山に着陣した。

四月一日の深夜、徳川勢は羽柴勢の陣所へひそかに兵を進め、突然鉄砲の猛射を浴びせた。衆をたのむ羽柴勢の反応は鈍かったが、四月六日子の刻（午前零時）、犬山城の池田恒興が、女婿森長可、堀秀政、三好秀次とともに二万の兵を率い、岡崎へむかった。家康の留守をつき、岡崎城を奇襲する作戦である。

家康は恒興らが岡崎へむかうとの情報を得ると、八日の暮れ六つ（午後六時）に、水野忠重、榊原康政の先手四千五百人を小牧山から進発させ、池田勢のあとを追わせた。

家康は井伊万千代ら旗本本陣勢六千三百人を率い、八日亥の上刻（午後九時）に小牧山を出た。間道を辿る徳川勢が、三河へむかい南下してゆく池田勢に接近したのは、四月九日の八つ（午前二時）であった。

池田勢の後尾、三好秀次の八千人の部隊が、朝餉をとるため小休止しているとき、徳川勢が殺到してきた。秀次は弓、鉄砲衆を前に出し、敵に猛射を浴びせたが、徳川勢は損害をかえりみず、喚き叫んで押し寄せてきた。

徳川勢の大須賀、榊原、本多の諸隊は、三好秀次勢の足軽鉄砲衆が、射撃ができかねるほどの、迅速な突撃をおこなう。

羽柴勢の長谷川秀一隊が、秀次救援のため横手から斬りこんだが、はねかえされる。ついに三好、長谷川の士卒は隊伍を乱し、潰走した。

秀次は数百人の旗本衆に護られ、追いすがる徳川勢に鉄砲を撃ちかけつつ、後退していった。

秀次の馬標《うまじるし》を見た徳川勢は、襲いかかった。

「あれは秀次だぎゃ。逃がすでないぞ。首取って手柄とせよ」

秀吉正室おねの父、木下助左衛門、おねの弟勘解由左衛門は、討死を遂げた。秀次は乗馬を倒され、徒歩で逃れた。

ようやく替え馬に乗った秀次を、家康旗本の本多康重が馬を躍らせ追いかける。

三好秀次と残兵千余人は、三河へむかい先行していた堀秀政隊に収容され、ようやく虎口を逃れた。

堀隊は数百挺の鉄砲を放ち、秀次らのあとを追ってくる徳川勢を薙ぎ倒す。榊原、大須賀、本多らの率いる部隊は、死傷者が続出してついに後退せざるを得なくなった。

一刻（二時間）のあいだに、徳川の騎馬武者二百八十余騎が討ちとられた。

堀隊のさらに前方を進んでいた池田恒興隊六千と、森長可隊三千は、徳川勢の攻撃を知って、長久手へ引き返してきた。

甚大な損害をこうむった三好秀次、堀秀政隊は、小牧の陣所へ帰っていった。

長久手の戦場に踏みとどまった羽柴勢は、池田恒興、森長可の二隊九千余人であった。

家康は三好、堀隊を攻撃して損害をうけていたが、なお一万三千の兵力を擁している。

恒興と長可の軍勢は美濃の地侍たちで編成された混成軍団で、団結力において徳川勢に劣っていた。

家康は、先手の部隊が、九日の丑の八つ（午前二時）頃から池田、森隊と接触し、銃撃をはじめたのを知ると、決戦を挑もうとした。

家康が総攻撃の火蓋を切ったのは、九日の巳の四つ（午前十時）頃であった。家康は八百挺の鉄砲を二手に分け、池田、森隊の正面と左手から猛射を加えさせた。

合戦がはじまって間もなく、森長可が冑を撃ち抜かれ、即死した。

池田恒興隊は死闘をつづけ、押し寄せる徳川勢の攻撃を防いでいたが、ついに崩れ、恒興は床几に腰かけたまま動かず、徳川の母衣《ほろ》武者に首をとられた。

未の上刻の九つ半（午後一時）頃、池田勢は二千五百人の戦死者を戦場に残し、退却していった。

秀吉は森長可、池田恒興の弔い合戦をするため、麾下六万二千人を十七隊にわかち、戦機をうかがう。

小牧山城にたてこもった家康は、羽柴勢の誘いにのらず、一万八千人の兵を十六隊に分け、ときたま足軽衆をはたらかせ、小規模な攻撃をしかけるばかりであった。

家康が小勢ながら、羽柴勢にしばしば不意討ちをしかけるのは、織田信雄の属城が、犬山、一ノ宮、竹鼻、黒田など十九ヵ所にあったためである。

徳川の士卒は夜闇にまぎれ、味方の城のあいだを移動し、羽柴の陣所に神出鬼没の襲撃をおこなう。

両軍の決戦は容易にはじまることなく、双方対峙したまま四月は過ぎた。

備前では、宇喜多家の総力をあげての美作征伐がつづけられていた。宇喜多安心入道忠家が総指揮をとり、仕置家老富川肥後守、岡豊前守、長船備中守が二万に及ぶ全軍を率い、出陣した。お福の長子、桃寿丸家勝も富川らとともに戦場におもむく。

宇喜多勢は、毛利方の諸勢力が拠点とたのむ岩屋城を包囲した。岩屋城は、津山と勝山をつなぐ出雲街道北方の、標高四百八十二メートルの頂上にある山城で、難攻不落といわれた。

「なんとか水の手を断たにゃいけん。金山掘りを入れよ。兵粮は貯めこんでおるんかのう。毛利から夜中に兵粮、矢玉を入れにきよるんじゃろうが、捕まえてやらにゃならん」

山桜の花が咲く美作の山野に、宇喜多の軍兵が布陣して、敵の糧道を断とうとした。

だが、毛利勢は高田城（勝山町）に楢崎元兼、矢筈城（加茂町）に草苅重継の両将を置き、夜の闇にまぎれ岩屋城に物資を運びこむ。

「あの二つの城から、毛利の奴輩を追い払わにゃ、岩屋城は落ちぬ」

宇喜多勢は、高田城、矢筈城をも包囲したが、いずれも岩屋城に劣らぬ堅城である。

お福の方は、自ら書状をしたため、秀吉のもとへ送った。

「いま当主八郎は年少で、家老たちに頼るほかはありません。毛利家との国境はまだ定まらず、美作、備中の地侍たちは毛利を頼り、城を明け渡しません。攻めれば城にたてこもり、引き揚げれば附近を荒らしまわり、いっこうに立ち退く気配もなく、この実情をご報告のため、桃寿丸家勝を京都へ上らせますので、どうぞご引見下さい」

宇喜多の全力をあげても、毛利に対抗できない。毛利輝元は、秀吉が尾張で家康との対戦に、意外の苦杯を喫したのを知っていた。

秀吉は、毛利輝元にかぎらず諸国の大名が、十三万といわれた羽柴遠征軍と、家康、信雄連合軍との戦闘の前途を見守っているのを知っている。

四月下旬から、尾張の野に連日、豪雨が降りそそぎ、木曾川、長良川、揖斐川は増水して、濁流が堤を超えるほどになった。

五月一日明け六つ（午前六時）、秀吉は本隊六万人に、突然の陣払いを命じ、撤退をはじめた。楽田《がくでん》に堀秀政、犬山城に加藤光泰の兵を置き、徳川勢の追撃にそなえさせている。

羽柴勢は雨をついて木曾川を渡り、対岸に着くと下流へむかい、木曾川西岸の加賀野井城をめざした。

家康の奇襲をくいとめるため、信雄の諸城をしらみつぶしに陥れてゆく作戦に、とりかかったのである。

城将加賀野井重宗は、二千余の兵とともにたてこもっているが、長久手の捷報をうけたのち、気が弛んでいた。

「うちの旦那は合戦取りあいが下手だが、家康殿がおるいら。野戦《のいくさ》の巧者と聞こえた家康殿なればこと、長久手の一戦で大敵を辛き目にあわせられしだわ。この分なら、秀吉もいまにあきらめて和談のはこびになるに違えねえら」

城中の将兵は、野面《のづら》の眺めもかすむほどの豪雨の日がつづくなか、無聊をもてあまし、博打《ばくち》をうつ。

五月四日の払暁、木曾川の川面を覆い、幾百とも知れない川船に乗った羽柴勢が攻めかけてきたとき、城兵は六百余挺の鉄砲で応戦しようとした。

だが煙硝樽の保存が悪かったので、硝薬がいつのまにか湿気を帯び、鉄砲のほとんどが射撃できない。

羽柴勢は大筒を放って城門を打ちやぶり、ときの声をあげ押し寄せてくる。城攻めにむかうのは三万余人である。

秀吉は城外の高所に陣を置き、指揮をとる。羽柴勢は井楼《せいろう》を城際へ押し出し、楼上から城内へ猛射を加え、城兵を薙ぎ倒す。

二刻（四時間）後に城主重宗は銃撃をうけ、落命した。城兵は本丸にたてこもり、死闘をつづけたが、六日の朝に戦闘は終わった。

わずかな城兵が清洲へ逃走し、羽柴勢のあげた首級は千二百に及んだ。味方の戦死者は三百七十余人である。

秀吉はその日のうちに、加賀野井城の西北、竹鼻城を包囲した。城の四方が沼地であるのを見た秀吉は、いった。

「こりゃ、水攻めにするがよからあず」

竹鼻城には、織田の部将不破源六が七百の兵とともにたてこもっていたが、秀吉は城の周囲に高さ六間、基部十五間、頂上六間の堤を築かせた。

数万の人足をはたらかせての普請は、六昼夜で完成した。堤のうちへ木曾川から水をみちびくと、城は濁水に沈んだ。

不破源六はなすすべもなく降参し、六月十日に城をあけ渡した。

秀吉は二城を陥れたのち、いったん大坂へ退陣することにした。伊勢全土は羽柴勢が制圧しており、尾張で長期の対陣をするよりも、家康を政治的に孤立させてゆく方策をとるべきであると、判断したためである。

秀吉は、家康が四国の長宗我部元親、紀伊雑賀、根来の一揆勢、越中の佐々成政を味方にひきいれ、秀吉に対抗する勢力をふやそうとしている動きを、探知していた。

「家康は、たやすくは扱えぬだわ」

家康は、信長の同盟者として世に知られた武将である。彼が秀吉と対戦する大義名分は、信長の遺孤《いこ》信雄を扶け、人倫の道をたてることにあった。

尾張で長陣を張るうちには、家康の味方に就く大名がふえてくるであろう。

大坂に戻った秀吉は、新城普請を昼夜兼行で進める。五万人の人夫のはたらくさまを、見物にくる士民の数は、幾万とも知れない。

尾張で家康と対陣しつつ、巨大な大坂城建築をおこなうのは、秀吉の威勢を世間に見せつけることであった。家康もその噂を耳にしていた。

野戦では、寡兵を指揮して羽柴の大軍を駆け悩ます自信はあるが、長期戦になれば、兵站が保てなくなってくる。軍資金にこと欠くのである。

家康は、次女督姫を北条氏直に嫁がせていたが、北条三百万石を味方につけることができない。北条家が家康に協力しないのは、常陸、下野、陸奥にわたる大領主の佐竹氏が、秀吉と盟約をかわしているためである。

秀吉は、安芸の毛利輝元を、なかば協調しなかば威嚇して、自由な行動をとらせなかった。

「儂は長久手では勝ったが、やがて秀吉の思うがままに従わねばならぬやも知れぬだわ」

家康は、秀吉の政治力を警戒していた。

八月十三日、秀吉は五万の大兵を率い大坂を発し、ふたたび尾張に出陣した。家康、信雄は岩倉城へ入った。羽柴勢と織田、徳川勢は、九月まで対陣し、たがいに戦をしかけないでいるうちに、秀吉が信雄と和睦するとの噂がひろまった。

噂は真実であった。

秀吉は丹羽長秀を岩倉城の信雄のもとへつかわし、和談をすすめさせた。長秀は信雄に告げた。

「筑前守殿には、信長公のご厚恩をこうむりし身なるに、中将（信雄）さまに弓を引くは本意ならずと申しおりまする。あいなるべくは、たがいに質子をとりかわし、和談をととのえたきものにござりまする」

秀吉の提示した和解の条件は、信雄の娘、家康次子於義丸《おぎまる》、家康異父弟松平定勝、石川数正、織田長益、滝川雄利《かつとし》の子弟を、人質として差しだすことである。

信雄、家康は、人質を差しだしての和解には応じなかった。

「まだ、機は熟しておらぬようだで」

秀吉は九月十七日に兵を引き、十月六日に大坂城へ戻った。彼は壮麗をきわめた新御殿で、政務にたずさわる忙しい日を送った。

新御殿について、ルイス・フロイスは記している。

「城内の高所に、黄金をもって飾りたてたはなはだ美麗な座敷があった。ここから緑の野と美しい河の流れを見ることができた。この座敷は多種の絵画で飾られていた」

秀吉は十月なかば、三度めの尾張遠征をおこなった。

信雄の家老たちには、あらかじめ調略をしかけている。秀吉は彼らを誘った。

「儂は間なしに天下一統をいたすだわ。さればいまのうちに信雄を説き、和睦いたすようすすめるならば、後日に充分の酬いをいたしてやらあず」

信雄の重臣たちは、心を動かされていた。彼らは、秀吉の大軍を支えているのは、家康であることを承知している。信雄は単独では秀吉に一蹴されよう。羽柴勢との二回の対戦で、矢玉も乏しくなっていたが、補充する資力がなかった。

三度めに尾張の野を覆って襲来した羽柴勢は、七万とも八万ともいわれる大兵力である。

十一月上旬、秀吉の講和の使者が、信雄の家老滝川三郎兵衛のもとへおとずれた。

三郎兵衛は交渉に応じ、長島城にいる信雄のもとへ戻り、講和をすすめた。

「筑前守は、伊賀三郡、南伊勢四郡、尾張犬山城のほかは、望まぬと申しておりまする。また人質は織田長益、滝川雄利、佐久間正勝、土方雄久の子または母親を望みおりまする。

これにて和談召されるがようございましょう」

信雄も、このうえ秀吉と敵対して勝てる見込みはないと知っていた。

信雄は和談に応じ、桑名東方の矢田河原で秀吉と会い、金二十枚を贈られ、伊勢で羽柴方に奪われた米、三万五千俵を返還された。

講和の条件は、さきに秀吉が提示した内容に、信雄の娘を養女にすることを加える。

清洲城にいた家康は、協力者の自分に無断で、信雄が秀吉と単独講和をしたことを腹に据えかねたが、事態を冷静に判断した。

家康も、内心で秀吉との戦いを終熄させる機を、うかがっていた。このうえ対戦が長期化すれば、秀吉の政治力にしだいに押されてくる。

越中の佐々成政は家康と呼応し、九月に隣国前田家を攻撃したが、いまは前田、上杉に挟撃され、戦勢はふるわなかった。

家康は信雄の講和を認め、ただちに尾張から撤兵し、十六日に岡崎城へ帰った。

信雄と秀吉が和睦すれば、家康は戦いを継続する名分を失う。

「やはり猿めに、してやられしか」

家康は自分の孤立した立場を嘆いた。このうえ攻められたときは甲、信、駿、遠、三の五カ国を焦土としても、秀吉と戦わねばならない。

秀吉は、大坂城へ帰還し、十一月二十五日に京都仙洞御所造営の視察に出向くいっぽう、家康に講和の使者を派遣していた。

紀伊雑賀衆、根来衆、土佐の長宗我部元親は、大坂城攻撃の動きをあらわしている。秀吉が伊勢に出陣していた十一月、紀州、泉州の地侍衆が、大坂城を襲おうとした。

長宗我部元親は、二万の兵を和泉に渡海させようとはかり、阿波の湊口まで出向いた。弟の長宗我部親泰は、和泉に到着していた。

元親は大坂城に大攻撃をしかける旨、尾張の家康のもとへ使者を送ったが、すでに信雄と秀吉のあいだに和談が成立していたので、作戦は実行されなかった。

秀吉は、滝川雄利、富田一白、津田隼人らを浜松へ派遣し、家康と和議交渉をおこなわせた。

講和条件は、家康次男の於義丸《おぎまる》を、秀吉の養子にすることである。家康は講和に同意しつつも、於義丸を人質に送るのを拒んだ。

だが、結局は秀吉の提案をうけいれざるを得なかった。十一歳の於義丸は、十二月六日に浜松城を発し、十二日に大坂城へ到着した。

秀吉は於義丸が謁見すると、おおいによろこび、わが名の一字を与え、羽柴秀康と名乗らせる。秀康は従四位下侍従三河守に叙任され、河内のうちで二万石を、部屋住み知行として与えられた。

於義丸を養子とした秀吉は、家康との和談をほぼまとめた成果に満足した。

秀吉が従三位権大納言に叙任され、公卿となったのは、天正十二年十一月二十二日である。

彼は柴田勝家を討伐したとき、従四位下参議となっていたが、朝廷では、ついに秀吉が名実ともに天下人の権力を掌握したことを、認めたのである。

秀吉はかねがね金銀をもって懐柔している、右大臣菊亭晴季《はるすえ》から、関白近衛前久《さきひさ》が近々退任するという情報を得ていた。

彼は北条、毛利、徳川などの有力大名を抑える権威を得るため、征夷大将軍となることを望んだが、足利義昭の猶子となり、第十六代将軍位を継承する願望は果たせなかった。名目ばかりの将軍である義昭が、応じなかったためである。

秀吉は東国を平定して、平氏将軍となることを考えたが、家康が障害となって実現できなくなった。

このため、関白として政権の体制を築きあげることを、狙ったのである。

天正十二年秋、宇喜多桃寿丸家勝は、京都で没した。地震によって圧死したといわれるが、あきらかではない。

史料によれば、天正十三年十一月五日の申の上刻（午後三時）、五畿内一帯に大地震がおこり、民家の倒壊するもの数知れず、死亡者も多数にのぼった。その前年にも、地震があったのかも知れない。

この頃、美作高田城から楢崎元兼が退き、宇喜多氏に引き渡された。楢崎にかわり高田城に入ったのは、宇喜多直家の妹婿、牧藤左衛門であった。

藤左衛門は、永禄八年（一五六五）十一月、備中の三村家親に攻められ滅亡した、旧高田城主三浦氏の家臣であった。

彼は高田城に入ってまもなく、旧主の正室であったお福の方を、大庭郡布施庄の湯本村（湯原町）へ招いた。藤左衛門は、地元の百姓たちの湯治場であった湯本に、十数棟の湯屋、御殿を建て、お福を二十日ほどのあいだ、療養させた。

「お方さまも、ながいあいだご苦労を重ねられ、このたびは家勝さまも不慮のご最期をお遂げなされた。儂はこんど高田城を預かることになって、せめてお方さまにご湯治をおすすめしたいと思うておったんよ。湯本の温泉《いでゅ》はええ湯じゃけえ、お方さまをおなぐさめできよう」

藤左衛門は、家来たちに内心を語った。

湯本の湯治場は、いまの湯原温泉である。お福は山間の温泉で、二十数日を過ごした。

天正十三年二月十三日、秀吉は小早川隆景に命じた。

「三月二十一日を期して、領内の軍船をこぞって紀州へ出陣させるため、和泉岸和田へ集結させせよ」

三月五日、秀吉は京都大徳寺で大茶湯興行をおこなう。

三月十日、秀吉は内大臣に任官した。朝廷では彼を右大臣にするつもりであったが、信長が右大臣在位のまま死んだので、凶例であるとして秀吉は辞退した。

このため、左大臣関白の二条昭実が辞職し、内大臣の近衛信輔が左大臣となり、その後任に秀吉が就いた。

三月二十日、紀州攻めの羽柴勢先手が大坂を出陣した。翌二十一日、秀吉本陣勢が紀州へ向かった。

秀吉は二十三段、十余万人の大軍を南下させる。宇喜多の富川、長船、花房ら諸将も参陣していた。

信長が六万の兵を催し、雑賀を攻め、苦戦した前例があるため、大兵力で一挙に根来、雑賀を蹂躙する作戦をたてたのである。

ルイス・フロイスは、出陣する秀吉の行装を、つぎのように記述している。

「彼は美しい黒馬に乗り、徒歩の貴族が二人、馬の両側についてくつわをとっている。いま一人の貴族も徒歩で傘を持ち、従っていた。その周囲十プラザ（約二十メートル）の間は誰も近寄らず、ジョウチン小西（立佐《りゅうさ》）と称するキリシタンが、秀吉と話しながら徒歩でゆく。

小西行長の父である彼は、白緞子の衣を着て、そのうえに緋絹に金の刺繡をほどこした短い上着をつけ、ビロード裏の猩々緋《しょうじょうひ》の帽子をかぶっていた。

彼につづき、二千人の貴族が方形の旗二千を持って進み、つぎに二万五千の鍍金《メッキ》の槍、二千の薙刀を持つ軍団があらわれ、さらに七千のアルカブス（火縄銃）銃手及び、多数の弓手がきた。

この兵士たちはことごとくヨーロッパの兵士のように色白で、その武器及び馬具ははなはだ美々しく、武具には黄金の飾りを施していて、見物の群衆はひたすら嘆賞した」

羽柴勢は、千石堀という根来衆のたてこもる城を攻めた。

千石堀城には、根来衆、雑賀衆千五百人と老幼婦女四、五千人がいた。城兵は鉄砲、大筒の圧倒的な火力を用い、羽柴勢を薙ぎ倒した。

羽柴勢は一日で千石堀城を陥れたが、七千余人の損害を出し、屍山血河の激戦であった。

根来寺攻略は、ほとんど損害を出すことなく終わった。羽柴勢は、三月二十四日に雑賀荘（和歌山市）へ迫った。秀吉は雑賀衆に調略をしかけ、内部分裂をおこさせた。

羽柴勢はほとんど抵抗を受けることなく、三月二十五日に雑賀荘を制圧した。だが、太田城という小城にたてこもる、太田二郎左衛門という雑賀衆が、頑強に戦い、降伏しなかった。

ルイス・フロイスは太田城について記す。

「この城郭はまるでひとつの町のようであり、雑賀の財宝の粋が蓄積されていた。そこには根来衆と雑賀衆の主だった指揮官が全員集結し、武器、兵員、食糧も豊富に貯えられており、米だけでも城内に二十万俵あるといわれていた」

太田城に強引な総攻撃をしかければ、千石堀城攻めのときのように、屍の山を築くことになる。

秀吉は水攻めをしかけることにして、四十八町にわたる大築堤により城を包囲し、紀ノ川の水をひき入れた。

雑賀衆の精鋭は、二十数日間の籠城ののち全員降伏した。

天正十三年五月一日、秀吉に四国長宗我部征伐の命をうけた吉川元春は、出雲、伯耆、石見の兵を動員し、嫡子元長に総指揮をとらせる陣触れを発した。

五月八日、小早川隆景は、麾下の湯浅将宗、冷泉元満に四国出陣の支度を命じた。秀吉は毛利輝元にも、出兵を促した。

秀吉の弟羽柴秀長は、和泉、紀伊二国の太守となり、紀伊岡山に居城を置いていたが、堺以南の海岸にあるすべての船舶を徴発して、四国攻めの軍勢の渡海にそなえた。

秀吉は明石に一柳末安を置き、黒田官兵衛を淡路へ渡らせ、六月に四国征伐をするための布石をかためる。

その頃、秀吉の体調がすぐれないとの噂が世上にひろまっていた。秀吉は病床で長宗我部と、越中富山の佐々成政を攻撃する計画を、練っている。

彼は、脚気を病み、自らの出馬を先に繰り延べ、麾下の一柳末安、斎村広英、加藤茂勝らの諸隊を四国へ渡海させた。

禁裏では、坂本城へ勅使を派して秀吉の病状を問わせ、諸国の社寺に病気平癒を祈願させた。

秀吉は仮病をつかっていたともいわれる。長宗我部と佐々の両勢力の動きを測っていたのであろう。

宇喜多八郎は、秀吉の側近にいた。十四歳の八郎は眉目秀でた美少年で、天性の気品がそなわっている。彼はこの頃元服して秀家と名乗り、従五位下侍従に任ぜられていた。

六月上旬、秀吉は大坂に帰城した。

十六日、弟秀長が四国遠征軍の大将として渡海した。秀吉は七月三日に出馬すると触れていた。十八日、彼は小早川隆景に書状を与え、長宗我部元親からの和議申し入れを断った事情を告げた。

「今度長宗我部、阿波、讃岐を返上いたし、実子これを出し、子供大坂に在させ、奉公いたすべしと申し候あいだ、すでに人質を受けとり候といえども、伊予の儀そのほうお望みのことに候あいだ、是非に及ばず、長宗我部人質あい返し候うえ、伊予国一職《いつしき》そのほうに之を進め候。

自然、長宗我部宥免候えば、土佐一国あてがうべく候なり。謹言」

十一月五日、五畿内で大地震がおこり、民家の倒れるもの数知れずという被害を受けた。皇大神宮、石清水八幡宮、醍醐寺では、地震の不祥をはらう祈禱をおこなった。秀吉は余震の納まらない七日に入京した。関白任官のためである。

関白は、天下の万機を関《あずか》り白《もう》すという、朝廷最高の権限をそなえる官職で、「一の人」と呼ばれ、臣下第一の職である。

関白職は、近衛、鷹司、九条、二条、一条の五摂家が独占していた。

秀吉が内大臣となったとき、前任の内大臣であった近衛信輔は、左大臣に転任した。そのため、それまで左大臣関白職にいた二条昭実が、左大臣を辞職し、関白にとどまった。ところが近衛信輔は、関白職をも申し受けたいと申し出た。二条昭実は関白に就任して一年を経ていなかったので、辞任を拒み、争論がおこった。

近衛信輔の父前久《さきひさ》は、この争いの裁定を秀吉に頼んだ。裏面で、秀吉と懇意な菊亭晴季が動いていた。

秀吉は両家の争いを仲裁したのち、自分が近衛前久の養子となり、信輔と兄弟の約を結び、関白となる方針をうちだした。

関白に就任すれば、近衛家に千石、他の四家には五百石ずつを、永代家領として与えるという、利をもって釣ったのである。

近衛信輔は反対した。

「秀吉ごとき出自の者に関白を渡すは、いかにも忍びがたきことにござりまする」

前久は、息子をなだめた。

「いまの秀吉は、四海に敵なしといわれており、五摂家を取りつぶすなどは、たやすきことなるに、当家養子となると申し出たのじゃ。そうなれば、秀吉のはからいにて当家に利運がめぐって参ろう」

前久は千石の所領に心をひかれた。

近衛信輔も、千石の所領に心をひかれた。関白は人臣最高の名誉であるが、就任しても利益をともなわないので、実益を捨てるに忍びがたい。

秀吉は菊亭晴季、近衛前久の奔走により、関白に就くとの吉報を得た。

七月十一日、秀吉は参内し、従一位関白に叙任された。

主上は誠仁親王、和仁親王、右大臣菊亭晴季をともなわれ、常御所座敷で秀吉に対面された。

秀吉が関白に任官したことについて、世間の風評は、前代未聞と呆れるばかりであった。

ルイス・フロイスは記す。

「出自のあきらかでない、下層出身のこの人物（秀吉）が、このように突如として、しかも短い歳月のあいだに、日本人にとって最高の名誉と地位を獲得して、このように昇進したことは、きわめて過大かつ法外な出来事で、日本の人々をしておおいに驚嘆おくあたわざらしめた」

羽柴勢の長宗我部攻めは、その間にも進展していた。

宇喜多秀家は蜂須賀正勝、黒田官兵衛の軍勢と同行し、初陣のはたらきをあらわすため讃岐屋島から、阿波へむかい進撃した。

毛利の諸隊は伊予に渡海した。小早川隆景、吉川元春の二隊は長宗我部方の金子元宅の護る高尾城を攻めた。

このとき長宗我部元親が、後巻きの兵を繰りだしてきたので、激戦となった。隆景らは奮闘して長宗我部勢を斬り崩し、撃退した。

安国寺恵瓊は、毛利勢健闘の戦況を、七月十四日付の書状で大坂城の秀吉に通報した。

「予州のうち金子城取り巻かれ候のところ、後巻きとして長宗我部人数出し候ところ、隆景、元春覚悟をもって一戦に及ばれ、即時に斬り崩し、多数討ち取られ、両城乗っ取らる由、まことに手柄の段、是非なく候。

なおもってあい達せらるべく候」

安国寺恵瓊は、羽柴勢の強大な戦力を、つぎのように評した。

「上衆（羽柴勢）の儀は、人数、手柄早きこと、米銭、御一味中の武略の仕懸け、かれこれ掌《たなごころ》に持ち候」

人数が多く、手柄（手練）にすぐれ、何事にも手早く機動力がある羽柴勢は、米銭も多くそなえ、兵站は揺るぎない。

そのうえに、武略に長じているのである。

「羽柴の兵は、自分賄いにて、兵具兵粮をおのれの算段にてととのえることがいらぬ。それは家中の雑兵どもには、ありがたきことじゃろう」

羽柴政権の経済力を支えているのは、堺商人であった。

小早川隆景と吉川元春の長男元長指揮する毛利勢は二万余人である。

高尾城攻めのとき、隆景は城下の大手口へ押し寄せ、元長は山の手へまわり、尾根伝いに進み、銃砲を雨のように放った。

このとき高所に据えた大筒から放った砲弾が、城の塀を打ち破り、多数の城兵を殺傷した。千人殺しといわれる散弾を放ったので、城兵は逃げまどい、ついに全滅、落城したのである。

毛利勢は高尾城を陥れたのち、伊予高峠、生子山の二砦を陥れ、四国攻めの総大将羽柴秀長の紀伊、和泉三万余人の軍勢と合流した。

羽柴秀次は摂津、丹波の兵三万を率い、秀長につづいて四国へ渡海する。八万の大軍勢は阿波へ乱入し、板野郡木津城を陥れ、名東郡一宮城へ押し寄せた。

秀長は秀次に命じた。

「これしきの小城ひとつを取り抱うるに、かほどの人数はいらぬでや。おのしは岩倉の城を攻めよ」

秀次は阿波美馬郡岩倉城を攻めた。

険しい山頂にある岩倉城の守将は、長宗我部掃部頭という剛勇の士で、大軍を迎え撃ち善戦した。

軍監黒田官兵衛は、秀次にすすめた。

「この城は要害ゆえ、我責《がぜ》めにいたすは難事にござります。しばらく鉄砲、大筒を撃ちこみ、夜も眠れぬほどにしたるのち、調略をもちかけるがよかろうと存じまする」

秀次は官兵衛の意見に従い、城中を見下ろす高所に三十匁玉筒数十挺を並べ、猛射を浴びせた。

官兵衛は頃あいを見はからい、降伏をすすめる軍使をさしむけた。長宗我部掃部頭も、昼夜を問わず撃ちかけてくる銃砲の轟音に、眠ることもできず心身衰えはて、籠城十九日めに降伏した。

一宮城はすでに陥落していた。両城が羽柴勢に占領されると、阿波、讃岐の長宗我部方の諸城は、すべて降伏、退散した。どの城にも千に足りない寡勢をたてこもらせていたので、いっせいに崩れる脆さをあらわした。

長宗我部元親は、ゲリラ戦で対抗しようとして、兵力を分散させていたので、羽柴勢に前線拠点をあっけなく奪われた。

土佐国群書類従の『吉良物語』には、つぎのような記述がある。

「元親が、一、二カ所の城を堅固に構え、兵粮弾薬を充分に支度し、二千人以上の兵をたてこもらせておれば、羽柴の大軍に押しかけられても、たやすく陥落しなかったであろう」

長宗我部元親が、重要拠点の防備をかため、羽柴勢を迎撃させているあいだに、本隊三万を三手に分かち、戦況しだいで分散、集結をくりかえす。陥落の危急が迫った城へ後巻きをおこない、地理にうとい羽柴勢の虚をつき急襲して、土佐、伊予の地侍たちのいきおいを盛りあげる。

そのような変幻自在の戦法によって羽柴勢を翻弄すれば、数年にわたり戦っても、敗北を喫しなかったであろうと、『吉良物語』の著者は批判する。

元親は、四国のうちで小規模な戦闘をかさねてきたので、大軍に対応する策を思いつかなかったというのである。

彼は、四国津々浦々の小城に兵を分け、たてこもらせたので、山野を埋め、怒濤のように押し寄せる羽柴勢の矢面に立った長宗我部勢は、荒胆をひしがれた。

城兵たちは、味方の百倍にも達すると見える羽柴の大軍に、昼夜のわかちなく銃砲を撃ちかけられると、戦意を失い降参して、羽柴勢の先手に組みいれられた。

宇喜多秀家は、富川、長船、岡の家老たちを従え、羽柴勢に加わり四国へ渡海し、阿波板野木津城攻めに参加し、初陣を経験した。

十三歳の秀家が、淡路福良《ふくら》湊から阿波土佐泊へ渡海するとき、船が渦潮に巻きこまれ、危うく転覆しかけた。

福良湊の漁師は、羽柴秀長に告げた。

「このところ、大雨、大風がつづいており、渦潮が強《きつ》うなってござります。差し潮と引き潮が、一日に十二度あい逆らって渦をおこすため、船が渦のただなかへ入ったときは、八つ裂きにされますする。しばらくはご渡海を見合わされるが、ようござりましょう」

秀長は作戦を遅延させられないので、渡海を強行した。

六万の大軍が、大船六百艘、小船三百艘で対岸にむかった。福良から対岸までは五里である。船団は渦に巻かれ、風に吹かれ、船体が裂け、楫《かじ》が折れる船も多かったが、渡海は事なく終わった。

秀家は激しく動揺する船中で、胃の腑のものをすべて戻し、船中に身を横たえ、船酔いをこらえた。

渡海の最中に、船上の士卒が奇怪なものを見た。

「あれを見よ。島と思うたが、動きおるぞ。何であろうか」

秀家は船酔いをこらえ、艫屋《ともや》形《かた》の櫺子窓につかまり、海上を見渡す。足軽たちが叫ぶ。

「あの長さは二十町ほどじゃ。まさか魚ではなかろうが」

秀家は息をのみ、海上の島のような隆起を見つめる。胡麻を撒いたように前後して対岸へむかう大小の船から、風音をついて恐怖の叫び声があがった。

「やっぱり魚じゃ。大岩のような頭のなかで目が光っておるぞ。おおっ、口をあけおった」

秀家は夢にうなされているような気分になった。

「たしかに、動きおる。あれは魚じゃ」

前後の船から、三十匁玉筒が撃ちだされた。秀家の船に乗っている足軽鉄砲衆も、大鉄砲の筒先をそろえ、轟々と怪魚にむかい狙撃を加える。

秀家は耳を押さえ、艫屋形の床に伏せた。船はいまにも沈むかと思われるほど振動する。

怪魚が荒れ狂い、船をひと呑みにするのではないかと、秀家は身を縮めるばかりであったが、やがて傅役《もりやく》に揺り起こされた。

「若さま、もう魚はおりませぬけえ、お起きなされませい」

秀家はおそるおそる身を起こす。渦潮を乗り越えたので、海面はおだやかになり、船の揺れも納まった。

「あれは、まことの魚であったのじゃろうか」

秀家は、泡立つ後方の海を眺める。傅役はいった。

「たしかに魚と見えてござりますが、思うてみりゃあ、十七、八町の身の丈がある魚なんぞは、おりませなあ。きっと、海の底にひそんでおる魔王の仕業で、幻を見せられたのかも分かりませなあ」

秀家は鳥肌の立つ恐怖をおさえ、うなずく。

「ほんにそうじゃなあ。大海の底にはいかなる魔物がいよるか、知れぬわい」

軍兵たちが船上から大鉄砲を撃ちかけたのは、渦潮のうねりであったのであろう。身の丈十七、八町の魚がいるはずはない。

船酔いに疲れきった秀家は、傅役たちに介抱されつつ、藁葺きの農家がまばらに見える海辺に上陸した。

「ここは土佐泊という在所でござります。これから木津という城を、取り抱えに参りまする」

「城はどこじゃ」

「あれに見えまする」

秀家は、遠浅の入り海と川に周囲を取り巻かれた、貧弱な小城にむかい、雲霞の羽柴勢が押し寄せてゆくのを見た。

火矢の攻撃を防ぐため、泥土を塗りたくった城は、ふるびた船板をめぐらして塀としていた。いっこうに見映えがしないが、城中には熟練した銃手が多数ひそんでいた。

秀家は南蛮鉄仏胴具足をつけ、中間《ちゅうげん》たちの持つ弾丸楯に囲まれ、木津城の攻防を見渡せる高所に陣を進めた。

その辺りにも、ときたま流弾が風を切って飛んでくる。具足に命中しても貫徹力はないが、富川、長船、岡ら家老たちは、顔色を変えてかばう。

「もっと背をかがめなされませ」

「合戦の様子などは、ご覧にならずともようござりますけえ。お怪我のないのが一番でござりますらあ」

秀家は頭上から照りつける盛夏の陽ざしに、満身に汗を流しつつ、首をのばして戦況を見ようとする。

彼は羽柴勢の士卒が、干潮のときを待ち、攻撃をしかける光景を、暑熱も忘れて眺めた。差物を背に立てた甲冑武者たちが、干潟の泥のうえを、磯蟹が這うように散開して進んでゆく。

「あのなかには、当家の者どももおるんか」

秀家は聞く。

「おりますらあ。あの岩の蔭から出てきた、二つ団子の自分差物を差しよる者は、足軽大将の堀田孫大夫でござります」

った。


秀家がうなずくと、面頬《めんぽお》にたまった汗が音をたてた。

味方の士卒は、干潟で足をすべらせ、よろめきつつ城際へ迫ってゆく。城兵たちは、押し寄せてくる羽柴勢が射程のうちに入ると、いっせいに銃撃の火蓋を切った。


火花が城の板塀のうえで間断なく明滅し、寄せ手の兵が、干潟に身を叩きつけ、動かなくなる。弾よけの竹杷《ちくは》を提げているが、全身を隠すことはできない。鉛弾は、命中すると偏平になり、人体を渦巻き状に貫くので、首、足、腕が被弾するとちぎれ飛ぶ。

秀家は強壮な士卒が血しぶきをあげ、倒れ伏すありさまを目の辺りにして、具足のなかに小便をもらした。

烏賊《いか》が墨を吐くような硝煙が塀のあたりにたちこめ、風が吹くと秀家本陣まできな臭いにおいがただよってくる。

戦死者が三百人に達したので、引き鉦が打ち鳴らされ、寄せ手は飛ぶように泥上を走って退却する。

富川秀安、明石景親ら老臣たちは、声もなく顔を見合わせる。

「敵は手強いのか」

秀家が聞くと、富川は笑顔をつくって答えた。

「なんの、これしきの小勢ゆえ、今日のうちには埒があきますらあ」

再度の城攻めは、信長第十女の婿、中川秀政が指揮をとっておこなわれた。

秀家の傍らで、富川、長船、岡ら宿老が声をあげた。

「あの馬標は、藤兵衛（秀政）殿ではなあか。いまだ若年だが、どう攻めるかのう」

摂津茨木城主の秀政は、十六歳であったが沈着な行動をとった。

彼は潮が引きつづけているのを見て、地元の漁師を呼び、たずねた。

「潮はどれほど引くのか」

漁師は沖を指さす。

「今日は大潮でござりますけん、あの岩の根方あたりまでもあがりますらあ」

「あのあたりはなお潮が波うっておるが、人馬が歩めるようになるのは、いつ頃じゃ」

「あと半刻（一時間）ぐらいやろうと存じまする」

秀政は半刻のあいだ、待つことにした。

木津城は、河口にむかうあたりに板塀をつらね、銃手が蜂のようにむらがり、寄せ手を待ちかまえているが、沖にむかう側は、樹木が枝葉をかさねる断崖である。

秀政は攻撃開始を督促にきた本陣の使者に告げた。

「あと半刻もいたさば、沖の岩根あたりまでが干潟になるゆえ、断崖《きりぎし》にとりつき攻め入りまする」

秀家の陣所では、侍たちが私語をかわしあう。

「藤兵衛殿は気が臆したか。無理はなかろう。敵が筒口そろえて待ちかまえる前へ、干潟を踏んで押し寄せにゃいけんのじゃけえの」

「またまた、幾百人もの若え者が撃たれて死によるんか。見たくねえのう」

秀家は富川秀安に聞く。

「藤兵衛は、まことに臆しちょるのか」

秀安は首をふった。

「そがあなことはござりませなあ。潮がもっと引くのを待ちよるんでござりますが。潮がだんだん引きゃあ、左手の崖から取りつけますけえ、死人手負いを出さずに城中へ乱入できますらあ。なかなかに、考えなされたものじゃなあ」

秀安のいう通り、潮はしだいに引いてゆき、城から三町ほど離れた辺りまで干潟がひろがった。

やがて中川隊がいっせいに法螺貝を吹き鳴らし、攻撃に移った。騎馬武者は泥をはね散らし馬を走らせ、槍、鉄砲をもつ足軽たちは、早駆けであとにつづく。

「あれを見よ。城際の逆茂木《さかもぎ》を打ちこわしよるぞ」

秀家は気をたかぶらせ、床几から立ちあがり、中川隊の奮戦ぶりを眺めた。

木津城はその日のうちに陥落し、翌日、城将東条関兵衛は降参して、城を明け渡した。

宇喜多秀家は、城中から痩せ馬を曳いて出てくる東条関兵衛のいでたちが、あまりにも貧相であるのにおどろく。

具足は色あせ、太刀の柄糸がほころびたうえに、細紐を巻きつけてある。鎧直垂《よろいひたたれ》の袖口は、垢で光っている。

関兵衛の陽灼けした顔は、頬がそぎ落とされたように痩せ、血走った両眼が燃えるようなするどい光を放っていた。

「いなかで野戦をかさねた者は、おおかたあのような風体でござりますらあ」

家老の長船貞親がいう。

いなか育ちの貞親は、日頃羽柴勢のきらびやかな軍装を嫌っていた。生死の関頭《かんとう》に立ち、命のやりとりをする侍が、うわべを飾ることはないと思っているのである。

秀家は、軍兵たちの汗と垢と革具のにおいのいりまじった、息もつまるような体臭を嫌っていた。戦場には、人馬の糞便のにおいもたちこめている。

「若さま、合戦取りあいにて、大将たる者の采配の取りようが、お分かり召されしか」

富川ら家老に問われた秀家は、うなずいてみせる。

彼よりも三歳年上の中川秀政が見せた武者ぶりは、全軍の賞讃を集めるほどに、水際立っていた。

「儂も、やがて藤兵衛殿のように采配をいたしたいものじゃ」

秀家は、怪我人の呻き声を聞き、戦死者を焼く煙の、魚の脂身を焼くようなにおいをかぎながら、凄惨な戦場の光景に慣れようとつとめた。

こののち、武将として生きてゆくためには、敵の矢玉に身をさらさねばならない。侍は露の命を惜しむわけにはゆかない。

お福の方のいつくしみを受けて育った秀家は、身のまわりを常に清潔に保たねば気がすまなかった。

彼は本陣に風呂桶をすえ、夕方と朝の二度、湯浴みをする。南蛮渡りのサボンをつかい、小姓たちに丹念に体をこすらせ、下着から直垂まですべて着替える。

だが、具足をつけ兜をかぶると、汗はたちまち湧き出て、全身に流れた。

羽柴勢は二手にわかれ、秀長の率いる三万余人は、阿波国名東郡一宮城へ押し寄せる。一宮城には長宗我部元親の弟親泰が、たてこもっていた。

羽柴秀次の率いる四万人は、阿波美馬郡岩倉城を攻めた。秀家勢は一宮城攻撃に加わる。いずれも、すさまじい銃砲の火力で敵を圧倒し、両城はひとたまりもなく陥落した。

敵将長宗我部元親は、二万五千の本陣勢を率い、阿波三好郡羽久地へ布陣し、二十四段の鳥雲の陣形を張った。

嫡子信親は、八千余人の別手を率い、海部《かいふ》郡野根山に陣を置いた。

宇喜多秀家は、前途に三万三千人の敵勢が待ちかまえていると聞き、緊張した。

「これは大戦《おおいくさ》になりそうじゃなあ。死人手負いも仰山出るじゃろうが」

家老の富川が教えた。

「一宮城を攻めるうちに、秀長殿が元親に和談を持ちかけておりますけえ、おおかた降参しよりますらあ。元親も勘定を心得とりますやろう。損な戦はしようらんでしょうが」

元親は七月十九日、羽柴秀長のすすめに応じ、三男の津野孫二郎親忠を人質として、降参した。

「これで終わりようたか。暑い戦であったのう」

宇喜多秀家は、七月下旬に同勢とともに大坂へ凱陣した。

秀吉は、秀家を見ると相好を崩して労をねぎらう。

「八郎よ、つつがのう帰ったかや。流れ玉にもあたらず、初陣より武運強く、めでたいのう。うなじの辺りにだいぶあせもができたようじゃが」

「初陣とは申せ、敵と馬首を入れちがえて戦うたるわけでもなく、ただぼんやりと見物いたしおりしばかりにて、なんの役にも立たざるうちに、戦が仕舞うてござります」

秀吉は天井を仰ぎ、大笑した。

「合戦とは、およそさようなるものだわ。大将が細かく動きまわりては、戦機が読めぬ。初陣はそれでよからあず。敵の姿も見えざる所にいて、いきなり大筒の玉をくらい、総身が砕けて死ぬ者もおるのだわ。八郎は強運だで」

秀吉は四国のうち、土佐二十万三千石を元親の所領とした。

阿波十八万六千七百五十石、淡路六万三千六百二十石のうち、一万石を赤松則房に与え、他は蜂須賀彦右衛門小六に与えた。小六は二十四万石の大名になった。

讃岐十七万千八百十石のうち、二万石は三好正安に与え、十五万千八百十石は仙台権兵衛に与える。

伊予三十九万石のうち、三十五万石は小早川隆景、二万三千石は安国寺恵瓊、一万四千石は来嶋又兵衛に与えた。

秀吉は四国征伐ののち、ただちに越中富山の佐々成政を攻めた。織田信長麾下の猛将として知られた成政であったが、秀吉の大兵力を迎えて勝ち目はなかった。

佐々成政は、二万の兵を指揮して、六万の羽柴勢と戦い、いったんは勝利を得たうえで、死のうと覚悟していた。

だが、秀吉は決戦をはじめる直前に、調略をしかけた。戦わず降参すれば赦免し、越中新川郡一郡と一万石を与えるというのである。豪気な成政も、張りつめていた心がゆるみ、剃髪法体となり投降した。

秀家は、大坂城に凱陣した秀吉に近侍して、茶湯、猿楽をたしなむ日を送った。大坂備前島（中之島）の備前屋敷に能舞台を設け、猿楽師をはじめ謡方、囃子方《はやしかた》を長屋に住まわせ、仕舞の稽古に精をだす。

茶湯は千利休に習う。羽柴政権のうちで、利休は秀吉の政治顧問のような立場にいる。天下人の秀吉に意見ができるのは、利休ただひとりであるといわれていた。

大坂城をおとずれる諸大名は、九間四方の座敷三間の襖をとりはずした、四百八十余畳敷きの大広間の上段に座した秀吉に対面した。

敷居をへだてた下座にひかえているのは、羽柴秀長、宇喜多秀家、細川幽斎、長谷川秀一、宇喜多忠家である。前田利家、安国寺恵瓊、松井友閑、千利休らは訪客とともに居並んだ。

「宇喜多の若殿は、生まれついての福運をお持ちじゃ、殿下があれほどまでに目をおかけなされる公達《きんだち》は、ほかにはないのう」

「うむ、なんの苦労もなされず、栄耀栄華に年月を送るため、生まれいでたるごときお人じゃ。ほんにうらやましいものよのう」

秀吉麾下の諸侍は、秀家の福運をうらやんだ。

「やはり母御前の備前殿の縁があるゆえ、殿下は秀家殿をわが子のようにいつくしまれるのであろう」

という声もあった。

備前殿と呼ばれるのは、お福の方であった。彼女は備前島の宇喜多屋敷に住むことなく、大坂城内に住居を与えられていた。

秀吉は、いまでは多くの側室にかしずかれていた。亡き主人信長の五女三の丸殿、信長の弟信包《のぶかね》の息女姫路殿、近江浅井長政の娘二の丸殿（淀殿）、蒲生氏郷の妹三条の局など、十数人がいる。

だが、秀吉はお福のもとへしばしばおとずれた。彼はお福の傍にいるとき、日頃の疲労が癒されるような気がした。

「そなたほど、儂をこころようもてなしてくれる女子《おなご》は、ほかにはおらぬだわ。秀家は、日毎に涼やかな男ぶりが冴えてくるだがや。儂は秀家を、やがて備前宰相にするつもりだで」

秀吉は内心をお福の方にうちあけた。

天正十三年十二月下旬、小早川隆景、吉川元長が大坂城へ参向した。彼らは長宗我部元親降伏ののち、伊予一国を与えられた礼を述べるため、出向いたのである。

二人は秀吉に謁見し、礼物を献上した。

隆景は総金の太刀一振り、長光の刀一腰、馬一頭、銀子五百枚、虎の皮十枚、紅糸百斤、大鷹三羽。元長は太刀一振り、刀一腰、馬一頭、銀子五百枚、猩々皮一枚を献上した。銀子千枚は、現代の六十億円の価値がある。

隆景と元長は、大坂城内の豪華をきわめた宏壮な建築に、目を奪われていた。予想をはるかにうわまわる規模である。

——秀吉は素姓もさだかならぬ猿面冠者と思うておったが、天下人ともなれば、おそろしきまでの権勢じゃ。毛利三家の力などでは、とても太刀打ちできんじゃろう——

隆景は、紅小袖に唐綾の白小袖をかさね、南蛮模様の袴をつけた秀吉に、近寄りがたい神気《しんき》さえ覚えた。それまで見たこともない、大建築の主として、威圧される。大坂城では、御殿の柱間の長さの一間が、当時の基準とされた六尺五寸ではなく、七尺であった。

七尺間《けん》をもちいた建築物は、御所と安土城天守であった。格式をあらわす建築法である。

隆景たちは、大玄関から鏡のように磨きあげられた広縁を通り、七十二畳敷の遠侍《とおざぶらい》という控えの間に案内されたとき、気持ちが萎縮していた。

ルイス・フロイスは、遠侍について記している。

「部屋の周囲には美しい虎の毛皮や唐渡りの獣皮が吊りさげられ、調度、器具が整然とならび、きわめて壮麗な有様であった」

豪華な衣裳をつけた秀吉は、近寄りがたい威厳をそなえていたが、口をきくと優しげで、昔と変わっていない磊落《らいらく》な態度である。

秀吉は、かたわらの小姓が捧げていた佩刀《はいとう》の、備前一文字則宗の太刀を、隆景に与えた。

「そうじゃ、脇差もつけて参らせよう」

秀吉は鎌倉正宗の脇差をそえた。

「次郎（元長）には、備前三郎をつかわすでなん」

元長も名刀を拝領した。

そのあと、二人は酒を初献、二献、三献とすすめられ、蒔絵の懸盤で運ばれる本膳、二の膳、三の膳の、山海の珍味を頂戴した。

隆景たちは、身内に酔いがまわると、いくらか気分がくつろいできた。

酒宴の席には、宇喜多秀家、忠家がいた。隆景らは、それまで軽んじてきた備前の小童《こわっぱ》が、羽柴政権の中枢にいることを目の辺りにして、秀吉の養子の値打ちをあらためて知った。秀家、忠家が隆景、元長に挨拶を述べると、二人はそれまでとは違ったきわめて丁重な物腰で、返礼をした。

秀吉は、そのような隆景たちの応対を、皮肉な眼差しで見たが、機嫌のよい口調は変えなかった。

「そのほうどもに、めずらしきものを見せてやらあず。ついて参れ」

秀吉は隆景たちと、秀長、秀家、利家ら大勢の大名をともない、大廊下を幾度も折れ、広大な殿中へ導く。

木の香と青畳のにおいのただよう広間が、大廊下の左右に限りもなくあらわれてくる。

秀吉は、ほの暗い座敷の前で足をとめた。

「こなたへ参るがよい」

隆景、元長は、秀吉に従い座敷へ入る。小姓が灯台に火を点じた。

「おう、これは」

隆景、元長は目を見はった。座敷のなかに、黄金の色もまばゆい、輿《こし》のようなものが置かれていた。

――輿にしては大きすぎるが。何じゃろうかのう――

隆景たちが声もなく眺めるのを見た秀吉は、満足げにいった。

「かようなものを、見たことがなかろうがのん。これは、近頃利休にこしらえさせたる、黄金《こがね》の茶座敷だわ。山里の数寄屋とおなじこしらえにて、壁や柱をはずし、いずれへなりと持ちはこびできるでや」

隆景は感嘆して、元長にいう。

「めったに見られぬ、まばゆきお宝じゃなあ。ゆっくりと拝見して参ろう」

黄金の茶室は三畳敷きである。天井、壁、柱、明かり障子の骨は、すべて純金である。

障子紙のかわりに赤地の紗を張り、畳は猩々皮、縁《へり》は紺地の金襴、なかは錦、裏は毛氈であった。

茶道具もまた、柄杓、茶筅竹のほかはすべて黄金でこしらえられていた。秀吉の財力をもってすれば、十畳、二十畳の座敷を黄金で張りつめるのも、易々たることであった。

三畳間をこしらえたのは、利休が侘びを表現したためである。

黄金の豪華な色あいを、三畳間の草庵にとりいれたのは、「藁屋に名馬つなぎたるがよし」という、茶道の理念を生かしたものであった。

隆景らは黄金の茶室で、利休から茶湯指南を受けた。

大坂城内にあった黄金の茶室を、当時の記録に従い模造したものが、現在熱海のＭＯＡ美術館にある。製作に使用した金は、二十四キログラムである。

私は先年、その茶室で武者小路千家の宗匠から、濃茶を頂戴したが、純金を使用した部屋のかもしだす雰囲気は、成り金趣味とはほど遠いものであった。

黄金の輝きは重く沈み、静寂のうちにふしぎなあたたかみを蔵していた。豪奢でありながら侘びがこもっている。

黄金の茶室を見聞した豊後の大名大友宗麟が、書きのこしたつぎの記述がある。

「金屋《きんおく》の御座敷御見せ候。

三畳敷、天井、壁、そのほか皆金。あかり障子のほねまでも黄金、赤紗にてはり申し候。見事さ、結構、中すに及ばず。さて、御座敷のカザリ棚、梨地《なしじ》、四ノ柱、上下の板に三十。

金物は黄金。
一、御釜風炉黄金切りあわせ　円釜。
一、御水指　飯桶《めんつう》付。ツチメ、トジブタ。黄金。
一、柄杓立　柑子口《こうじぐち》　黄金。
一、水こぼし　合子《ごうし》　黄金。
一、御茶入なつめ　黄金一、御茶碗二。おおいに深し。重ねて置かれ候。黄金。
一、四方盆　黄金。
一、柄杓竹一、茶杓黄金。
一、茶筅行《ぎょう》　紫竹。
一、蓋置　黄金。
一、炭入レ　ヒョウタン形《なり》　黄金。
一、火箸　黄金。
一、火吹き　黄金
」


隆景、元長は、宗鱗が見たと同様の座敷飾りを拝見したのち、天守閣へ導かれた。

天守は一階平面が東西十二間、南北十一間である。屋根は五重、内部は六階、地下二階の構造で、壁は鏡のようになめらかな黒漆喰仕上げである。

大坂城天守は、宝物蔵であった。隆景たちは、おびただしい金銀、宝物がかがやきあい、見分けもつかないほどであるさまに、肝を奪われた。

秀吉夫妻の寝室は、九間四方と三間に二間の二部屋であった。衣裳所には、色とりどりの小袖が、数も知れないほどかけられている。納戸には、金襴の袋に入れられた黄金三十貫が置かれていた。

「これは、はした女《め》どもへの鳥目《ちょうもく》につかわすためのものだわ」

秀吉は黄金を土砂であるかのように、軽々しくあつかっているようであった。

隆景たちは、目にするもののことごとくが想像を絶するばかりで、おどろき恐れいった。

天正十三年十月二日、秀吉は島津義久に、関白職として勅命をうけて号令するという、書状を送った。

「関東から奥州に至るまで、勅命に従い争乱は鎮まったが、九州だけが、いまなお戦いのやむことがない。国境の争いについては、聞きとどけたうえで、しかるべき仰せを下されることとなるので、弓箭《きゅうせん》の争いをやめるべきである。

この旨を守らないときは、ただちに成敗を加えるので、返答は一大事であるとこころえよ」

九州では、島津義久と大友宗麟の二大勢力のあいだで、闘争がつづいている。

大友氏は、鎌倉時代から豊前、豊後の守護職をつとめた名門であった。七世の親世のとき、筑前、筑後、肥前、肥後を版図に収め、室町幕府から九州探題に任ぜられた。

十三世の宗麟は、毛利氏と豊前、筑後で戦い、猛威をふるったが、天正六年、十万の大兵を率い、日向耳川で島津勢と会戦し、一敗地にまみれて挫折した。

島津氏は、鎌倉幕府から薩摩、大隅、日向の守護職に任ぜられ、三百八十余年ののち、十三世の義久が、北九州の強豪大友氏を撃破した。

そののち天正八年には肥後に出兵して、八代城主相良義陽、隈府《わいふ》城主隈部《くまべ》親永、矢部城主阿蘇惟賢らを征服した。

天正十三年には肥前に乱入し、大豪族龍造寺隆信と島原で戦い、大勝した。隆信を敗死させた島津勢は、さらに筑前に侵略の鉾先をむけた。

筑前の秋月種実、豊後馬缶の長野種信、香春《かわら》岳の高橋元種、城井の城井鎮房ら土豪は、あいついで降伏した。

大友宗麟は、筑後一国をも島津氏に奪われ、秀吉に懇願した。

「このままに打ち過ぎなば、われらが本貫の地はことごとく、島津のものとあいなりますれば、なにとぞご合力を願い奉りまする」

このため、秀吉は島津義久に和平を命じたのである。

秀吉は、九州全土を政権に帰服させるために、島津征伐をおこなわねばならないと考えていた。島津氏は、威嚇されてたやすくなびくような弱小勢力ではない。

義久は、秀吉の命令を無視した。

「大友宗麟は、国境に侵攻し、砦を構えたので、当家はやむをえず防戦したもので、非は大友側にある」

島津義久は、秀吉の出自を軽んじていた。彼は秀吉の講和命令をうけいれない方針を記した書状を、かねての知己である細川幽斎あてに送った。

書状のなかには、つぎのような、秀吉を嘲る言葉を書きつらねていた。

「羽柴のことは、まことに由来なき仁と世上沙汰候。当家のことは、頼朝以来愀変《しゅうへん》なき御家のことに候。

然るに羽柴へ関白　曖《あつかい》の返書は、笑止のよしどもに候。

また右のごときの故なき仁に関白を御免のこと、ただ綸言《りんげん》の軽きにてこそ候え」

大意はつぎの通りである。

――羽柴秀吉は、由緒のない人物であると、世上では取り沙汰している。当家は頼朝以来、伝統を伝えてきた家系である。しかるに、羽柴ごとき者に対し、関白曖の返事を書かねばならないとは、笑止のかぎりである。

羽柴のような由緒のない者に、関白職を許されたのは、天皇の綸言が軽々しかったためであろう――

秀吉は、島津義久が武力によって征討しなければ屈服しないことを知っていた。彼はいっぽうで、徳川家康を屈服させるための、方略を練っていた。

天正十三年十一月なかば、酒井忠次とともに家康の股肱といわれた石川数正が、三河岡崎から退散し、京都へ奔った。秀吉に利をもって誘われたのである。

石川数正は桶狭間合戦以来、家康の身辺にいて、多くの難局を乗りこえてきた。本能寺の変ののち、家康が伊賀越えをして三河に帰還した九死に一生の、危険に満ちた道中にも同行していた。

徳川家諸侍は、おおいに動揺した。石川数正のような重臣が、家康を見捨てたのである。数正は、徳川勢の軍法をすべて知っている。家康はうろたえつつ、酒井忠次ら重臣に命じた。

「ただちに陣法を変えよ。あますところなく、すべて組みかえねばならぬだわ。尾張との境の城は、濠をさらえ、塀をあらたにつらね、合戦にそなえよ」

家康は身内にたかまる不安をこらえ、天正十四年を迎えた。

家康は相模の北条氏、安房の里見氏と連携をつよめている。もし秀吉の攻撃をうけたときは、彼らと協力するのみである。

秀吉は正月十九日、織田長益らを使者として岡崎城へつかわし、上洛をすすめた。彼らは、家康が上洛しなければ、征伐をうけるだろうと威嚇した。

家康に上洛をうけいれさせ、羽柴の傘下に帰服させる条件として、秀吉は妹旭姫をその室として輿入れさせることにした。

旭姫は、秀吉の異父の妹である。秀吉の母大政所は、織田信秀の足軽であったという、弥右衛門とのあいだに、三好一路の妻となった智子と秀吉をもうけ、弥右衛門の没後、再嫁した筑阿弥とのあいだに、秀長と旭姫をもうけた。

旭姫は、秀吉とはちがい器量がいいが、佐治日向守という夫がおり、年齢も四十四歳になっていた。子はないが、夫婦の仲はよかった。

秀吉は旭姫を日向守と離別させ、家康に嫁がせるのである。旭姫は政略結婚を強制された。

家康は天正七年、信長の強制により、正室築山殿を殺してのち、妻を迎えていない。

家康は、秀吉の交渉に応じた。自分をもっとも高く売りつけることのできる好機であると判断したためである。

彼は旭姫を妻にむかえ、秀吉と和睦することを承知したが、つぎの三カ条を認めてもらいたいと懇請した。

「一、旭姫とのあいだに男子が生まれたときも、長松（秀忠）にかえて嫡子にしない。
一、この和議によって、長松を人質として京都へつかわさない。
一、今後、家康が没したのちも、領国の駿、遠、三、甲、信、五カ国を長松に相続させること。
長松はいま八歳であるが、関白殿下はこれをいたわり愛されたい」

織田長益に同行していた秀吉の使者、浅野弥兵衛は、秀吉のしるした和睦条件の草稿をとりだして家康に見せた。

家康は、それを一読して驚嘆した。

草稿には、家康の望む条項がすべて書きいれられていた。

秀吉は、信長第四子の秀勝を養子にしていたが、秀勝は前年の暮れに病死していたので、織田氏との縁が断絶した。

彼は名実ともに天下人となったうえは、源、平、藤、橘の四姓をとなえる公卿たちの門閥のうえに立つ、新しい権威として、自らの新姓を学者に撰ばせることにした。

秀吉は関白就任のとき、それまでの、慣例によって、十二人の諸大夫を置いた。諸大夫のうちには、石田三成、中村一氏、大谷吉継、福島正則らがいた。

秀吉はさらに、政務を執行する五奉行を置く。前田玄以、浅野長政、増田長盛、石田三成、長束正家であった。

五奉行のうち、前田玄以が所司代として洛中洛外の治安を司り、長束正家が知行、算用を扱う。浅野、増田、石田は政権の総務を処理する。重要案件については、五人で合議した。

前田玄以は、信長、秀吉に仕え、天正十一年以降、京都奉行をつとめていた。長束正家は、もと丹羽長秀の家臣で、算勘にすぐれていたので、秀吉に抜擢された。

石田三成は、奉行に任ぜられてのち、しだいに頭角をあらわし、もっとも重用されるようになっていた。

かつて毛利家の使僧であった安国寺恵瓊も、四国攻めののち、伊予一国のうちで二万三千石の領地を与えられ、幕下の大名に列していた。彼の領地は、現在の松山市北部である、和気郡一帯にあった。

恵瓊は、伊予の領地のほかに、安芸安国寺の一万石をこえる寺領をも与えられていた。彼は、秀吉側近として、石田三成らと肩を並べるほどの権勢をふるっていた。

彼の主な任務は、毛利の代弁者として秀吉政権との交渉をおこなうことにあった。秀吉の臣下となってのちも、その立場は変わっていない。

小早川隆景、吉川元長が、毛利三家の家老たちを引き連れ、天正十三年十二月に大坂城へ参観したときも、案内役は恵瓊であった。

宇喜多秀家は、大坂城内山里曲輪にいるお福の方のもとを訪れ、内心をうちあけることがあった。

「毛利はよき親戚が力をあわせ、家老《おとな》どもにも才長《た》けし者が多うござりますが、それにくらべりゃ、当家の家老どもは、互いに仲が悪うて、妬み合い、私になにかと苦情を申して参りまする。まことに難儀なものじゃと思うておりますらあ」

お福は、秀家をなぐさめる。

「それは、そなたが年若いゆえじゃ。いまに家老どもが大口をきけぬようになるじゃろう。その辺りのことは、殿下がよくご存知ゆえ、しだいにご助力も下さるに違いない」

お福の方は、秀家が秀吉の側近で明け暮れを送り、国許の政治は富川、岡、長船ら家老たちに任せているため、家中の事情に疎いことを知っていた。

秀家は、父直家が生きていた修羅地獄のような戦乱の実態に、触れることもなかった。

だがお福は、秀吉の養子であるかぎり、宇喜多家は安泰であると、楽観している。

秀吉は、まもなく島津義久征伐の大軍勢を西下させようとしていた。一方で、京都に聚楽第という大建築の普請にとりかかっていた。

天正十四年正月以来、秀吉は大坂城二の丸、外濠の築造をはじめていた。

その普請に、諸国から駆りだされた人足は、七、八万から十万である。聚楽第の普請は、それをうわまわる規模であった。

関白の邸として新たに建設される聚楽第の敷地は、平安京大内裏の故地である内野の、約七百メートル四方である。

同年三月、ルイス・フロイスの本国ポルトガルへの報告書に、つぎの記述がある。

「濠はいま大坂城の周囲に構築中であるが、絶えず六万人がこれに従事し、はたらく者は坑夫でも石工でもなく、全日本の領主や大身たちで、濠は幅四十間、深さ十七間である。(中略)大坂は石がないので、この周囲二、三十レグワ(一レグワ約五・六キロメートル)の間の領主は、皆その収入に応じて毎日石を積んだ船数艘を送ることを命ぜられ、堺の市に課せられたのが毎日二百艘である。

わが大坂のカザ(住院)より川が見えるが、パードレ(宣教師)たちは毎日石を積んだ船千艘の入るのを見、ときには千をこえることもあった」

大坂城普請と並行して聚楽第の大工事をおこなうのは、秀吉の権威を天下に誇示するためであった。

秀吉の妹旭姫と家康の婚儀は、五月におこなわれ、秀吉は九州征伐への足固めをととのえた。

四月十日、秀吉は毛利輝元に命令した。

「島津征伐をおこなうので、領国の守備を厳重におこない、軍勢をあつめ、戦備をととのえよ」

また、秀吉は安国寺恵瓊、黒田官兵衛孝高に、九州遠征軍の検使を命じた。

恵瓊らは、さっそく九州諸大名との折衝をはじめた。まず大友義統《よしむね》につぎの下命があった。

「豊前、肥前の地侍どもより人質をさしださせ、豊前の門司、麻生《あそう》、宗像《むなかた》、山鹿の諸城に軍兵を入れ、兵粮を支度し、大軍の通行に支障のないよう、道路を修築せよ」

軍勢の通過する道筋の、一日一日の宿所を、すべて城構えにする工事が迅速に進められた。

島津義久は、秀吉の提示した領土画定の条件をうけいれず、一門衆と相談の結果、徹底抗戦の方針をきめた。

義久は、秀吉が征討軍を派遣するまえに、豊後の大友氏を攻撃する戦略をたて、六月十八日、数万の兵を率い鹿児島を出陣した。

秀吉は七月になって、島津勢が筑前に乱入したとの報をうけ、中国、四国の兵をこぞって九州へさしむけることにした。

秀吉は、九州平定ののち唐入りをおこなう支度をととのえていた。天正十四年八月五日付の、九州攻めの準備を毛利家に命じる書状に、つぎの一条が記されている。

「唐国までなりとも仰せつけらるべしと思し召され、御存分の通りに候条、島津御意にそむき候ところ、さいわいの儀に候あいだ、かたく仰せつけらるべくの儀、浅からず候。各その分別専一要候事」

秀吉は唐入りをおこなうため、長門の赤間ケ関（下関）に武具、兵粮を集積する、直轄の蔵を建設していた。

八月五日の毛利輝元に下した軍令の内容は、つぎの通りである。

「門司と赤間ケ関、豊後の連絡路を確保し、先手の兵をただちに門司に送れ。弾薬兵粮は、羽柴政権が補給する。

吉川元春、小早川隆景のいずれかは、ただちに赤間ケ関に出陣せよ。豊後、赤間ケ関の連絡路、渡船場の地図をこしらえ、差し出せ。必要な援軍は、求めに応じ派遣する。戦功の士には、輝元、元春、隆景の申告に応じ、領地を与える」

秀吉はさらに八月十四日、黒田官兵衛、安国寺恵瓊ら検使に対し、指令を発した。

「筑前立花城が、兵粮弾薬に欠乏している。毛利氏はこれらのものを送り、援兵を派遣せよ」

毛利輝元は、八月十日に先手の三千人を出陣させ、十六日には自ら軍勢を率い、赤間ケ関に進出した。

九月二十四日に吉川元春、十月三日には毛利輝元以下の全軍が、海峡を渡り門司に至った。

毛利勢は数万の兵力で、島津方の豊前小倉城を、十月四日に攻囲した。城将高橋元種は必死の防戦をしたが、たちまち陥落した。

豊前、筑前の土豪たちは、その情報を知ると、戦うことなく毛利氏に降伏した。吉川元春は十一月十五日、豊前小倉の陣中で病没したが、毛利勢の戦意は衰えなかった。

秀吉は小西行長の父で、堺商人の立佐《りゅうさ》らに命じ、兵庫湊、尼崎湊に、兵三十万人、馬二万頭を一年間養える糧秣を集積させた。

立佐は兵粮十万石を、赤間ケ関へ輸送した。秀吉は、九州へ出陣する前に、家康を上洛させ、臣従を天下に公表させねばならなかった。

家康は、上洛すれば謀殺されるであろうと、怖れていた。宇喜多秀家は、秀吉が家康を上洛させるため、生母大政所を岡崎へ人質として送るという、思いきった手段をとろうとしていることを知った。

宇喜多家の大坂屋敷では、富川、岡ら家老たちが噂をしていた。

「殿下は日頃孝養をつくしている母《かか》さまを、人質として岡崎へお送りなされるそうじゃな。なんと思いきったことをなされるものじゃのう」

「そこまでされたなら、三河守（家康）も上洛いたさぬわけにはゆかぬじゃろう」

秀吉は十月四日、家康を権中納言に任ずる奏請をしていた。

「殿下にお声ひとつかけてもらえりゃ、たちまち中納言になれるんじゃけえ、豪儀なものじゃ。うちの殿も、そのうちにゃ中納言さまになられようで」

秀家は、その年の七月に従四位下、左近衛少将に昇進していた。十五歳の少年が、何の戦功もないままに秀吉の推選《すいせん》によって、高位に昇進できるのである。

家康は十月初旬に浜松を出立し、十五日に岡崎城に到着した。そこで大政所の来着を待ち、上洛する予定である。

家康の重臣たちは、大政所が人質として出向いてくると聞き、疑念を抱いた。

「日本国の三分の二を領する、権勢ならびなき秀吉が、大政所を人質にさしだすとは、納得しがたきことにござりまする。偽計にてはなきかと怪しまざるを得ませぬが」

家康は、秀吉が大政所に孝養をつくしているのを知っているので、彼女が領内に入ったのち、不慮の事故がおこらないよう、万全の警戒態勢をとった。

大政所に万一のことがあれば、秀吉は家康懐柔の方針を捨て、総力をあげ徳川氏撃滅の兵をおこすであろう。

十月二十日、大政所は岡崎城に到着した。家康が、彼女と対面したのち、旭姫が出迎えた。母子は挨拶のあと、あい擁して泣いたので、家康主従は大政所が偽者ではなかろうと推測した。

十月二十一日、家康は一万二千人の兵を率い、岡崎を発して京都へむかった。万一、秀吉に襲われたときは必死の決戦を挑む覚悟で、三、遠、駿、甲、信五カ国の兵三万に、出撃の支度をさせている。

家康が聚楽第へ伺候したのは、十一月二日朝であった。二百数十畳の大広間の壁際に、礼服に威儀をただした大小名が居流れている。広間の壁、襖は、狩野派一門がえがいた金碧極彩色の障壁画で、かざられていた。

宇喜多秀家は、正面上段の間の秀吉に近い座にいて、小肥りの家康が秀吉の前に進み、相対して座るのを見た。

秀吉は、大音声で告げた。

「徳川三河守、上洛、大儀」

家康が帰服して政権の基盤をかためた機会に、秀吉は正親町天皇の譲位の儀をおこなうことにした。亡き誠仁親王の第一皇子、和仁周仁《かたひと》親王を天皇に推戴するのである。

十一月七日、正親町天皇の譲位と和仁親王の受禅の儀式がおこなわれた。受禅とは、譲位をうけ、皇位に就くことをいう。

同月二十五日、後陽成天皇の即位式がおこなわれた。同日、秀吉を太政大臣に任じることが内定し、十二月十九日に任官した。

このとき、秀吉に豊臣姓が与えられた。源、平、藤、橘の四姓にならぶ新姓は、「天長地久、万民快楽」の意をあらわすものであった。

宇喜多秀家はこの前後、左近衛中将に昇進した。

天正十五年正月元旦、秀吉は大坂城で、公家、諸大名、豪商らの年賀をうけるとともに、九州征伐の陣触れを発した。

秀吉に従い出陣する豊臣本軍は、総勢八万六千百五十人である。宇喜多秀家は、先手《さきて》を命じられた。秀吉は秀家を座所へ呼び、心得を聞かせた。

「八郎よ、そのほうは一万五千の宇喜多の人数を引き連れ、島津攻めの先手をつとめよ。いまだ齢《よわい》十五なれば、軍兵どもの指図は家老《おとな》に任せておけばよからあず。総勢二十万の人数を繰りだしての大戦《おおいくさ》なれば、陣場へ出て見聞きいたすことのすべてが、そのほうの為になるだわ。それゆえ、島津を征伐いたすまでの、諸所での合戦を、しかと見届けよ」

宇喜多家の所領は、直家在世の頃の備前、美作と播磨二郡に、高梁川以東の備中数郡を加え、五十七万四千石である。

秀家は出陣の命令をうけ、岡山に帰城し、軍勢を召集する。城下には、領内から人馬が続々と到着し、野陣を張った。

町なかは、小荷駄の牛馬がゆきかい、出陣をひかえいきおいづいた士卒の談笑の声でにぎわう。

兵具をあきなう商家の店先では、代金を惜しまぬ買い手が押しあう。商人たちはよろこびあった。

「店には客が仰山きてくれて、ありがたいことじゃなあ。馬やら牛やらは、土煙をたてて通りよるけえ、店のなかは砂だらけじゃが、銭がいくらでも儲けられるけえ、苦にならんぞ」

「ほんにのう、こんどは岡山のお城下から侍衆が総出で九州へいきんさる。いまが稼ぎどきじゃ。夜も寝ずに商売せにゃいけん」

正月二十五日朝、岡山城下に集結した一万五千の宇喜多勢は旗差物を林立させ、西へむかった。

二月一日、因幡鳥取城主宮部中務卿法印継潤の四千人、伯耆羽衣城主南条勘兵衛元継、因幡鹿野城主亀井武蔵守真矩ら四百人が出陣した。

二月五日には、但馬出石《いずし》城主前野長康の二千人。但馬城ノ崎城主明石則実の八百人。但馬八木城主別所重棟の四百人。但馬竹田城主赤松広英の八百人。播磨龍野城主福島正則の千二百人。播磨三木城主中川秀政の三千人。播磨明石城主高山重友の千三百人。丹後宮津城主長岡忠興の三千人。総数一万二千五百人が出陣する。

同十日には大和郡山城主羽柴秀長の一万五千人。伊賀上野城主筒井定次の千五百人。

同月十五日には、若狭小浜城主丹羽長重の千五百人。播磨赤穂城主生駒親正の八百人。丹波亀山城主羽柴秀勝五千人。総数七千三百人。

同二十日には、越中守山城主前田利長の三千人。越前北ノ庄城主堀秀政三千人。越前東郷城主長谷川秀一《ひでかず》千七百人。越前府中城主木村重茲千人。青木一矩千人。加賀小松城主村上義明千人。加賀大聖寺城主溝口秀勝七百人。山田喜左衛門百三十人。美濃太田城主太田宗隆百人。総数一万千六百三十人。

同二十五日、伊勢松ケ島城主蒲生氏郷千二百人。織田秀信千三百人。九鬼嘉隆（兵船）、岡本康政百五十人。美濃岐阜城主池田輝政千人。美濃兼山城主森忠政千人。美濃曾根城主稲葉典通五百人。総数五千百五十人。

三月一日には尾張清洲城主北畠信雄（代将）千人。越前敦賀城主蜂屋頼隆五百人。越中富山城主佐々成政五百人。三河刈屋城主水野忠重二百人。石川数正五百人。総数二千七百人。

前備えは近江大津城主浅野長吉の千二百人。木下式部大夫の千人。摂津三田城主山崎片家の千人。戸田半右衛門、長谷川重成、戸田勝隆の九百八十人。

後備えは近江蓮華寺城主池田直吉ら十七人の、三千三百六十人である。加藤清正の百七十人も、そのうちに加わっていた。

宇喜多秀家は、羽柴秀長、羽柴秀勝とともに、秀吉本陣勢の中核となっている。秀吉は幕僚とともに大坂から軍船で、瀬戸内海を西下した。

秀吉と幕僚の軍装は、『太閤記』によれば、つぎの通りであった。

「秀吉公三月朔日洛陽を立って、うち給う。その日の装束には緋縅の鎧、鍬形《くわがた》打ちたる甲を猪首に着なし、赤地の錦の直垂、いとはなやかに出でたち給う。

供奉《ぐぶ》の人々老いたるはなお若きいでたち、言語を絶したり。綺麗古今あるまじきことなりと、いいあえりぬ」

秀吉が豊前小倉城に到着したのは、三月二十八日であった。宇喜多秀家は、大和大納言秀長、毛利輝元、小早川隆景、黒田官兵衛らとともに、豊前国境にいた。

秀吉は北九州随一の強豪といわれる、豊前夜須の豪族秋月種実を攻めた。その居城は巌《がん》石《しやく》城と呼ばれ、標高四百四十六メートルの山頂にある。険阻な岩肌を登っての城攻めは、十万の大軍を動かしても効果はない。

一ヵ月は持ちこたえるであろうと予想されていた巌石城は四月一日の攻撃で、たちまち陥落した。城兵たちは猛烈をきわめる銃砲撃で動転した。

さらに豊臣勢が風上から火を放ったので、城郭のすべてが灰燼に帰し、城兵は山中へ四散していった。

秋月種実が降参すると、肥前、筑後、筑前、豊前、壱岐、対馬、平戸、大村、五島などの領主が秀吉に帰服し、島津征伐の先手に加わりたいと願った。

三月下旬、宇喜多秀家は羽柴秀長の別動隊に加わり、日向から大隅へむかい南下の命令を受けた。別動隊の兵力は十万人である。

彼らはまず延岡の県《あがた》城を陥れ、四月六日、島津の武将山田有信が千三百人の兵とともにたてこもる、高城を攻めた。

羽柴秀長は、すさまじい火力で城兵を圧倒し、降伏させようとした。包囲の布陣は、つぎのように大掛かりなものであった。

城東

羽柴秀長　一万五千人

筒井定次、大友義統　一万五千人
城北
毛利輝元、小早川隆景　二万五千人
城西
吉川元長兄弟　一万人
城南
宇喜多秀家　一万五千人

高城の南方一里の大隅財部《たからべ》城から、島津の部将上井覚兼、鎌田政近らが出撃してくる。さらに四里南方の都於《との》郡で、島津義久が薩摩、大隅の兵を集め、高城救援にむかおうとしていた。

「薩摩の後巻きがやってくるだわ。備えをかためよ」

秀長は、高城南方の根白坂に宮部継潤、黒田官兵衛、蜂須賀家政ら一万五千人を布陣させた。

四月十七日の日没後、島津義久の指揮する二万の兵が、根白坂に押し寄せてきた。羽柴勢の陣所は逆茂木をつらね、濠を掘り、篝火《かがりび》をさかんに焚いている。

島津勢が突撃してくると、宮部継潤らの諸隊は、雨のように銃砲を放った。

高城南口を包囲していた宇喜多隊は、藤堂高虎隊とともに、根白坂の羽柴諸隊の救援にむかった。

秀家は陣所で寝ていたが揺りおこされ、近習勢に護られ、銃砲声の湧きたつ戦場におもむく。富川、岡らの家老は、秀家に告げた。

「天下に武辺を知られた、島津の人数が戦いぶりを、とくとご覧なされませ」

秀家は身辺に鉄楯をつらね、島津勢の怒濤のような攻撃を目の当りにした。

島津義久、義弘、家久が指揮する二万の薩摩兵児は、羽柴勢の銃火に身をさらし、押し寄せてきた。島津勢は柵際で戦死者が八百人に達したが、勢いは衰えず、面《おもて》もふらず前進して、ついに一の柵を乗り越えた。

羽柴勢は二の柵に退却し、防戦をつづけたが、島津勢は損害を重ねるとさらに勢いを増し、狂ったように戦い、十八日の明けがたには、根白坂砦の本丸まで肉迫した。

藤堂、黒田、宇喜多、小早川の諸隊は、数千挺の鉄砲を放ち、島津勢を薙ぎ倒す。島津義久の甥三郎二郎忠隣は、十九歳であったが、総大将義久に暇乞《いとま》いをして、二重の塀をやぶり、根白坂砦の本丸へ斬りこむ。

ふるいたった島津勢は、忠隣につづき突撃し、たちまち三百余人が討死を遂げた。宇喜多秀家は、島津勢の捨て身の強襲を見て、体の震えがとまらない。

敵の猛勢を怖れているのではなく、そのすさまじい奮闘に、感動したのである。

――人は、これほどまでにはたらけるのじゃなあ。命より大事なものは、武者道か――

秀家の両眼から涙があふれ落ち、頰をぬらした。

島津勢先手の大半が、銃火に倒れる惨状を見た。

二の手、三の手が火力に圧倒された。血刀をふるい、先頭で戦っていた島津忠隣が敵弾をうけ即死すると、ついに退却をはじめた。

宇喜多隊は小早川、黒田の二隊とともに島津勢を追撃しようとしたが、羽柴秀長に制止された。

「あやつらを追いつめりゃ、死に狂いに手向かうだわ。この機に調略をしかけるでなん。後を追うな」

足利義昭の使者、一色昭秀、僧興山が島津義久の本陣をおとずれ、降参をすすめた。

宇喜多秀家は、島津勢がいかに勇敢に戦っても、兵力の差をいかんともしがたい状況を見た。

「人数がすくなけりゃあ、どうにもならんのじゃなあ。父上が毛利に負けたのがなぜか、よう分かったぞ」

秀家は、戦場の現実を知った。

島津義久は、根白坂合戦の惨敗で鋭気が挫けた。日向から押し寄せる羽柴秀長別動隊十万人に加え、隈本（熊本）から南下する秀吉本隊十万人の攻撃をうけ、ついに四月下旬に降伏した。

秀吉は島津家の本領薩摩を安堵し、日向のうち那珂郡を伊東祐兵《すけたか》、他を大友宗麟に与えた。大隅は肝属《きもつき》郡を伊集院忠棟、他を長宗我部元親に与える。

島津義久は剃髪して龍伯と名乗り、本城の鹿児島城を明け渡そうとしたが、秀吉は受け取らなかった。三百万石の領土を擁し、七万四千余の軍兵を率いていた義久の器量を活用し、やがてはじめる唐入りの主要な戦力とするため、寛典をもってのぞんだのである。

五月二十七日、薩摩の山野を埋めていた二十万の豊臣勢は退陣した。六月六日、太宰府に着いた秀吉は、箱崎八幡宮の仮殿に宿陣する。豊臣勢は八幡宮を囲み、馬出《まいだし》松原、箱崎、多々良川の三里四方に宿営した。

秀吉は箱崎に宿陣するあいだに、九州全土の領国割り当てをおこなう。立花宗茂は、筑前立花城で島津勢の猛攻をうけたが死守し、その父高橋紹運は、岩屋城で戦死した。

宗茂は健闘した戦績を賞せられ、主家大友氏から独立し、筑後の山門、下妻、三潴《みずま》三郡を与えられ、大名となった。

鍋島直茂も、かねてから秀吉に接近し、九州の情勢を注進していたので、主家龍造寺氏から独立し、肥前北高久郡と養父郡の半ばを与えられ、宗茂と同様に大名となった。

小早川隆景は筑前十五郡と肥前、筑後二郡に所領を与えられた。九州で再度戦乱が勃発すれば、隆景は輝元の支援のもとに、全土を鎮定する任務を負わされた。

隆景を筑前へ移封することは、島津攻めのまえに内定していた。黒田官兵衛孝高は、秀吉から一国を与えるとの口約を得ていたが、豊前のうち六郡十二万五千石を与えられたのみであった。秀吉は、官兵衛が天下を狙いかねない器量をそなえていると見て、警戒していた。

六月十日、秀吉は箱崎八幡宮社頭の海辺からフスタ船に乗り、博多へむかった。フスタ船は、長崎イエズス会の所有する、大砲を装備した武装船であった。

帆と櫓を兼用する、狭長で底の浅い二、三百トンの軍船である。フスタ船にはイエズス会日本副管区長ガスパル・コエリュが乗っていた。

コエリュは、秀吉に博多市中で寺院を設ける許可を得たいと考えていたので、戦火によって焼け野原となった市街再建の縄張りをおこなう秀吉に、随行を願ったのである。

博多へむかうフスタ船には、宇喜多秀家、秀吉の小姓たちと、博多の豪商神谷宗湛が乗っていた。諸大名はフスタ船の後ろに兵船をつらね、あとを追ってくる。

秀吉は、はじめ博多の浜から兵船で出航したが、沖からあらわれたフスタ船を見て、乗り換えたのである。

秀家は秀吉と並び、船長室でコエリュたちのもてなしを受けた。コエリュは秀吉と秀家に、ポルトガルのワイン、レモン漬け、しょうが、菓子などを差し出す。

「これは、私どもが生国の食べものでございます」

秀吉は大盃にワインを注がせて飲む。

「八郎よ、なかなかに変わった味わいの酒だわ。信長公ご生前に幾度か頂戴したが、かようの酒は口にした覚えはなかりしだで。そのほうも試してみよ」

八郎は、すすめられるままにワインを飲む。旗差物、吹貫《ふきぬき》、纏《まとい》などを舷側に立てつらねた兵船数百艘が海上を渡る、にぎやかな眺めを見渡す八郎の身内に、かろやかな酔いがひろがってくる。

秀吉はみやげに差し出された酒、菓子の壺は、すべて小姓に命じ封印させた。彼をつけ狙う敵が、毒を混入するかも知れないためである。

秀吉は八郎を誘った。

「この船のうちらを見てまわるだわ。ついて参れ」

彼はコエリュに案内させ、すばやい身ごなしで船内を見まわる。

まず両舷の備砲を幾度も操作させ、砲弾を装塡してみる。

「いかさま、この目当《めあて》(照準器)はよき仕掛けだわ。さほど大なるものとは見えなんだが、五百匁玉じゃな」

秀吉はフスタ船に備えつけた排水ポンプを、納得するまで幾度も操作させた。

「八郎、これを動かしてみよ」

秀家は、手押しポンプのなめらかな柄を押し、船内の水を海上へ滝のように飛ばしてみた。

秀吉は船底まで下り、船内をくまなく見てまわる。彼は秀家にさりげなく耳打ちした。

「こやつらの船を、合戦に使えば役立つに違いないぞ。われらも、これほどのものを造らねばならぬだわ」

秀吉は船長室に帰るとコエリュたちポルトガル人に、さまざまの質問をした。彼はポルトガル語を幾つか仮名文字で書かせ、それを秀家らとともに発音し、笑っていた。

「儂は、伴天連（キリスト教徒）じゃ」

秀吉は戦火によって焦土と化した博多の町を、十町四方とさだめ、再建を命じた。

彼は博多に滞在するあいだに、ポルトガル人が九州で、想像をはるかにうわまわる勢力を持っていることを知り、伴天連追放令を発し、キリシタン大名高山右近を改易処分とした。

諸大名は、秀吉に疎まれた者が、たちどころに失脚することを、あらためて知らされた。

秀吉は九州でのすべての処分を終え、七月一日に博多を出立した。赤間ケ関で毛利輝元に迎えられた秀吉は、四日から山陽道を東上し、十日に岡山城に入った。

宇喜多秀家は、毛利輝元が赤間ケ関から備後まで秀吉を見送り、凱陣の大軍勢の饗応に金銀を惜しまない様子を見てきた。家老の富川、岡、長船らは秀家に告げた。

「毛利がこれほどまでに、馳走に心を砕くのは、あやうく九州へ国替えされるところを、助かったためでござりますらあ」

秀吉は九州平定ののち、輝元の領国を中国の備中、伯耆、備後から、九州の豊前、筑前、筑後、肥後に替えさせようと考えた。

それを実現しなかったのは、安国寺恵瓊の周旋があったためである。秀吉は、内心を秀長に洩らしていた。

「西国の毛利は、東の徳川とともに、われらの支え木となるものだで。されば九州探題といたさねばならず」

彼は恵瓊の意見を入れ、小早川隆景を伊予から筑前に移封するにとどめたが、いずれは輝元を北九州に移すつもりでいた。

筑前一国、肥前二郡、筑後二郡を領土とした隆景は、名島（福岡市）に本城を置いた。隆景の養子秀包《ひでかね》は筑後三郡を領し、久留米城に入り、ともに九州鎮護に任じることとなった。

秀吉は十万の軍兵を率い、七月十日に岡山城に到着した。城内には、お福の方が大坂から先着しており、迎えに出た。

「これは嬉しや。お福が迎えにきてくれたか。日照りつづきでことのほか暑気がきついゆえ、食も進まぬていたらくなりしが、なつかしき顔を見て、にわかによみがえりしようだがや」

秀吉は、輿に従ってきた秀家を指さし、お福の方にいう。

「八郎の見事な武者ぶりを見てたもれ。紫綾縅の鎧に鍬形冑がよく似合うて、男ぶりがいちだんと引き立つぞ。早う嫁女《よめじょ》を添わせてやらねばならぬだで」

秀吉は目をほそめ、わが前にひざまずく秀家を見た。

宇喜多秀家は、九州から大坂に戻って間もない八月八日、参議、従三位に叙任され、備前宰相と呼ばれるようになった。

秀吉の威勢は、島津征服に成功してのち、さらにさかんになった。日本国中で、豊臣政権に帰服していない大勢力は、小田原の北条氏のみである。

北条は関八州を支配し、およそ二百八十万石。軍兵は七万余である。秀吉は北条氏、伊達氏などの、いまだ帰服していない大名たちを臣従させるため、十一月に「惣無事令」を関東、東北に対して発した。

発令したのち、境界争いなどで戦闘をおこなった大名は、豊臣政権の裁きを受けることになる。「惣無事令」を受け入れ、私闘を禁じられた大名は、京都への出仕を強制される。

秀吉が伊達家家老片倉小十郎に与えた令書は、つぎの通りである。

「富田左近将監に対する書状披見候。

関東惣無事の儀、今度家康に仰せつけらるるの条、その段あい達すべく候。

もしあい背く族《やから》これあるにおいては、成敗加うべく候あいだ、その意を得べく候なり。

十二月三日

秀吉（花押）

片倉小十郎とのへ」

北条家の当主氏直は二十六歳、父氏政は五十歳である。

父子は秀吉が島津氏を降伏させたと知ると、やがて関東に征討軍がむかってくると見て、いちはやく戦備をはじめた。

領内の十五歳から七十歳までの男子に、出陣支度を命じ、領内の寺院から集めた梵鐘を鋳つぶし、大筒を製造する。

京都では聚楽第が完成し、豊臣政権の政庁として開かれていた。

聚楽第の規模は、つぎのように広大であった。

聚楽第本丸石垣の上の廻り間敷
一、南之門より北之門まで百八十間
一、北之門より西之門まで弐百弐拾間
一、西之門より南之門まで八拾六間
あわせて四百八拾六間。ただし八町壱反切
右のほか
一、南弐之丸の廻り百八拾四間
一、北之丸の廻り百九拾二間
一、西之丸の廻り百参拾間
あわせて五百六間

後陽成天皇が、聚楽第に行幸されたのは、天正十六年四月十四日である。当日は木々の若葉が照りかがやく晴天であった。聚楽第は、御所の北西十五町の距離にあった。

道中の警固にあたる人数は、六千余人である。この日、秀吉は一族、譜代衆に、朝廷に忠誠をつくし、彼に服従することを誓う起請文《きしょうもん》を差し出させた。

二通の起請文のうち、一通にはつぎの六人が連署していた。

右近衛権少将豊臣利家（前田）
参議左近衛中将豊臣秀家（宇喜多）
権中納言豊臣秀次（秀吉甥）
権大納言豊臣秀長（秀吉弟）
大納言源家康（徳川）
内大臣平信雄（織田）

他の一通には、つぎの二十三人が連署した。

土佐侍従秦元親（長宗我部）
立野侍従豊臣勝俊（木下）
京極侍従豊臣高次（京極）
井伊侍従藤原直政（井伊）
金山侍従豊臣忠政（森）

伊賀侍従豊臣定次（筒井）
豊後侍従豊臣義統（大友）
曾禰侍従豊臣貞通（稲葉）
岐阜侍従豊臣照政（池田）
源五侍従豊臣長益（織田）
松任侍従豊臣長重（丹羽）
越中侍従豊臣利勝（前田）
敦賀侍従豊臣頼隆（蜂屋）
河内侍従豊臣秀頼（毛利）
三吉侍従豊臣信秀（織田）
丹後侍従豊臣忠興（長岡）
松島侍従豊臣氏郷（蒲生）
北庄侍従豊臣秀政（堀）
東郷侍従豊臣秀一（長谷川）
左衛門侍従豊臣義康（里見）
三河少将豊臣秀康（結城）
丹波少将豊臣秀勝（秀次弟）
津侍従平信康（織田）

この起請文に、二十四人の大名が豊臣姓を記した。

秀吉政権のもとで豊臣姓を許されるのは、親戚の待遇を受けたことになる。

十七歳の秀家は、同族のみに許される秀の偏諱《へんき》を秀吉から与えられたうえに、豊臣姓をも受けた。

官位において、毛利輝元は秀家の下風にあった。輝元はこのあと三カ月を経て、従四位下参議となった。

聚楽第では連日の酒宴がおこなわれ、四月十六日の明け方に、天皇は寝所へはいられた。その日は雨が降った。

はじめは小雨であったが、やがて車軸を流すような大雨となった。昼前から和歌の会が開かれ、秀吉はつぎの歌を詠じた。

「よろず代の　君がみゆきになれなれん
　緑木たかき　軒のたままつ」

和歌の題は、「寄松祝」であった。

宇喜多秀家は、つぎの歌を詠む。

「松が枝の　茂りあいたる庭の面《も》に
　つつなる袖も　万代や経ん」

聚楽第行幸のあと、秀吉は全国諸大名に刀狩令と海賊停止《ちょうじ》令を発した。

刀狩令は、百姓から刀、脇差、槍、鉄砲などの武器を没収し、一揆を防止することを目的とするものであった。

海賊停止令は、全国の船頭、漁師など、すべての海上生活者から海賊行為をおこなわないという連判状を差し出させ、それによって人名を帳簿に記載し、海上交通の完全支配を目的とするものである。

宇喜多秀家は常に秀吉に近侍し、能楽、茶湯、鷹野に日を送っていた。彼の前途には、雲の片影もない青空がひろがっている。

秀家は、秀吉の庇護のもとで、豊臣一族として栄進の道を進んだ。京都では方広寺大仏造営の大工事がおこなわれていた。

八月になって、北条氏政の弟氏規が上洛した。豊臣政権にまだ帰服しない、氏政父子の立場を釈明するためである。

氏規が秀吉に謁見した聚楽第大広間には、御相伴の公家、武家が居流れていた。

聖護院宮、菊亭右大臣晴季、勧修寺大納言晴豊、日野大納言輝資、頭宰相。

尾州内大臣織田信雄、駿河大納言徳川家康、大和大納言羽柴秀長、備前宰相宇喜多秀家、安芸宰相毛利輝元、津少将織田信包、敦賀侍従蜂屋頼隆、丹後侍従長岡忠興、伊賀侍従筒井定次、豊後侍従大友義統、薩摩侍従島津義弘、筑前侍従小早川隆景、新庄侍従吉川広家。

明敏な資質をそなえた氏規は、大広間の末座に召し出され、天下の形勢を知った。北条家の命脈を保つためには、豊臣政権に帰服するほかはなかった。

秀吉は、北条父子が関八州の百ヵ所に及ぶ城砦の修築を急いでいる内状を探知している。北条家の動員する騎馬侍は三万四、五千人。雑兵までふくめた兵力は、二十三、四万人であった。

氏規は氏政父子に豊臣政権への帰服を促すことを約し、小田原へ帰っていった。

諸国の刀狩りは厳しく実施されていた。人口五千人の長崎で、住民の差し出した刀剣は四千振り、槍五百本、弓五百張以上、鉄砲三百挺、鎧《よろい》百領である。この量は当時の諸地方とくらべ標準的なものであったといわれる。

この頃、宇喜多秀家は、前田利家の四女、豪姫と婚約していた。豪姫は誕生して間もなく秀吉の養女となり、丹精して育てられ、寵愛を一身にうけた女性である。

天正十五年十二月二日、秀吉は北政所の侍女ちくに、つぎの書状を与えた。

「返す返す、六、七日ごろには、かならず参り申すべく候。以上。

三日の日は、紹巴《じょうは》のところへ、連歌候あいだ、参り申すべく候。以上。

消息の小袖とりそろえ給わり候。今にはじめざる事と申しながら、奇特にて候。また、連歌の懐紙、褒美としてまいらせ候。

また、われら六日、七日ごろに帰り候て、そなたにて年をとり申すべく候。そのお心得候べく候。

お姫、五もじ、きん吾へ言《こと》づて頼みまいらせ候。かしく。

十二月二日
ちく　　　　　　　てんか」

このとき、秀吉は京都聚楽第にいた。大坂城にいる北政所が、侍女ちくに命じ、正月に着る小袖などを届けてきたので、その礼を述べ、褒美に連歌の懐紙を与えると述べている。秀吉は十二月六日か七日には京都から大坂へ帰り、年を越すと記す。

紹巴とは、当時高名な連歌師里村紹巴、お姫は名は分からないが秀吉の養女、五もじというのが養女の前田豪姫、きん吾は養子の羽柴秀俊である。

その後、一年ちかくを経た天正十六年十月、摂津へ鷹狩りに出た秀吉が、北政所の侍女いわに与えた書状のなかにも、豪姫の名が出てくる。

「津の国へ、鷹へ越し候て、五、三日逗留いたし申すべきあいだ、夜の物、鉄漿《かね》附《つけ》とりそろえ、使いの者でも二、三人、幸蔵主《こうぞうす》が、ちゃあ両人、一人つけ候て、八日の五つごろ茨木へ越し候ように申しつけ候て、いそぎ給わるべく候。

また、この鶉《うずら》、我ら手にてとらせ候。五竿《いっさお》進め候。このうち、一竿を大まんどころへ、一竿を備前の五かたへ、つかわせ候。残る三竿は、そもじ賞翫《しょうがん》候べく候。

かしく。

十月五日

いわ

てん」

摂津の国へ鷹狩りにきたので、五日か三日逗留する。寝具、おはぐろを取りそろえ、幸蔵主か茶阿《ちゃあ》という大奥の女中に持たせ、茨木に届けさせよ。

鶉を五竿取ったので、一竿は生母大政所、一竿は豪姫につかわせ。あとの三竿は北政所のもとで食べるがよいという内容である。

豪姫は、宇喜多秀家と婚約したのちは、備前の五もじと呼ばれていた。彼女は才気にあふれた娘で、秀吉は男であれば自分のあとを継がせたいと、常々口にするほど、愛をかたむけていた。

宇喜多秀家が、豪姫を妻に迎えると決まったとき、諸大名の羨望が彼にあつまった。豪姫の父前田利家は加賀百万石の太守で、秀吉の信任がもっともあつい大名である。

豪姫は、秀吉と利家がともに織田政権の侍大将で、隣り合った長屋に住んでいた頃、利家の側室の子として生まれ、むつきのうちから秀吉に貰われ、北政所が手塩にかけて育てた。

才気にあふれた豪姫は、父に似て大柄な美貌の姫君であった。秀吉夫妻は彼女を実子のように思っている。その秘蔵の子を、秀家が妻とすれば、今後のさらなる栄進は、疑いなかった。

秀吉は摂津茨木へ鷹狩りに出向いた際、持参するはずであった百両ほどの砂金を、聚楽第の自室に置き忘れてきたので、金子を管理する役の老女に調べるよう、申しつけている。

当時の金子百両は、現代の六千万円に相当する価値がある。わずか数日のあいだの鷹狩りに、それほどの砂金を持参したのは、諸人にチップを与えるためであろう。

日本の金銀山の開発は、戦国期に入った頃からしだいにさかんになり、ゴールド・ラッシュの様相を呈し、豊臣政権下では「金銀野山に湧きいで」と形容されるように、ピークに達していた。

大名のあいだでは金銀が外交の道具に使われ、贈答がおこなわれる。極東へ進出してきたヨーロッパ人たちは、日本が黄金の国であると見て、蜜にたかる蟻のように長崎へおとずれ、貿易の道をひらこうとした。

日本が弱小国であれば、たちまち彼らの侵略をうけたであろうが、全ヨーロッパをうわまわるといわれる戦力を擁する日本に対しては、貿易を望むほかはなかった。

信長在世の頃、金銀の主要な用途は輸入品の決済にあった。豊臣政権のもとでは、兵粮米調達の決済にまで、金銀を用いた。

天正十七年三月、豪姫は秀家正室として輿入れした。大坂城下備前島の宇喜多家屋敷には、大船十艘に山積みされた嫁入りの荷が運びこまれ、祝宴がひらかれた。

前田家からは、豪姫付きとして家老中村刑部が従い、家来、女中も多数従う。

豪姫の婚儀は、豪華をきわめたものであったと想像できる。

秀吉は五月二十日、聚楽第で「天正の金くばり」と後世に伝わるほどの、大規模な金銀施与をおこなった。

秀吉はわが勢力を誇示するほかに何の意味もなく、公家、門跡、大名たちに金六千枚、銀二万五千枚を分け与えた。一枚は十両、現代の価値にすれば六百万円である。

秀吉は判金、極印銀《ごくいん》などの貨幣を鋳造していた。ほかに一分金、銀銅の天正通宝がある。それらの貨幣は、金屋、銀屋、天秤屋が、重量、品質を保証する花押をおしたものであった。

金くばりのおこなわれた五月二十日は、明けがたは雨もよいであったが、やがて晴れた。金銀は白木の台に杉なりに積みあげられ、聚楽第羽柴秀次屋敷の門前から東へ、二町ほどにわたり、三列に置き並べられた。

台には金銀百枚ずつが積みあげられている。赤装束をつけた三百人の侍が、台を運ぶ作業を受けもっていた。

秀吉は御殿の広縁に床几を置かせ、腰をかける。四人の侍が、台を運んできて、庭のうえに置く。

前田玄以と浅野長政が、金銀の額と受け取る者の名を告げる。

庭前にひかえる大名たちは、わが名を呼びあげられると進み出て、秀吉にうやうやしく拝礼し、台上の金銀を拝領した。

秀吉は鷹揚にうなずいてみせる。

「そのほうが日頃の忠勤に酬いる、いささかのつかわしものだで。遠慮なく受け取るがよい」

秀吉は、関白太政大臣の威厳を全身にみなぎらせ、平蜘蛛のようにひれ伏す大名たちを見下ろす。

一万両以上を与えられた大名は、羽柴秀長、同秀次、宇喜多秀家、六宮古佐丸、織田信雄、徳川家康、毛利輝元、上杉景勝、前田利家であった。

秀吉にとって、金くばりについやした金銀は、なにほどの負担にもならなかった。全国の金銀鉱山からの貢納は、毎年十万枚（百万両）に達していた。

天正十七年十一月二十四日、秀吉は豊臣政権に帰服しない北条氏直に対し、絶縁状を発した。書状を氏直に届けたのは、舅の徳川家康であった。家康は、秀吉に反抗すれば破滅の一途を辿るほかはないと見て、娘婿を見捨てたのである。

書状の冒頭には、つぎのように苛烈な文言が綴られていた。

「　条々
一、北条事、近年公儀をさげすみ上洛あたわず、関東において我意にまかせ狼藉の条、是非に及ばず」
北条氏政父子は、豊臣勢の侵攻を怖れる色を見せなかった。

かつて関東管領上杉謙信が、関東十二万の兵をこぞって襲来したが、小田原城を陥れることができなかった。氏政らは、豊臣政権にその前例をくつがえす実力がないと見ていた。

天正十八年春、十六歳のお豪は、備前島の宇喜多屋敷で、秀家の嫡男八郎秀隆を生んだ。

秀吉がさっそく祝いにおとずれ、豪姫にいたわりの言葉をかけた。

「五もじははやばやと男児をもうけ、手柄をいたせしでや。まずはゆるりと養生いたせ。儂が孫なれば、大切に育てよ。病に罹らせてはならぬだわ」

豪姫は笑みをふくんで、養父にうなずいてみせた。

「立派に育てあげまするほどに、お気遣いはいりませぬ」

秀吉は機嫌のいい笑い声をたて、豪姫の頰を指先で軽くつついた。

「こやつが申しおったぞ。よからあず。今年の春は小田原征伐をいたし、秀家に手柄をたてさせてやらあず。五もじはおとなしゅう留守居をいたしおけ」

秀吉は豪姫の寝所を出ると、豪壮な山水をあしらった庭にむかう広間で、秀家としばらく語り合い、盃を交わした。

「この屋敷は、備前宰相にふさわしき眺めだが、国元の城は造りなおさねばならぬだわ。島津攻めにて下向いたせしとき、石山の城に泊まり、あらためて思うたが、いささか西にかたより、本丸を高き場所に置いておる。こののちは、城に拠って合戦することもなしとはいえぬが、おおかたは政庁といたすげな。されば東の平地に本丸を置き、南に大手門をひらいて、そのほうが官位にふさわしき大城を普請いたせ。儂が縄張りを思案してやるほどにのう」

「ありがたき仕合せにござりまする」

秀家は備前五十七万四千石の太守として、大坂屋敷で豪奢な生活を送っていた。大坂で費消する経費は、国元のそれをはるかにうわまわっていた。前田家から豪姫に従ってきた家老中村刑部は、諸事に派手好みである。

秀家は屋敷に能役者、囃子方《はやしかた》、鷹匠を多数召し抱え、遊興の費えを惜しまなかった。

国家老の浮田左京亮詮家は、秀家の父直家の弟忠家の子で、従兄弟である。忠家は秀家とともに大坂にいて、輔佐役をつとめているので、宇喜多家の財政は詮家が管理していた。

詮家は大坂から新城普請の指示をうけると、おどろくばかりであった。

「これは難題じゃなあ。どれほど金がかかるか、見通しもつけられなあ。大坂じゃ湯水のように金を使いよるが、そのうえ、こがあな大城を築かにゃいけんのか。宇喜多の家が潰れかねんぞ」

詮家は岡山城修築の絵図面を前に、腕を組み、言葉もなかった。

岡山城本丸を東方の平地に移せば、操山を敵に奪われたときは不利になるが、西大川（旭川）を城の東にめぐらすよう、水路を改修すれば、平城を要害とすることができる。

当時、西大川は上道郡中島村と竹田村（岡山市）との間を流れ、東南にむかい、瓶井山の麓で西に方向を変え、児島湾に至っていた。

その流れを竹田村から南へむかわせ、石山の麓に至って東へ向きを変えさせれば、東方の防禦は堅固になる。

本丸を築く岡山は平地に近いので、西大川が洪水になったとき水害の危険にさらされる。

このため盛り土をして周囲を石垣で囲繞しなければならない。

城下町を新たにひらくには、流れを変えた西大川に架橋し、西国街道を整備する必要がある。旧来の城は城下の発展にともない手狭になっているが、莫大な出費を捻出するのは困難であった。

浮田詮家は、それまで秀家から命ぜられるままに、大坂屋敷での経費を支払っていたが、築城普請を実施する段階になって、秀家の浪費を批判しはじめた。

「近頃、殿は諸事に派手なおふるまいが多すぎるようじゃ。猿楽やら鷹野やらと、ご遊興に大枚の金銀をお使いじゃが、お城の建て直しをはじめりゃあ、台所向きは苦しゅうなるけえ、ご倹約なされたい。上方家老の方々は、なぜ黙っておられるんかのう。だいたい、前田家からきた中村刑部が、殿をそそのかして、ご遊興に誘うのがいけんのよ。前田は八十万石か九十万石か知らんがのう。大身代の慣わしを当家に持ち込んでもろうたら、困るんよ」

上方の家老たちは、詮家の批判が当を得ていないという。

「大坂におれば、もろもろの付き合いをせにゃならんのじゃ。備前宰相が節倹じゃと陰口をきかれりゃ何とする。お家の恥辱じゃろうが。猿楽、茶湯、鷹野をぜいたくと見るのは、上方の様子を知らぬからじゃろう」

上方、国元の家老たちの意見が対立したが、秀吉の命令にそむくわけにはゆかない。岡山城改修普請は間もなく開始された。

小田原城攻めの豊臣勢は、二月上旬から出陣を始めた。二月七日、蒲生氏郷が伊勢松坂城を進発した。二十日には羽柴秀次が、八幡山城を出陣し、二十一日には織田信雄が駿府で蒲生隊と落ち合い、三島へむかった。

つづいて長岡（細川）忠興、筒井定次、浅野長吉が進発する。月末には宇喜多秀家が京都から出陣した。駿河の清水湊には、月末までに九鬼嘉隆、長宗我部元親、脇坂安治らの水軍が到着した。

豊臣政権の兵粮奉行長束正家は、下奉行十人をはたらかせ、駿河清水湊に米二十万石を回漕する。ほかに黄金十万両（一両は六十万円）で、伊勢、三河、遠江、駿河のうちで、駄馬、役夫を雇った。

正家は小田原攻めに必要な馬を、馬船六百艘に積み、伊豆三島へ回漕させようとしたが、船頭たちはどうしても馬船を出そうとしなかった。

「遠州御前崎は、馬を乗せては通えぬ難所にござります。船のなかにて馬の話をするだけで、龍宮さまのお怒りにふれて、船は損じまする。馬皮にてこしらえし器が船中にあれば、たちまち時化《しけ》を呼ぶのでござります」

正家はその旨を秀吉に注進した。

「さようのことなれば、儂が龍宮へ書状をつかわそうでや」

秀吉は、つぎの書状をしたためた。

「今度北条誅伐につき、船を相州小田原におもむかしむ。難なくこれを通せらるべきものなり。

　龍宮殿

　　　　　　　　　　　　　　秀吉」

馬船の船頭はその書状を持って海上に出た。御前崎に近づくと、雷鳴がとどろき、風波がはげしくなってきた。

　空は墨を流したようになり、馬船は波上に翻弄される。

「やはり、祟られたか」

船頭が恐怖しつつ秀吉の書状を海中へ投げこむと、ふしぎなことに風波はしだいにやわらぎ、船団は難なく御前崎沖を越えた。

秀吉の催した軍勢の総数は、二十六万余であった。ヨーロッパでは、諸侯が百人単位の兵力で戦っていた時代である。

秀吉の行装は、沿道を埋める見物人たちの視線を集める華麗なものであった。具足はあざやかな朱色で、腰には六尺の太刀を帯びた。鞘は鮫の皮で張ったうえに、金の大菱をつけている。

　乗馬には光明朱の色が目をひく土俵をつけたうえに、鶏毛の馬鎧を着せていた。秀吉は白く長いくくり頭巾をかぶり、鼻の下には熊皮のつくり髭をつけ、笑みを見せるとおはぐろをつけた歯なみがこぼれた。

　三月二十九日、豊臣勢は箱根山中城へ攻めかけた。右翼は池田輝政二千五百人、木村重

茲二千八百人、長谷川秀一三千六百人、堀秀政八千七百人。丹羽長重七百人。

正面は羽柴秀次一万七千人、羽柴秀勝二千五百人。左翼は徳川家康三万人である。

秀吉は宇喜多秀家ら本陣勢四万人を率い、秀次、秀勝の後方につづく。

山中城の守将松田康長、北条氏勝、間宮康俊は、総勢四千余人の軍兵を率い、必死の防戦をした。

宇喜多秀家は、秀吉に従い、激戦を目の当りにした。北条勢の反撃は、予想をうわまわった。

山中城の岱崎《たいざき》出丸は、七十三歳の老将間宮康俊が守っていたが、数百の侍衆を指揮しての必死の奮闘も甲斐なく、全滅した。

山中本城への攻撃は、間を置かずにはじまった。先手の大将一柳直末は、騎馬武者二百五十騎、雑兵二千七百人を率い、大手へ押し寄せる。

秀吉は本陣を置いた高所から、戦況を観望しつつ、宇喜多秀家に話しかけた。

「あれを見よ。大将が先頭に出てゆくでや」

一柳直末は馬標を先頭に立て、弾丸雨飛のなかで采配をふるい、士卒をはげますが、半刻（一時間）ほどのうちに銃弾に胸を貫かれ、討死を遂げた。

直末討死のあとは弟の直盛が指揮をとり、先頭に出た。大名たちの戦場での決死のはたらきは、秀吉に忠誠心を認めてもらいたいためであった。

山中城は九つ（正午）まえに陥落した。秀吉は、城兵の戦死者が五百余人で、三千余人が逃走したと聞き、嘲笑した。

「北条の侍どもは、まともに戦《いくさ》をいたす気はないようだで。さだめし扱いやすかろうだわなん」

山中城は半日も保てず、脆くも落城したが、北条氏政の弟氏規が三千六百余人でたてこもる伊豆韮山城は、頑強に抵抗した。

攻囲軍は、総大将織田信雄以下の四万四千人である。氏規は、小田原への交通の要路を死守した。

三月二十九日からはじまった攻撃は、総大将織田信雄に人望がなかったので統制がとれず、死傷者が続出するばかりである。

秀家は四月二日になって、秀吉から長岡（細川）忠興の活躍ぶりを聞かされた。忠興は韮山城南方の出丸攻撃を命ぜられ、おどろくばかりの離れ業をあらわした。

「忠興は水練達者なるゆえ、浮き藻を頭にかぶり、濠を泳いで城のうちへ忍び入り、敵の様子をたしかめしだわ」

忠興は入江平内という家来を一人連れただけで、韮山城内へ泳ぎ入り、敵状を偵察した。

「本城を打ちやぶるは、むずかしいぞ。まずは出丸を落とさねばならぬ」

忠興は二千七百人の兵を率い、高所から出丸へ取りかけ、その日のうちに陥れた。

韮山城攻囲軍は、城中から雨のように放たれる銃弾を防ぐため、沼津から多数の帆柱を取り寄せ、帆をかけて城際に迫った。

濠には埋草《うめくさ》を投げ込み、塀の高さまで積みあげ、城中へ突入をはかったが、損害をかさねるばかりであった。

秀吉は韮山城の強攻を断念し、兵粮攻めに戦法を変えた。豊臣勢の諸隊は、小田原城を包囲する。

小田原城包囲の配置は、つぎの通りであった。

城東
徳川家康　三万人
城北
羽柴秀勝　二千五百人
羽柴秀次　一万七千人
城西
宇喜多秀家　八千人
城南
池田輝政　二千五百人
丹羽長重　七百人

堀秀政　八千七百人
長谷川秀一　三千六百人
木村重茲　二千八百人

秀吉は三万二千人の兵を率い、湯本早雲寺に本陣を置いた。
相模湾には、すべての水軍が入った。その配置はつぎの通りである。

東南酒匂口沖
長宗我部元親　二千五百人
加藤嘉明　六百人
菅達長　二百三十人
徳川家中小浜景隆　兵数不明
西南早川口沖
脇坂安治　千三百人
来島通総　五百人

ほかに相模湾への兵站輸送に、羽柴秀長千五百人、宇喜多秀家千人、毛利輝元五千人の水軍が従事していた。

秀吉は湯本に着陣すると、ただちに石垣山（小田原市早川）に登り、城郭構築の地をさだめた。

標高二百六十一メートルの山頂に、天守、本丸、二の丸、三の丸を備えた本格的な城郭を築くのである。石垣山城は八十余日を経て完成した。

秀吉は六月二十七日に本営を城内へ移した。彼は小田原城攻めが長期戦となるであろうと、覚悟していた。

秀吉は、側近にひかえている秀家にいった。

「何と申しても、東西へ五十町。南北へ七十町、めぐり五里の大城だわ。総構えには濠を掘っておるなれば、そのうえの矢倉から矢玉を撃ちかけられるゆえ、我責《がぜ》めはできぬだわなん」

総構えとは、巨大な外曲輪である。総構えの外の空濠の幅は広く、濠際まで押し寄せた敵が大音声で話しかけても、言葉が聞きとれないほどであった。

豊臣勢が、陸海総兵力十四万八千人で、海陸から銃砲撃を加えると、小田原城中からも雨のような猛射撃で応じる。

だが、豊臣勢の弾丸が届くのは、外曲輪までである。城方の弾雨をくぐって総構えを突破するためには、数万の死傷者が出るにちがいない。

城攻めは、持久戦にならざるをえなかった。『北条五代記』に籠城の様子が語られている。

「氏直公は、敵が夜中にどの持ち口を攻めても、他の持ち口から一人も加勢を出してはならないと、軍法に定めていた。

その理由は、どの持ち口も人数が多く、あえて城中を騒がすまでもないためである。

昼は当番の者が矢狭間《やざま》に据えつけた大鉄砲を、たまに発射するだけで、ほかの者は退屈しのぎに、思い思いのなぐさみをすればよい」

籠城勢は碁将棋に興じ、双六をうって遊ぶ。酒宴乱舞に興じる者、茶湯を楽しむ者、詩歌、連歌の会を催す者など、さまざまであった。

城内には町人町があった。城内の松原大神宮の前通り十町ほどは、毎日七座の市が立つ。百の売り物に千の買い物がある有様で、売り買いの声が湧きたつようであった。兵粮、弾薬ともに、数年分の備蓄があるので、まったく不自由がなかった。

北条氏直は、五月十八日の夜、双方からの銃砲撃のさまを櫓から眺め、つぎの狂歌を詠んだ。

「地に降る星か　堀辺の蛍かと見るや　我が撃つ鉄砲の火を」

豊臣勢は、城外の山野に陣所をつらね、軍勢が充満していた。

兵粮米を運ぶ西国の船は、幾千艘とも知れず往来している。陣中には東西南北に道路を交叉させ、大名衆の陣所は、書院、数寄屋まで建て、庭には松竹草花を植えている。

町人は諸国津々浦々の名物を運びこみ、市場をひらく。唐土高麗の珍物、京堺の絹布を売る者もいる。

京都、地方の遊女も集まり、客を呼びこむ。海道沿いには茶屋、旅籠屋がつらなり、数年を暮らしても退屈することはないほど、さまざまの設備がととのっていた。

豊臣勢のうちには、戦場での遊興を批判する者もいた。

四月も末に近い昼さがり、秀吉本陣では能興行が催されていた。前を通り過ぎる騎馬武者は、すべて下馬し、色代《しきだい》（挨拶）をする。

そのうちに、宇喜多秀家の家来で、武勇の誉れ高い花房助兵衛が、馬を歩ませ通りかかった。

花房助兵衛は下馬せず、冑をぬぐこともなく、馬上に反り身になったまま、行き過ぎようとした。

番士たちが走り寄って叱りつけた。

「殿下がご本陣の御前を知らざるか。推参者めが、馬を下りよ」

助兵衛は、聞く声の肺腑にひびく大音声で答えた。

「陣場にて、猿楽にうつつを抜かすようなるたわけし大将に、下馬はいたさぬわ」

番士たちは槍を取りなおしたが、大豪の士と知っているので威圧され、助兵衛の前途をふさぐことができなかった。

番士たちは、助兵衛の不埒なふるまいを憤り、上役に注進し、それが秀吉に聞こえた。

秀吉は秀家を呼んだ。

「助兵衛は、さても面憎き奴だがや。引っ捕らえて縛り首にいたせ」

秀家は助兵衛の助命を願わず、座を立った。秀吉には、わが出自についてのひけめがあるので、天下人の矜持を傷つけられたときは、すさまじい憤怒をあらわす。それを静めることができないと、知っていたためである。

秀吉に反抗の態度をあらわした者は処断しなければ、陣中の規律が保てない。父直家の代から武功をかさねた助兵衛であるが、処断は免れないとあきらめた。

秀家にとって、助兵衛のような有能な侍大将は、なにものにも替えがたい宝であった。

――惜しき者を、むざと殺すのか。あやつも、いらざる憎まれ口をきかねば、死なずにすみしものを――

秀家が心中に嘆きながら、馬を一町ほど歩ませてゆくと、うしろから声をかけられた。

「備前さま、お待ち下されませい」

秀家がふりかえると、秀吉の小姓が追いかけてきた。

「何事じゃ」

秀家は、馬を停めた。

「殿下の御前に、お戻り下され」

秀家は本陣へ戻り、秀吉の前に伺候した。

秀吉は、さきほどよりも語気がおだやかになっていた。

「いまはいったんの腹立ちにて、助兵衛を縛り首にせいと申せしが、儂にむかい悪口いたすほどの豪の者なれば、腹を切らせい」

「かたじけなきおはからいのほど、御礼申しあげまする」

秀家は本陣を出て、ふたたび助兵衛のあとを追う。

一、二町ほどゆくうちに、また秀吉の小姓が呼びにきた。戻ると秀吉が笑みを見せていった。

「儂に大言いたす胆力ある助兵衛を、死なすには及ばぬ。加増をとらせるがよい」

秀吉は、小田原城を攻めあぐみ、小早川隆景を陣所へ召し寄せ、今後の戦略についてたずねた。

「この大城を落とすには、いかがいたせばよきものか、思案に余るだわ。そのほうが父御《ててご》の元就は、尼子の城を攻め落とすに七年の日数をかけしと聞くが、そのときの術策を聞かせてくれぬかや」

隆景は、言上した。

「殿下のご威光をもってなされるならば、当城没落は目前のことと存じまするが、お気慰めになるなれば、何なりとも申しあげまする」

隆景は父元就が尼子の牙城である、冨田の月山城を攻めたときの苦心を語った。

「尼子は四代にわたって十州の太守となりし者ゆえ、山中鹿之介がようなる智謀すぐれし家来もすくなからず。昔より落ちたることなき天下の名城にて、日本中の兵をこぞりても、力攻めにて落とすは叶わじと見えてござりまする。されば、元就は調略をもっぱらといたしました」

元就は、城にたてこもる侍たちにいろいろと誘いをかけ、味方に引き寄せた。調略に応じない者は、城中へ悪い噂をひろめ、尼子家に叛心ありといいふらす。そのうえで、長期攻囲によって糧道を断ち、人の往来をもとざした。

「月山城中ではしだいに兵粮に窮して参りしゆえ、元就は降人をことごとく許すと触れまする。されば尼子方より、まず雑人どもが百人、二百人と城を出て参り、城中はしだいに無人《ぶにん》となり、ついに尼子義久も降参いたせししだいにござりました」

「さようであるか。大城を落とすには調略を用うべきかや」

秀吉は幾度もうなずいて聞く。

隆景は進言した。

「小田原城中に籠もるは、関八州の兵にござりますれば、それぞれおのが居城《いじろ》には妻子を残しておりまする。それらの者どもは、すべてがわが居城を落とされ、妻子を殺されてもなお忠死いたすべしとは、思うておりませぬ」

「いかさまさようか。よきことを聞かせてくれたでなん。儂も調略に力をつくすだわ」

秀吉は、関東八州の北条氏の支城を、逐次陥落させてゆく作戦を実施することにした。

北条の支城は五十三カ所にあった。

主な支城と、たてこもっている城主と兵力は、つぎのとおりである。

岩槻城（埼玉県岩槻市）
北条氏房　千五百
八王子城（東京都八王子市）
北条氏照　四千五百
鉢形城（埼玉県寄居町）
北条氏邦　五千
韮山城（静岡県韮山町）
北条氏規　五千
川越城（埼玉県川越市）
大道寺政繁　千五百
江戸城（東京都千代田区）
遠山政景　千
忍《おし》城（埼玉県行田市）
成田氏長　千
長南城（千葉県長南町）
武田豊信　千
佐倉城（千葉県佐倉市）
千葉重胤　三千

ここに記す兵数は騎馬武者だけで、雑兵を加えると、この七倍ほどになる。

関東の北条支城攻撃は、前田利家、上杉景勝、真田昌幸ら三万五千人の北陸支隊がすでにおこなっており、上野の松井田城ほかの数城を陥れている。

秀吉は浅野長政、木村重茲、本多忠勝、平岩親吉、鳥居元忠ら二万余人に、北条支城攻略を命じた。

有力支城があいついで陥落すれば、北条方の諸将は動揺し、調略に応じてくるであろう。小田原城は難攻不落であるが、北条父子麾下の将兵が離反すれば、自壊するほかはない。

「それがしも、出勢いたしたく、なにとぞご下命くだされませ」

宇喜多秀家が秀吉に懇請したが、受け入れられなかった。

「そのほうは、儂のかたえにおりて、大城はいかに攻め落とすものかを見ておればよいのだわ。将棋の歩《ふ》のごとき役をいたさずともよからあず」

四月二十五日に小田原を出発した浅野長政ら分遣隊は、二十七日に江戸城を取り巻く。城将遠山政景は戦意を失い、戦うことなく降伏した。

分遣隊は五月中旬までに、数十の支城を陥れた。五月十九日には、北条諸城の投降兵に案内させ、武蔵埼玉郡の岩槻城を攻撃した。

城主北条（太田）氏房は小田原城に在陣しているので、家老伊達房実が二千余の兵とともに、留守居としてたてこもっていた。

城兵の抵抗は猛烈をきわめ、寄せ手の死傷者は続出したが、秀吉旗本が督戦に出向いているので、正面からの我責めを強行せざるをえない。

日が暮れるまでに、城方の戦死者は千人に達した。生存している者も深手、浅手を負い、壊滅状態となった。

翌朝、伊達房実は浅野長政の降伏勧告を受け入れ、開城した。

岩槻城が陥落すると、関東、奥羽の諸大名が小田原にきて、秀吉に帰服の意志をあきらかにした。

小田原をおとずれたのは、南部信直、相馬義胤、結城晴朝、多賀谷重経、佐竹義宣、宇都宮国綱、伊達政宗らであった。

佐竹は領地百万石を領する常陸の太守であったが、北条攻めに軍勢を派遣し、秀吉への服従を誓った。

佐竹にまさる戦力をそなえる伊達家の当主政宗も、石垣山城に伺候し、秀吉に謁見した。いずれも、北条氏がこのうえ長く小田原城を持ちこたえられないと見たのである。

岩槻城につづき、北条氏邦の属城である館林城が、石田三成、大谷吉継、長束正家の二万余人の軍勢の猛攻をうけた。城兵は懸命に防戦するが、城代南条因幡守は十数日間の籠城ののち、降伏勧告に応じ開城した。

さらに鉢形城、八王子城が、激戦ののち陥落した。八王子城が開城したのは、六月二十三日の夕刻であった。豊臣勢が得た敵の首級は千余に及んだ。

秀吉は八王子から送られた首級と捕虜を、小田原城の濠際に並べ、北条勢の士気を衰えさせようとした。

彼は宇喜多秀家に命じた。

「この機を逃さず、城方の心胆を寒からしむるにしかず。そのほうは金掘り人足どもの穴掘りを急がせ、水之尾口の城門を倒すべし」

秀家は総構えの下部に坑道を掘り進めていたが、督励して作業を急がせた。六月二十五日の夕刻、坑道は城門の直下まで達した。

宇喜多勢八千余人は、総構えの間近まで進出し、城中から雨のように撃ち出す弾丸を防ぎつつ、攻撃のときを待つ。

やがて地面が揺れ、城門際に火柱があがった。坑道にしかけた火薬が爆発したのである。土煙のなかで、城門が傾き倒れるのを見た宇喜多勢は、喊声をあげ突撃する。

水之尾口の守将佐野氏忠は、城中の火砲を集め、押し寄せる宇喜多勢に猛射を加え、ようやく乱入をくいとめ、新たな防壁をこしらえた。

難攻不落と見えた小田原城の一角に攻め入った、宇喜多勢の健闘は、北条勢に深刻な動揺を与えた。

翌二十六日、天守閣、櫓を備えた壮大な石垣山城が、前面の樹林を取り払われ、雄姿をあらわす。城兵たちは目を疑った。

二十六日亥の刻（午後十時）には、小田原城包囲の全軍が、陸上、海上からいっせいに銃砲を放ち、城方を威嚇した。

「この辺りにて、いよいよ氏規に調略いたすべし」

秀吉は、韮山城を死守する北条氏規に、誘降の使者を送った。

秀吉は秀家にひそかに教えた。

「これから儂のいたすことを、とくと見届けておくがよからあず。調略のしかけようを充分に見せてやるだわ」

北条氏規は少年の頃、今川義元の膝下で訓育されたことがあり、家康と旧知の間柄である。

彼の器量は、秀吉もすでに知っていた。兄の北条氏政にくらべ、はるかに才覚に秀でている。秀吉は、黒田官兵衛、滝川雄利を韮山城へ送り、講和をすすめた。

秀吉は武蔵、相模両国を安堵する起請文に人質をつけ、氏政、氏直のもとへ送るとの条件で、氏規を誘う。

八王子城まで落とされたいま、北条家が豊臣政権と対等の条件で講和できるはずはない。関八州のうち、北条家本貫の地である武蔵、相模を安堵してもらえば、家門は存続する。

――秀吉も台所向きがよほど苦しいのであろう。この辺りで和談といたさねば、いかなる大乱がおきるやも知れぬゆえにのう――

氏規は、二十余万の大軍勢を動員しての城攻めに、秀吉も苦慮しているであろうと想像した。

この辺りが手を打つべき潮時であると考えた氏規は、講和に応じようと心をきめた。

小田原城には、兵粮、弾薬が山積みされ、今後数年の籠城に充分堪えうる。だが、松井田、岩槻、館林、鉢形、八王子の有力拠点がすべて陥落したいまは、北条の同族氏邦、氏勝は、早くも敵に協力して、保身の道を選んでいた。さらに重臣の松田憲秀、成田氏長も、敵に通じている。

氏規が家康本陣に出向き、開城を告げたのは、六月二十四日であった。韮山城を取りかこんでいた豊臣諸隊が陣を解いたのは、七月三日である。

氏規は開城したが、防備態勢をとったままであった。彼は小田原城へ出向き、氏政、氏直父子と対面し、講和の準備をととのえ、人質を交換したうえで、開城するつもりであった。

だが、秀吉は、氏規の開城の通告を得ると、ただちに予定の行動をおこした。

「秀家、調略とはかようにいたすものだがや。兵は拙速を尊ぶと申すは、このことだわ」

秀吉は間を置かず使者を小田原城へつかわし、氏政、氏直父子を恫喝した。

「このたび韮山の美濃守（氏規）が降参いたせしなれば、北条の命運ももはやこれまでなり。北条父子に武相二国安堵はいらざることとなれば、すみやかに誅戮いたすべし」

北条氏政は、秀吉の威嚇を聞き流したが、氏直はうろたえ、自ら墓穴を掘った。

韮山城の北条氏規は、七月六日朝、小田原城へおもむき、氏政父子と講和についての相談をおこなおうとしていたが、氏直は秀吉と講和交渉をはじめるまえ、七月五日に北条(太田)氏房ら幕僚たちを連れ、城外の家康陣所に至り、降伏を告げた。

北条氏規までが降参したいまとなっては、もはや抵抗は無駄である。わが身は自決して罪を一身に負う。父氏政以下家来どもが一命を救われるなら、開城、降参しようという氏直の口上を聞いた家康は、婿の不明を嘆くばかりであった。

――なんというばか者であろうかや。秀吉がいかように申せしとて、とりあわずにおれば、かならず和談を持ちかけてゆくものを、おのれより出てくれば、秀吉の術策に乗って、北条は滅亡いたすだわ。氏規が降参いたせしと聞かば、せめて忍びの者をつかわし、本意をたださばよかりしものを、臆病風に吹かれ、わが身ばかりをいけにえといたすなどと、世迷い言をぬかしおる。もはやいたしかたもなきことよ――

家康は婿の氏直が降伏するのを自ら取りつぐのは遠慮があるといい、織田信雄の家老滝川雄利のもとへおもむかせた。

秀吉は滝川を通じて氏直の口上を聞くと、こおどりして宇喜多秀家にいった。

「秀家よ、儂がさしだせし餌に、早くも大魚が喰いつきしぞ」

秀吉は滝川に命じた。

「氏直が降参いたせしうえは、氏政以下の者すべてを赦免して、氏直には上総、下総二国を与うべし」

氏直は、秀吉の返答を聞き、驚喜した。自分がいちはやく降伏の意思表示をしたことで、北条家が救われると思ったのである。

氏直は翌朝卯の刻（午前六時）に、城を明け渡す約束をして帰城した。

六日の辰の刻（午前八時）に、北条氏規が小田原城に着いたが、氏直はすでに家康陣所にきて、降伏していた。

城内には多数の豊臣勢が入り込み、城門を占領し、つけいる隙もなくなっていた。秀吉は七月七日から九日までのあいだに、北条の軍勢、町人らをすべて城外に出した。秀吉は北条父子の身辺から士卒が去ったのち、にわかに氏直との前約を変えた。

「氏直、氏規、氏邦、氏勝は助命いたし、氏政、氏照は死なすべし。武蔵、相模二国安堵はとりやめ、氏直には五百人扶持をつかわし、高野山へおもむかせよ」

岡山新城

豪姫が備前島屋敷で、長子の八郎秀隆を産んだ頃、岡山では新城普請がはじまっていた。城下には領内諸村から集められた夫役《ぶやく》の百姓たちがあふれ、彼らをめあての茶屋、煮売り屋が普請場に軒をならべ、客を呼ぶ声が終日さわがしく、祭礼のようであった。

隣国の毛利家でも、広島城新築普請がはじめられていた。秀吉の身辺にいて、派手やかな日常になれていた秀家は、諸事に豪華のふるまいを好んだ。

秀家について、つぎのような挿話がある。

ある朝、秀吉が城中の奥殿から表御殿へむかう大廊下を歩いているとき、大名の控えの間の刀掛けに、五振りの大刀が置かれているのを見た。

「ほう、なかなかに立派なこしらえの刀ばかりだわ。あれは五人衆の差し料かや」

傍にいた近臣前田玄以が答えた。

「さようにござりまする」

「ならば、それぞれの刀の持ち主を、あててみようか」

秀吉はわが機智で、ひとを楽しませることが好きである。

五人衆とは、徳川家康、前田利家、毛利輝元、宇喜多秀家、上杉景勝である。

玄以は興をそそられた表情を見せた。

「さようのことは、われらには見当がつきかねまするに」

「なに、たやすきことよ」

秀吉は五振りの刀の持ち主を、つぎつぎといいあて、すべて外さなかった。

「これはおどろくばかりの儀にござりまする。殿下はいかにして、五人衆のお差し料をお見分け遊ばされてござりまするか」

「さほど、とりたてていうほどのことでもなかろうがや。刀のこしらえを見れば、一目瞭然だがや。すなわちそれぞれが好みを存じおれば、自然に分かることだで」

「私には分かりませぬが。なにとぞお教え下されませい」

秀吉は笑っていった。

「江戸殿（家康）の差し料は、これという飾りもなきものだわ。大勇なれば佩刀《はかせ》をわが身の楯とたのむごとき、葉武者づれの器量は持ちあわせぬゆえだがや。加賀殿（利家）は、昔より陣場にて名のとどろきし武辺者なれば、あの長き柄に皮を巻きし、三本目釘の業物であろう。景勝は謙信以来の馬上合戦の遺風を守っておるなれば、長剣を好んでおるだわ。あの長き刀こそ、景勝のものに相違あるまい。安芸中納言（輝元）は、かねて異風を好む者だでなん。こしらえのめずらしきあの刀こそ、輝元が佩刀だで」

秀吉は黄金造りのきらびやかな太刀が、秀家の佩刀であるという理由を、前田玄以に告げた。

「中納言は、なにごとにつけても派手やかに美しきを好む男だで。さようの性《さが》に育てしは、この儂だわ。黄金をちりばめるほどのこしらえをいたすは、陣場をかさねし者のなすわざではなし。儂が大坂の城、聚楽第に出仕させ、二十余万の人数を動かせての島津攻め、小田原攻めで、大将のなすべきわざを教えし秀家よりほかに、この太刀を佩く者はおらぬだわ」

前田玄以がたしかめると、刀掛けの五振りの佩刀は、すべて秀吉の指摘の通りであった。

玄以は感嘆して、諸侍に触れまわった。

「五振りの持ち主をことごとくいいあてられしは、さすがは殿下じゃ。われらには神智としかいいようのなきことよ」

玄以は奉行衆と秀家の果報をうらやむ。

「備前殿は、殿下の朝日の昇るごときご盛運のおかげを一身にうけなされ、この生きにくき世を何の苦労もなしに、五十七万余石の太守となられ、いまでは中納言さまじゃ。その器量は、父直家殿に似て、はなはだ勇猛なれば、従う家来衆のはたらきもまた、めざましきものよ。されども、これまであまりにも順風に乗りてこられしゆえ、他人の妬みそねみをご存じなきことが、玉に疵《きず》と申すべきであろう。竹には節がありてこそつよきものだが、秀家殿は節のなき竹のようじゃ。家中の年寄どもが、あれこれと御大将の道をお教えいたさねばならぬところじゃが、どうやら賢き家老はおらぬげな。党派を立て、誰が先、かれが後などとうるさくいいて、足の引きあいをいたすばかりと聞いておる。この様子では、先々が気がかりと申すものじゃなあ」

岡山新城普請の奉行が定まったのは、小田原攻め以前であったが、そのとき秀家の裁量を国許の藩士たちが不服とし、一時は不穏の形勢をあらわした。

秀家は総奉行を角南隼人佐《はやとのすけ》、普請奉行を中村次郎兵衛とした。

角南は、宇喜多家の使僧として外交役をうけもった、入道如慶の養子である。如慶は、毛利の使僧安国寺恵瓊《えけい》と親しく、直家の指示に従い、毛利、織田の二大勢力のはざまにあって、困難な外交折衝にあたってきた。

如慶のあとを継いだ次郎兵衛は、千石の大身で、国元の藩政に参与している。家中の上下は、角南が総奉行に任ぜられたことに不服はなかったが、中村が普請奉行になったことに、轟々たる不満を鳴らした。

中村次郎兵衛は、加賀前田家から豪姫の付け人として宇喜多家につかわされた老臣であった。

中村次郎兵衛は前田家に仕えているときから、算勘に長じていた。また治山、治水の土木普請の経験も重ねている。

前田利家は、槍の名手として青年の頃から武勇をうたわれ、戦功は数えきれないほどであるが、経理に明るい一面を持ち、鎧櫃に算盤《そろばん》を入れていたといわれる人物であった。

「武士は食わねど高楊子」などといわれ、武士が金銭を重んじるのは悪徳であるとされるようになったのは、徳川時代になって後のことである。

徳川時代には消費文化が栄え、士農工商の最下位にいる商人が、財政面での実権を握り、経済上の弱者である武士が、金銭をさげすむふりをしなければ、体面をつくろえなくなったのである。

戦国期には、侍たちは金銭の価値を正当に認めた。金銭がなければ兵を養えず、戦《いくさ》に勝てない。

中村次郎兵衛は、前田家では才能を発揮し、重用されてきた。秀家が彼を岡山新城の普請奉行としたのは、その役柄をつとめるにふさわしい才覚があると認めたためであった。

「国元におる者は、とかく了簡が狭うなっていけんのじゃ。次郎兵衛は、京、大坂の大名屋敷の家来衆と交わっても、一頭地を抜く切れ者じゃけえ、城の普請を任すのは、あれのほかにはねえんぞ。儂は次郎兵衛に、思うがままに采配を振らせたいのじゃ」

大坂表では、秀家の意見に反対する者はいない。叔父の忠家も、次郎兵衛の才能を高く評価していた。彼はいった。

「岡山城は、毛利の広島城とならぶ大城にせにゃいけん。本丸を移すよりも、大川をつけ替え、本丸に土盛りして橋をかけ、城下の町割りをするまでが、なんぼ手間がかかるか知れんのじゃが。その普請に使う金を惜しめば、ろくな城はでけん。宇喜多の家は、秀吉公のお力でこれまで盛りたてられてきたのじゃけえ、思し召しの通りに動かにゃいけんのじゃ。国元で詮家らが節倹ばかりを口にして、見かけの悪い城を建てりゃ、殿下のご不興を買うて、どのような災いをこうむるか知れん。この普請は、次郎兵衛殿に指図を任すのが、どっちみちええんよ」

忠家は、秀吉と前田利家との深い間柄を知っている。二人の気に添わない大名は、かならず没落する。いま秀吉の養子として権勢をきわめている秀家も、例外ではないと、彼は考えていた。

中村次郎兵衛は、秀家と忠家に推され、普請奉行として国元へ下ったが、家中の侍たちは彼を嫌った。

西大川の流れを変え、新城本丸の麓をめぐらせる大工事に、中村次郎兵衛はとりかかった。直家の代に城下にとりいれられた西国街道は、大川に前途をさえぎられるので、大橋をかけねばならない。

当時、大河に橋をかけるのは至難の工事であった。新城普請は、おびただしい使役を動員して進められた。岡山一帯は建設ブームで活気づいたが、宇喜多家の金蔵から金銀が流れ出てゆく。

国家老の詮家は、次郎兵衛を憎んだ。

「他家からうせおったる痴《し》れ者は、宇喜多の身代を傾けるつもりであろう。おえんのう。あやつを仕物にかけたほうが、お家の為じゃろう」

詮家は武勇にすぐれ、遊芸をうとんじる、荒々しい性格であった。

彼は国元の家臣たちのあいだで人望があった。思慮に欠けるきらいのある彼の言動を正論と信じ、次郎兵衛に敵意をむける者が多い。

次郎兵衛は詮家の動きを察知して、身辺に警固の人数を置き、緊迫した情勢のなかで、築城普請を進めていった。

小田原征伐が終わったのち、豊臣政権に楯つく勢力はすべて平定された。秀吉は日本国二千二百万石の大名を支配する専制君主となったが、肉親の縁にめぐまれなかった。

淀君とのあいだにもうけた嫡男鶴松が、天正十九年（一五九一）閏正月三日に発病し、八月五日に病没した。享年三歳であった。

秀吉は六日に髻《もとどり》を切って喪に服した。諸大名もすべて髻を切り、鶴松の夭折を悔やむ。

毛利輝元は、国元の吉川広家に大坂城下の様子を、つぎのように知らせた。

「まことに天下の上下の門戸を、閉じたる体《てい》にて候」

秀吉は、鶴松が出生するまえ、四人の養子をとっていた。信長四男の羽柴秀勝、宇喜多秀家、姉の長男羽柴秀次、北政所の甥羽柴金吾秀俊である。

秀勝は、天正十三年十二月に病死したので、鶴松の没後に豊臣家の後嗣となる資格を持つのは、秀家、秀次、秀俊の三人であった。

秀吉は思案した。

「儂の血につながるのは秀次だが、あやつは武辺をこころがけてはおるが、依怙《えこ》ひいきをいたし、女狂いが過ぎるだわ。秀俊はおとなしきばかりにて、天下人の器量はないのだで。後嗣とするにふさわしきは秀家であろうが、儂とは血がつながらぬ。いかがしたものであろうかのん」

彼は北政所と相談し、迷ったあげく後嗣を秀次とさだめた。

『細川家記』には、秀吉が文禄元年(一五九二)正月、嫡男鶴松の夢を見て悲嘆にくれ、つぎの歌を詠んだという記録がある。

「なき人の　形見に涙　残しおきて
　行方知らずも　消え落つるかな」

五十六歳の春を迎えた秀吉は、器量に欠けるところのある甥秀次を関白として、正月五日、諸大名に唐入り渡海の陣触れを発した。

諸大名は、秀吉の武威に反抗できないため、明の平定という、危険きわまりない作戦に駆りだされざるを得なかった。

日本の将兵は、明国へむかう道筋も、その言語、地理もまったく知らず、外海を渡る航海術もそなえないまま、突然の秀吉の命令をうけた。

当時、豊臣政権支配下における日本全国の兵力は、米高一万石につき二百五十人の比例で、おおよその数を見ると、五十六万三千余人に達した。

諸国の米高は、つぎの通りである。

畿内	百四十万石
東海	四百九十五万石
東山	五百五万石
北陸	二百四十二万石
山陰	百十八万石
山陽	百六万石
南海	百四十万石
西海	三百六十二万石
合計	二千百八万石

秀吉は明国遠征の人数におよそ二十万人、肥前名護屋に予備軍十万人、京都に留守居の兵三万人を置くこととした。

諸大名は渡海に用いる船舶建造の、過重な負担を課せられた。所領十万石につき、大、中、小の船舶は、二十八艘である。

大船は安宅船である。船体の後寄りに矢倉を設け、両舷に八十挺以上の櫓を置いた。中船は関船《せきぶね》（戦艦）で、八十挺から四十挺の櫓を用い、快速で進退する。小船は小早《こばや》と呼ばれる。四十挺以下の櫓をそなえ、偵察などの補助任務に用いられた。

毛利秀元が進水させた大安宅船は、米一万二千俵（約五千石）を積む巨船であった。船中に十八畳敷の座敷が二つあり、能を演じるときも、狭さを覚えなかったといわれる。

宇喜多秀家は、渡海の船舶を昼夜兼行で建造させる。秀吉は諸大名に、名護屋へ向かう日取りを、つぎのように指示した。

一番隊　小西行長、松浦《まつら》鎮信、有馬晴信ほか
二番隊　加藤清正、鍋島直茂、相良頼房
三番隊　黒田長政、大友義統《よしむね》
四番隊　島津義弘、毛利吉成ほか
五番隊　福島正則、長宗我部元親ほか
六番隊　蜂須賀家政、生駒親正ほか
七番隊　小早川隆景、立花統虎《むねとら》ほか
八番隊　毛利輝元
九番隊　宇喜多秀家
十番隊　長岡忠興ほか
十一番隊　堀秀治、浅野長慶ほか

十二番隊　前田利家
十三番隊　岡本重政ほか
十四番隊　羽柴秀勝、森忠政ほか

総勢二十二万四千三百余人の大軍が、二月十日から三月一日のうちに九州へ向かわねばならない。

一万人の軍勢を率いる宇喜多秀家は、二月二十日に出陣することとなった。

備前宰相秀家は、二十一歳で唐入りの全軍を統率する総司令官に任ぜられた。

妻のお豪とのあいだに嫡男をもうけた彼は、大坂備前島屋敷に妻子を残し、岡山城に戻った。

二月二十五日、海路をとって肥前名護屋へ向かう宇喜多勢先手の指揮をとるのは、五十七歳の叔父忠家であった。

秀家は、忠家の出陣をひきとめた。

「叔父御は長いあいだ、宇喜多の家を守ってくれたけえ、唐入りはやめておきんさい。渡海すりゃ水も変わるし、たやすくは戻ってはこられんけのう。病になりゃ、えらい難儀じゃろうが。国元で詮家と力をあわせ、留守居をしていてくれりゃええんよ」

すでに家老の戸川（富川）秀安、長船貞親は引退していた。

人の定命が五十年といわれた当時とすれば、五十七歳は老翁といってよい年頃である。

だが、忠家は、秀家の言葉に従わなかった。

「それがしは、唐入りにはぜひにも出陣いたしとうござりまする。かの地にて骨を埋める覚悟をいたしおりますれば、なにとぞ願いをお聞き届け下されませ」

忠家は本心から唐入りを望んでいるわけではなかった。

彼が引退して、息子の詮家を出陣させれば、戦場で秀家と喧嘩をしかねないとおそれていた。主君にさからえば、詮家は破滅する。

――短気者の息子じゃけえ、気にさわりゃ、何事をしでかすかも知れん。儂が陣場へ出向いて、死にゃええんじゃ――

秀家は、叔父の心中を察して、出陣を許した。

「叔父御にゃ、人にはいえぬ存念もあるじゃろう。まあ、望みのままにすりゃよかろうが」

忠家は出陣のまえに、所領の備前富山城二万四千石の家督相続を詮家にさせておきたいと、秀家に願い出た。

自分が在世のうちに詮家に相続をさせておかねば、今後秀家とのあいだにどのようないさかいをおこし、家禄没収の憂き目を見ることにもなりかねないと、前途を懸念したためである。

秀家は承知した。

「叔父御も儂も、ともに唐入りすりゃ生きて帰るかどうかは分からんけえのう。詮家に相続させておきゃ、安心じゃろう」

忠家はおおいによろこび、剃髪して法体《ほったい》となり、自ら安心入道と号した。息子の将来が安泰であると見届け安心したのである。

秀家は二月末に備前片上を出航し、九州へ向かった。

秀吉は三月二十六日朝、参内して明、朝鮮に出兵する旨を奏上したのち、出陣した。公卿百官に見送られ、金銀のよそおいもまばゆいでたちの軍勢は、西国街道を西へ向かった。

秀吉本陣勢は、一カ月をかけての旅ののち、四月二十五日に名護屋城へ到着した。七層の天守閣ははやくも完成しており、碧空を背に聳え立っていた。

秀家は九州を出帆したのち対馬に寄港し、五月二日に釜山浦に上陸した。先発の小西行長、松浦《まつら》鎮信らの第一軍が四月十三日に釜山鎮城を陥れ、諸軍が三方向から北上して、五月二日には朝鮮の首都漢陽（現ソウル）に一番隊、二番隊が到着していた。

秀家は九番隊一万人を率い、漢陽への道を急いだ。途中の村落は焼きはらわれ、斃死《へいし》して蠅のたかっている牛馬が目につく。住民は避難したのであろう、昼間も人影はない。

秀家が漢陽に到着したのは、六月五日であった。総司令官の秀家は、釜山上陸ののち実戦をおこなうことなく、ひたすら味方のあとを追ってきた。

漢陽に入ってみると、広大な王宮は焼失していた。

「金殿玉楼が焼けうせたとは、もったいなや。しかし、さすがに大邑《たいゆう》じゃなあ。人の数、家の数も分からぬほどじゃが。なかなか富貴な構えの家が多いのう。町屋は京、大坂よりも立派なものじゃ。暑気は日本国よりいくらか凌ぎやすいようじゃな」

秀家の任務は、漢陽に駐屯し、兵站線の確保にあたることであった。

前線の友軍に兵粮、武器、弾薬を輸送し、治安維持をおこなう。秀家は、李王族の住居であったという、宏壮な屋敷に本陣を置いた。

秀吉は自ら朝鮮に渡海しようとしたが、朝鮮水軍の反撃が猛威をあらわしていたので、浅野長政、徳川家康、前田利家らに諫止《かんし》された。

全羅左水使として、朝鮮全羅道西部の海域警備にあたっていた李舜臣の水軍が、猛威を発揮していた。

李舜臣は、戦船二十四隻を主力とする水軍を率い、日本軍船の群れを発見すると襲撃し、潰滅させた。朝鮮水軍の戦船は板屋船と呼ばれ、日本の大安宅船に匹敵する巨船で、はるかに強固な船体である。

戦船のうち数隻は、亀甲船《コブクソン》と呼ばれる新型船であった。

亀甲船は、全長六十四尺八寸、幅十四尺五寸。左右の舷に十挺ずつの櫓を置いている。

船体の上部は厚板で装甲されていた。板の上には十字形の通路があり、他の部分には錐《すい》刀《とう》を立てつらねている。

船首には龍頭を設け、その口は銃眼である。船尾には亀の尾を設け、その下に銃眼がある。両舷六カ所ずつにも銃眼があった。

亀甲船と呼ばれるのは、船体が亀に似た形であったためである。海戦がはじまると、船体上部を茅《かや》を編んだ莚《むしろ》で覆うため、接舷してきた敵船から士卒が乗り移ろうとして、錐刀に体を貫かれた。

装甲した船体は二層になっており、船高十六尺である。漕ぎ手は下屋にいた。

亀甲船は戦闘の際、船首の龍頭から硫黄煙硝の煙を霧のように吐き、敵の視野をかげらせ接近して、天字砲、地字砲を乱射する。日本の軍船が集結している中へ入りこみ、敏捷に行動して敗北することがない。

李舜臣の船団は、銃砲のほかに将軍箭《せん》、長片箭などという火箭《かせん》を放ち、日本の軍船を焼く。

日本の戦船が装備している二百匁玉筒、三百匁玉筒の砲弾は、朝鮮水軍の厚さ四寸の舷側板を撃ち抜く威力をそなえていたが、目標が俊足であるため、砲撃しても命中させることができない。

一枚帆を用いる日本戦船は、釜山近海の潮流に慣れておらず、進退が鈍重である。李舜臣は海戦をかさねるうち、日本の大安宅船の船体が脆弱であることを知った。

朝鮮戦船に衝突されると、船体に大孔《おおあな》があく。李舜臣は麾下《きか》の軍船に命じた。

「日本軍船に、わざと突進し舳を突きこめ」

日本水軍は惨敗をかさね、諸将が集まり対策を練ったが、当面の頽勢を盛りかえすすべがなかった。

秀吉は朝鮮戦船の脅威によって、朝鮮渡海を思いとどまった。彼は自らの名代として石田三成、大谷吉継、増田長盛ら奉行衆を朝鮮に派遣し、在陣諸将に統治の地域を配分した。

平安道
小西行長　一番隊
黄海道
黒田長政　三番隊
京畿道
宇喜多秀家　九番隊
全羅道
小早川隆景　七番隊
咸鏡道
加藤清正　二番隊
江原道
毛利吉成　四番隊
忠清道
福島正則　五番隊

慶尚道
毛利輝元　　八番隊

秀吉は朝鮮在陣の諸軍十三万余を編成替えして、明国へ攻め入る態勢をととのえさせた。明国は果ても分からない大国であり、作戦行動をとるための諸街道の絵図面もない。

朝鮮在陣諸軍の兵站補給線は、しだいに脅かされるようになった。補給がゆきづまると、日本兵は掠奪をはじめ、朝鮮農民の反撃をうけ、死傷者が続出した。

ルイス・フロイスは、朝鮮民衆で結成した義軍が、日本軍を襲撃する状況につき、記している。

「朝鮮在陣の日本軍の当面する難問題のひとつは、諸軍が海岸からはるかに離れた奥地へ分散して入りこんでいるため、日本から海路輸送されてきた食糧を各地へ運ぶために、おびただしい人手を要することであった。

その人手が不足していたので、朝鮮の兵士たちは各地で日本軍を待ち伏せ、襲撃して日本兵を殺戮しては、その輸送する食糧をすべて掠奪した」

日本軍は食糧補給の長距離の旅をするために、多数の護衛兵を必要とするようになったので、護衛兵の食糧をも運ばねばならなくなった。

いまひとつの難問題は、李舜臣を中心とする朝鮮水軍の活躍であった。

「それらの船は堅固で堂々としており、船内に武器、兵粮、弾薬を満載し、洋上を彷徨しつつ、日本船に行きあうと襲撃、掠奪した。
朝鮮軍は機動力に長じていたので、日本軍に多大の損害を与えた」
兵站司令官である宇喜多秀家の負担は、ようやく重くなってきた。

日本軍は北上をつづけ、六月十五日、小西行長、宗義智、黒田長政、大友義統の諸隊が平壌を占領した。

平壌附近の民衆は、日本軍に従おうとせず、物資輸送、道普請、城郭普請に傭おうとすると、たちまち山中へ隠れ、姿をあらわさなかった。

やがて朝鮮諸道の民衆が、義兵として集団をつくり、日本軍の拠点にゲリラ攻撃をしかけてきた。

義兵の指導者、慶尚道玄風《ヒョンプン》の地方両班《ヤンバン》（貴族）郭再祐《クワチエユ》は、戦闘の際に部下をはげますため、父が明皇帝から賜った紅衣を身にまとい、白馬にまたがり先頭に出て突撃した。

『宣祖実録』に、その活躍が記されている。

「倭（日本兵）を見れば、すなわち衆寡をとわずかならず馳馬突撃す。賊は多く箭にあたり、（郭再祐を）見ればすなわち退走し、あえてあい抗せず」

郭再祐は、民衆の間で「天降紅衣将軍」と呼ばれるようになった。

日本軍の士卒は、昼夜をとわない朝鮮義兵の攻撃に、夜も眠ることができない。小部隊で行動すれば、山頂、谷あいから半弓で矢を雨のように射かけてくるので、死傷者が出る。

住民と言葉が通じないため、統治は困難である。

毛利輝元は、釜山と漢陽との間の街道に、繋ぎ城を建設する任務を与えられ、三万の兵力で普請をはじめたが、至るところで義兵の攻撃を受け、被害が続出した。

海上では、日本水軍が李舜臣の指揮する朝鮮水軍に敗北をつづけていた。

六月になって、明国の援軍が鴨緑江を渡り、朝鮮に入った。明軍は七月十六日の夜明け前、平壌城七星門をやぶって城内に乱入したが、日本の守備隊は善戦して撃退した。

日本軍総大将宇喜多秀家は、海陸の戦況が険悪となってきたので、朝鮮諸道に在陣の諸大名を漢陽に集め、今後の作戦につき協議することとした。

平壌の小西行長、江原道の島津義弘、伊東祐兵、黄海道の黒田長政、全羅道の小早川隆景が、漢陽に集合した。

秀家は、黒田官兵衛、石田三成、大谷吉継、増田長盛ら奉行たちとともに五大名を迎え、軍議をひらいた。

黒田官兵衛の意見は慎重であった。

「このこのち大明より後巻きの人数が、どれほど寄せて参るかは分からぬ。敵の様子を探ろうにも、言語が通じぬゆえ、なんともいたしがたい。釜山浦より漢陽まで十余日の道程にて、兵粮を運ぶにも思うに任せぬ。しかし、漢陽を捨てるわけにもゆくまい」

黒田官兵衛は、漢陽防衛策をとるべきであるといった。

「総大将秀家殿はじめ諸大将は、このまま漢陽におとどまりなされよ。漢陽より大明のほうへ一日路《いちにちみち》ほどのところに砦をいくつか構え、大明の出勢を待ちうけるが上策と存ずる」

漢陽北方、徒歩一日の行程の辺りに数砦を置き、明軍が押し寄せてくれば、漢陽に在陣する兵の総力をあげて応援にかけつけ、敵を撃退すべきであるという。

小早川隆景が、官兵衛の意見に同意した。

「漢陽より遠く出城を取らば、後巻きをいたすに難儀なれば、軍師殿が仰せのごとくいたすがようござろう」

石田三成は、冬になる前に朝鮮八道の日本軍をすべて釜山に引き揚げさせ、作戦をたてなおすべきであるといった。

朝鮮の住民たちは、日本軍の乱暴を怖れ、山林へ逃げ隠れるので、農耕をおこなう働き手がおらず、冬を迎えて飢饉となるのは避けられない。

黒田官兵衛、小早川隆景らは、三成の釜山撤退策には同意しなかった。漢陽を捨て、諸道から撤退すれば、戦死者の霊にも申しわけが立たないというのである。

漢陽防衛の諸隊は、平山、牛峰、開城、長湍、監津鎮、高陽に防衛拠点を置き、明軍来襲に備えた。

八月二十九日、明国遊撃将軍沈惟敬《チエンウエイチン》が平壌城外にきて、守備軍の大将小西行長、宗義智に、明国との和平を申し入れたが、交渉は進展しなかった。

冬がくると、日本軍の士卒は激しい寒気に悩まされた。降雪のなか、足袋に草鞋《わらじ》がけで行動するため、凍傷になった。食糧にも窮してきた。

米、塩、味噌、酒肴は食いつくし、粟と黍《きび》ばかりを粥にして空腹をまぎらす。

平壌城の小西行長は、明国の軍師沈惟敬が再訪するのを待ちわびていた。十一月下旬、沈惟敬が平壌をおとずれ、数日滞在して去った。

和議交渉は進展しているかに見えた。小西行長は、漢陽に使者を走らせ、宇喜多秀家に報告した。

「明国軍師沈惟敬は、和成り質子（人質）を交換する、まさに近きにありと申せしゆえ、和談のととのう期も迫りしと見えまする」

秀家は石田ら奉行衆とともに、十二月七日に漢陽を出て、九日に開城で和議成立ののちの方針につき、軍議を開いた。

小早川隆景、小西行長、黒田長政、大友義統、島津義弘、松浦鎮信、立花統虎、高橋統増、吉川広家、筑紫広門、安国寺恵瓊《えけい》らが軍議に参加した。

開城での評定は、一日で終わった。明国側との和議締結はいつ成立するとも知れない状況にあったので、ひきつづきそれぞれの陣所を防衛する必要があると、見たためである。

十二月七日、明の軍務提督李如松が、四万三千人の兵を率い、朝鮮に出撃するため、遼陽に到着した。

李如松が沈惟敬にあらかじめ和睦交渉をおこなわせたのは、平壌城の小西行長をあざむき、油断させたうえで、急襲するためであった。

小西行長は、間諜を放って明軍の状況を偵察させていたが、このとき四十余人の間諜が朝鮮軍に捕らえられ、壊滅していたので、情報がまったく入っていなかった。

明軍は十二月二十三日、結氷した鴨緑江を渡り、義州に到着した。

正月三日、平壌に近い粛川に到着した李如松は、副総兵査大受を順安におもむかせ、日本守備兵に、明国皇帝が日本との講和を勅許したと、偽りを告げさせた。

小西行長はおおいによろこんだが、間もなく事態は急転した。

正月五日、李如松の率いる明軍五万一千人が、平壌城へ襲いかかった。日本守備軍は総数一万五千人である。

明軍はすべて巨大で強健な馬に乗った騎兵である。彼らは鋼鉄の鎧をつけ、鋼鉄の膝当てで足を保護している。鎧は馬上にあるときも踵《かかと》の辺りまで垂れさがっているので、日本軍の鋭利な刀槍によっても、まったく損傷をうけることがなかった。

日本軍はよく戦ったが、七日の夜には城を捨て、漢陽へ退却していった。雪中を退く日本兵の惨憺たる有様は、つぎのように記録されている。

「力なくして身もつかれ、親を討たるる人もあり。兄を討たるる人もあり。比《ころ》しもいまは春の初めなり。寒国なれば混寒《ひたさむ》に、氷も厚く雪深し。

手足は雪に焼けはれて、着物は鎧の下ばかり。さも美しき人なども、山田の案山子《かかし》と衰えて、あらぬ人かと見も分かず」

平壌の守備軍が惨敗を喫したとの情報が、漢陽の宇喜多秀家のもとに届いたのは、正月十一日であった。

秀家は諸将と軍議をかわし、明軍を漢陽城外で迎撃し、野戦を挑むことにした。籠城していては、勝ち目がないと見たのである。

明軍は数百門の強力な大砲をそなえていた。その砲撃を受ければ、塁壁は破壊され、一発で数十人が殺傷される。

日本軍は、野外で遭遇戦をおこない、白兵攻撃を挑むよりほかに道はなかった。

李如松の率いる明国騎馬兵団は、漢陽に向かい南下してきた。

漢陽の日本軍先手は、全軍を四隊に分けた。

第一隊
　立花統虎、高橋統増　三千人
第二隊
　小早川隆景　八千人
第三隊
　小早川秀包《ひでかね》、毛利元康、筑紫広門　五千人
第四隊
　吉川広家　四千人

本隊はつぎの通りである。

第五隊

　黒田長政　五千人

第六隊

石田三成、増田長盛、大谷吉継　五千人

第七隊

加藤光泰、前野長康　三千人

第八隊

　宇喜多秀家　八千人

漢陽の留守将は、小西行長、大友義統である。

先手の二万人は、正月二十六日子の刻（午前零時）に漢陽を出て、開城へ向かった。夜が明けて間もなく、立花隊の斥候が明軍と接触し戦闘がはじまった。

立花隊は二百余人の死傷者を出したが、明兵の首級二千余を得るという健闘により、戦況を有利に導いた。

明軍は牛車に牽かせていた百門の大砲を放ち、騎兵隊を突撃させた。碧蹄館という谷間の左右の高地に布陣する日本軍は、明軍に猛烈な射撃を加えたのち、刀槍をふるい白兵戦を挑んだ。

宇喜多本隊も総攻撃に移った。明軍は浙江、河南の兵を開城に残し、二万余の兵力であったので、数において勝る日本軍の攻撃を支えかね、しだいに後退してゆく。李如松は平壌で大勝し、日本軍の戦力を軽視していたため、意外の反撃に損害を増やす苦戦を強いられた。

明軍はついに退却していった。日本軍は敵の首級六千余級を得たが、味方の戦死者も二千余に及ぶ激戦であった。

明軍将兵の武装は堅固で、体軀は強大である。宇喜多秀家の家来国富源右衛門は、家中で聞こえた大力者であった。

彼はすぐれた武者ぶりの敵兵に三度斬りつけたが、刃が立たないので組みついた。相手は格段の膂力《りょりょく》で、たちまち組み敷かれ、大磐石に押さえつけられたように動けない。源右衛門は脇差を抜き、下腹を二刀刺したが切っ先が通らない。あやうく死ぬところを朋輩に助けられ、ようやく討ち取った。

日本軍は碧蹄館の合戦で勝利を得たが、傷病者の数が多く、兵粮も残りすくない。漢陽在陣諸軍の飯米は、雑炊を食べても四月上旬までに尽きる。

明軍がふたたび漢陽を襲うとの情報がもたらされており、楽観できない情勢であった。

文禄二年三月二十日、三奉行は漢陽在陣の将兵総数が、五万三千人であると確かめた。

諸隊のうち、もっとも損耗の多いのが小西隊であった。日本を出陣したとき一万八千七百人であったが、戦死、病死、後送による減耗が一万二千七十四人。健在でいる者は、わずかに六千六百二十六人である。

その他の諸隊の人員減耗は、つぎの通り深刻な状態である。

加藤清正隊　五千四百九十二人
鍋島直茂隊　七千六百四十四人
黒田長政隊　五千二百六十九人
大友義統隊　二千五十二人
毛利吉就隊　千四百二十五人
高橋元種隊　二百八十八人
秋月種長隊　二百五十二人
伊東祐兵隊　五百九十七人
島津忠豊隊　二百九十三人
小早川隆景、同秀包、吉川広家隊　九千五百五十二人
立花統虎、高橋統増隊　千百三十二人
筑紫広門隊　三百二十七人
宇喜多秀家隊　五千三百五十二人

加藤光泰隊　千四百人
前野長康隊　七百十七人
大谷吉継隊　千五百五人
増田長盛隊　千六百二十九人
石田三成隊　千五百四十六人

三月十日、宇喜多、毛利、鍋島の兵一万人が、兵粮徴発のため漢陽附近に出向いたが、村落はすべて空き屋で人影はなく、米麦はまったく得られなかった。

数日後、日本軍が四月十一日まで雑炊にして食いつなごうとしていた、漢陽南方の龍山の米蔵に保管している米一万数千石が、朝鮮軍により焼かれ、撤退するよりほかはなくなった。

日本軍は、明軍に講和を求めるよりほかに、とるべき道がなくなった。明国は沈惟敬を講和の使者として漢陽へ派遣した。惟敬は小西行長らに告げた。

「日本軍が捕らえた朝鮮二王子と陪臣を帰還させ、釜山浦へ撤退すれば、和議に応じよう」

日本軍は和睦条件をうけいれ、四月十八日から撤退をはじめた。

大坂にいる宇喜多秀家の妻豪姫は、この頃から南の御方と呼ばれるようになっていた。

文禄二年三月、名護屋城にいた秀吉は、大坂の北政所から、豪姫を南の御方と呼ぶことにしたとの書信をうけ、つぎのような返事を出した。

「備前の御もじ（豪姫）名を変え候て、まんぞくの由承り候。

男にて候わば関白を持たせ申すべきに、女房にて候まま是非なく候まま、南の御方はまだ不足にて候。

太閤秘蔵の子にて候まま、ね（北政所）より上の官に致したく候。凱陣候わば、官をまずいたし、のち先の一の官につかまつり申すべく候。

その心得候て、南の御方をばあしらい候べく候。八郎にはかまわず候。位は太閤位ほどにいたし申すべく候」

豪姫を南の御方と呼ぶようになったことを、秀吉は認めた。男であれば関白の位に就けたであろうに、女であるためいたしかたもない。南の御方とするだけでは、まだ不足である。

儂が秘蔵の子であるからには、北政所より上の官位に就けてやりたい。大坂へ凱旋したのちは、太閤ほどの位に昇らせてやる。そのつもりで、南の御方を厚く待遇してもらいたい。八郎（秀家）にはこのうえ構うことはない、という内容である。

秀吉は、名護屋城に在陣しているあいだに、京都聚楽第にいる関白秀次が、乱行をつのらせているとの通報をしばしばうけ、今後の成り行きを懸念していた。

秀次の乱行が、どこまで事実であったかは分からない。彼は尾張、伊勢二カ国の太守であるが、豊臣政権の実権はすべて秀吉の手中にある。

　秀吉は側近に内心を洩らしていた。

「関白の乱行が過ぎるようなれば、八郎（秀家）に儂のあとを継がせるのも、よかろうがのん」

　政権内部では、北政所派と淀殿派の対立が、深刻になっていた。

　北政所派は、浅野長政、前田利家、徳川家康、伊達政宗らの武将。淀殿派は石田三成、増田長盛、長束正家らの吏僚である。

　諸大名は、秀吉が世を去ったのち、政権が分裂するであろうと予測している。朝鮮在陣のあいだ、前線で辛苦をかさねている武将たちは、戦功を正当に評価せず、依怙ひいきをする奉行衆を憎悪していた。

　関白秀次は、日本全土を統治する器量をそなえていない。朝鮮では日本軍が惨めな撤退をはじめていた。

　宇喜多秀家は、漢陽の住居であった小《ソ》公主宅《コンジュテク》（ソウル特別市中区小公洞）を出て、釜山浦に撤退するとき、多くの医学書、事典など、宋元本をたずさえていた。

　秀家の集めた宋元本は、つぎのようなものであった。

『類証済本事方後集』（十巻、宋版）、『鍼灸資生経』（三冊、明版）、『医方大成』（八冊、明版）、『陳氏三因方』（七冊、元版）、『聖元名賢播芳続集』（六巻、朝鮮版）。

　これらは、すべて医学書であった。事典その他の書籍は、つぎの通りである。

『文苑精華』（朝鮮版）、『徐花潭先生集』（徐敬徳撰、朝鮮版）、『景賢録』（李楨撰、朝鮮版）、『皇華集』（政府輯、朝鮮版）、『養体堂集』（盧一撰、朝鮮版）、『通典』（宋元版）他。

名護屋城の秀吉は、大坂城にいるお福の方に、文禄二年五月二十七日付で秀家の消息を、つぎのように伝えた。

「はやばや八郎も、ふさかい（釜山）まで越し候て、なに事なく候まま、心やすく候べく候。めでたく候」

漢陽から退陣した日本軍は、釜山附近の諸城に布陣した。

明国講和使節徐一貫、謝用梓と従者百余人、遊撃沈惟敬は、日本軍とともに釜山に到着していた。

五月朔日、秀吉は側近の熊谷直盛らを釜山へつかわし、浅野長政、黒田官兵衛、石田三成、増田長盛、大谷吉継と、明国との講和につき相談させるいっぽうで、釜山西方二十里の晋州城攻撃を在陣諸軍に命じた。

晋州城には朝鮮将軍金千鎰《キムチョニル》が七千の兵を率い、たてこもっていた。城の南面には南江が流れ、断崖がつらなっている。北方は幅五十余間、長さ四百余間の濠がめぐらされている。城壁の高さは二十尺を超え、堅固な要害であった。

秀吉は、和睦交渉をおこなうにあたり、慶尚、全羅両道に南下してきた明軍を牽制する必要があると見て、あらたな作戦を命じたのである。

晋州城攻撃軍は、五軍に編成された。

第一軍
加藤清正、相良頼房、黒田長政、鍋島直茂、島津義弘ほか、二万五千六百二十四人
第二軍
小西行長、宗義智、浅野長政、伊達政宗、黒田官兵衛ほか、二万六千百八十二人
第三軍
宇喜多秀家、稲葉貞通、別所吉治ほか、一万八千八百二十二人
第四軍
毛利秀元、一万三千六百人
第五軍
小早川隆景、立花統虎ほか、八千七百四十四人

海上では九鬼嘉隆、来島通総ら日本水軍五千四百六十人が、加徳島《カドクト》に集結し、朝鮮水軍の襲来にそなえた。

五月二十一日、日本軍は晋州城を包囲、攻撃を開始した。

金千鎰は城兵を督励し、火箭を放ち、巨岩を城壁から投げ落として、梯子をよじのぼり、肉迫する日本勢を撃退する。城中には大砲が装備されていたので、城壁に迫る寄せ手の諸

軍は砲撃された。密集部隊のなかに火柱が立ち、人馬が薙ぎ倒される。

日本諸軍は二十五日まで損害をかえりみない猛攻をかさね、ついに城壁まで三十歩の地点に進出した。

火箭が雨注するなか、足軽たちが井楼《せいろう》を組みあげ、楼上に大筒、大鉄砲を担ぎあげ、城内に射撃を加える。

城兵は土石を積みかさね、井楼からの狙撃を防ぎつつ、城壁から煎り砂をそそぐ。日本軍は火傷を負い、後退した。

二十七日、第三軍主将宇喜多秀家は、城中へ軍使をつかわし、金千鎰に申し入れた。

「貴軍の健闘は、まことに賞揚すべきものであるが、このうえ戦えば無辜《むこ》の民を苦しめることになろう。城中にいる避難民の命を救うため、開城いたされよ」

城内にいる避難民は、五万余人といわれていた。

だが降伏勧告は、うけいれられなかった。日本軍は、亀甲車をこしらえ石垣に接近する戦法をとることにした。

四輪車のうえに木櫃《きびつ》を置き、櫃の上部を厚板で亀の甲羅のような形に覆い、そのうえに牛の生皮数枚をかぶせている。

城壁から巨石を投げられ、油をそそがれ松明の火で燃えあがっても、破壊され炎上することはない。

亀甲車三台ができあがると、一台に足軽が三人ずつ入り、石垣に近づき、金梃子《かなてこ》を石垣のあいだにこじいれて崩した。

石垣が数間の幅で崩れたので、加藤清正、黒田長政の部下が城内に突入し、ついに晋州城は陥落した。

その頃、明使徐一貫、謝用梓と遊撃将軍沈惟敬は、肥前名護屋城に到着していた。秀吉は五月二十三日、明使を引見した。

彼は、明国との和睦交渉が長期にわたるであろうと予測していたので、休戦のあいだに朝鮮在陣の諸軍を慰撫し、英気を養わせようとした。

明軍の戦力は予想を下回るが、朝鮮義軍の活躍は恐るべきものである。日本水軍は、海戦において朝鮮水軍に負けつづけた。船体が脆弱であるため、勝機をつかめないと知った秀吉は、堅固な軍船を建造し、攻撃力を養わせることにした。

制海権を朝鮮水軍に握られているかぎり、明国攻撃作戦は成功しないのである。

名護屋城では、明使との講和交渉がはかばかしく進展しなかったが、大坂から朗報が届いていた。側室淀殿が、懐妊したのである。秀吉はおおいによろこぶ。

「それはまことかや。この日頃の鬱懐も、吹き飛ぶだがや」

秀吉は明使を丁重に饗応しつつも、彼らが明国皇帝に講和の全権を任されていないことを知り、和議条項を正式に提示するのをやめるつもりになっていた。

「明使が皇帝の和談の書状を持ってきておらぬに、こなたより渡すことはないのだわ」

和議条項を日本から提示することは、降伏を望んでいるとうけとられてもしかたがない行為であった。

明使は一ヵ月のあいだ名護屋城に滞在し、六月二十八日に帰途についた。秀吉は和平条項を正式の国書とせず、石田、増田、大谷、小西の四人に、七カ条の条件を示し、交渉するよう命じたのみであった。

その内容は、明国皇帝の息女を日本天皇の后妃としてさしだす。明国と日本国とのあいだの国交を回復して、勘合貿易を復活させる。朝鮮八道のうち四道と漢陽を、朝鮮国王に返還する。去年捕虜とした朝鮮王子と大臣たちは、沈惟敬に預け、帰国させるというものである。

小西行長、石田三成、大谷吉継は、明使が帰還するより先に釜山に着き、朝鮮二王子と侍臣を朝鮮側に送還した。行長の家来内藤如安が、明使とともに北京へおもむき、講和交渉にあたる手筈になっていた。

八月九日、大坂城で秀吉嫡子誕生の知らせが、名護屋城へ届いた。秀吉は狂喜して嫡子の名を「拾《ひろい》」と名づけ、八月十五日に名護屋を出立し、海路をとって、二十五日に大坂城へ戻った。彼は名護屋へ帰る気がなくなり、閏九月二十日に大坂城から伏見屋敷へ移った。

彼は、八月以降朝鮮在陣の諸軍の大半に帰国を許した。休戦期間に休養をとらせるためである。

伊達政宗は九月十二日に釜山を出発。十八日に名護屋に着いた。閏九月から十月にかけて帰国した大名は、つぎの通りである。

石田三成、増田長盛、大谷吉継、浅野長政、稲葉貞通、木下重賢、片桐且元、木村重茲、長岡忠興、前野長康、毛利輝元、小早川隆景、吉川広家。

十月以降には、蜂須賀家政、生駒親正、宇喜多秀家、毛利秀元、長宗我部元親、福島正則が帰国した。

朝鮮にひきつづき在陣する軍勢は、加藤清正、鍋島直茂、小西行長ら四万余人となった。

宇喜多秀家は、ひさびさに岡山に戻り、新城普請の状況を視察した。

岡山城は安土城の再現といわれる、三重六階の壮大な天守閣をそなえることになっている。櫓は三十五棟、城門は二十一棟である。

本丸には政庁、曲輪《くるわ》うちには主だった家来の屋敷も置かれる予定であった。豊臣政権の一翼を担う秀家にふさわしい城郭を築かねばならない。

普請は費用をいとわず進められている。西大川には架橋のため、人足たちが杭を打ち、土俵を積みあげる作業を、連日急いでいた。

西大川の下流には、西中島、東中島というふたつの中洲がある。西中島と東中島をつなぐため、京橋、中橋、小橋と呼ぶ三つの橋をかけるのである。

秀家は西中島町屋の支配を那須半入、東中島の支配を阿部善定に任せることにした。

那須半入という人物について、つぎのような挿話が、森本繁氏著『傷ついた備前鳥』に述べられている。

半入は前名を石切久兵衛といい、石切り大工の頭であったようである。秀吉の備中高松城攻めのとき、協力したので、直家から西中島を拝領した。久兵衛の頭がなかば禿げあがっていたので、秀吉が「半入、半入」と呼び、そのうちに彼は那須半入と改名した。

半入は才覚のある男であった。文禄二年八月頃、酒三百荷とくらげ三百桶をわが持ち船に積み、朝鮮へ渡り、秀家を慰問した。

秀家は半入の志をよろこび、褒美として彼の望むものを与えてやろうといった。

半入は、すかさず言上した。

「私は何をいただきたいとも思いませぬ。できることなら、西中島へ西国街道を延ばし、橋をかけとうござります」

「さようの儀なれば、ただちに下知状を書いてやろうぞ」

半入は帰国ののち、三つの橋をかけ、わが在所を繁栄にみちびいたというのである。

秀家は、東中島を備前福岡の市の阿部善定に与えることにした。

「阿部の家には、儂の祖父《じい》興家が、砥石の城を失うてのち、世話になった恩義があるゆえ、東中島をやろうぞ」

阿部家はこののち岡山城下へ移住し、東中島一帯に町屋を集め、福岡町と呼ばれる町筋をこしらえた。

秀家は、朝鮮在陣中に、宇喜多家仕置家老の岡豊前守利勝を喪った。利勝は文禄元年八月、漢陽に在陣するうちに病死した。

彼は世を去るまえ、秀家に遺言をした。

「長船越中守は家老《おとな》としてよきはからいをいたせし者にござりましたが、伜《せがれ》の紀伊守にはお心を許されてはなりませぬ」

岡利勝は、秀家側近の家老、長船紀伊守綱直が、奸臣であるという。

「紀伊守は、依怙の沙汰多く、家中の評判はかんばしくありませぬ。殿は紀伊守を重用なされておられまするが、家中の仕置きだけはお任せなされてはいけませぬなあ。あれが仕置きをいたすようになれば、家中が二つに割れますけえ」

利勝は六十五歳で世を去り、赤坂郡白石城二万三千三百石の家督は、嫡男越前守家利が継いだ。

秀家は諸事に機転のきく長船紀伊守を、仕置家老に任じるつもりであったが、利勝の遺言によって思いとどまり、家中の仕置きを、戸川平右衛門の嫡子、戸川肥後守逵安《みちやす》に命じた。平右衛門は病身で致仕していた。

岡利勝が、長船紀伊守を奸姦の人物であると見たのは、天正十六年（一五八八）閏正月におこった事件について、疑念を抱いていたためである。

紀伊守の父越中守は、当時宇喜多家仕置家老であったので、岡山城に住み、居城の津高郡虎倉《こぐら》城を、妹婿石原新太郎に留守居させていた。

その年閏正月元日、新太郎の使者が岡山城へきて、越中守に主人の口上を伝えた。

「四日に新年の賀礼として、越中守さまはじめご一統をお招きいたしたいと、主人が望みおりますれば、虎倉へお戻り下されませ」

「さようか、新太郎とひさびさに酒を汲みかわすといたそうよ。四日にゃ、きっといくけえのう。待っちょうるようにいうてくれい」

越中守は四日朝、弟源五郎と家来たちを連れ岡山城を出て、虎倉へ帰った。

彼の嫡子紀伊守だけは、新太郎の招きに応じなかった。紀伊守はふだんから新太郎と気が合わなかったので、病と称して出向かなかったのである。

越中守一行は虎倉城で新太郎の饗応をうけ、深夜までの酒宴で酩酊した。翌朝、思いがけない変事がおこった。

越中守は城中の広間で、末息子と源五郎の子供らが、碁盤をかこんでいるのを見物していた。四つ（午前十時）頃であった。突然耳をつんざく銃声がとどろき、越中守があおのけに倒れた。

眉間がざくろのように割れ、脳漿が辺りに飛散している。疵口から血がほとばしり、一座の家来たちはあわてるばかりである。

「誰が殿を狙い撃ちしおったんじゃ」

広間から走り出て、銃声のきこえた方角へむかう者、身動きもしない越中守にとりすがる者の叫ぶ声が入り乱れた。

広間で息絶えた越中守をかこみ、弟源五郎、幼少の子供たちがおどろき騒ぐなかへ、新太郎の嫡子新介があらわれた。

十八歳の新介は源五郎に近づき、腰の刀を抜くなり袈裟がけに斬りつけた。源五郎は一太刀で息の根をとめられ、倒れ伏す。

「なにをしよるんじゃ。気が狂いおったか」

越中守の家来が、新介を抜き打ちに斬り倒した。

なにごとがおこったのか、見当をつけかねた越中守と石原の家来たちは、刀を抜き、睨みあう。

新介が血溜まりのなかで息絶えるさまを茫然と彼らが眺めるうち、薙刀を脇に抱えた新太郎の妻があらわれ、兄の越中守の遺骸にとどめをさすかのように刃を加え、幼い子供たちをすべて殺害した。

新太郎夫婦は櫓にたてこもった。長船と石原の家来たちは、事情の分からないままに斬り合おうとしたが、越中守の組下の侍金光宗廻、河原甚右衛門らが、双方をなだめた。

「刀を引け、たがいに意趣も知らぬままに、斬りおうて死にゃ犬死じゃが。この騒動のわけが分かるまでは、刃傷に及ぶでなあぞ」

やがて櫓から火焔があがった。新太郎夫婦が火をかけ、自害したのである。櫓からの出火は変事を告げる使者が岡山城へ走り、長船紀伊守が虎倉城へ駆けつけた。

風に煽られてひろがり、城は全焼していた。

紀伊守は、越中守、源五郎と子供たちの屍体を収容し、岡山城へ戻った。

新太郎夫妻が、なぜ越中守たちを道連れに破滅の道をえらんだのか、理由はまったく分からなかった。越中守を狙撃したのは新太郎であると推測されたので、彼が乱心したとも思えるが、越中守の妹である妻も行動をともにして、わが子もろともに死んだのは、家中の誰もが納得できないことであった。

長船の家督は嫡子紀伊守が継いだが、椿事は彼が仕組んだものであるとの噂が、その後も絶えなかった。岡利勝も、紀伊守を信用していなかったのである。

秀吉は、天正十九年十月以降、中断していた、東山方広寺大仏殿の作事を再開していた。

東大寺大仏の、約三倍の高さの十六丈毘盧遮那《びるしやな》仏を安置する大仏殿は、南北五十五間、東西三十七間、高さ一間半の地盤に、桁行四十五間二尺二寸、梁行《はりゆき》二十七間五尺五寸、棟の高さ二十五間という、古今に例のない壮大な規模である。

棟木とする大木調達に要した費用は、人足五万人分、黄金千両（六億円）であった。

秀吉は文禄二年の秋頃から、体力の衰えを覚えるようになっていた。腹の調子がわるく、目がかすみ、小便もつまる。

彼は五十七歳でもうけた「お拾」の将来が気がかりであった。お拾が成人するまで生きていたいと、不愍《ふびん》の思いがつのる。

関白秀次はお拾誕生以後、わが立場が不安定になったと思い、「気積上気《きしやくじようき》」の病にかかっていた。神経衰弱である。

秀吉は伏見屋敷に入ってのち、秀次を呼び出し、つぎのような要望を申し入れた。

「このたび拾が誕生したので、日本国の五分の四はそなたが支配し、五分の一は拾と太閤の隠居料とする。なお拾が成人したのちは、そなたの息女とめあわせるので、縁組みを固めておきたい」

秀吉は名護屋在陣中、秀次に乱酒、邪淫の所業があったことを戒めた。

秀次はこのあと、「気積上気」の病の治療のため、熱海へ湯治に出向いた。彼の神経衰弱は、いっこうに快方にむかわなかった。

秀吉は方広寺普請につぐ、大規模な建設工事の計画を実行するため、準備をはじめた。わが居館である伏見屋敷を、聚楽第よりも大規模の城郭に改築するのである。

伏見城普請は、関白秀次に無気味な威圧を与えるものであった。

伏見普請の計画は、文禄二年末にまとまり、文禄三年正月三日、伏見城普請奉行が六人、任命された。

佐久間政家、滝川忠征、佐藤堅忠、水野亀助、石尾与兵衛尉、竹中右衛門尉である。

普請人足は、朝鮮に兵を送らなかった大名から、軍役として、一万石につき二百人を出させた。『甫庵太閤記』によれば、二十五万人の人足を二月朔日までに伏見に参着させるよう、命令が発せられた。

前田利家、徳川家康、蒲生氏郷ら、名護屋、朝鮮から戻った諸大名は、文禄二年のうちに、領国へ帰還していた。

秀吉は、明国と講和条約が締結され、使節がくるとき、伏見城で謁見するつもりである。

豪壮な建築物が、どれほど人を威圧するものであるかを、彼は知っていた。

秀吉は二月二十五日に、諸大名を従え吉野の桜見物の旅に出かけた。五十八歳の彼は、鬚《ひげ》と眉をつけ、おはぐろをつけた若やいだいでたちであった。

三月上旬、大坂城に戻った秀吉は、主だった大名の屋敷を訪問した。「式正《しきしょう》の御成り」と呼ばれる、公卿としての礼法による公式訪問である。

四月五日は前田玄以、八日は前田利家、二十日には宇喜多秀家の屋敷をおとずれた。

秀吉の御成りを迎える大名は、巨額の費用を惜しまず、接待をした。

前田玄以は、茶人の織田有楽斎の指図をうけ、能登の檜物師を呼び、檜皮葺きで彫刻を飾った御成門と、六間半に九間の広間をそなえた御成書院を新築した。

四月八日、秀吉が前田利家の屋敷へ出向いた際の供奉侍は、すべて公家装束をつけ、秀吉の牛車の前後を百騎と二百騎で護った。

相伴衆は家康以下二十三人、秀吉に近侍するのは、細川忠興、丹羽長重、森忠政らであった。

利家の接待は十三献《こん》で、初献から七献までは、膳部が出されるたびに秀吉に進物が献上され、細川忠興が披露をした。

利家の献上品は、銘刀三振り、脇差一振り、名馬三頭、小袖五十、緞子二十巻、絹百疋、銀千枚など、莫大な価値の品々であった。

二十日の伏見宇喜多屋敷御成りのとき、秀家は両前田家にまさるとも劣らない接待をおこなった。

秀吉は大広間上段の間につくと、くつろいだ様子でいった。

「ここは、よその屋敷とは違うだでなん。わが家に帰りし心地だがや。八郎（秀家）と五もじ（豪姫）は、いずれも儂が子なれば、何の気遣いもいらざることでや」

五月雨《さみだれ》の晴れ間で、庭前の樹間では蟬の啼き声が聞こえていた。

秀吉は秀家の饗応をこころよく受けていたが、口にする酒肴はわずかであった。

秀家は、近頃秀吉の体力が衰えてきたという噂が、真実であるのを知った。

秀吉は盃の酒にわずかに口をつけ、懸盤に置くと、秀家にいった。

「紀伊守を、ここへ呼んでたもれ」

秀家は何事であろうかといぶかしみつつ、長船紀伊守を召し寄せた。

「殿下には、そのほうにお目通りを許されたぞ。ご無礼なきようにふるまえ」

紀伊守は秀吉の前に出て、平伏した。

秀吉は機嫌よくいった。

「そのほうが普請場にての采配ぶりを、幾度か見かけしが、まことに小気味よきはたらきでありしだわ。八郎、紀伊守を儂が家来といたそうかのん」

秀家は、秀吉の思いがけない言葉にとまどった。

秀吉は乾いた笑い声をたてた。

「いまのは転合よ。そなたの大事な家来を取り上げはせぬだわ。紀伊守は心ききたる者ゆえ、こののち重用いたせ。仕置を任せてはどうじゃ」

「かしこまってござりまする」

秀家は平伏した。

秀家は岡豊前守の遺言が気にかかったが、長船紀伊守は有能な家老であり、秀吉の目にとまるほどのはたらきをする人材を、仕置家老に登用するのは当然であると考えた。

朝鮮在陣の際、叔父の浮田忠家、岡豊前守のあとをうけ、仕置家老になった戸川逵安には主人を軽んじる専断のふるまいがあり、秀家はこころよく思っていない。

「紀伊守に仕置をさせりゃあ、国元の年寄りどもが怒るじゃろうがなあ」

秀家が思案していると、お豪がいった。

「いま殿下の御意にそむけば、関白さまとて安泰ならずと聞き及んでおりまするに。紀伊守はキリシタンなれば、悪しき策謀をなすおそれはありませぬ」

お豪はかねて紀伊守の才気を認めており、秀吉にひそかに彼の登用をすすめていた。

「うむ、紀伊守、刑部、太郎左衛門らは、いずれもキリシタンを信心いたしおるゆえ、三人をたがいに合力させせなば、家中の仕置はたやすかろうが、国元の法華《ほっけ》一党はおだやかではあるまい」

刑部とは、お豪について宇喜多家にきた中村次郎兵衛である。浮田太郎左衛門は、宇喜多家の足軽大将であった。いずれもキリシタン信徒である。

宇喜多家の重臣たちの内で、キリシタン信仰がひろまりつつあった。備前にはキリシタン教会が一カ所もなかったが、大坂、京都にはあった。

当時、大坂のイエズス会教会に、洗礼名をヤコボと称する、市川喜左衛門という人物がいた。喜左衛門は天文二年（一五三三）に芳賀（岡山市芳賀）で生まれ、綿問屋の主人となったが、堺か大坂でキリシタン宣教師から信仰を授けられ、六十歳前後の老齢で洗礼をうけた。

彼は教会の受付係をつとめていた。受付の役をつとめるには、茶をたて、客をもてなす教養が必要とされ、知識人でなければならない。

喜左衛門が、キリスト受難について黙想したのち記した、つぎの文章がある。

「さるほどにクルスのもとに、おん母サンタ・マリア。ごきょうだいのマリア・ケレオペ。マリア・マザネラ。立ちならびてい給えば、ゼズスおん母と、御大切におぼしめすおん弟子を御覧あってサンタ・マリアに『いかに女人、おん身の子を見られよ』とのたまい、み弟子に『なんじの母はこれなり』とのたまえば、それよりみ弟子サンタ・マリアを御母とあがめ給うなり」

宇喜多家の家来たちは、喜左衛門のいる教会に、足繁く出入りした。

キリシタン信仰は、宇喜多家中に意外にひろがっていた。秀家の妹婿明石掃部頭（全登《てるずみ》）も信徒であった。

秀家は二十七歳の戸川達安を呼び、命じた。

「そのほうには、これまで家中の仕置を任せ、よくはたらいてもろうたが、今度、紀伊守に仕置きをいたさせることにした。朝鮮渡海以来、長いあいだ苦労をかけた。礼をいうぞ」

戸川逵安は、主君の下命に従わざるをえない。紀伊守綱直が、秀吉の引き立てをうけていることは、宇喜多家中にひろまっている。

長船紀伊守が仕置家老となり、浮田太郎左衛門、中村次郎兵衛が藩政を補佐するようになると、国元を中心として、重臣たちのあいだに反対運動が起こった。

「紀伊守はじめキリシタンどもに仕置をさせて、宇喜多の家を潰しよるつもりか。殿下も家中の役選びにまで口出しなさるとは、いかにも圧制じゃなあ」

浮田詮家、花房正成、岡家利、花房職之《もとゆき》、楢村玄正、角南如慶、角南隼人、中桐与兵衛、岡市之丞ら重臣は、すべて日蓮宗門徒で、戸川逵安を支持している。

当時、文禄検地がおこなわれていた。豊臣政権の検地奉行が現地に出張し、領主は一郡に三組ずつ家来を出す。双方立ち合いのうえ、村年寄に案内させ、村境に標識を立て、縄打ちをしたうえで、曲尺六尺三寸（一間）の竿を用い、耕地面積をはかる。

六尺三寸四方を一歩、三十歩を一畝《せ》、十畝を一反、十反（段）を一町として段別を定める。

収穫率は田畑の等級をきめ、算出する。

上田は一段につき一石五斗、中田は一石三斗、下田は一石一斗。上畑は一石二斗、中畑は一石、下畑は八斗、屋敷地は一石二斗とした。

地質によって多少の増減は認めるが、これによってこしらえた検地帳は秀吉が保留し、全国、寸土尺地を余すことのない土地台帳を完成させるのが目的であった。

年貢は、全収穫の三分の二である。このような重税の実行には、住民の反対が多かったが、秀吉は違反者に厳罰を加え、強行した。

長船紀伊守は、宇喜多家仕置家老として、検地の緩和をはかるべきであったが、豊臣側の検地奉行に協力するばかりである。

宇喜多家中の侍たちは怒った。

「儂らの知行所は半分になってしもうたぞ。寺社領も減るばかりじゃが。今度の仕置家老は太閤の手先かや。あがいな奴は家老《おとな》にしちゃあおけんぞ。ひきずり下ろしてしまえ」

文禄三年の暮れ、豪姫は長女貞姫を産んだ。秀吉はしばしば宇喜多家伏見屋敷をおとずれ、貞姫をいとおしむ。

男子は出生ののち乳母が育て、やがて傅役《もりやく》に預けられ成長するので、生母との縁は薄いが、女子は母が育てることを許される。

お豪は貞姫を育てるうち、文禄四年秋に所労を発し、病床についた。貞姫が多病で、看病に疲れたのである。

秀吉は京都の名医養安院をお豪につきそわせ、治療にあたらせるとともに、伏見稲荷社の社人に命じ、平癒祈禱をおこなわせた。

秀家は家老たちからすすめられた。

「法華の出家が祈禱は、効験あらたかにござりまする。病魔退散を祈らせるがようござりましょう」

秀家はさっそく日蓮宗寺院に多数の僧侶を集め、平癒祈禱をさせたが、お豪の病状はいっこう快方にむかわなかった。

「法華の祈禱などは、なんの効《か》いもないぞ。儂の家中に法華宗はいらぬ。法華門徒には宗旨替えをさせよ」

彼は憤懣をつのらせる。

「国元の年寄りどもは、頭が固うて使いものにはならぬ。紀伊守や刑部、太郎左衛門を見よ。いずれも心ききし者じゃろうが。役にもたたぬ法華寺など潰してしまえ」

お豪は養安院の治療によって、健康を回復したが、秀家は長船紀伊守の意見を尊重し、国元家老の献言を無視するようになってきた。

国元の重臣たちのうちで、七千石の旗奉行、花房助兵衛職之が、秀家の方針に反撥した。

「殿のおふるまいは、近頃いかにも解せぬわい。お城普請も、いらざる費《つい》えが多いうえに、法華寺をつぶせなどとは、紀伊守らにたばかられてござるのじゃろう。このままに打ち過ぎなば、伏見表の奸党どもにお家が喰いつぶされようぞ。いまこそ儂が諫言を申しあげにゃ、いけんのじゃ」

花房助兵衛は、宇喜多直家を扶け、美作経略におおいにはたらいた、武勇絶倫の老武者である。

彼は戦場を馳駆して刀槍をふるい、功名の数をかさねてきた。天正十年の高松城攻めには、宇喜多家足軽大将として活躍した。天正十八年の小田原攻めの陣中で、能興行をおこなっていた秀吉本陣の前を、馬上で通り過ぎ、あやうく切腹を命じられるところであった、硬骨の士である。

花房助兵衛は伏見に上り、主人秀家に謁して諫言をした。四十六歳の助兵衛は、二十三歳の主人を見ると、岡山城にいた幼時の姿を思い出し、子供をたしなめる口調になった。

「殿はご領内の年貢、課役を多く取り過ぎておられまする。それがしが参向つかまつりしは、殿のお銭遣いが荒きをおさえられたく、ご意見申しあげるためにござりまする」

戦場往来をかさねた助兵衛のまなざしは、錐《きり》先のようにするどい。

秀家は気色《けしき》ばんだ。

「余が銭遣いなど、そのほうにあれこれと口をさしはさまれるいわれはねえぞ。宇喜多の主として、落ち度ある行状をいたしておると申すか」

助兵衛は、朝鮮在陣中にも武功をたてている。もちまえの強情な性格で、秀家が威丈高になると、反撥しないではおられなかった。

「お城普請も大事でござりましょうが、ご領内の百姓どもに嫌がられるようになりゃ、騒動がおこるやも知れませんなあ」

「騒動をおこす不心得者は、成敗してやりゃええが」

「成敗しきれぬほどの数になれば、どうなされますかのう」

助兵衛の口調が険しくなった。

戦場での下知になれた声は、底力がこもっていて、秀家の腹にひびく。

「殿は国元の法華寺をたたきこわし、お城の作事に使えばええと仰せられておるようじゃが、それがしどもは宗旨替えをいたすのでござりましょうか。紀伊守に見なろうて、キリシタンになりゃええんですかのう。紀伊守といい、中村刑部といい、口先だけの忠義をいたす者ですらあ。そやつらに鼻毛を読まれていなさる殿は、ほんに甘えお方でござりまするなあ」

秀家は激怒した。

「そのほうは、主人の儂にそれほど無礼の言葉をかさね、はばかるところもないのか。雑言の数々、聞き捨てにはできぬぞ。いずれ仕置を申しつけようが、面を見るのも不快なれば、ただちに退れ」

花房助兵衛は国元へ帰ったが、秀家の施政を批判してはばからなかった。

秀家は花房父子を岡山下町の屋敷に蟄居させ、出仕を禁じた。閉門の処分だけではあきたらないので、切腹させようと思うが、秀吉にも謁したことがある、天下に名の聞こえた豪傑を、たやすく死なせるわけにもゆかない。

そのうち大坂にいるお福の方が、助兵衛のおこした騒ぎを知った。お福は助兵衛とおなじ、法華門徒であった。

花房助兵衛の助命を、お福の方のもとへ願い出た者がいたので、彼女はさっそく秀家に書状を送った。

「助兵衛は先代と生死をともにして、お家につくしてきた者であれば、そなたの一存で切腹を命じては、太閤殿下の咎めが下るであろう。軽率な措置をとってはならない」

秀家は助兵衛の処断に迷い、奉行の石田三成を通じ、秀吉の意向をたしかめることにした。

秀吉のもとに、お福の方から詳しい事情が告げられていた。彼女は秀家が豪姫の意向を重んじ、長船紀伊守、中村刑部らを重用しているのが不満であった。

秀吉は裁決を下した。

「助兵衛ほどの豪の者を、むざと殺すことはあるまい。主人にちと耳の痛き諫言をいたせしばかりで、腹を切らせることはなかろうだがや。八郎が助兵衛の面《つら》を見とうないのであれば、儂が預かってやろうだで」

秀家は、秀吉のとりなしに従わざるをえなかった。

秀吉は、宇喜多家中の内紛について、あらかじめ情報を集めていた。彼は、秀家の亡父直家に従い、命を賭けて宇喜多家のためにつくしてきた譜代家老たちが、お豪の付き人として前田家からきた新参者の中村刑部と、かつて不審なふるまいのあった長船紀伊守を、嫌う理由が分かっている。

余人の及ばない栄達の道を歩んできた秀家は、備前の太守にふさわしい闊達な性格であるが、あまたの人材を統率するには、経験が足りない。

秀吉は宇喜多家中の内紛を未然におさえるために、助力してやらねばなるまいと考える。

彼は花房助兵衛と嫡男職則、次男職直を、常陸太守佐竹義宣に預けた。常陸は助兵衛の生国である。

秀吉が助兵衛の身柄を預かったことで、風波は収まったかに見えたが、国元の家老たちは秀家の措置を不満とした。

「殿は太閤殿下の羽交《はが》いのもとにさえおれば、安泰でおられると思うてござるのじゃ。あいもかわらず、上方で伴天連狂いどもを重宝して、こののちもわれらを用いては下さらぬじゃろう。われらとて黙ってはおれんぞ。助兵衛が常陸へいってしもうたとて、慷慨の士は大勢おるんよ。皆が力をあわせて、殿にご改心をお頼みせにゃいけん」

国元で、もっとも強硬な態度をあらわしたのは、浮田詮家であった。

彼は戸川逵安、花房正成、岡家利、新免宗貫、浮田織部、生石惣左衛門、梶原平次らと意を通じあい、長船紀伊守の弾劾をおこなおうとした。

秀吉は、宇喜多家の家老たちが派閥をつくり、いがみあっていることを知って、秀家を呼び、命じた。

「伏見の城普請もできあがりしゆえ、そのほうが家中の家老《おとな》どもを召し寄せ、城中の結構をみせてやれい」

「かしこまってござりまする」

秀家は、家中に深刻な動揺がおこっているのを知らなかった。

太閤検地によって、家臣の知行を削り、寺社領をも召し上げ、二十万石の封地をふやしたことが、重臣たちに秀家不信の思いを募らせていた。

宇喜多家では、豊臣政権のもとで過重な軍役を繰り返しつとめてきた。島津征伐、小田原攻め、朝鮮在陣と、一万人をこえる出兵を繰り返したのである。

この結果、家中財政の窮迫、農地の荒廃が領民を苦しめた。国元の重臣たちは秀家の施政に、しだいに失望していった。秀家は直家のように、生きぬくために戦国の辛酸をなめてきた経験を持たないので、家中諸侍が不満を鬱積させているのに気づかなかった。

秀家は豪姫を正室に迎えてのち、キリスト教徒を寛大な態度で遇するようになった。彼が朝鮮で入手した宋、元版の書物は、すべて豪姫の主治医であった、三代曲直瀬《まなせ》道三に与えていた。

曲直瀬家の初代道三は、天正十三年、七十八歳のときキリスト教の洗礼を受け、ベルショールという法名を得ている。

イエズス会司祭ルイス・フロイスが、ローマの本部へ送った書簡に、道三についての記述がある。

「京都で八百人の門弟を従えている、高名な医師道三の入信は、一万人の信徒を得るよりも価値がある」

豊臣政権のもとでは、多数の大名がキリシタンの洗礼を受けていた。宇喜多家で、秀家と豪姫の信任を得ていた長船紀伊守らが、キリシタン宗徒となったのは、時代の趨勢に従ったものである。

そのような状況に対する、国元の老臣たちの反撥はすさまじかった。彼らは弓矢をとって内乱をおこしかねないほどに、殺気立っている。

秀吉は、そのような事情を知って、宇喜多家の老臣たちを伏見へ召し寄せ、懐柔しようとした。

宇喜多屋敷に参向した家老は、戸川逵安、明石掃部、花房志摩守、岡越前守ら十余人であった。

秀吉は宇喜多屋敷に出向き、家老たちに目通りを許した。

秀吉は、大広間の敷居の外に居並び、平伏する家老たちにいった。

「そのほうども、秀家は童《わらべ》の頃よりいつくしんで参りし、儂が子なれば、よく仕えよ。粗略のふるまいありては、儂が許さぬだわ」

戸川逵安ら国元家老たちは、広縁に額をすりつける。

秀吉は、言葉をつづけた。

「秀家はわれらが西の押さえとして、重きをなす者なれば、こののちも忠勤をつくさば、そのほうどもも自然安泰なるわけだがや。されば、年若き主に不足あるときも、儂に仕うと思いて仕え、家中なごやかに日送りいたすを存念といたせ」

秀吉は逵安らに意見を述べると、立ち上がった。

「さて、書院へ戻るかや。肥後守、儂は歩くのが大儀ゆえ、背負っていってくれい」

秀吉は、戸川逵安を手招く。

逵安はおそれいったが、縁際へ進み出て、背中を向けしゃがむ。秀吉を背負った逵安は、書院まで運んだ。

「逵安、大儀じゃ。これをとらせよう」

秀吉は脇差から笄《こうがい》を抜きとって、逵安に与えた。

戸川逵安は、浮田詮家よりも人望があり、油断のならない策略家であった。父平右衛門のあとを継いだ譜代の臣であるが、主人を軽んじるきらいがある。

秀吉はそのような事情を知っていて、逵安を懐柔したのである。家老たちは、秀吉の意向にたちまちなびいた。

彼らはその年の七月、関白秀次が秀吉に逆意を抱いたとの罪状により、詰め腹を切らされ、一族もろともに破滅したのを、目の当りにしていた。

秀吉がにこやかにふるまっても、彼らの目には、魔王のように見える。

秀吉は、秀次族滅ののち、健康がとみに衰えてきていた。文禄四年十一月七日、宮中へ参内の途中、突然咳が出始めてとまらなくなった。

やむなく伏見城へ戻り、そのまま床に就く。伏見の町人たちは不安にかられて騒動した。

祇園、北野、愛宕、賀茂、清水、八幡、春日の諸社で、秀吉平癒の祈禱がおこなわれた。

宮中では北政所の奏請により、青蓮院尊朝法親王が、清涼殿で十七日間の不動法をとりおこない、平癒祈願をした。

秀吉は十二月二十八日に、伏見城から大坂城へ移り、そのまま病臥をつづけた。回復したのは、慶長元年（一五九六）四月七日である。

慶長元年閏七月十三日の丑の刻（午前二時）、畿内に大地震がおこった。当時の記録によれば、伏見城は天守閣、大手門、櫓などのすべてが倒壊した。

殿中にいた上臈女房七十三人、仲居女中五百余人が圧死する惨状である。

京都では本願寺、興正寺が倒れ、寺内の家屋で圧死した者は、三百余人に及んだ。

東寺の塔は崩れ、三十三間堂はゆがんだ。方広寺大仏殿、仏像も破損した。秀頼とともに大坂城にいて、安泰であった秀吉は、七月十五日に伏見城再建普請をはじめた。地盤のよい木幡《こはた》山に縄張りをして、昼夜兼行の工事がすすめられる。

完成期限は、十二月下旬とさだめられ、費用を惜しまない突貫工事である。

明国の日本国王冊封使《さくほうし》、朝鮮の日本通信使が堺湊に到着したのは、八月十八日であった。明使は九月二日、大坂城で秀吉に謁見し、明国皇帝の誥命《こうめい》と勅諭を伝達した。

秀吉は冊書に記されている文言の意味を知ると、激怒した。「特ニ爾《なんじ》ヲ封ジテ日本国王トナス」のくだりを聞くと、冊書をわしづかみにして投げつけた。

彼は明国冊封使が日本へ到着したとき、おおいによろこび、万歳を三唱したが、和睦の期待もやぶれ、講和談判は決裂した。

秀吉は、日を置かず、九州、四国、中国の諸大名に、再度出兵の陣触れを発した。出兵の時機は、慶長二年二月である。

動員された総勢は、十四万一千四百九十人であった。宇喜多秀家、毛利秀元は交替して全軍の本隊となることを命ぜられた。

慶長二年七月頃、朝鮮における日本軍は、つぎの諸城に入った。

西生浦城　加藤清正、浅野幸長
釜山城　小早川秀秋、宇喜多秀家、毛利秀元
加徳城　島津義弘、高橋統増、筑紫広門
安骨浦城　毛利吉成、伊東祐兵、島津忠豊ほか
竹島城　鍋島直茂、鍋島勝茂
熊川城　小西行長、宗義智、加藤嘉明ほか

日本軍は、秀吉が明国に提示した、割地交渉にもとづく地域の、保証占領の態勢をかためようとした。

明軍は慶長二年五月以降、続々と朝鮮に入り、南下しはじめた。日本軍は、朝鮮軍、明軍と戦い、損害をふやした。戦場で一日に十五里を移動する強行軍をおこなうため、鳥目《とりめ》、

脚気をわずらう兵が多かった。

慶長二年のうちに、宇喜多家重臣のうち、三人が世を去った。

二月十五日、浮田忠家が逝去し、和気郡佐伯町の太王山本久寺に埋葬された。九月六日には、戸川逵安の父、肥前守秀安が、居城の常山城で亡くなり、城下の幽林堂に祀られた。二人のあとを追うように、仕置家老長船綱直が、歳末に病死した。国元家老の浮田詮家らに毒殺されたとの風評がひろまったが、綱直亡きあと、仕置家老に戸川逵安が再任され、上方と国元との対立はいったん収まった。

だが、宇喜多家伏見、大坂屋敷における仕置は、依然としてお豪に信任されている中村刑部、浮田太郎右衛門らがおこなっていた。

南の御方と呼ばれるお豪は、慶長二年の春、病床に就いた。秀吉は、彼女を恢復させようとして、同年四月十三日、つぎの朱印状を発した。

「備前中納言女どもにつき、障《さわ》り物の怪《け》あい見え候。

とかく狐の所為に候。何とてさようにみいり候や。曲事《くせごと》におぼしめされ候えども、今度は御免なされ候。

もしこの旨あい背き、むざとしたる儀これあるにおいては、日本の内、年々狐狩り仰せつけらるべく候。

——天下にこれある有情無情のたぐいまで、御意重からず候や。すみやかに立ちのくべく候。委曲、吉田の神主申し渡すべく候なり。
卯月十三日　　　　　　　　朱印
稲荷大明神殿

豪姫に物の怪がついた。

これは狐のしわざである。なぜそのようにのりうつるのか。けしからぬことではあるが、今度だけは許してやる。

もしこの旨にそむき、またこのようなふるまいをすれば、年々日本国中で狐狩りをしてやろう。

天下の有象無象のたぐいまで、太閤の下命に従わねばならない。ただちに立ちのけ。くわしいことは、吉田神社の神主が申し渡す、という内容である。」


京都吉田神社の神官吉田兼見は、公武社会の祈禱を司り、畿内神社を管理する神祇大副という職についていた。

豪姫の病気を、狐が憑いたものであると診断したのは、京都の名医養安院であった。稲荷大明神あてに狐狩りの公文書を発したのは、前代未聞の出来事であった。


慶長二年十二月末、明、朝鮮軍が蔚山城を包囲した。総勢六万に近い大軍である。

日本軍の軍監太田一吉に従う僧慶念は、蔚山城合戦の様子を、つぎのように記している。

「さて飛驒殿も本丸へお籠り候て、大手の請取り（部署）にて浅野左京大夫（長慶）殿と両人なれば、門の扉もいまだなきに、唐人乱入し、おびただしく塀の際、石の垣の下にて火箭を射付けられ、ことさら中国衆、左京大夫殿、飛騨殿御物数知らず、家中の衆あるいは番衆、挟み箱いろいろの財宝に火箭を射かけ候えば、ことごとく焼けてあがり候。

煙は目も口もあけられず、その火にて城へ遅く入り候者は、人足、侍に数千人は焼けて死にけり」

蔚山城には、糧食のたくわえが乏しかった。城内では、槍、鉄砲を持ったまま餓死、凍死する者があいついだ。籠城の様子を記した、日本軍の侍の日記は、飢餓の惨状をつぎのように述べている。

「城内ココカシコノ矢蔵下、道脇ノ日表《ひなた》ニハ、侍、足軽、労役人等ニ限ラズ、飢渇ノウエノ寒サ耐エガタク、五十人、三十人ズツ後ヘモタレ、マタソノ後ヘモタレテ首ヲタレ、伏セ居ケルハ数ヲ知ラズ。

ハヤ二、三日モ身動キセザリケレバ、塀裏廻ル軍士、槍ヲ自ラカタゲテ廻リシニ、幾日モ動カザリシカバ、槍ノ石突ヲモッテ刎《は》ネ倒シ見ルニ、コトゴトク居スクミ、アルイハ氷ニ閉ジラレ死ニ居タリ」

明、朝鮮軍は酷寒のなか、戦死者、病死者が二万人に及ぶに至り、慶長三年正月四日、ついに蔚山城の包囲を解き、北方へ撤退していった。蔚山南方一里の高地に進出した、鍋島直茂ら日本の援軍一万三千余人を、六万人と見誤ったためである。

蔚山城の加藤清正らが、ようやく全滅を免れた頃、秀吉は伏見城で咳気の病に悩まされていた。彼は気分をひきたたせるため、三月十五日に醍醐寺で花見の会をひらくことにした。

秀吉は侍女の孝蔵主《こうぞうす》に命じた。

「そのほうは大坂へ下り、北政所に花見の日取りを申し伝えて参れ」

三月になって、風雨の荒れる日がつづいていたが、十四日の日暮れどきから空が晴れてきた。

当日は、秀吉、秀頼以下諸大名が、花見の宴につらなった。北政所、西の丸（淀君）、松の丸殿たち女房衆の総数は、三千余人に及んだ。満開の桜が陽ざしに映えて、白雲がかかったようであった。

醍醐の花見のあと、秀吉の健康はすぐれなかった。豊臣政権の内部では、関東、奥羽諸大名の勢力を代表する、家康の勢力が、しだいに台頭していた。

家康に対抗しうる勢力は、前田利家であった。利家を支持するのは、蒲生氏郷、毛利秀元、浅野長政、加藤清正、福島正則、宇喜多秀家、堀秀治、黒田長政、森忠政らである。

秀吉側近の大野治長らは、利家をつぎのように評価していた。

「利家を家康と比較すれば、利家は家康より、位階、領国が劣るが、大坂城では家康の五倍ほども人気がある。

その理由は、第一に利家が武勇にすぐれているためだ。また秀吉にふかく信頼されているためでもある。

大坂城でも、旅の道中でも、諸人は利家を家康よりもあがめるので、われわれまで心が勇みたつほどである」

夏にむかうにつれて、秀吉の体力は衰えるばかりであった。

五月下旬には食欲が衰えはて、六月下旬には体が目に見えて痩せてきた。食物が喉を通らなくなり、重湯、吸い物で命をつないでいる。秀吉は、六月十六日、よろめく足を踏みしめ、伏見城再建の普請場を検分し、翌日、「五もじ」と呼ぶ女性に、つぎの書状を送った。

「返す返す、ただの時の一万に、此の文はむかい申すべく候。かしく。
わずらい、心もとなく候まま、一ふで申しまいらせ候。われわれ十五日の間めしを食い申さず候て、めいわく致し候。昨日、気なぐさみに普請場へ出で候てから、なおなおやまい重《かさな》り候て、いよいよ次第によわり候。
そもじ養生候て、すこしもよく候わば、お越し候べく候。待ち申し候。かしく。

六月十七日　　大かう

五もじへ　　まいる

」

五もじは、「松の丸ごもじ」を略したもので、側室松の丸へあてた書状である。

そなたがわずらっているので、気にかかるままに一筆申し送ることにした。私は十五日間飯が喉を通らないので、衰えている。

昨日、気分をかえるため普請場へ出てみたが、なお病状が悪化して、いよいよ弱ってゆくばかりである。

そなたは養生をして、すこしでもよくなれば、伏見城へきてもらいたい。待っている。

返し書きには、この書状は体が壮健なときの一万通にも相当すると記している。

秀吉の侍医たちは、彼が夏を越せるであろうかと危ぶんでいた。

秀吉が衰えきった体を、伏見城広間の蚊帳のうちに横たえ、夏を迎える頃、朝鮮在陣の日本軍の配備はつぎの通りであった。

蔚山城
　加藤清正　一万人
西生浦城
　黒田長政　五千人
釜山本城

毛利吉成ほか　五千人
同　丸山城
寺沢正成　一千人
竹島城　昌原城
鍋島直茂、勝茂　一万二千人
巨済島見之梁城
柳川調信　兵数不明
固城城
立花統虎ほか　七千人
泗川城
島津義弘　一万人
南海城
宗義智　一千人
順天城
小西行長ほか　一万三千人

総勢六万四、五千人が、明軍の来襲にそなえている。

小早川秀秋、宇喜多秀家、毛利秀元、浅野長慶の諸軍約七万人は、五月に帰国していた。

明軍は六月から七月にかけて、朝鮮における陸海の兵力を増強し、十万に及んでいる。まもなく大攻勢に出る兆しが、しだいにあきらかになってきていた。

秀吉の症状は重篤で、いつ息をひきとるかも知れない瀬戸際である。禁裏、寺社で平癒祈願がさかんにおこなわれるなか、諸大名が動揺の色をかくせなくなった。

病床の秀吉は大坂城を秀頼の居城とするため、大工事を強行していた。

大坂城城壁を三里に及び新築する。ついで関東、北国の大名の屋敷を、伏見から大坂へ移す。城下市街を整備するため、民家を移転させ、堀をめぐらす。

イエズス会司祭、フランシスコ・パシオは記す。

「城下には商人や細工人の家七万軒以上があったが、すべて木造であったので、住民たちが自ら二、三日のうちに取りこわしてしまった。

命令に従わなければ、すべての財産を没収されると通知されていたためである」

住民たちの住まいは、長い直線道路で区分した、船場という町人町へ移された。あらたに建設される家屋は、軒の高さが統一され、整然とした外観をととのえねばならない。建築に用いるのは、檜材とさだめられた。

秀吉は七月十三日、大坂城に諸大名を集め、遺言を申しのべた。その内容は、およそつぎのようなものであった。

「一、太閤さまは、家康殿がかねて律儀であることをご存じで、近年ねんごろに交わられた。そのため、秀頼さまを家康の孫千姫の婿となさったのだから、秀頼さまを取りたててもらいたいと、前田利家殿以下五人の年寄衆がいるところで、たびたび仰せだされた。

一、利家殿は幼な友達の頃より律儀であるのをご存じなので、秀頼さまの傅役《もりやく》とした。彼をお取りたて給わりたいと、たびたび仰せられた。

一、徳川秀忠殿は、秀頼さまの御舅の間柄になられたので、家康殿が年老いてわずらうようになったときは、父君と同様に秀頼さまに力添えをしてやってほしいと、五人の年寄衆のおられるところで、仰せられた。

一、前田利長殿は父の利家殿を、お年も寄られ、病がちであるが、あいかわらず秀頼さまのお傅役につけさせられておられる。

太閤さまは、これを外聞もよく、かたじけないことであると仰せいだされ、利長殿の位を中納言にすすめ、橋立の茶壺、吉光の脇差を下さった。また、所領のうち十万石については、貢役を免除して無役となされた。

一、備前中納言宇喜多秀家殿は、幼少の頃から太閤がお取りたてなされたので、秀頼さまの今後については、輔佐の責任がある。

ついては五奉行のうちに加わり、また大老五人のうちにも加わり、すべての政務を慎重に、えこひいきなしにとりおこなうようにと仰せだされた。

一、大老五人は、誰なりとも御法度にそむく騒ぎをしでかしたときは、押っ取り刀で駆けつけ、仲違いをした双方に意見をして、仲直りさせるようとりはからってもらいたい。

もし不届者があって、この者を斬れば、太閤さまに追い腹をさせたと思えばよい。または太閤さまに斬られたと思ってもよかろう。

秀頼さまに顔を殴られ、草履を直させられても、太閤さまにそうされたのだと思い、秀頼さまを大切に思い、輔佐してやってもらいたいと仰せられた」

秀吉はこの日、五大老、五奉行を定めた。

大老は宇喜多秀家のほかは、徳川、前田、毛利、上杉の、いずれも外様大名であった。五奉行は浅野長政、前田玄以、増田長盛、石田三成、長束正家である。浅野のほかは、戦歴に乏しい事務官僚ばかりであった。

豊臣政権を支えるのは、子飼衆、直参衆である。秀吉が子飼いとして少年の頃からとりたててきた大名には、堀秀政、加藤清正、福島正則、加藤嘉明たちがいる。

秀吉の功業に協力してきた直参衆は、つぎのような顔ぶれであった。

小西行長、黒田官兵衛、黒田長政、浅野幸長、浅野長晟、前野長康、蜂須賀家政、仙石権兵衛、脇坂安治、平野長泰、大谷吉継、青木紀伊守、山口玄蕃頭。

秀吉に対抗しうる戦力をそなえていないため、やむをえず帰服した外様大名は、中国、四国、九州、関東、東北に多かった。

上杉景勝、毛利輝元、長宗我部元親、島津義久、徳川家康、伊達政宗、佐竹義重、里見義康らである。彼らは秀吉の没後、どのように動くか予断を許さない危険な存在であった。

子飼衆の加藤清正、福島正則らは、秀吉のもとで中央集権の方針をおし進めてきた石田三成、長束正家、増田長盛を、虎の威を借る狐として憎んでいた。

秀吉は、いつ分裂するかも知れない政権の前途を憂いつつ、遺言によって秩序を永続させようと、叶えられないであろう希望を、細い声音で語りつづける。書役は、蟬の声の湧きたつ庭面《にわも》から大広間に吹き込む青嵐に、鬢《びん》の毛をそよがせつつ筆をすすめた。

「一、五大老で、豊臣家直轄領からの貢納収支を検めることとした。家康殿、利家殿に算用の結果をお目にかけ、請取り状をとっておき、秀頼さまご成人ののち、算用についておたずねのときは、両人の請取り状をお目にかけてもらいたいと、仰せられた。

一、いかなることも家康殿、利家殿のご意見を聞き、その意向によって決裁せよと仰せられた。

一、伏見城には家康殿がいて、諸役を監督されるよう、仰せられた。城の留守居役は、前田玄以、長束正家がつとめるが、家康殿が天守へ上りたいと仰せられたときは、要請に従うようとの御意であった。

一、大坂城には秀頼さまがおられるので、利家殿がつきそわれ、すべての世話を取りしきるよう仰せられた。城の御番は皆であいつとめ、利家殿が天守まで上られたいと望まれたときは、気遣いすることなく上らせよと仰せられた」

十一カ条に及ぶ遺言を申し述べた秀吉は、昏睡に陥ってはめざめることを繰り返した。

八月五日、秀吉は五大老に自筆の遺言状を記した。小康を得たので筆をとったが、文字はふるえ乱れていた。

「かえすがえす秀頼事、たのみ申し候。

五人の衆たのみ申しあげ候ゝゝ。いさい、五人の者に申しわたし候。なごりおしく候。

以上

秀頼事、成りたち候ように、此の書付の衆としてたのみ申し候。なに事も此のほかには、おもいのこす事なく候。

かしく。

八月五日　　秀吉御判

いえやす

ちくぜん（利家）

てるもと

かげかつ

秀いえ

まいる」

五大老、五奉行、親族へ、遺物、金銀が分け与えられた。宇喜多秀家は、初花の茶入れを秀吉の形見として受けた。

秀吉はわが没後、朝鮮在陣の日本軍をすべて撤退させるよう、家康、利家に命じたという。彼の発言は、つぎのように記されている。

「わが病平癒せんこと百にひとつも有りがたし。果たして死後に至ってまずしばらく深く隠密して浅野弾正少弼長政、石田治部少輔三成を筑紫に下し、朝鮮在陣の諸将を帰陣なすべく、もし帰朝難儀に及ぶにおいては家康、利家奇策をめぐらし、日本の軍兵十万余騎、外土の枯骨となすなかれ。われ泉下までの願いならん」

唐入りの作戦に従軍した、中国、四国、九州の諸大名は、兵力が半減する大損害をこうむっている。

国内に待機していた大名は、まったく損害を受けていない。豊臣政権は、損耗を強いられた出征諸軍に恩賞を与えねばならないが、その財源がなかった。

政権の前途に、さまざまの難問題が山積するなか、太政大臣従一位豊臣秀吉は、八月十八日丑の刻（午前二時）に世を去った。

朝鮮在陣の諸軍が、明、朝鮮軍の攻撃をしのぎつつ、日本へ帰還したのは、十一月下旬から年末までの間であった。

宇喜多秀家は、大老として日本軍引き揚げの指図に忙殺される日を送った。秀吉の没後、家康が遺命にそむく行動をとりはじめた。

彼がそうするのは、北政所に親しい福島正則、加藤清正、浅野幸長ら尾張出身の武将と、淀殿のもとに集まる石田三成、長束正家、増田長盛ら近江出身の奉行たちが対立している状況を、なお激化させようとの意図にもとづくものであった。

家康は、秀吉の死後、石田三成が日本軍帰還の指揮をとるため博多へむかったのち、ただちに動きはじめた。

彼は堺の茶人今井宗薫に命じ、伊達政宗、福島正則、蜂須賀家政の三大名と、姻戚の縁をむすぶためのとりもちをさせた。

まず六男忠輝の室に、伊達政宗の娘を迎える。ついで、異父弟久松康元の娘を養女として、福島正則の嫡男忠勝（正之）に嫁がせ、さらにわが孫娘の婿である下総古河城主、小笠原秀政の娘を養女として、蜂須賀家政の嗣子至鎮に嫁がせることにした。

そうすれば、家康は三人の有力大名を味方にできる。政権の動揺しているあいだに、わが地盤をかためておかねばならない。

彼は秀吉の遺命に反した廉《かど》により征伐されるのであれば、応じて戦いをおこす心構えをしていた。

秀吉亡きあと、諸大名は秀頼の許可を得て縁組みをしなければならない。家康はすべてを承知のうえで、禁をやぶった。

慶長四年正月元旦、病床にあった前田利家は、気力をふるって伏見城に登城し、秀頼を抱いて諸大名の年賀の礼をうけた。

諸大名は、今後家康と豊臣政権のあいだに、どのような動きがあらわれるかも知れないと警戒し、国元から伏見屋敷へ軍兵を呼び寄せている者も多い。

毛利家では軍兵二万、鉄砲五千挺、宇喜多秀家も八千の兵を屋敷の内外に集め、武装させている。

正月十日、前田利家は秀吉の遺命を守り、秀頼を大坂城へ移徙《わたまし》させた。秀頼が大坂へ移徙すれば、それまで伏見城下に屋敷を置いていた諸大名は、大坂城下へ移り、妻子を住まわせねばならない。

そうなれば、伏見にいる家康の勢力は縮小せざるをえない。

利家は、秀頼移徙の前日、みずから稟議をおこない、島津義弘に朝鮮在陣の功を賞し、薩摩にある豊臣家直轄地四万石を与えることにきめた。

家康は反対した。九州の強豪島津が、利家の味方にとりこまれると思ったためである。

だが利家はわが意見を押し通そうとしたので、家康は譲った。

まだ利家らを相手にまわす戦機は、到来していないと判断したためである。

まもなく、家康がすすめていた、伊達、福島、蜂須賀三氏との縁談が成立したとの情報が、五奉行のもとへ届いた。

家康は、五奉行の使者たちの詰問を一蹴した。

彼は利家が前立腺を病み、重病の床にいるのを、知っていた。

家康は五奉行の使者に反論した。

「家康に異心ありとせば、その証人を詮議なされよ。それがしは太閤殿下がご遺命により、大老をつとむるなれば、たやすくは仕置きできぬでなん。このたびの縁組みを私婚と申すはむべなりといえども、一時の遺忘《いぼう》によるあやまちだで。それを咎むるならば、こなたにも申し条があるだがや」

家康は、使者たちにかえって迫った。

「太閤殿下ご遠行の前後に、石田治部少輔、大野修理亮の両人が武具をとりて家人《けにん》をあつめ、屋敷にこもりしは、謀叛と疑われていたしかたもなき、怪しきふるまいなりしだわ。証拠はあきらかなれば、いかなる用向きにて人を集めしか、申しひらきをいたされよ」

使者たちは、家康の燃えるような眼光に威圧され、言葉もなかった。家康はさらに追及する。

「またこのたび、大名屋敷をそれがしに一言のことわりなく、伏見より大坂へ移せしは、なにゆえかや。さようの勝手なるはたらきは、秀頼さまを軽んじ奉るにほかならず。不届きのはからいをいたせし輩《やから》の名を承りたい」

使者たちは大坂へ追い帰された。

家康は、加藤清正、浅野幸長、福島正則、黒田官兵衛、同長政、蜂須賀家政、細川忠興、池田輝政、加藤嘉明、藤堂高虎らを集め、屋敷の周囲に布陣をさせた。

前田利家は、家康伏見屋敷の周辺に、数万の軍勢が集まった様子を聞くと、いったんは和談で騒ぎを納めることにした。

家康は、利家の誘いに応じ、二月五日、四大老、五奉行に誓書をさしだした。

「大名の縁組みについて、仰せの通りに承知した。そのうえは、たがいに遺恨を残すことなく、諸事にわたり親密にしてもらいたい。

また太閤殿下のご遺命、五大老、五奉行の誓約にそむくことなく、もし約を忘れ、違反する者があれば、聞きつけしだいに意見をする。

今度、家康、大坂政権の双方へそれぞれ接近している者についても、遺恨を抱くことはない」

双方の和談はととのい、前田利家は二月二十九日、大坂から船で伏見へ出向き、家康に会見した。

家康は三月十一日、船で伏見から大坂へ出向き、利家を訪問した。利家、家康が、たがいの屋敷をおとずれるとき、謀殺されることを覚悟したほど、状況は切迫していた。

このような不穏の形勢のもと、宇喜多家中では、家老たちの間のいさかいが再燃していた。

慶長四年正月五日の夜、宇喜多家中に事件がおこった。上方の仕置家老をつとめる中村刑部の用人寺内道作が、山田兵左衛門という藩士に斬殺されたのである。

山田は大坂城下の路傍で、所用に出た寺内と行きあい、抜き打ちに斬りすてた。

「キリシタン狂いは、生かしておけんのじゃ」

山田は捨てぜりふを残し、駆け去った。寺内の従者があとを追うと、山田は大坂高麗橋東北角にあった浮田左京亮（詮家）の屋敷へ逃げこんだ。

秀家の従兄弟左京亮はキリスト教に入信しており、パウロという洗礼名を持っていたが、家中武断派として、中村刑部と対立していた。

中村刑部は、長船紀伊守の没後、浮田太郎左衛門、源三兵衛とともに、大坂にいて、主君秀家の信任をうけている。

秀家は事件を知ると激怒した。

「家中にて刃傷いたせし不届者は、早速に成敗せにゃいけん。そやつを搦めとって曳いてこい」

中村刑部、浮田太郎左衛門らは、顔色を失い、恐怖の様子をかくす余裕もなかった。

「左京亮殿の屋敷に駆け入ったるうえは、とてもわれらの力にては、捕らえられませぬ。それよりも、山田に加えてわれらが殺害されかねまじき形勢にござりまする。玉造の戸川肥後守（逵安）殿のお屋敷には、岡越前守、花房志摩守、おなじく弥左衛門、戸川玄蕃、同又左衛門、角南隼人、楢村監物、中桐与兵衛の国元歴々衆がお集まり召され、われらを討ちとらんとて、雑兵をあわせ二百五十余人がいまにも打ち出す様子なりと、聞こえまするに」

「なんと申す。左京亮、肥後守は年頭賀礼に上坂いたしておるが、余の者は主たる儂の許しものうて、国元よりいつ出てうせおったのじゃ。そやつらを明朝にも召し寄せて詮議してやらにゃ、ならんわい。家中法度を乱す者はすべて成敗してやるけのう。それまで、そのほうどもはここにおるがよい。外に出りゃ危なかろう」

秀家はお豪の願いもあり、中村刑部らを備前屋敷にかくまうことにした。

その夜、宇喜多家家老戸川逵安、浮田詮家ら重職五人が、備中屋敷に参向した。門を守る足軽頭が、おどろいて制止した。

「前もってのおことわりもなく、夜中にお目通りを願われるとは、おだやかならず。明朝、お伺いを立ててのちにおわせられよ」

戸川逵安が血相を変え、叱咤した。

「うぬらの存じおることか。われらはお家のために早急に申しあげねばならぬ儀があるのじゃ」

門番たちが闇をすかして見ると、戸川らのうしろに武装した軍兵数百人が、槍、鉄砲を持って従っている。

戸川が、足軽頭を大喝した。

「おのれごときはしたなき者が、儂を押しとどめるつもりかや。それなら御門を踏みやぶって通ろうぞ」

足軽頭は身を震わせ、退いた。

戸川たちは足音荒く主殿玄関にむかう。取り次ぎの小姓が、前をさえぎった。

「殿はもはや奥においりなされておられまするゆえ、明朝あらためておわせられませ」

戸川は眼をいからせた。

「おのれは、奥へ駆けこんで殿に申しあげよ。ご家中のために、是非にもお耳に入れたき儀あるによって、肥後守ほか国元年寄衆があいそろい、参上つかまつったとな」

小姓は戸川の剣幕におそれをなし、奥へ駆けてゆく。戸川たちは、そのまま秀家の居間である勝手書院まえの縁先まで入りこみ、居並ぶ。

家老は敷居からいくらか離れて座らねばならない。主人が、「これへ」と招いてはじめて敷居際ににじり寄ることができる。

戸川たちが板敷のうえで半刻（一時間）ほど待つうち、小姓たちを連れ、秀家があらわれた。額に縦皺をきざんだ秀家は、上段の座につくと、縁先に平伏する戸川たちにいった。

「そのほうども、夜中に押しかけ、推参なるふるまいは何事ぞ」

「われらは殿に言上いたしたき儀がござって、伺候つかまつってござりまする」

戸川が敷居際へ膝を進めようとすると、秀家が叱咤した。

「そのほう、なにゆえ敷居際に寄りしか。儂は許してはおらんぞ」

戸川逵安は、秀家に威圧されあとじさった。

秀家は浮田左京亮にいった。

「おのしが屋敷に、中村刑部用人を往来にて斬り殺せし曲者が、かくまわれておるようじゃな。そやつを目付に引き渡せ。渡さにゃ、おのしも同罪にいたすけえの」

左京亮は顔に朱をそそぎ、いいかえす。

「寺内なる用人は、お為にはならぬ奸物なれば、われらが成敗いたしてござりまする」

秀家が罵った。

「なんと申す。家来のそのほうどもが主をさしおき、家中の侍を成敗いたせしというか。儂をないがしろにいたすふるまい、怪しからぬかぎりじゃが。おのしこそ成敗してやらあー」

左京亮が、高声でいいはじめた。

「家中仕置に不行届のかぎりをつくせし、中村刑部を成敗なされて下されませ。さもなくば、お家が立ちゆきませぬ」

秀家が左京亮を睨みつけた。

「刑部にいかなる不行届があるんじゃ。申してみよ」

「されば申しあげまする。亡き太閤殿下の仰せられしままに、ご領内にきびしき検地をいたしおって、家中の侍衆をはじめ百姓どもを、もってのほかなる重課にて苦しめてござりまする」

「さようの儀ならば、そのときに苦情を申さばよかろうが」

「申しあげたれども、刑部めは殿にいっこう取り次ぎをいたさず、じかに申しあげなばご不興をこうむるばかりにて、いたしかたもなきしだいにござりました。殿とわれらの間を取り持つ役柄の刑部めが、怠慢なりしゆえに、いまに至って取り返しのつかざる仕儀とあいなってござりまする」

秀家は、吐き捨てるようにいった。

「おのしどもは、殿下ご在世の間にはご威光をおそれ、口をつぐむばかりなりしに、いまになってなんのかのと、うるさく申したつるかや。家中にいらざる風波を立つる痴《し》れ者どもめが」

左京亮にかわり、戸川逵安が憤懣をほとばしらせた。

「刑部が科《とが》は、ほかにもござりまするぞ。岡山のお城普請には、殿に奉行を任されしをよきことに、縄張りを勝手に変え、いらざる手間をかけ、金銀を湯水のごとく使うて、家中上下は迷惑いたすばかり。また、法華の宗門を敵のように見て、寺領を取り上げ、われらにまで他宗にあらためよなどと、たわけしことを申して参りまする。また、鷹匠、猿楽師など遊芸役者を大勢雇い、その費えは、見逃せぬほどにござりまする。かような落ち度はすべて、刑部にかかわることにござりましょう」

秀家は激昂して刀を引き寄せ、右膝を立てた。

「おのしどもが申し条は、いちいち聞き捨てがたいぞ。いずれも刑部が科ではないじゃろうが。すべては太閤殿下の思し召しに従いてのことじゃ。それをなにゆえ咎めだていたしよるんじゃ。この上うるさく騒動をおこすならば、容赦はいたさぬ。手討にしてやろうぞ」

秀家は多数の番士を呼び、家老たちを追いかえしたが、そのままでは収まらない形勢であった。

秀家は豪姫に事情を告げた。

「肥後守（逵安）めが、家中の仕置をわが手に収めたいゆえに、短気者の左京亮を語らい、刑部を闇討ちにもしかねまじき様子じゃ。いまのうちに刑部を加賀へ落としてやらにゃいけんぞ」

お豪は中村刑部を女駕籠に乗せ、加賀へ逃がしてやった。

秀家は事件をおこした国元家老たちを屈服させねば、主君としての面目が立たないと、憤怒をつのらせる。

「肥後守を亡き者にしてやりゃあええんじゃ。他の奴輩は、あやつに煽りたてられておるんじゃけえ、いっぺんに腰くだけになるじゃろう」

宇喜多秀家は、豊臣政権の重職である越前敦賀六万石の城主、大谷刑部少輔吉継に仲裁を頼むことにした。

吉継は秀家から事情を聞くと承知した。

「ご家中年寄衆が楯つくは、由々しき一大事にござろう。それがしが仲人となりておだやかに収められるものならば、労はいといませぬ。まずは、騒動をおこせし年寄それぞれに会い、いきさつを聞きましょう」

宇喜多中納言家中の紛争は、慎重に収めねば、思いがけない天下の大乱にもつながりかねないと、吉継は考えた。

備前五十六万石の太守に、国元家老たちが対抗するというのは、秀吉没後の政権混乱の時期でなければ考えられない。

――おそらくは、家康が裏にて策を弄しおるにちがいなし――

吉継は、宇喜多の家老たちをそそのかしているのは、家康であろうと推測した。

家康ほどの大きな後楯がなければ、家老が主君の治政方針に、正面から反対できないはずであった。主君の意にさからえば、叛臣として族滅されるのである。

吉継は、宇喜多家年寄衆の筆頭、戸川逵安を屋敷へ召し寄せ、事情を聴くことにした。が、秀家は戸川が大谷の屋敷へおとずれる際、途中で暗殺しようとはかり、牢人を雇った。だが、秘事が浮田左京亮の耳に入ったので、火に油をそそぐ結果となった。

左京亮は馬を飛ばして、戸川逵安のもとへ急報する。逵安はおどろいた。

「遊芸ばかりを好む阿呆の殿が、儂を仕物（謀殺）にかけるとな。そこまでやられるのなら、しかたもなかろう。儂らはこのままじゃ謀叛人にされて、首を打たれることになるじゃろうが、むざとやられはせんぞ。殿を相手に一戦交えたうえで死ぬんぞ」

戸川をはじめ、浮田左京亮、岡越前守、花房志摩守の四人は、その日のうちに剃髪し、高麗橋の左京亮の屋敷にたてこもった。

戸川らは多数の家来を大坂市中に待機させ、宇喜多屋敷の辺りで鉄砲の音がしたときは、町屋に火をかけよと命じた。

戸川らは、大坂市中に火災をおこしたうえで、どのような騒動をおこそうとしたのであろうか。

戸川逵安らは、秀家が討伐の兵をさしむけてくれば、全滅を覚悟で武士の意地をたてつらぬこうとしたのである。

当時お福の方は堺の伊庭町にいた。秀吉が世を去ってのち、豪姫に遠慮して大坂備前島の宇喜多屋敷に入らず、小西行長のはからいで堺に寓居を求めたのである。

彼女は落飾して円入院と号し、日蓮宗を信心していたが、大坂での騒動を聞き、おどろいた。主従が大坂であい争えば、宇喜多家は天下を騒がした廉により、取り潰しとなりかねない。

お福の方は行長に事態の収拾を依頼した。

行長は考えた。

――これまでのゆきがかりのうえからは、大谷刑部にとりなしを頼まねばなるまい。ほかには榊原康政と、津田秀政に合力させよう――

家康の重臣榊原康政を仲裁人にえらんだのは、五大老のうちで抜群の実力を有している、家康の立場を顧慮したためである。

榊原康政は左京亮と、親密な仲であった。かつて宇喜多家の重臣花房助兵衛が、秀家の治政を批判したのち、秀吉のはからいにより常陸の佐竹義宣に預けられたが、康政は助兵衛の子職直《もとなお》を引き取り、榊原姓を名乗らせている。

康政は、大谷、津田とともに斡旋にあたり、斬り死にを覚悟している戸川逵安らを、ようやく翻意させ、事件は落着したかに見えたが、家康が邪魔をした。

康政が主君の叱責を受けたのである。

「そのほう、誰に頼まれて、他家の出入りを取り持ちしかや。放っておけばよきものを、いらざることをいたしおって、うつけ者めが。このうえ上方におることもなし。早々に江戸へ戻れ」

榊原康政は、やむなく江戸へ去った。

五大老のうち、前田利家はすでに亡く、上杉景勝は会津へ帰国したままである。この事件で宇喜多秀家が失脚すれば、家康の立場はさらに強まる。彼が榊原康政を叱責したのは、そのためであった。

大谷吉継らは、やむなく事件の裁定を家康に依頼した。家康は宇喜多屋敷にたてこもった戸川逵安らに、書状をつかわした。内容はつぎのようなものであった。

「大坂城下で騒動をおこせば、理由の如何にかかわらず、秀頼公への叛逆とみなさねばならない。ただちに屋敷を明け渡せ。下命に従わないときは討伐する」

戸川逵安らは、家康の命に従った。

彼らは武装を捨て、伏見城に出向き、家康の裁断を受けた。家康の狙いは、宇喜多家の家老を離散させることによって、秀家の勢力を弱めることにあった。

家康は戸川逵安、浮田左京亮らに寛典をもってのぞんだ。

「そのほうどもが徒党を組み、兵仗《へいじょう》をたずさえ屋敷にたてこもり、主人にさからい世上を騒がせし罪は軽からず。腹を切らすべしとは存ずれども、宇喜多家のこののちをおもんぱかる忠義のほどは褒むべきなれば、仕置きはつぎのごとくにいたすゆえ、つつしみて受けよ」

戸川逵安、中桐与兵衛は家康が預かり、逵安は常陸に蟄居する。

花房正成も家康が身柄を預かり、大和郡山に蟄居させることとなった。浮田左京亮、岡家利、戸川勝安、角南隼人、楢村監物は備前に帰国を命ぜられた。左京亮たちはいったん帰国したが、結局追放された。

秀家は仕置家老に明石掃部頭守重を置いたが、国元の四家老が放逐された宇喜多家は、家中の団結力が以前よるはるかに弱まってしまった。

家康は宇喜多家の内部を分裂させた。毛利家の総帥毛利輝元は凡庸な三代目である。吉川元春、小早川隆景はすでに世を去り、あとを継いだ吉川広家、小早川秀秋は、いずれも家康に通じている。

小早川秀秋は朝鮮在陣の際の失態を秀吉に咎められ、慶長二年十二月に筑前、筑後、肥前四十余万石の所領を召し上げられ、越前北ノ庄十二万石に転封されていた。家康は慶長四年四月、五大老の合議により秀秋に旧領を回復させた。

家康は慶長五年二月、堀尾茂助、細川忠興、森忠政らにそれぞれ加増を与えるようとりなし、自らの勢力を伸長できる機をうかがっていた。当時、大坂市中につぎのような落首があらわれた。

「徳川の激しき波のあらわれて
　重き石田の名をや流さん」

「御城に入りて浮世の家康は
　心のままに内府極楽」

彼は薩摩藩主島津忠恒（家久）が、家中の重職伊集院忠棟の討伐に都城へ出勢したとき、日向財部城主秋月種長、唐津城主寺沢広高を加勢にむかわせ、恩義をかけた。

七月になって、家康は浅野長政、増田長盛、長束正家らの奉行に命じ、宇喜多秀家、毛利輝元、上杉景勝三大老以下、大坂にいる諸大名を帰国させた。

大坂城下にいた大名の大半が帰国したのち、九月七日に家康は伏見城を出て、多数の軍兵をともない大坂へ下った。

九月九日の重陽の節句に、秀頼に祝儀を言上するためであるといっていたが、事実は違っていた。

家康は大坂城に入城するつもりでいた。入城するためには、口実がいる。彼は石田三成と意を通じる五奉行のうち、長束正家、増田長盛を、口実をつくるために協力させた。増田、長束は、今後の情勢が家康に有利に発展すると見て、心が揺らいでいたのであろう。

家康が大坂に到着し、旧石田三成屋敷に入ると、長束、増田がたずねてきて、非常の大事を告げた。

家康の重臣松平家忠の『家忠日記』に、つぎの記載がある。

「大神君（家康）大坂に渡りこれあり。増田長盛、長束正家参候してひそかにいって曰《いわ》く、明後九日重陽の賀儀として、公城に登り給うべきとき、浅野弾正迎え奉ってお手をとるのとき、大野修理亮、土方勘兵衛両輩出向いて、公を弑し奉るべきのよし、あい謀るよしを告げて、二人の讒者《ざんしゃ》は宅に帰る」

浅野長政が家康を出迎え、手を取って動きを封じたとき、土方勘兵衛らがすかさず斬りかかり、仕物にかけるというのである。

土方勘兵衛は、秀吉の近臣であった剛勇の士で、能登石崎一万三千石の領主であった。

長束、増田が、秀頼のために家康謀殺に加勢するというのであれば、うなずけるが、反対に味方を売ったのは理解しがたい行動である。味方を売れば、自分もまたそのあとを追うことになると、予想できなかったのであろうか。

家康が二人の奉行を巧みに操縦したとすれば、おそるべき謀略の手腕である。

増田長盛は、さらにつぎのような讒言をした。

「秀頼公お袋さま（淀殿）と肥前守（前田利長）は、かねて密通していたので、こんど秀頼近臣の大野修理亮、浅野長政と相談して、内府（家康）を討ちとる謀計をくわだてた。内府を討ちとったのち、肥前守はお袋さまと夫婦になり、天下の後見をおこなうつもりでいる」

前田利長が、謀殺のたくらみに加わっているとすれば、ただごとではないと、家康はいきりたった。

「伏見より警固の人数を、残らず大坂へ下らせよ」

家康旗本三千八百人が、大坂へ急行した。

前田利長が、淀殿と密通した事実はない。利長はかねてから石田三成を嫌い、細川忠興とともに家康と親交をかさねている。

浅野長政も家康と親しく、石田三成との間柄は冷却していた。

家康は、長束、増田に讒言《ざんげん》をさせ、前田利長を屈服させるとともに、大坂城に入る機会をつくろうとしたわけである。彼は前田利長を脅し、もし反撥をうけたときは、細川忠興に説得させるつもりでいた。

「利長は父親とはちがい、思いきりの悪《あ》しき者ゆえ、諭されなばたやすく翻心いたすであろうな」

家康は、利長の器量を正確にはかっていた。彼は多数の軍兵を従え、九月九日に大坂城に登城して、秀頼母子に謁見し、なにごともなく下城したが、長束、増田がその身辺を気づかい、大坂城に入ることをすすめた。

すべては、家康が城内に住居をさだめるための方便である。

九月十二日、家康はすすめられるままに、大坂城内の石田正澄の屋敷に入った。正澄は堺奉行で、石田三成の兄である。彼はすみやかに屋敷を明け渡し、堺へ出向いた。

増田らは、すすめた。

「幼い秀頼公が大坂城におられ、内府（家康）殿が伏見におられるのは、讒言をする奸佞《かんねい》の者どもがつけいる余地をつくることである。そのような隙をつくらないため、内府殿は大坂城内にとどまるべきで、天下安寧の基となることである」

家康が石田正澄屋敷で起居するうち、西の丸にいる北政所が言いだした。

「内府殿が住まわれし正澄が屋敷は用心悪しきため、わらわは西の丸を出て、京都に住まいをいたそうほどに、支度をいたせ」

彼女は、京都三本木に隠棲するという。その裏面には、家康の策動があった。彼は淀殿と対立する北政所の立場を察し、巧みに利用した。

家康は北政所の好意をうけ、十月一日、西の丸に入り、天守閣の建築をはじめた。

前田利長は、事変がおこったとき金沢にいた。彼は八月に、家康に帰国をすすめられたとき、亡父利家の遺言で、何事がおこっても今後三年間は帰国してはならないといましめられていたので、家康の意にそうべきか否かを、母のおまつに聞いた。

おまつは帰国をすすめた。彼女は利長に、家康と戦う器量がないと判断したので、大坂に留めなかったのである。

前田家伏見屋敷留守居をしていた、家老村井豊後は、長束、増田の讒言を知ると、ただちに金沢へ急使を送った。

十月四日、家康は加賀小松八万石の城主丹羽長重に、前田利長征伐の先手を命じた。

利長は急報をうけると、金沢城に重臣を集め、家康と一戦を交えるための軍議をひらいた。

前田家重臣のうちには、家康と一戦を交えようという、強硬な意見をとなえる者が多かったが、利家未亡人のおまつの方と利長内室が、家康のもとへ人質にとられたとの急報が大坂から届くと、主戦論はかげをひそめた。

利長は家老の横山長知を大坂へおもむかせ、家康に弁明させるいっぽう、金沢城外曲輪の普請を急ぎ、籠城の準備をすすめた。

前田利長と前後して会津に帰国していた上杉景勝は、大坂での事変を知り、さっそく家康に問いあわせた。家康は、いまのところ大事に至るおそれはない。変わったことがあればただちに通報すると返事を出した。

だが景勝は、大坂を離れるとき、間もなく家康が豊臣政権の基盤をゆるがす大動乱をひきおこすであろうと、予測していた。

景勝が越後から会津に移封したのは、慶長三年であった。

秀吉は会津百二十万石を景勝に与えたとき、三年間は上方に勤仕することなく、新領土経営に専念するようとの、好条件をさだめていた。

景勝は、秀吉の遺訓に従い、領内一揆にそなえる要害を築くべきであると称し、新城建築にとりかかった。

領内神指原《こうざしばら》に建てられる新城普請に、八万人といわれる人足が使役された。景勝は同時に道路の補修、橋梁の新設をも進める。

大坂の家康のもとへ、景勝の動静が逐一伝えられた。

「あやつは肥前守（前田利長）のようにはたやすくは扱えぬだわ。いよいよ胸つき坂を登らねばならぬでなん」

家康は側近の本多正信に、内心を洩らした。彼は、全国の秀吉恩顧の大名たちのうちに、しだいにたかまっている分裂抗争の動きを巧みに誘導し、たがいに戦わせ、その間に漁夫の利を得なければならない。

慶長五年正月、景勝は家老藤田信吉を大坂城へつかわし、秀頼、家康に新年の賀礼を申しのべさせた。

このとき家康は、景勝に上洛をうながす伝言を、藤田に托した。だが景勝は応じなかった。秀吉の遺言に従うと称し、新城普請にくわえ、二月から白石城の増築をはじめた。

家康は宇喜多家の内政に干渉し、秀家の勢力を削減するいっぽう、毛利輝元にすすめ、従弟秀元に山口二十万石を分与させ、恩を売った。

宇喜多秀家は、二日に大坂備前島屋敷を出て、国元に帰った。間もなくおこるにちがいない天下大乱にそなえ、軍備をととのえるためであった。

秀家は、家中の騒動が家康の策謀によるものであると知っていた。

秀吉の没後、遺訓をないがしろにする態度をあらわし、政権内部の吏僚派と武将派の対立を煽りたて、天下の動乱をひきおこそうとする家康の行動は、秀家にとっては見逃せないものであった。

「家康めは、肥前守（前田利長）にいわれもなき濡れ衣を着せ、難題を持ちかけるいっぽう、会津中将殿にもいいがかりをつける様子じゃ。また毛利秀元の肩を持ち、どうやらわが味方に引き寄せる形勢であれば、秀頼さまをお守りいたす大名は数すくなくなるばかりじゃのう。儂は事がおこったときにゃ、秀頼さまのご身辺を固めにゃいけんけえ、岡山へ帰って陣触れを出し、戦支度をいそがにゃならんのじゃ」

秀家が、義兄の利長と家康が戦端をひらきかねない緊迫した情勢となった二月上旬に、大坂を離れたのは、このような事情によるものであった。

正月以降、秀家は近江佐和山城からおとずれた、石田三成の使者に幾度も会っていた。三成は豊臣家武将派との衝突を避けるため、奉行職から引退していたが、家康の目にあまる行動が、豊臣家転覆の意図をあらわしてくるのを見て、討伐の兵をあげる機をうかがっていた。

三成は安国寺恵瓊、上杉景勝とひそかに連絡をとりあい、西国の秀吉恩顧の大名を糾合していた。

秀家は石田三成に協力を誘われると、ただちに応じた。

「儂は秀頼さまとは義兄弟じゃけえ、お味方するのはあたりまえじゃろう。近いうちに帰国して、戦支度をして参らにゃいけんのう」

戸川逵安ら重臣たちが去ったのち、宇喜多家仕置家老は、明石掃部頭守重となっていた。慶長三年、宇喜多家分限帳によれば、守重の禄高は家中筆頭の三万三千百十石である。

守重は、磐梨郡（赤磐郡）保木城主であったが、家中騒動のあと、宇喜多家の執政となったのである。彼の妻は、秀家の妹であった。彼は慶長元年、キリスト教の洗礼を受け、ジョアンという洗礼名を与えられた。

妻も洗礼名をマリアという信徒で、五人の子をもうけていた。秀家は、家中騒動にかかわった侍たちを、すべて軍勢の編成にかかわらせず、放逐した。

備前、備中の兵は、思慮が深く物事に動揺せず、いったん戦場にのぞめば戦況の如何に動かされることがない。明石守重も冷静沈着な指揮官であった。


家康は四月一日、近臣伊那図書頭昭綱と、増田長盛の家臣河村長門を会津へ派遣し、景勝の新城普請、道路修理の理由をたずねさせるとともに、上洛をうながさせることにした。

景勝は上洛を拒絶した。上杉の家老直江山城守は、家康使者の威嚇にまったく動じなかった。彼は上杉謙信麾下で合戦の数をかさねた勇将である。

織田信長さえ弱敵にみなしていた謙信は、家康の存在など眼中になかった。直江は伊那図書らの詰問を受け流し、まったく相手にしなかった。

「当家主人は国替えの際、太閤殿下より領国仕置のため、三カ年は上洛に及ばずとのお沙汰を受けておりまする。さすれば、内府公のお指図をいただくとも、大坂には参じませぬ。また、道やら橋をつくるは、戦支度のためにではなく、領内士民の暮らし向きの利便をはからんがためにござりまする。越後に在国のときも、先君謙信公以来、治国にはげみて参りしに、それを乱を構えんがためのたくらみなどと申さるるは、心外のきわみと存じまする。景勝が内府公に乳呑み子を扱うがように、大坂参勤を命ぜらるるなどは、聞こえぬ道理にござりましょう」

上杉家は、旧領越後の地侍一揆を扇動し、蜂起させ、領主堀秀治を悩ませている。

家康は、大坂へ帰った伊那昭綱の復命を聞くと、会津征伐をおこなう意向をかためた。

六月六日、家康は在坂の諸大名を大坂城西の丸に召集し、会津攻めの軍議をひらいた。

進撃経路、部署はつぎの通りに定まった。

白川口　　徳川家康
　　　　　秀忠
（東海、関西の諸将はこれに属する）
仙道口（中仙道）　佐竹義寛
伊達、信夫口　伊達政宗
米沢口　　最上義光
（仙北＝最上川以北の羽後諸郡の諸将は、これに属する）

津川口　　　　　前田利長
　　　　　　　　堀　秀治
（堀直政、同直寄、村上義明、溝口秀勝らはこれに属する）

六月十五日、家康は秀頼に謁し、会津出陣の挨拶をした。秀頼は家康に宝刀、茶器のほか、黄金二万両、米二万石を贈った。

家康は秀頼の名代として、上坂の命令にそむいた上杉景勝討伐に出向くので、これらのものを遠征の費用として与えられたのである。

同日、家康は大坂城を出て、伏見城に入った。

家康は六月十八日朝、三千人の軍兵を率い伏見城を出て、江戸へむかった。途中、近江水口《みなくち》城主長束正家、石田三成の家老島左近らが伏兵を置き、襲撃をはかったが、状況を探知した家康は、水口城下に一泊せず、町なかを駆けぬけ、難をまぬがれた。

家康の足どりは桑名から便船で三河佐久島に到着すると、ゆるやかになった。江戸城に到着したのは、七月二日である。

家康に前後して、江戸に到着した会津攻めの将兵は、五万五千八百人であった。彼らを率いる諸将は、つぎのような面々であった。

浅野幸長、黒田長政、細川忠興、加藤嘉明、一柳直盛、福島正則、蜂須賀至鎮、池田輝政、藤堂高虎、山内一豊、筒井定次、真田昌幸、金森長近、織田有楽斎。

家康が大坂を離れたのち、石田三成がかねて予測されていた通りの行動をはじめた。彼は六月二十日、飛脚につぎの書状を托し、会津へ走らせた。

「先日御細書をあずかり、すなわち返報に及び候。

内府かた、一昨十八日伏見出馬にて、かねがね調略存分に任せ、天の与えと祝着せしめ候。

われらも油断なく支度つかまつり候あいだ、来月はじめ、佐和山を罷《まか》り立ち、大坂に越境せしむべく候。

輝元、秀家その他、無二の味方に候。いよいよ御心を安んずべく候。その表の手段承りたく候。

中納言（景勝）殿へも別書つかわし申し候。然るべく御意を得、頼み奉り候。恐惶勤言。

六月廿日　　　　　　　　　　石田三成　花押

直江山城守御宿所」

江戸城に入った家康のもとへ、上方で騒動がおこったという通報がはじめて到着したのは、七月十九日であった。

通報をしたのは増田長盛で、彼ははやくも味方を裏切ったわけである。書状の内容は、石田三成が美濃垂井で越前敦賀五万石の城主大谷吉継と会い、二日にわたり密議をして、家康征伐の兵をあげるという噂が、世間にひろまっているというものであった。

大谷吉継は、家康の会津攻めに参陣するため、千余人の兵を率い六月末に敦賀を進発し、七月二日に美濃垂井に到着し、使者を三成の居城である佐和山城へつかわし、三成の嫡子石田重家と同道しようとした。重家は会津征伐に従軍する予定となっていた。

三成は垂井へ家老をつかわし、至急相談したいことがあると、旧友吉継を佐和山城へ招いた。

大谷吉継は、業病で全身が膿みくずれ、ほとんど視力を失っていた。彼はかつて石田三成とともに、秀吉の小姓から奏者となり、天正十七年に越前敦賀五万石の城主となった。

三成が近江佐和山十九万四千石を与えられたのにくらべ、冷遇であるように思えるが、吉継は病んでいたので、やむをえない。

吉継は三成に逢うと、さっそく家康討伐の挙兵に協力するよう、頼まれた。

「内府は太閤さまがご遺戒《ゆいかい》をないがしろにいたし、傍若無人のふるまいなれば、やがて豊臣の天下を乗っ取るであろう。われら子飼いの者が、内府のふるまいを見過ごせようか。いま、あやつが東下の隙をつき、兵をあげて然るべしと存ずるのじゃ」

吉継は、三成の意見に同調しなかった。

「内府が専横のふるまいは、御辺が申さるるごとくなれども、秀頼さまを廃し奉るほどの了簡もなき様子じゃ。事をあげるは不了簡といわざるをえまいがのう」

吉継は、豊臣政権のうちで並ぶ者もない実力をそなえる家康に、決戦を挑むのは考えが浅いのではないかと、三成を翻心させようとした。

だが三成は応じなかった。

「もはや上杉景勝家老直江山城守とかたくしめしあわせしことなれば、景勝ひとりを謀叛人としてうち捨てることもならぬ。御辺が同心してくれぬならば是非もない。このまま関東へご発向召されよ」

吉継は、七月二日から七日まで五日間佐和山城にとどまり、三成に挙兵を思いとどまるよう説得をつづけた。

吉継は、家康の威望のまえには、三成の抵抗は一蹴されると見ていた。豊臣政権の、福島正則、加藤清正、細川忠興ら多くの武将たちは、家康を信頼し、三成を嫌っている。吉継は内心をうちあけた。

「それがしが病をおして東下いたすは、徳川と上杉を和談させんがためじゃ」

だが三成は、挙兵を断行しようとした。吉継は七月七日に垂井の宿所へ戻ったが、十日まで滞在し、家老の平塚為広を佐和山城へつかわし、説得をつづけた。

吉継は、旧友の三成を見捨てることができなかった。彼は家康を相手にしての決戦に、勝機を見いだすことはむずかしかろうと思ったが、七月十一日に佐和山城へおもむき、三成と運命をともにすることを承諾した。

この日、伊予六万石の大名安国寺恵瓊も佐和山城へきた。三人は協議し、家康征伐の挙兵の総大将に毛利輝元、副大将に宇喜多秀家をおすことにきめた。

関ケ原

宇喜多秀家が岡山を進発して、大坂に到着したのは七月初旬であった。率いる軍兵は、一万七千余人である。

七月十二日、前田玄以、増田長盛、長束正家の三奉行は、毛利輝元につぎの書状を送った。

「大坂仕置の儀につきて、御意を得べく儀候あいだ、早々にお上りならるべく候。長老(恵瓊《えけい》)お迎えのため、罷り下らるべくの由に候えども、その間もこの地の儀、申し談じ候について、その儀なくござ候。なお早々待ち奉り存じ候。恐惶謹言。

七月十二日

長大　花押
増右　花押
徳善　花押
」

輝元様人々御中

文意はつぎの通りである。

大坂においての政事決裁のため、ご了解を得たいので、至急おいで下さい。事情は安国寺が申しあげます。恵瓊がお迎えに参る予定でしたが、当地で相談することとしたので、参りません。お待ちいたしております。

石田三成は、会津征伐に参陣するため東国にむかう西国大名たちをひきとめようと、兄の石田正澄を近江愛知《えち》川へむかわせた。同所に関所を設け、味方につけるのである。

三成と恵瓊の使者は、輝元を迎えるため、海路広島へおもむく。

三成は美濃岐阜城主の織田信忠の遺子秀信を、味方につけた。

七月十三日、毛利家を代表して会津へむかう吉川広家が、播磨明石に到着した。安国寺恵瓊は彼のもとへ使者をつかわし、家康打倒のための決起を求めた。

広家は三成と仲がわるい。彼は亡父元春に似て我がつよく、朝鮮在陣のあいだにしばしば抜け駆けをして、軍法違反に問われた。秀吉没後の慶長四年（一五九九）七月にも、伏見城下で浅野長政と喧嘩をして、重大な事態をひきおこしかけた。そのとき仲裁したのは恵瓊である。

六十三歳の恵瓊は、毛利家一族の使僧として重きをなしてきた。毛利家は、彼の手腕によって広大な領地を維持し得たのである。

三十九歳の広家は、恵瓊の意向を知って激怒した。

「治部少が内府と相撲をとって、勝てると思うとるんか。あほうめが」

広家は、家康を野戦の名将として尊敬している。

彼はさっそく毛利家大坂留守居役の宍戸元次、熊谷元直、益田元祥らと協議して、徳川方に内通することをきめた。そうするのが、毛利家存続のためになると判断したのである。

宍戸元次はただちに、旅人に変装させた使者を江戸の榊原康政、本多正信、永井直勝のもとへ派遣し、大坂の情況を通報した。毛利家内部で、早くも分裂の兆しがあらわれたのは、家康の巧みな外交戦術の結果であるといえる。

毛利輝元は、三奉行からの書状をうけとると、七月十五日に船で広島を出立し、翌十六日に大坂城に到着した。彼は出立のまえに、肥後の加藤清正に、出兵をすすめる書状を送った。

「とりいそぎ申しあげます。三奉行からこのような書状を送ってきたので、いたしかたなく、今日十五日に出船いたします。とにかく秀頼公へ忠節をつくすことが肝要です。早々にご上洛下さるよう、お待ち申しております」

石田三成は、七月十四日付の会津直江山城守あての書状で、戦勝ののち、上杉景勝に越後一国を与えるとの秀頼内意を伝えた。

毛利輝元が大坂城に入城すると、宇喜多秀家は、彼を総大将とすることに同意し、家康の座所であった西の丸に入れた。

秀家は出勢にあたり、戸川逵安《みちやす》ら家中騒動をおこした重臣にかかわりのある者は、歴戦の侍であっても、すべて参陣をさせず、追放した。宇喜多勢主力は、仕置家老明石掃部頭が指揮して、大坂に到着している。

岡山城に残す留守居の人数はわずかで、秀家は家康との決戦に全力を傾ける態勢をととのえていた。

大坂城下の屋敷に住む大名の妻子の人質徴集は、七月十三日からはじまった。宇喜多の将士は市街の道路を閉鎖し、通行人の検問にあたった。細川忠興の室ガラシャが人質として連行されるのを拒み、自決し屋敷に火をかける事件がおこったのは、このときである。

七月十三日、三奉行は、家康が太閤遺訓にそむいた十三カ条を記した檄文を、西南諸大名に送った。「内府ちがいの条々」と題するもので、その内容はつぎの通りである。

「一、五奉行、五大老が誓紙血判してまもなく、浅野長政、石田三成を失脚させた。
一、前田利長が誓紙を出し、礼儀をつくしているのに、上杉景勝征伐にかこつけ、前田家から人質をとり、追いこめるようなことをした。
一、景勝には何の罪もないのに、誓紙の約束を守らず、秀吉の遺訓にそむき、今度討伐されるのを歎かわしく思い、われわれは種々説得したがついに聞き入れず、出馬した。
一、知行の与奪については、自分でおこなうのはもちろん、取り次ぎさえしてはならないと誓約したのに、違反して忠節をつくすこともない者に知行を与えている」

三奉行は、家康が伏見城、大坂城をもわが支配下に置いていることを、弾劾する。

「一、伏見城では、太閤殿下が定め置かれた留守居衆を追いだし、家来を勝手に留守役に任命した。

一、北政所を大坂城西の丸から出し、自分がそのあとに住んでいる。

一、西の丸へ、本丸と同様に天守を建てた。

一、五大老、五奉行のほかは誓紙をとりかわさないとの約束をやぶった。

一、諸大名に依怙ひいきをして、人質の妻子を国元へ帰してやっている。

一、縁組につき、御法度をやぶったので、そのとき軽挙をわびた。それにもかかわらず、かさねて多くの縁組をしている。

一、若衆たちを煽動し、徒党を組ませるようなたくらみをしている。

一、五奉行、五大老が連判しなければならない書状に、家康ひとりで判をしている。

一、内縁の者の奔走によって、石清水八幡宮社領の検地を、独断で免除した」

三奉行は、この十三カ条の違反事実を列挙したのち、諸大名へつぎのような決起の檄文を付した。

「このように太閤御遺戒にそむく内府を、信頼できようか。大老、奉行が一人ずつ亡くなってのち、秀頼さまおひとりが、政権の後継者としての地位を保てるはずもない。今度内府が景勝征伐に出馬したのを好機として、われわれが相談し、兵をあげることにした。

内府の心得ちがいの十三ヵ条をご覧になり、太閤殿下の御恩をお忘れでない方は、秀頼さまへご忠節をつくされるため、われわれにご加勢下さい」

毛利輝元は大坂城西の丸に入り、六歳の子秀就を秀頼に近侍させた。

畿内、山陽道、四国、九州の諸大名は、上杉景勝征討にむかう途中、大坂で三奉行の檄文に接し、そのまま大坂城へ参向した。

毛利輝元と養子秀元、吉川広家、毛利秀包、宇喜多秀家、島津義弘、同豊久、小早川秀秋、鍋島勝茂、長宗我部盛親、増田長盛、小西行長、蜂須賀家政、生駒親正、安国寺恵瓊、長束正家、伊東祐兵、高橋元種、脇坂安治、秋月種長、多賀秀家、福島長尭《ながたか》、木下重尭、毛利高政、高橋直次、相良頼房、谷衛友《もりとも》、横浜重勝ら諸侍の率いる兵力は、九万三千七百余人に及んだ。

大坂市中の街路には、軍兵と小荷駄の人馬が溢れている。きびしい残暑のなか、蟬の啼き声が四囲を領する大坂城大広間で、軍評定《いくさひょうじょう》がひらかれた。

家康討伐に決起した諸将は、前途に変化を望んでいる。彼らは家康に従い先発した大名たちが、日本の東西を分かつであろう戦いがおこったとき、すべて敵方にまわるか否かは分からないが、大変動によって利を得るチャンスを握ることを期待した。

難攻不落の大坂城に毛利輝元が入り、秀頼を擁して叛臣家康討伐の兵をおこせば、勝ち目は充分にある。

軍評定の席上、宇喜多秀家は敵に先制攻撃をしかけるべきであると説いた。

「大坂の城は日本一なれども、十万に及ぶ大軍を集めしままに、座して家康のともがらが東より押しきたるを待つは、上策とは申せまい。家康がこののちいかに動くかをはかるに、進んで会津を攻むるか、退いて江戸を守るか、あるいは西上いたすかの三途のいずれかにござろう。しからば当方より押し出し機先を制するならば、家康の気を奪う上策と存ずる」

諸将は秀家の積極論に賛成した。侍の建て前として、堅城にたてこもるよりも、野戦を試みるほうが勇敢な行動であるので、反対できない。

秀家は秀吉の養子として、一万七千余の大軍を率い、宇喜多家の運命を賭けて出陣しているので、他の日和見の大名たちとは発言の重みが違った。

評定は、秀家が主導するうち、つぎのように決まった。

一、総大将毛利輝元、増田長盛は、大坂城にとどまり、秀頼を補佐する。

二、副大将宇喜多秀家、石田三成、長束正家は、他の諸将と美濃、尾張に出撃して、家康の西上にそなえる。

三、大谷吉継は、北陸を攻撃する。

四、家康西上の際は、毛利輝元は大坂城から美濃、尾張に出撃して、宇喜多秀家と協力し決戦をおこなう。

輝元は幼君秀頼を奉じて戦場におもむくのである。秀頼が出陣すれば、家康に同調している豊臣恩顧の諸大名は、戦闘を中止せざるをえなくなる。

大坂城下に集結した西軍が、行動をおこしたのは七月十八日であった。丹波福知山四万石の城主小野木公郷が主将となった、丹波、但馬勢一万五千人が、細川忠興の居城丹後田辺（舞鶴）城攻撃にむかった。

同じ日、三奉行は西軍総大将毛利輝元の下命であるとして、伏見城明け渡しを求める使者を送った。城将鳥居元忠は、明け渡しを拒否した。

鳥居元忠は七月十九日、伏見城下の町屋を焼き払い、籠城支度をととのえた。

元忠は、大坂城西の丸から伏見城に移ってきたばかりの婦女子を、淀に避難させ、守備態勢をかためた。

本丸を鳥居元忠が守り、西の丸、三の丸、治部少丸、名護屋丸、松の丸、太鼓丸の守将をそれぞれ定めたが、総兵力はわずか千八百人。十万に及ぶ西軍の攻撃を受ければ、玉砕するほかはなかった。

西軍諸隊の攻撃は、十九日夜からはじまった。鳥居ら籠城の士卒は、すさまじい銃砲声に眠ることもできないまま、必死に持ち場を支えた。

二十一日には、伏見城を包囲する西軍の人数は四万に達した。南側を城兵の退路としてあけておき、他の三方から猛射を加える。

七月二十五日、宇喜多秀家が戦場に出陣し、諸軍に下知した。

「伏見城は、いかにも難攻不落の大城ではあるが、たてこもる人数はわずかではないか。かようの城を攻むるに日数をかさねてはなるまい。総攻めをしかけ、一気に取り抱えよ」

総攻めの部署は、つぎの通りであった。

東方　　宇喜多秀家
東北方　小早川秀秋
西北方　島津義弘
西方　　毛利秀元

伏見城攻囲軍のうちに、毛利秀元、吉川広家がいた。彼らは宇喜多秀家が出陣した日に、口実をもうけて戦場を離れ、近江瀬田の警備のため、移動していった。

伏見城の守兵は、決死の奮戦をつづけ、攻囲軍の戦死者は三千余人に及んだ。寄せ手の間で、しばしば同士討ちがおこったほどの乱戦であった。

八月一日子の刻（午前零時）、城内松の丸から出火し、名護屋丸に延焼した。さらに夜明けまえに至って、天守閣が炎上した。寄せ手の火矢を受けるうち、ついに燃えあがったのである。

未《ひつじ》の八つ半（午後三時）、城兵はすべて戦死し、銃砲声は鳴りやんだ。秀家は城将元忠の首級に礼をつくし、大坂へ送った。

「老武者の一徹とはこのことかや。骨を粉にしてはたらきしとは、元忠の最期じゃが」

江戸城にいた徳川家康は、七月二十一日、三万千八百余人の軍勢を率い出陣、二十四日に小山に到着し先発した徳川秀忠の率いる、三万七千五百余人の前軍と合流した。

家康は「内府ちがいの条々」を、金森長近から届けられ披見していたが、二十四日、小山の陣所へ駆け込んできた、伏見城鳥居元忠の家来、浜島無手右衛門のとどけた書状を一読し、顔色を失った。

家康は、三成と吉継の挙兵に加勢する大名の顔ぶれを、おおよそ想像していた。宇喜多秀家が敵方にまわると見ていたが、毛利輝元が総大将となり、西軍総数が十万人になんなんとするという事態は、予想していなかった。

彼はその日のうちに、宇都宮附近に着陣していた諸大名につぎの書状を送り、軍議をひらく旨を知らせた。

「早々そのもとまでご出陣の旨、ご苦労どもに候。上方雑説申し候あいだ、人数の儀はとどめられ、ご自身はこれまでお越しあるべく、委細は黒田甲斐、徳永法印申さるべく候あいだ、詳しくあたわず候。恐々謹言。

七月二十四日　　　　　　　　　　　家康

清洲侍従（福島正則）殿　　　　　　　　　　　」

文意はつぎの通りである。

早々に当地まで出陣され、ご苦労至極である。上方でいろいろと事件が起っているので、軍勢は宿陣させたまま、ご自身は家康本陣までお越し下さい。詳しいことは、黒田長政、徳永法印が申しあげます。

家康は軍議をひらくまえに、黒田長政を呼び寄せ、事情をうちあけた。

長政は朝鮮在陣のあいだに、野戦の勇将として名をあげた。家康は彼との縁をふかめるため、会津征伐に出陣するまえの六月六日に、姪にあたる保科正之の娘とめあわせていた。

長政はいった。

「仰せのごとき騒動が上方でおこりしなれば、当地に下りし侍衆にも風聞はすみやかにひろまるでござりましょう。毛利輝元が総大将となり、秀頼公をおしたて、十万の人数にて仕懸けて参るとなれば、当方不利と見なければなりませぬ」

長政は言葉をやわらげているが、大坂での挙兵の報は、すでに小山在陣の大名たちのあいだに聞こえていた。

彼らはすべて豊臣秀頼の臣下であり、家康を主人と思っていない。総数六万に近い兵力が、秀頼に矢をむけるに忍びないとして西軍に就けば、家康は関東をかため、必死の一戦をこころみるよりほかに道はない。

長政は諸大名の陣所で、さわがしく語り合う声を耳にしていた。

「内府もこのたびばかりは仕損じたようじゃ。徳川家は滅亡ときまったぞ」

「うちの旦那はいずれのかたへおつきなされようかのう。なにとぞ大坂方へつかれなばよいが」

おおかたの見方は、家康不利であった。

家康は黒田長政に頼んだ。

「明日は小山在陣の上方大名を呼び集め、軍評定をいたさねばならぬが、そのまえに左衛門大夫（福島正則）を味方につけておかねばならぬでなん。あれが首を縦に振らねば、秀頼公に従うため帰国いたす者が多くなるでやあらあず」

長政は家康の意を察した。

「仰せのごとくにございまする。清洲侍従がもし秀頼公に弓引くわけには参らぬと、おらびたてなば、三成憎しと思うておる者も、内府さまのもとを離るる仕儀とあいなるやも知れませぬ」

「そのことだで。あやつがいらざることを申さぬよう、今日のうちにそなたに説きふせてもらいたいのだがや」

「あいわかってござりまする」

長政はただちに宇都宮に宿陣している、福島正則のもとへ出向いた。

尾張清洲二十四万石の城主である正則は、加藤清正と同様に北政所に育てられた。淀殿派の石田三成を蛇蝎のように嫌っているが、秀吉の甥であるため、秀頼に敵対することはない。

戦場では勇将としてのはたらきをかさねてきたが、秀吉のような智謀にめぐまれていない彼が軍議の座で、三成打倒のためであっても、豊臣家に弓ひく行動をとることはできないと主張すれば、家康のもとをはなれる大名が続出するであろう。

もし彼が家康と同調する意志をあきらかにすれば、秀頼への義理をおもんぱかり、去就に迷っている大名たちも、決断しやすくなる。

黒田長政は正則に会い、その意中を探ろうとした。

「さきほど内府より急使をうけ、ご本陣へ参向いたすところだが、貴公とは無二の朋友ゆえ、そのまえに立ち寄った。明日は軍評定がひらかれるが、貴公の心底を隠さず申されよ」

正則は案の定、今後の方途に迷っていた。

「上方の様子もしかと分からぬいまは、かるがるしく口をきけぬでなん」

彼は大坂での三成の挙兵は、秀頼を奉じてのことではないかと見ていた。

三成に私怨はあるが、秀頼に敵対するわけにはゆかないと考えている。長政は正則を説き伏せようとした。

「上方にて内府追討の兵をあげしは、たとえ秀頼公をいただくとも、治部少（三成）が才覚なるはまぎれもなし。去年、治部を佐和山へ追いこめしわれらが、いまさらあやつに加担できるわけもない。貴公は儂とともに内府に同心召されよ」

福島正則は、大坂に残してきた子女の身上を気づかうとともに、石田三成とあらそうことで、秀頼に楯つく結果となるのを懸念している。

長政は正則の不安を払うため、ひたすら説いた。秀頼公は幼少で、このたびの合戦を下知されるようなことはない。また人質のことをいうならば、もし家康のもとを離れ、上方へ戻るときは、いま当地へ同行している嫡男刑部正行を、人質として江戸城に留め置かれよう。

「いかがいたすかのん。これは思案に迷うだがや」

逞しい背をかがめ、腕を組み考えこむ正則に、長政は決断を迫る。

「内府に就けば、三成ごときが寄せ集めし上方勢に勝つは必定じゃ。儂は合戦に勝ったのち、貴公に渡す褒美の誓書を内府から貰うてやるつもりじゃ」

正則は、ついに家康に味方すると決めた。

七月二十五日、上方諸大名が家康本陣に集まった。家康はまず近習を評定の場に出向かせ、つぎのような事情を申し渡させた。

「あなたがたが、いずれも大坂城下に置かれている妻子がたを、このたび石田三成、大谷吉継によって、その人質として大坂城へ入れられるということで、いたしかたもない。大坂方に味方しようと判断される方々は、上方へお帰り下さい。一戦ののち、内府さまが三成どもを打ち負かしたのち、大坂方に協力した方々をも、すこしもわけへだてなくお扱いなされるでしょう」

満座の大名たちは、しばらく互いに相談するうち、その多くが言い出した。

「かりにも秀頼公に弓引くごときふるまいはいたせぬゆえ、まずは大坂へまかり上るといたそう」

家康が危惧した通りの状況となった。このとき、福島正則が大音声で諸大名に呼びかけた。

「この左衛門大夫が存念を申しあげるならば、治部少輔と一味つかまつる筋目はござらぬ。たとえ人質を殺さるとても、捨てるよりほかはなしと、覚悟いたしてござるだわ。内府殿は秀頼公に異心なく、されば治部少を討ちとって然るべく、それがしは上方へご先手をつかまつる」

黒田長政、細川忠興ら、家康と同心の客将たちは、正則に同調した。

このため、去就に迷っていた大名たちは、一転して関東方に就くこととなった。家康のもとを離れたのは、信濃上田城主真田昌幸、美濃岩村城主田丸忠昌の二人だけであった。

大坂城の西軍は、伊勢、美濃方面へ出陣して、東軍が西上してくるまでに、優位の態勢をとろうとしていた。

西軍の猛将小野木公郷は、一万五千人の軍勢を率い、細川忠興の父幽斎がたてこもる丹後田辺城を攻撃している。

大坂から三十三里はなれた田辺城は、北に海をひかえ、三方に険しい山をめぐらす要害で、わずか五百余の城兵がたてこもっているだけであるが、容易に落ちない。西軍の将兵には闘志が乏しく、城中から矢玉を浴びせられると、我責《がぜ》めをやめ、持久戦にきりかえた。

伊勢方面の戦況も、はかばかしくなかった。

毛利輝元の養子秀元と吉川広家、長束正家、安国寺恵瓊ら三万余人が出動しているが、なにほどの戦果もあげていない。

吉川広家は東軍に内通しているので、毛利秀元とともにあえて戦果をあげようとしない。

石田三成は、八月九日に六千七百人の軍兵を率い、佐和山城を発して美濃垂井におもむき、大垣三万四千石の城主伊藤盛正に命じ、城を明け渡させ、十日に大垣城へ入った。

美濃の諸大名は、岐阜城の織田秀信以下二十五城主が西軍に就いたが、事務官僚の三成は、西軍指揮官としての信頼をあつめていない。

三成は東軍進攻をまえに、西軍副大将宇喜多秀家の大垣来着を要請した。秀家は八月十五日に大坂を離れ、伊勢へむかう予定であったが、三成の急使をうけ、桑名から方向を転じ、大垣城へむかい、二十三日の午後入城した。

尾張清洲城附近に、八月中旬までに集結していた五万余の東軍は、二十一日に行動をおこし、二十二日に竹ケ鼻城、二十三日に岐阜城を陥れた。岐阜城攻めの東軍のなかに、宇喜多家元仕置家老、戸川逵安がいた。

逵安は八月十八日付で、宇喜多家仕置家老の明石掃部頭に、つぎの書状を送った。

「私は家康に属し、尾張国清洲に着陣した。あなたが西軍の先手衆として、伊勢へ出向いていると聞き、手紙を送ることにした。

今度の合戦は内府が勝ち、秀家は滅亡するだろう。当方では秀家の子八郎秀隆を内府の婿として、家門を存続させるとの動きがある。私も宇喜多家が破滅するのは本意ではない。

だが、秀家が統治するかぎり、宇喜多家は存続しないと、天下に知れ渡っている。よく分別してほしい。あなたには悪意を抱いていない。私は母と子女を大坂へ置いてきたが、内府のために死ぬ覚悟である」

家康は、宇喜多家中騒動の際、戸川逵安二万五千六百石、浮田左京亮二万四千七十九石、岡豊前守二万三千三百三十石、花房志摩守一万四千八百六十石の、四人の家老を追放処分にした。

だが戸川の書状によれば、浮田左京亮は坂崎出羽守直盛と名をかえて東軍に加わり、岡、花房も、間もなく家康の麾下に参向するということである。

明石掃部頭は、家中騒動の裏面に家康の陰謀があったことを知った。掃部頭は戸川逵安に返書を送った。

「当方では、このたびの戦には秀頼さまが勝つと考えている。秀家家中の外聞がわるくなったのは、あなたがたの覚悟がゆきとどかなかったためである。お聞き及びかも知れないが、上方で名の聞こえた侍たちを大勢召し抱えたので、お気づかいして頂かないでもよろしい。内府のために死ぬとの覚悟は立派である。あなたの妻子は大和郡山におられるので、ご安心下さい」

宇喜多秀家が大垣城に入城すると、石田三成はおおいによろこび、兵粮、茶菓を陣所へ届けた。

秀家は、岐阜城を陥れて大垣に迫る東軍を急襲すべきであると、意見を述べた。

「勝ちを制するは、逸をもって労を制するにあり。敵は今夜、岐阜、合渡《ごうど》の戦に疲れおりしなれば、今夜のうちに押し寄せなば、勝利は疑いをいれず」

逸とは、気をはやらせる精兵である。

三成は秀家の軍略を、うけいれるべきであった。岐阜城攻めに疲れはてた東軍は、大垣城で満を持している西軍の急襲を支えられなかったであろう。

だが、三成は夜討ちに同意しなかった。

「この辺りは水田が多きゆえ、夜討ちに多き人数をはたらかすは、不利と存ずる」

石田三成は、東軍が大垣城に間近の赤坂村に至って、攻撃の態勢をあらわさず、垂井、関ケ原に放火したので、佐和山城が攻められると判断した。

彼は大坂城の総大将毛利輝元と敦賀の大谷吉継に急使を送り、至急の出馬を要請した。

だが、大坂への使者は東軍に捕斬され、輝元に書状は届かなかった。

三成は伊勢に進出していた西軍をも、大垣へ集結させようとした。伊勢の西軍三万余人は、八月二十五日に安濃津城を攻略した。

このとき、吉川広家隊三千人は、先手として城方の銃火が集中するなか、正面からの突撃をくりかえし、戦功をたてた。戦死者は侍五十一人、中間一人、怪我人は百二十六人であった。

吉川隊が、安濃津城外曲輪を占領するめざましい手柄をたてたのには、理由があった。吉川広家が、西軍諸将から疑惑の目をむけられていたのである。

「広家は、伏見攻めのときにもはたらかず、伊勢に入りしのちにも、いかにも力なき進退をいたしおるぞ」

「いかさま、あやつは黒田長政と昵懇の仲ゆえ、ひそかに内府に通じおるやも知れぬ」

広家は西軍諸大名に監視の目をむけられ、やむをえず安濃津城攻めに、我責めをおこなったのである。

八月二十五日、美濃赤坂に宿陣していた黒田長政は、吉川隊奮戦の情報を得て、おどろいて広家に密書を送った。

「まえまえから申しあげているように、毛利家存続を専一にご分別されたい。たしかな返事を待っている。内府公ははやばやと駿河府中まで出馬されている」

黒田長政は、広家の変心をおそれていた。広家が家康への内通を思いなおし、西軍の戦力としてはたらくようになれば、東軍はいちじるしく不利となる。

まだ江戸城にいる家康が、駿府に到着したと偽りをいったのは、広家をひきとめたいためであった。

江戸城にいる家康は、次男の結城秀康と伊達政宗を上杉景勝と対峙させ、八月二十四日に秀忠を信濃へ進発させた。秀忠は榊原康政、本多正信ら三万八千余人の兵を率い、信濃から木曾、飛驒、美濃の東山道（中仙道）を西上して、上方へむかうのである。

家康は八月二十七日、東軍が岐阜城を攻略したとの注進をうけ、出馬をきめた。

九月朔日、家康は江戸城を出陣した。彼が率いる士卒は三万二千七百余人である。

人数は大軍団であるが、すべてが旗本衆で、万石以上の大名がいなかった。そのため、戦場で組織的な行動をとれない、いわば防衛部隊であった。徳川家の実戦部隊は秀忠が率いている。

家康は、秀忠が九月十日頃に美濃の戦場へ到着するであろうと予測していた。だが秀忠は真田昌幸のたてこもる信濃上田城を攻め、進軍の予定が大幅に遅れた。

秀忠が、頑強に抵抗する上田城攻略を断念し、小諸を発して美濃へむかったのは、九月十日であった。

家康は東海道を順調に西上し、九月八日には遠州中泉から白須賀へむかっていた。その日、西軍の毛利秀元、吉川広家、安国寺恵瓊、長束正家、長宗我部盛親ら三万余人が、美濃南宮山に着陣した。

宇喜多秀家は、西軍副大将として石田三成の反対を押しきり、赤坂の徳川勢を攻撃すべきであったが、戦機を見逃し、大垣城にとどまっていた。

総大将の毛利輝元もまた、大坂城にとどまり、美濃の戦況に対応して全軍を動かす能力がなかった。そのため、大垣城に集結した四万の西軍のあいだでは、今後の作戦を誰が指揮するのであろうかと、不安の声がたかまっていた。

「治部少（三成）は奉行であろうが。それが総大将、副大将をさしおき、戦の指図をいたすつもりか。内府に相手をいたすは無理というものじゃ」

「われらは、治部少に命を預けて取り合いをいたさねばならぬのか」

大垣城の石田三成は、家康西上の噂がさかんに聞こえてきたので、九月十日、毛利輝元に書状を送り、秀頼を奉じて出馬するよう懇請した。

書状は輝元の手に届いた。輝元はただちに出陣支度をはじめた。

「内府が美濃へ出てくるなら、儂も馬を出さにゃいけん。秀頼公を押したてていくけえ、あやつどもはじきに尻尾を巻いて逃げて去《い》によろうが」

輝元は、九月十二日か十三日に出馬するつもりであった。まず佐和山城へ入るのである。このとき出陣しておれば、東軍はきわめて不利な状況に置かれたであろう。

だが、輝元は出陣しなかった。徳川の間者が放ったであろう、増田長盛が東軍に内通しているとの流言に、惑わされたためである。

東軍は、赤坂附近に野陣を張ったのち、二十日間ちかく動意をあらわさないでいるが、大垣城の西軍諸将は、敵がどのような意図を抱いているか不審に思うばかりであった。

石田三成は、九月十二日付の増田長盛にあてた書状で、味方の将兵は萎縮しているようであると告げている。士気が衰え、敵との接触を避けたがっており、脇坂安治が東軍に内通しているなどと、不安な噂ばかりが飛びかっていた。

味方の態勢がととのえば、二十日間ほどで敵を撃退する手段はいくらもあるが、いまのように沈滞している有様では、結局謀叛人があいついで出るのではないかと、三成はいっている。

彼は、東軍が赤坂村附近に宿陣したまま行動をおこさないのは、西軍と同様に軍議がまとまらないためであろうと推測したが、敵は家康の来着をひたすら待っていた。家康が着陣すれば、ただちに決戦の火蓋を切る支度をととのえている。

家康は九月十四日の午の刻（正午）に赤坂に到着した。赤坂村から南宮山が見える。南宮山東麓から、その東方栗原山岡ケ鼻にかけて、毛利秀元、吉川広家の一万六千人、長束正家の千五百人、安国寺恵瓊の千八百人、長宗我部盛親の六千六百六十人が布陣していた。

家康は岡山という丘陵のうえに本陣を置き、大垣城にむかい金扇馬標《うまじるし》ひとつ、葵の章旗七旒《りゅう》、白旗二十旒を立てた。

宇喜多秀家は、石田三成とともに偵察に出た。大垣城と岡山のあいだは、約五十町である。斥候が注進した。

「赤坂のあたりに人数がおびただしく、白旗が立っておりますれば、内府が参りしにちがいありませぬ」

秀家たちは半信半疑であったが、やがて東軍の陣中に、家康の持筒頭渡辺半蔵がいると分かった。半蔵は家康の側近であるため、単独で出陣することはない。かならず家康がきている。

石田三成の家老島左近と蒲生郷舎が、先制攻撃をしかけるよう進言した。このままでは味方の気勢があがらず、士気が沈滞するというのである。三成と秀家は、左近に同意した。

島左近、蒲生郷舎は、五十余人を率い、東軍に攻撃をしかけた。明石掃部頭、本多但馬が八百余人を率い、後方に待機する。

島、蒲生隊は、東軍陣所前面の田畠《でんぱく》薙ぎをはじめた。彼らの挑発に、東軍中村一栄隊が応じた。中村隊の士卒が柵を出て、ときの声をあげ押し寄せてきた。

島、蒲生隊はしばらく戦ううち、しだいに後退をはじめた。中村隊が深入りすると、宇喜多の伏兵が林中から湧くようにあらわれ、退路を断つ。

中村一栄の隣に布陣していた有馬豊氏の士卒が、応援に駆けつけたが、東軍は死傷者が続出し、形勢不利となった。

家康は本多忠勝に命じた。

「そのほう、人数を引きあげさせよ」

忠勝は鉄砲足軽三十人を率い、彼我入り乱れて戦う横手から、西軍に猛射を浴びせ、敵味方が距離をひらいた機をとらえ、采配を振って中村隊、有馬隊を退却させた。

家康は岡山本陣で軍評定をひらいた。彼は決戦を一時も早くおこなわねばならないと考えていた。

大垣城を攻囲すれば、八万足らずの東軍兵力では長期戦になる。ぐずついていては、大坂から毛利輝元が秀頼を奉じて出陣してくる。そうなれば、家康に勝ちめはなかった。東軍のうち、豊臣恩顧の大名たちが、秀頼に矢をむけることはない。

家康が小山で石田三成挙兵の報をうけた七月二十四日から、九月十四日までのあいだに、外様の諸大名を味方に誘うため送った書状は、確かめられるものだけで百五十五通、八十二人にあてている。

彼らの大半は家康に心を寄せているが、秀頼が出陣してくれれば、戦意を失うにちがいない。彼らの主人は秀頼で、家康ではない。

家康はかつて、三十一歳の彼が五十二歳の信玄に浜松城から三方ケ原へおびき出されたように、三成を大垣城から引き出さねばならない。

家康は軍評定の座で、攻撃方針をつぎのように定めた。

「急に大垣を攻めるのも良策だで。しかし備前中納言（秀家）が大将となり、石田、長束、大谷らがその下知を受けるには、この城はたやすく抜けぬだわ。備前の兵は、戦いのはじめはおだやかなるように見ゆれども、しだいに激してくれば、一歩も退かざる粘り腰をあらわすゆえ、相手といたさば難物だでなん。されば、大垣を取り巻く人数をとどめおき、本軍はまず佐和山を抜き、ただちに京都へ出ずれば、必勝疑いなし。

いずれも明朝をもって発し、沿道の敵を打ちやぶりて、大坂をめざされよ」

評定のあと、陣触れが諸隊に発せられた。家康は作戦行動を秘匿することなく、足軽、中間から小荷駄人足にまで知らせた。東軍が佐和山をめざすとの噂を、大垣城の西軍に聞こえさせるための策である。

西軍のうち、もっとも強力な軍団は宇喜多勢であったが、毛利秀元、小早川秀秋も、秀家と比肩しうる兵力を率いている。

東軍を率いる家康に対抗しうる野戦の経験をかさねた将器は、西軍に島津惟新ただひとりがいるのみである。だが、惟新は領内に叛乱があり、率いてきた兵力はわずか千五百であった。

石田三成、大谷吉継は参謀で、大軍を指揮する大将の器ではない。

三成は大谷吉継と相談し、大垣、南宮山、関ケ原に分かれて宿陣している西軍の総力をあげ、赤坂の東軍を攻撃する策をたてた。

徳川秀忠の率いる徳川勢主力の戦場到着が遅れているいまが、決戦をしかける好機であると見たのである。

だが、九月十四日の午後になって、大谷吉継の急使が大垣城に駆けこんできて、決戦中止を求めてきた。

「筑中（小早川秀秋）の逆意顕然たれば、到底大垣にて必勝の戦をなしがたし。すみやかに関ケ原へ退き、後図を期せよ」

関ケ原松尾山に布陣する小早川秀秋が、謀叛の徴候をあらわしているというのである。

石田三成は、大垣在城の諸将と相談し、急使を派遣して、小早川秀秋を松尾山本陣から軍議にことよせておびき寄せ、大垣城内に監禁しようとした。

だが使者は日没ののちも戻ってこなかった。

小早川秀秋は、秀吉正室北政所の兄、木下家定の子で、三歳になったとき、秀吉の養子となり、羽柴秀俊と名乗った。

一時は秀吉の後嗣と見られたこともあったが、文禄二年（一五九三）に秀頼が誕生したため、小早川隆景の養子となり、秀秋と改名した。

毛利輝元の養女を妻に迎えた秀秋は、筑前、筑後、肥前三十五万石の太守となった。朝鮮陣には日本軍の大将として出征したが、血気にはやり軽率な行動があったとして、慶長三年に秀吉の咎めをうけ、越前北ノ庄十六万石に減封の処分を受けた。

秀秋が罰されたのは、石田三成ら五奉行が、その行動を秀吉に注進したためである。秀秋は処分を受けてのち、三成を憎んでいた。

彼は秀吉の没後、慶長四年に家康の斡旋により、五大老の承認をうけ、旧領筑前、筑後の返還をうけた。このため、家康に好意を抱いている。

西軍に加わったのは、本家の毛利輝元が総大将となったためであったが、戦意は乏しかった。秀秋は伏見城陥落ののちは、戦線に姿をあらわすことなく、病と称し、近江石部附近に宿陣していた。

小早川勢の兵力は、一万六千人である。秀秋が東軍に味方するのではないかと、石田三成ら西軍諸将は怪しんでいた。

秀秋の重臣平岡頼勝は、東軍黒田長政の縁者である。頼勝の妻は、長政の母の姪であった。長政は秀秋を東軍へ誘い、秀秋は応じて、家康に内通の意志をかためていた。彼にとって、秀頼、三成はともに戦うに忍びない存在であった。

十九歳の秀秋が、三成の再三の要請を無視できず、関ケ原に到着したのは九月十四日の午後である。彼は東軍の黒田長政のもとへひそかに人質を送り、大谷吉継が、その情報を探知した。

西軍は秀秋を謀叛させまいと、小早川陣所へ、安国寺恵瓊、大谷吉継、石田三成、長束正家、小西行長ら五人が連署する、つぎのような四カ条の誓書を、届けた。

一、秀頼公十五歳になられるまでは、関白職を秀秋卿へ譲り渡すべき事。

二、上方御賄《まかない》として、播磨国一円にあい渡すべし。もちろん筑前は前々のごとくたるべき事。

三、江州において十万石ずつ、稲葉佐渡守、平岡石見守（いずれも家老）両人に秀頼公より下さるべきこと。

四、当座の音物《いんもつ》として、黄金三百枚ずつ、稲葉、平岡に下さるべきこと。

秀秋を関白職につけ、播磨を与え、両家老に十万石ずつ与えるのは、破格の厚遇である。

家康も九月十四日付で、本多忠勝、井伊直政が署名したつぎの誓書を、平岡、稲葉に送った。

一、秀頼に対しいささかもって、内府（家康）御如在あるまじきこと。

一、御両人、別して内府に対せられ御忠節のうえは、以来内府御如在に存ぜられまじく候こと。

一、御忠節あいきわめ候わば、上方において両国の墨付、秀秋へ取り候て進むべく候こと。

秀秋が西軍に参加した行動は、すべて許し、平岡、稲葉がかねて家康に忠節をつくしていることをよろこんでいる。

今後、家康に忠義をつくせば、秀秋に上方で二カ国を与えるという内容である。

秀秋は標高三百メートルの松尾山に布陣したまま動かなかった。

大垣城では、暮れ六つ（午後六時）を過ぎた頃、東軍が佐和山城をめざし、さらに大坂へむかうとの情報を得て、諸将が軍議をおこなっていた。

席上、三成の家老島左近が、関ケ原に出撃して、東軍と戦うべきであるとの意見を述べた。

東軍が近江、大坂へむかうには、中山道をとり関ケ原を通過しなければならない。関ケ原は、北方に伊吹、南方に鈴鹿の山系、西に今須山、東に南宮山をひかえた、約一里四方の盆地であった。

関ケ原には、すでに西軍が着陣していた。関ケ原西南の山中村に大谷吉継、戸田重政、平塚為広の千五百人。彼らと藤川をへだて中山道沿いに吉継の子、吉勝の二千五百余人と甥木下頼継の千余人がいた。

南宮山には、毛利秀元、吉川広家、長宗我部盛親、長束正家、毛利勝永、安国寺恵瓊ら三万余人。松尾山には小早川秀秋の一万六千人。

松尾山の麓には、脇坂安治、朽木元綱、小川祐忠、赤座直保ら四千二百余人が配置されている。

島左近は、大垣城を出て彼らと合流し、東軍との決戦を敢行し、一挙に撃破すべきであると主張した。

西上する東軍の前途をはばみ、有無の一戦をおこなうには、関ケ原の友軍は心もとない陣立てである。

南宮山の毛利秀元、松尾山の小早川秀秋ら主力を率いる指揮官は、いずれも若年で、大軍をもって野戦にのぞんだ経験がないため、家康に対抗できないであろう。

左近は、味方が関ケ原と大垣城に分かれ、各個撃破の憂き目にあうことを避けるため、東軍に先行して大垣城を出て、関ケ原にむかうべきであるという。

宇喜多家仕置家老、明石掃部頭が同調した。三成、秀家も、関ケ原で東軍と決戦する正攻法をとるべきであると判断し、諸軍に陣触れを発した。

「今夜のうちに城を出て、関ケ原へ移る。提灯、松明を用いず、栗原山の味方の篝火《かがりび》をめあてに進め」

島津惟新は、三成、秀家の方針に反対した。彼はいますぐに、城内の兵力をもって家康本陣をめがけ、夜襲すべきであると主張した。

だが三成は家老島左近の意見をあくまでも尊重し、惟新の積極策をとらなかった。夜討ちは、小勢で大軍へしかけて成功した例はあるが、大軍をもって小勢にしかけた例はない。明日、堂々と関ケ原で大会戦をおこなうべきであると、しりぞけたのである。

島津惟新は激怒した。わが戦法を用いず、島左近のような小身者の戦法を尊重する三成のために、はたらくことはない。関ケ原へ出て、東軍との戦いがはじまっても、傍観しようと、覚悟をきめた。その結果、自隊が全滅してもやむをえないと、意見を通すつもりになった。

家康は、三成、秀家が大垣城を出て、関ケ原へむかうのを、待ちわびている。南宮山に布陣する吉川広家は、日没後、井伊直政、本多忠勝、黒田長政、福島正則が連署した起請文を受け取っていた。内容は、つぎの通りである。

一、家康は輝元に対し、いささかもわだかまりを持たない

一、吉川広家と、毛利家家老福原広俊は、家康にとりわけ忠節を尽くされているので、今後も家康へ忠節を尽くされたうえは、家康直書の墨付を、輝元に与えよう

一、毛利家の領国は、現状のままですべて認めよう

今後なおざりの扱いはしない

吉川広家は、この起請文《きしようもん》をもらい、こおどりしてよろこんだ。毛利家存続の保障がなされたと考えたためである。

広家は猛将であったが、考えが甘かった。家康が戦に勝ち、専制君主の座につけば、輝元を厚遇するか否かは、彼の判断にかかることであった。

吉川広家が、毛利家の安泰をはかるならば、輝元に秀頼を奉じての決戦をすすめるべきであった。

西軍に家康への内通者が多く、野戦をおこなうのが危険であれば、大坂城にたてこもればよい。そうなれば、家康は和睦をはかるよりほかに、とるべき道はなかった。

その場合、西軍総大将の輝元は、家康と対等以上の立場で、和睦交渉にのぞむことができたであろう。

石田三成もまた、広家と同様に状況判断に手抜かりがあった。彼は佐和山城と大坂城の間にあって、東海道、東山道、北国街道に通じる交通の拠点大津城を、毛利輝元の叔父元康、筑後柳川城主立花宗茂らの率いる西軍最精鋭一万五千人に、攻撃させていた。

東軍に属する大津城主京極高次は、三千の城兵とともに、必死の防戦をつづけていた。

大津城は九月十三日に二の丸を落とされた。

三井寺観音堂から発射した、西軍の三百匁玉筒の砲弾は、天守閣の柱を吹き飛ばした。

大津城は、あと二日ともちこたえられない状態である。

立花宗茂ら九州の精鋭が、西軍主力と合流すれば、あたるべからざる勢いとなる。三成は彼らを待って、東軍との合戦をおこなうべきであったが、家康の策に乗ぜられた。

大垣城の西軍が、関ケ原へむかいはじめたのは、戌の上刻（午後七時）頃であった。大垣城に残るのは、福原長尭《ながたか》ら七千五百余人である。

一番石田隊六千人、二番小西隊四千人、三番島津隊千五百人、四番宇喜多隊一万七千人である。

松明をともさず、馬に枚《ばい》を嚙ませた隠密行動であった。日没後降りだしてきた雨は、しだいに勢いを増していた。

栗原山の長宗我部隊陣所の火光が見えてきた頃、豪雨となった。三成は関ヶ原へ着陣する途中、南宮山東麓の長束正家、安国寺恵瓊の陣所へ立ち寄り、翌日の合戦の手筈を決めた。狼煙《のろし》によって連絡を取り合い、進退するのである。

ついで松尾山麓の小早川陣所に寄って、秀秋の家老平岡頼勝に会い、翌日の手筈を打ち合わせる。三成はさらに関ヶ原西南、山中村の大谷陣所に寄り、吉継と会った。

吉継は三成がくる前に、小早川秀秋をたずね、謀叛の兆しをあらわしたときは、ただちに攻撃すると威嚇していた。

家康は、東軍が宿陣している赤坂村のはずれの、岡山頂上に置いた本陣で床についていた。翌日には佐和山にむけ進撃すると陣触れを発しているが、内心では大垣城の西軍が行動をはじめるのを待っている。

家康は、三成がかならず彼の挑発に乗り、大垣城を出て関ヶ原の西軍と合流し、東軍の前途をさえぎろうとするに違いないと予測していたが、不安は胸にわだかまっている。

もし大垣城の西軍が動きをあらわさなければ、戦況は不利となる。美濃への到着が遅れている秀忠勢を待ち、長陣《ながじん》に持ちこまねばならない。そうなれば、容易に勝機をつかめなくなるであろう。

家康は陣所の床のなかで、睡れないまま今後の戦法につき、さまざま思いをめぐらせていた。屋根をうつ雨音がしだいに繁くなってくる。秋雨が降った翌朝は、関ケ原一帯に濃霧が湧く。

——明日が勝負どころだわ。大垣から治部少らを誘い出せぬなら、しばらくはこの辺りにとどまらねばなるまいでや——

家康が思案をかさねていた丑の上刻（午前一時）頃、美濃曾禰城主西尾光教が、本陣へ駆け込み、急を知らせた。

「大垣より、大坂方の人数が出勢いたしおりまする。行く先は関ケ原にござりまする」

光教の斥候が、西軍の闇夜の隠密移動を探知したのである。

つづいて福島正則の家来、祖父江法斎が駆けつけ、西軍移動を注進した。家康ははね起き、麾下諸隊に関ケ原への急行を命じた。

夜が更けるとともに強まる風雨のなか、待機していた東軍諸隊は、あいついで中山道を西にむかった。

東軍先頭は、二縦隊となった。左手は福島正則隊、右手が黒田長政隊である。加藤嘉明隊、藤堂高虎隊があとにつづく。

家康が陣所を出るまえ、小早川秀秋陣所へ使者として出向いていた、黒田長政の家来が戻り、秀秋の返書をさしだした。

家康は、本陣に参向している諸将に、大音声で告げた。

「筑前中納言が裏切りいたすの返書が参りしぞ。これにて今日の勝ち戦は疑いなし」

家康は馬に乗り、関ケ原にむかい駆け出した。

彼は東軍の勝利を信じているが、吉川、小早川が寝返りするか否かは、戦況しだいであると見ていた。緒戦で西軍が東軍を圧倒する勢いをあらわせば、彼らは日和見をして、寝返りをためらうであろう。

家康はこの一戦に命を賭ける覚悟をきめていた。


丑の上刻（午前一時）頃、石田隊は関ケ原西北隅の笹尾山に本陣を置く。笹尾山南麓には、織田信高ら二千余人が着陣した。

石田陣所には、一貫匁玉筒など五門の大筒が据えられた。島津隊、小西隊が、それぞれ石田陣所の右手に布陣したのは、寅の七つ（午前四時）頃であった。

宇喜多秀家が大兵を率い、小西隊右手、天満山前面の高所に二段の陣を置いたのは、卯の上刻（午前五時）過ぎである。

大谷吉継は、宇喜多隊左翼をかためる。吉継は中山道の南北に展開する本陣六百人、嫡子吉勝、平塚為広ら五千余人、松尾山麓に布陣した脇坂安治、朽木元綱ら四千二百余人をあわせ、一万八百余の兵力で、小早川勢一万六千人が寝返ったとき対抗するつもりであった。彼は脇坂、朽木らが東軍に内通しているのを知らない。

宇喜多隊の後尾についた小荷駄の人馬が、関ケ原に到着する直前、濃霧のなかで福島隊と接触した。

雨はやみかけていたが、一間先も見分けられない霧がたちこめている。東軍は動きをとめ、中山道沿いに待機し、斥候を放って西軍の配置を探った。

天満山の麓に布陣した宇喜多秀家は、霧の帷《とばり》のなかを近づいてくる人馬の気配に、耳をかたむけていた。

家康は、決戦の勝敗が南宮山の毛利、吉川と松尾山の小早川の向背如何にかかっていると判断し、本陣を桃配《ももくばり》山に置くことにした。桃配山は南宮山と松尾山の中間に位置しており、双方の陣所へ尾根伝いに伝令を走らせることができる。

家康本陣には、三万余人の旗本勢が密集した。東軍先手の福島正則隊六千人は、中山道の南へ深くいりこみ、宇喜多隊の正面に布陣する。

夜があけてくると視界がひらけてきた。五十間先がようやく見えるほどになり、しきりに濃淡が動くようになると、突然百間も百五十間も先まで見渡すことができる。

宇喜多秀家は床几に腰をかけ、士卒がどよめく声に霧のはれ間に眼をこらすと、正面に林立する東軍の旗幟がおぼろに見えた。

彼は傍にひかえる本多正重、長船吉兵衛、延原土佐ら幕僚たちに声をかける。

「われらと向かいおうておるんは、いずれの衆じゃ」

だが、霧はたちまち濃密にたちこめ、視界をとざす。

鉄砲が霧のなかで鳴りはじめた。敵の姿を見分けられないままに、気をはやらせた足軽たちが発砲するのである。

東軍に属する豊臣恩顧の大名たちは、西軍を眼前にすると、欲につられ、道義心を忘れていた。この一戦に勝てば、莫大な恩賞を手中にできる。

西軍の宇喜多、石田、小西らを打倒すれば、平時では望み得ない加増にあずかる。秀頼の立場が弱体となるかも知れないと、顧慮するためらいも、しだいに薄れていった。

宇喜多秀家隊の正面に進出した東軍福島隊の北側に田中吉政隊三千人、筒井定次隊二千八百五十人が並んで布陣した。

藤堂高虎隊二千五百人、京極高知隊三千人は、中山道の南に出て、松尾山、山中村の西軍とむかいあう。

東軍二番備えの細川忠興隊五千人、加藤嘉明隊三千人、戸川逵安隊（人員不明）は、中山道北方の北国街道沿いに布陣する。

黒田長政隊五千四百人、竹中重門（半兵衛弟）隊（人員不明）は、笹尾山、天満山の西軍と対峙する。

三番備えの松平忠吉隊三千人、井伊直政隊三千六百人、本多忠勝隊五百人、織田有楽斎四百五十人、古田重勝隊千二十人は、十々女《つづら》ヶ池附近に展開した。

桃配山家康本陣の前面には、寺沢広高隊二千四百人、金森長近隊千百四十人、生駒一正隊千八百三十人が、遊軍として着陣した。

関ヶ原に集まった東軍総数は、七万五千人であった。ほかに南宮の西軍に対し、池田輝政隊四千六百人、浅野幸長隊六千五百人、山内一豊隊二千余人、有馬豊氏隊九百人が、中山道沿いに長蛇の陣を敷く。

彼らは、大垣城を包囲している堀尾忠氏ら一万二千余人の友軍とともに、東軍が敗北したときの退路を確保する任務にあたるのである。

桃配山の家康本陣と、石田隊、小西隊、宇喜多隊、大谷隊の陣所との距離は、一里ほどであった。

家康は濃霧のなかで、彼我の対峙する状況を観察できず、いらだっていた。家康の旗本たちは勇みたち、馬を乗りまわす。

野々村四郎右衛門という侍が、はやる馬を制御できず、家康の床几の前へ乗りだした。家康は怒って刀を抜き、横に薙ぎはらう。

野々村の体に刀はあたらず、彼はそのまま逃げ去った。家康は逆上して、側に立つ小姓の背に負う差物《さしもの》を、差物筒の際から斬った。

威嚇するためであったので、刀は差物の竿を切断しただけで、小姓の身には及ばなかった。

やがて、前方でくりかえしときの声があがったが、霧のなかで三間、五間と進退する小競りあいであった。

東軍は高所に布陣する敵を、平坦地へ引きだそうとする。西軍は敵を麓へおびきよせようとする。たがいに牽制しあうばかりで、戦いは進展を見せない。

家康は早急に決戦に持ちこもうと、気がせいた。彼は赤坂から関ヶ原へ出向く途中、大津城が前夜のうちに陥落したとの急報を受けていた。

大津から明日にも猛将立花宗茂らが関ヶ原に駆けつけてくれれば、東軍の勝機は去る。

家康は四男の、武蔵忍《おし》十万石城主松平下野守忠吉と、井伊直政を呼んだ。二十一歳の忠吉の妻は、直政の長女である。

家康は二人に命じた。

「今日は天下分け目の戦にて、ぐずついてはおられぬだわ。下野守が一番駆けをなし、兵部は見届け役をいたせ」

松平隊三千人と井伊隊三千六百人は、関ヶ原に到着した徳川勢の、唯一の実戦部隊であった。二隊のうしろにひかえる本多忠勝は、本隊を秀忠の麾下にゆだねているので、五百人の部下を率いるのみである。

開戦に先立ち、福島正則は先陣をつとめようと、殺気立っている。このような形勢のなかで、家康が一番駆けを忠吉に命じたのは、秀忠の率いる主力が到着していない、徳川勢の面目を保たしめるためであった。

忠吉、直政は、騎馬侍三十騎を連れて、福島隊を追い越そうとした。福島隊先鋒の可児才蔵が、直政のまえに立ちふさがる。

「御先手は福島と、さだめられてござれば、引き返されい」

直政はおちついて答えた。

「われらは先陣をつかまつるにはあらず。忠吉さまのお供をして、物見いたすよう、内府公よりお下知をいただいたのだで。敵も間近にて、小勢というわけにも参らぬゆえ、かようの人数できたしだいじゃ」

宇喜多秀家は、赤地吹貫の大馬標、紺地に児の字の紋をえがいた軍旗を押したてている。彼は、霧のはれ間に、一団の敵勢が接近してくるのを見た。あざやかな朱色の具足をつけている。

「あれは井伊の赤備えか」

床几から立とうとしたとき、幕僚たちが肩をおさえた。

「鉄砲玉が飛んで参りまする」

赤備えの兵が横列に並び、鉄砲を撃ちかけてきた。

「それ、押してきようたが。突き伏せよ」

宇喜多の先手が猛然と銃撃をはじめた。

しだいに霧がはれてきた。

宇喜多隊は全隊を五段に構えている。左前方、中山道の北側から暴風のような銃砲撃がはじまった。鉄楯に身辺を守らせている秀家も、空中を縦横に擦過する銃弾が、眼に見えるような気がして、思わず身をかがませる。

明石掃部頭が、銃声とときの声の湧きたつなかで、喚きたてた。

「あれを見よ。左手《ゆんで》より押してくるは左衛門大夫（福島正則）じゃ。太閤が大恩を忘れし阿呆の首を取れ」

霧のはれ間に、福島正則の銀の芭蕉葉の大馬標が、揺れながら迫ってくる。正則自身が陣頭に立っているのである。

秀家は、豪雨のように降りそそぐ銃弾のなかで仁王立ちになり、大音声で叫んだ。

「押せ、押せ、総攻めじゃ。貝を吹け」

宇喜多隊は、本多正重、明石掃部頭、長船吉兵衛、宇喜多太郎左衛門、延原土佐の五段に分かれ、天をゆるがす喊声とともに突撃した。

福島隊は、家老の福島丹波、同伯耆、長尾隼人らが必死に戦うが、たちまち五町ほども追いまくられ、死傷者が続出する。宇喜多隊が槍合わせで福島隊を圧倒した。

福島正則が陣頭に立って、怒号する。

「なにをいたす。退く者は斬りすてるぞ。押せ、押せ。退いても命はないぞ」

福島隊は、ようやく態勢を立てなおし、宇喜多隊を押しもどしたが、また突き負けて退却する。

両軍は激突した。硝煙がたちこめるなかに刀槍がひらめき、剣戟《けんげき》のひびき、断末魔の悲鳴が交錯する。

福島隊を圧倒し、善戦していた宇喜多隊の左側面から数百挺の鉄砲を放つ筒音がおこり、あらたな敵があらわれた。徳川勢遊軍の寺沢広高隊二千四百人である。

寺沢隊は西軍大谷隊と激突したのち、小西隊を攻めたが、すさまじい銃撃に追い戻され、目標を変え、宇喜多隊の側面へ襲いかかったのである。大谷吉継は、宇喜多隊が窮地に陥ったと見て、救援におもむこうとする。

東軍の藤堂隊、京極隊、織田隊が吉継の前途をはばみ、乱戦となった。

黒田長政は、石田三成の首級を得ようと、地理にくわしい竹中重門を道案内にして、伊吹山麓の相川という集落に出て、石田隊陣所の左側面に出た。

黒田隊の足軽鉄砲衆は、石田隊に猛射を加える。加藤嘉明、戸川逵安の二隊があとにつづいた。

石田の家老島左近は、乱軍のなかで馬を縦横に乗りまわし、声をからして指揮したが、弾創を負い、従兵に背負われ陣所にひきとった。

白地に黒で大一丈万大吉と記した旌旗《せいき》のもと、五挺の大筒がかわるがわる火を噴いた。土煙をあげる砲弾に、弾丸楯を吹き飛ばされた東軍先手の士卒は、恐怖に顔をゆがめ退却した。石田隊がすかさず突きたて、東軍田中吉政隊はなだれをうって二、三町も逃げ走る。

細川、黒田、加藤隊が、かわって先手に出た。細川忠興は三人の子息とともに太刀をふるって敵と斬りあう。

一刻（二時間）が経っても、西軍が東軍を圧倒する勢いを保っていた。西軍のうち、戦闘に参加しているのは、石田、大谷、宇喜多、小西の三万五千余人である。

西軍主力の宇喜多隊は、陣前に殺到してくる東軍諸隊を、猛然と押し戻す。宇喜多隊が赤地吹貫大馬標を担ぎ出し、寄せ太鼓を打ち、押し貝を吹き鳴らし突撃すれば、東軍は浮き足立って陣形を崩した。

巳の四つ(午前十時)頃、霧ははれ渡った。入り乱れる両軍の士卒は、太刀の鞘に合《あい》印《じるし》、左の肩に角取紙《すみとりがみ》をつけ、陣羽織、襷《たすき》の色をそろえ、敵味方を見分けるが、夕闇のように硝煙のたちこめた戦場では、しばしば同士討ちがおこった。

主人を失った馬が、鞍をつけたまま数も知れないほど駆けまわっている。

家康は、戦況が一進一退をくりかえすばかりであるのを見て、南宮山の毛利、吉川、松尾山の小早川が変心するのではなかろうかと危ぶんだ。

彼は桃配山の陣所を出て、東軍の攻撃をうながす。

笹尾山の石田隊は、死傷者が続出して苦戦に陥り、南隣に布陣する島津隊に応援を求めたが、断られた。島津隊は鉄砲を放たず、矢を射ることなく、静まりかえって、押し寄せてくる敵の動きを見ている。東軍の諸将も、強悍をもって知られる島津隊の攻撃をためらう様子である。

宇喜多、大谷隊は、前面の敵を追いしりぞけ、東方へ進出していた。石田三成は、この機をのがしてはならないと、天万山の頂で狼煙をあげさせた。

戦機をうかがう松尾山の小早川隊、南宮山の毛利、吉川らが、眼下の東軍に駆け向かえば、勝利がわがものとなるのはあきらかであった。

狼煙があがったが、松尾山、南宮山の味方は、動きをあらわさなかった。

石田三成、大谷吉継、小西行長はあいついで使者を松尾山と南宮山へ走らせたが、やはり動きはあらわれない。

南宮山頂に本陣を置いた毛利秀元隊一万五千人は、狼煙に応じ、東軍への攻撃に移ろうとした。秀元は家康に好意を抱いているが、謀叛をするまでのつもりはない。

だが毛利隊の前面に陣を構える吉川広家隊が動かなかった。

「是非にもご出馬なされるなら、儂らの人数三千人を踏みつぶしていってつかあさいや」

南宮山東麓の長束隊、安国寺隊あわせて三千三百人は、吉川の動きをはばかり、戦闘に参加するのをためらう。

両隊の後方、栗原山に布陣している長宗我部隊六千六百人も、動けなくなった。

東軍は家康の督励によって、かろうじて西軍と互角の態勢を保っている。時刻は午の刻(正午)であったが、戦勢は好転のきざしを見せない。

松尾山の小早川隊は、裏切りをはじめる刻限であったが、いっこうにその気配はなかった。斥候を走らせたが、帰ってくると、裏切りの徴候はまったく見えないと注進した。

秀秋が西軍の優勢を見て、裏切りを思いとどまれば、広家もまた家康との約束を反故にするかも知れない。そうなれば、東軍は敗走するのみであった。

松尾山の秀秋本陣には、家康の家来奥平貞治と、黒田長政の家来大久保猪之助がいた。

猪之助は、天万山に狼煙があがって半刻(一時間)過ぎたが、小早川隊がいっこう動かないのに焦り、秀秋の家老平岡頼勝の鎧の草摺をつかみ、語調はげしく問いかける。

「もはや勝負に出でらるべきときなるに、裏切りのお下知なきは、解しがたし。もしいつわりを申されしならば、御辺と刺しちがえて死ぬばかりじゃ」

平岡頼勝は、猪之助をなだめた。

「兵を進むる采配は、御大将にお任せあれ。いましばらく潮時をはかりしうえにて、押し出すに相違ござらぬ」

東西両軍の勝敗は、小早川隊の動向にかかっている。

秀秋と幕僚たちは、山頂から見下ろす戦況が、西軍有利であるのを見て、判断に迷っていた。西軍に就いて東軍を圧倒すれば、秀秋は関白に就任し、稲葉、平岡両家老は十万石ずつ所領を与えられる。

西軍もまた、秀秋が動きをひそめているのを見て、最悪の状況に陥るのを覚悟した。大谷吉継、平塚為広らは、そのときは秀秋と刺しちがえるつもりである。

家康は動きをひそめたまま静まりかえっている小早川の陣所を見守るうち、たまりかねて秀秋を威嚇するため幕僚に命じた。

「秀秋の陣所へ、鉄砲二、三十挺を撃ちかけさせよ」

家康は、このまま戦えば、東軍はしだいに押されてくると読んだ。

そうなれば、日和見をつづけている小早川勢と南宮山の三万余の毛利、吉川らが、東軍をめがけ殺到してくるに違いない。

家康は、いまのうちに秀秋の後背をたしかめれば、最悪の状況にのぞんだとしても、総崩れの破局を避けることができようと、判断したのである。

徳川本陣の鉄砲隊と、福島隊の鉄砲頭が、それぞれ数十人の足軽鉄砲衆を率い、松尾山の小早川陣所へ鉄砲を撃ちこんだ。東軍からのつるべ撃ちの銃撃をうけた秀秋は、たちまち震えあがった。家康のすさまじい憤怒の形相を、眼前にしたかのようにうろたえた彼は、ただちに下知した。

「大谷刑部が陣所をめざし、取りかけよ」

小早川の全隊は、銃砲を放ち、喊声をあげ、眼下の大谷隊に襲いかかった。

松尾山の山肌がゆらぐように、小早川の人馬が西軍に突入するのを見た家康は、三万余の旗本勢に、山野をゆるがすときの声を、くりかえしあげさせる。

大谷吉継は、六百の手兵で小早川勢を正面から迎え撃った。平塚為広、戸田重政の千五百余人は、地響きをたて肉薄してくる小早川勢の左側方から右回りに斬り込んだ。

小早川隊は小人数の敵に隊形を斬り崩され、松尾山へ逃げ戻る。小早川勢の死傷は三百七十余、大谷勢の死傷は百八十余であった。

だが、東軍の藤堂、京極、織田有楽たち六千余が、大谷隊の右方から突撃すると、血戦のうちに体力を消耗していた大谷の士卒は、ついに崩れた。

藤堂高虎は、かねて東軍に内通していた西軍の脇坂、朽木、小川、赤座の四隊に、旗を振って合図をする。

脇坂ら四千二百余人は、大谷、戸田、平塚隊に攻めかかる。戸田重政、平塚為広はあいついで乱軍のなかで討死を遂げた。

大谷吉継は、自隊が全滅に瀕し、もはやこれまでと見定め、家来に首を刎ねさせた。

東軍の総数は、小早川、脇坂ら二万余が寝返ったので、九万四千を超えた。西軍は三万五千に足りない。乱戦のなかで、まず小西隊が潰走した。

小西行長は、キリシタンであるので、家来たちを敗軍のなかに踏みとどまらせ、無駄な死を遂げさせたくなかった。

雨が軍兵たちの顔に、叩きつけるように降っていた。宇喜多隊は、右手の小西隊が退却してゆくと、東軍の攻撃を三方から受け、支えきれなくなった。

物頭たちは士卒に円陣をつくらせ、東軍の怒濤の攻撃を支えようとしたが、朝方からの死力をつくした戦闘のあいだに、疲れはてた士卒は東軍の乱入を許し、陣形は寸断された。

二千余人が死傷した宇喜多勢は、ついに旗差物を捨て、潰走しはじめた。宇喜多秀家は、猛烈な射撃を浴びせつつ前進してくる小早川隊へ、斬りこもうとした。

「金吾を首にしてやらにゃ、冥途で殿下にあわす顔がねえぞ」

家老の明石掃部頭は、若い主人の袖をひきとめた。

「殿はお味方大名衆に号令する御身なれば、たとえ大老、奉行のすべてが関東方に降参しようとて、ひとり危難に屈せず豊家をおしたてる計をたてられよ。もし志を得ぬときは、岡山城にたてこもり、天下の兵をうけて討死なされませ。ここを逃れしとて、大坂にお味方の人数がおりまするゆえ、後図を策する手だてはいくらもありましょう。ここはそれがしにお任せあれ」

秀家は、数騎の武者を従え、伊吹の峰をめざし馬を飛ばせて去った。

明石掃部頭は二十余人の兵を率い、秀家を追撃しようとする敵勢の前に立ちふさがり、激しい一戦をまじえたのち、戦場を立ち退いた。

東軍田中吉政の家来上坂万兵衛は、秀家に肉薄して槍をふるいわたり合ったが、明石掃部頭らに妨げられ、討ちとることができず、金傘の馬標を奪って退いた。

秀家は家来の進藤三左衛門、黒田勘十郎を従え、伊吹山に迷いこんだ。その夜は美濃粕川の谷間の岩蔭で、夜を明かし、翌朝はどことも知れないまま山中を放浪する。三左衛門が木立に囲まれた無人の陋屋を見つけ、そこに秀家を隠した。

重い具足を脱ぎすて、肌襦袢に鎧帷子《かたびら》をかさねたいでたちでは、肌寒い。

「水を飲みたいんじゃが、持ってきてくれんか」

秀家の頼みで、三左衛門は谷川に下りた。水はあるが、汲む器がない。やむなく刀を拭うため腰につけていた紙二、三枚を水にひたし持ち帰った。

関ケ原から潰走した西軍の士卒は、大半が附近の山中でからめとられ、二百人、三百人とまとめて首を斬られた。

身につけた具足、鎧直垂《ひたたれ》から下着にいたるまで、すべてをはぎとられ、褌ひとつの姿で斬られた侍の屍体が、谷底へ蹴こまれる。

九月十七日、東軍田中吉政が、東近江の村々に、逃亡した西軍三将の捜索を命じるつぎのような書状を配った。

「一、石田三成、宇喜多秀家、島津惟新を捕らえた者は、褒美としてその在所の貢納を、永代にわたって免除する

一、三人を生け捕りにできないときは、討ち果たしてもよい。そのときは当座の褒美として金子百枚（千両）を与える

一、三人の道案内をして送ってやった者は、途中の様子を隠さず申し出よ。隠せば、本人はもとより親戚、在所の者まで、すべてを罰する」

石田三成は、九月二十二日、近江国伊香郡古橋村で、田中吉政配下の兵に捕らえられた。

敗将のなかで、捕らえられなかったのは島津惟新と宇喜多秀家であった。

島津惟新は、最後まで戦場に踏みとどまった石田隊が潰滅した、未《ひつじ》の刻（午後二時）頃、千五百の自隊で敵中に突撃し、関ケ原を脱出した。だが追撃されて士卒はつぎつぎと討ちとられ、六十六歳の惟新はわずか八十余人の家来を連れ、追いすがる敵をふりきり、伊勢から大和に出て、堺湊から薩摩に帰還した。

宇喜多秀家は、まったく消息を断っていた。連日数百人の落ち武者が捕らえられているが、彼の行方は分からない。

秀家は、美濃粕川の谷に近い一軒家を出たあと、進藤三左衛門、黒田勘十郎という家来

二人を連れ、中山という集落にさしかかったとき、槍をひっさげた落ち武者狩りに出てきた村人の一団にとり囲まれた。

「待て、槍をつけるでないぞ」

首領らしい男が村人を制し、秀家の前に膝をついた。

「それがしは小池田郡白樫村の地侍にて、矢野五郎左衛門と申す者にござりまする。おりから時雨《しぐれ》の山道を、貴人《まれびと》の御歩行は難儀なれば、われらが住まいにお立ち寄り召されませ」

五郎左衛門は部下に命じ、疲労した秀家を背負わせ、案内した。

彼は村人たちに告げた。

「このお方は、儂が年来の知り人じゃ。村へお供いたすゆえ、口外してはならぬ。ほかの落ち武者を探せ」

五郎左衛門は秀家の気品にうたれ、同情したのである。

五郎左衛門は、秀家たちをわが家にともない、二、三日を過ごさせた。秀家はこのとき、つぎの二首の歌を詠んだ。

山の端の　月は昔にかわらねど
　わが身のほどは　面影もなし
さびしさに　今はと思う秋山の

蓬《よもぎ》が下に　松虫ぞ鳴く

五郎左衛門は、落ち武者詮議の手がのびてくるのを警戒し、裏手の洞穴に筵《むしろ》を入れ、秀家主従をかくまう。

秀家主従は洞穴にいて、追っ手に発見されたときは、五郎左衛門に迷惑をかけることになるので、早々に立ちのかねばならないと、気を焦らせた。

秀家は進藤三左衛門にいった。

「儂はかねて島津父子と昵懇にて、約せしこともあるけえ、いったん薩摩へ落ちのびようかのう」

「さようの儀ならば、拙者が謀《はかりごと》をなし、追っ手の眼をくらませますするゆえ、殿は勘十郎とただちにここを立ち退かれ、薩州へお渡りなされませ」

三左衛門は、宇喜多家の重宝である国次の佩刀を秀家からうけとり、大坂へ出て本多忠勝に申し出た。

「それがしの主《あるじ》秀家は、北国に逃れおりましたが、石田、小西、安国寺の人々が生け捕りとなりしと聞きてより、おのが行く末をはかなみ、自害いたしてござりまする。よって、ご遺骸を茶毘《だび》に付し、家来の一人が高野山へ参りししだいにござります」

三左衛門はいったん殉死しようとしたが、秀家の妻子がこののちきびしく訊問をうけるであろうと思い、主人の佩刀を証拠として持参したと告げた。

忠勝から国次の銘刀をうけとった家康は、秀家の死を疑わなかった。秀家が生きているかぎり、国次を手離さないであろうと思ったためである。

秀家は黒田勘十郎と矢野五郎左衛門を供に従え、古駕籠に乗って大坂へむかった。途中、幾度か追っ手の詮議をうけたが、大病人が有馬の湯へ湯治にゆく途中であるといいぬけ、大坂の宇喜多屋敷へ夜中にたどりつく。

豪姫は二度と会うこともなかろうとあきらめていた秀家を眼前にして、夢かとよろこび泣きむせぶ。

五郎左衛門は黄金五十両、小袖五かさねを褒美に与えられ、帰っていった。秀家は妻子とつかの間の時を過ごしたが、備前島に隠れ住むことが発覚すれば、命はない。

彼は間もなく天満橋際から便船に乗り、薩摩へ落ちのびていった。

休復流転

十月朔日、小西行長、安国寺恵瓊《えけい》、石田三成が京中を引きまわされ、六条河原で処刑された。

十五日、西軍大名九十家が除封された。除封石高は四百三十八万三千六百石。除封された十万石以上の大名は、つぎの通りであった。

小西行長　肥後宇土　二十万石
立花宗茂　筑後柳河　十三万二千石
毛利秀包　筑後久留米　十三万石

長宗我部盛親　土佐浦戸　二十二万二千石
宮部長熙　因幡鳥取　二十万石
宇喜多秀家　備前岡山　五十七万四千石
増田長盛　大和郡山　二十万石
小松長重　加賀小松　十二万五千石
前田利政　能登七尾　二十一万五千石
石田三成　近江佐和山　十九万五千石
織田秀信　美濃岐阜　十二万五千石
岩城貞隆　陸奥磐城平　十万石

減封された大名は、毛利輝元、佐竹義宣、上杉景勝、秋田実季の四家で、減封石高は合計二百二十一万五千九百石であった。

家康は十月十九日、岡山城を没収、大坂宇喜多屋敷を闕所《けっしょ》とする処分をおこなった。岡山城を受け取りに出向くのは、宇喜多旧臣で家康のもとへ奔った戸川逵安、浮田左京亮、花房職之らであった。

宇喜多家旧領の備前、美作のうち五十万石は小早川秀秋に与えられた。浮田左京亮には石見、津和野で三万石、戸川逵安には備中庭瀬で二万九千二百石が与えられた。

秀家は便船で明石、鞆《とも》の浦、周防中ノ関、豊後佐賀関、日向志布志、大隅内浦を経て、薩摩山川湊に到着した。

島津家は重臣伊勢貞成らを山川へつかわし迎えた。秀家は、桜島を西にのぞむ大隅国肝《きも》属《つき》郡垂水の里の土豪、平野家の屋形におちついた。

平野家は湊に近い所に下屋敷、山手に上屋敷があったが、秀家のために上屋敷を提供し、地元では宇喜多屋敷と呼ばれるようになった。

屋敷の周囲には、秀家に従った家来、本郷義則、山田半助らの長屋も設けられた。秀家は落魄の境涯をかこつ明け暮れを送るうち、しだいに心の傷手が癒えた。

「お豪たちにひと目逢いたいが、世を忍ぶ身じゃけえ、しかたもなかろう。温《ぬく》い薩摩で、病知らずに暮らしよることを、せめて知らせてやりたいのう」

秀家は慶長六年（一六〇一）五月朔日、堺湊で剃髪し休甫斉と名乗っている、家来難波助右衛門のもとへ、お豪への手紙をひそかに送った。

お豪は、備前屋敷に闕所処分がおこなわれるまで、大坂をはなれないでいた。

慶長八年、家康は征夷大将軍となり、江戸幕府をひらいた。徳川家の重臣本多正信は、宇喜多秀家が薩摩に潜伏していることを知っていた。

正信は次男政重が、宇喜多家の家老をつとめ、関ケ原では秀家のもとで戦った縁によって、三年間その事実を伏せていた。

将軍となった家康は、正信から秀家生存の注進をうけたが、すでにかつての西軍副大将への敵意はなかった。

秀家は大隅の一隅に隠棲し、名字帯刀を捨て、剃髪して休復と名乗っているという。家康は正信に命じた。

「いずれにせよ、このままにうちすてておくわけにもゆくまい。まずは京へ呼び寄せ、所司代の裁きを受けさせよ」

幕府の廻船が薩摩に到着したのは、八月六日であった。秀家は、島津家家老桂忠澄らにつきそわれ、京都へむかう。

「思いかえさば、三年前に関ケ原で死ぬところであったものを、いままで生きながらえてきたのも、運が尽きざりしためじゃろう。これより京都へむかい、いかなる裁きを受けようとも、すべては天運よ。なんのうろたえることがあろうかや」

秀家は、家来たち、平野家の一族に見送られ、桜島の山影に訣れを告げた。

京都に到着した秀家は、京都所司代板倉勝重の訊問を受けた。薩摩藩主島津家久、加賀藩主前田利長が、秀家赦免の願書をさしだしたので、家康は軽率な処分をおこなえない。

訊問の場に林羅山、本多正信、大久保忠隣、金地院崇伝、南光坊天海、成瀬正成、服部半蔵を同席させ、協議を命じた。

その結果、六カ条の意見書が家康のもとへさしだされた。

「一、秀家が前非を悔い、出頭した態度は神妙である。
二、関ケ原の旧罪にこだわり、秀家に重科をおこなえば、遺恨のためと世間の者は見て、将軍家の威信がかえってそこなわれるであろう。
三、島津、前田両家から嘆願書が出ている。
四、豊臣家、豊臣恩顧の大名たちは、いまさら秀家を厳しく罰すれば、反感を抱くであろう。
五、秀家は、改易、領地没収の処分をうけており、諸大名の間では、封禄を与えよとの論議もある。
六、このような事情を考えあわせれば、死罪に処するのを避けるべきである」
慶長八年九月二日、秀家の処分が決定された。死罪を免じ、駿河国久能山に幽閉するというのである。

秀家は駿河久能山に護送され、海抜二百九メートルの山頂にある久能城山里曲輪《くるわ》に入った。四間の続き部屋を座敷牢として囲い、形ばかりの囚人の明け暮れを送ることになった。

秀家の監視のため、榊原康政の兄清政が久能城におもむく。三千石の旗本である清政は、温厚な人柄である。

秀家は曲輪うちの茶室で、清政を相手に茶湯を楽しむ月日を送った。彼の若い五体には精気が満ちている。胸のうちには、ふたたび豊臣の天下がめぐってくる日を待つ思いが、鬱勃とわだかまっていた。

戦国の転変を、家老たちから聞かされている秀家は、徳川政権が今後永続するとは思っていなかった。

関ケ原合戦は、小早川秀秋の卑劣な裏切りにより無念の敗北を喫したが、時期がめぐってくれれば、捲土重来、豊臣家のために戦う覚悟は揺るがない。

――いまは阿呆になっておるだけじゃ。本音を一言洩らしたなら、たちまち儂の運も尽きはてるけえ、亡き父上が小童《こわつぱ》のとき、阿呆をよそおうたようにしておらにゃいけんのじゃ――

秀家は清政と茶の閑談をするばかりである。徳川家を崩壊させようとの野心を、察知されてはならない。

二年が過ぎた。慶長十年四月十二日、豊臣秀頼は右大臣となった。秀頼は十三歳、秀吉のあとをつぎ関白の座につくのであろうと、畿内の噂が高かった。

「家康公も、六十四の齢になったさかい、そろそろ、太閤殿下から預かっていた天下兵馬の権を、秀頼さまにお渡ししてもええ時分や」

「こんど秀頼さまが右大臣にならはったのは、その前触れかも分からんなあ」

家康が孫娘千姫の夫である秀頼に、政権を譲るのは当然であると、京都の町衆たちは思っていた。だが、事態はおおかたの予想を裏切った。

家康は四月十六日、将軍の座を退いたが、二代将軍となったのは秀忠であった。五月になって、新将軍秀忠が上洛すると、家康の使者が大坂城の秀頼のもとへおもむき、大御所の意向を伝えた。

「秀頼公にはすみやかに御上洛なされ、秀忠公にご挨拶なされて然るべし。父子対面とて、秀忠公のおよろこびもひとしおであろうとの御諚にござりまする」

淀殿は秀頼の上洛を拒んだ。徳川家が、豊臣家に臣下の礼をとれというのは、不遜であるというのであった。

宇喜多秀家が、伊豆八丈島への遠島を申しつけられたのは、江戸幕府と豊臣家の対立が表にあらわれたこの時期であった。

秀家と子息秀隆、秀継が、ともに江戸から海上七十四里をへだてた八丈島へ流されるのである。豊臣家に旧縁のある者へのみせしめにとった、厳刑であった。

秀家は主従十三人で、伊豆網代湊から幕府御用船で、配所へむかった。途中、下田湊で風待ちをして、大島、新島と島伝いに南へむかう。

風向き、潮流をはかり、航海の危険があると見れば、幾日も滞船する。秀家は胴の間の座敷牢にこもっているので、外の景色を見る機会もなかった。

御用船は、追い風を帆にうけるときは滑るように走るが、波が出てくると木の葉のように揺れる。食べ物を口にできないまま、水を飲むばかりで、かろうじて命をつなぐ日をかさねた秀家は、やつれはてた。

――どうせ死んだのも同然の身上じゃけえ、どうなっても構わぬ――

秀家は揺れる胴の間に身を横たえ、目をとじて船腹を打つ波音を聞いていた。御用船が八丈島に着いたのは、初秋の頃であった。

島は中央でくびれたように幅が狭くなり、東に三原山、西に八丈富士が聳えている。島内の主産物は、絹織物であった。黄紬、黄八丈、八丈丹後などを生産し、年間六百二十反を幕府に貢納している。

秀家は前崎浦という浜辺に、艀《はしけ》で上陸した。くろずんだ溶岩に覆われた海辺に打ち上げる波濤は、荒々しくしぶきをあげた。

前崎浦から、大賀郷大里にある代官陣屋まで、秀家一行は爪先上りの道を歩んだ。途中で眺望がひらけると、秀家は声をあげた。

「ええ眺めじゃなあ。吹き上げてくる風で汗も引くのう。この辺りの鳥は、人なつこいものじゃ。肩にとまりにくるぞ」

秀家は摺鉢の底をのぞきこむような、急斜面からの景色を楽しみつつ休息するとき、食《じき》籠《ろう》から飯粒をとりだし、傍らの岩に置く。小鳥がたちまち飛んできて、ついばんだ。

「儂は、こののち島で暮らすけえ、お前らとも仲ようせにゃいけんのう」

秀家は鳥たちに話しかけた。

大里の陣屋に着くと、代官奥山縫殿介が形だけの訊問をおこない、大賀郷東里の空屋敷へ住むよう命じた。

秀家が住む屋敷は、風よけの高い石塀で囲われていた。門を入ると、厠、牛小屋があり、奥に母屋がある。

母屋には大小五つの座敷があり、台所も設けられている。敷地のうちには、別棟の三戸がならび、庭には池もあった。

秀家は、八丈島は鬼の棲む島であると思っていたが、着いてみれば地元の女たちは黒髪を長くたくわえ、色白で眉目あざやかな美人が多いことにおどろく。

白粉、口紅を塗り、おはぐろをつけた女性を見なれた眼には、化粧をしない島娘たちのうつくしさはあでやかで、あたりに花の香がにおうように思えた。

秀家に随行した家来のうちに、前田家から派遣された村田道庵がいた。彼は秀家より三歳年長の三十七歳で、八丈島へ渡海することになって、道珍斎助六と改名した。遠島の罪人に従えば、いつ江戸に帰れるか分からないので、悲壮な覚悟をかためたのであろう。

用人は浮田次兵衛、家来は田口太郎右衛門、寺尾久七である。

嫡男秀隆には、若党市若がつきそう。次男小平治には乳母あい、下女とらが従う。中間は大島半三郎と弥助、下男は才若である。

医師の道珍斎は、島の生活をはじめると、医療所をひらき、鍼灸治療をもおこなう。八丈島には医師がいなかったので、島人は道珍斎をひたすら頼った。

加賀前田家からは、慶長十九年以降、隔年に白米七十俵、金子三十五両、衣類、雑貨、医薬などが送られることになった。

秀家と家来たち十三人が、毎日米五合を食べると、一人あたり年間約一石八斗を消費するので、総計二十三石四斗となる。四斗俵七十俵の米は二十八石であるので、食料に窮することはない。三十五両の金子は、島では使いみちのない大金であった。

だが、秀家たちの生活はその後も楽ではなかった。前田家からの贈りものは、いったん代官の手にはいるので、すべてを与えられるわけではなかった。

秀家の家来たちは、それぞれ農耕、漁撈にはたらかねばならなかった。

慶長十六年、秀隆が二十歳になったとき、代官奥山縫殿介の娘わかを妻にむかえたが、暮らしむきは楽にならなかった。

秀家は、八丈島にきて二年めに、名主菊池左内につぎの借用書をさしだしている。

「このたび便りもこれなく、米にさしつかえ困りいり候。米、島枡一升、鰹節三節、お貸し下されたく候」

ある年、江戸から八丈島に赴任した代官谷庄兵衛が、秀家を陣屋へ招き接待した。秀家は食膳の握り飯を一個だけ食べ、二個を懐紙に包み持ち帰った。

庄兵衛はそれを見て、秀家の窮状を知り、白米一俵を贈った。

慶長十九年、秀家の嫡男秀隆と妻のわかとのあいだに、嫡男太郎坊が生まれた。その前後に、秀家は側女のやえに太郎丞という男児を生ませた。道珍斎も、身辺の世話をする水汲み女とのあいだに男児をもうけた。

狭い島内で、食物にもこと欠く月日が過ぎていった。

秀家は長命して、八丈島で五十年の歳月を過ごし、明暦元年（一六五五）十一月二十日、八十三歳で没した。

寛永二十年（一六四三）頃、備前牛窓の回船問屋、西大寺湊屋の持ち船が、備前の産物を積んで江戸へむかう途中、風雨に遭い、流されて八丈島に漂着した。

上陸してみると、荒波がしぶきをあげる岩蔭で、釣り糸を垂れている老翁がいた。

陽焼けた顔にはふかい皺がきざまれ、髯《ひげ》は白く、八十歳ほどの年頃であろうと見えるが、犯しがたい気品をそなえている。

老翁は、近づいてきた舟子たちに声をかけた。

「そのほうどもは、いずれの国の者か」

舟子たちは、なんとなくかしこまって答えた。

「手前どもは、備前の者でござりますらあ」

老翁は目をみはって、おどろく様子であった。

「なに、備前より参りしか。なつかしいのう。儂も生国は備前岡山じゃ。いま備前の太守は、何といわれるお人かや」

舟子たちは、翁の素性がわからないまま、威圧された。ひとりがおそるおそる答える。

「松平新太郎さまと申すお方でござりますらあ」

翁はかさねて聞く。

「松平では分からぬぞ。実の名は何と申す」

「それは存じませせぬ」

翁は首をかしげたが、「然らば、定紋はいかなるものか」と問う。

「輪蝶にござりますらあ」

翁はうなずいた。

「さすれば中納言秀秋はは や去って、池田三左衛門殿のご子孫であろう」

また、思いついたように舟子に聞く。

「城の西側の外曲輪に、濠を掘っておるかや」

「濠はござりまする」

「さようか、岡山の城地はますます堅固になったであろう」

老翁は備前についてさまざまたずね、両眼に涙をうかべていた。

舟子たちはそのまま別れたが、痩せおとろえた老翁は、晩年の秀家であろうといい伝えられた。

『八丈島流人存亡覚帳』に、宇喜多秀家と従者の消息が、つぎのように記されている。

「浮田中納言殿
明暦元年乙未年十一月廿日病死八十三歳。宗福寺及び長楽寺過去帳にいう。宇喜多中納言秀家卿、法名尊光院殿秀月久福大居士。(在島五十年)

御同人御子息(長男)同孫九郎殿
慶安元年戊子年八月十八日病死五十八歳。過去帳にいう。ウキタ侍従孫九郎秀隆、法名

秀源院殿浮雲居士。（在島四十二年）
（島の代官奥山縫殿介の娘を水汲女として婚す。二人の子あり）
同断小平治殿
明暦三年丁酉年三月六日病死。六十歳。過去帳にいう。小平治秀継。法名秀光院殿運照居士。（在島五十二年）
浮田次兵衛
元和五年己未年十月十七日病死。行年知らず。長楽寺過去帳にいう。ウキタ久福（秀家）の下男治兵衛。法名、常海信士。
村田助七。道珍斎、医師三十四歳にて同道す。相当の年月を経て、前田侯に帰国の許しをうけたが許されず、ついに島で生涯を終る。万治元年戊戌年十月廿三日病死八十六歳」
『長楽寺過去帳』にいう。
「久福家老ウキタ助六、法名道珍居士。
前田侯より一門に随従せしめた医師。一門尊敬して家老と呼ぶ。その嗣三助、寛永三年生。次男道休、三男源五郎ともに分家独立す」
徳川三代将軍家光が慶安四年に没してのち、宇喜多一門に特赦の沙汰が伝えられたが、応じなかった。その後もたびたび特赦の議があったが、宇喜多氏は八丈島に所得があるのを理由に、帰らなかった。

宇喜多の末家は十二家に分かれ、明治までには二十家となって繁栄した。

明治二年四月十六日、徳川幕府は滅び、朝政一新して、太政官による宇喜多一族赦免の布令が発せられた。

赦免状は、つぎの通りである。

「朝政一新ニツキ、宇喜多一類ノモノ、家族一同御赦免シ仰セツケラレ候間、ソノ意ヲ得テ出島申ス儀、ソノホウドモ差シ添イ江戸川着船次第、届ケ出ズベキモノ也。

明治二年己巳二月九日、江川太郎左衛門伊豆国附

八丈島
地役人
神主
名主
年寄

前田宰相中将　八丈島流人
宇喜多孫九郎　ほか六名」

明治三年八月十一日、宇喜多一族七家と、村田道珍斎の後裔村田源五郎一家は、加賀前田家のさしまわした便船に乗り、八丈島を離れた。

一行は八月十四日に相模国浦賀湊に着船、同十六日に品川に入港、鉄砲洲に上陸し、数

日を旅館ですごし、さらに本郷法真寺に移り、五十余日を過ごした。

前田家では、東京北豊島郡の下屋敷外の所有地に、一棟七戸の長屋を新築し、宇喜多七家を入居させ、生活費のすべてを負担した。

明治六年、朝廷は宇喜多家に対し、板橋一万九千九百坪の宅地を与えた。宇喜多七家と村田家がそれを分割して住居とし、ようやく永住の場を得た。

前田家は彼らに金千円を贈り、生活が安定したが、明治八年には宇喜多五家と村田家が八丈島に帰島し、板橋にとどまった久三郎、孫九郎、半平の三家が士族に列せられた。

前田家と宇喜多家の縁は、秀家が慶長十年に流罪になってのち、明治八年に至るまで、二百七十年間、かたくつながれていたのである。

元禄年間、八丈島に流罪となった仏師の民部という者が、秀家木像を彫刻した。民部は江戸本町四丁目助左衛門の裏店に住み、鎌倉仏師二十二代で、運慶末流二十五世、元禄期の仏師名人といわれた。

民部は放蕩者で遊芸に巧みであったので、権門、貴人との交流が多く、日光造営のとき、幕府御抱え仏師、法橋民部と名乗っていた。

その後、彼は同僚を謀殺した罪によって江戸払いとなり、中山道本庄宿にいたが、やがて江戸に戻り、画家英《はなぶさ》一蝶らと交わるうち、当世百人一首をつくった。その内容が幕政を誹謗したものであったので、元禄十二年秋に八丈島へ流された。

秀家の木像は、八丈島宗福寺に長く保存されてきたが、文政年間になって、住職がそれを日蓮門徒の像であると思い、浄土宗寺院に置くことができないとして、日蓮宗門徒の流人、源次に与えた。

木像は源次が病死ののち、流人のあいだを転々として、武蔵国日暮里村妙隆寺本妙院の流僧、日寿の手に渡った。

慶応三年のある日、日寿が木像を手にとって眺めていた。

――これは名のある仏師がこしらえたものだというが、何ともいえないおもむきがある――

彼は木像を眺めまわすうちに、その胎内でひそやかな音がするのに気づいた。

日寿は木像をあらためるうち、座下に埋め木があるのを見つけ、こじあけてみると、胎内から幾束かの書きつけがでてきた。秀家の直筆らしい書状、三代めの秀正が天和元年（一六八一）に書いた、秀家、秀高、秀正三代の和歌などであった。

日寿は木像が秀家であると知り、すぐに宇喜多本家へ返そうとしたが、疑ってうけとらなかったので、分家の秀種に贈った。

秀家の詠んだ和歌は、三首であった。

「綿ぼうし　さわらば落ちん禿頭
　さぞ寒からめ　西の山風」

「み菩提の　種や植えけんこの寺へ

　みどりの松の　あらんかぎりは」
　という二首のほかに、つぎのような前書きのある一首が記されていた。
「八月十四日、宗福寺境内鎮守、源次郎為朝の祭日、浮田公参拝あり。終日酒宴の節、寺僧妻帯のこと聞こし召され、次郎為朝の血脈連綿と星霜経たる事歴を、ふかく感じ賞され、末々の栄続を賀し給わりて
　み菩提の　種や植えけんこの寺に
　　みのりの秋ぞ　ひさしかるべき」
　秀家晩年の、わびしい明け暮れがうかがえる歌である。
　秀吉の膝下で育ち、美麗、豪奢を好んだ秀家は、八丈島で十数人の家来、女中に見守られ世を去ったが、家康没後三十九年を生きのびた。

　宇喜多秀家の妻お豪は、関ケ原合戦ののち、京都嵯峨の五台山清涼寺に入り、落飾して尼となり、樹正院と名乗った。

　秀家生母お福は京都円融院に入り、おなじく尼となって、孫の秀高、秀継を預かる。お豪が京都をはなれ、加賀前田家へ戻ったのは、慶長七年であった。

　お豪は秀家が駿河久能に幽閉され、さらに八丈島へ流されるとの知らせをうけると、自らも同道を願ったが、幕府は許さなかった。

　彼女は秀家の身上を、ひたすら案じ、日を送った。百二十万石の太守である、兄利長の

もとに庇護されたお豪と娘の貞姫は、不自由のない明け暮れをすごしていたが、八丈島では、秀家、秀高、秀継らが、どのような辛苦に堪えているかと、気がかりでならない。

慶長十年利長のあとを継ぎ、三代加賀藩主となった前田利常は、秀家のもとへ贈り物を届けようとしたが、許されなかった。

お豪のもとには、八丈島に渡った秀継の乳母あいの息子、沢橋兵太夫がいた。彼は利発で、成長すると利常嫡男光高の小姓となった。兵太夫は十六歳のとき、利常とお豪の内諾を得て、加賀藩を出奔し、八丈島へ渡ろうとした。

兵太夫は伊豆下田湊に至り、八丈島に渡る便船を求めたが、下田奉行所の許可がなければ渡海できない。彼は下田の海善寺という浄土宗の寺院の住職に事情をうちあけ、協力を頼んだ。

住職はいった。

「八丈島には、宗福寺という末寺があるゆえ、そなたは僧形となり、その寺をたずねて参られよ」

兵太夫は剃髪して常珍と名乗り、住職がしたためてくれた紹介状を持って、渡海の日を待った。だが、八丈島への便船がいつ出帆するか分からない。

待ちくたびれた兵太夫は、江戸へ出て将軍秀忠が他出するとき、供先に直訴することにした。秀忠はめったに他出しないので、兵太夫は、幕府老中土井利勝の駕籠に直訴状を捧げた。

兵太夫は町奉行所の取り調べをうけた。土井利勝は事情が判明すると、兵太夫を罰することなく、前田家へ帰参させた。

この事件ののち、前田家から秀家のもとへ贈り物と、披状《ひじよう》と呼ぶ手紙を送ることが許された。秀家の身を案じる豪姫の思いが、ようやく通じたのである。

豪姫が世を去ったのは、寛永十一年（一六三四）二月、六十歳のときである。夫に二十一年先立つ終焉であった。

単行本　一九九七年十二月　文藝春秋刊

文春文庫

宇喜多秀家《うきたひでいえ》　備前物語《びぜんものがたり》

定価はカバーに
表示してあります

2001年4月10日　第1刷

著　者　津《つ》本《もと》陽《よう》
発行者　白川浩司
発行所　株式会社　文藝春秋
東京都千代田区紀尾井町3-23　〒102-8008
TEL　03・3265・1211
文藝春秋ホームページ　http://www.bunshun.co.jp
文春ウェブ文庫　http://www.bunshunplaza.com

落丁、乱丁本は、お手数ですが小社営業部宛お送り下さい。送料小社負担でお取替致します。

印刷・凸版印刷　製本・加藤製本

Printed in Japan
ISBN4-16-731450-9

文春文庫

津本陽の本

雑賀六字《さいがろくじ》の城
津本陽

大坂石山本願寺の門徒集団を撲滅せんとする織田信長を、鉄砲と水軍で苦しめた紀州雑賀衆。頭領小谷玄意の三男七郎丸の短くも熱い青春を描く痛快にして哀切な物語。（磯貝勝太郎）

つ-4-7

薩摩夜叉雛
津本陽

維新前夜、西郷隆盛の信頼を得た薩摩藩の剣豪隠密、先代島津斉彬の落胤とも噂される好男子が、京都、大坂、横浜と波瀾にみちた大活躍。その軌跡を活写した歴史ロマン。（小川和佑）

つ-4-8

わが勲《いさおし》の無きがごと
津本陽

第二次大戦でニューギニアを転戦、十九日間の死の漂流ののち中隊生存者わずか五人のうちの一人として生還した義兄は性格が一変した。人間性の極限に迫る戦記文学の名品。（桶谷秀昭）

つ-4-9

剣のいのち
津本陽

尊皇攘夷運動の吹きあれる幕末、紀州藩の若き藩士東使左馬之助は、藩の腐敗を弾劾する直訴状を懐に脱藩を敢行。剣ひと筋に生きる好漢のさわやかな軌跡を描く長篇。（安西水丸）

つ-4-10

宮本武蔵
津本陽

京都郊外、一乗寺下り松での吉岡一門との死闘、関門・船島での佐々木小次郎との血闘など、いくたの修羅場でつねに勝利をおさめた孤高の剣聖の凄絶なる生涯を描破する。（桶谷秀昭）

つ-4-11

虎狼は空に　小説新選組
津本陽

敵対する者は斬る、隊規を乱す者は斬る。士道不覚悟は切腹。江戸から上洛した烏合の衆が、問答無用の殺人集団に変貌してゆく殺伐たる実像を新視点から活写した力作長篇。（桶谷秀昭）

つ-4-12